A SENHORA DE

WILDFELL HALL

ANNE
BRONTË

A SENHORA DE
WILDFELL HALL

Tradução e prefácio de
JULIA ROMEU

5ª edição

EDITORA RECORD
RIO DE JANEIRO • SÃO PAULO
2022

CIP-BRASIL. CATALOGAÇÃO NA FONTE
SINDICATO NACIONAL DOS EDITORES DE LIVROS, RJ

Brontë, Anne
B887s A senhora de Wildfell Hall / Anne Brontë; tradução Julia Romeu. – 5ª ed.
–5ª ed. Rio de Janeiro: Record, 2022.
504 p.; 16 × 23 cm.

Tradução de: The Tenant of Wildfell Hall
ISBN: 978-85-01-08069-1

1. Romance inglês. 2. Ficção inglesa. I. Romeu, Julia. II. Título.

17-39070 CDD: 823
CDU: 821.111-3

A senhora de Wildfell Hall, de autoria de Anne Brontë.

Texto revisado conforme o Acordo Ortográfico da Língua Portuguesa.

Título original inglês:
THE TENANT OF WILDFELL HALL

Capa: criação com imagens iStockphotos (convite de casamento com flores e fundo preto em branco chalkboard).

Nota do editor: Este livro tem por base a edição com texto integral e inalterado publicado por Harper & Brothers em 1848.

Impresso no Brasil

ISBN 978-85-01-08069-1

Prefácio da tradutora

Anne, a terceira irmã Brontë

Em qualquer lista dos maiores escritores da história, é quase inevitável encontrar os nomes de duas irmãs Brontë: Charlotte e Emily. Já Anne, a mais nova, nunca é incluída. No entanto, os dois romances que publicou — *Agnes Grey* e *A senhora de Wildfell Hall* — também se tornaram clássicos da literatura inglesa e o segundo, em especial, merece a atenção de qualquer leitor. Ao ser lançado, causou escândalo e foi um enorme sucesso: sua primeira edição se esgotou em apenas seis semanas. Se depois se tornou relativamente esquecido, isso se deveu, em parte, a ninguém menos que Charlotte Brontë, que sobreviveu às irmãs, passou a deter os direitos de suas obras e proibiu a reedição do livro mais polêmico de Anne.

Anne Brontë nasceu em 17 de janeiro de 1820 na cidadezinha de Haworth, no condado de Yorkshire, na Inglaterra. Era a mais nova de seis irmãos, tendo sido precedida por Maria, Elizabeth, Charlotte, Branwell e Emily. A mãe das crianças faleceu quando Anne tinha pouco mais de 1 ano, e elas passaram a ser criadas pelo pai, Patrick Brontë, que era clérigo da Igreja Anglicana, e por uma tia. Maria e Elizabeth morreram ainda na infância, numa epidemia de tuberculose que contaminou o internato onde as duas, assim como Charlotte e Emily, estudavam. Charlotte e Emily foram levadas às pressas para casa e Patrick Brontë, arrasado com a perda das filhas mais velhas, passou a se ocupar da educação das meninas, recusando-se a mandá-las para outra escola.

Os quatro irmãos, vivendo em uma região remota da Inglaterra, se tornaram muito próximos e brincavam sempre juntos. Desde cedo, a família mostrou vocação literária: em 1829, Anne e Emily passaram a escrever a quatro mãos histórias sobre um país chamado Gondal, enquanto Charlotte e Branwell, o único homem, inventaram o reino de Angria. Os irmãos criaram inúmeros personagens para povoar essas terras imaginárias, descrevendo batalhas, cenas de amor e episódios sobrenaturais em verso e prosa. As histórias eram mantidas em segredo até mesmo do pai e da tia e, para não serem descobertas, foram escritas numa letra quase microscópica em cadernos que cabem na palma da mão. Boa parte dos manuscritos de Angria ainda existe; mas quase tudo sobre Gondal se perdeu.

Como Patrick Brontë não tinha herança para deixar aos filhos, os irmãos precisavam encontrar meios de se sustentar. Charlotte, Emily e Anne trabalharam como professoras, uma das poucas profissões consideradas respeitáveis para as mulheres na Inglaterra vitoriana. Já Branwell tentou ganhar a vida como escritor e pintor, mas jamais conseguiu, em razão, entre outros motivos, do alcoolismo e do vício em ópio, que o tornavam imprevisível e o faziam esbanjar dinheiro. Anne conseguiu seu primeiro emprego em 1839, indo trabalhar na casa de uma família abastada para educar duas crianças. O período que passou lá foi muito infeliz: as crianças aos seus cuidados eram mimadas e desobedientes, e os pais não davam a Anne autoridade para puni-las, ao mesmo tempo que a criticavam por não saber controlá-las. Em menos de um ano, ela foi demitida.

Anne encontrou outro emprego em 1841, com a família Robinson, onde permaneceria por quatro anos. A vida de professora ainda não a agradava — ela sentia saudades de casa e se horrorizava com os modos dos mais ricos, escrevendo em seu diário que, na casa dos Robinsons, viu coisas desagradáveis sobre a natureza humana que jamais tinha sonhado existirem. No entanto, só pediu demissão em 1845, e acredita-se que tenha feito isso após saber que Branwell — que também tinha sido contratado pela família como tutor para o filho mais velho — estava tendo um caso com a esposa do patrão. O Sr. Robinson descobriu o envolvimento dos dois e expulsou Branwell da casa. Destroçado pela perda da mulher que amava e tecendo fantasias de que um dia se casaria com ela, Branwell passou a abusar cada vez mais do álcool e das drogas.

Anne, Charlotte e Emily, reunidas em Haworth, decidiram, pela primeira vez, tentar publicar um livro. Em 1846, lançaram uma coletânea de poemas, pagando a edição do próprio bolso e assinando-a com pseudônimos masculinos: Currer, Ellis e Acton Bell foram os nomes escolhidos por, respectivamente, Charlotte, Emily e Anne. O livro recebeu algumas críticas favoráveis, mas vendeu apenas dois exemplares. As irmãs, no entanto, não desanimaram e passaram dos poemas aos romances: Anne pôs-se a escrever *Agnes Grey*, Emily, *O morro dos ventos uivantes*, e Charlotte, *O professor*. Um editor concordou em publicar os livros de Anne e de Emily numa edição conjunta, contanto que elas arcassem com parte dos custos de publicação. *O professor* foi rejeitado por diversas editoras, mas a essa altura Charlotte já havia terminado seu segundo manuscrito: *Jane Eyre*, embora escrito depois de *Agnes Grey* e *O morro dos ventos uivantes*, acabou sendo lançado dois meses antes, em outubro de 1847, e foi um sucesso espetacular. Vendeu tão bem que ajudou na recepção dos outros dois livros, pois Currer, Ellis e Acton Bell declaravam ser irmãos, e boa parte da imprensa desconfiou de que, na verdade, fossem a mesma pessoa. Os críticos, no entanto, foram mais severos do que o público: fizeram ataques ferozes a *O morro dos ventos uivantes*, que consideraram imoral, viram inúmeros defeitos em *Jane Eyre* e simplesmente ignoraram *Agnes Grey*.

Apesar da frieza da crítica diante de sua primeira obra, Anne começou a escrever *A senhora de Wildfell Hall*. Seu segundo romance seria uma empreitada muito mais ambiciosa: enquanto *Agnes Grey* se limita a relatar a experiência de Anne como professora nas duas casas em que trabalhou, com o acréscimo de uma paixão vivida pela heroína para tornar a história mais interessante, *Wildfell* mostra o que acontece quando homens ricos e poderosos se comportam de maneira perigosa e irresponsável, entregando-se ao álcool e ao adultério e cometendo abusos físicos e mentais contra suas esposas e seus empregados. No livro, Anne também denuncia o estado de absoluta dependência das mulheres da época: depois de casadas, elas não tinham o direito de possuir propriedade, de pedir divórcio ou de exigir a guarda dos filhos. Uma mulher que abandonasse o marido e levasse as crianças podia ser acusada de sequestro; se trabalhasse para se sustentar, tudo o que ganhava podia ser reivindicado por ele. Um jurista famoso chegou a declarar que um homem e uma mulher casados, perante a lei, eram uma só pessoa: o homem. A mulher, legalmente, não existia como indivíduo.

Helen, a protagonista de *A senhora de Wildfell Hall*, é obstinada e forte, bem distante do ideal feminino da era vitoriana. Em sua mocidade, comete o erro fatal de se casar com um canalha, acreditando que poderia regenerá-lo — e paga um preço altíssimo por isso. Para os leitores de hoje, é angustiante ver até que ponto Helen suporta os excessos do marido — mas o fato de ela, afinal, se rebelar contra ele foi o que mais chocou a sociedade da época. Lançado em junho de 1848, *A senhora de Wildfell Hall* foi um sucesso instantâneo, mas suas cenas de violência e devassidão escandalizaram a opinião pública. Os críticos, que em geral eram homens, fizeram objeção ao fato de os personagens masculinos do livro serem, em sua maioria, ou infantis ou depravados, com Helen e outras mulheres sendo mostradas como superiores em termos morais e intelectuais. E tacharam *Wildfell* como vulgar e brutal, acusando Anne Brontë — ou melhor, Acton Bell — de sentir um prazer perverso em descrever o calvário de sua heroína.

Anne se defendeu no prefácio que escreveu para a segunda edição do romance, incluído nesta tradução. Nele, afirma que seu propósito era educar os leitores e, mostrando as piores verdades sem suavizações ou rodeios, tentar impedir que jovens de ambos os sexos cometessem os mesmos erros que seus personagens. Ela também afirma que não precisou exagerar em nada as cenas que descreve, dizendo saber que pessoas como o marido de Helen de fato existem — sem dúvida, por ter acompanhado de perto as atividades de Branwell e alguns de seus amigos. Por meio de sua protagonista, Anne Brontë repudia com veemência a diferença que havia entre a educação dos homens e das mulheres de sua época: enquanto os primeiros eram expostos a tudo e podiam viver as experiências que desejassem, as segundas eram protegidas da realidade e, com isso, se tornavam indefesas diante das armadilhas da vida. Helen, após ser vítima da própria inocência, exige para si uma existência independente — com isso, Anne Brontë afirmava que a subjugação absoluta de uma mulher a um homem não podia ser considerada moral.

Anne Brontë também deu à sua heroína uma característica que ela própria possuía: a profunda religiosidade. Há inúmeras citações e referências à Bíblia em *A senhora de Wildfell Hall* e, ao longo de todo o livro, Helen se apoia em sua fé para suportar as tristezas e decepções que sofre. A ideia de que há vida após a morte permeia toda a narrativa, e a expectativa de uma eternidade passada na felicidade ou no tormento está sempre presente nos pensamentos de Helen. Ela deseja que seu filho se torne um homem diferente do pai não apenas para que ele leve uma vida mais virtuosa na Terra, mas para que tenha uma chance de entrar no Paraíso. E demonstra a crença que Anne Brontë desenvolveu após uma vida repleta de questionamentos: a de que o reino dos céus não seria negado a nenhuma alma, pois todas teriam chance de se arrepender de seus pecados, mesmo após a morte.

E a morte, infelizmente, jamais estaria distante dos Brontë. Em outubro de 1848, Branwell faleceu subitamente, chocando toda a família. Acredita-se que ele havia contraído tuberculose e que os sintomas, mascarados por seu estado de saúde sempre debilitado, não foram percebidos. Não se sabe se essa doença contagiosa invadiu Haworth através de Branwell, mas o fato é que ela se alastrou pela casa: logo após o enterro do irmão, Emily começou a exibir seus primeiros sinais; ela morreria apenas dois meses depois, em dezembro do mesmo ano. Por fim, foi a vez de Anne. Seu declínio foi mais lento do que o de Emily, pois ela era mais paciente e dócil e seguiu todas as recomendações do médico. No fim da vida, foi levada para a cidade costeira de Scarborough, na esperança de que o ar marinho lhe fizesse bem. De nada adiantou, e ela faleceu no dia 28 de maio de 1849, com apenas 29 anos. Suas últimas palavras foram para a única irmã que lhe restava: "Coragem, Charlotte."

Charlotte Brontë, assim, perdeu as três pessoas de quem foi mais próxima na vida num espaço de apenas oito meses. Em 1850, ela autorizou a publicação de uma nova edição conjunta de *Agnes Grey* e *O morro dos ventos uivantes*, na qual incluía uma pequena biografia das irmãs falecidas e revelava suas identidades. Nessa biografia, Charlotte lamentou o fato de o único romance de Emily ter sido recebido de maneira tão desfavorável. No entanto, ao comentar a recepção igualmente hostil sofrida por *A senhora de Wildfell Hall*, não poupou a obra de Anne: "A escolha do enredo foi um erro absoluto. Não se pode conceber nada de menos congruente com a natureza de sua autora. Os motivos que a levaram a fazer essa escolha foram puros, mas, creio, ligeiramente mórbidos." Charlotte também escreveu uma carta ao seu editor dizendo não acreditar que *A senhora de Wildfell Hall* merecesse ser preservado, e não permitiu sua reedição enquanto viveu.

Após a morte de Charlotte, em 1855, *Wildfell Hall* voltou a ser publicado, mas, por motivos econômicos ou escrúpulos moralistas, alguns editores cortaram trechos do livro, e edições com o texto mutilado ainda estão em circulação. Talvez por isso, o livro se tornou relativamente obscuro, jamais recebendo a mesma atenção que *Jane Eyre* e *O morro dos ventos uivantes*, e relegando Anne à posição de irmã menos talentosa da família. Esta tradução usa o texto integral de *A senhora de Wildfell Hall* e procura manter toda a complexidade e a ousadia desse romance corajoso no qual Anne Brontë mostrou toda a sua força literária.

Julia Romeu
escritora e tradutora

Prefácio à segunda edição

Ao mesmo tempo que reconheço que o sucesso desta obra foi maior do que eu esperava e que os elogios que ela recebeu de alguns críticos gentis foram maiores do que merece, também devo admitir que outras pessoas a censuraram com uma severidade para a qual não estava preparado,* e que meu bom senso, assim como minha sensibilidade, me asseguram ser mais cruel do que justa. Não compete ao autor refutar os argumentos de seus censores e vingar seu próprio trabalho; mas talvez me seja permitido fazer aqui algumas observações que teria incluído em um prefácio à primeira edição, caso houvesse antevisto a necessidade de tomar tais precauções contra as falsas impressões daqueles que fizeram questão de lê-lo com uma mente preconceituosa ou se contentaram em julgá-lo sem se aprofundar nele.

Meu propósito ao escrever as páginas seguintes não foi apenas divertir o leitor; tampouco satisfazer meu próprio gosto ou ganhar as boas graças da imprensa ou do público: meu desejo era relatar a verdade, pois a verdade sempre comunica sua própria moral para quem é capaz de absorvê-la. Mas, como esse tesouro precioso com frequência se esconde no fundo de um poço, é preciso coragem para mergulhar em busca dele, principalmente porque é provável que quem o fizer vá despertar mais desdém e desaprovação pela lama e água onde ousou se misturar do que gratidão pela joia que obteve; é possível comparar isso com a situação de uma mulher que se prontifica a limpar os aposentos de um homem solteiro e descuidado, ouvindo mais reclamações pela poeira que levantou do que elogios pela limpeza que fez. Que não se imagine, no entanto, que eu considere ter competência

*Anne Brontë assinou este prefácio com o pseudônimo Acton Bell, por isso, na tradução, o sujeito está no masculino. (*N. da T.*)

para reparar os erros e abusos da sociedade, mas que deseje contribuir com minha humilde cota para um propósito tão bom; e que, se os ouvidos do público estão voltados para mim, prefira sussurrar neles algumas verdades saudáveis a bobagens sem sentido.

Assim como o livro *Agnes Grey* foi acusado de imensos excessos justamente nos trechos que foram copiados com cuidado de exemplos reais, eu, que evitei qualquer exagero com o máximo de escrúpulos, fui censurado por ter, nesta obra, retratado com deleite, ou com "um amor mórbido pelo que é vil, para não dizer o que é brutal",* aquelas cenas que, ouso dizer, não foram mais dolorosas para o mais exigente dos meus críticos ler do que foi para mim descrever. Talvez tenha ido longe demais; se for o caso, tomarei a precaução de não perturbar a mim mesmo ou a meus leitores da mesma maneira de novo. Mas, quando estamos falando de perversidades e de personagens perversos, insisto ser melhor mostrá-los como de fato são do que como desejam ser vistos. Mostrar algo ruim da maneira menos ofensiva é, sem dúvida, o caminho mais agradável para quem escreve ficção; mas será o mais honesto, ou o mais seguro? É melhor revelar as armadilhas da vida para o viajante jovem e inocente ou cobri-las de galhos e flores? Oh, leitor! Se não nos preocupássemos tanto em esconder com delicadeza os fatos, em sussurrar "paz, paz", quando não há paz, haveria menos pecados e tristezas para os jovens de ambos os sexos que precisam arrancar uma sabedoria amarga da experiência.

Não gostaria de ser acusado de supor que os atos do canalha infeliz e de seus companheiros dissolutos aqui apresentados retratam práticas comuns da sociedade: é um caso extremo, como achei que ninguém deixaria de perceber; mas sei que pessoas assim existem de fato e, se consegui advertir um só rapaz estouvado a não seguir seus passos, ou impedir uma única moça leviana de cometer o erro compreensível de minha heroína, então este livro não terá sido escrito em vão. Ao mesmo tempo, se qualquer leitor honesto obteve mais dor do que prazer ao lê-lo e virou a página com uma impressão desagradável, peço humildemente seu perdão, pois isso estava longe de ser minha intenção; e tentarei me sair melhor no futuro, pois

---

*Frase da crítica de *A senhora de Wildfell Hall* publicada no periódico *Spectator*. (*N. da T.*)

adoro proporcionar prazeres inocentes. Mas que fique entendido que não vou limitar minha ambição a isso, ou mesmo a produzir "uma obra de arte perfeita": consideraria que o tempo e o talento gastos assim estariam sendo desperdiçados e mal-empregados. Tentarei utilizar as humildes habilidades que Deus me deu da melhor maneira; se posso divertir, tentarei também educar; e, quando sentir que é meu dever proclamar uma verdade pouco palatável, com a ajuda do Senhor, *haverei de proclamá-la*, mesmo que isso prejudique minha reputação e seja em detrimento do prazer imediato do meu leitor, assim como do meu.

Mais um fato e concluirei. A respeito da identidade do autor, é preciso que seja bem-entendido que Acton Bell não é nem Currer Bell, nem Ellis Bell e, portanto, seus defeitos não devem ser atribuídos a eles. Quanto ao fato de o nome ser real ou fictício, não deve ser muito importante para aqueles que o conhecem apenas por meio de suas obras. Assim como creio não ser importante saber se o escritor assim chamado é homem ou mulher, como um ou dois de meus críticos afirmam terem descoberto. Irei interpretar essa dedução como um elogio à boa delineação de meus personagens femininos; e, embora não possa deixar de atribuir boa parte da severidade de meus censores a essa suspeita, não farei esforços para refutá-la, pois, para mim, se o livro é bom, o sexo de seu autor não é significativo. Todos os romances são, ou deveriam ser, escritos para os homens e as mulheres lerem, e não compreendo como um homem poderia se permitir escrever algo que seria realmente desonroso para uma mulher, ou por que uma mulher deveria ser repreendida por escrever algo que seria apropriado para um homem e digno dele.

22 de julho de 1848

Parte I

Para o Sr. J. Halford

Meu caro Halford,

Quando estivemos juntos pela última vez, você me fez um relato muito detalhado e interessante dos acontecimentos mais impressionantes de sua juventude, na época antes de nos conhecermos; e, depois, pediu que eu retribuísse com uma confidência parecida. Como não estava com vontade de contar histórias naquele momento, recusei, alegando que não tinha nada a dizer e recorrendo a outras desculpas e subterfúgios, que foram considerados inadmissíveis por você; pois, embora tenha mudado de assunto no mesmo instante, foi com o ar de um homem que não se queixava, mas estava profundamente magoado, e com uma expressão anuviada que lhe fechou o rosto até o fim do nosso encontro e que, pelo que sei, ainda o fecha; já que suas cartas, desde então, têm sido marcadas por uma frieza e uma reserva altivas e quase melancólicas que teriam me afetado bastante, se minha consciência me houvesse acusado de tê-las merecido.

Não sente vergonha disso, meu velho? Na sua idade, sendo nós tão íntimos há tanto tempo, e tendo eu lhe dado tantas provas de franqueza e confiança, sem nunca me ressentir de ser comparativamente tão fechado e taciturno? Mas suponho que não tenha jeito; você não é naturalmente comunicativo e achou que tinha feito uma coisa maravilhosa, me dado uma prova sem paralelos de amizade naquela ocasião memorável — que, sem dúvida, jurou jamais repetir —, acreditando que o mínimo que poderia fazer por um favor tão grande seria seguir seu exemplo sem hesitar um momento.

Muito bem! Não peguei da pena para o repreender, nem para me defender, nem para me desculpar por ofensas passadas, mas, se possível, para repará-las.

É um dia de chuva torrencial, minha família saiu para fazer uma visita, estou sozinho em minha biblioteca e faz tempo que venho examinando algumas cartas e papéis velhos e mofados, refletindo sobre o passado; assim, estou com o humor perfeito para diverti-lo com uma história antiga. Por isso, tendo tirado meus pés bem-tostados do descanso da lareira, girado na direção da mesa e traçado as linhas acima para meu velho e rabugento amigo, estou prestes a dar um esboço — não, um esboço, não —, mas um relato completo e fiel de certas circunstâncias relacionadas ao acontecimento mais importante de minha vida, pelo menos até eu ser apresentado a Jack Halford. Depois de tê-lo lido, me acuse de ingratidão e reserva se puder.

Sei que gosta de uma história longa e se compraz tanto com particularidades e detalhes circunstanciais quanto minha avó, por isso não o pouparei: minha paciência e meu ócio serão meus únicos limites.

Entre as cartas e os papéis de que falei, há um velho diário meu, que menciono para lhe assegurar que minha memória — por mais tenaz que seja — não é a única coisa de que dependo; isso é para que sua credulidade não seja testada de forma severa demais ao seguir as minúcias de minha narrativa. Vamos começar imediatamente, então, o Capítulo 1; pois essa será uma história com muitos capítulos.

1

Uma descoberta

Você precisa retornar comigo ao outono de 1827.

Meu pai, como sabe, era dono de uma fazenda no condado de ——, e eu, cumprindo um desejo expresso dele, escolhera a mesma ocupação tranquila. Não o fizera de muito boa vontade, pois a ambição me estimulava a ter objetivos mais nobres e a vaidade me assegurava de que, ao ignorá-la, eu estava desperdiçando meus talentos e privando o mundo de minha capacidade. Minha mãe se esforçara ao máximo para me persuadir de que era capaz de grandes feitos; mas meu pai, que achava que a ambição era o caminho mais certo para a ruína e que mudança era sinônimo de destruição, recusara-se a ouvir qualquer plano meu para melhorar minha própria condição ou a condição da humanidade. Ele havia afirmado que tudo aquilo era uma bobagem e insistido, em seu leito de morte, que eu trilhasse o velho e bom caminho, seguisse seus passos e os passos de seu pai e tivesse apenas a pretensão de ser um homem honesto, sem me desviar da minha rota, deixando os acres da família para meus filhos em, no mínimo, condições tão boas quanto as que estavam ao serem deixados para mim.

"Muito bem! Um fazendeiro honesto e diligente é um dos membros mais úteis da sociedade; e, se eu dedicar meus talentos ao cultivo de minhas terras e à melhora da agricultura em geral, estarei beneficiando não apenas minha família e meus lavradores, mas também, até certo ponto, a humanidade como um todo. Dessa forma, não terei vivido em vão."

Com tais pensamentos eu tentava me consolar enquanto caminhava devagar para casa, voltando de meus campos numa noite fria, úmida e nublada perto do fim do mês de outubro. Mas o brilho avermelhado e alegre do fogo que atravessava a janela da sala de estar foi mais eficaz em me encher de ânimo e me repreender por meus lamentos ingratos do que quaisquer reflexões sábias e boas resoluções que vinha forçando minha mente a formar; pois era jovem naquela época, lembre-se — tinha apenas 24 anos — e, hoje, possuo o dobro de controle sobre meu humor, embora isso ainda não signifique muito.

No entanto, não poderia entrar naquele doce refúgio antes de trocar minhas botas imundas de lama por um par de sapatos limpos e meu sobretudo velho por um casaco mais respeitável, tornando-me mais ou menos digno de ser visto por pessoas decentes; pois minha mãe, apesar de toda a sua amabilidade, era muito exigente em certos pontos.

Ao subir para o meu quarto, encontrei na escada uma menina bonita de 19 anos, baixinha, porém elegante, com um rosto redondo, faces coradas, cabelos encaracolados e brilhantes e olhos castanhos, pequenos e alegres. Não preciso lhe dizer que era minha irmã Rose. Sei que ela ainda é uma mulher atraente e, sem dúvida, não menos adorável hoje do que no dia em que você a viu pela primeira vez, ao menos aos *seus* olhos. Não sabia naquela época que, alguns anos mais tarde, se tornaria a esposa de um homem que eu até então não conhecia, um homem destinado a se tornar um amigo mais íntimo até do que ela mesma e do que um certo rapaz mal-educado de 17 anos. Rapaz que, conforme vinha descendo a escada, pegou-me pelo colarinho e quase me fez perder o equilíbrio. Como punição por seu atrevimento, recebeu uma sonora pancada na cabeça, mas não ficou seriamente ferido, pois sua cabeça, além de ser mais dura do que a maioria, estava protegida por uma imensa quantidade de cachos cor de ferrugem, que minha mãe afirmava serem castanho-avermelhados.

Ao entrar na sala de estar, encontramos essa honrada senhora sentada em sua poltrona perto do fogo, tricotando, como sempre fazia quando não tinha nenhuma outra tarefa a realizar. Ela varrera a lareira e acendera um belo e fulgurante fogo para nos receber; a criada acabara de trazer a bandeja com o lanche; Rose estava pegando o açucareiro e a lata de chá no aparador de carvalho negro, que brilhava como ébano polido à luz alegre do crepúsculo.

— Ah! Aqui estão os dois — disse minha mãe, olhando-nos sem diminuir o movimento de seus dedos ágeis e agulhas faiscantes. — Fechem a porta e venham para perto do fogo enquanto Rose prepara o chá. Devem estar morrendo de fome. E me digam o que andaram fazendo o dia todo. Gosto de saber o que meus filhos andam fazendo.

— Estava adestrando aquele potro cinza, o que não está sendo nada fácil, mandando o menino arrancar da terra os últimos talos de trigo velho, pois ele não faz nada direito se eu não ficar atrás, e começando a colocar em prática meu plano para drenar de maneira mais eficiente os campos mais baixos.

— Que menino trabalhador! E você, Fergus? O que fez hoje?

— Cacei texugos.

E ele começou a contar em todos os detalhes como fora a caça, e as respectivas peripécias realizadas tanto pelos texugos quanto pelos cães. Minha mãe fingiu escutar com muita atenção, observando a expressão entusiasmada de Fergus com uma quantidade de admiração maternal que eu achei inteiramente desproporcional às qualidades do rapaz em questão.

— Já está na hora de você fazer outra coisa da vida, Fergus — afirmei, assim que uma pausa momentânea na narrativa dele permitiu que eu abrisse a boca.

— Mas o *que* posso fazer? — respondeu Fergus. — Minha mãe não quer que eu entre na Marinha ou no Exército. E estou decidido a não fazer mais nada, a não ser me tornar um aborrecimento tão grande para todos vocês que ficarão gratos por se livrarem de mim de qualquer jeito.

Mamãe acariciou os cabelos encaracolados de Fergus, consolando-o. Ele resmungou alguma coisa e tentou parecer mal-humorado, e então todos nos sentamos ao redor da mesa, atendendo ao terceiro chamado de Rose.

— Bebam seu chá — disse ela —, e lhes contarei o que *eu* andei fazendo. Fui visitar os Wilsons, e é uma *grande* lástima que você não estivesse comigo, Gilbert, pois Eliza Millward estava lá!

— Ora essa! E daí?

— Oh, nada! Não vou falar dela. Só queria dizer que é uma moça bastante divertida quando está de bom humor e eu não me importaria de ser sua...

— Fique quieta, minha querida! Seu irmão não pensa nisso! — sussurrou mamãe com aflição, colocando o dedo em riste.

— Bem — continuou Rose —, eu ia contar a vocês uma notícia importante que ouvi lá, e que estou ansiosa para passar adiante. Lembram-se de que um mês atrás nos disseram que alguém ia alugar Wildfell Hall? Bem, o que acham que aconteceu? A casa está habitada há mais de uma semana! E ninguém sabia de nada!

— Impossível! — exclamou minha mãe.

— Absurdo! — afirmou Fergus.

— Está, sim! E por uma mulher sozinha!

— Mas, minha filha! Aquela casa está em ruínas!

— Ela mandou arrumar dois ou três aposentos, que agora estão habitáveis. E está morando lá sozinha, com apenas uma senhora como criada!

— Que pena! Isso estraga tudo. Esperava que ela fosse uma bruxa — disse Fergus, devorando seu enorme pedaço de pão com manteiga.

— Que bobagem, Fergus! Mas não é estranho, mamãe?

— Mal posso acreditar que seja verdade.

— Mas pode acreditar, pois Jane Wilson viu a mulher. Ela foi visitá-la com a mãe que, é claro, ao ouvir dizer que havia uma estranha na vizinhança, devia estar se coçando para ir vê-la e arrancar tudo o que pudesse dela. Ela se chama Sra. Graham e está de luto. Não de luto fechado, mas leve. E é bem jovem, disseram elas. Não deve ter mais do que 25 ou 26 anos. Mas é *tão* reservada! As duas tentaram de tudo para descobrir quem ela é, de onde veio e tudo mais, mas nem a Sra. Wilson, com suas perguntas impertinentes, nem a Srta. Wilson, com suas hábeis manobras, conseguiram uma resposta satisfatória, ou mesmo um comentário casual que pudesse satisfazer-lhes a curiosidade ou esclarecer um pouco o passado dela e dar uma pista sobre quem são seus parentes e amigos. A Sra. Graham foi bastante fria com elas e pareceu mais feliz em dizer "adeus" a dizer "muito prazer". Mas Eliza Millward afirma que seu pai pretende visitá-la em breve, para lhe oferecer conselhos religiosos. Ele receia que a moça precise deles, pois, embora se saiba que se mudou para cá no início da semana passada, não foi à igreja no domingo. E ela... Eliza, quero dizer... vai pedir para acompanhá-lo, e tem certeza de que vai conseguir descobrir alguma coisa. Você sabe, Gilbert, que *Eliza* consegue tudo o que quer. E *nós* devemos visitá-la também um dia desses, mamãe. Seria falta de educação não o fazer.

— É claro, querida. Pobre moça! Como deve se sentir solitária.

— Por favor, não demorem a ir. E não deixem de me dizer quantas colheres de açúcar ela põe no chá, que tipos de chapéus e de aventais usa e tudo mais. Pois não sei como vou conseguir viver até saber — disse Fergus, muito sério.

Se ele pretendia que sua fala fosse encarada como uma pérola de ironia, fracassou miseravelmente, já que ninguém riu. No entanto, Fergus não ficou muito desconcertado, pois, quando havia colocado na boca um pedaço de pão com manteiga e estava prestes a tomar um gole de chá, a graça da coisa atingiu-o com uma força tão irresistível que ele pulou da cadeira e correu da sala, rindo e engasgando. Um minuto depois, ouvimos seus urros no jardim.

Quanto a mim, eu estava faminto, e me contentei em arrasar com todo o chá, o presunto e o pão em silêncio, enquanto minha mãe e minha irmã continuavam a conversar, discutindo o que fora e o que não fora revelado sobre a misteriosa moça e sua provável ou improvável história de vida. Mas devo confessar que, após ver o acidente que ocorrera com meu irmão, cheguei a levar a xícara até meus lábios uma ou duas vezes e afastei-a novamente sem beber nada, para não ferir minha dignidade com explosão semelhante a dele.

No dia seguinte, mamãe e Rose correram para cumprimentar a bela reclusa e, quando voltaram, não tinham obtido uma quantidade muito maior de informações. Mas mamãe declarou que não se arrependera da visita, pois podia não ter descoberto muita coisa, mas acreditava ter ensinado algumas, o que era ainda melhor. Ela dera bons conselhos à Sra. Graham e achava que eles não seriam desperdiçados. A moça, embora falasse muito pouco e desse a impressão de ser ligeiramente teimosa, não parecia incapaz de aprender. Mas minha mãe não sabia onde passara a vida, uma vez que, coitadinha, demonstrava lamentável ignorância em determinados assuntos, e sequer tinha o bom senso de se envergonhar disso.

— Em quais assuntos, mamãe? — perguntei.

— Em questões domésticas e em pequenos detalhes de cozinha que todas as mulheres deveriam saber, quer tenham uma utilidade prática para o conhecimento ou não. Mas eu lhe dei algumas boas informações e diversas receitas excelentes, cujo valor ela evidentemente não soube apreciar, pois pediu que eu não me incomodasse, dizendo que vivia de maneira tão simples que achava que jamais teria a oportunidade de experimentá-las. "Não importa, minha querida", eu disse. "Isso é o que todas as mulheres respeitáveis deveriam saber. Além disso, embora esteja sozinha agora, nem sempre será assim. Você já *foi* casada, e é provável... eu diria quase certo... que se case de novo." "A senhora se engana", respondeu ela com altivez. "Estou certa de que jamais voltarei a me casar." Mas eu disse a ela que confiava mais em minha opinião.

— Ela deve ser uma jovem viúva romântica — garanti. — Veio para cá para passar o resto de seus dias na solidão, lamentando a perda do marido. Mas isso não vai durar.

— Concordo — observou Rose —, pois ela não parecia *muito* triste. E é linda. Tem um ar imponente. Você devia ir vê-la, Gilbert. Creio que achará sua beleza perfeita, embora não vá conseguir descobrir nenhuma semelhança entre ela e Eliza Millward.

— Posso imaginar muitas mulheres mais bonitas do que Eliza, mas não mais charmosas. Admito que ela está longe de ser perfeita. Mas afirmo que, se fosse mais perfeita, seria menos interessante.

— Então você prefere os defeitos dela às perfeições das outras?

— Isso mesmo. A não ser quando estou na presença de minha mãe.

— Gilbert, querido, como você diz bobagem! Sei que não está falando sério — disse mamãe, levantando-se e retirando-se depressa da sala, com a desculpa de ter alguma tarefa doméstica a realizar, para assim escapar da contradição que me saía da boca.

Rose então me agraciou com mais detalhes sobre a Sra. Graham. Sua aparência, seus modos, suas roupas e até mesmo a mobília do aposento foram descritos, com muito mais clareza e precisão do que eu desejava. Mas, como não fui um ouvinte muito atento, não poderia repetir o relato mesmo que quisesse.

O dia seguinte foi um sábado. E, no domingo, todos se perguntaram se a bela desconhecida seguiria os conselhos do vigário e iria à igreja. Confesso que até eu olhei com alguma curiosidade para o compartimento reservado à família que ocupava Wildfell Hall, com almofadas vermelhas que não eram passadas nem trocadas há anos e brasões lúgubres, com extremidades feitas de um tecido negro já puído, que nos encaravam severamente de lá de cima.

E lá estava uma mulher alta e elegante, toda vestida de preto. Seu rosto estava voltado na minha direção, e havia qualquer coisa nele que me fez ter vontade de continuar observando-o. Os cabelos eram muito negros, longos e repletos de pequenos cachos lustrosos, um penteado bastante incomum naquela época, mas que sempre fica gracioso e bonito; a pele, bastante clara; e os olhos eu não podia ver, pois, como fitavam a Bíblia que ela segurava, estavam escondidos pelas pálpebras e por longos cílios negros. Mas as sobrancelhas eram expressivas e bem definidas; a testa, larga e inteligente; e o nariz, de um aquilino perfeito. Suas feições eram quase impecáveis; só que as faces eram ligeiramente encovadas, os olhos fundos e os lábios, embora muito bonitos, eram um pouco finos demais, um pouco compridos, e tinham algo que me pareceu indicar um temperamento não muito afável. E eu disse a mim mesmo: "Prefiro admirá-la a distância, bela dama, a compartilhar um lar com a senhora."

Nesse momento, ela por acaso ergueu os olhos, e eles encontraram os meus. Não desviei o olhar, e ela voltou a fitar sua Bíblia com uma expressão momentânea de desprezo contido que me incomodou incrivelmente. "Ela me considera um garotinho atrevido", pensei. "Hunf! Vai mudar de ideia em breve, se eu achar que vale a pena."

Mas, então, me dei conta de que esses eram pensamentos muito impróprios para um local sagrado e de que meu comportamento naquele momento estava longe do ideal. No entanto, antes de voltar a prestar atenção no sermão, olhei em volta para ver se alguém estivera me observando. Mas não; todos os que não tinham os olhos voltados para suas Bíblias encaravam aquela estranha senhora, incluindo minha mãe, minha irmã, a Sra. Wilson e sua filha; até mesmo Eliza Millward estava observando de rabo de olho aquele que era o objeto de todas as atenções. Ela então me viu, deu um sorrisinho amarelo, corou e voltou a ler sua Bíblia, tentando deixar o rosto impassível.

Lá estava eu quebrando as regras de novo; e, dessa vez, fui levado a percebê-lo por uma súbita pancada nas costelas, dada pelo cotovelo de meu irmão caçula. Naquele momento, só pude retribuir o insulto pisando com força nos dedões do pé dele e planejando uma vingança melhor para depois da igreja.

Agora, Halford, antes de terminar esta carta, vou lhe contar quem era Eliza Millward. Era a filha mais nova do vigário, uma mocinha muito atraente, por quem eu sentia uma grande predileção. Ela sabia disso, embora jamais o houvesse declarado abertamente e não tivesse qualquer intenção definida de fazê-lo. Pois minha mãe, que não acreditava existir nenhuma mulher que fosse boa o suficiente para mim num raio de 30 quilômetros, não podia suportar a ideia de me ver casado com uma coisinha tão insignificante que, além de inúmeros outros defeitos, não tinha sequer vinte libras em seu nome. O corpo de Eliza era roliço e frágil ao mesmo tempo; seu rosto era pequeno e quase tão redondo quanto o de minha irmã; a pele, um pouco parecida com a de Rose, porém mais delicada e menos corada; o nariz, arrebitado; e as feições, um pouco irregulares. Sua aparência, em geral, era mais charmosa do que bonita. Mas seus olhos... Não posso me esquecer de descrever aqueles olhos incríveis, pois eles eram o principal atrativo de Eliza, ao menos no que diz respeito ao aspecto físico. Eram longos e estreitos, de íris negra ou castanho-escura, e a cada instante expressavam algo diferente, mas sempre algo de uma malícia profunda, quase *diabólica*, ou irresistivelmente fascinante — às vezes, as duas coisas ao mesmo tempo. Sua voz era infantil e doce, e ela andava de maneira suave, como um gato. Mas seus modos se pareciam mais com os de um gatinho ainda bebê: ora brincalhona, ora atrevida, ora tímida, dependendo de sua doce vontade.

Mary, a irmã de Eliza, era alguns anos mais velha, alguns centímetros mais alta e tinha o corpo mais largo e menos bem-feito. Era uma menina feia, quieta e sensata, que cuidara pacientemente da mãe durante uma doença longa e tediosa e se tornara a administradora da casa e a trabalhadora da família desde sua morte. O pai a estimava e confiava nela, os cães, os gatos, as crianças e os pobres das redondezas a amavam, e todos os outros a ignoravam e negligenciavam.

O reverendo Michael Millward era um homem de certa idade, alto e corpulento, que usava um chapéu de abas largas sobre o rosto quadrado de feições brutas, andava sempre com uma bengala e cobria suas pernas grossas com calças que desciam até os joelhos e meias brancas, ou pretas de seda nas ocasiões especiais. Era um homem de princípios rígidos, preconceitos fortes e hábitos regulares. Detestava que discordassem dele, acreditando que *sua* opinião estava sempre certa e que quem tivesse outra sofria de ignorância deplorável ou cegueira intencional.

Durante minha infância, eu me acostumara a encará-lo com certa reverência — sentimento que durou quase até os dias de hoje, pois, embora ele fosse gentil com os bem-comportados, era um disciplinador rigoroso e muitas vezes reprovava com severidade nossos pecadilhos juvenis. Além disso, naquela época, sempre que visitava nossos pais, tínhamos de citar a lição do livro de catecismo, ou declamar "Como pode a abelhinha ocupada"* ou algum outro poema, ou — o que era ainda pior — ser sabatinados sobre os principais pontos de seu último sermão, do qual nunca conseguíamos lembrar. Às vezes esse cavalheiro reprovava minha mãe por ser indulgente demais com os filhos, citando Eli ou Davi e Absalão, algo que a deixava mais mortificada do que qualquer outra coisa. Ela sentia um profundo respeito pelo reverendo e por tudo o que ele falava, mas certa vez a ouvi dizer: "Gostaria que ele tivesse um filho também! Não ia dar esses conselhos com essa facilidade toda. Ia ver o que é ter dois meninos para cuidar."

O reverendo tinha um louvável cuidado com sua saúde: acordava muito cedo, caminhava sempre antes do café, fazia questão de usar roupas apropriadas para o frio e a chuva, jamais dava um sermão sem antes engolir um ovo cru — embora tivesse bons pulmões e uma voz poderosa — e era, em geral, muito atento a tudo o que comia e bebia, embora não chegasse nem perto de ser abstêmio e seguisse uma dieta bastante peculiar. Desprezava o chá e outras bobagens, preferindo cerveja, bacon, ovos, presunto, carne-seca e outros alimentos pesados, que não incomodavam seu aparelho digestivo e que, por isso, ele acreditava serem bons para todos, recomendando-os sem medo aos mais delicados convalescentes ou dispépticos. Se não obtivessem o benefício prometido com esses remédios, ouviam que não haviam perseverado o suficiente no tratamento e, se reclamassem de resultados inconvenientes, eram assegurados de que era tudo frescura.

---

*Referência ao poema "Against idleness and mischief" ["Contra a preguiça e as travessuras"] (1715), de Isaac Watts, cuja primeira linha é "How doth the little busy Bee" ["Como pode a abelhinha ocupada"]. (*N. da T.*)

Vou apenas falar de outras duas pessoas que mencionei, e então colocarei o ponto final nesta longa carta. Restam ainda a Sra. Wilson e sua filha. A primeira era a viúva de um fazendeiro rico, uma fofoqueira tacanha cuja personalidade não vale a pena descrever. Tinha dois filhos: Robert, um fazendeiro rude e simples, e Richard, um jovem retraído e estudioso que estava lendo os clássicos com a ajuda do vigário e, com isso, preparando-se para ingressar na faculdade e, mais tarde, entrar para a Igreja.

A irmã deles, Jane, era uma moça de algumas habilidades e muita ambição. Ela havia, por sua própria vontade, sido mandada para um internato, recebendo assim uma educação superior à de qualquer outro membro da família. Ficara mais elegante, perdera o sotaque provinciano e podia se gabar de saber mais do que as filhas do vigário. Além disso, era considerada muito bonita, embora eu jamais houvesse sido um de seus admiradores. Tinha por volta de 26 anos na época, era bastante alta e esguia, e seus cabelos não eram castanhos ou castanho-avermelhados, mas de um ruivo claro, porém inconfundível. Sua pele era branca e luminosa, a cabeça, pequena, o pescoço, longo, o queixo, bem-formado, porém muito curto, os lábios, finos e vermelhos e os olhos, castanho-claros e muito penetrantes, mas sem nenhum lirismo ou expressão. Essa moça tinha, ou poderia ter tido, muitos pretendentes da própria classe, mas desprezava todos; pois nada além de um homem de melhor posição social poderia agradar seu gosto refinado e apenas um homem rico satisfaria sua imensa ambição. E havia de fato um cavalheiro à vista, de quem ela vinha recebendo muitas atenções e cujo coração, sobrenome e fortuna, dizia-se, pretendia conquistar. Era o Sr. Lawrence, maior proprietário de terras da vizinhança, cuja família antigamente ocupara Wildfell Hall, mas abandonara o lugar 15 anos antes, preferindo uma mansão mais moderna e cômoda na paróquia vizinha.

Agora, Halford, despeço-me de você, por enquanto. Esta é a primeira prestação de minha dívida. Diga-me se a moeda lhe agradar, e eu enviarei o resto conforme a minha vontade: se preferir permanecer meu credor a encher os bolsos com estas linhas toscas e maltraçadas, diga-me também, e eu perdoarei sua falta de gosto e ficarei com o tesouro para mim de bom grado.

Seu eterno amigo, Gilbert Markham

2

Um encontro

Percebo com alegria, meu querido amigo, que as nuvens de seu desprazer se dissiparam; sinto-me mais uma vez abençoado por seu rosto iluminado e vejo que deseja que eu continue minha história. Portanto, sem mais delongas, aqui está ela.

Creio que o último dia que mencionei foi certo domingo, 31 de outubro de 1827. Na terça-feira seguinte, saí com meu cão e minha espingarda, procurando qualquer caça que pudesse ser encontrada em Linden-Car; mas, ao não achar nada, voltei minha mira contra os falcões e os corvos, cujas depredações, desconfiava eu, tinham me privado de melhores presas. Com esse propósito deixei as regiões mais frequentadas, os vales cheios de árvores, as plantações de milho e os pastos, e comecei a subir a íngreme colina de Wildfell, a mais alta em nossa vizinhança, onde, conforme se vai avançando, as sebes e as árvores se tornam escassas e raquíticas, as primeiras dando lugar a muros maciços de pedra, cobertos em parte pelo musgo e pela hera, e as últimas, a lariços, pinheiros-da-escócia, ou abrunheiros isolados. O terreno, duro e pedregoso, era completamente impróprio para o arado e, por isso, usado como pasto para o gado e os carneiros. O solo não era fértil: pedaços de rocha surgiam aqui e ali debaixo de pequenos montes cheios de grama; pés de mirtilo e urzes — relíquias de uma época em que a vegetação era mais selvagem — cresciam por debaixo dos muros; e, em muitos dos campos cercados, ambrósias e juncos usurpavam a supremacia da escassa pastagem; mas aquela não era minha propriedade, portanto, nada disso era problema *meu*.

Perto do topo dessa colina, a cerca de 3 quilômetros de Linden-Car, ficava Wildfell Hall, uma mansão ancestral da era elisabetana, feita de pedras cinza-escuras — bela e venerável, mas provavelmente fria e lúgubre para a habitante, devido às janelas com grossos mainéis de pedra e gelosias, às claraboias carcomidas pelo tempo e à localização tão solitária e desprotegida. Apenas alguns pinheiros-da-escócia a defendiam das intempéries, eles próprios quase arruinados pelas tempestades e parecendo tão sombrios quanto a casa. Atrás de Wildfell havia alguns campos desolados e o topo coberto de urzes da colina; à sua frente, circundado por paredes de pedra e fechado por um portão de ferro cujos mourões eram encimados por grandes bolas de granito cinza, parecidas com as que decoravam também o telhado e as empenas, ficava um jardim. Este já possuíra plantas e flores resistentes o suficiente para suportar o solo e o clima, e árvores e arbustos que conseguiam sobreviver às tesouradas do jardineiro, assumindo com facilidade as formas que ele escolhia dar a elas; mas, agora, tendo sido negligenciado durante tantos anos, abandonado às ervas daninhas e à grama, às geadas e aos ventos, à chuva e à seca, ficara com uma aparência bastante singular. A fileira de alfeneiros que ladeava a aleia principal já estava quase toda morta, sendo que os poucos arbustos que restavam haviam crescido muito mais do que deveriam; o velho cisne feito de buxo que ficava ao lado do pé de raspadeira perdera o pescoço e metade do corpo; as torres de loureiro que havia no meio do jardim, o gigantesco guerreiro que se erguia de um dos dois lados do portão e o leão que guardava o outro tinham assumido formas tão fantásticas que não se pareciam com nada que existisse nos céus, ou na terra, ou nas águas que estão debaixo da terra. Mas, para minha imaginação infantil, eles tinham sido todos monstros, o que combinava muito bem com as histórias de fantasmas que nossa velha babá nos contava sobre aquela velha casa mal-assombrada e seus falecidos ocupantes.

Eu já conseguira matar um falcão e dois corvos quando cheguei perto da mansão; e então, desistindo de caçar mais, segui em frente, para dar uma espiada em Wildfell e ver que obras sua nova moradora fizera. Não queria me aproximar muito do portão, por isso parei ao lado do muro no jardim. Não percebi nenhuma mudança, exceto em uma das alas, onde as vidraças quebradas e o telhado dilapidado haviam evidentemente sido consertados, e onde era possível ver fumaça subindo em espirais de uma das chaminés.

Estava assim, apoiado em minha espingarda, observando as arestas escurecidas, perdido em pensamentos, tecendo fantasias insanas nas quais velhas lembranças e a jovem e bela eremita que se encontrava atrás daquelas paredes se misturavam em partes quase iguais, quando ouvi alguns ruídos no jardim. Olhei na direção de onde vinha o som e vi uma mão pequenina surgindo por cima do muro; ela agarrou-se à pedra mais alta, e então outra mão do mesmo tamanho agarrou-a também. Logo apareceu uma pequena testa bem branca, encimada por cachos e mais cachos de cabelo castanho-claro, com um par de olhos azuis logo abaixo, e a parte superior de um minúsculo narizinho de marfim.

Os olhos não me notaram, mas brilharam de alegria ao ver Sancho, meu lindo setter inglês preto e branco, que estava revirando a terra com o focinho. O menininho ergueu o rosto e chamou o cão. O animal, que era manso, estacou, olhou para cima e balançou o rabo, mas não tomou nenhuma outra iniciativa. O menino, que aparentava ter cerca de 5 anos, subiu no muro e chamou-o diversas vezes, mas, ao ver que não adiantava, decidiu, como Maomé, que iria até a montanha, pois a montanha não vinha até ele. Tentou pular o muro, mas uma velha cerejeira cheia de galhos secos que havia ali por perto o agarrou pela camisa. Ao tentar se soltar, seu pé escorregou e lá se foi ele — mas não até o chão; a árvore ainda o manteve suspenso. O menino lutou em silêncio um momento e depois soltou um grito lancinante, mas eu já deixara a espingarda sobre a grama e segurei-o antes que caísse.

Sequei os olhos dele com sua camisa, disse que estava tudo bem e chamei Sancho para consolá-lo. O menino estava acariciando o pescoço do cachorro com sua mãozinha e começando a sorrir por entre as lágrimas quando ouvi, atrás de mim, o ruído do portão de ferro e o farfalhar de um vestido. De súbito, lá estava a Sra. Graham correndo em minha direção, com o pescoço nu e os cachos negros esvoaçando ao vento.

— Dê-me a criança! — disse, numa voz que era quase um sussurro, mas com uma veemência surpreendente; e, após arrancá-lo de mim como se meu toque pudesse contaminá-lo, apertou com firmeza uma das mãozinhas, colocando a outra sobre seu ombro e encarando-me com aqueles enormes e luminosos olhos escuros; pálida, ofegante e estremecendo de agitação.

— Eu não estava fazendo mal ao menino, senhora — afirmei, sem saber se deveria ficar irritado ou espantado. — Ele estava caindo de cima do muro. Tive a sorte de pegá-lo quando estava suspenso por um dos galhos daquela árvore, impedindo alguma catástrofe.

— Perdoe-me, senhor — gaguejou ela, acalmando-se de repente, com o bom senso parecendo dissipar seu mau humor e um leve rubor espalhando-se pelas faces. — Não o conheço... e pensei...

A Sra. Graham parou de falar para beijar o menino, passando os braços carinhosamente em volta do pescoço dele.

— Achou que eu ia sequestrar seu filho?

Ela acariciou os cabelos dele com uma risadinha um pouco envergonhada e respondeu:

— Não sabia que ele tentara subir o muro. Tenho o prazer de me dirigir ao Sr. Markham, não é mesmo? — acrescentou, de forma um pouco abrupta.

Fiz uma mesura e aventurei-me a perguntar como sabia meu nome.

— Sua irmã me visitou há alguns dias com a Sra. Markham.

— Somos tão parecidos assim? — perguntei com alguma surpresa, não tão lisonjeado pela comparação quanto deveria.

— Os olhos e o tom da pele são parecidos, acho — respondeu ela, examinando meu rosto com atenção —, e creio ter visto sua família na igreja no domingo.

Eu sorri. Alguma coisa nesse sorriso ou na lembrança que ele despertou a desagradou particularmente, pois de súbito a Sra. Graham assumiu mais uma vez aquela aparência orgulhosa e fria que fizera nascer tal perversidade em mim quando estávamos na igreja. Era um olhar de desprezo repulsivo, que surgia com tanta facilidade nela, e sem estar acompanhado por uma única distorção das feições, que parecia ser a expressão natural de seu rosto. Isso era o que me irritava mais, pois não podia acreditar que fosse uma afetação.

— Tenha um bom dia, Sr. Markham — disse ela; e, sem nenhuma outra palavra ou gesto, desapareceu para dentro do jardim com o filho.

Voltei para casa, furioso e insatisfeito. Não saberia dizer bem por que, e, por isso, não tentarei.

Permaneci lá apenas tempo suficiente para deixar minha arma e meu polvorinho e dar algumas ordens a um de meus lavradores, e então me dirigi à casa do vigário para me consolar e acalmar meu ânimo com a companhia e a conversa de Eliza Millward.

Encontrei-a, como de costume, fazendo um bordado (a mania das tapeçarias com lã ainda não tinha começado). Sua irmã estava sentada perto do fogo com o gato nos joelhos, remendando uma pilha de meias.

— Mary, Mary, esconda isso! — dizia Eliza depressa quando entrei no aposento.

— Não vou esconder, não — foi a resposta fleumática da irmã; e meu surgimento impediu que a discussão continuasse.

— Está *tão* sem sorte, Sr. Markham! — observou a mais nova com o olhar malicioso de soslaio que lhe era característico. — Papai acabou de sair e só deve voltar dentro de uma hora!

— Não importa. Posso passar alguns minutos com as filhas dele, se elas me permitirem — respondi, trazendo uma cadeira para perto da lareira e sentando-me, sem esperar ser convidado.

— Bem, se o senhor for muito bonzinho e muito divertido, nós não nos importaremos.

— Por favor, que sua permissão seja incondicional; pois eu não vim dar prazer, mas obtê-lo — respondi.

No entanto, achei que seria razoável fazer algum esforço para tornar minha presença agradável; e meus pequenos empenhos pareceram ser bem-sucedidos, pois a Srta. Eliza jamais estivera de melhor humor. Nós ficamos, de fato, igualmente satisfeitos um com o outro, e conseguimos manter uma conversa bastante animada e alegre, embora não muito profunda. Foi quase um *tête-à-tête*, pois Mary Millward só abria a boca de vez em quando, para corrigir alguma afirmação aleatória ou algum exagero da irmã e, em uma ocasião, para pedir-lhe que pegasse uma bola de algodão que rolara para debaixo da mesa. Fui eu quem o fiz, no entanto, como se cumprisse uma importante missão.

— Muito obrigada, Sr. Markham — disse Mary. — Teria pegado eu mesma, mas não quis perturbar o gatinho.

— Mary, querida, *isso* não é uma desculpa boa o suficiente para o Sr. Markham — disse Eliza. — Ele detesta gatos com a mesma cordialidade com que detesta as velhas solteironas. Todos os homens são assim. Não é verdade, Sr. Markham?

— Creio ser natural que os homens, que são tão mal-humorados, não gostem de gatos — respondi. — Pois vocês, mulheres, os enchem de carícias.

— Coitadinhos! — exclamou Eliza e, com súbito entusiasmo, virou-se e derramou sobre o gato da irmã uma enxurrada de beijos.

— Eliza, não faça isso! — disse Mary com certa rispidez, empurrando impacientemente a irmã.

Mas já era hora de ir embora. Por mais que eu me apressasse, ia chegar atrasado para o chá; e minha mãe adorava ordem e pontualidade.

Ficou claro que minha bela amiga não queria me ver partir. Apertei sua mãozinha com ternura na hora da despedida e ela retribuiu com um de seus mais belos sorrisos e um de seus mais fascinantes olhares. Fui para casa muito feliz, com um coração repleto de complacência comigo mesmo e transbordando de amor por Eliza.

3

Uma controvérsia

Dois dias depois, a Sra. Graham foi nos ver em Linden-Car, contrariando as expectativas de Rose, que acreditava que a misteriosa ocupante de Wildfell Hall fosse ignorar todas as regras comuns de convivência civilizada. Essa opinião era corroborada pela Sra. Wilson e a filha, que tinham nos contado que nem a visita delas nem a dos Millwards fora retribuída. Mas, naquela ocasião, a causa de tal omissão foi explicada, embora Rose não tenha ficado inteiramente satisfeita ao ouvi-la. A Sra. Graham trouxe o filho, e quando minha mãe expressou sua surpresa em saber que ele conseguia caminhar uma distância tão longa, respondeu:

— É de fato uma caminhada difícil para ele. Mas precisei trazê-lo comigo ou não poderia retribuir a visita, pois jamais o deixo sozinho. E creio, Sra. Markham, que precisarei lhe pedir que dê minhas desculpas aos Millwards e à Sra. Wilson quando os vir, pois temo que não terei o prazer de ir à casa deles até que Arthur possa acompanhar-me.

— Mas a senhora tem uma criada — observou Rose. — Não poderia deixá-lo com ela?

— Ela tem muito a fazer. Além disso, é velha demais para correr atrás de um garotinho, e ele é muito ativo para ficar preso a uma pessoa de idade.

— Mas a senhora o deixou em casa quando foi à igreja.

— Sim, uma vez. Mas não o teria deixado por qualquer outro motivo. E creio que, no futuro, terei de dar um jeito de levá-lo comigo, ou não sairei de casa.

— Ele é tão arteiro assim? — perguntou mamãe, bastante chocada.

— Não — respondeu a Sra. Graham com um sorriso triste, enquanto acariciava os cachos do filho, que estava sentado num banquinho a seus pés —, mas é meu único tesouro e eu sou sua única amiga. Por isso, não gostamos de nos separar.

— Mas, minha querida, isso é mimá-lo demais — disse minha franca mãe. — Deveria tentar suprimir esse carinho tolo, se não quiser cair no ridículo e arruinar seu filho.

— *Arruiná-lo!* O que quer dizer, Sra. Markham?

— Isso estraga a criança. Mesmo *nessa* idade, ele não deve ficar sempre agarrado à barra da saia da mãe. Deve aprender a sentir vergonha de fazê-lo.

— Sra. Markham, imploro-lhe que não diga essas coisas, ao menos não na presença dele. Tenho certeza de que meu filho *jamais* terá vergonha de amar sua mãe! — disse a Sra. Graham, com uma seriedade e uma veemência que assombraram todos nós.

Minha mãe tentou acalmá-la com uma explicação, mas ela pareceu achar que já ouvira o suficiente e mudou de assunto de forma abrupta.

"É bem como eu achei", pensei com meus botões. "O temperamento dessa senhora não é dos mais afáveis, apesar de seu rosto doce e pálido e da testa imponente, onde a reflexão e o sofrimento parecem ter deixado marcas igualmente fundas."

Durante todo esse tempo, eu me mantivera sentado diante de uma mesa do outro lado da sala, parecendo absorto por uma edição de uma revista sobre fazendas que por acaso estava lendo no momento em que nossa visitante chegara. Como não quis ser cortês demais, tinha feito apenas uma mesura quando ela entrara e continuado a folhear a publicação.

Após alguns minutos, no entanto, percebi que alguém se aproximava com passos leves, lentos e hesitantes. Era o pequeno Arthur, numa atração irresistível por meu cachorro Sancho, que estava deitado aos meus pés. Ao erguer o olhar da revista, percebi que o menino se encontrava a cerca de 2 metros de distância, fitando avidamente o animal com seus lindos olhos azuis. Arthur estava imóvel, não por medo de Sancho, mas por causa da timidez que o impedia de se aproximar de mim. Algum encorajamento, no entanto, o induziu a avançar. A criança, embora fosse acanhada, não era pirracenta. Em pouco tempo, ele estava ajoelhado no tapete com os braços ao redor do pescoço de Sancho e, após mais alguns minutos, sentou-se no meu colo e ficou observando com interesse os diversos espécimes de cavalos, vacas e porcos e os modelos de fazendas ilustrados na revista. Espiei a mãe dele algumas vezes, para ver o que ela achava daquela nova intimidade; e vi pela inquietação em seus olhos que, por algum motivo, estava preocupada com a posição do filho.

— Arthur — disse a Sra. Graham, afinal —, venha para cá. Está incomodando o Sr. Markham. Ele quer ler.

— De forma alguma, Sra. Graham. Por favor, deixe-o ficar. Estou me divertindo tanto quanto ele — implorei.

Ainda assim, usando alguns gestos e olhares, a Sra. Graham silenciosamente exigiu que Arthur voltasse para perto dela.

— Não, mamãe — respondeu a criança. — Deixe-me ver esses desenhos primeiro. Depois eu irei até aí e lhe contarei como eles são.

— Nós daremos uma pequena festa na segunda-feira, dia 5 de novembro — disse minha mãe. — E espero que não se recuse a vir, Sra. Graham. Poderá trazer seu filhinho, pois tenho certeza de que encontraremos uma maneira de diverti-lo. E, então, poderá desculpar-se a senhora mesma com os Millwards e os Wilsons, pois creio que todos estarão aqui.

— Muito obrigada, mas nunca vou a festas.

— Ah, mas essa será apenas para os amigos íntimos, uma festa familiar. Acabará bem cedo, e só estaremos nós, os Millwards e os Wilsons, sendo que a senhora já conhece a maior parte dos membros de ambas as famílias. Virá também o Sr. Lawrence, dono de Wildfell Hall, e será bom a senhora conhecê-lo.

— Eu já o conheço, embora não muito bem. Mas a senhora precisará me desculpar, pois as noites nesta época do ano são úmidas e muito escuras, e temo que Arthur seja delicado demais para se arriscar a se expor a elas. Precisaremos adiar o prazer de sua hospitalidade até a volta dos dias mais longos e das noites mais quentes.

Rose, cumprindo a ordem de minha mãe, tirou uma garrafa de vinho, copos e um bolo de dentro do aparador de carvalho, e o lanche foi oferecido a nossos convidados. Ambos comeram o bolo, mas recusaram, resolutos, o vinho, apesar de sua amável anfitriã chegar quase a forçá-los a tomar um pouco. Arthur chegou a fazer uma expressão de horror e nojo ao ver o líquido rubro e quase chorou quando insistimos em oferecê-lo.

— Não se preocupe, Arthur — disse a mãe dele —, a Sra. Markham acha que o vinho vai lhe fazer bem, pois a caminhada foi cansativa. Mas não vai obrigá-lo a tomar. Sei que você passará muito bem sem ele. Ele detesta vinho — explicou ela para nós. — O cheiro quase o faz passar mal. Eu o obrigava a tomar um pouco de vinho ou de bebida destilada misturada com água quando estava doente, e fiz tudo o que podia para levá-lo a odiar álcool.

Todos nós rimos, com exceção da jovem viúva e do filho.

— Bem, Sra. Graham — disse minha mãe, enxugando lágrimas de júbilo de seus luminosos olhos azuis —, a senhora me surpreende muito! Achei que tivesse mais bom senso. O pobre menino vai ser o maior bobalhão que já se viu! Pense só no tipo de homem que ele vai se tornar, se a senhora insistir em...

— Acho uma ideia excelente — interrompeu a Sra. Graham, com uma gravidade imperturbável. — Dessa forma, espero salvá-lo de ao menos um dos vícios degradantes que existem. Gostaria de poder tornar as tentações de todos tão inócuas assim para ele.

— Mas, dessa forma, a senhora jamais o tornará virtuoso — disse eu. — O que constitui a virtude, Sra. Graham? Resistir às tentações ou jamais encontrar tentações para resistir? Quem é mais forte? O homem que ultrapassa grandes obstáculos e realiza coisas extraordinárias, embora ao custo de enorme exaustão, e arriscando-se à fadiga subsequente, ou aquele que passa o dia todo sentado numa cadeira, sem nada de mais laborioso a fazer além de avivar o fogo e levar comida à boca? Se a senhora quer que seu filho passe com honra por este mundo, não deve tentar remover as pedras de seu caminho, mas ensiná-lo a andar com firmeza sobre elas. Não deve insistir em levá-lo pela mão, mas deixá-lo aprender a ir sozinho.

— Eu o levarei pela mão, Sr. Markham, até que ele tenha forças para seguir sozinho, removerei todas as pedras que puder de seu caminho e o ensinarei a evitar *outras*... ou a andar com firmeza sobre elas, como o senhor diz... pois, mesmo após me esforçar ao máximo, ainda haverá pedras suficientes para testar toda a agilidade, perseverança e circunspeção que ele virá a ter. É muito fácil falar em honradez e em não sucumbir às tentações. Mas para cada cinquenta, ou mesmo quinhentos homens que caíram em tentação, mostre-me um que teve forças para resistir. Por que eu deveria acreditar que meu filho será um homem entre mil em vez de prepará-lo para o pior, supondo que ele poderá ser como seu... como o resto da humanidade, a não ser que eu faça de tudo para impedir?

— A senhora faz um grande elogio a todos nós — observei.

— Nada sei sobre o *senhor*. Falo apenas daqueles que conheço. E, quando vejo toda a humanidade, com pouquíssimas exceções, caminhando aos tropeços pela vida, caindo em cada armadilha e quebrando os dedos do pé em cada obstáculo que há no caminho, não é meu dever usar todos os meios em meu poder para me assegurar de que a passagem de meu filho pela Terra seja mais segura?

— Sim, mas o melhor meio seria fortalecê-lo *contra* a tentação, e não a remover.

— Farei ambos, Sr. Markham. Deus sabe que ele terá tentações suficientes na vida, mesmo após eu ter feito tudo o que posso para tornar os vícios tão pouco atraentes para ele quanto são abomináveis por natureza. Eu mesma jamais fui muito seduzida pelo que em geral consideram-se vícios, mas mesmo assim me deparei com sofrimentos de outro tipo que fizeram com que precisasse, em muitas ocasiões, de maior capacidade de resistência do que consegui ter. Creio que isso seria reconhecido por quase todos que estão acostumados à reflexão e que desejam lutar contra seus defeitos naturais.

— Concordo — disse minha mãe, embora não houvesse compreendido inteiramente o que ela quisera dizer —, mas a senhora não pode se comparar a um menino. E, querida Sra. Graham, permita que eu diga que está cometendo um erro, e um erro fatal, ao cuidar sozinha da educação de seu filho. Por ser bem-informada e inteligente em certos assuntos, pode se considerar qualificada para a tarefa, mas de fato não é. Se insistir em realizá-la, tenha certeza de que vai se arrepender amargamente quando o dano já estiver consumado.

— A senhora acha, imagino, que eu deveria enviá-lo para um colégio, para que ele aprenda a desprezar a autoridade e a afeição da própria mãe! — respondeu a Sra. Graham com um sorriso de escárnio.

— De forma alguma! Para um menino desprezar a mãe, basta que ela o mantenha o tempo todo dentro de casa e passe a vida mimando-o e tolerando todos os seus caprichos e tolices.

— Concordo plenamente com a senhora, mas nada pode estar mais distante de meus princípios e de meus atos do que tal fraqueza criminosa.

— Mas a senhora o trata como se ele fosse uma menina. Vai acabar com a vivacidade dele e transformá-lo em um garoto afeminado. Vai, sim, Sra. Graham, não importa o que pense. Mas pedirei que o Sr. Millward converse com a senhora sobre isso. *Ele* lhe explicará quais serão as consequências, deixará tudo claro como água e lhe dirá o que fazer. Tenho certeza de que será capaz de convencê-la num minuto.

— Não será preciso incomodar o vigário — disse a Sra. Graham, observando-me, pois creio que eu estava sorrindo da confiança inabalável que minha mãe tinha em nosso excelente religioso. — O Sr. Markham acredita que seus poderes de convicção são, no mínimo, tão grandes quanto os do Sr. Millward. Ele lhe diria que, se eu não o escutei, não escutaria nem um homem que voltasse do mundo dos mortos. Bem, Sr. Markham, o senhor que acredita que um menino não deve ser protegido dos males e sim lutar contra eles, sozinho e sem qualquer ajuda; que não deve ser ensinado a evitar as armadilhas da vida, mas correr na direção delas, ou saltar sobre elas; perseguir o perigo em vez de fugir dele, e fazer a virtude nascer da tentação; o senhor, por acaso...

— Perdoe-me, Sra. Graham, mas está se precipitando. Não disse que um menino deva ser ensinado a correr para as armadilhas da vida, ou mesmo que deva buscar as tentações para que possa exercitar sua virtude na hora de resistir a elas. Disse apenas que é melhor armar e fortalecer seu herói do que desarmar e enfraquecer o inimigo. Se a senhora plantar um carvalho em uma estufa e cuidar dele dia e noite, protegendo-o de qualquer sopro de vento, não pode esperar que se torne uma árvore resistente como aquelas que crescem livres nas colinas, expostas à ação dos elementos e até mesmo às mais terríveis tempestades.

— De acordo. Mas o senhor usaria os mesmos argumentos se estivesse falando de uma menina?

— É claro que não.

— Não; o senhor acredita que as meninas devam ser criadas com carinho e delicadeza como as plantas de estufa, ensinadas a procurar o apoio e os conselhos dos outros, protegidas, tanto quanto possível, até mesmo da consciência do mal. Mas poderia me informar por que faz essa distinção? Por acaso acha que as mulheres não *têm* virtude?

— Decerto que não acho isso.

— Mas afirmou que a virtude só surge a partir da tentação; e crê também que uma mulher deve ser exposta o mínimo possível à tentação e aos vícios, e a qualquer coisa ligada a eles. Portanto, *deve* achar que as mulheres são essencialmente tão malignas, ou tão fracas, que *não conseguiriam* resistir. Embora possam ser puras e inocentes enquanto são mantidas na ignorância, não possuem virtudes *reais*; assim, ensiná-las a pecar é o mesmo que torná-las pecadoras. Quanto maior for seu conhecimento e liberdade, mais profunda será sua depravação; mas, já com o sexo mais nobre, há uma tendência natural à bondade, protegida por uma capacidade superior de resistência que, quanto mais for exercitada por sofrimentos e perigos, mais será desenvolvida...

— Deus me livre de pensar assim! — exclamei afinal, interrompendo-a.

— Então deve pensar que *ambos* os sexos são igualmente fracos, e que o menor erro, a menor sombra de poluição, arruinará uma mulher, enquanto o caráter de um homem apenas será fortalecido e embelezado por ela, e sua educação ficará mais completa com uma certa familiaridade com o proibido. Essa experiência para um homem será, para usar uma metáfora já muito batida, como as tempestades para o carvalho que, embora possam espalhar suas folhas e quebrar seus galhos menores, irão servir para fazer com que as raízes desçam mais fundo na terra e para endurecer as fibras do tronco. O senhor encorajaria os meninos a terem suas próprias experiências em relação a tudo, enquanto as meninas não devem nem mesmo conhecer as experiências dos outros. Já eu acho que ambos devem se beneficiar do conhecimento de terceiros e dos ensinamentos de uma autoridade maior, para que possam saber como recusar o mal e escolher o bem, e para que não necessitem de provas de primeira mão para conhecer as consequências das transgressões. Eu não largaria uma pobre menina no mundo sem nenhuma arma contra seus inimigos, ignorante dos ardis que talvez apareçam em seu caminho; e tampouco a vigiaria e a protegeria até que, sem nenhuma confiança ou respeito por si mesma, ela perdesse a capacidade ou a vontade de se resguardar por conta própria. E, quanto ao meu filho, se achasse que iria crescer e se tornar aquilo que é chamado de um homem conhecedor do mundo, um homem que "já viu de tudo" e tem orgulho daquilo que viveu, embora devesse usar isso para se tornar uma pessoa mais sóbria e um membro útil e respeitado da sociedade... bem, eu preferiria que ele morresse amanhã! Preferiria mil vezes! — repetiu ela com grande veemência, apertando seu querido menino contra o corpo e beijando a testa dele com intensa afeição.

Arthur saíra de perto de Sancho e já estava havia algum tempo parado ao lado da mãe, observando o rosto dela e ouvindo com silencioso assombro seu discurso incompreensível.

— Bem! — disse eu, vendo-a se levantar e começar a se despedir de minha mãe. — Creio que vocês, mulheres, precisem sempre ter a última palavra.

— O senhor pode ter quantas palavras quiser, mas não posso ficar para escutá-las.

— É sempre assim. Vocês escutam um argumento até quando lhes convêm, e o resto são apenas palavras ao vento.

— Se está tão ansioso para continuar o assunto — disse a Sra. Graham, enquanto apertava a mão de Rose —, deve vir visitar-me com sua irmã um dia desses, e eu escutarei com toda a paciência do mundo qualquer coisa que queira dizer. Prefiro um sermão do senhor a um do vigário, pois, no final, terei menos remorso em lhe dizer que minha opinião continua exatamente a mesma, o que aconteceria, acredito, tanto com um quanto com o outro.

— É claro — falei, determinado a ser tão irritante quanto ela —, pois, quando uma dama consente em ouvir argumentos contrários à sua própria opinião, ela está sempre predeterminada a suportar tudo sem um arranhão, e a escutar apenas com os ouvidos, mantendo a mente firmemente fechada para o melhor dos raciocínios.

— Bom dia, Sr. Markham — respondeu minha bela antagonista, com um sorriso cheio de piedade.

E, sem permitir qualquer réplica, fez uma mesura e já ia se retirando quando seu filho, com a impertinência das crianças, impediu-a, dizendo:

— Mamãe, a senhora não apertou a mão do Sr. Markham!

Ela virou-se, rindo, e estendeu a mão. Apertei-a cheio de rancor, pois estava chateado com as contínuas injustiças que a Sra. Graham me fizera desde o primeiro instante em que me conhecera. Tinha um enorme preconceito contra mim sem saber coisa alguma sobre meu temperamento e meus princípios, e parecia disposta a me mostrar que sua opinião sobre minha pessoa estava bem abaixo daquela que eu tinha de mim mesmo. Sempre me irritei com facilidade e era por isso que estava tão aborrecido. Além do mais, talvez estivesse mal-acostumado com minha mãe, minha irmã e as outras mulheres que me rodeavam. Mas não era um almofadinha — disso estou convencido, quer *você* esteja ou não.

4

A festa

Nossa festa do dia 5 de novembro correu muito bem, apesar da recusa da Sra. Graham em agraciar-nos com sua presença. Na verdade, é provável que, se ela estivesse lá, houvesse tido menos cordialidade, informalidade e brincadeiras entre nós.

Minha mãe, como de costume, estava alegre e tagarela, cheia de afazeres e de boa vontade, cometendo apenas o erro de preocupar-se demais com o bem-estar dos convidados, forçando-os a comer e beber o que não queriam, a sentar-se perto demais do fogo ou a falar quando prefeririam permanecer calados. Todos, no entanto, suportaram tudo muito bem, pois estavam de bom humor por causa do feriado.

O Sr. Millward disseminou dogmas importantes, frases moralistas, relatos pomposos e declarações oraculares para o engrandecimento de todos os presentes, em especial a encantada Sra. Markham, o educado Sr. Lawrence, a impassível Mary Millward, o silencioso Richard Wilson e o neutro Robert Wilson, pois esses eram os ouvintes mais atentos.

A Sra. Wilson brilhou mais do que nunca, misturando novidades a velhos escândalos e pontilhando seu discurso com perguntas triviais e observações repetidas à exaustão, aparentemente ditas com o exclusivo propósito de negar qualquer segundo de descanso a seus incansáveis órgãos da fala. Ela trouxera consigo uma peça que vinha tricotando, e parecia que sua língua fizera uma aposta com seus dedos, jurando que se moveria mais depressa do que eles.

Jane Wilson, é claro, se comportou da maneira mais graciosa e elegante, mais espirituosa e sedutora possível, pois na festa estavam todas as mulheres da vizinhança para serem ofuscadas e todos os homens para serem encantados — e, principalmente, o Sr. Lawrence, que precisava ser capturado e subjugado. As pequenas artes que ela empregou para alcançar esse objetivo eram sutis e intangíveis demais para atrair minha atenção, mas acho que pude detectar um ar de pretensa superioridade e uma afetação indelicada que anulavam todas as suas qualidades. Depois que a Srta. Wilson foi embora, Rose imitou para mim seus vários olhares, frases e ações com tamanha exatidão e crueldade que fez com que eu me admirasse tanto com as artimanhas da jovem quanto com a capacidade de observação de minha irmã, e me perguntasse se Rose também tinha interesse no Sr. Lawrence. Mas esqueça isso, Halford; eu estava enganado.

Richard Wilson, irmão mais novo de Jane, ficou sentado num canto, aparentemente de bom humor, mas silencioso e tímido; sem querer estar no centro das atenções e disposto apenas a ouvir e observar. Embora estivesse fora de sua zona de conforto, teria ficado contente daquele seu jeito sossegado se houvesse sido deixado em paz por minha mãe. Mas ela o perseguiu a noite inteira com suas boas intenções, insistindo para que comesse de tudo, pois achava que era acanhado demais para se servir, e obrigando-o a falar bem alto as respostas monossilábicas que dava às inúmeras perguntas e comentários feitos por ela, em suas tentativas de incluí-lo na conversa.

Rose informou-me que Richard jamais teria nos dado o prazer de sua companhia se não fosse pela insistência de Jane, que estava muito ansiosa para mostrar ao Sr. Lawrence que tinha pelo menos um irmão mais refinado do que Robert. Quanto a este excelente indivíduo, ela insistira com a mesma veemência para que ficasse em casa, mas ele afirmara que não sabia por que não deveria se divertir um pouco com Markham, a velha (embora minha mãe não fosse velha, na verdade), a bela Srta. Rose, o vigário e todos os outros vizinhos, pois tinha todo o direito de fazê-lo. Por isso, foi à festa e disse lugares-comuns para minha mãe e Rose, discutiu assuntos da paróquia com o vigário, questões de fazenda comigo e política com nós dois.

Mary Millward também ficou muda, mas foi menos atormentada por cruéis gentilezas do que Richard, por ter uma maneira curta e decidida de responder e recusar o que lhe ofereciam e por sua fama de ser mais antipática do que tímida. Qualquer que fosse a verdade, decerto não divertiu muito os outros convidados e tampouco pareceu feliz em estar ali. Eliza me disse depois que Mary só viera porque o pai insistira muito, convencido de que ela se dedicava de forma exclusiva às tarefas domésticas, a ponto de negligenciar os prazeres inocentes que eram próprios das mulheres e dos jovens. Mas Mary não pareceu estar de muito mau humor. Uma ou duas vezes, riu de uma observação inteligente ou divertida de um de nossos vizinhos; nesses momentos, percebi que buscou com o olhar os olhos de Richard Wilson, que estava sentado à sua frente. Como ele estudava com o pai dela, os dois se conheciam bem apesar dos hábitos reclusos de ambos; e creio que havia certa afinidade entre eles.

Minha querida Eliza estava mais encantadora do que se pode imaginar, coquete sem ser afetada, e evidentemente desejando chamar mais minha atenção do que a de todas as outras pessoas da festa juntas. O prazer que sentiu em ter-me perto de si, sentado ou em pé ao seu lado, sussurrando em seu ouvido ou apertando sua mãozinha durante a dança estava estampado nas faces coradas e no peito arfante, embora ela me provocasse com palavras e gestos malcriados. Mas é melhor que eu segure minha língua: se me gabar dessas coisas agora, precisarei me envergonhar delas mais tarde.

Continuarei, portanto, com a descrição dos frequentadores de nossa festa: Rose estava simples e natural como de costume, cheia de alegria e vivacidade.

Fergus foi impertinente e absurdo; mas sua impertinência e sua tolice serviram para fazer os outros rirem, embora não tenha melhorado a opinião que tinham dele.

E, finalmente — pois não falarei de mim mesmo —, temos o Sr. Lawrence, que foi educado com todos, não ofendeu a ninguém e tratou com gentileza tanto o vigário quanto as mulheres, em especial minha mãe, minha irmã e a Srta. Wilson. Que homem tolo; não teve o bom gosto de preferir Eliza Millward. O Sr. Lawrence e eu éramos mais ou menos íntimos. Ele era um homem de hábitos bastante reservados e raramente deixava sua isolada propriedade, local onde nascera e vivera sozinho desde a morte do pai. Por isso, não tinha nem oportunidade nem vontade de conhecer muitas pessoas e, de todos que conhecia, eu (julgando pelos resultados) era quem mais lhe agradava. Não desgostava dele, mas o considerava frio, tímido e contido demais para sentir uma simpatia real. O Sr. Lawrence admirava os homens sinceros, contanto que não fossem grosseiros, mas não sabia como se tornar um deles. Sua reserva excessiva em relação a tudo o que lhe dizia respeito chegava, de fato, a ser irritante. Mas eu lhe perdoava esse defeito, pois estava convencido de que era consequência mais de certa fraqueza mórbida e de uma timidez peculiar do que de orgulho e de falta de confiança naqueles que o rodeavam. Ele tinha consciência de que se comportava assim, mas faltava-lhe a energia para mudar. Seu coração era como uma planta sensível que se abre por um segundo ao sentir a luz do sol, mas se encolhe toda ao menor toque ou à mais leve das brisas. Eu diria que nossa intimidade era mais uma predileção mútua do que uma amizade profunda e sólida como aquela que desde então nasceu entre nós dois, Halford. Pois você, apesar de ser um pouco ríspido de vez em quando, só pode ser comparado a um velho casaco, de textura impecável, mas solto e confortável — algo que já se ajustou ao corpo do dono e que pode ser usado sempre sem que se tenha medo de estragá-lo. Já Lawrence era como uma roupa nova, muito bonita de se ver, mas tão apertada nos cotovelos que qualquer um temeria rasgar as costuras se mexesse demais os braços, e com uma superfície tão lisa e macia que se teria escrúpulos de expô-la a uma única gota de chuva.

Pouco após a chegada dos convidados, minha mãe mencionou a Sra. Graham, lamentou sua ausência e explicou aos Millwards e aos Wilsons as razões que dera para não ter ido visitá-los, dizendo que esperava que eles a desculpassem, pois não quisera magoá-los e ficaria feliz em vê-los a qualquer momento.

— É uma moça muito peculiar, Sr. Lawrence — acrescentou ela. — Não sabemos o que pensar. Mas acredito que o senhor poderá nos dizer alguma coisa sobre ela, pois é sua inquilina, e comentou que o conhecia um pouco.

Todos os olhares se voltaram para o Sr. Lawrence, e eu achei que ele mostrou uma confusão exagerada ao ser abordado dessa maneira.

— Eu, Sra. Markham! A senhora se engana... eu... quer dizer... já a vi, é claro, mas sou a última pessoa a quem deve pedir informações a respeito da Sra. Graham.

Ele então se virou rapidamente para Rose e pediu-lhe que cantasse ou tocasse algo no piano.

— Não — respondeu Rose. — O senhor deve pedir à Srta. Wilson. Ela é melhor do que todos nós, tanto cantando quanto tocando.

A Srta. Wilson protestou.

— *Ela* concordará depressa em cantar se o senhor se postar ao seu lado, Sr. Lawrence, virando as páginas da partitura — disse Fergus.

— Ficarei feliz em fazê-lo, Srta. Wilson. A senhorita me permite?

A Srta. Wilson empertigou seu longo pescoço, sorriu e deixou que o Sr. Lawrence a acompanhasse até o instrumento, onde ela tocou e cantou da maneira mais perfeita que conseguiu enquanto ele permanecia pacientemente de pé, com uma das mãos nas costas de sua cadeira e a outra virando as páginas da partitura. Talvez o Sr. Lawrence tenha ficado tão encantado com o desempenho da Srta. Wilson quanto ela própria. Foi tudo muito bonito, mas não posso dizer que fiquei muito comovido. A moça era hábil e tocava bem, mas não havia emoção no que fazia.

Mas ainda não havíamos acabado de falar na Sra. Graham.

— Não vou beber vinho, Sra. Markham — disse o Sr. Millward ao ver a bebida sendo trazida. — Quero um pouco dessa cerveja que a senhora fabrica aqui em sua propriedade. Prefiro essa cerveja a qualquer outra coisa.

Lisonjeada com o elogio, minha mãe tocou o sino e uma jarra de porcelana cheia da nossa melhor cerveja foi rapidamente trazida e colocada diante daquele excelente cavalheiro, que tão bem sabia apreciar suas qualidades.

— *Isso* é que é bom! — exclamou ele, derramando o líquido dourado num longo jato, levado da jarra à caneca com grande habilidade e produzindo assim uma bela quantidade de espuma sem desperdiçar uma única gota. O Sr. Millward examinou a cerveja por um momento à luz da vela, tomou um enorme gole, estalou os lábios, deu um longo suspiro e voltou a encher a caneca, enquanto minha mãe observava, com imensa satisfação.

— Não há nada igual, Sra. Markham! — exclamou ele. — Digo sempre que nada se compara à cerveja que se fabrica em sua fazenda.

— Que bom que o senhor gosta. Sempre supervisiono eu mesma o processo de fermentação, assim como a fabricação do queijo e da manteiga. Pois, se é para fazer, que seja tudo muito bem-feito.

— Certíssimo, Sra. Markham!

— Mas, Sr. Millward, o senhor também não acha errado beber um pouco de vinho de vez em quando, não é? Nem uma bebida mais forte! — disse minha mãe, entregando um copo de gim misturado com água à Sra. Wilson, que dizia que vinho lhe pesava no estômago, e cujo filho Robert estava naquele momento se servindo de uma enorme taça justamente desta bebida.

— De forma alguma — replicou nosso oráculo, assentindo com toda a dignidade de Júpiter. — Todas essas coisas são bênçãos de Deus, e somos nós que às vezes não sabemos aproveitá-las.

— Mas a Sra. Graham não concorda. Vou lhe contar o que ela nos falou no outro dia. Eu *disse* a ela que lhe contaria.

E então minha mãe agraciou os convidados com um relato detalhado das ideias errôneas e da conduta incorreta daquela senhora em relação ao assunto em questão, concluindo com a pergunta:

— Bem, não acham que ela está errada?

— Errada! — repetiu o vigário com mais seriedade até do que o habitual. — Eu diria que o comportamento dela é criminoso! Não apenas vai tornar o menino um idiota como está desperdiçando as dádivas da divina providência e ensinando-o a desprezá-las!

O Sr. Millward continuou a discutir o tópico, explicando longamente para todos a falta de senso e de devoção que tal ato demonstrava. Minha mãe escutou tudo com a mais profunda reverência e até mesmo a Sra. Wilson permitiu que sua língua descansasse por alguns minutos e ouviu em silêncio, enquanto bebia com ar complacente seu gim misturado com água. O Sr. Lawrence permaneceu sentado com um dos cotovelos sobre a mesa, brincando com sua taça de vinho vazia e dando um sorrisinho discreto.

— Mas não acha, Sr. Millward — disse ele, quando o vigário afinal fez uma pausa —, que, quando uma criança pode ter uma propensão natural para os excessos, devido a defeitos dos pais ou de seus antepassados, por exemplo, algumas precauções são aconselháveis?

(É importante dizer aqui que toda a vizinhança acreditava que o pai do Sr. Lawrence morrera cedo demais por causa de seus excessos.)

— Algumas precauções, talvez. Mas a parcimônia é uma coisa, senhor, e a abstinência é outra.

— Eu já ouvi dizer que, para algumas pessoas, a parcimônia ou moderação é quase impossível. E, se a abstinência for um mal, o que muitos duvidam, todos concordarão que o excesso é ainda pior. Alguns pais não permitem que os filhos provem bebidas alcoólicas, mas a autoridade de um pai não dura para sempre. As crianças sempre querem o proibido; e, nesse caso, teriam grande curiosidade em experimentar o gosto e o efeito de substâncias que tanto prazer dão aos outros, mas que elas não podem tomar de jeito nenhum. Essa curiosidade, em geral, será satisfeita na primeira oportunidade; e, uma vez que a regra for quebrada, consequências sérias poderão surgir. Não tenho a pretensão de julgar tais questões, mas me parece que esse plano da Sra. Graham descrito pela Sra. Markham, embora extravagante, não deixa de ter suas vantagens. Pois logo se vê que o menino está inteiramente livre da tentação. Ele não tem qualquer curiosidade ou desejo oculto. Já conhece bem as tentadoras bebidas, e não deseja voltar a prová-las; detesta-as sem ter sido obrigado a sofrer seus efeitos.

— Mas isso por acaso está correto, meu senhor? Já não lhe provei quanto é errado, quanto é contrário às escrituras e ao bom senso ensinar uma criança a desprezar e detestar as bênçãos da divina providência, em vez de usá-las como se deve?

— O senhor pode considerar o láudano uma bênção da divina providência — respondeu o Sr. Lawrence, sorrindo. — No entanto, precisa admitir que a maioria deve se abster de ingeri-lo, mesmo com moderação. Mas não quero que leve minha comparação a sério demais. Para prová-lo, vou terminar de beber minha taça de vinho.

— E beber mais uma, eu espero, Sr. Lawrence — disse minha mãe, empurrando a garrafa na direção dele.

O Sr. Lawrence recusou educadamente e afastou a cadeira da mesa, vindo na minha direção. Eu estava sentado um pouco atrás dele, no sofá, ao lado de Eliza Millward. Inclinando-se, ele me perguntou com um ar despreocupado se conhecia a Sra. Graham.

— Já a vi uma ou duas vezes — respondi.

— O que achou dela?

— Não posso dizer que tenha gostado muito dela. É bonita, ou melhor, é interessante e tem um ar refinado. Mas não é nada afável. Pareceu-me uma mulher sujeita a ter fortes preconceitos e a não os abandonar por nada, distorcendo os fatos para que eles se encaixem em suas opiniões pré-concebidas. É severa, sarcástica e amarga demais para o meu gosto.

O Sr. Lawrence não respondeu. Apenas olhou para baixo, mordeu o lábio e, pouco tempo depois, levantou-se e foi devagar até onde estava a Srta. Wilson, que o atraiu, creio, na mesma medida em que eu o repeli. Mal percebi o ocorrido naquele momento, mas depois fui obrigado a me lembrar desse e de outros detalhes parecidos, quando... mas não devo me adiantar.

Terminamos a noite dançando. Nosso nobre vigário não considerou que isso era algo escandaloso de se fazer em sua presença, apesar de um dos músicos da vila ter sido contratado para comandar nossos movimentos com seu violino. Mary Millward recusou-se obstinadamente a tomar parte na dança, assim como Richard Wilson, embora minha mãe tenha insistido para que ele o fizesse, e até se oferecido para ser sua parceira.

Mas nos saímos muito bem sem eles. Com uma quadrilha e diversas contradanças, nos divertimos até bem tarde. Ao final, tendo pedido que nosso músico tocasse uma valsa, eu estava prestes a rodopiar com Eliza a esse som delicioso, acompanhado por Lawrence, que dançava com Jane Wilson, e por Fergus, que dançava com Rose, quando o Sr. Millward nos interrompeu, dizendo:

— Não, isso eu não vou permitir. Vamos, está na hora de ir para casa.

— Ah, não, papai! — implorou Eliza.

— Mais do que na hora, minha filha, mais do que na hora! Moderação sempre, lembre-se. É assim que deve ser! "Que a vossa moderação se torne conhecida de todos os homens!"*

Mas, para me vingar, fui atrás de Eliza até o corredor mal-iluminado onde, sob o pretexto de ajudá-la a colocar o xale, devo confessar que roubei um beijo pelas costas do pai dela, que estava embrulhando sua garganta e seu queixo nas inúmeras voltas de um imenso cachecol. Mas que infelicidade! Quando me virei, lá estava minha mãe, a poucos centímetros de mim. A consequência foi que, assim que os convidados se foram, levei uma bronca

*Epístola aos Filipenses 4:5. (*N. da T.*)

daquelas, que me derrubou das nuvens e fez com que a noite terminasse de maneira desagradável.

— Meu querido Gilbert, gostaria que não fizesse isso! — disse ela. — Sabe quanto me preocupo com você, quanto o amo e estimo acima de todas as coisas, e como desejo vê-lo bem-casado. Você me magoaria amargamente se se unisse àquela menina, ou a qualquer outra das redondezas. Não sei o que *vê* nela. Não estou pensando só no fato de ela ser tão pobre; de jeito nenhum! Mas ela não é nem bonita, nem inteligente, nem cortês, nem nada do que é desejável em uma mulher. Se soubesse seu próprio valor, como eu sei, nem sonharia em fazer isso. Espere um pouco e verá! Se casar-se com ela, vai se arrepender para o resto da vida, pois olhará em volta e perceberá que existem inúmeras mulheres melhores! Pode acreditar em mim.

— Mamãe, por favor, cale-se! Detesto esses sermões! Não vou me casar por enquanto, acredite! Mas... ora essa! Será que não posso me divertir *nem um pouco*?

— Pode, meu querido, mas não dessa maneira. Não deve fazer essas coisas. Seria atentar contra a honra da menina, se ela se comportasse como deveria. Mas garanto que é uma diaba astuciosa e você vai cair na armadilha dela sem nem perceber. E se *casar* com ela, Gilbert, vai partir meu coração! Pronto, não digo mais nada.

— Ora, não chore, mamãe — eu disse, pois as lágrimas estavam escorrendo dos olhos dela. — Pronto, deixe que esse beijo apague aquele que eu dei em Eliza. Não fale mais mal dela e pode ficar descansada. Prometo nunca... prometo pensar duas vezes antes de tomar qualquer decisão que sei que não aprovaria.

Com isso, acendi minha vela e subi para meu quarto, bem menos feliz do que estivera poucos minutos antes.

5

O ateliê

Já estávamos quase no fim do mês quando, cedendo afinal aos insistentes pedidos de Rose, eu a acompanhei em uma visita a Wildfell Hall. Para nossa surpresa, fomos levados pela criada até um aposento onde o primeiro objeto que saltava aos olhos era um cavalete, montado ao lado de uma mesa em que havia telas e mais telas enroladas, vidros com óleo e verniz, uma paleta, pincéis, tintas etc. Apoiados contra a parede estavam diversos esboços em estágios variados e alguns quadros já terminados, sendo quase todos paisagens e retratos.

— Precisei recebê-los em meu ateliê — disse a Sra. Graham. — A lareira da sala de estar não foi acesa hoje e está frio demais para obrigá-los e ficar num cômodo sem aquecimento.

E, tirando algumas cadeiras debaixo de todo aquele material de pintura, ela pediu que nós nos sentássemos e retornou ao lugar onde estivera, ao lado do cavalete. Não se sentou de frente para ele, mas de vez em quando olhava para o quadro que estava ali e dava uma pincelada, como se fosse impossível afastar-se inteiramente de sua ocupação para dar atenção aos visitantes. O quadro mostrava Wildfell Hall vista de manhã cedo de um dos campos lá embaixo, uma construção negra contra um céu claro em tons de azul e prateado, com um pouco de vermelho no horizonte. A obra havia sido muito bem-desenhada e acabada com elegância e bom gosto.

— Vejo que não consegue se desligar de suas pinturas, Sra. Graham — observei. — Por favor, continue. Pois, se permitir que nossa presença a interrompa, nos sentiremos intrusos.

— Oh, não! — respondeu ela, jogando seu pincel sobre a mesa, como se houvesse levado um susto e se lembrado de que estava sendo indelicada. —

Não tenho tantas visitas assim e posso muito bem dedicar alguns minutos aos poucos que me dão o prazer de sua companhia.

— Este quadro aqui já está quase terminado — disse eu, aproximando-me para examinar a pintura mais de perto e observando-a com bem mais admiração e prazer do que desejava demonstrar. — Mais algumas pinceladas neste plano e estará pronto, creio eu. Mas por que colocou aqui que a casa é Fernley Manor em Cumberland, em vez de Wildfell Hall no condado de —? — perguntei, referindo-me ao nome que ela escrevera com uma letra pequenina na parte inferior da tela.

De imediato percebi que cometera uma indiscrição, pois a Sra. Graham corou e hesitou. Então, após um silêncio de alguns segundos disse, com uma espécie de franqueza desesperada:

— Porque tenho amigos... ou, ao menos, conhecidos... de quem quero esconder meu local de residência atual. E, como eles podem ver esse quadro e talvez reconheçam meu estilo, apesar das iniciais falsas que coloquei ali no canto, tomei a precaução de dar um nome falso também para a casa, para que, assim, sigam uma pista incorreta se tentarem me encontrar por meio dele.

— Quer dizer que não pretende ficar com o quadro? — perguntei, ansioso por mudar de assunto.

— Não. Não tenho meios de pintar apenas para me distrair.

— A mamãe manda todos os quadros dela para Londres — disse Arthur. — Alguém os vende e nos manda o dinheiro.

Observei os outros quadros que havia por ali e vi um belo desenho de Lindenhope, vista de cima da colina; outro, de Wildfell Hall, refestelando-se na luz do sol de uma tarde de verão; e um retrato simples, porém impressionante, de uma criança refletindo sobre algo com uma expressão de profundo arrependimento, pintada sobre algumas flores secas e tendo montanhas escuras e campos outonais num plano mais profundo, e um céu nublado na parte superior.

— O senhor logo vê que não encontro muito para pintar — disse a bela artista. — Já retratei esta velha casa numa noite de lua, e creio que precisarei pintá-la também num dia de inverno e numa noite nublada, pois realmente não tenho mais o que colocar em meus quadros. Já me disseram que há uma linda vista do mar aqui na vizinhança. É verdade? É possível ir até lá caminhando?

— Sim, se a senhora não se incomodar em andar 6 quilômetros, ou quase isso. São mais ou menos 12 quilômetros, ida e volta, e a estrada é um pouco íngreme e cansativa.

— Em que direção?

Respondi da melhor maneira que pude e estava começando a descrever as diversas estradas, aleias e campos que deveriam ser atravessados para se chegar ao local, relatando onde era preciso seguir em frente e onde era preciso virar à esquerda ou à direita, quando ela interrompeu-me, dizendo:

— Oh, pare! Não me diga tudo isso agora. Vou esquecer toda essa explicação antes de poder utilizá-la. Não penso em ir antes da primavera e, quando chegar o momento, talvez peça que me dê esses detalhes de novo. Agora, ainda temos o inverno pela frente e...

A Sra. Graham parou de falar de forma abrupta. Com uma exclamação abafada, deu um pulo da cadeira e, pedindo licença, saiu bem depressa do aposento e fechou a porta atrás de si.

Curioso para ver o que a assustara tanto, espiei pela janela — pois era para lá que a Sra. Graham estivera olhando distraidamente — e vi a bainha do casaco de um homem desaparecendo por detrás de um arbusto de azevinho que ficava perto do portão.

— É o amigo de mamãe — disse Arthur.

Rose e eu nos olhamos.

— Não sei o que pensar dela — sussurrou Rose.

Arthur encarou-a, surpreso e grave. Rose, no mesmo instante, começou a falar de trivialidades com ele, enquanto eu me distraía olhando as pinturas. Havia uma que não vira antes, escondida num canto, de um menininho sentado na grama com o colo cheio de flores. Ele tinha os olhos azul-claros e fartos cachos castanhos que lhe caíam sobre a testa enquanto observava seu tesouro. O menino do retrato se parecia o suficiente com o rapazinho que se encontrava no aposento, e por isso deduzi que era um quadro de Arthur Graham quando menor.

Ao pegar essa pintura para vê-la a uma luz mais forte, descobri outra, que estava atrás, virada para a parede. Num gesto ousado, peguei-a também. Era o retrato de um cavalheiro no auge da juventude. Uma pintura bonita e bem-feita, mas, se fosse da mesma autora, evidentemente era mais antiga do que as outras; pois havia muito mais detalhes, porém menos daquela escolha inovadora de cores e do vigor nas pinceladas que tanto me haviam surpreendido e encantado em suas obras. Mesmo assim, analisei-a com considerável interesse. As feições e a expressão eram tão peculiares que era fácil imaginar que o quadro era um retrato muito fiel. Os brilhantes olhos azuis encaravam o espectador com um ar zombeteiro, e quase se esperava vê-los piscar. Os lábios, que eram um pouco grossos e voluptuosos demais, pareciam prestes a se abrir em um sorriso. As bochechas coradas eram adornadas por costeletas castanho-avermelhadas bem cheias, enquanto os abundantes cachos do cabelo castanho cobriam a testa, parecendo indicar que o homem em questão tinha mais orgulho de sua beleza do que de seu intelecto. Talvez tivesse razão em sentir-se assim; mas sua aparência não era a de um tolo.

Estava analisando o retrato havia apenas dois minutos quando a bela artista retornou.

— Era apenas uma pessoa que veio buscar as pinturas — disse ela, desculpando-se por sua saída repentina. — Pedi-lhe que esperasse.

— Temo que vá ser considerado impertinente meu gesto de olhar um retrato que a artista voltara para a parede — disse eu. — Mas será que eu poderia perguntar...

— É *de fato* uma grande impertinência, senhor. Por isso imploro-lhe que não pergunte nada, pois sua curiosidade não será satisfeita — retrucou ela, tentando suavizar a aspereza da resposta com um sorriso, mas pude ver pelo rubor das faces e pelo brilho dos olhos que ficara seriamente irritada.

— Ia apenas perguntar se foi a senhora quem pintou — disse eu, entregando-lhe a pintura com mau humor.

Sem qualquer cerimônia, ela arrancou o quadro de minhas mãos e recolocou-o depressa no canto onde estivera, virado para a parede, com o outro apoiado sobre ele. Então, voltou-se para mim e riu. Mas eu não estava para brincadeiras. Virei-me para a janela com um ar indiferente e fiquei observando aquele jardim desolado, deixando que a Sra. Graham conversasse com Rose por mais alguns minutos. Então, disse para minha irmã que já estava na hora de irmos, apertei a mão de Arthur, fiz uma mesura fria para aquela senhora e me encaminhei para a porta. Mas, após ter-se despedido de Rose, a Sra. Graham estendeu-me a mão dizendo, com uma voz suave e um sorriso que não era de forma alguma desagradável:

— Não deixe que sua raiva dure até amanhã, Sr. Markham. Lamento se fui abrupta demais e o ofendi.

Quando uma dama consente em se desculpar, decerto é impossível continuar zangado. Assim, pela primeira vez, nós nos despedimos como bons amigos e eu apertei sua mão com gentileza, não irritação.

6

Progresso

Durante os quatro meses seguintes, não entrei na casa da Sra. Graham, nem ela na minha; mas, mesmo assim, as mulheres à minha volta continuaram a falar sobre ela, e nossa intimidade continuou a aumentar, embora devagar. Quanto ao que diziam, eu não prestava muita atenção (ao menos quando se referiam à bela ermitã). A única informação que registrei foi a de que, num dia belo e frio, a Sra. Graham se aventurara a levar seu filho até a casa do vigário, mas infelizmente ninguém além de Mary Millward estava lá para recebê-la. No entanto, nossa nova vizinha permanecera por um longo tempo, e todos diziam que as duas moças haviam conversado bastante e se separado com um desejo mútuo de voltar a se encontrar. Mas Mary gostava de crianças, e as mães amorosas gostam de quem sabe apreciar seus tesouros.

Às vezes eu mesmo a via, não apenas quando ela ia à igreja, mas também quando passeava pelas colinas com Arthur, ou quando caminhava aparentemente com um propósito específico ou — nos dias em que o tempo estava mais bonito — andando a esmo em meio às urzes e pelos campos lúgubres que rodeavam Wildfell Hall, com um livro nas mãos e o menino dando pulos ao seu redor. Em qualquer uma dessas ocasiões, quando via a Sra. Graham em um de meus passeios ou cavalgadas solitárias, ou quando estava resolvendo algum problema da fazenda, em geral fazia questão de cruzar seu caminho ou alcançá-la, pois gostava de vê-la e de conversar com ela, e ainda mais de conversar com o pequeno Arthur que, após ter sido quebrado o gelo da timidez, descobri ser um menino afável, inteligente e divertido. Nós logo nos tornamos excelentes amigos, mas não sei quanto isso agradava à mãe dele. No início, suspeitei que desejava jogar um balde de água fria em nossa amizade e, digamos assim, apagar aquela chama que nascia. Mas a Sra. Graham afinal descobriu, apesar de seu preconceito contra mim, que eu era perfeitamente inofensivo e até mesmo bem-intencionado, e que Arthur tinha imenso prazer em minha companhia e na companhia de Sancho, algo que não teria podido sentir com nenhuma outra pessoa das redondezas. Assim, ela deixou de ter objeções e passou até mesmo a me receber com um sorriso.

Quanto a Arthur, ele gritava meu nome assim que me via e corria em minha direção mesmo que estivéssemos a 50 metros de distância um do outro. Quando eu estava a cavalo, sempre deixava que galopasse um pouco comigo; e, se um dos cavalos da fazenda estivesse ali por perto, permitia que trotasse um pouco em um deles, o que lhe agradava quase tanto quanto a primeira opção. Mas a Sra. Graham sempre nos seguia a passos rápidos, não tanto para se assegurar de que Arthur ia se comportar, mas para ter certeza de que eu não envenenaria a mente infantil dele com ideias repreensíveis; nunca deixava de estar alerta e jamais perdia o menino de vista. O que mais a agradava era vê-lo brincando e correndo com Sancho quando eu caminhava a seu lado — receio que não por gostar de minha companhia (embora eu às vezes me iludisse com tal pensamento), mas pelo prazer que sentia em ver o filho fazendo uma atividade física que fortaleceria seu corpo frágil, pois ele pouco se exercitava em razão da falta de companheiros adequados para alguém de sua idade. E talvez sua felicidade aumentasse bastante pelo fato de eu estar com *ela* e não com *Arthur* e, portanto, incapaz de prejudicá-lo direta ou indiretamente, de propósito ou não. De qualquer maneira, o mérito não era meu.

Mas às vezes creio que a Sra. Graham gostava um pouco das conversas que tinha comigo. Numa bela manhã de fevereiro, durante uma caminhada de vinte minutos pelos campos, ela deixou de lado sua reserva e secura habituais e conversou comigo com grande animação, discursando com tanta eloquência, profundidade e sensibilidade sobre certo assunto em relação ao qual, por felicidade, nossas opiniões coincidiam, e parecendo tão bela ao fazê-lo, que fui para casa encantado. No caminho, comecei (virtuosamente) a pensar que talvez fosse melhor passar a vida ao lado de uma mulher como aquela do que ao lado de Eliza Millward; depois corei (no sentido figurado) por minha inconstância.

Ao entrar na sala de estar, encontrei Eliza ali com Rose e mais ninguém. A surpresa não foi tão agradável quanto deveria ter sido. Tagarelamos por bastante tempo, mas eu a achei frívola e até um pouco insípida em comparação com a Sra. Graham, mais madura e mais séria. Que lástima para a constância dos homens!

"No entanto", pensei, "não devo mesmo me casar com Eliza, pois minha mãe detesta a ideia, e não devo iludir a menina, fazendo-a acreditar que essa é minha intenção. Se esse meu humor continuar, terei menos dificuldade em libertar meu coração de seu controle, que é gentil, porém contínuo. E, embora mamãe possivelmente se oponha tanto à Sra. Graham quanto a Eliza, eu talvez seja autorizado, como os médicos são, a curar um mal maior com um menor, pois não me apaixonarei seriamente pela jovem viúva, creio, nem ela por mim — isso é certo. Mas, se sua companhia me dá algum prazer, sem dúvida me será permitido procurá-la. E, se a estrela de sua divindade for brilhante o suficiente para apagar o esplendor da de Eliza, tanto melhor. Mas não acredito nisso."

Desde aquela ocasião, quase não permiti que mais um dia de tempo bom passasse sem me dirigir a Wildfell Hall, mais ou menos na hora em que minha nova amiga deixava sua solitária morada. Mas minhas expectativas de um encontro eram frustradas com tanta frequência; ela mudava tanto a hora de sua caminhada e o lugar para onde escolhia ir, e conseguia vê-la tão poucas vezes que me senti inclinado a acreditar que a Sra. Graham se esforçava para evitar minha presença na mesma medida em que eu me esforçava para buscar a sua. Mas essa suposição era desagradável demais para ser alimentada.

No entanto, numa tarde tranquila e bonita de março, eu estava supervisionando a passagem do rolo compressor pelos campos e o conserto de uma de minhas cercas quando vi a Sra. Graham perto do riacho com um caderno de esboços na mão, absorta no exercício de sua arte preferida, enquanto Arthur brincava de construir uma represa na parte mais rasa, que era cheia de pedrinhas. Estava precisando muito de uma distração e uma oportunidade tão rara quanto aquela não podia ser desperdiçada. Assim, deixando tanto o campo quanto a cerca de lado, fui bem depressa ao encontro deles. Não consegui chegar lá antes de Sancho que, imediatamente após ver seu jovem amigo, galopou a distância toda em poucos segundos e saltou sobre ele com tanta alegria que o menino foi precipitado quase até o meio do riacho. Por sorte, as pedras o impediram de se molhar demais, o fato de serem lisas fez com que a dor não fosse muito séria, e Arthur apenas riu do incidente.

A Sra. Graham estava estudando as distintas qualidades das diversas árvores à sua volta, todas desfolhadas devido ao inverno, e copiando, com um toque delicado, porém vigoroso, suas inúmeras ramificações. Ela não falou muito, mas eu fiquei ao seu lado observando o progresso do lápis: era um prazer vê-lo sendo guiado de maneira tão hábil por aqueles dedos graciosos. Mas, em pouco tempo, sua destreza diminuiu e eles começaram a vacilar, tremer um pouco e traçar mal as linhas; então, de repente, a Sra. Graham fez uma pausa, olhando para mim, rindo, e dizendo que seu desenho estava sendo prejudicado por minha supervisão.

— Então vou conversar com Arthur até que a senhora tenha terminado.

— Gostaria de cavalgar, Sr. Markham, se mamãe deixar.

— Cavalgar no quê, menino?

— Acho que tem um cavalo naquele campo — respondeu ele, apontando para o local onde minha forte égua preta estava puxando o rolo compressor.

— Não, Arthur. É longe demais — protestou a mãe dele.

Mas eu prometi trazê-lo de volta são e salvo após uma ou duas voltas pelo campo; e, quando ela viu a vontade de ir estampada no rostinho do filho, sorriu e permitiu. Era a primeira vez que me deixava levá-lo para tão longe sozinho.

Entronado em seu monstruoso corcel e passeando solenemente por aquele campo largo e íngreme, Arthur era a própria imagem do deleite. A passagem do rolo compressor logo foi completada; mas, quando desmontei o galante cavaleiro e devolvi-o à mãe, ela parecia bastante zangada com a minha demora. Fechara seu caderno e já devia estar há vários minutos esperando com impaciência a volta do filho.

— Já estava mais do que na hora de ir para casa — disse a Sra. Graham, e teria se despedido de mim naquele momento, mas recusei-me a ir embora. Fui com ela até a metade da colina. Minha vizinha foi ficando mais agradável, e eu começava a sentir-me muito feliz; mas, ao avistar sua lúgubre mansão, a Sra. Graham estacou e virou-se para mim no meio de uma frase, como quem esperava que eu não avançasse mais e que a conversa acabasse naquele instante, com a minha partida. De fato, já era o momento de ir embora, pois aquela bela tarde fria se esvaía, o sol já se pusera e a lua crescente ficava mais nítida no céu cinza pálido. Mas um sentimento quase de compaixão me fez permanecer ali. Pareceu-me muito cruel deixá-la numa casa tão solitária e desconfortável. Olhei para Wildfell Hall. Ali estava ela, silenciosa e escura, franzindo o cenho para nós. Uma luz vermelha e fraca brilhava na janela de uma das alas, mas todas as outras estavam mergulhadas na escuridão, e muitas não tinham moldura ou vidraça, deixando entrever abismos negros.

— A senhora não acha a mansão solitária demais para se viver? — perguntei, após alguns segundos de contemplação silenciosa.

— Acho, às vezes — admitiu ela. — Nas noites de inverno, quando Arthur está dormindo e eu fico sentada sozinha, ouvindo o vento gemer ao meu redor e através dos velhos quartos abandonados, não há livro ou tarefa que me faça reprimir os pensamentos tristes que surgem. Mas é tolice ceder a uma fraqueza como essa, eu sei. Se Rachel se satisfaz com essa vida, por que eu também não posso fazê-lo? Na verdade, devo agradecer pela existência de tal abrigo, enquanto puder viver nele.

A última frase foi pronunciada num sussurro, como se a Sra. Graham a houvesse dito mais para si mesma do que para mim. Ela então me desejou uma boa noite e desapareceu.

Eu não dera muitos passos na direção de casa quando vi o Sr. Lawrence em seu belo pônei cinza na estradinha rústica que cruzava o topo da colina. Desviei-me um pouco de meu caminho para falar com ele, pois fazia tempo que não o via.

— Aquela mulher com quem você estava conversando era a Sra. Graham? — perguntou meu vizinho, após termos nos cumprimentado.

— Era.

— Hunf! Foi o que pensei — disse ele, e então olhou para a crina do pônei como se estivesse muito insatisfeito com ela ou qualquer outra coisa.

— Ora! O que tem isso?

— Oh, nada! Eu só achei que não gostava dela — respondeu o Sr. Lawrence com um sorrisinho levemente sarcástico nos lábios de linhas clássicas.

— Acho que tem razão. Mas um homem não pode mudar de ideia após conhecer melhor uma pessoa?

— É claro que pode — respondeu o Sr. Lawrence, enquanto desembaraçava um nó da crina branca do pônei.

De repente, ele fixou os olhos castanhos de expressão tímida em mim, com um olhar penetrante.

— Quer dizer que *mudou* de ideia? — perguntou.

— Não foi bem isso. Não; tenho a mesma opinião dela que sempre tive..., mas um pouco melhorada.

— Ah!

O Sr. Lawrence olhou ao seu redor, buscando qualquer outra coisa a dizer; após ver a lua, comentou quanto a noite estava bonita. Eu não respondi, pois aquilo nada tinha a ver com o assunto em questão.

— Lawrence — eu disse calmamente, encarando-o —, está apaixonado pela Sra. Graham?

Em vez de ficar muito ofendido com essa pergunta, como eu esperava, após assustar-se com a minha audácia, ele apenas riu, muito divertido.

— *Eu*, apaixonado pela Sra. Graham! — repetiu. — O que o fez inventar tal fantasia?

— O interesse que tem no progresso de minha intimidade com ela e nas minhas mudanças de opinião. Achei que pudesse estar com ciúmes.

Ele riu mais uma vez.

— Ciúmes! Não. Mas achei que fosse se casar com Eliza Millward.

— Achou errado, então. Não vou me casar com nenhuma das duas... que eu saiba.

— Então é melhor deixá-las em paz.

— Você vai se casar com Jane Wilson?

O Sr. Lawrence enrubesceu e mexeu na crina do pônei de novo, mas depois respondeu:

— Creio que não.

— Então é melhor deixá-la em paz.

Ela é que não me deixa em paz, ele poderia ter respondido. Mas apenas ficou com cara de bobo e nada disse por cerca de meio minuto. Depois, tentou mudar de assunto de novo e, dessa vez, eu deixei passar; afinal, o Sr. Lawrence já suportara bastante. Mais uma palavra sobre aquilo teria sido a gota d'água.

Cheguei atrasado para o chá, mas minha boa mãe mantivera o bule e um bolinho quentes no calor da lareira e, embora tenha brigado um pouco comigo, logo aceitou minhas desculpas. Quando reclamei do gosto do chá, que já estava forte demais, ela jogou o resto numa vasilha e pediu que Rose colocasse mais no bule e fervesse a água. Isso foi feito com bastante alarde e alguns comentários desagradáveis.

— Ora, ora! Se fosse *eu*, não iam me dar chá nenhum. Mesmo se fosse Fergus, ele teria de tomar o que já estivesse pronto e ainda lhe diriam que ficasse satisfeito, pois era bom demais para ele. Mas para *você* não há mordomia que baste. É sempre assim. Se há qualquer coisa particularmente boa na mesa, mamãe pisca o olho e balança a cabeça para mim, mandando-me não a comer. E se finjo que não vi, ela sussurra: "Não coma demais, Rose. Gilbert vai gostar de provar isso no jantar." Já *eu* não valho nada. Quando estamos na sala, ela diz: "Vamos, Rose, guarde suas coisas, vamos deixar a sala bem-arrumada para quando os meninos voltarem. E avive o fogo; Gilbert gosta que o fogo esteja bem forte." E na cozinha: "Faça uma torta bem grande, Rose. Os meninos vão estar com fome. E não ponha pimenta demais que eles não vão gostar, tenho certeza." Ou: "Rose, não tempere demais os bolinhos, pois Gilbert prefere sem tempero." Ou: "Ponha bastante cassis no bolo, Fergus gosta quando tem muito." E se digo que *eu* não gosto, ela responde que não devo pensar em mim mesma. "Rose, em todas as questões domésticas só se deve ter duas coisas em mente: em primeiro lugar, qual é o modo correto de se fazer e, em segundo, o que agrada os homens da casa. Para as mulheres, qualquer coisa serve."

— E é um conselho muito bom. Tenho certeza de que Gilbert concorda.

— É muito conveniente para os homens, de qualquer maneira — respondi. — Mas, se quiser mesmo me agradar, mamãe, precisa pensar um pouco mais no seu conforto. Quanto a Rose, tenho certeza de que ela cuidará de si própria. E, sempre que fizer um sacrifício ou um gesto extraordinário de devoção, fará questão de me contar em detalhes. Se fosse só pela *senhora*, eu me tornaria a pessoa mais autoindulgente e egoísta do mundo, em razão do hábito de sempre ter alguém cuidando de mim e de ver todos os meus desejos atendidos no mesmo segundo, ou até antes que possa vir a tê-los, ao mesmo tempo que sou mantido na mais completa ignorância do que é feito por meu bem-estar. É só Rose que me conta, de vez em quando. E eu aceitaria todas as suas gentilezas como algo normal e jamais saberia quanto devo à senhora.

— Ah, e não saberá *mesmo*, Gilbert, até que se case. Quando tiver por esposa uma coisinha frívola e metida a besta como Eliza Millward, que não se importa com nada além do prazer imediato, ou uma mulher teimosa e irracional como a Sra. Graham, que ignora até mesmo seus principais deveres, e sabe apenas o que é menos importante para uma mulher, aí você perceberá a diferença.

— Vai me fazer bem, mãe. Não estou na Terra apenas para exercitar as qualidades e os bons sentimentos dos outros, estou? Também devo ser generoso. E, quando me casar, terei mais prazer em deixar minha esposa feliz e confortável do que em vê-la fazendo isso por mim. Prefiro dar a receber.

— Isso é tudo bobagem, querido. É conversa de rapazola! Você logo vai se cansar de paparicar sua mulher, não importa quão encantadora ela seja. E é *aí* que vão começar os problemas.

— Bem, então teremos de suportar um ao outro.

— Para isso, cada um deve fazer o que lhe cabe. Você cumprirá suas tarefas e ela, se for digna de você, cumprirá as dela. Mas sua tarefa é ser feliz, e a dela é fazê-lo feliz. Seu pai era o melhor marido que poderia existir, mas depois dos primeiros seis meses de casamento, seria mais fácil ele voar do que fazer um esforço só para me agradar. Sempre dizia que eu era uma boa esposa e que cumpria com minhas obrigações. E ele cumpria com as dele; que Deus o tenha! Era constante e pontual, raramente via defeitos onde não havia, sempre fazia justiça aos meus bons almoços e quase nunca se atrasava e deixava a comida estragar. Isso é o máximo que qualquer mulher pode esperar de um homem.

É verdade, Halford? É essa a extensão de suas virtudes domésticas? E será que sua feliz esposa não espera nada além disso?

7

A excursão

Poucos dias depois, numa manhã ensolarada, o solo estava bastante lamacento, pois a última neve do ano acabara de derreter, deixando para trás uma fina camada de gelo recobrindo a grama fresca e verde que havia sob as sebes; mas, ao lado delas, as primeiras prímulas já brotavam em meio às folhas escuras e molhadas e, lá no alto, a cotovia anunciava que vinha o verão, a esperança, o amor e tudo o que há de divino. Estava passeando pela colina, aproveitando todas essas delícias e cuidando de meus cordeirinhos recém-nascidos e de suas mamães, quando vi três pessoas se aproximando, vindas do vale lá embaixo: Eliza Millward, Fergus e Rose. Atravessei o campo para ir encontrá-los e eles me disseram que iam para Wildfell Hall; declarei-me disposto a ir também e, dando o braço a Eliza, que o aceitou prontamente, largando o do meu irmão, disse a este que podia voltar para casa, pois eu acompanharia as senhoritas.

— Espere aí! — exclamou Fergus. — São as senhoritas que estão me acompanhando e não o contrário. Todos menos eu já foram espiar essa maravilhosa estranha e não posso mais suportar minha ignorância terrível. Preciso satisfazer minha curiosidade de qualquer jeito. Por isso, implorei que Rose me levasse até Wildfell e me apresentasse à Sra. Graham. Ela afirmou que só iria se Eliza fosse também. Por isso, corri até a casa do vigário para buscá-la e nós viemos até aqui de braços dados como dois jovens amantes, até que você a roubou, assim como quer roubar o passeio e a visita. Volte para seus campos e seu gado, seu grosseirão. Não está vestido para ficar na companhia de damas e cavalheiros como nós, sem nada a fazer além de ir visitar nossos vizinhos, enfiar o nariz em todos os cantos de suas casas, descobrir seus segredos e procurar buracos em seus casacos, quando já não os encontramos de cara. Não é capaz de compreender um divertimento tão refinado.

— Não podem ambos ir conosco? — perguntou Eliza, ignorando a última parte desse discurso.

— Sim, venham ambos! Quanto mais gente, mais divertido será. E precisamos levar toda alegria que pudermos para aquela sala enorme, escura e sombria, com gelosias nas janelas estreitas e móveis velhos e horrorosos. Mas pode ser que ela nos deixe ficar no ateliê de novo.

Assim, fomos todos. A velha empregada que abriu a porta nos levou até um cômodo exatamente igual ao que Rose descrevera como cenário de sua primeira visita à Sra. Graham: uma sala bastante espaçosa e de pé-direito alto, porém mal-iluminada pelas janelas antiquadas e com o teto, as paredes e a lareira feitas de carvalho negro, sendo que nessa última a madeira era esculpida de forma elaborada, mas não muito bonita. As mesas e as cadeiras também eram de carvalho e havia ainda, de um dos lados da lareira, uma velha estante com alguns livros sobre os mais variados assuntos e, do outro, um piano-armário antiquíssimo.

A senhora da casa estava sentada numa poltrona de espaldar alto que não parecia muito confortável, tendo de um dos lados uma pequena mesa redonda na qual estava um apoio para livros e sua cesta de costura e, do outro, Arthur, de pé com o cotovelo apoiado no joelho da mãe, lendo com bastante fluência um pequeno volume que tinha no colo. A Sra. Graham deixou a mão pousada no ombro do filho e brincava distraidamente com os cachos que cascateavam sobre seu pescocinho de mármore. Os dois juntos formavam um belo contraste com tudo o que havia em torno; mas, é claro, mudaram de posição no instante que entramos. Eu só pude observar a cena durante os breves segundos em que Rachel segurou a porta para que passássemos.

Não creio que a Sra. Graham tenha ficado muito feliz em nos ver; havia uma frieza indescritível na polidez tranquila com que nos recebeu. Mas não conversei muito com ela. Sentei-me perto da janela, um pouco distante dos outros, e chamei Arthur para vir falar comigo. Eu, ele e Sancho nos divertimos muito juntos, enquanto Rose e Eliza falavam de coisas aparentemente triviais com nossa vizinha, tentando fazê-la revelar alguns de seus segredos.

Fergus ficou o tempo todo sentado com as pernas cruzadas e as mãos nos bolsos, recostado na cadeira, olhando ora para o teto, ora para nossa anfitriã (de uma forma que me fez ter uma forte vontade de chutá-lo para fora da sala), e alternando-se entre assobiar uma de suas músicas preferidas, interromper a conversa, ou preencher as pausas com alguma pergunta ou observação impertinente. Ele disse, por exemplo:

— Não entendo, Sra. Graham, por que escolheu uma casa tão velha e arruinada para morar. Se não podia pagar o aluguel da mansão inteira e mandar consertá-la, por que não foi para uma casinha mais bonita?

— Talvez eu tenha sido orgulhosa demais, Sr. Fergus — replicou a Sra. Graham, sorrindo. — Talvez tenha gostado desta casa antiquada e romântica. Mas, não; na verdade, ela tem muitas vantagens em relação a uma casa menor. Em primeiro lugar, os quartos são grandes e bem-arejados; em segundo, o pedaço que não está ocupado, e pelo qual não pago nada, pode servir de depósito, se tiver algo para colocar lá. Além disso, eles são úteis para Arthur correr pela casa toda, quando está chovendo e não pode sair. Há também o jardim para ele brincar e eu pintar. Como pode ver, já fiz algumas melhorias nele — disse ela, voltando-se para a janela. — Plantei alguns legumes ali, e aqui temos algumas flores já nascendo, prímulas e fura-neves. E, mais para lá, açucenas amarelas acabando de se abrir à luz do sol.

— Mas, então, como pode suportar que seus vizinhos mais próximos estejam a 3 quilômetros de distância, sem que ninguém jamais passe por aqui? Rose ficaria doidinha num lugar como este. Ela não consegue viver sem ver meia dúzia de vestidos e chapéus novos todos os dias, para não falar das mulheres que vêm embrulhadas neles. Mas a senhora pode ficar na janela o dia inteiro sem ver sequer uma velha levando ovos para o mercado.

— Acho que o fato de o local ser tão solitário foi uma de suas recomendações. Ver as pessoas passando não me dá prazer nenhum, e eu gosto de silêncio.

— Ah! Isso quer dizer que gostaria que fôssemos cuidar de nossas vidas e a deixássemos em paz.

— Não. Não gosto de ter muita gente à minha volta, mas, se tenho apenas alguns amigos, é claro que me agrada vê-los de vez em quando. Ninguém fica feliz na solidão eterna. Portanto, Sr. Fergus, se escolher entrar na minha casa como um amigo, eu o receberei bem; mas, se não, devo confessar que prefiro que permaneça longe.

A Sra. Graham então se virou e falou alguma coisa para Rose e Eliza. Cinco minutos depois, Fergus disse:

— Sra. Graham, no caminho para cá estávamos discutindo uma questão a que poderá responder com facilidade, pois diz respeito principalmente à senhora. Sempre conversamos sobre nossos vizinhos, mas nós, os nativos daqui, nos conhecemos há tanto tempo e já falamos tanto uns dos outros que nos cansamos da brincadeira. Por isso, uma estranha em nosso meio é uma adição inestimável às nossas esgotadas fontes de divertimento. Bem, a questão, ou questões, que quero que a senhora responda são...

— Cale a boca, Fergus! — exclamou Rose, numa explosão de apreensão e fúria.

— Não calo, não. As questões que quero que a senhora responda são: onde nasceu, quem é sua família e onde morava antes de vir para cá. Alguns acham que é uma estrangeira, outros, que é inglesa. Alguns dizem que é do Norte e outros, que é do Sul. E alguns dizem...

— Bem, Sr. Fergus, eu lhe direi. Sou inglesa e não vejo como alguém poderia duvidar disso; nasci no interior, nem muito para o norte, nem muito para o sul de nossa querida ilha; e foi no interior mesmo que passei a maior parte da minha vida. Agora, espero que esteja satisfeito, pois não gostaria de responder a mais perguntas neste momento.

— Só mais uma...

— Nem mais uma! — disse a Sra. Graham, rindo.

Ela então ficou de pé com um pulo, indo buscar refúgio na janela perto da qual eu estava sentado e, desesperada para escapar das perguntas de meu irmão, tentou iniciar uma conversa comigo.

— Sr. Markham — disse a Sra. Graham, falando bem depressa e corando, o que deixava clara sua inquietação —, esqueceu-se da vista do mar da qual falamos há algum tempo? Creio que precisarei incomodá-lo agora e pedir-lhe que me diga qual o caminho mais curto até o local. Pois, se esse tempo lindo continuar, acho que conseguirei andar até lá para fazer um desenho. Já pintei tudo o que podia por aqui e gostaria muito de ver essa paisagem.

Estava prestes a aquiescer ao pedido dela, mas Rose não permitiu que eu continuasse e disse:

— Oh, não diga, Gilbert! Assim, ela terá de ir conosco. É da baía de —— que está falando, não é, Sra. Graham? É uma caminhada muito longa. Será demais para a senhora e, para Arthur, está fora de questão. Mas estávamos pensando em fazer um piquenique lá, um dia qualquer de sol. Se puder esperar até que o tempo firme, adoraremos que vá conosco.

A pobre Sra. Graham pareceu arrasada e tentou dar uma desculpa, mas Rose, ou sentindo pena de sua solidão, ou ansiosa para conhecê-la melhor, estava determinada a ter sua companhia; assim, todas as objeções foram descartadas. Minha irmã explicou-lhe que iríamos com poucas pessoas, todos amigos, e que a melhor vista era do penhasco de ——, que ficava a 8 quilômetros de distância.

— É apenas uma bela caminhada para os homens — continuou Rose —, mas as mulheres irão se revezar na charrete. Levaremos nossa charrete puxada pelos pôneis, onde caberão perfeitamente três mulheres e Arthur, além da comida e de seu material de pintura.

Afinal, a proposta foi aceita; e, após mais uma discussão sobre quando e de que maneira faríamos a excursão, nos levantamos e fomos embora.

Mas ainda estávamos em março. Um abril frio e chuvoso e mais duas semanas de maio se passaram antes que pudéssemos nos aventurar na expedição com alguma esperança de obter o prazer que nos daria uma bela vista, a companhia de bons amigos, o ar fresco, a alegria e o exercício, sem a inconveniência de estradas ruins, ventos gelados ou nuvens ameaçadoras. Numa manhã gloriosa, reunimos o batalhão e fomos em frente. Nosso grupo era composto pela Sra. Graham e o jovem Sr. Arthur Graham, Mary e Eliza Millward, Jane e Richard Wilson e Rose, Fergus e Gilbert Markham.

O Sr. Lawrence fora convidado a participar, mas, por alguma razão que só ele conhecia, recusara-se a nos dar o prazer de sua companhia. Eu mesmo a solicitara e, quando o fiz, ele hesitara e perguntara quem iria. Ao ouvir o nome de Jane Wilson, pareceu inclinado a aceitar, mas, quando eu disse que a Sra. Graham também faria parte da excursão, o que achei que seria mais um incentivo, obtive o efeito contrário e um não como resposta. Para dizer a verdade, o resultado não me foi desagradável, embora não soubesse explicar por quê.

Era mais ou menos meio-dia quando chegamos ao nosso destino. A Sra. Graham percorrera a pé todo o trajeto até o penhasco, e o pequeno Arthur fizera quase isso; pois agora era muito mais resistente e ativo do que quando se mudara para a vizinhança e não quis ficar na charrete com estranhos enquanto os quatro de quem gostava — sua mãe, eu, Sancho e Mary Millward — caminhávamos, mantendo-nos bem atrás ou atravessando campos e trilhas distantes.

Tenho uma ótima lembrança da caminhada por aquela estrada branca, íngreme e ensolarada, ladeada por árvores frondosas que faziam sombras aqui e ali e adornada por arbustos e sebes floridos que exalavam uma fragrância deliciosa. Passamos também por campos e trilhas muito agradáveis, que estavam deslumbrantes com as flores perfumadas e o verde brilhante típicos dessa maravilha que é o mês de maio. Era verdade que Eliza não se encontrava ao meu lado; mas estava com outros amigos na carruagem e tão feliz, espero, quanto eu. Mesmo quando nós, pedestres, cansados da estrada, pegamos um atalho que cruzava os campos, e vi o pequeno veículo lá longe, desaparecendo por entre a folhagem verde que pendia das árvores, não as odiei por esconder o chapéu e o xale que me eram tão caros nem senti que todos os objetos que havia entre mim e ela me separavam de minha felicidade. Pois, para falar a verdade, estava contente demais com a companhia da Sra. Graham para lamentar a falta de Eliza Millward.

É verdade que a senhora, a princípio, estivera horrivelmente sisuda, parecendo decidida a não conversar com ninguém além de Mary Millward e Arthur. Ela e Mary caminharam o tempo todo juntas, em geral com o menino no meio; mas nos locais onde a largura da estrada permitiu, eu me pus sempre do outro lado da Sra. Graham e Richard Wilson do outro lado de Mary, sendo que Fergus ia pulando de um ponto para o outro, de acordo com sua vontade. Após algum tempo ela se tornou mais amistosa e, afinal, consegui que me desse quase toda a sua atenção. Então, senti-me satisfeito de fato, pois sempre que a Sra. Graham concordava em falar, gostava de ouvi-la. Quando suas opiniões e seus sentimentos coincidiam com os meus, era seu extremo bom senso e seu incrível bom gosto que me encantavam;

e, quando eram diferentes, era a ousadia desabrida com a qual admitia ou defendia seus pontos de vista que me deliciava. Mesmo quando me enfurecia com palavras e gestos cruéis ou com suas conclusões injustas a meu respeito, isso só me deixava zangado comigo mesmo por haver criado uma impressão tão desagradável e ansioso por vingar meu caráter a seus olhos e, se possível, conquistar sua afeição.

Afinal, a caminhada terminou. As colinas cada vez mais imponentes haviam obscurecido a vista durante algum tempo; mas, quando chegamos a um dos cumes mais altos e olhamos para baixo, vimos uma abertura adiante — e o mar azul surgiu de chofre à nossa frente! Estava azul-escuro, quase violeta, e não muito calmo, mas pontilhado de pequenas ondas que eram como uma poeira branca brilhando em seu seio; mesmo a mais aguda visão mal podia distingui-las das gaivotas que sobrevoavam a água, com asas brancas que reluziam ao sol. Só havia dois navios no horizonte, e estavam muito longe.

Olhei para a Sra. Graham para ver o que ela achara desta cena gloriosa. Ela não disse nada, mas estacou e observou tudo com um olhar que me fez ter certeza de que não estava desapontada. A Sra. Graham, aliás, tinha belíssimos olhos — não sei se já disse isso antes, mas eles eram enormes, cheios de vida e quase negros; não castanhos, mas de um cinza bem escuro. Uma brisa fria e revigorante veio do mar — suave, pura e saudável. A brisa brincou com os cachos dela e deu mais cor a seus lábios e face que, em geral, eram pálidos demais. A Sra. Graham sentiu sua influência estimulante, e eu também — senti-a avivando todo o meu corpo, mas não ousei expressar isso enquanto minha companheira permanecesse tão silenciosa. Seu rosto mostrava uma espécie de excitação tranquila que quase se transformou num sorriso quando seus olhos encontraram os meus. Ela jamais estivera tão linda e meu coração jamais se entregara tanto quanto naquele instante. Se houvéssemos sido deixados sozinhos ali por mais dois minutos, não sei quais teriam sido as consequências. Mas fui impedido de cometer uma imprudência e talvez estragar o resto daquele dia, pois fomos logo chamados para compartilhar da considerável refeição que Rose, Jane Wilson e Eliza, que haviam chegado de charrete e, portanto, um pouco antes de nós, tinham disposto numa plataforma com vista para o mar, protegida do sol por uma pedra e algumas árvores.

A Sra. Graham sentou-se a alguma distância de mim e Eliza, ao meu lado. Ela se esforçou para ser agradável daquela maneira gentil e inconspícua que lhe era peculiar e, sem dúvida, mostrou-se tão encantadora e fascinante quanto sempre fora — mas minha cabeça estava em outro lugar. Logo, no entanto, meu coração voltou a se enternecer por ela de novo e todos nos divertimos muito pelo resto da refeição, ao menos até onde pude perceber.

Quando terminamos, Rose pediu que Fergus a ajudasse a reunir os restos de comida, os pratos e os talheres, e a colocá-los nas cestas; a Sra. Graham pegou a banqueta de armar e o material de pintura e, após pedir que Mary Millward tomasse conta de seu precioso filho e ordenado que ele não se afastasse de sua guardiã, nos deixou, subindo a íngreme colina até um local mais amplo que havia a alguns metros de distância, onde a vista era ainda mais bonita. Foi de lá que preferiu pintar seu quadro, embora algumas das outras mulheres houvessem dito que o lugar era assustador, e a aconselhado a manter-se longe dele.

Quando a Sra. Graham desapareceu, senti que todo o divertimento havia acabado, embora seja difícil dizer de que forma ela contribuíra para a alegria do nosso grupo. Não contara nada de engraçado e pouco rira; mas seu sorriso havia aumentado meu júbilo e uma observação perspicaz ou uma palavra animadora sua haviam, imperceptivelmente, aumentado minha inteligência e tornado mais interessante tudo o que estava sendo dito e feito pelos outros. Mesmo minha conversa com Eliza ficara mais vivaz com sua presença, sem que eu houvesse me dado conta. E, agora que ela se fora, as brincadeiras bobas de Eliza deixaram de me divertir; na verdade, começaram até mesmo a me cansar a alma, fazendo com que entreter a moça me deixasse exausto. Senti-me irresistivelmente atraído pelo ponto onde a bela artista se encontrava, realizando sua solitária tarefa — e não tentei resistir por muito tempo. Enquanto Eliza trocava algumas palavras com Jane Wilson, levantei-me e fugi, sorrateiro, dali. Alguns passos rápidos e uma pequena escalada logo me levaram ao local onde a Sra. Graham estava: um pedaço estreito de rocha na borda do penhasco que se precipitava num longo declive até as pedras lá embaixo.

A Sra. Graham não ouviu que eu me aproximava e minha sombra projetada na tela a fez estremecer. Ela olhou em volta, amedrontada, mas não gritou, como teria feito qualquer outra mulher que eu conhecia, nas mesmas circunstâncias.

— Oh! Não sabia que era o senhor. Por que me assustou tanto assim? — disse, um pouco irritada. — Detesto que se aproximem de mim dessa maneira!

— Quem pensou que fosse? — perguntei. — Se soubesse que era tão nervosa, teria tido mais cuidado. Mas...

— Deixe para lá. Por que veio? Estão todos subindo?

— Não. Nem caberiam todos aqui.

— Fico feliz, pois estou cansada de conversar.

— Bem, então não direi nada. Ficarei aqui sentado, vendo a senhora pintar.

— Ah, mas o senhor sabe que não gosto disso.

— Então me contentarei em admirar essa magnífica vista.

Ela não protestou e, durante algum tempo, desenhou em silêncio. Mas confesso que, por vezes, eu afastei o olhar do mar aos nossos pés e pousei-o sobre as mãos brancas e elegantes que seguravam o lápis e sobre o gracioso pescoço e os cachos negros que se debruçavam sobre o papel.

"Se eu tivesse lápis e papel poderia fazer um desenho mais encantador do que o dela, caso pudesse delinear fielmente o que está diante de mim", pensei. Embora não pudesse ter essa alegria, estava muito satisfeito apenas em sentar-me ao lado da Sra. Graham e não dizer nada.

— Ainda está aí, Sr. Markham? — perguntou ela após algum tempo, voltando-se para me fitar, pois eu estava sentado às suas costas sobre uma rocha onde havia um pouco de musgo. — Por que não vai se divertir com seus amigos?

— Porque estou cansado deles, assim como a senhora. E já os verei bastante amanhã, ou qualquer dia depois. Quanto à senhora, poderei não ter o prazer de ver por muito tempo.

— O que Arthur estava fazendo quando o senhor subiu aqui?

— Estava com Mary Millward, onde a senhora o deixou. Estava bem, mas esperando que sua mamãe não demorasse muito. Aliás, não foi a mim que o confiou — resmunguei —, embora eu o conheça há bem mais tempo. Bem, suponho que a Srta. Millward tenha a habilidade de entreter as crianças, embora não seja boa em mais nada.

— A Srta. Millward tem inúmeras qualidades inestimáveis, que gente como o senhor não seria capaz de perceber ou apreciar. Poderia dizer a Arthur que descerei em poucos minutos?

— Pois, se é esse o caso, eu, com sua permissão, esperarei até que esses poucos minutos se passem. Então poderei ajudá-la a descer. O caminho é difícil.

— Muito obrigada, mas sempre me saio melhor sem ajuda nessas ocasiões.

— Ao menos, poderei carregar a banqueta e o material de pintura.

A Sra. Graham não me negou esse favor, mas fiquei bastante ofendido com seu desejo evidente de ver-se livre de mim, e estava começando a me arrepender de minha persistência quando ela me aplacou ao pedir minha opinião sobre algo no desenho. Por sorte, meu conselho foi aprovado, e a melhora que sugeri, adotada sem hesitação.

— Sempre desejo em vão ter a opinião de outra pessoa quando não posso mais confiar em meus olhos ou em minha cabeça, após estar contemplando um objeto há tanto tempo que quase não tenho mais capacidade de vê-lo direito — disse ela.

— Esse é um dos muitos males aos quais uma vida solitária nos expõe.

— É verdade — concordou a Sra. Graham.

Nós então voltamos a ficar em silêncio, mas, após cerca de dois minutos, ela declarou que seu esboço estava completo e fechou o caderno.

Ao retornar à cena de nosso repasto, descobrimos que todos a haviam deixado, com exceção de três: Mary Millward, Richard Wilson e Arthur. O menino estava dormindo profundamente, com a cabeça no colo de Mary, e Richard Wilson estava sentado ao lado dela, segurando uma edição de bolso de algum clássico. Ele jamais ia a lugar algum sem um exemplar parecido, para não desperdiçar seus momentos de descanso. Cada segundo era perdido se não fosse devotado ao estudo ou ao esforço que esse rapaz, com seu corpo franzino, precisava fazer apenas para se manter vivo. Mesmo agora, Richard não conseguia se entregar ao prazer de sentir o ar puro e a luz do sol, de apreciar aquela vista esplêndida e ouvir os sons suaves das ondas e do vento brincando nas folhas das árvores. Nem tendo uma moça ao seu lado — embora não fosse uma muito charmosa, devo admitir — ele deixava de pegar o livro e aproveitar ao máximo o tempo enquanto digeria sua refeição moderada e descansava as pernas, desacostumadas a tanto exercício.

Mas talvez Richard reservasse um momento ou outro para conversar com Mary Millward ou olhar para ela. A moça, de qualquer forma, não parecia se ressentir daquela conduta, pois em seu rosto sem atrativos havia uma expressão de alegria e serenidade que eu não estava acostumado a ver ali, e ela observava com grande complacência o semblante pálido e pensativo do rapaz quando nós chegamos.

A volta para casa não foi nem de longe tão agradável quanto a ida, ao menos para mim; pois agora a Sra. Graham estava na charrete, e era Eliza Millward quem caminhava ao meu lado. Ela percebera minha preferência pela jovem viúva e era evidente que estava se sentindo preterida. Mas não manifestou seu descontentamento com reprimendas, comentários sarcásticos ou com um silêncio indignado: tudo isso eu teria suportado sem dificuldade, ou meramente achado engraçado; mostrou-o através de uma suave melancolia, uma tristeza leve que me partiu o coração. Tentei alegrá-la e, aparentemente, consegui, até certo ponto, antes que a caminhada terminasse; mas, mesmo enquanto o fazia, minha consciência desaprovava minha conduta, pois eu sabia que cedo ou tarde teria de cortar aquele laço e que estava apenas alimentando falsas esperanças e adiando o necessário.

Quando a charrete chegou o mais perto possível de Wildfell Hall sem tomar o caminho íngreme colina acima, o que não foi permitido pela Sra. Graham, ela e o filho desceram, dando o lugar desse último a Rose. Persuadi Eliza a sentar-se também e, após vê-la confortavelmente acomodada no veículo, pedir-lhe que não tomasse sereno e desejar-lhe boa noite, senti-me bem mais aliviado e corri a oferecer-me para carregar o material de pintura da Sra. Graham até sua casa. Mas ela já pendurara a banqueta no braço e pegara o caderno de esboços com a outra mão, insistindo em se despedir de mim ali mesmo. Dessa vez, no entanto, recusou minha ajuda de forma tão gentil que eu quase a perdoei.

8

O presente

Seis semanas haviam se passado. Era uma esplêndida manhã do final do mês de junho. A maior parte do feno estava cortada, mas a semana anterior não fora muito favorável aos trabalhos da fazenda; e, já que o bom tempo afinal chegara, eu, determinado a aproveitá-lo ao máximo, reuni todos no campo de feno e fui ajudar pessoalmente no corte, trabalhando em mangas de camisa com um chapéu de palha de abas largas na cabeça, apanhando punhados de grama úmida e fedorenta e sacudindo-os aos quatro ventos, à frente de um bom número de empregados. Pretendia trabalhar com tanto zelo e assiduidade quanto poderia esperar de qualquer um deles, para, dessa forma, fazer a atividade andar mais depressa com meus esforços e também animar os outros por meio de meu exemplo. Mas toda a minha boa resolução desapareceu num segundo, em razão do simples fato de que Fergus veio correndo em minha direção e colocou na minha mão um pacotinho que acabara de chegar de Londres e que eu vinha esperando há algum tempo. Rasguei o embrulho e vi-me diante de uma elegante edição de bolso de *Marmion*.*

— Acho que sei para quem é — disse meu irmão, que ficou me observando enquanto eu examinava o livrinho com satisfação. — É para Eliza, não é?

Disse isso com uma cara de sabe-tudo tão grande que fiquei feliz em contradizê-lo.

— Está enganado, meu pobre rapaz — respondi, enquanto apanhava meu casaco, colocava o livro em um de seus bolsos e o vestia (refiro-me ao

*Poema épico de Walter Scott publicado em 1808. (*N. da T.*)

casaco). — Agora venha aqui, seu preguiçoso, e seja útil uma vez na vida. Tire o casaco e trabalhe no meu lugar até eu voltar.

— Até você voltar? E posso saber aonde vai?

— Não importa *aonde* vou. Só o que lhe importa é *quando* vou voltar, e prometo voltar no máximo até a hora do jantar.

— Ora essa! E quer que eu fique trabalhando até lá? E que obrigue essa gente toda a fazer o mesmo? Que coisa! Bem, vou me submeter, pelo menos desta vez. Vamos lá, rapazes! Vou começar a ajudá-los! E pobre do homem, ou mesmo da mulher, que parar por um segundo, seja para olhar em volta, coçar a cabeça ou assoar o nariz. Nenhum pretexto servirá. Nada além de trabalho, trabalho, trabalho, ganhar o pão com o suor de seu rosto etc. etc.

Deixei Fergus importunando os lavradores com palavras que os divertia bem mais do que os edificava e voltei para casa. Troquei de roupa e corri para Wildfell Hall com o livro no bolso, pois ele havia sido encomendado para as prateleiras da Sra. Graham.

"Quer dizer, então, que ela e você estavam se dando tão bem a ponto de trocarem presentes?" Não exatamente, meu velho amigo; aquela seria minha primeira tentativa, e eu estava ansioso para ver qual seria o resultado.

Nós havíamos nos encontrado diversas vezes desde o dia da excursão à baía de ——, e eu descobrira que ela não era avessa à minha companhia, contanto que a conversa só girasse em torno de questões abstratas ou de tópicos gerais. No momento em que me tornava sentimental, começava a elogiá-la ou sugeria qualquer vestígio de afeto numa palavra ou num olhar, a Sra. Graham não apenas me punia com uma mudança brusca de comportamento como também se mostrava fria, distante e até mesmo completamente inacessível quando voltávamos a nos ver. Isso, no entanto, não me desconcertava muito, pois eu atribuía o fato não a um completo desgosto pela minha pessoa, mas a uma firme resolução de jamais casar-se de novo, tomada antes de nos conhecermos, ou porque a Sra. Graham amava demais seu falecido marido, ou porque ele a fizera desistir para sempre do matrimônio. No início, ela parecera ter prazer em mortificar minha vaidade e destruir minhas pretensões, cortando cruelmente cada botão conforme ele se aventurava a nascer. Confesso que cheguei a ficar bastante magoado, embora ao mesmo tempo estimulado a tentar me vingar. Mas, nos últimos tempos, a Sra. Graham sem dúvida descobrira que eu não era aquele janota imbecil por quem me tomara, e vinha recusando minha modesta corte de maneira bem diferente. Mostrava uma espécie de desprazer sério e quase melancólico, que logo aprendi a fazer de tudo para não despertar.

"Deixe-me primeiro estabelecer minha posição de amigo", pensava. "Um homem que protege e brinca com seu filho e que é um companheiro sensato, íntegro e sincero para ela. Quando houver me tornado de certa forma necessário para seu conforto e alegria (e acredito que serei capaz de fazê-lo), veremos o que ocorrerá a partir de então."

Assim, nós conversávamos sobre pintura, poesia, música, teologia, geologia e filosofia; emprestei-lhe livros em duas ocasiões e, certa vez, a Sra. Graham retribuiu o favor; caminhava com ela sempre que podia, e ia à sua casa sempre que tinha coragem. Meu primeiro pretexto para invadir seu santuário foi levar para Arthur um filhotinho de Sancho. O menino ficou absolutamente encantado com o cãozinho, o que também agradou bastante sua mamãe. Meu segundo pretexto foi levar para Arthur um livro que eu, sabendo das particularidades da Sra. Graham, escolhera com cuidado e submetera à aprovação dela antes de dar o presente. Depois, fui entregar algumas plantas para o jardim dela, dizendo que haviam sido mandadas por Rose — que fora previamente persuadida por mim a fazê-lo. Em todas essas ocasiões, perguntara sobre o quadro que a Sra. Graham estava pintando a partir do esboço desenhado em nossa excursão, o que a fizera abrir para mim as portas do ateliê e pedir minha opinião ou conselho a respeito do progresso da obra.

Minha última visita fora para devolver o livro que ela havia me emprestado; e foi então que, quando estávamos discutindo a poesia de Sir Walter Scott, a Sra. Graham expressou um desejo de ler *Marmion* e eu tive a presunçosa ideia de dá-lo a ela de presente. Ao chegar em casa, imediatamente encomendei o belo livrinho que chegara naquela manhã. Mesmo assim, ainda seria necessária uma desculpa para invadir o eremitério; por isso, me munira de uma coleira de couro azul para dar ao cãozinho de Arthur. Depois que esta fora dada e recebida, com muito mais alegria e gratidão da parte do destinatário do que o valor do presente ou o motivo egoísta do presenteador mereciam, ousei pedir que a Sra. Graham me deixasse ver o quadro mais uma vez, se é que ainda estava ali.

— Ah, está sim! Entre — disse ela (pois eu os encontrara no jardim). — Já está terminado e emoldurado, pronto para ser enviado. Mas dê-me sua opinião final e, se puder sugerir qualquer melhora, ela será... levada em consideração, pelo menos.

O quadro era de uma beleza impressionante; uma cópia exata da cena que víramos, transferida para a tela como que por mágica. Mas eu expressei minha aprovação em termos comedidos e poucas palavras, temendo desagradá-la. A Sra. Graham, no entanto, observou minha expressão com atenção, e seu orgulho de artista ficou satisfeito, sem dúvida, ao ver admiração sincera em meus olhos. Mas, enquanto olhava, lembrei-me do livro e perguntei a mim mesmo como ia dá-lo a ela. O ânimo me faltou; mas me prometi que não seria tolo a ponto de ir embora sem ter feito a tentativa. Era inútil ficar esperando uma oportunidade e inútil tentar inventar um discurso para a ocasião. Seria melhor que a coisa fosse feita da forma mais simples e natural possível, pensei; por isso, apenas olhei pela janela para ganhar coragem, tirei o livro do bolso, me virei e coloquei-o na mão dela, com essa curta explicação:

— A senhora queria ler *Marmion*, Sra. Graham. Aqui está o livro. Espero que me faça a gentileza de aceitar.

Um rubor momentâneo se espalhou por sua face — talvez um rubor de vergonha e pena de mim, em razão da oferta desajeitada. Ela examinou a capa e a contracapa do livro, com um ar grave; então virou as páginas em silêncio, franzindo o cenho e refletindo seriamente. Afinal, fechou-o e, olhando-me, perguntou-me baixinho quanto custara. Senti o sangue quente subir ao meu rosto.

— Lamento tê-lo ofendido, Sr. Markham — disse a Sra. Graham —, mas, se não pagar pelo livro, não posso aceitá-lo — concluiu, colocando-o em cima da mesa.

— Por que não?

— Porque...

Ela fez uma pausa e fitou o tapete.

— Por que não? — repeti, com tal irritação que a Sra. Graham ergueu os olhos e encarou-me.

— Porque não gosto de ter dívidas que jamais serei capaz de pagar. Já sou agradecida pela gentileza com que trata meu filho; mas a afeição e a gratidão dele, e a felicidade que elas lhe trazem, já devem ser recompensa suficiente para o senhor.

— Que bobagem! — exclamei.

Ela me olhou de novo, com um ar de surpresa grave que parecia repreender-me, quer tenha sido essa sua intenção ou não.

— Quer dizer que não vai aceitar o livro? — perguntei, num tom mais afável do que antes.

— Aceitarei com prazer, se permitir que eu pague por ele.

Eu disse a ela o preço exato e também o custo da entrega, com toda a calma que me foi possível — pois, na realidade, estava quase chorando de decepção e desgosto.

A Sra. Graham pegou a bolsa e contou com frieza o dinheiro, mas hesitou na hora de colocá-lo na minha mão. Observando-me com atenção, disse, num tom suave e consolador:

— O senhor crê estar sendo insultado, Sr. Markham. Gostaria de poder fazê-lo compreender que... que eu...

— Compreendo perfeitamente — garanti. — A senhora acha que, se aceitar esse objeto quase sem valor de mim agora, eu tirarei determinadas conclusões. Mas se engana. Se me fizer o favor de ficar com o livro, acredite, não passarei a ter qualquer esperança, nem considerarei esse um precedente para futuros favores. E é tolice falar de ter dívidas comigo, quando deve saber que, neste caso, serei eu o devedor.

— Bem, pois se me dá sua palavra, aceito — disse ela com o mais angelical dos sorrisos, devolvendo o odioso dinheiro à bolsa. — Mas *não se esqueça*!

— Não vou esquecer. Mas não puna minha presunção privando-me por completo de sua amizade, ou espere que expie meu pecado distanciando-me da senhora — pedi, estendendo a mão para me despedir, pois estava agitado demais para permanecer ali.

— Muito bem! Voltemos a ser como antes — respondeu ela, dando-me a mão sem vacilar.

Enquanto apertava sua mão, tive muita dificuldade em refrear o impulso de levá-la a meus lábios. Mas isso teria sido uma loucura suicida; eu já fora ousado o suficiente, e aquele presente prematuro quase acabara de vez com minhas esperanças.

Corri para casa com o coração e o cérebro em chamas, sem me importar com o sol escaldante do meio-dia, pensando apenas na mulher que acabara de deixar, lamentando apenas sua impenetrabilidade e minha precipitação e falta de tato, temendo apenas aquela odiosa resolução dela e minha inabilidade em superá-la, e esperando apenas... mas, calma. Não irei aborrecê-lo com meus temores e esperanças conflitantes, nem com minhas sérias cogitações e decisões.

9

Uma cobra traiçoeira

Embora agora pudesse afirmar que estava razoavelmente desapegado de Eliza Millward, não deixei de visitar a casa do vigário, pois não queria que ela tivesse uma decepção brusca; ou seja, não queria causar-lhe tristeza demais, fazer nascer muito ressentimento ou me transformar no alvo das fofocas da paróquia. Além disso, se houvesse me afastado por completo, o pai de Eliza, que acreditava ser um dos objetos — ou mesmo o único objeto — das minhas visitas, teria considerado essa negligência uma grande afronta. Mas, quando apareci lá no dia seguinte ao do meu colóquio com a Sra. Graham, o vigário por acaso não se encontrava em casa — uma circunstância nem de longe tão agradável para mim naquela ocasião quanto já fora em outras. Mary Millward estava lá, era verdade, mas ela e ninguém eram quase a mesma coisa. No entanto, decidi que faria uma visita curta e que conversaria com Eliza num tom amistoso e fraternal, próprio para uma intimidade tão longa quanto a nossa e que, pensava eu, não a ofenderia e tampouco encorajaria falsas esperanças.

Não era meu costume falar da Sra. Graham com Eliza ou qualquer outra pessoa; mas estava sentado há menos de três minutos quando a própria moça a mencionou, e de uma maneira bastante estranha.

— Oh, Sr. Markham! — disse Eliza, com uma expressão chocada e uma voz tão baixa que era quase um sussurro. — O que acha desses boatos escandalosos sobre a Sra. Graham? Pode nos encorajar a não acreditar neles?

— Que boatos?

— Ah, vamos! O *senhor* sabe! — insistiu ela, balançando a cabeça com um sorriso maroto.

— Não sei de nada. A que se refere, Eliza?

— Oh, não *me* pergunte! *Eu* não sou capaz de explicar.

Dizendo isso, Eliza pegou o lenço de cambraia que vinha embelezando com uma borda de renda e começou a parecer muito ocupada.

— O que é, Srta. Millward? O que ela está querendo dizer? — perguntei, apelando para sua irmã, que estava absorta em costurar um imenso e pesado lençol.

— Não sei — respondeu Mary Millward. — Uma calúnia tola que alguém deve estar inventando, suponho. Eu jamais ouvira falar disso até que Eliza me contou no outro dia. Mas, mesmo se a paróquia inteira estivesse gritando em meus ouvidos, não acreditaria em uma palavra sequer. Conheço a Sra. Graham bem demais.

— Está certíssima, Srta. Millward! Tampouco acredito... no que quer que seja.

— Muito bem! — observou Eliza, com um suspiro gentil. — É um conforto ter uma certeza tão grande do valor daqueles a quem amamos. Só espero que sua confiança não seja traída.

Ela ergueu os olhos e me encarou com tanta ternura e tristeza que eu poderia ter derretido, se não houvesse visto naqueles olhos algo que me desagradou e me fez me perguntar como era possível que já os houvesse admirado; o rosto honesto e os olhinhos cinzentos de sua irmã me pareceram bem mais afáveis. Mas eu estava irritado com Eliza naquele momento por causa de suas suspeitas em relação à Sra. Graham — que só podiam ser falsas, quer ela soubesse disso ou não.

No entanto, não toquei mais no assunto e não me estendi em nenhum outro; pois, vendo que não conseguia recuperar minha compostura, em pouco tempo me levantei e pedi licença, dizendo que precisava resolver algumas coisas na fazenda. E para a fazenda fui, sem me importar nem um pouco com a possível veracidade desses misteriosos rumores, apenas me perguntando quais seriam eles, quem os iniciara, em que os baseara e qual seria a forma mais eficiente de silenciá-los ou desmenti-los.

Alguns dias depois, nós fizemos outra de nossas reuniões, para a qual convidamos os amigos e vizinhos de sempre, incluindo na lista a Sra. Graham. Ela não poderia mais deixar de vir alegando que as tardes estavam escuras e o tempo estava inclemente e, para meu grande alívio, apareceu. Sem sua presença, teria achado aquilo tudo um tédio sem fim; mas o instante de sua chegada deu nova vida à casa e, embora eu não pudesse negligenciar os outros convidados ou esperar que a atenção e as palavras da jovem viúva fossem voltadas apenas para mim, acreditei que aquela noite me proporcionaria um prazer extraordinário.

O Sr. Lawrence veio também, chegando algum tempo após todos os outros. Eu estava curioso para ver como ele ia se comportar diante da Sra. Graham. Os dois fizeram apenas uma pequena mesura um para o outro quando o Sr. Lawrence entrou; e, após cumprimentar educadamente os outros que estavam na festa, ele se sentou bem longe da jovem viúva, entre minha mãe e Rose.

— Já viu tanto fingimento? — sussurrou Eliza, que estava mais próxima de mim. — Não parece que eles mal se conhecem?

— Quase. Mas e daí?

— E daí! Ora, não está mesmo me dizendo que não sabe?

— Não sei de *quê*? — retruquei, com tanta irritação que ela teve um sobressalto.

— Psiu! Não fale tão alto.

— Então me conte — pedi, um pouco mais baixo. — O que está insinuando? Odeio enigmas.

— Bem, eu não posso afirmar que seja verdade... longe disso. Mas não ouviu dizer que...

— Não ouvi *nada*, exceto de você.

— Deve estar voluntariamente surdo, então, pois todos já estão sabendo. Mas vejo que só vou enfurecê-lo se repetir o que ouvi e, por isso, será melhor ficar calada.

Eliza fechou os lábios e pousou as mãos sobre o colo com um ar submisso e ofendido.

— Se não houvesse desejado me enfurecer, deveria ter ficado calada desde o início; ou então ter explicado de forma direta e honesta o que está dizendo.

Eliza virou o rosto, pegou o lenço, levantou-se e foi para a janela, onde ficou por algum tempo, evidentemente aos prantos. Eu fiquei atônito, irritado, envergonhado — não tanto com minha rispidez, mas com a fraqueza infantil dela. No entanto, ninguém pareceu tê-la notado e, pouco tempo depois, fomos todos chamados para tomar chá. Naquela região, era costume em todas as ocasiões sentar-se à mesa na hora do chá e tomá-lo como se fosse uma refeição, pois almoçávamos cedo. Quando me sentei, Rose ocupou a cadeira de um dos meus lados e a do outro permaneceu vazia.

— Posso me sentar aqui? — disse uma voz suave perto de mim.

— Se quiser — respondi.

Eliza pousou sobre a cadeira vazia. Então, encarando-me com um sorriso meio triste, meio zombeteiro, sussurrou:

— Você é tão severo, Gilbert.

Entreguei seu chá sorrindo com certo desprezo e não disse coisa alguma, pois não tinha nada a dizer.

— O que fiz para ofendê-lo? — perguntou ela, mais chorosa. — Gostaria de saber.

— Beba seu chá, Eliza, e não seja tola — respondi, passando-lhe o açúcar e o creme.

Naquele momento, houve uma breve comoção do meu outro lado, causada pela Srta. Wilson, que viera pedir a Rose que a deixasse sentar-se ali.

— Poderia me fazer o favor de trocar de lugar comigo, Srta. Markham? — disse ela. — Não quero ficar ao lado da Sra. Graham. Se sua mãe acha correto convidar gente como essa mulher para sua casa, não deve se importar se sua filha se sentar ao lado dela.

Essa última frase foi dita numa espécie de solilóquio, quando Rose já se retirara; mas eu não fui educado o suficiente para deixar passar.

— Teria a bondade de me explicar o que quer dizer, Srta. Wilson? — pedi.

A pergunta a assustou, mas não muito.

— Bem, Sr. Markham — respondeu ela com frieza, recuperando depressa a calma —, fico bastante surpresa que a Sra. Markham tenha convidado alguém como a Sra. Graham para vir à sua casa. Mas talvez ela não saiba que a mulher em questão não é considerada muito respeitável.

— Ela não sabe, e nem eu; por isso, a senhorita me fará a gentileza de se explicar um pouco melhor.

— Esse não é o momento nem o local para tais explicações. Mas creio que o senhor não pode ser tão ignorante quanto finge ser, pois deve conhecê-la tão bem quanto eu.

— Creio que conheço, talvez um pouco melhor; por isso, se me informar o que ouviu ou imaginou contra ela, quem sabe não possa retificar sua impressão.

— Pode me dizer, então, quem foi seu marido, ou se ela já teve algum?

Minha indignação me manteve em silêncio. Sabia que não ia conseguir dar uma resposta adequada ao momento e ao lugar.

— O senhor nunca observou a semelhança impressionante que há entre aquele filho dela e.... — disse Eliza.

— E quem? — perguntou a Srta. Wilson, com uma severidade fria, porém incisiva.

Eliza teve um sobressalto; não fora sua intenção que a tímida sugestão que fizera fosse ouvida por ninguém além de mim.

— Oh, sinto muito! — exclamou ela. — Posso estar enganada... talvez *esteja*.

Mas essas palavras foram acompanhadas por um olhar de escárnio lançado a mim do canto de seus olhos maliciosos.

— Não há necessidade de se desculpar — disse a Srta. Wilson. — Mas não vejo ninguém aqui dentro que lembre aquele menino, com exceção da mãe dele. E, quando ouvir boatos mal-intencionados, Srta. Eliza, eu agradeceria... quer dizer, acho que será melhor não os espalhar. Presumo que esteja se referindo ao Sr. Lawrence; mas creio poder lhe assegurar que suas suspeitas nesse ponto são inteiramente infundadas. E, se esse cavalheiro tiver qualquer ligação particular com aquela senhora, o que ninguém tem o direito de afirmar, ao menos ele, ao contrário de outrem, tem senso de decência suficiente para apenas fazer uma mesura para ela na presença de pessoas respeitáveis. É evidente que o Sr. Lawrence ficou surpreso e irritado ao encontrá-la aqui.

— Isso! — exclamou Fergus, que estava sentado do outro lado de Eliza, sendo a única pessoa a compartilhar aquele lado da mesa com nós três. — Acabem com ela! Não deixem pedra sobre pedra.

A Srta. Wilson se empertigou com um olhar gélido de desdém, mas não disse nada. Eliza estava prestes a responder, mas interrompi-a dizendo, com toda a calma possível, mas num tom que ainda assim traía um pouco do que eu sentia:

— Chega desse assunto. Se só pudermos abrir a boca para caluniar quem é melhor que nós, será mais vantajoso nos calarmos.

— Será mais vantajoso para vocês e também para nosso querido vigário — observou Fergus. — Ele passou esse tempo todo fazendo um de seus mais excelentes discursos e olhando para cá de vez em quando com um ar de grande desaprovação, enquanto sussurravam de forma tão irreverente. E uma vez parou no meio de uma história ou de um sermão, não sei qual dos dois, e ficou olhando fixamente para você, Gilbert, como quem dizia: "Vou prosseguir quando o Sr. Markham parar de flertar com aquelas duas moças."

Não sei o que mais foi dito à mesa, nem como encontrei paciência para ficar sentado ali até que a refeição acabasse. Lembro-me, no entanto, que engoli com dificuldade o resto do chá que estava em minha xícara, que não comi nada e que a primeira coisa que fiz foi observar Arthur Graham, sentado ao lado da mãe, do outro lado da mesa. A segunda foi observar o Sr. Lawrence, que estava mais adiante. No início, achei que *havia* mesmo uma semelhança; mas, ao olhar melhor, concluí que era apenas minha imaginação. É verdade que ambos tinham feições mais delicadas e ossos menores do que a maioria dos homens; e que a pele do Sr. Lawrence era pálida e clara, e a de Arthur, branca e delicada. Mas o nariz minúsculo e um pouco achatado do menino jamais poderia se tornar tão longo e reto quanto o do Sr. Lawrence; e o contorno de seu rosto, embora não fosse cheio o suficiente para ser chamado de redondo, e convergisse até a cova de seu queixinho de forma a não poder ser considerado quadrado, jamais seria longo e oval como o do outro. Além disso, o cabelo de Arthur era de um tom mais claro e seus grandes olhos azuis, embora mostrassem uma seriedade prematura às vezes, eram muito diferentes dos olhos castanhos e tímidos do Sr. Lawrence, onde era possível vislumbrar sua alma sensível observando-nos com tanta desconfiança, sempre pronta para se resguardar das ofensas de um mundo rude e desarmônico demais. Como fiquei infeliz ao considerar aquela ideia, por um segundo que fosse! Por acaso não conhecia bem a Sra. Graham? Não a vira e conversara com ela tantas vezes? Não tinha certeza de que era infinitamente superior a seus detratores em intelecto, pureza e elevação de alma? Que era, de fato, a mais nobre e adorável mulher que eu jamais vira e jamais imaginara existir? Sim, estava pronto a fazer coro com Mary Millward (aquela moça tão sensata) e dizer que se toda a paróquia, ou mesmo todo o mundo, quisesse gritar aquelas horríveis mentiras em meus ouvidos, não acreditaria nelas, pois a conhecia melhor do que eles.

Enquanto meu cérebro ardia de indignação, meu coração parecia prestes a explodir com tantos sentimentos conflituosos. Olhei as duas belas senhoritas que me ladeavam com uma repugnância e um ódio que mal fiz questão de esconder. Diversas pessoas ralharam comigo por estar tão distante e negligenciar de forma tão pouco galante aquelas damas; mas pouco me importei com isso. Só o que me interessava, além do assunto principal que me ocupava os pensamentos, era ver as xícaras sendo levadas até a bandeja e não retornarem. Achei que o Sr. Millward jamais terminaria de nos contar que não gostava de beber chá e que fazia muito mal encher o estômago dessas besteiras e deixar de ingerir substâncias mais saudáveis, ao mesmo tempo que terminava devagar sua quarta xícara.

Finalmente, acabou; eu me ergui e deixei a mesa e os convidados sem dizer uma palavra, incapaz de suportar a companhia deles por mais um segundo. Corri para esfriar a cabeça no ar quente e úmido do fim de tarde e para acalmar minha mente ou refletir obsessivamente na solidão do jardim.

Para evitar que me vissem das janelas, entrei por uma aleia tranquila que havia ao lado da cerca, no fim da qual ficava um banco sob um caramanchão de rosas e madressilvas. Lá, sentei-me para pensar nas virtudes e nos defeitos da senhora de Wildfell Hall; mas estava ocupado com isso há menos de dois minutos quando o som de vozes e risos e o vislumbre de pessoas se movendo por entre as árvores me informaram que todos na casa haviam decidido tomar um pouco de ar no jardim também. Encolhi-me num canto do caramanchão, esperando permanecer só, a salvo de observações e intrusões. Mas não — demônios! Alguém estava descendo pelo mesmo caminho que eu! Por que não podiam se deliciar com as flores e os raios de sol da parte aberta do jardim e deixar aquele refúgio escuro para mim e para os mosquitos?

Mas, ao espiar pela fragrante tela de galhos entremeados para descobrir quem eram os invasores (pois um murmúrio de vozes me disse que havia mais de um), minha irritação desapareceu no mesmo instante, e sentimentos bastante diferentes agitaram minha alma ainda inquieta; pois lá estava a Sra. Graham, caminhando devagar com Arthur e mais ninguém. Por que estavam sozinhos? Será que o veneno das línguas detratoras se espalhara e todos haviam dado as costas a ela? Naquele momento, lembrei-me de que, mais cedo, vira a Sra. Wilson aproximar sua cadeira da de minha mãe e se inclinar para a frente, evidentemente relatando qualquer coisa de importante e confidencial; e que, por seus incessantes movimentos de cabeça, pelas frequentes distorções de sua fisionomia enrugada e por haver um brilho malicioso em seus olhinhos feios, que piscavam sem parar, imaginara ser um escândalo suculento que estava sendo relatado. Além disso, pelo fato de a comunicação ter ocorrido numa privacidade cuidadosa, supus que o infeliz objeto de suas calúnias era uma pessoa ali presente. Com todos esses indícios e mais os olhares e gestos de horror e incredulidade partidos de minha mãe, naquele momento concluí que a pessoa em discussão tinha sido a Sra. Graham. Só emergi de meu esconderijo quando ela chegou ao fim do caminho, para que minha aparição não a afastasse dali; e, quando finalmente permiti que me visse, ela estacou e pareceu inclinada a dar meia-volta mesmo assim.

— Oh, não queremos perturbá-lo, Sr. Markham! — disse a Sra. Graham. — Viemos aqui para buscar o isolamento, não para nos intrometer no seu.

— Não sou um ermitão, Sra. Graham... embora admita que esteja parecendo um após ter me ausentado da presença dos meus convidados de maneira tão pouco cortês.

— Temi que estivesse se sentindo mal — disse ela, com um ar de genuína preocupação.

— Estava um pouco, mas agora já passou. Sente-se aqui e descanse, e me diga o que achou deste caramanchão — pedi e, erguendo Arthur pelos ombros, coloquei-o no meio do banco para, dessa forma, prender sua mamãe ali. Esta, reconhecendo que aquele era um refúgio tentador, sentou-se num dos cantos enquanto eu tomava posse do outro.

Mas a palavra refúgio me perturbava. Será que a grosseria dos outros realmente a levara a ficar só para buscar a paz?

— Por que os outros a deixaram sozinha? — perguntei.

— Fui eu que os deixei — respondeu a Sra. Graham, sorrindo. — Estava exausta de tanto tagarelar. Nada me cansa mais, não consigo entender como são *capazes* de falar desse jeito.

Não pude deixar de sorrir daquele assombro tão sério e profundo.

— Será que acham que é um *dever* falar sem parar? — insistiu ela. — E, por isso, nunca param para pensar, mas preenchem os silêncios com bobagens sem propósito e tolas repetições quando assuntos de real interesse deixam de surgir? Ou será que realmente têm prazer nessas conversas?

— É muito provável que tenham — disse eu. — Suas mentes rasas não comportam grandes ideias e suas cabeças vazias se deixam levar por trivialidades que não moveriam um cérebro mais dotado. Sua única alternativa a conversas como essas é afundar até as orelhas no lamaçal dos escândalos... e esse é seu maior deleite.

— Não pode ser o maior deleite de todos eles! — exclamou a dama, atônita com a amargura de minha afirmação.

— Decerto que não. Exonero minha irmã de tais gostos degradantes, e minha mãe também, caso a senhora a tenha incluído em sua crítica.

— Não pretendia criticar ninguém, e esteja certo de que não tive a intenção de fazer qualquer alusão desrespeitosa à sua mãe. Já conheci algumas pessoas sensatas que sabem ser muito hábeis nesse estilo de conversa quando as circunstâncias as impelem; mas não posso me gabar de possuir tal dádiva. Nesta ocasião, mantive minha atenção focada o máximo de tempo que pude, mas quando minha capacidade de o fazer acabou, me afastei disfarçadamente para buscar alguns minutos de sossego nesta aleia tranquila. Detesto conversar quando não há qualquer troca de ideias ou de sentimentos e nada de bom a dar ou a receber.

— Bem, se eu algum dia a incomodar com minha verbosidade, me diga no mesmo instante, e prometo não ficar ofendido — garanti. — Pois possuo a habilidade de desfrutar da companhia daqueles a quem... de meus amigos tanto no silêncio quanto na conversa.

— Não acredito muito no senhor. Mas, se fosse verdade, seria meu companheiro ideal.

— Quer dizer que, em outros aspectos, já sou tudo o que a senhora deseja?

— Não, não foi isso que eu quis dizer. Como fica bonita aquela folhagem quando o sol aparece por detrás dela! — disse a Sra. Graham, tentando mudar de assunto.

E ficava mesmo bonita, quando os raios horizontais do sol, penetrando as árvores e os arbustos que havia do lado oposto da aleia, clareavam o tom das folhas e tornavam algumas delas translúcidas, de um verde-dourado resplandecente.

— Quase lamento ser uma pintora — observou minha vizinha.

— Por quê? Eu imaginaria que, num momento como este, ficaria ainda mais feliz com seu privilégio de poder reproduzir os diversos esplendores da natureza.

— Não; pois, em vez de me entregar por completo ao gozo dessas belezas como os outros, estou sempre preocupando minha cabeça e pensando em como produzir o mesmo efeito na tela. E, como isso jamais será possível, é apenas vaidade e uma forma de me aborrecer.

— Talvez não seja possível para a senhora satisfazer a si própria, mas consegue encantar os outros com os resultados de suas tentativas.

— Bem, no fim das contas, não devo reclamar. Creio que poucas pessoas ganham seu sustento tendo tanto prazer em trabalhar quanto eu. Está vindo alguém.

A Sra. Graham pareceu irritada com a interrupção.

— São apenas o Sr. Lawrence e a Srta. Wilson, que estão dando uma caminhada — expliquei. — Eles não vão nos perturbar.

Não pude decifrar a expressão em seu rosto; mas, para minha satisfação, vi que não estava com ciúme. E por que estava me atrevendo a procurar aquele sentimento nela?

— Que tipo de pessoa é a Srta. Wilson? — perguntou a Sra. Graham.

— Ela é mais elegante e bem-educada do que a maioria de seus parentes; e algumas pessoas dizem que é refinada e agradável.

— Hoje a achei um pouco fria e bastante arrogante.

— É provável que esteja se comportando assim com a senhora. Não deve lhe ter simpatia, pois creio que a considera uma rival.

— A mim! Impossível, Sr. Markham! — exclamou ela, claramente atônita e irritada.

— Bem, não tenho certeza de nada — afirmei, sem querer dar o braço a torcer e achando que o principal motivo da irritação da Sra. Graham era eu mesmo.

Os outros dois estavam a poucos passos de nós. Nosso caramanchão ficava escondido num canto, onde a aleia que dava nele se transformava numa trilha mais aberta que passava pelos fundos do jardim. Quando eles se aproximaram, vi, pela expressão de Jane Wilson, que ela falava de nós com seu companheiro; seu sorriso frio e sarcástico e as poucas palavras isoladas que consegui ouvir me fizeram ter certeza de que tentava convencê-lo de que eu e a Sra. Graham estávamos muito envolvidos um com o outro. Percebi que o Sr. Lawrence corou até as têmporas, nos lançou um olhar furtivo ao passar por nós e seguiu em frente com um ar grave, aparentemente sem responder aos comentários da outra.

Portanto, era verdade que o Sr. Lawrence *tinha* intenções em relação à Sra. Graham e, se elas fossem honrosas, ele não estaria tão ansioso por mantê-las em segredo. *Ela* era inocente, é claro, mas ele era o mais detestável dos homens.

Enquanto esses pensamentos surgiam em minha mente, a Sra. Graham se levantou de repente e, chamando o filho, disse que eles iam procurar os outros e deixou o caramanchão. Sem dúvida, ouvira ou adivinhara o conteúdo dos comentários da Srta. Wilson e, por isso, era natural que não quisesse mais prolongar aquele *tête-à-tête*. Além disso, minhas faces naquele momento queimavam de indignação com o meu ex-amigo, e a Sra. Graham pode ter achado que o rubor fora ocasionado por um embaraço estúpido. A Srta. Wilson era culpada por aquilo também; e, quanto mais eu pensava em sua conduta, mais a detestava.

Já era tarde quando fui me juntar aos convidados. Encontrei a Sra. Graham preparada para partir e se despedindo dos outros, que já haviam voltado para nossa casa. Ofereci-me para acompanhá-la até a mansão — na verdade, implorei que me deixasse fazê-lo. O Sr. Lawrence estava perto de nós naquele momento, conversando com outra pessoa. Não nos olhou, mas, ao ouvir meu pedido ansioso, parou no meio de uma frase para ouvir a resposta, e continuou a falar com um ar de muda satisfação assim que descobriu que fora negativa.

E foi uma negativa decidida, embora não ríspida. A Sra. Graham recusou-se a acreditar que atravessar sem mais ninguém aquelas estradas e campos desolados seria perigoso para ela ou para seu filho. Ainda era dia e ela não ia encontrar ninguém; ainda que encontrasse, o povo dali era tranquilo e inofensivo, afirmou. Não permitiu que ninguém se incomodasse em acompanhá-la, embora Fergus tenha oferecido seus serviços também, para o caso de serem mais aceitáveis que os meus, e minha mãe tenha lhe pedido que deixasse que um dos empregados da fazenda a escoltasse.

Quando a jovem viúva partiu, não me interessei por mais ninguém. Lawrence tentou iniciar uma conversa comigo, mas esnobei-o e fui para outro ponto da sala. Pouco tempo depois, algumas pessoas foram embora, ele entre elas. Quando se aproximou de mim, fingi não ver sua mão estendida e não ouvir seu "boa noite" até que ele o repetisse. Para livrar-me dele, murmurei uma resposta inarticulada, acompanhada de um movimento amuado de cabeça.

— Qual o problema, Markham? — sussurrou Lawrence.

Minha resposta foi um olhar cheio de ódio e desdém.

— Está zangado porque a Sra. Graham não o deixou acompanhá-la? — perguntou ele, com um sorrisinho que me exasperou e quase me fez perder o controle. Mas, engolindo todas as respostas furiosas, apenas perguntei:

— Quem disse que isso é da sua conta?

— Bem, ninguém — respondeu ele, com uma calma irritante. — Mas...

Ele então me encarou e disse, com uma solenidade que não lhe era comum:

— Mas saiba, Markham, que se tem alguma intenção em relação à Sra. Graham, sofrerá uma decepção certa. E me entristece vê-lo acalentar falsas esperanças e desperdiçar suas energias em esforços inúteis, pois...

— Hipócrita! — exclamei.

O Sr. Lawrence prendeu a respiração, pareceu estupefato, ficou muito pálido e se afastou sem dizer mais nada.

Eu o magoara profundamente, e estava muito satisfeito com isso.

10

Uma promessa e uma briga

Quando todos foram embora, descobri que aquela calúnia vil realmente fora espalhada para cada um dos convidados, apesar da presença da vítima. Rose, no entanto, garantiu que se recusava a acreditar, e minha mãe declarou o mesmo, embora temo que não com a mesma incredulidade real e resoluta. O assunto não lhe saiu mais da cabeça e, de tempos em tempos, ela me irritava dizendo coisas como:

— Meu Deus, quem poderia ter imaginado! Que absurdo! Eu sempre achei que havia algo de estranho nela. Vejam o que acontece quando as mulheres fingem ser diferentes dos outros.

Em outro momento, afirmou:

— Eu desconfiei desse mistério desde o início. *Achei* que não podia acabar bem. Mas é muito triste mesmo!

— Mas, mamãe, a senhora disse que não acreditava nessas histórias — observou Fergus.

— E não acredito, querido. Mas elas devem ter surgido de algum lugar.

— Surgiram da perversidade e da falsidade do mundo — disse eu —, e do fato de que o Sr. Lawrence já foi visto indo na direção de Wildfell Hall uma ou duas vezes no final da tarde. Os fofoqueiros da aldeia disseram que foi cortejar a estranha inquilina da casa e os adoradores de escândalos agarraram avidamente o boato para usá-lo como base para a estrutura infernal que construíram.

— Mas, Gilbert, deve haver algo nos *modos* dela que motivou esses boatos.

— A *senhora* percebeu algo nos modos dela?

— É claro que não. Mas, você sabe, eu sempre disse que havia algo de estranho nela.

Acredito que tenha sido na noite em que mamãe disse isso que me aventurei a invadir Wildfell Hall mais uma vez. Desde nossa festa, que fora há mais de uma semana, vinha fazendo esforços diários para encontrar a senhora da casa em uma de suas caminhadas. E, como não conseguira (provavelmente por intenção dela), todas as noites tentava encontrar um pretexto para lhe fazer outra visita. Afinal, concluí que não podia mais suportar a separação (pode ver que, a essa altura, já estava perdido); assim, pegando na estante um velho livro pelo qual achei que a Sra. Graham pudesse se interessar — embora sua aparência horrorosa e puída houvesse me impedido de oferecê-lo a ela até então —, corri para lá. Não sabia como seria recebido nem como teria coragem de aparecer com uma desculpa tão esfarrapada. Mas talvez pudesse vê-la no campo ou no jardim e aí não haveria grandes dificuldades; era a perspectiva de bater formalmente na porta, ser recebido por uma Rachel sisuda e ser levado à presença de uma mulher que ficaria surpresa e irritada em me ver que me perturbava tanto.

Meu desejo, porém, não foi atendido. A Sra. Graham não se encontrava em lugar nenhum do jardim; mas lá estava Arthur, brincando com seu cachorrinho travesso. Espichei a cabeça por cima do portão e chamei-o. Arthur queria que eu entrasse, mas expliquei que não podia fazer isso sem a permissão de sua mãe.

— Vou pedir a ela — disse o menino.

— Não, Arthur, não faça isso. Mas, se não estiver ocupada, peça-lhe que venha aqui um minuto. Diga que quero falar com ela.

Arthur correu para fazer o que eu pedira, e em pouco tempo voltou com a mãe. Como ela estava adorável com seus cachos negros sendo balançados pela brisa suave do verão, com as faces pálidas um pouco coradas e com um sorriso radiante a lhe iluminar o rosto! Querido Arthur! Quanto não lhe devia por esse e por todos os outros felizes encontros? Por causa dele, despi-me imediatamente de toda formalidade, terror e embaraço. Nos casos de amor, não há mediador melhor do que uma criança alegre, de alma simples — sempre pronta a unir corações separados, a construir uma ponte sobre o abismo hostil do costume, a derreter o gelo da reserva e a destruir as muralhas da formalidade e do orgulho.

— Bem, Sr. Markham, o que foi? — disse a jovem mãe, aproximando-se de mim com um sorriso amável.

— Gostaria que olhasse este livro e ficasse com ele se quiser, para ler quando puder. Não pedirei desculpas por tê-la feito sair de casa nesta linda tarde, embora seja por um motivo sem grande importância.

— Peça para ele entrar, mamãe — pediu Arthur.

— Gostaria de entrar?

— Sim; gostaria de ver as melhorias que fez no jardim.

— E ver como as sementes que sua irmã me deu prosperaram sob os meus cuidados — acrescentou ela, abrindo o portão.

Nós passeamos pelo jardim, falando das flores, das árvores e do livro — e, depois, de outras coisas. A tarde estava amena e agradável e minha companheira, também. Aos poucos, fui ficando mais amoroso e terno do que jamais fora; mesmo assim, não disse nada de tangível e ela não esboçou nenhuma repulsa. Até que, quando passamos por um pé de onze-horas que eu lhe trouxera algumas semanas antes, em nome de minha irmã, a Sra. Graham arrancou um lindo botão de flor semiaberto e pediu-me que o desse a Rose.

— Não posso ficar com ele para mim? — perguntei.

— Não; mas aqui está outro.

Em vez de pegar a flor sem dizer nada, tomei a mão que a oferecia e encarei a Sra. Graham. Ela permitiu que a segurasse por um momento e eu vi um lampejo em seus olhos, um brilho de felicidade e excitação no rosto. Achei que o momento de minha vitória chegara, mas então a Sra. Graham pareceu ter uma dolorosa lembrança; uma angústia anuviou seu cenho, e uma palidez de mármore tomou-lhe a face e os lábios. Houve um segundo de conflito interno e, com um esforço súbito, ela retirou a mão da minha e deu um ou dois passos para trás.

— Sr. Markham — disse ela, com uma espécie de tranquilidade desesperada —, preciso lhe dizer com todas as letras que não posso permitir isso. Gosto de sua companhia, pois estou sozinha aqui e as conversas que temos me são mais agradáveis do que meus diálogos com qualquer outra pessoa. Mas, se não puder se contentar em me ver como uma amiga... uma amiga feia, fria, uma espécie de mãe ou de irmã... preciso lhe implorar que vá embora agora e que me deixe em paz daqui em diante. Na verdade, é melhor que fiquemos algum tempo sem nos vermos.

— Eu o farei, então... serei seu amigo, ou irmão, o que desejar, contanto que me deixe continuar a vê-la. Mas me diga por que não posso ser mais do que isso.

Ela ficou perplexa e refletiu por um segundo.

— É a consequência de uma promessa precipitada que fez? — perguntei.

— É mais ou menos isso — respondeu a Sra. Graham. — Algum dia eu talvez lhe conte, mas, no momento, é melhor que me deixe. E, Gilbert, nunca me faça passar pela dolorosa necessidade de repetir o que acabei de lhe dizer!

Ela me deu sua mão com seriedade e gentileza. E quão doce, quão musical meu nome soou saindo de sua boca!

— Não farei isso — prometi. — Mas você perdoa esta ofensa?

— Contanto que jamais a cometa de novo.

— E posso vir vê-la de vez em quando?

— Talvez... às vezes. Se nunca abusar do privilégio.

— Não faço promessas vãs, provarei o que digo.

— No momento em que o fizer, pararei de vê-lo. Isso é tudo.

— E você sempre me chamará de Gilbert? É mais fraternal e servirá para me lembrar do nosso acordo.

A Sra. Graham sorriu e mais uma vez me pediu que fosse embora — e, afinal, achei prudente obedecer. Ela entrou novamente na casa e eu desci a colina. Mas, durante o trajeto, ouvi o ruído de cascos de cavalos quebrando o silêncio daquele fim de tarde úmido; e, olhando para o caminho que dava em Wildfell Hall, vi um cavaleiro solitário subindo até lá. Embora já fosse quase de noite, reconheci-o num segundo: era o Sr. Lawrence em seu pônei cinza. Atravessei o campo correndo, pulei a cerca de pedra e desci o caminho para ir encontrá-lo. Ao me ver, ele puxou de repente as rédeas de sua pequena montaria e pareceu inclinado a dar meia-volta. Mas, pensando melhor, decidiu continuar no mesmo curso de antes. Fez uma pequena mesura ao se aproximar e, encostando o cavalo no muro, tentou passar por mim; mas eu não ia permitir isso; peguei as rédeas do pônei e exclamei:

— Lawrence, exijo que me explique esse mistério! Diga-me aonde vai e o que pretende fazer. Agora mesmo e sem rodeios!

— Quer tirar a mão das rédeas? — disse ele, sem perder a calma. — Está machucando a boca do meu pônei.

— Você e seu pônei que vão para...

— O que o torna tão vulgar e bruto, Markham? Sinto vergonha por você.

— Responda a minhas perguntas agora! *Exijo* saber o que pretende com essa dissimulação pérfida!

— Não responderei a *nenhuma* pergunta até que largue minhas rédeas, mesmo que fiquemos aqui até amanhã de manhã.

— Muito bem — concordei, abrindo a mão, mas sem sair da frente dele.

— Pergunte-me em outra ocasião, quando conseguir se comportar como um cavalheiro — retrucou Lawrence.

Ele tentou passar por mim de novo, mas voltei depressa a agarrar o pônei, que estava tão atônito quanto o homem com aqueles gestos tão grosseiros.

— Sr. Markham, isso já é demais! — disse Lawrence. — Será que eu não posso ir visitar minha inquilina para tratar de negócios sem ser atacado dessa forma por...

— Isso não é hora de tratar de negócios, senhor! Vou lhe dizer agora o que penso de sua conduta.

— É melhor que aguarde um momento mais apropriado para dar sua opinião — interrompeu Lawrence, falando baixo. — Aí vem o vigário.

E o vigário estava mesmo logo atrás de mim, voltando para casa após visitar algum canto remoto de sua paróquia. Soltei imediatamente o Sr. Lawrence e ele seguiu caminho, cumprimentando o Sr. Millward ao passar por ele.

— Estava brigando, Markham! — exclamou o vigário. — E aposto que foi por causa daquela jovem viúva! — acrescentou, balançando a cabeça em sinal de reprovação. — Pois fique sabendo, meu jovem, que ela não vale a pena!

E confirmou essa afirmação assentindo com um ar solene.

— *Sr. Millward!* — exclamei, com tanta raiva que o velho vigário olhou em volta, horrorizado, perplexo com tal insolência. Ele então me encarou com olhos que claramente diziam "Está falando assim comigo?".

Mas eu estava indignado demais para pedir desculpas ou para dizer qualquer outra palavra. Virei as costas e corri para casa, descendo aquele caminho íngreme com passos largos e deixando que o vigário me seguisse no ritmo que desejasse.

11

Ainda o vigário

Agora imagine que cerca de três semanas se passaram. A Sra. Graham e eu havíamos nos tornado amigos íntimos — ou irmãos, como preferíamos nos considerar. Ela me chamava de Gilbert, como eu pedira, e eu a chamava de Helen, pois descobrira ser esse seu primeiro nome ao vê-lo escrito em seus livros. Em geral, não me atrevia a ir visitá-la mais de duas vezes por semana; ainda assim, fazia com que nossos encontros parecessem ter sido acidentais sempre que podia, pois achava necessário ser extremamente cuidadoso. Além disso, me comportava com tal decoro que ela não teve motivos para me repreender sequer uma vez. Mas não podia deixar de perceber que, às vezes, Helen parecia infeliz e insatisfeita consigo ou com sua situação e, para dizer a verdade, eu mesmo não estava muito contente; era muito difícil manter aquela aparência de desinteresse fraternal e, muitas vezes, achava-me um hipócrita abominável. Também via, ou melhor, sentia, que, contra sua própria vontade, "ela não era indiferente a mim", como os heróis de romance modestamente dizem. Portanto, embora estivesse grato e deliciado com minha sorte no presente, não podia deixar de desejar algo melhor para o futuro; mas é claro que só discutia esses sonhos comigo mesmo.

— Aonde vai, Gilbert? — disse Rose, certa noite, pouco depois do chá, após eu ter passado o dia todo ocupado na fazenda.

— Dar uma volta — respondi.

— Você sempre escova o chapéu com tanto cuidado, arruma o cabelo tão bem e põe luvas novas tão lindas quando vai dar uma volta?

— Nem sempre!

— Vai a Wildfell Hall, não é?

— Por que acha isso?

— Porque parece que vai para lá... mas não gostaria que fosse com tanta frequência.

— Que bobagem, menina! Em seis semanas, só estive lá uma vez. O que está querendo dizer?

— Bem, se eu fosse você, não me misturaria tanto com a Sra. Graham.

— Ora, Rose, você também está se rendendo à opinião da maioria?

— Não... — disse Rose, hesitando. — Mas tenho ouvido falar tanto dela, na casa dos Wilsons, e também na do vigário... Além do mais, mamãe diz que, se fosse uma mulher direita, não moraria ali sozinha. E você não se lembra do inverno passado, Gilbert, quando nós a vimos colocar o nome de outra casa no quadro? E de como ela se explicou dizendo que tinha amigos ou conhecidos de quem gostaria de esconder seu atual local de residência, e que tinha medo de que eles a encontrassem? E de como tomou um susto e saiu da sala quando chegou aquela pessoa, que teve imenso cuidado em não nos deixar ver, e que Arthur, com um ar de mistério, disse ser um amigo de sua mãe?

— Sim, Rose, me lembro de tudo isso. E posso perdoar suas conclusões injustas, pois, talvez, se não a conhecesse, juntaria tudo isso e imaginaria o mesmo que você. Mas, graças a Deus, eu a conheço; e não seria digno de ser chamado de homem se acreditasse em qualquer coisa que pudesse ser dita contra ela, a não ser que as ouvisse de seus próprios lábios. Seria o mesmo que crer em pessoas que falassem mal de você, Rose.

— Oh, Gilbert!

— Bem, acha que eu seria *capaz* de acreditar em algo assim? No que quer que os Wilsons e os Millwards ousassem fofocar sobre você?

— Acho melhor mesmo que *não*!

— E por que não? Porque conheço você. E a conheço tão bem quanto.

— Ah, não; não sabe nada da vida dela antes de vir para cá. E, há um ano, nem sabia que tal pessoa existia.

— Não importa. É possível olhar nos olhos de alguém, ver o coração da pessoa e descobrir mais sobre a altura, a largura e a profundidade de sua alma em uma hora do que em uma vida inteira, se o outro não estiver disposto a revelá-la ou se você não tiver a inteligência de compreender o que vê.

— Quer dizer que *vai* vê-la esta noite?

— Pode ter certeza de que sim!

— Mas o que mamãe diria, Gilbert?

— Mamãe não precisa saber.

— Mas ela vai acabar descobrindo se você continuar.

— Continuar! Não há o que continuar. A Sra. Graham e eu somos amigos. E vamos nos manter assim e ninguém há de estragar isso, ou de se colocar entre nós.

— Mas se soubesse o que eles dizem, teria mais cuidado, tanto pelo seu bem quanto pelo dela. Jane Wilson acha que suas visitas a Wildfell são mais uma prova da depravação...

— Jane Wilson que se dane!

— E Eliza Millward está arrasada por sua causa.

— Espero que esteja.

— Pois eu não faria isso, se fosse você.

— Não faria o quê? E como essa gente sabe que vou visitá-la?

— É impossível esconder algo deles; bisbilhotam tudo.

— Oh, e eu nunca pensei nisso! Quer dizer que eles ousam transformar minha amizade em combustível para mais boatos contra ela! De qualquer forma, isso prova que todas as outras coisas eram mentiras, se é que era necessária alguma prova. Não deixe de desmenti-los, Rose, sempre que puder.

— Mas eles não falam abertamente sobre essas coisas comigo. Só sei o que pensam por causa de insinuações e alusões, e porque ouço outras pessoas comentarem.

— Muito bem, então não irei hoje, pois está um pouco tarde. Mas que o diabo carregue essas malditas línguas venenosas! — murmurei, com fel na alma.

Naquele exato instante, o vigário entrou em nossa sala; estávamos absortos demais em nossa conversa e não tínhamos escutado suas batidas na porta. Após ter cumprimentado Rose, de quem gostava muito, da forma alegre e paternal de sempre, o velho cavalheiro se voltou para mim e disse, com alguma rispidez:

— Bem, meu senhor, há tempos não o vejo. Faz... deixe-me ver... — continuou ele devagar, depositando o pesado corpanzil na cadeira que Rose lhe trouxera, solícita — exatamente... seis semanas, pelas minhas contas, desde que você me deu o desprazer de sua companhia!

O vigário pronunciou essas palavras com ênfase e bateu com a bengala no chão.

— É mesmo, senhor?

— É! É mesmo!

Ele afirmou isso, assentiu e continuou a me encarar com uma expressão solene e irritada, segurando sua grande bengala entre os joelhos e cruzando as mãos sobre a cabeça.

— Andei ocupado — respondi, pois era evidente que o vigário exigia um pedido de desculpas.

— Ocupado! — repetiu ele com desprezo.

— Sim, o senhor sabe que ando cortando meu feno; e agora a colheita está começando.

— Hunf.

Naquele momento minha mãe entrou e, para minha sorte, distraiu-nos com suas profusas e animadas palavras de boas-vindas ao reverendo visitante. Lamentou muito que ele não houvesse chegado antes, a tempo de tomar chá conosco, mas ofereceu-se para mandar fazer um pouco naquele instante, se ele lhe fizesse o favor de aceitar.

— Nada de chá para mim, obrigado — respondeu o Sr. Millward. — Estarei em casa em poucos minutos.

— Oh, mas fique aqui e beba um pouco! Fica pronto em cinco minutos.

Mas ele rejeitou a oferta com um gesto majestoso.

— Vou lhe dizer o que gostaria de beber, Sra. Markham — disse. — Aceito um copo de sua excelente cerveja.

— Com prazer! — exclamou minha mãe, indo alegremente tocar o sino e pedir a bebida favorita do vigário.

— Decidi dar uma passada rápida aqui e provar um pouco de sua cerveja feita em casa. Estava visitando a Sra. Graham.

— Estava mesmo?

O vigário assentiu gravemente e acrescentou, com terrível ênfase:

— Achei que era meu dever fazê-lo.

— Não diga! — bradou minha mãe.

— Por que, Sr. Millward? — perguntei.

Ele me olhou com alguma severidade e, virando-se de novo para minha mãe, repetiu:

— Achei que era meu dever fazê-lo!

E bateu mais uma vez com a bengala no chão. Minha mãe estava diante dele, uma ouvinte perplexa, porém encantada.

— "Sra. Graham", disse eu — continuou o Sr. Millward, balançando a cabeça enquanto falava —, "esses relatos são terríveis!" "Que relatos, senhor?", perguntou ela, fingindo não saber a que eu me referia. "É *meu dever*, como *seu pastor*, lhe dizer tudo o que considero repreensível em sua conduta, tudo o que tenho motivos para suspeitar, e o que os outros vêm me dizendo a respeito da senhora." Então eu disse!

— Disse, senhor? — exclamei, pulando da cadeira e batendo com o punho na mesa.

O vigário mal me olhou e continuou a se dirigir à dona da casa.

— Foi um dever doloroso, Sra. Markham... mas eu disse!

— E como ela reagiu? — perguntou minha mãe.

— Temo que não tenha parecido chocada... nada chocada! — respondeu ele, balançando a cabeça com desânimo. — E, ao mesmo tempo, demonstrou emoções indecorosas e impróprias. Ficou muito pálida, e aspirou o ar com fúria; mas não ofereceu qualquer explicação ou defesa. E, com uma tranquilidade despudorada, de fato espantosa de se ver em alguém tão jovem, praticamente afirmou que minha repreensão de nada adiantaria, que meus conselhos seriam desperdiçados... e até que minha *presença* lhe era desagradável enquanto eu falava daquelas coisas. Acabei indo embora, vendo com absoluta clareza que nada podia ser feito, e muito entristecido por descobrir que o caso dela é tão irremediável. Mas estou determinado, Sra. Markham, a não permitir que *minhas* filhas se associem a ela! E a senhora faça o mesmo em relação à sua! Quanto a seus filhos... quanto a *você*, meu jovem — continuou ele, voltando-se para mim, muito sério.

— Quanto a *mim*, senhor... — disse eu.

Mas, impedido por um engasgo qualquer, e vendo que meu corpo todo tremia de fúria, não disse mais nada, e tomei a decisão mais sábia de agarrar meu chapéu e sair correndo da sala, batendo a porta com um estrondo que sacudiu até os alicerces da casa, fez minha mãe soltar um grito e deu um alívio momentâneo à minha exaltação.

No minuto seguinte, estava percorrendo a passos largos a distância até Wildfell Hall. Não tinha ideia do meu objetivo em ir para lá, mas precisava me mover em alguma direção, e aquela era a única possível. Precisava vê-la, falar com ela — sobre aquilo, tinha certeza. Mas não sabia bem o que dizer ou como agir. Pensamentos tão tempestuosos e resoluções tão diferentes me invadiam que minha mente era pouco mais do que um caos de emoções conflitantes.

12

Um *tête-à-tête* e uma descoberta

O trajeto foi percorrido em pouco mais de vinte minutos. Parei diante do portão para limpar minha testa encharcada e recuperar meu fôlego e alguma compostura. A caminhada rápida já havia me deixado um pouco menos exaltado; e, com passos firmes, atravessei a aleia do jardim. Ao passar pela ala habitada da mansão, vislumbrei a Sra. Graham através de uma janela aberta, andando devagar por sua solitária sala.

Ela pareceu ficar agitada e até alarmada ao me ver chegar, como se pensasse que também estava ali para acusá-la. Eu entrara ali com a intenção de me condoer da perversidade do mundo junto com a Sra. Graham e ajudá-la a insultar o vigário e seus vis informantes, mas então fiquei completamente envergonhado e sem coragem de mencionar o assunto, resolvendo que só falaria nele se ela o fizesse primeiro.

— Vim aqui num horário impróprio — falei, fingindo uma alegria que não sentia para acalmá-la —, mas não vou ficar muito tempo.

Suas apreensões foram removidas e ela sorriu para mim, um sorriso fraco, é verdade, mas muito gentil, e que quase descrevi aqui como um sorriso de gratidão.

— Como está abatida, Helen! E por que sua lareira não está acesa? — perguntei, olhando a sala melancólica.

— Já é verão — respondeu ela.

— Mas *nós sempre* acendemos o fogo à noite, se não estiver quente demais; e você precisa disso mais do que ninguém, nesta casa fria e neste cômodo lúgubre.

— Devia ter vindo antes. Assim, teria mandado que acendessem para você; mas não vale a pena agora, pois diz que não vai ficar muito tempo e Arthur já foi para a cama.

— Mas estou com vontade de ver o fogo aceso mesmo assim. Pode solicitar se eu tocar o sino?

— Ora, Gilbert, você não *parece* estar com frio — disse Helen, dando um sorriso e examinando meu rosto, que, sem dúvida, estava bastante afogueado.

— Não — respondi —, mas quero vê-la confortável antes de ir embora.

— Eu, confortável! — repetiu ela com uma risada amarga, como se a ideia fosse tão absurda que chegasse a diverti-la. — Gosto mais assim — acrescentou, num tom de melancólica resignação.

Mas, determinado a conseguir o que queria, toquei o sino.

— Pronto, Helen! — disse, ao ouvir os passos de Rachel se aproximando em resposta ao chamado.

E Helen não teve alternativa além de se virar e pedir que a empregada acendesse o fogo.

Até hoje me ressinto de Rachel pelo olhar que me lançou antes de ir cumprir sua ordem, um olhar rabugento, desconfiado e inquisidor que perguntava claramente: "O que será que o *senhor* está fazendo aqui?" A patroa dela também o notou e uma inquietação lhe anuviou o cenho.

— Você não pode se demorar, Gilbert — disse ela, depois que a porta foi fechada.

— Não vou — respondi com alguma irritação, embora não tivesse nem um pingo de raiva no coração contra qualquer pessoa além daquela velha enxerida. — Mas, Helen, tenho de lhe dizer algo antes de ir embora.

— O quê?

— Não, agora não... Ainda não sei exatamente o que é, ou como dizê-lo — expliquei com muita franqueza, mas não muita eloquência.

Então, sem querer correr o risco de ser expulso da casa, comecei a falar de coisas sem importância para ganhar tempo. Enquanto isso, Rachel entrou na sala para acender o fogo, o que logo conseguiu enfiando um atiçador em brasa entre as barras de ferro que havia na lareira, onde o combustível já estava pronto para a ignição. Ela me agraciou com outro olhar hostil ao ir embora, mas, sem me abalar, continuei falando; e, colocando uma cadeira para a Sra. Graham de um dos lados do fogo e outra para mim, do outro, ousei até me sentar, embora suspeitasse que a dona da casa gostaria de me ver partir.

Em pouco tempo, ambos ficamos em silêncio, permanecendo durante diversos minutos olhando distraidamente para o fogo, ela imersa em pensamentos tristes e eu refletindo sobre como seria delicioso ficar assim sentado ao seu lado sem mais ninguém para restringir nossa conversa — nem mesmo Arthur, nosso amigo mútuo, sem quem jamais tínhamos nos encontrado antes — se tivesse coragem de falar o que pensava e tirar do peito aqueles sentimentos que há tanto tempo o sobrecarregavam, e que ele agora lutava para reter, num esforço que parecia impossível continuar por muito mais tempo. Assim meditava, pesando os prós e os contras de abrir meu coração naquele momento e implorar que Helen retribuísse minha afeição, que me desse permissão de considerá-la minha e me concedesse o direito e a autorização de defendê-la das calúnias das línguas maliciosas. Por um lado, sentia uma confiança renovada nos meus poderes de persuasão, uma forte convicção de que meu próprio fervor me daria eloquência, de que minha própria determinação, minha absoluta necessidade de ser bem-sucedido, me fariam conseguir o que queria; por outro, temia perder o terreno que já ganhara com tanto trabalho e habilidade e destruir todas as minhas esperanças futuras com um gesto impensado, quando o tempo e a paciência poderiam assegurar meu sucesso. Era como apostar a vida num jogo de dados; mas, de qualquer maneira, eu estava quase decidido a tentar. Pelo menos, imploraria pela explicação que ela quase chegara a me prometer antes; exigiria saber o motivo daquela barreira odiosa, daquele impedimento misterioso à minha felicidade e, acreditava, à dela também.

Mas, enquanto considerava a melhor maneira de fazer meu pedido, minha companheira despertou de seu devaneio com um suspiro que mal foi audível e, olhando para a janela, onde a lua vermelha como o sangue da época da colheita acabara de surgir sobre os pinheiros lúgubres e fantásticos, lançando sua luz sobre nós, disse:

— Gilbert, está ficando tarde.

— Entendo. Imagino que quer que eu vá embora.

— Acho melhor. Se meus gentis vizinhos souberem desta visita, como sem dúvida saberão, não a verão de maneira muito lisonjeira para mim.

Ela disse isso com um sorriso que o vigário sem dúvida teria descrito como cruel.

— Que eles a vejam como quiserem — respondi. — De que valem suas opiniões para mim e para você, contanto que estejamos satisfeitos com nós mesmos... e um com o outro? Eles que vão para o diabo com suas invencionices pérfidas e suas mentiras!

Esse desabafo fez o sangue subir à face dela.

— Então você ouviu o que dizem de mim?

— Ouvi algumas falsidades detestáveis; mas só os tolos acreditariam nelas, Helen, por isso não se incomode com isso.

— Eu não considerava o Sr. Millward um tolo, e ele acredita em todas; mas, por menos valor que se dê às opiniões daqueles que o cercam, por menos que os estime como indivíduos, não é agradável ser vista como mentirosa e hipócrita, saber que pensam que você faz aquilo que detesta, que encoraja os vícios que desaprova; ver que suas boas intenções foram frustradas, que suas mãos foram atadas por sua suposta falta de decoro e que você cobriu de desgraça os princípios que segue.

— É verdade; e se eu, por minha desatenção e indiferença egoísta com as aparências, ajudei de alguma maneira a expô-la a esses males, não apenas imploro-lhe que me perdoe, mas que me permita reparar a situação. Que me autorize a limpar seu nome de todas as imputações e me dê o direito de identificar sua honra com a minha e defender sua reputação como um bem mais precioso que minha própria vida!

— E você é heroico o suficiente para se aliar a alguém que sabe ter suscitado as suspeitas e o desprezo de todos à sua volta, para identificar seus interesses e sua honra com os dela? Pense! É um passo muito sério.

— Ficaria orgulhoso em fazê-lo, Helen! Seria uma alegria... um deleite que nem saberia expressar! E se esse for o único obstáculo à nossa união, você precisa... você *será* minha!

E, saltando da cadeira num frenesi, agarrei a mão dela e quis levá-la aos lábios; mas Helen puxou-a com a mesma rapidez, exclamando com a amargura de uma intensa aflição:

— Não, não é só isso!

— O que é, então? Você prometeu que me contaria um dia e...

— Eu lhe contarei um dia... mas não agora. Minha cabeça está doendo horrivelmente — disse Helen, pressionando a mão contra a testa. — Preciso descansar um pouco... e já sofri demais por hoje! — acrescentou, quase perdendo o controle.

— Mas não lhe faria mal me contar — persisti. — Você tiraria um peso da mente; e então eu saberia como confortá-la.

Ela balançou a cabeça, triste.

— Se soubesse de tudo, também me culparia... talvez ainda mais do que eu mereço... embora tenha agido muito errado com você — disse Helen num murmúrio, como se estivesse pensando em voz alta.

— *Você*, Helen? Impossível!

— Sim, sem querer; pois não sabia como seu afeto era forte e profundo. Pensei... pelo menos quis pensar que o que sentia por mim era tão frio e fraternal quanto você afirmava ser.

— Ou quanto o que você sente por mim?

— Ou quanto o que sinto por você... deveria ser... um sentimento egoísta e superficial que...

— *Nisso*, de fato, você agiu errado comigo.

— Sei que fiz isso. E, às vezes, suspeitei da verdade. Mas achei que, afinal, não lhe causaria um grande mal se permitisse que seus sonhos e esperanças acabassem virando nada... ou se voltassem para um objeto mais apropriado, enquanto eu reteria sua amizade. Mas, se tivesse sabido como o que você sente é profundo, se tivesse consciência do afeto generoso que parece nutrir por mim...

— *Pareço*, Helen?

— Que nutre, então... teria agido diferente.

— Diferente como? Não *poderia* ter me encorajado menos ou me tratado com mais severidade do que tratou! E se acha que agiu errado comigo ao ser minha amiga e ter às vezes permitido que tivesse o prazer de sua companhia e conversa, quando todas as esperanças de uma intimidade maior eram vãs... como, de fato, sempre deixou claro para mim... se acha que agiu errado por causa disso, está enganada. Pois esses favores, por si só, não apenas me deliciaram o coração, mas purificaram, exaltaram e enobreceram a minha alma. Prefiro ter sua amizade ao amor de qualquer mulher no mundo!

Sem sentir grande conforto ao ouvir isso, Helen uniu as mãos sobre os joelhos e, olhando para cima, pareceu, numa angústia silenciosa, implorar por ajuda divina. Então, voltando-se para mim, disse calmamente:

— Amanhã, se você me encontrar em meio às urzes ao meio-dia, eu lhe contarei tudo o que deseja saber. Então talvez compreenda por que é necessário que nossa intimidade cesse... se é que não vai me abandonar por vontade própria, considerando-me indigna de sua afeição.

— Posso garantir que não. Você não pode ter confissões tão graves assim a fazer. Deve estar testando minha fidelidade, Helen.

— Não, não, não! — repetiu ela, ansiosa. — Gostaria que fosse isso! Graças a Deus, não tenho um grande crime a confessar — acrescentou. — Mas tenho mais do que você gostará de ouvir, ou, talvez, do que perdoará... e mais do que posso lhe contar agora. Por isso, peço-lhe que me deixe!

— Farei isso. Mas me responda apenas uma pergunta antes: você me ama?

— Não vou responder!

— Então, concluirei que ama; por isso, boa noite.

Helen se virou para esconder a emoção que não conseguia controlar por completo; mas eu peguei sua mão e beijei-a com fervor.

— Gilbert, por favor, me deixe! — exclamou ela, com uma angústia tão profunda que achei que seria cruel desobedecer.

Olhei para trás mais uma vez antes de fechar a porta e a vi inclinada sobre a mesa, com as mãos pressionando os olhos, soluçando convulsivamente; mesmo assim, saí em silêncio. Achei que a invadir com meus consolos só serviria para agravar seu sofrimento.

Contar-lhe todos os questionamentos e conjecturas, todos os medos, esperanças e emoções convolutas que passavam por minha mente como num redemoinho conforme eu descia a colina seria, por si só, suficiente para escrever um livro. Mas, quando estava na metade do caminho, uma forte compaixão por aquela que tinha deixado para trás suplantou todos os outros sentimentos, parecendo me impelir de volta para lá; comecei a pensar: "Por que estou correndo tanto nessa direção? Será que vou conseguir encontrar conforto e consolo, paz, certeza, satisfação, qualquer coisa que queira em casa? Será que vou poder deixar toda a perturbação, a tristeza e a ansiedade para trás?"

Assim, me virei para olhar a velha mansão. De onde estava, não podia discernir muita coisa além das chaminés. Voltei um pouco para ter uma visão melhor. Quando a construção surgiu ao longe, fiquei imóvel durante um momento para observá-la e depois continuei a andar na direção do objeto que me atraía. Algo me fez chegar mais perto... mais perto... e por que não deveria fazê-lo, me diga? Será que não encontraria mais benefícios na contemplação daquela ruína venerável — sobre a qual brilhava, serena, a lua cheia no firmamento sem nuvens, com a luminosidade amarela e cálida peculiar das noites de agosto, e dentro da qual estava a senhora da minha alma — do que em voltar para minha casa, onde tudo era comparativamente mais leve, mais vívido e mais alegre e, portanto, alheio àquele meu estado de espírito? Ainda mais se considerasse que todos os moradores de minha casa estavam mais ou menos imbuídos daquela crença detestável, na qual, só de *pensar*, eu sentia o sangue ferver nas veias; assim, como suportaria ouvi-la sendo abertamente declarada ou, ainda pior, sendo insinuada com cautela? Já tivera problemas suficientes com um demônio que não parava de sussurrar no meu ouvido "Pode ser que seja verdade", até que gritei: "É mentira! Desafio você a me fazer duvidar disso!"

Eu podia ver a luz vermelha do fogo brilhando, fraca, pela janela da sala. Andei até o muro do jardim e fiquei debruçado sobre ele, com os olhos fixos na gelosia, me perguntando o que Helen estaria fazendo, pensando ou sofrendo, e desejando poder dizer-lhe apenas uma palavra ou pelo menos ter um vislumbre dela antes de ir embora.

Não estava assim olhando, desejando e devaneando há muito tempo quando pulei aquela barreira, sem conseguir resistir à tentação de espiar pela janela, só para ver se ela estava mais tranquila do que quando havíamos nos separado; se a encontrasse ainda numa tristeza profunda, talvez pudesse ousar dizer-lhe uma palavra de conforto — mencionar uma das muitas coisas que devia ter-lhe dito antes, em vez de agravar seu sofrimento com minha impetuosidade estúpida. Olhei. A cadeira dela estava vazia; o cômodo também. Mas, naquele instante, alguém abriu a porta da frente e uma voz — a voz *dela* — disse:

— Vamos sair. Quero ver a lua e respirar o ar da noite. Vai me fazer bem... se é que algo me fará bem.

Portanto, ali estavam Helen e Rachel indo dar uma caminhada no jardim. Desejei estar do outro lado do muro. No entanto, permaneci na sombra do arbusto alto de azevinho, que, por ficar entre a janela e a varanda, me impedia de ser observado, mas não de ver as duas pessoas sendo iluminadas pela luz da lua: a Sra. Graham, seguida de outra — *não* Rachel, mas um jovem esguio e bastante alto. Oh, céus, como minhas têmporas latejaram! Uma ansiedade intensa me escureceu a vista; mas eu achei — e a voz confirmou — que era o Sr. Lawrence.

— Você não devia se preocupar tanto assim, Helen — disse ele. — Serei mais cuidadoso no futuro; e com o tempo...

Não ouvi o resto da frase, pois o Sr. Lawrence caminhava bem perto dela e falava tão baixo que não consegui compreender as palavras. Meu coração parecia prestes a rachar de tanto ódio; mas apurei os ouvidos para tentar escutar a resposta. E ela soou com bastante clareza.

— Mas preciso deixar este lugar, Frederic — disse ela. — Jamais conseguirei ser feliz aqui... aliás, em lugar nenhum — acrescentou, com uma risada triste. — Mas não terei descanso aqui.

— Mas onde encontraria um lugar melhor? Tão afastado de tudo... e tão próximo de mim, se é que isso vale de algo.

— Sim — interrompeu Helen. — É tudo o que eu poderia querer, se eles tivessem conseguido me deixar em paz.

— Mas, aonde quer que você vá, Helen, surgirão os mesmos aborrecimentos. Não posso consentir em perdê-la; irei com você, ou irei encontrá-la... e há enxeridos em todos os lugares, não só aqui.

Enquanto conversavam, eles haviam passado devagar por mim, descendo a aleia, e não pude ouvir mais o que diziam; mas o vi enlaçar a cintura dela, e a vi pousar carinhosamente a mão em seu ombro. E então uma escuridão trêmula me obscureceu a vista, meu coração pesou e minha cabeça ficou em brasa. Saí correndo, aos tropeços, do lugar onde ficara paralisado de horror e pulei, ou despenquei para o outro lado do muro — não tenho certeza. Só sei que, depois, me atirei no chão como uma criança furiosa e ali fiquei, tomado pela raiva e pelo desespero. Não sei quanto tempo permaneci naquele lugar, mas deve ter sido bastante; pois, após ter me aliviado em parte com uma torrente de lágrimas e, tendo olhado para a lua, que brilhava tão tranquila e indiferente, tão pouco influenciada por minha tristeza quanto eu por sua beleza, e depois de ter rezado com fervor, pedindo a morte ou o esquecimento, levantei-me e fui para casa. Nem prestei atenção para onde ia, apenas deixei que meus pés me levassem por instinto até a porta de minha casa — e encontrei-a trancada, com todos na cama, exceto minha mãe, que correu a responder às batidas impacientes que dei e me recebeu com uma enxurrada de perguntas e reprimendas.

— Oh, Gilbert, como *pôde* fazer isso? Onde *estava*? Venha jantar. Deixei tudo pronto, embora você não mereça, por me provocar tanto medo depois de ter saído de casa daquele jeito tão estranho. O Sr. Millward ficou bastante... Pelo amor de Deus! Que cara é essa? Minha nossa! Qual é o problema?

— Nada, nada... me dê uma vela.

— Mas você não quer jantar?

— Não, quero ir para a cama — respondi, pegando uma vela e acendendo na que ela levava na mão.

— Oh, Gilbert, como está tremendo! — exclamou minha ansiosa mãe. — Como está branco! Por favor, me diga o que houve. Aconteceu alguma coisa?

— Não é nada! — exclamei, quase batendo o pé no chão de fúria, porque a vela se recusava a acender. Então, reprimindo minha irritação, acrescentei: — Caminhei depressa demais, só isso. Boa noite.

E fui marchando para a cama, sem responder à pergunta que veio lá de baixo:

— Caminhou depressa demais! E onde estava?

Minha mãe me seguiu até a porta do quarto, com perguntas e conselhos sobre minha saúde e minha conduta; mas implorei-lhe que me deixasse em paz até de manhã; ela se retirou e, afinal, tive a satisfação de ouvi-la fechando a porta. Mas, como previra, não consegui dormir naquela noite; e, em vez de tentar, fiquei andando de um lado para o outro — não sem antes tirar as botas, para que minha mãe não me ouvisse. Mas as tábuas rangeram e ela estava prestando atenção; assim, menos de 15 minutos depois, postou-se diante da porta de novo.

— Gilbert, por que não está na cama, se era para onde queria ir?

— Diabo! Já vou — respondi.

— Mas por que está demorando tanto? Deve estar com alguma preocupação...

— Pelo amor de Deus, me deixe em paz e vá você para a cama!

— Será possível que a Sra. Graham tenha lhe deixado tão aflito?

— Não, não... estou dizendo que não é nada!

— Espero mesmo que não seja — murmurou ela, com um suspiro, voltando para seu quarto.

Eu me atirei na cama, sentindo uma raiva ingrata dela por me privar do que me parecia ser a única sombra de consolo que me restava e me acorrentar àquele maldito leito de espinhos.

Nunca passei uma noite tão longa e horrível quanto aquela. Mas não a passei totalmente em claro: quando o dia ia raiando, meus pensamentos aturdidos perderam qualquer vestígio de coerência e se transformaram em sonhos confusos e febris, seguidos, afinal, por um período de inconsciência. Mas, então, quando surgiu a lembrança amarga, quando acordei e vi que minha vida era um nada, pior do que um nada: repleta de tormento e tristeza, não apenas um deserto estéril, mas uma paisagem de espinhos e sarças; quando recordei que fora enganado, feito de tolo; que meu anjo não era um anjo e meu amigo era um demônio encarnado — isso foi pior do que se não tivesse adormecido.

Era uma manhã sombria e lúgubre. O tempo tinha mudado do mesmo jeito que minhas perspectivas, e a chuva batia contra a janela. Ainda assim, levantei-me e saí; não para cuidar da fazenda, embora essa fosse minha desculpa, mas para esfriar a cabeça e recobrar, se possível, compostura suficiente para encontrar minha família na refeição matinal sem causar comentários inconvenientes. Se me molhasse, isso, junto com um pretenso excesso de esforço antes do café, talvez servisse como desculpa para minha falta de apetite; e, se o resultado fosse um resfriado, quanto mais grave, melhor: seria a explicação da melancolia que provavelmente me anuviaria o cenho durante bastante tempo.

13

Retorno ao dever

— Meu querido Gilbert! Gostaria que *tentasse* ser um pouco mais afável — disse minha mãe certa manhã após uma demonstração de mau humor injustificável de minha parte. — Diz que não há nada de errado, que nada está lhe chateando, mas nunca vi uma pessoa tão alterada quanto você nesses últimos dias. Não fala uma palavra amistosa com ninguém: amigos e estranhos, colegas e empregados, tanto faz. Gostaria que tentasse controlar isso.

— Controlar o quê?

— Ora, esse estado de espírito extraordinário. Não sabe *como* isso o estraga. Tenho certeza de que não há no mundo ninguém com a natureza melhor do que a sua. Mas parece que você se esforça para ficar zangado.

Enquanto ela me dava essa bronca, eu abri um livro e, deixando-o aberto na mesa diante de mim, fingi estar profundamente interessado em lê-lo; pois, assim como não tinha como me explicar, não sentia vontade de reconhecer meus erros, e desejava não dizer nada sobre aquele assunto. Mas minha excelente mãe continuou ralhando e depois começou a tentar me convencer com doçura, acariciando meus cabelos; e eu estava começando a me sentir um ótimo rapaz quando meu irmão travesso, que estava à toa por ali, fez renascer minha perversidade ao gritar de repente:

— Não o toque, mãe! Ele morde! É um tigre em forma humana. De minha parte, já desisti; já o reneguei, não o considero mais meu irmão. Chegar a menos de 6 metros dele é correr risco de morte. Outro dia, quase me fez uma fratura no crânio só porque estava cantando uma linda e inofensiva canção de amor para diverti-lo.

— Oh! Gilbert! Como pôde fazer isso? — exclamou minha mãe.

— Eu avisei que era para você ficar calado, Fergus — disse.

— Sim, mas quando lhe assegurei que não me incomodava de continuar e comecei o verso seguinte, achando que talvez pudesse se interessar, você me agarrou pelo ombro e me jogou contra a parede com tanta força que eu achei que tinha rasgado minha língua em duas com uma mordida e esperei ver a sala toda coberta com meu cérebro. Quando coloquei a mão na cabeça e vi que meu crânio não estava quebrado, achei que só podia ser um milagre. Mas, pobre coitado! — disse Fergus, com um suspiro sentimental. — Ele está com o coração partido. Essa é a pura verdade. E sua cabeça...

— E agora, você vai fazer silêncio? — perguntei, pulando da cadeira e olhando-o com tanto ódio que minha mãe, achando que eu ia lhe causar algum terrível ferimento, pousou a mão em meu braço e me implorou que o deixasse em paz.

Enquanto isso, Fergus saiu da sala tranquilamente, com as mãos nos bolsos, cantando num tom provocador uma música que dizia assim: "Por causa de uma moça bonita..."

— Não vou sujar minhas mãos com ele — garanti, em resposta àquela intercessão maternal. — Não o agarraria nem com a pinça da lareira.

Então me lembrei de que tinha um encontro com Robert Wilson para tratar da compra de certo campo adjacente à minha fazenda, algo que vinha adiando, pois não sentia interesse em fazer nada. Além disso, estava com uma inclinação à misantropia e não queria de jeito nenhum ver Jane Wilson ou sua mãe, pois, embora tivesse uma boa razão para acreditar no que tinham dito sobre a Sra. Graham, não gostava nem um pouco mais *delas* por causa disso, ou de Eliza Millward, e pensar em vê-las era mais repugnante para mim por não poder mais contradizer suas calúnias e me sentir triunfante em minhas próprias convicções. Mas, naquele dia, resolvi fazer um esforço e voltar a cumprir meus deveres. Embora isso não me desse nenhum prazer, seria menos irritante que não fazer nada — ou, pelo menos, mais lucrativo. Não havia promessa de divertimento em meu trabalho, mas tampouco havia algo que me atraísse para longe dele; e, dali em diante, eu ia arregaçar as mangas e trabalhar sem parar, como o pobre cavalo que já se acostumou a levar o arado, com uma vida útil, ainda que não agradável, e sem reclamar de minha sorte, ainda que não feliz com ela.

Assim decidido, com uma espécie de resignação emburrada, se é que posso me permitir a expressão, fui até a fazenda Ryecote sem grandes esperanças de encontrar o dono em casa àquela hora, mas torcendo para que soubessem me dizer em que ponto da propriedade ele estava.

Robert Wilson de fato estava ausente, mas esperavam que chegasse em poucos minutos; assim, pediram-me que fosse aguardar na sala de estar. A Sra. Wilson estava ocupada na cozinha, mas o cômodo não se encontrava vazio; e eu mal consegui evitar um gesto de asco ao entrar, pois lá estava a Srta. Wilson tagarelando com Eliza Millward. No entanto, fiz questão de ser educado e frio. Eliza pareceu decidida a fazer o mesmo. Nós não havíamos nos encontrado desde a noite da festa; mas ela não demonstrou nem prazer nem dor, não tentou me comover nem pareceu estar com o orgulho ferido: estava calma e se comportando com polidez. Havia até uma naturalidade em seus modos que eu não consegui fingir; mas um brilho perverso nos olhos muito expressivos me disse claramente que não havia me perdoado; pois, embora não tivesse mais esperanças de me obter para si mesma, ainda detestava a rival, e era evidente que queria me mostrar seu desdém. Por outro lado, teria sido impossível para a Srta. Wilson ser mais afável e cortês e, embora eu não estivesse com muita vontade de conversar, as duas moças juntas conseguiram manter um fluxo mais ou menos contínuo de trivialidades. Mas Eliza se aproveitou da primeira pausa conveniente para perguntar se eu tinha visto a Sra. Graham, num tom casual, mas com um olhar de soslaio que pretendia ser travesso e brincalhão, embora transbordasse maldade.

— Ultimamente, não — respondi num tom de indiferença, mas repelindo seus olhares odiosos com uma expressão severa, pois, para minha irritação, senti um rubor me subindo até a testa apesar de todos os meus esforços para parecer impassível.

— Como? Já está começando a se cansar dela? Achei que criatura tão nobre teria o poder de manter seu interesse por pelo menos um ano!

— Prefiro não falar nela neste momento.

— Ah! Então afinal se convenceu de seu erro... acabou descobrindo que essa divindade não é assim tão imaculada...

— Pedi-lhe que não falasse nela, Srta. Eliza.

— Oh, sinto muito! Estou vendo que as flechas do cupido foram afiadas demais para você; os ferimentos, por terem feito mais do que apenas rasgar a pele, ainda não se curaram e voltam a sangrar a cada menção do nome do ser amado.

— É melhor dizer — interrompeu a Srta. Wilson — que o Sr. Markham considera que esse nome não é digno de ser mencionado na presença de mulheres honradas. Não entendo, Eliza, por que decidiu se referir a essa pessoa infeliz. Devia saber que qualquer alusão a ela seria desagradável para os presentes.

Como poderia suportar isso? Levantei-me, e estava prestes a enfiar o chapéu na cabeça e sair, numa explosão de fúria e indignação, daquela casa. Mas, bem a tempo de poupar minha dignidade, dei-me conta de que fazer isso seria uma tolice, pois apenas daria a minhas belas torturadoras uma boa risada à minha custa; e seria tudo por uma mulher que, no fundo, eu sabia não valer o menor sacrifício — embora a sombra de minha antiga reverência e meu amor ainda me influenciasse a ponto de não querer ouvir seu nome sendo citado de maneira nada elogiosa. Assim, apenas andei até a janela e, após ter passado alguns segundos mordendo os lábios com força e fazendo um enorme esforço para reprimir o arfar exaltado do meu peito, observei para a Srta. Wilson que não estava vendo seu irmão, acrescentando que, como meu tempo era precioso, talvez fosse melhor voltar no dia seguinte, num horário em que ele, sem dúvida, estaria em casa.

— Oh, não! — disse ela. — Se esperar um minuto, ele chegará, sem dúvida; pois foi tratar de alguns negócios em L— (a cidade mais próxima) e vai precisar comer alguma coisinha antes de voltar ao trabalho.

Assim, submeti-me com todo o bom humor que pude; e, por sorte, não precisei esperar muito. O Sr. Wilson logo chegou e, por menos disposto que eu estivesse para tratar de negócios naquele momento, pouco ligando para o terreno ou seu dono, forcei-me, com uma determinação louvável, a prestar atenção na questão que tinha de resolver e logo concluí a barganha — talvez dando mais satisfação àquele fazendeiro mão-fechada do que ele gostaria de admitir. Então, deixando-o em paz para pedir o considerável "lanche" que ia comer, saí daquela casa de bom grado e fui cuidar de meus lavradores.

Deixando-os em meio às suas tarefas numa das laterais do vale, subi a colina com a intenção de visitar um milharal nas regiões mais altas e ver quando estaria pronto para a colheita. Mas *não* fui lá naquele dia, pois, quando me aproximava, vi, a pouca distância, a Sra. Graham e o filho vindo na direção oposta. Eles me enxergaram e Arthur já começara a correr para me encontrar; mas, no mesmo instante, dei-lhes as costas e caminhei com passos firmes para casa. Tinha decidido jamais ver a mãe dele de novo e, apesar da vozinha aguda em meus ouvidos, me pedindo que "esperasse um pouco", continuei em linha reta; e ele logo desistiu de me perseguir, vendo que era inútil ou tendo sido chamado pela mãe. De qualquer maneira, quando olhei para trás, cinco minutos depois, não havia sinal nem de um nem de outro.

Esse incidente me deixou numa agitação e perturbação inexplicáveis — a não ser que você diga que as flechas do cupido não apenas tinham sido agudas demais para mim; eram cheias de espinhos, tinham sido enfiadas bem fundo e eu ainda não conseguira arrancá-las do coração. Fosse como fosse, fiquei duplamente infeliz pelo resto do dia.

14

Um ataque

Na manhã seguinte, lembrei que também tinha negócios a tratar em L——; por isso, montei em meu cavalo e iniciei a viagem para lá logo depois do café da manhã. Estava um dia lúgubre e chuvoso, mas não importava: combinava com meu estado de espírito. Era provável que fosse uma jornada solitária, pois não era dia de feira na cidade e a estrada que eu tomaria era pouco frequentada normalmente; mas era melhor assim.

Conforme fui trotando e remoendo lembranças *desagradáveis*, ouvi outro cavalo a pouca distância do meu; mas não cheguei a conjecturar quem era o cavaleiro ou sequer parei para pensar nele. Quando diminuí o passo num leve aclive — ou melhor, permiti que meu cavalo andasse mais devagar, pois, perdido em meus pensamentos, estava deixando-o seguir no ritmo que quisesse —, fui alcançado pelo outro viajante. Ele me chamou pelo nome, pois não era nenhum estranho: era o Sr. Lawrence! Instintivamente, senti formigar os dedos da mão que seguravam o chicote e apertei-o com uma força convulsiva; mas controlei o impulso e, respondendo ao cumprimento dele com um aceno de cabeça, tentei seguir em frente. O Sr. Lawrence, no entanto, acompanhou meu passo e começou a falar do tempo e da colheita. Respondi da maneira mais breve possível a suas perguntas e observações e fiz meu cavalo andar mais devagar. Ele fez o mesmo e perguntou se o animal estava manco. Reagi com um *olhar* — e, ao vê-lo, o Sr. Lawrence deu um sorriso plácido.

Fiquei tão atônito quanto exasperado com essa pertinácia extraordinária e essa segurança imperturbável da parte dele. Achava que as circunstâncias de nosso último encontro teriam deixado uma impressão em sua mente que o levariam a agir de maneira fria e distante comigo para sempre;

em vez disso, o Sr. Lawrence parecia não apenas ter esquecido todas as antigas ofensas como estar impenetrável a quaisquer insultos do presente. Antigamente, o menor vestígio de frieza, ainda que imaginário, tinha sido o suficiente para repeli-lo: agora, nem a rudeza explícita era suficiente para mandá-lo embora. Ele ouvira falar de minha decepção; e será que viera observar o resultado e triunfar sobre meu desespero? Agarrei o chicote com mais determinação do que antes — mas ainda assim impedi-me de erguê-lo e segui adiante em silêncio, esperando por um motivo tangível para me sentir ofendido, pois assim poderia abrir as comportas da alma e derramar a fúria contida que espumava dentro dela.

— Markham — disse o Sr. Lawrence, com a voz tranquila de sempre —, por que briga com todos os seus amigos após se decepcionar com uma pessoa? Suas esperanças não deram em nada, mas por que eu seria o culpado? Sabe muito bem que lhe avisei, mas você não quis...

Ele não disse mais nada; pois, impelido por algum demônio que me acompanhava, peguei o chicote pela tira de couro e, com a rapidez de um raio, bati com o punho na cabeça dele. Com uma satisfação cruel, vi a palidez mortal e instantânea que tomou seu rosto e as poucas gotas vermelhas que lhe desceram pela testa enquanto ele estremecia na sela e caía de costas no chão. O pônei, surpreso por ser aliviado de sua carga de maneira tão estranha, deu um pequeno salto, um leve coice e depois aproveitou a liberdade para ir comer a grama perto da sebe; já o cavaleiro estava imóvel e silencioso como um cadáver. Será que eu o matara? Senti-me como se uma mão gelada me houvesse agarrado o coração e o impedido de pulsar enquanto me debruçava sobre ele, examinando, com a respiração presa, o rosto lívido. Mas não; Lawrence moveu as pálpebras e soltou um leve gemido. Respirei — ele só ficara atordoado por causa da queda. Bem-feito — aquilo o ensinaria a ter melhores modos no futuro. Será que devia ajudá-lo a subir no cavalo? Não. Teria feito isso apesar de qualquer outra combinação de ofensas, mas as de Lawrence eram imperdoáveis. Ele que montasse sozinho, se quisesse. Poderia fazê-lo em alguns instantes: já estava começando a se mover e olhar em torno; e o pônei estava à disposição, pastando em silêncio ao lado da estrada.

Assim, murmurando uma imprecação, larguei-o ali; e, esporeando meu cavalo, galopei para longe, com uma mistura de sentimentos que não seria fácil analisar. Talvez, se o fizesse, o resultado não fosse muito honroso para mim; pois acho que o mais forte deles era uma espécie de exultação pelo que acabara de fazer.

Em pouco tempo, no entanto, aquela excitação começou a se dissipar, e não tinha se passado muito tempo antes de eu me virar e voltar para ver o que acontecera com minha vítima. Não foi um impulso generoso nem a compaixão que me levou a fazer isso; nem mesmo o medo de quais seriam as consequências para mim se concluísse minha agressão àquele senhor deixando-o na estrada daquela maneira e expondo-o a mais perigos: foi simplesmente a voz da consciência. Achei que era um grande mérito atender de maneira tão rápida à ordem dela — e, se for julgá-lo pelo sacrifício que me custou, não estava muito errado.

Tanto o Sr. Lawrence quanto seu pônei tinham alterado um pouco suas posições. O pônei havia se afastado mais 8 ou 10 metros; e ele conseguira, de alguma forma, se retirar do meio da estrada. Encontrei-o reclinado à beira dela, ainda com a aparência muito pálida e doente e pressionando o lenço de cambraia (que agora estava mais vermelho do que branco) contra a cabeça. Deve ter sido um golpe muito forte; mas metade do crédito (ou da culpa, o que você preferir) pertence ao chicote, cujo punho era uma cabeça de cavalo de metal trabalhado. A grama, encharcada de chuva, não formava um leito muito confortável para aquele jovem cavalheiro; suas roupas estavam consideravelmente sujas e o chapéu rolava na lama do outro lado da estrada. Mas ele parecia mais preocupado com o pônei, para quem olhava avidamente, com uma mistura de ansiedade e desesperança.

De qualquer maneira eu apeei, e, após amarrar minha própria montaria à árvore mais próxima, primeiro peguei o chapéu do Sr. Lawrence, com a intenção de enfiá-lo em sua cabeça; mas ele ou achou que a cabeça não merecia um chapéu, ou que o chapéu, na condição em que estava, não deveria ser posto na cabeça, pois, afastando a primeira, tirou o segundo da minha mão e lançou-o para o lado com uma expressão de desdém.

— Está bom o suficiente para *você* — murmurei.

Minha próxima boa ação seria pegar seu pônei e trazê-lo até ele, o que logo fiz; pois o animal era bastante dócil e só teimou um pouco até eu conseguir agarrar o bridão. Mas, então, sabia que teria de ajudá-lo a se ajeitar na sela.

— Ei, você! Seu canalha, patife! Dê-me sua mão que eu o ajudo a montar.

Mas Lawrence se virou para o outro lado com nojo. Tentei pegá-lo pelo braço. Ele se afastou como se meu toque estivesse contaminado.

— O que é, não quer? Muito bem! Por mim, pode ficar aqui até o dia do juízo final. Mas acho que não deseja perder todo o sangue do corpo. Por isso, vou ter a bondade de colocar uma atadura em você.

— Deixe-me em paz, por favor.

— Hunf! Eu quero mais é que você vá para o diabo... e pode dizer que fui eu quem o mandou.

Mas, antes de abandonar Lawrence, atirei o bridão de seu pônei sobre uma estaca na sebe e joguei-lhe meu lenço, já que o dele estava encharcado de sangue. Ele pegou-o e atirou-o de volta com toda a força que tinha, cheio de horror e desdém. Esse insulto foi demais para mim. Murmurando pragas horríveis, deixei-o ali para viver ou morrer, feliz por saber que tinha feito meu dever ao tentar salvá-lo — mas esquecendo como errara ao levá-lo àquela condição — e com o orgulho ferido por ter lhe oferecido meus serviços depois. Estava preparado para sofrer as consequências se Lawrence decidisse dizer que tentara matá-lo; e não considerava essa hipótese improvável, já que ele parecia movido por tanto rancor ao perseverar em recusar minha assistência.

Após ter montado no cavalo, olhei para trás apenas para ver como ele estava se saindo antes de seguir adiante. Lawrence se levantara do chão e, agarrando a crina do pônei, tentava se sentar na sela; mas mal colocou o pé no estribo quando uma tontura qualquer o atacou. Ele se inclinou para a frente um momento, apoiou a cabeça no lombo do animal e fez mais uma tentativa; quando esta provou ser inútil, voltou a deitar-se no pedaço de terra onde eu o deixara, pousando a cabeça na grama molhada e parecendo estar tão confortável quanto se estivesse descansando no sofá de casa.

Eu devia tê-lo ajudado de qualquer maneira — ter amarrado um pedaço de pano no ferimento que ele não conseguia fazer parar de sangrar e insistido em colocá-lo em cima do cavalo e levá-lo para casa; mas, além de estar sentindo uma amarga indignação para com ele, havia a questão do que dizer para seus criados — e o que dizer para minha família. Ou teria de reconhecer o que fizera, o que me faria parecer um louco, a não ser que reconhecesse o motivo também — algo que me parecia impossível —, ou teria de inventar uma mentira, o que estava igualmente fora de cogitação. Afinal, era provável que o Sr. Lawrence fizesse questão de me desmentir, multiplicando por dez a minha desgraça — a não ser que eu fosse perverso o suficiente para me aproveitar da ausência de testemunhas e persistir na minha própria versão do caso, transformando-o num patife ainda pior do que o que era. Não; o Sr. Lawrence só sofrera um corte acima da têmpora e talvez algumas contusões provocadas pela queda ou pelos cascos de seu pônei: aquilo não o mataria nem que ele ficasse metade do dia ali. E, se não conseguisse ir embora sozinho, sem dúvida logo ia chegar alguém: era impossível que um dia inteiro passasse sem que ninguém além de nós atravessasse aquela estrada. Quanto ao que ele ia escolher dizer, decidi me arriscar: se contasse alguma mentira, eu o contradiria; se falasse a verdade, suportaria da melhor maneira possível. Eu não era *obrigado* a dar mais explicações além das que considerasse necessárias. E talvez ele escolhesse ficar em silêncio por medo de que fizessem perguntas em relação ao motivo da briga e que a atenção de todos se voltasse para sua ligação com a Sra. Graham, à qual, tanto pelo bem dela quanto o seu próprio, parecia muito ansioso por esconder.

Raciocinando assim, fui trotando até a cidade, onde cumpri com meus deveres e realizei diversas tarefas para minha mãe e Rose com uma exatidão muito louvável, considerando-se o evento extraordinário pelo qual passara. Ao voltar para casa, comecei a temer pela sorte do infeliz Lawrence. E se o encontrasse ainda deitado na terra úmida, quase morrendo de frio e exaustão — ou, pior ainda, já rígido e frio? Essa pergunta se intrometeu de maneira detestável na minha mente e a terrível possibilidade surgiu nela com uma nitidez dolorosa quando me aproximei do local onde o deixara. Mas, não; graças aos céus, tanto o homem quanto o cavalo tinham desaparecido e, para testemunhar contra mim, havia apenas dois objetos — objetos que já eram desagradáveis e que apresentavam uma aparência muito feia, para não dizer mortal: num lugar, o chapéu, encharcado de chuva, todo enlameado e achatado pelo punho perverso do chicote; e, no outro, o lenço rubro no meio de uma poça escarlate de água, pois havia chovido bastante naquele ínterim.

As más notícias voam: não eram nem 4 horas da tarde quando cheguei em casa, mas minha mãe me abordou com um ar grave, dizendo:

— Oh, Gilbert! *Que* acidente! Rose estava fazendo compras na aldeia e ouviu que o Sr. Lawrence caiu do cavalo e foi levado moribundo para casa!

Isso me deixou um pouco chocado, como você pode imaginar; mas fiquei mais calmo ao ouvir que o homem sofrera uma fratura no crânio e quebrara a perna, pois, sabendo que isso não era verdade, torci para que o resto da história também fosse um exagero. E, quando ouvi minha mãe e minha irmã lamentando a condição de Lawrence com tanta piedade, tive muita dificuldade em me conter e não falar quais eram seus ferimentos reais, pelo que eu sabia.

— Você precisa ir visitá-lo amanhã — disse minha mãe.

— Ou hoje — sugeriu Rose. — Ainda dá tempo. E pode levar o pônei, já que seu cavalo está cansado. Não quer ir, Gilbert? Assim que tiver comido algo?

— Não, não. Como vamos saber se não é uma história falsa? Não é nada prov...

— Tenho certeza de que não é, pois a aldeia toda está em polvorosa; e eu falei com duas pessoas que tinham visto outras que tinham visto o homem que o encontrou. Dito assim, não parece muito crível; mas é, se você parar para pensar.

— Tudo bem, mas Lawrence é bom cavaleiro e não é provável que tenha caído do cavalo; e, se caiu, não acredito que tenha se quebrado dessa maneira. Deve ser um grande exagero, no mínimo.

— Mas o cavalo deu um coice nele, ou alguma coisa assim.

— Aquele pequeno pônei manso?

— Como sabe que era o pônei?

— Ele quase nunca sai com outro.

— De qualquer maneira, você irá visitá-lo amanhã — disse minha mãe. — Seja verdade ou mentira, exagero ou não, queremos saber como ele está.

— Fergus pode ir.

— Por que não você?

— Ele tem mais tempo. Eu ando ocupado.

— Oh! Mas, Gilbert, como pode estar tão calmo? Pode deixar de cuidar da fazenda por uma ou duas horas diante de um caso como esse... com um amigo à beira da morte!

— Já disse que ele *não* deve estar tão mal!

— Mas *pode* estar, você não sabe! Só vai saber quando o vir. No mínimo, deve ter sofrido um acidente terrível, e você deve ir visitá-lo; ele vai achar uma grande grosseria se não for.

— Diabo! Eu não posso. Ele e eu não temos nos dado muito bem nos últimos tempos.

— Oh, meu menino *querido*! Não é possível que você seja rancoroso a ponto de deixar que essas pequenas discordâncias impeçam...

— Pequenas discordâncias, pois sim! — murmurei.

— Certo, mas reflita sobre as circunstâncias! Pense em como...

— Não me incomode mais com isso. Vou dar um jeito — respondi.

E o jeito que dei foi mandar Fergus fazer a visita na manhã seguinte, levando os cumprimentos de minha mãe; pois é claro que ir eu mesmo, ou mandar uma mensagem, estava fora de questão. Fergus voltou nos contando que o jovem cavalheiro estava de cama em decorrência de complicações de um corte na cabeça e de certas contusões (resultado de uma queda, que ele não se incomodou em relatar em detalhes, e pelo mau comportamento subsequente de seu cavalo), e por causa de um forte resfriado, causado pelo fato de que ficara deitado no solo úmido, exposto à chuva; mas não havia nenhum osso quebrado nem perspectiva de óbito.

Era evidente que, por respeito à Sra. Graham, Lawrence não tinha intenção de me incriminar.

15

Um encontro e suas consequências

O dia seguinte foi tão chuvoso quanto o anterior; mas no fim da tarde o tempo começou a melhorar, e a manhã surgiu com um céu claro e promissor. Eu estava na colina com os lavradores e um vento leve passava por entre o milharal, e toda a natureza sorria à luz do sol. A cotovia cantava, alegre, em meio às nuvens prateadas. A última chuva havia deixado o ar tão fresco e límpido, lavando o céu e transformado os galhos e as folhas em joias tão cintilantes que nem os fazendeiros tiveram coragem de praguejar contra ela. Mas nenhum raio de sol alcançava meu coração, nenhuma brisa o refrescava; nada preenchia o vão onde antes havia minha fé, esperança e alegria em Helen Graham ou fazia desaparecer o profundo arrependimento e os restos amargos do amor que ainda o oprimiam.

Eu estava ali, de braços cruzados, olhando distraidamente para as colinas repletas de milho que ainda não havia sido colhido, quando alguém me deu um leve puxão na barra do casaco e uma vozinha que não era mais agradável aos meus ouvidos me tirou de meu devaneio com palavras alarmantes:

— Sr. Markham, mamãe quer falar com você.

— *Comigo*, Arthur?

— Sim. Por que você está tão esquisito? — perguntou ele, achando graça, mas também um pouco assustado com a expressão do rosto que eu virara de repente em sua direção. — E por que está sumido há tanto tempo? Venha! Não quer vir?

— Estou ocupado agora — disse, sem saber o que responder.

Arthur me encarou com espanto infantil; mas, antes que eu dissesse mais alguma coisa, a dama em pessoa surgiu ao meu lado.

— Gilbert, *preciso* falar com você! — disse ela, no tom de alguém que estava tentando controlar sua veemência.

Encarei aquele rosto pálido e aqueles olhos brilhantes, mas não disse nada.

— Só por um momento — implorou a Sra. Graham. — Venha comigo para o outro campo — continuou, olhando para os lavradores, alguns dos quais estavam observando-a com impertinente curiosidade. — Só vai levar um minuto.

Fui com ela até a plantação seguinte.

— Arthur, querido, vá correndo pegar alguns jacintos — disse ela, apontando para algumas das flores que se abriam a pouca distância dali, sob uma das sebes pelas quais tínhamos passado. — Vá, meu amor! — repetiu, com mais urgência e num tom que, embora não fosse ríspido, exigia obediência imediata, e a obteve.

— E então, Sra. Graham? — disse eu, com calma e frieza; pois, embora visse que estava arrasada e sentisse pena dela, estava feliz por ter o poder de atormentá-la.

Ela me encarou com um olhar que me penetrou o coração; e, ainda assim, me fez sorrir.

— Não vou perguntar o motivo dessa mudança, Gilbert — disse, com uma tranquilidade lancinante. — Sei bem qual é. Mas, embora pudesse ver todos os outros desconfiando de mim e me condenando sem perder minha calma, não vou suportar isso vindo de você. Por que não veio ouvir minha explicação no dia em que eu disse que ia dá-la?

— Porque, nesse ínterim, descobri por acaso tudo o que ia me dizer... e mais um pouco, imagino.

— Impossível, pois eu teria lhe contado tudo! — exclamou a Sra. Graham, furiosa. — Mas agora não farei isso, pois vejo que não merece!

E seus lábios pálidos tremeram de tanta agitação.

— E por que não, se é que posso perguntar?

Ela repeliu meu sorriso zombeteiro com um olhar de indignação e desprezo.

— Porque nunca me compreendeu, ou não teria dado ouvidos àqueles que me caluniam. Não devia ter confiado em você. Não é o homem que eu pensava. Vá! Não vou me importar com o *que* pensa de mim.

A Sra. Graham virou as costas e eu fui embora, pois achei que isso ia atormentá-la mais do que qualquer outra coisa; e creio que estava certo, pois, ao olhar para trás um minuto mais tarde, a vi se voltar, como se esperasse me encontrar ainda ao seu lado, e depois parar, lançando-me um olhar. Foi um olhar que expressava mais angústia e desespero do que raiva; mas eu, no mesmo instante, assumi uma expressão de indiferença e fingi estar observando qualquer coisa por ali. Imagino que ela então tenha partido; pois, após esperar um pouco para ver se ia se aproximar ou me chamar, arrisquei-me a olhar para trás mais uma vez e a vi já bem afastada, subindo depressa a colina com o pequeno Arthur correndo ao seu lado e, aparentemente, dizendo algo. A Sra. Graham não deixou o filho ver seu rosto, como se desejasse esconder uma emoção incontrolável; e eu voltei para o meu trabalho.

Mas logo me arrependi de tê-la abandonado de forma tão abrupta. Era evidente que a Sra. Graham me amava — provavelmente estava cansada do Sr. Lawrence e desejava trocá-lo por mim. Se meu amor e minha reverência por ela houvessem sido menores, a preferência talvez tivesse me deixado envaidecido e feliz; mas, naquele momento, o contraste entre aquilo que a Sra. Graham parecia ser e o que era, entre minha opinião anterior e minha opinião atual dela, eram tão devastadores, causavam-me tamanha aflição, que quaisquer sentimentos menos profundos eram tragados.

Ainda assim, fiquei curioso para saber que tipo de explicação teria me dado — ou me daria, se eu insistisse; quanto confessaria e de que maneira tentaria se explicar. Ansiava por saber o que deveria desprezar e o que deveria admirar nela, até que ponto deveria sentir piedade e até que ponto deveria sentir ódio; e, acima de tudo, precisava saber a verdade. Decidi que a veria mais uma vez para determinar como iria encará-la antes de nos separarmos. É claro que, para mim, ela estava perdida para sempre; mas, ainda assim, não conseguia suportar a ideia de nosso último encontro ser tão repleto de rancor e tristeza de ambos os lados. Seu derradeiro olhar ficara gravado no meu coração: não conseguia esquecê-lo. Mas como era tolo! Por acaso aquela mulher não tinha me enganado, me machucado — me impedido de ser feliz pelo resto da vida? "Bem, irei vê-la assim mesmo", pensei, "mas não hoje; ela terá este dia e esta noite para pensar em seus pecados e ser tão infeliz quanto quiser. Amanhã, irei vê-la de novo e descobrirei algo mais sobre ela. Talvez nosso encontro lhe sirva de alguma coisa, talvez não. De qualquer maneira, dará um sopro de excitação a uma vida que ela condenou à estagnação e talvez acalme com algumas certezas a excitação dos meus pensamentos".

E fui mesmo vê-la no dia seguinte; mas só no fim da tarde, quando todas as tarefas do dia tinham sido realizadas, ou seja, entre 18 e 19 horas. O sol que se punha brilhava, vermelho, sobre a velha mansão, e fazia chamejar as gelosias quando eu me aproximei, dando ao lugar um aspecto alegre que lhe era estranho. Não preciso discorrer aqui sobre os sentimentos com os quais me aproximei do templo de minha antiga divindade — aquele lugar que transbordava milhares de lembranças deliciosas e sonhos gloriosos, todos agora obscurecidos por uma desastrosa verdade.

Rachel abriu a porta da sala de estar para mim e foi chamar a patroa, que não se encontrava ali; lá estava, no entanto, sua escrivaninha portátil aberta, com um livro em cima, sobre a mesinha redonda ao lado da cadeira de espaldar alto. Sua coleção limitada, porém excelente, de livros era quase tão familiar para mim quanto a minha própria; mas nunca vira aquela edição antes. Peguei-o. Era *Consolations in travel: or the Last Days of a Philosopher*, de Sir Humphry Davy,* e, na primeira página, estava escrito "Frederic Lawrence". Fechei o livro, mas continuei a segurá-lo, de frente para a porta e de costas para a lareira, aguardando calmamente a chegada dela; pois não duvidava de que viria. Logo ouvi seus passos no corredor. Meu coração começou a disparar, mas dei-lhe uma bronca silenciosa e mantive minha compostura — pelo menos aparentemente. A Sra. Graham entrou, tranquila e pálida.

— A que devo a gentileza de sua visita, Sr. Markham? — perguntou, com uma dignidade tão severa e fria que quase me desconcertou; mas reagi com o sorriso mais impudente que consegui exibir.

— Bem, vim ouvir sua explicação.

**Os últimos dias de um filósofo*, em tradução livre, coletânea póstuma de poemas e ensaios autobiográficos e filosóficos de Sir Humphry Davy, famoso químico britânico. (*N. da T.*)

— Eu disse que não a daria — respondeu ela. — Disse que o senhor não era digno de minha confiança.

— Muito bem — respondi, aproximando-me da porta.

— Fique por mais um instante — pediu. — Esta é a última vez em que o verei. Não vá agora.

Fiquei ali, aguardando suas próximas ordens.

— Diga-me — continuou ela —, baseado em que o senhor acredita no que dizem contra mim? Quem falou com o senhor? E o que lhe disse?

Estaquei por um momento. A Sra. Graham me encarou com a segurança de alguém que se sustentava sobre a consciência de inocência. Estava resolvida a saber o pior, custasse o que custasse. "Posso arrasar com toda essa confiança", pensei. Mas, embora estivesse secretamente deliciado com meu poder, senti vontade de brincar com minha vítima, como fazem os gatos. Erguendo o livro que ainda tinha nas mãos e apontando o nome na folha de rosto enquanto a encarava, perguntei:

— Conhece este cavalheiro?

— É claro que sim — disse ela, com a face se tingindo de súbito, se de vergonha ou de raiva, não tenho certeza, mas parecendo ser em consequência da segunda emoção. — Que tem isso, meu senhor?

— Quando foi a última vez em que o viu?

— Quem lhe deu o direito de me doutrinar em relação a esse assunto ou qualquer outro?

— Ah, ninguém! Fica a seu critério responder ou não. Mas permita-me perguntar: ouviu falar do que ocorreu há pouco com esse seu amigo? Porque, se não ouviu...

— Não vou permitir que me insulte, Sr. Markham! — exclamou ela, quase tendo um acesso de fúria devido à minha conduta. — Se veio aqui só para isso, é melhor que deixe esta casa imediatamente.

— Não vim insultá-la; vim ouvir sua explicação.

— E eu já lhe disse que não vou dá-la! — retrucou a Sra. Graham, andando de um lado para outro da sala num estado de forte excitação, com as mãos crispadas, a respiração ofegante e os olhos emitindo chamas de indignação. — Não vou me rebaixar a me explicar para alguém que pode falar de suspeitas tão horríveis como se fossem brincadeiras e ser tão facilmente levado a acreditar nelas.

— Não as encaro como brincadeiras, Sra. Graham — respondi, abandonando de imediato meu tom de sarcasmo. — Gostaria muito de poder acreditar que fossem motivo para brincadeiras! E, quanto a ser facilmente levado a suspeitar, só Deus sabe o tolo incrédulo que fui, perseverando em manter meus olhos e ouvidos fechados contra qualquer coisa que ameaçasse abalar minha confiança na senhora, até que uma prova estraçalhou minha paixão!

— Que prova, senhor?

— Bem, eu lhe direi. Lembra-se da última noite em que estive aqui?

— Sim.

— Naquela ocasião, a senhora fez algumas insinuações que poderiam ter aberto os olhos de um homem mais sábio, mas elas não tiveram tal efeito sobre mim. Continuei a confiar e acreditar, mantendo minhas esperanças apesar de tudo e adorando-a mesmo sem compreendê-la. Mas, por acaso, depois de deixá-la, voltei para cá, trazido por uma compaixão profunda e um afeto intenso; e, sem ousar invadi-la abertamente com minha presença, não consegui resistir à tentação de vislumbrá-la pela janela, só para ver como estava, já que, quando a deixara, a senhora aparentava estar imersa numa grande aflição, e eu, em parte, culpava minha falta de paciência e prudência por isso. Se errei, meu incentivo foi apenas o amor e minha punição foi bastante severa: pois, assim que cheguei na altura daquela árvore, a senhora saiu para o jardim com seu amigo. Sem querer me mostrar naquelas circunstâncias, fiquei nas sombras até que vocês dois passassem.

— E que parte de nossa conversa escutou?

— Ouvi o bastante, Helen. E que sorte ter ouvido, pois nada além disso poderia ter curado minha paixão. Sempre disse e pensei que não acreditaria em nenhuma palavra que fosse dita contra você, a não ser que viesse de seus próprios lábios. Encarei todas as insinuações e afirmações dos outros como calúnias baixas e malignas; suas próprias acusações, acreditei serem exageros; e tudo o que parecia ser inexplicável em sua conduta, acreditei que poderia me fazer compreender se quisesse.

A Sra. Graham havia parado de andar. Ela se apoiou numa das extremidades da moldura da lareira, do lado oposto àquele diante do qual eu estava, com o queixo sobre a mão fechada e os olhos — que não mais ardiam de raiva, mas brilhavam com uma excitação enorme — ora me encarando, ora percorrendo a parede da frente e ora fixos no carpete.

— Você devia ter vindo me ver — disse — e ouvido o que eu teria a dizer para me justificar. Não foi nem generoso nem correto se retirar de forma tão secreta e súbita, imediatamente após declarações tão enfáticas de afeição, sem jamais me dar um motivo para tal mudança. Devia ter me contado tudo, mesmo com a voz carregada de ódio. Teria sido melhor do que esse silêncio.

— E por que eu deveria ter feito isso? Você não poderia me dar mais nenhum detalhe sobre o único assunto que me interessava; nem poderia ter me feito desacreditar da prova que meus próprios sentidos me deram. Desejei pôr um fim imediato em nossa intimidade, como você mesma disse que aconteceria se me contasse tudo; mas não quis brigar com você, embora, como reconheceu, tenha agido de maneira tão errada comigo. Sim; me causou um dano que nem você, nem ninguém jamais poderá reparar: destruiu o frescor e a esperança de minha juventude e transformou minha vida num deserto! Mesmo que eu viva cem anos, jamais irei me recuperar dos efeitos desse golpe terrível, nem jamais o esquecerei! Daqui em diante... está sorrindo, Sra. Graham! — disse, parando de falar abruptamente, com minha declaração furiosa interrompida por sentimentos inexprimíveis ao ver que ela *sorria* diante dessa descrição da ruína que causara.

— Estava? — perguntou ela, erguendo o rosto com uma expressão séria. — Não me dei conta. Se estava sorrindo, não foi de prazer ao pensar no mal que lhe causei. Deus sabe que a mera possibilidade de isso acontecer me atormentava. Foi de alegria por ver que você tem sentimentos e alma, e graças à esperança de não ter me enganado por completo em relação aos seus méritos. Mas os sorrisos e as lágrimas são muito parecidos para mim; eles não se limitam a um sentimento em particular. Muitas vezes, choro quando estou feliz e sorrio quando estou triste.

A Sra. Graham me olhou de novo, parecendo esperar uma resposta, mas eu permaneci em silêncio.

— Você ficaria *muito* feliz em descobrir que suas conclusões foram erradas? — perguntou.

— Como pode me perguntar isso, Helen?

— Não vou dizer que posso me eximir por completo de culpa — disse ela, falando baixo e depressa, enquanto seu coração batia visivelmente e seu peito arfava de excitação —, mas ficaria feliz em descobrir que sou melhor do que pensa?

— Tudo o que puder restaurar, mesmo que minimamente, minha opinião antiga sobre você, vingar a afeição que ainda sinto por você e aliviar as dores do arrependimento indizível que a acompanham será recebido com alegria... com avidez!

As faces dela enrubesceram e todo o seu corpo tremeu de agitação. Helen não disse nada, mas foi num ímpeto até a escrivaninha e, pegando ali o que me pareceu ser um álbum ou diário muito grosso, rasgou depressa algumas páginas do fim e entregou-me as outras, dizendo:

— Não precisa ler tudo; mas leve-o para casa.

Com isso, ela saiu correndo da sala. Depois que eu deixei a casa e estava atravessando o jardim, abriu a janela e me chamou de volta. Foi apenas para dizer:

— Traga-o de volta depois de ler; e não conte o que diz aí para nenhum ser vivo. Confio em sua palavra.

Antes que eu pudesse responder, ela fechou a janela e se afastou. Eu a vi voltar a se sentar na velha cadeira de carvalho e cobrir o rosto com as mãos. Foi tomada por uma emoção tão forte que sentiu necessidade de buscar alívio nas lágrimas.

Ofegando de ansiedade e me esforçando para reprimir minhas esperanças, corri para casa e fui depressa para meu quarto após me munir de uma vela, embora mal houvesse começado a hora do crepúsculo. Depois, fechei e tranquei a porta, determinado a não tolerar nenhuma interrupção, e, sentando-me diante da mesa, abri meu prêmio e me entreguei à sua leitura — a princípio virando as páginas rapidamente e absorvendo apenas uma frase aqui, outra ali, e depois me forçando a me concentrar para compreender tudo.

Estou com esse diário aqui; e embora você não vá, é claro, sentir metade do interesse que tive ao lê-lo, sei que não ficaria satisfeito com uma abreviação de seu conteúdo; e o receberá por inteiro, com exceção, talvez, de algumas passagens que só foram de interesse para quem as escreveu na época, ou que só serviriam para complicar a história, em vez de elucidá-la. Ele começa de forma um pouco abrupta — mas vamos reservar seu começo para outro capítulo, que será o...

16

A voz da experiência

1º de junho de 1821

Acabamos de voltar a Staningley — quero dizer, voltamos há alguns dias, mas ainda não me acostumei com o lugar, e sinto que isso jamais irá acontecer. Deixamos a cidade antes do planejado, por meu tio estar indisposto — e eu me pergunto qual teria sido o resultado se tivéssemos ficado lá até o dia previsto. Sinto-me muito envergonhada desse meu novo desgosto pela vida no campo. Todas as minhas antigas ocupações me parecem tão enfadonhas, meus antigos divertimentos tão insípidos e inúteis. Tocar não me dá prazer, pois não há ninguém para me ouvir. Caminhar não me dá prazer, pois não há ninguém para encontrar. E meus livros não me satisfazem, pois não têm o poder de prender minha atenção — minha mente está tão assombrada com os acontecimentos das últimas semanas que não consigo me deixar absorver por eles. Desenhar é o que mais me agrada, pois posso pensar ao mesmo tempo; e embora meus desenhos não possam ser vistos por ninguém além de mim e aqueles que não se importam com eles, talvez no futuro seja diferente. Mas também há um rosto que estou sempre tentando desenhar ou pintar, sem nunca ter sucesso; e isso me irrita. Quanto ao dono desse rosto, não consigo tirá-lo da cabeça — e, na verdade, nunca tento fazê-lo. Pergunto-me se ele às vezes pensa em mim e se algum dia o verei de novo. Às vezes, surgem também outras perguntas — indagações às quais só o tempo e o destino responderão. E a conclusão é sempre a mesma: se todas essas perguntas receberem uma resposta afirmativa, gostaria de saber se vou me arrepender, como minha tia diria se adivinhasse o que estou pensando. Como me lembro bem de nossa conversa na noite antes de deixarmos a cidade, quando estávamos sentadas diante do fogo, depois de meu tio ter ido se deitar com um leve ataque de gota.

— Helen — disse ela, após um silêncio pensativo —, você pensa em casamento?

— Sim, tia. Com frequência.

— E pensa na possibilidade de estar casada, ou noiva, antes do fim desta temporada?

— Às vezes; mas não acho isso provável.

— E por quê?

— Porque imagino que haja pouquíssimos homens no mundo com quem eu gostaria de me casar; e só tenho dez por cento de chance de vir a conhecer um entre esses poucos; e, se conhecer, só há cinco por cento de chance de ele por acaso ser solteiro e se interessar por mim.

— Isso não é motivo. Talvez seja mesmo verdade... espero que seja verdade que existem pouquíssimos homens no mundo com quem você, por sua vontade, escolheria se casar. Decerto, não há motivo para supor que *gostaria* de se casar com *alguém* antes que ele pedisse sua mão; uma moça nunca deve se afeiçoar a um homem que não a procurou primeiro. Mas quando a moça *é* procurada, quando a cidadela do coração sofre um cerco, o normal é que se renda antes que sua dona se dê conta do que está acontecendo, muitas vezes contrariando seu bom senso e todas as ideias que tinha sobre quem poderia vir a amar, a não ser que seja extremamente cuidadosa e discreta. Quero alertá-la sobre essas coisas, Helen, e exortá-la a manter-se atenta e circunspecta assim que debutar, para que não permita que seu coração seja roubado pelo primeiro tolo sem princípios que o cobiçar. Minha querida, você acaba de completar 18 anos; ainda tem muito tempo pela frente e nem eu, nem seu tio estamos com pressa de vê-la partir. Creio que terá muitos pretendentes; pois vem de uma boa família, tem uma fortuna considerável e, é melhor que eu diga logo, já que outros lhe dirão... também é muito bonita, e espero que nunca tenha motivos para lamentar isso!

— Espero que não, tia. Mas por que teme que isso aconteça?

— Porque, minha querida, a beleza é uma qualidade que, assim como o dinheiro, em geral atrai o pior tipo de homem; e, portanto, é provável que traga problemas para quem a possui.

— A senhora já sofreu com isso, tia?

— Não, Helen — respondeu ela, num tom grave e repreensivo —, mas já conheci muitas que sofreram; algumas, por descuido, foram infelizes vítimas da falsidade; outras, por fraqueza, caíram em armadilhas e tentações terríveis.

— Bem, eu não serei descuidada nem fraca.

— Lembre-se de Pedro, Helen! Não se vanglorie e fique *alerta*. Monte guarda sobre seus olhos e ouvidos, que são os caminhos que levam a seu coração, e sobre seus lábios, que são o caminho que sai dele, pois podem traí-la num momento de desatenção. Receba com frieza todos os galanteios, até se certificar e considerar com cuidado o valor do pretendente; e só então permita que sua afeição seja uma consequência dessa aprovação. Primeiro, examine; depois, aprove; e só por último ame. Que seus olhos não vejam nenhuma atração externa, que seus ouvidos não ouçam o fascínio causado pelos elogios e o discurso fútil. Eles são nada. Pior que nada... são armadilhas e artimanhas da tentação, para atrair os imprudentes para sua própria destruição. É preciso, antes de qualquer coisa, ter bons princípios; e, em segundo lugar, bom senso, respeitabilidade e uma fortuna adequada. Se se casar com o homem mais bonito, mais talentoso e mais superficialmente agradável do mundo, mal sabe a desgraça que vai se abater sobre você se, no fim das contas, descobrir que ele é um depravado indigno, ou mesmo um tolo inútil.

— Mas o que farão os pobres tolos e depravados, tia? Se todos seguissem seu conselho, o mundo logo acabaria.

— Não tema, minha querida! Os tolos e os depravados sempre encontrarão parceiras enquanto tiverem tantos equivalentes no sexo feminino. Que *você* siga o meu conselho. E isso não é assunto para brincadeiras, Helen. Lamento que esteja tratando dele de forma tão leviana. Acredite, *o matrimônio é algo muito sério.*

E ela falou num tom *tão* grave que quem ouvisse acreditaria que havia aprendido a lição da maneira mais dura; mas não fiz mais perguntas impertinentes e apenas respondi:

— Sei que é, e sei que o que a senhora disse é verdadeiro e sensato. Mas não tema por mim, pois eu não apenas acharia *errado* me casar com um homem que fosse deficiente em bom senso ou princípios, como jamais me sentiria *tentada* a fazê-lo, pois não conseguiria gostar dele, por mais que fosse bonito e encantador em outros aspectos. Sentiria ódio, desprezo, compaixão por ele... qualquer coisa, menos amor. Não só é correto que minha afeição surja da aprovação, é necessário. Se eu não tiver certeza de que alguém é bom, não conseguirei amá-lo. Não é preciso dizer que devo respeitar e honrar o homem com quem vou me casar, *além* de amá-lo, pois não poderei amá-lo se não for assim. Por isso, fique tranquila.

— Espero que isso seja verdade — sussurrou ela.

— Eu *sei* que é — insisti.

— Você ainda não sofreu nenhuma tentação, Helen. Nós só podemos ter esperanças — respondeu minha tia, fria e cautelosa como sempre.

Fiquei irritada com sua incredulidade; mas não tenho certeza se havia alguma sagacidade em suas dúvidas. Temo que tenha achado muito mais fácil me lembrar do conselho dela do que o seguir. Na verdade, às vezes até fui levada a questionar a sensatez de suas doutrinas nesses assuntos. Seus conselhos podem ter seu lado bom — os pontos principais, pelo menos, mas ela ignorou algumas coisas ao fazer seus cálculos. Acho que nunca deve ter se apaixonado.

Comecei minha carreira de debutante — ou minha primeira campanha, como disse meu tio — ardendo de esperanças e sonhos, causados principalmente por essa conversa, e repleta de confiança em meu discernimento. A princípio, fiquei maravilhada com as novidades e a agitação de nossa vida em Londres, mas logo comecei a me cansar da mistura de turbulência e confinamento e a suspirar pelo frescor e pela liberdade de nossa casa. Meus novos conhecidos, tanto os homens quanto as mulheres, me desapontaram, às vezes me irritando, às vezes me deprimindo, pois logo me cansei de examinar suas peculiaridades e rir de seus defeitos. Principalmente por não poder compartilhar minhas críticas com ninguém, já que minha tia se recusava a ouvi-las, e também por todas aquelas pessoas — especialmente as mulheres — serem tão ignorantes, cruéis e artificiais. Os homens pareciam melhores, mas isso talvez fosse porque os conhecia menos, ou talvez porque me elogiassem. Mas não me apaixonei por nenhum deles, e mesmo quando suas atenções me agradavam, no minuto seguinte já me exasperavam, uma vez que me deixavam descontente comigo mesma, revelando minha vaidade e me fazendo temer que estivesse ficando parecida com algumas das damas que eu desprezava com tanta intensidade.

Havia um velho que me irritava bastante, um amigo rico de meu tio que acreditava que me casar com ele seria a melhor coisa que poderia me acontecer. Além de ser velho, ele era desagradável, e tenho certeza de que tinha levado uma vida imoral. Minha tia brigava comigo por dizer isso, mas reconhecia que ele não era nenhum santo. E havia outro, menos odioso, mas ainda mais cansativo, porque era o preferido de minha tia, que não desistia de elogiá-lo e empurrá-lo para mim. Seu nome era Sr. Boarham, ou Sr. Boçal, como eu o chamava, pois ele era terrivelmente enfadonho. Ainda estremeço ao me lembrar daquela lenga-lenga que me entrava pelos ouvidos enquanto ele, sentado ao meu lado, discursava por mais de meia hora sem parar, encantado com a ideia de estar me passando informações que seriam úteis para o desenvolvimento de minha mente, ou de me ensinar seus dogmas e reformar meus erros, ou, talvez, de estar explicando as coisas de modo que eu pudesse entendê-las e me distraindo com sua fala tão divertida. Mas, no geral, creio que era um homem decente; e, se tivesse mantido distância de mim, não teria chegado a odiá-lo. Mas foi quase impossível evitar isso, pois ele não apenas me cansava ao impingir-me sua presença como me impedia de desfrutar de companhias mais agradáveis.

Certa noite, num baile, esse senhor me atormentara mais do que o normal e minha paciência estava absolutamente exaurida. Parecia-me que a noite inteira estava fadada a ser insuportável: eu acabara de dançar com um janota imbecil e depois o Sr. Boarham surgira diante de mim, parecendo determinado em se manter ao meu lado pelo resto do baile. Ele nunca dançava e manteve-se ali sentado, enfiando o rosto diante do meu e dando a impressão a quem quer que nos observasse de que era um pretendente reconhecido e confirmado; e minha tia via tudo aquilo com grande complacência, desejando a ele todo o sucesso do mundo. Em vão tentei afastá-lo, expressando minha exasperação e chegando mesmo a ser rude: nada o convencia de que sua presença era desagradável. Um silêncio emburrado era tomado por fascínio, dando-lhe mais oportunidades de falar; respostas mordazes eram recebidas como os chistes de uma moça vivaz, requerendo apenas uma repreensão gentil; e opiniões absolutamente divergentes apenas avivavam seu fogo, fazendo com que ele encontrasse novos argumentos para apoiar seus dogmas e atirasse sobre mim uma enxurrada de raciocínios para me convencer.

Mas havia alguém ali que parecia compreender melhor o que eu estava sentindo. Um cavalheiro estava por perto observando nosso diálogo há algum tempo e evidentemente se divertindo bastante com a pertinácia sem remorsos de meu companheiro e minha clara irritação, e rindo sozinho da aspereza e da completa grosseria das minhas respostas. Ele afinal se afastou e foi ter com a dona da casa, aparentemente pedindo que fosse apresentado a mim, pois, em alguns instantes, os dois se aproximaram e ela me disse que aquele era o Sr. Huntingdon, filho de um falecido amigo de meu tio. Ele me convidou para dançar. Fiquei feliz em consentir, é claro, e o cavalheiro acompanhou-me durante o restante do tempo em que permaneci no baile, que não foi muito, pois minha tia, como sempre, insistiu em ir para casa cedo.

Lamentei ter de ir, pois achei a companhia daquele meu novo conhecido muito agradável e divertida. Ele tinha uma espontaneidade graciosa em tudo o que dizia e fazia que me deixou a mente tranquila e arejada, depois de ter sofrido com tanto confinamento e tanta formalidade. É verdade que talvez seus modos fossem um pouco atrevidos demais, mas eu estava com um humor tão bom, tão grata por ter me visto livre do Sr. Boarham, que não fiquei zangada.

— Bem, Helen, o que achou do Sr. Boarham hoje? — disse minha tia, quando nos sentamos na carruagem para ir para casa.

— Achei-o pior do que nunca.

Ela pareceu não gostar da resposta, mas não disse mais nada.

— Quem era aquele cavalheiro com quem dançou por último? — perguntou, após um instante de silêncio. — Aquele que pareceu tão ansioso para ajudá-la a botar o xale?

— Ele não estava ansioso, tia. Nem tinha *tentado* me ajudar até ver o Sr. Boarham se aproximando para fazê-lo. Então, rindo, ele se ofereceu e disse: "Vou livrá-la desse aborrecimento."

— Eu perguntei quem era ele — repetiu ela, gélida e grave.

— Era o Sr. Huntingdon, filho de um amigo de meu tio.

— Já ouvi seu tio falar do jovem Sr. Huntingdon. Ouvi-o dizer: "Ele é um belo rapaz, o jovem Huntingdon, mas acho que leva uma vida um pouco licenciosa." Por isso, tenha cuidado.

— O que significa "levar uma vida um pouco licenciosa"? — perguntei.

— Uma vida desprovida de princípios e propensa a todos os vícios próprios da juventude.

— Mas já ouvi meu tio dizer que ele próprio era um grande libertino quando jovem.

Minha tia balançou a cabeça severamente.

— Suponho que ele estava brincando quando disse isso — afirmei. — E quando falou do Sr. Huntingdon, não estava falando sério. Eu, pelo menos, não posso acreditar que haja algo de maligno naqueles alegres olhos azuis.

— Seu raciocínio está incorreto, Helen! — exclamou minha tia, com um suspiro.

— Bem, tia, nós precisamos ser tolerantes. Além disso, não acho que meu raciocínio *esteja* incorreto. Sou excelente em fisiognomonia e sempre avalio o caráter das pessoas pela aparência; não pelo fato de serem bonitas ou feias, mas pelo aspecto geral de seu rosto. Por exemplo, sua fisionomia me diz que você não tem a natureza alegre e otimista; a do Sr. Wilmot me diz que ele é um velho depravado; a do Sr. Boarham, que não é um companheiro agradável; e a do Sr. Huntingdon, que não é nem tolo nem canalha, embora talvez tampouco seja sábio ou santo. Mas isso pouco me importa, já que não é provável que voltemos a nos encontrar... a não ser como parceiros ocasionais de baile.

Mas não foi isso que aconteceu, pois voltei a encontrar o Sr. Huntingdon no dia seguinte. Ele veio visitar meu tio, pedindo desculpas por não o ter feito antes e dizendo que tinha acabado de voltar do continente e, portanto, só soubera de sua presença em Londres na noite anterior. Depois disso, eu o vi em diversas outras ocasiões, às vezes em público, às vezes em casa, pois ele fazia visitas assíduas a seu velho amigo que, no entanto, não ficava muito grato com toda essa atenção.

— Que diabo esse rapaz quer vindo aqui tantas vezes? — perguntou meu tio. — *Você* entende, Helen? Hein? Ele não gosta da minha companhia nem eu da dele... isso é certo.

— Gostaria que lhe dissesse isso, então — respondeu minha tia.

— Para quê? Eu posso não gostar dele, mas tem gente que gosta — disse ele, piscando o olho para mim. — Além do mais, ele tem uma bela fortuna, Peggy. Não é um partido tão bom quanto Wilmot, mas Helen não quer nem ouvir falar nele. Não sei por que, mas esses homens mais velhos não agradam muito as garotas, apesar de terem tanto dinheiro quanto experiência. Aposto qualquer coisa que ela preferiria casar com esse rapaz, mesmo que ele não tivesse nem um centavo, do que com Wilmot e sua casa cheia de ouro. Não é, Nell?

— Sim, tio. Mas isso não é mérito do Sr. Huntingdon, pois eu prefiro ser solteirona e viver na miséria a me casar com o Sr. Wilmot.

— E a se casar com o Sr. Huntingdon? Tem alguma coisa que você prefere a isso? Hein?

— Responderei a essa pergunta depois de pensar no assunto.

— Ah! É preciso pensar no assunto, então. Mas me diga, preferiria a ser uma solteirona? E ainda por cima viver na miséria?

— Só saberei dizer quando ele pedir minha mão.

E, com isso, saí imediatamente da sala, para não ter de falar mais nada. Porém, cinco minutos depois, ao olhar pela janela de meu quarto, vi o Sr. Boarham se aproximando da porta. Passei quase meia hora num suspense desconfortável, esperando a qualquer minuto que viessem me chamar e torcendo em vão para ouvir a carruagem dele se afastando. Então discerni passos na escada e minha tia entrou no quarto com um ar solene e fechou a porta atrás de si.

— O Sr. Boarham está aqui, Helen — disse ela. — Ele deseja vê-la.

— Oh, tia! Não pode dizer a ele que estou indisposta? E estou mesmo... pelo menos para vê-lo.

— Que bobagem, minha querida! Isso é um assunto sério. Ele veio numa missão muito importante: pedir sua mão para mim e seu tio.

— Espero que a senhora e meu tio tenham lhe dito que minha mão não pertence a vocês. Que direito ele tem de pedi-la a *qualquer* outra pessoa antes de vir falar comigo?

— Helen!

— O que meu tio respondeu?

— Disse que não ia interferir; que, se você quisesse aceitar a bondosa oferta do Sr. Boarham, ele...

— Ele disse bondosa oferta?

— Não. Disse que não se opõe ao casamento e que você pode fazer o que quiser.

— Disse a coisa certa. E a senhora?

— Não importa o que eu disse. O que *você* vai dizer? Essa é a questão. Ele está esperando para lhe fazer o pedido. Mas pense bem antes de ir vê-lo; e, se pretende dizer não, me dê seus motivos.

— É *claro* que direi não. Mas você precisa me dizer como, pois desejo ser educada, porém firme. Depois de me livrar dele, lhe darei meus motivos.

— Fique aqui um minuto, Helen. Sente-se um pouco e componha-se. O Sr. Boarham não está com pressa, pois não duvida de que você vai aceitar o pedido; e eu quero falar com você. Diga-me, minha querida, quais são suas objeções a ele? Nega que seja um homem honrado e íntegro?

— Não.

— Nega que seja sensato, sério, respeitável?

— Não; ele pode ser tudo isso, mas...

— *Mas* o quê, Helen? Quantos homens assim você espera encontrar no mundo? Íntegro, honrado, sensato, sério, respeitável! Por acaso *esse* é um caráter tão comum para que você rejeite alguém que possui tantas qualidades nobres sem hesitar por um instante? Sim, eu posso chamá-las de *nobres*; pois pense no significado de cada uma delas e quantas virtudes inestimáveis contêm! E olhe que eu ainda poderia listar muitas outras qualidades dele. Considere, portanto, que tudo isso lhe está sendo oferecido. Você tem o poder de obter algo que será uma bênção para toda a vida: um excelente marido que a ama muito, mas não tanto a ponto de ser cego para seus defeitos, e que vai guiá-la pela peregrinação da vida e ser seu parceiro na felicidade eterna! Pense em como...

— Mas eu o odeio, tia — afirmei, interrompendo aquele discurso eloquente que era tão raro vindo dela.

— Você o odeia, Helen? Isso é ter um espírito cristão? Quer dizer que *o odeia*! E ele é um homem tão bom!

— Não o odeio como homem, mas como marido. Como homem, amo-o tanto que desejo que tenha uma esposa melhor do que eu: uma tão boa quanto ele, ou melhor, se é que você acha que isso é possível; contanto que ela goste dele, porque eu jamais poderia gostar. Assim...

— Mas por que não? Qual é sua objeção?

— Em primeiro lugar, ele tem pelo menos 40 anos, ou bem mais, creio, e eu acabei de fazer 18; em segundo, é tacanho e preconceituoso ao extremo; em terceiro, seus gostos e sentimentos são opostos aos meus; em quarto, sua aparência, sua voz e seus modos me são particularmente desagradáveis; e, por último, tenho uma aversão a ele que jamais conseguirei superar.

— Pois devia! E, por favor, compare-o ao Sr. Huntingdon e, sem levar em consideração a boa aparência, que em nada contribui para o mérito de um homem ou para a felicidade da vida a dois, e com a qual você tantas vezes afirmou não se importar, me diga quem é o melhor dos dois.

— Não tenho dúvida de que o Sr. Huntingdon é um homem muito melhor do que a senhora imagina; mas não estamos falando dele agora, e sim do Sr. Boarham. E, como prefiro crescer, viver e morrer na mais pura solidão a me casar com ele, é melhor que eu vá lhe dizer isso agora, acabando com seu suspense. Por isso, me deixe ir.

— Mas não o repudie com tanta convicção. Ele não tem ideia de que você se sente assim e ficaria profundamente ofendido. Diga que no momento não está pensando em se casar...

— Mas eu *estou* pensando em me casar.

— Então diga que deseja conhecê-lo melhor.

— Mas não desejo conhecê-lo melhor... ao contrário.

E, sem esperar que ela me desse mais broncas, deixei o quarto e fui procurar o Sr. Boarham. Ele estava andando de um lado para o outro na sala de estar, cantarolando pedaços de músicas e mordiscando o punho da bengala.

— Minha cara jovem — disse, fazendo uma mesura e dando um sorriso de grande complacência. — Tenho a permissão de seu bondoso tio...

— Eu sei, senhor — respondi, desejando encurtar a frase dele ao máximo. — Sinto-me muito grata por sua preferência, mas precisarei recusar a honra que deseja me prestar. Creio que não fomos feitos um para o outro, como o senhor descobriria se o experimento fosse tentado.

Minha tia tinha razão: era evidente que o Sr. Boarham pouco duvidava de que eu aceitaria seu pedido nem considerava a hipótese de uma recusa categórica. Ele ficou perplexo, atônito com tal resposta, mas incrédulo demais para se ofender muito. E, após cantarolar e caminhar mais um pouco, voltou ao ataque.

— Eu sei, minha cara, que entre nós existe uma disparidade considerável de idade, temperamento e talvez algumas outras coisas, mas asseguro-lhe que não serei severo demais com os defeitos de uma natureza jovial e ardente como a sua. Embora os reconheça e até mesmo os desaprove com o cuidado de um pai, acredite, nenhum jovem admirador poderia ser mais indulgente em relação ao objeto de suas afeições do que eu em relação à senhorita. Por outro lado, espero que minha experiência e meus hábitos mais sóbrios não sejam imperfeições aos seus olhos, pois farei de tudo para que lhe tragam felicidade. Vamos! O que me diz? Não me venha com as afetações e os caprichos das jovens, fale logo!

— Falarei, mas apenas para repetir o que disse antes: de que tenho certeza de que não fomos feitos um para o outro.

— Acha mesmo isso?

— Acho.

— Mas não me conhece bem... Deseja me conhecer melhor, ter mais tempo para...

— Não, não desejo. Já o conheço melhor do que me conhece, ou jamais sonharia em se unir a alguém que é tão inadequada, tão completamente incompatível com o senhor em todos os aspectos.

— Mas, minha cara jovem, eu não espero a perfeição. Posso desculpar...

— Obrigada, Sr. Boarham, mas não abusarei mais de sua bondade. Pode guardar sua indulgência e sua consideração para um objeto mais digno: alguém que não exigirá tanto delas.

— Mas, permita-me pedir-lhe que consulte sua tia, aquela excelente senhora decerto irá...

— Já a consultei e sei que ela deseja o mesmo que o senhor, mas, em questões tão importantes quanto esta, tomo a liberdade de decidir por mim mesma. Nenhuma persuasão irá alterar minhas inclinações ou me induzir a acreditar que tal passo levaria à minha felicidade ou à sua. Fico espantada que um homem com tanta experiência e discernimento quanto o senhor pense em escolher tal esposa.

— Ah! — disse ele. — Eu às vezes me espanto com isso também. Às vezes, digo a mim mesmo: "Boarham, o que você vai arrumar? Cuidado, homem... prossiga com cautela! Ela é uma criatura doce e fascinante, mas lembre-se de que as maiores atrações do admirador muitas vezes acabam sendo os piores tormentos do marido!" Asseguro-lhe que minha escolha não foi feita sem raciocínio e reflexão. A aparente imprudência desse casamento já me fez sofrer muita ansiedade durante o dia e me tirou muitas horas de sono durante a noite. Mas acabei concluindo que o ato em si não seria um descuido. Vi que minha doce garota tinha defeitos, mas acreditei que sua juventude não era um deles, e sim uma promessa de virtudes ainda não amadurecidas, uma boa base para presumir que as pequenas imperfeições de seu temperamento, seu discernimento, suas opiniões e seus modos não são irremediáveis e poderão facilmente ser removidos ou atenuados pelos pacientes esforços de alguém que a aconselhe com cuidado. E aquilo que não conseguir educar ou controlar, acredito que poderei perdoar, em prol de suas muitas e excelentes qualidades. Portanto, minha cara jovem, já que eu estou satisfeito, por que *você* faria alguma objeção pensando no meu bem?

— Mas, para lhe dizer a verdade, Sr. Boarham, minha objeção principal é porque penso no meu bem. Assim, não falemos mais no assunto...

Eu ia dizer "pois é inútil continuá-lo", mas ele, com grande perseverança, me interrompeu, perguntando:

— Mas por que fazê-lo? Eu a amaria, acalentaria, protegeria etc. etc. etc.

Não vou me incomodar em escrever aqui o resto de nossa conversa. Basta dizer que o Sr. Boarham me deu um enorme trabalho e foi muito difícil convencê-lo de que eu tinha certeza do que dizia, e que era tão obstinada e cega para os meus próprios interesses que nem ele nem minha tia teriam sombra de chance de me fazer esquecer essas objeções. Na verdade, nem sei se fui bem-sucedida, mas, cansada de ouvi-lo repetir os mesmos argumentos sem parar, forçando-me a reiterar minhas respostas, finalmente interrompi-o e disse:

— Já lhe disse com todas as letras que jamais aceitarei seu pedido. Nenhuma razão me levará a casar contra a minha vontade. Respeito o senhor... pelo menos o respeitaria se se comportasse como um homem sensato, mas não o amo e jamais o amarei. Quanto mais fala, mais me repele; por isso, por favor, não diga mais nada.

Assim, ele me desejou bom-dia e se retirou, desconcertado e ofendido, sem dúvida, mas decerto isso não foi minha culpa.

17

Novas advertências

No dia seguinte, fui com meus tios a um jantar na casa do Sr. Wilmot. Havia duas damas hospedadas com ele: sua sobrinha Annabella, uma menina, ou melhor, moça, bonita e elegante, de aproximadamente 25 anos, que era boa demais em flertar para ter de se casar, como ela própria dizia, mas era muito admirada pelos homens, que a consideravam uma mulher esplêndida; e sua meiga prima Milicent Hargrave, que se apegara demais a mim, cometendo o engano de me considerar uma pessoa muito melhor do que sou. Eu também gostava muito dela. Milicent está inteiramente excluída de minha desaprovação geral das mulheres que conheci. Mas não foi por causa dela ou de sua prima que mencionei esse jantar; foi por causa de outro convidado do Sr. Wilmot, o Sr. Huntingdon. Tenho um bom motivo para me lembrar de sua presença lá, pois essa foi a última vez que o vi.

Ele não se sentou ao meu lado durante a refeição; o destino fez com que tivesse de dar o braço a uma velha viúva corpulenta, e, quanto a mim, tive de aceitar o do Sr. Grimsby, que era amigo do Sr. Huntingdon, mas de quem eu não gostava nem um pouco. Ele tinha um ar sinistro e seus modos me davam a impressão de conter uma mistura de crueldade latente e falsidade repugnante que eu não conseguia ignorar. Aliás, que costume cansativo esse é — uma entre as muitas fontes de irritação dessa vida ultracivilizada. Se os homens *precisam* acompanhar uma dama até a sala de jantar, por que não podem escolher aquela de quem mais gostam?

Não tenho certeza, no entanto, de que o Sr. Huntingdon teria me acompanhado se tivesse tido a liberdade de fazer sua própria escolha. É bem possível que tivesse escolhido a Srta. Wilmot; pois ela parecia determinada a absorver toda a atenção dele, e ele não se mostrava incomodado em prestar a homenagem exigida. Pelo menos foi isso que pensei quando vi os dois conversando, rindo juntos e mantendo os olhos fixos um no outro, negligenciando e evidentemente ofendendo seus respectivos vizinhos. E também após o jantar, quando os cavalheiros vieram se juntar a nós na sala de estar e a Srta. Wilmot, assim que o Sr. Huntingdon entrou, exigiu em voz bem alta que ele fosse o mediador de uma disputa entre ela e outra dama. O Sr. Huntingdon atendeu ao pedido com entusiasmo e, sem hesitar um instante, decidiu a favor da Srta. Wilmot, embora, na minha opinião, fosse óbvio que ela estava errada. Depois, ficou conversando com grande intimidade com ela e um grupo de mulheres, enquanto eu permaneci com Milicent Hargrave do lado oposto da sala, vendo seus desenhos e ajudando-a com minhas observações e meus conselhos, pois ela havia me pedido que o fizesse. Mas, apesar de meus esforços para parecer impassível, minha atenção foi desviada dos desenhos para aquele grupo alegre e, contra minha vontade, a raiva cresceu dentro de mim e meu semblante deve ter se abatido; pois Milicent, observando que eu devia estar cansada de seus rabiscos, implorou-me que fosse conversar com os outros e deixasse para examinar o restante em outra oportunidade. E, quando eu lhe assegurava que não desejava conversar com mais ninguém e não estava cansada, o Sr. Huntingdon veio até a mesinha redonda ao redor da qual estávamos sentadas.

— São seus? — perguntou ele, pegando um dos desenhos com um ar indiferente.

— Não, são da Srta. Hargrave.

— É mesmo? Bem, vamos dar uma olhada neles.

E, apesar dos protestos da Srta. Hargrave, que disse que seus desenhos não mereciam atenção, o Sr. Huntingdon pegou uma cadeira, sentou-se ao meu lado e, apanhando-os, um a um, de minhas mãos, observou-os e atirou-os sobre a mesa em rápida sucessão, mas sem dizer uma palavra sobre eles, embora tenha falado o tempo todo. Não sei o que Milicent Hargrave pensou de tal conduta, mas eu achei a conversa dele muito interessante, embora depois, ao analisá-la, tenha me dado conta de que praticamente se limitou a gracejos sobre alguns dos convidados presentes. E, embora o Sr. Huntingdon tenha feito alguns comentários inteligentes e outros muito engraçados, não acho que pareceriam extraordinários se eu os escrevesse aqui sem a ajuda dos olhares, do tom de voz, dos gestos e daquele charme inefável e indefinido que davam um brilho a tudo o que dizia e fazia e que teriam tornado um deleite olhar para seu rosto e ouvir a música de sua voz mesmo que estivesse falando as mais absolutas bobagens. Foi isso também que me fez sentir tanta raiva de minha tia quando ela acabou com esse divertimento ao se aproximar de nós, com um ar muito sereno, sob o pretexto de ver os desenhos, assunto com o qual não se importa nem um pouco e do qual nada entende. Enquanto fingia examiná-los, minha tia dirigiu-se ao Sr. Huntingdon com uma de suas expressões mais repelentes e começou a fazer uma série de perguntas e observações triviais e formais só para tirar a atenção dele de mim — ou só para me irritar. Depois de ver todo o portfólio, deixei os dois em seu *tête-à-tête* e me sentei no sofá, bem distante dos outros, sem pensar em como isso pareceria estranho, mas apenas para poder sentir a exasperação do momento e conseguir ficar a sós com meus pensamentos.

Mas não fiquei sozinha por muito tempo, pois o Sr. Wilmot, o homem que mais me desagradava entre todos ali, se aproveitou de minha posição isolada para se aproximar. Eu havia me regozijado por ter conseguido repelir suas investidas de maneira tão eficiente em todas as ocasiões anteriores que não teria de sofrer mais as consequências daquela infeliz predileção. Mas parece que estava enganada: era tão grande sua confiança, ou em sua fortuna ou nos poderes de atração que ainda lhe restavam, e tão firme sua convicção da fraqueza das mulheres, que ele se considerava no direito de retornar ao ataque, algo que fez com mais ardor do que nunca, inflamado pela quantidade de vinho que bebera, o que o deixava infinitamente mais repugnante. Entretanto, por mais que o Sr. Wilmot me enojasse naquele momento, não quis ser rude com ele, pois era sua convidada e acabara de jantar em sua casa; além disso, não tinha habilidade para rejeitá-lo de maneira educada, mas determinada. E, se tivesse, de nada isso teria me valido, pois ele era bruto demais para compreender qualquer repulsa que não fosse tão óbvia e categórica quanto seu atrevimento. A consequência é que ele se dirigiu a mim com uma intimidade mais asquerosa do que nunca, e eu estava à beira do desespero e prestes a dizer nem sei o que quando senti minha mão, que estava sobre o braço do sofá, sendo apertada por outra de maneira gentil, mas ardente. Adivinhei por instinto quem era e, ao erguer os olhos, fiquei mais deliciada do que surpresa ao ver o Sr. Huntingdon sorrindo para mim. Foi como me virar de um demônio do purgatório para um anjo iluminado que viera anunciar que a temporada de tormento havia cessado.

— Helen — disse ele, que muitas vezes usava meu primeiro nome, sem que eu nunca me ressentisse dessa liberdade —, quero que venha ver esse quadro. Tenho certeza de que o Sr. Wilmot não vai se importar se a senhora se afastar por um momento.

Levantei-me com entusiasmo. O Sr. Huntingdon me deu o braço e me levou até o outro lado da sala, onde havia um esplêndido quadro de Vandyke* que eu já havia notado, mas que ainda não examinara o suficiente. Estava começando a fazer comentários sobre sua beleza e suas peculiaridades quando, apertando com um ar divertido a mão que ainda estava na dobra de seu braço, ele me interrompeu, dizendo:

— Esqueça o quadro, não foi por isso que a trouxe até aqui, foi para tirá-la de perto daquele velho devasso que está com cara de quem quer me desafiar para um duelo por essa afronta.

— Agradeço-lhe muito — respondi. — É a segunda vez que me salva de um companheiro desagradável.

— Não fique muito agradecida — disse o Sr. Huntingdon. — Não o faço só para ser bondoso com você; em parte, é um sentimento de maldade em relação a seus torturadores que me causa deleite em irritá-los. Embora não ache que tenha muitos motivos para temê-los como rivais. Tenho, Helen?

— Sabe muito bem que detesto os dois.

— E quanto a mim?

— Não tenho motivos para detestá-lo.

— Mas o que sente por mim, Helen? Fale! O que acha de mim?

Ele apertou minha mão mais uma vez; mas temo que seu comportamento tenha demonstrado mais uma consciência do poder que tinha sobre

---

*Anthony Vandyke (1599-1641), retratista flamengo que foi o principal pintor da corte de Carlos I da Inglaterra. (*N. da T.*)

mim do que afeição pela minha pessoa, e achei que não tinha o direito de exigir uma confissão de amor quando não fizera uma correspondente. Assim, fiquei sem saber o que responder. Afinal, disse:

— O que *você* sente por mim?

— Meu doce anjo, eu a adoro! Eu...

— Helen, venha aqui um instante — disse a voz baixa, mas perfeitamente discernível, de minha tia, que estava bem ali atrás.

Eu fui e ele ficou ali, praguejando contra sua sorte.

— O que foi, tia? O que você quer? — perguntei, indo com ela até a canhoneira da janela.

— Quero que vá conversar com os outros convidados, quando estiver mais composta — disse, me olhando com um ar severo. — Mas, por favor, fique um instante aqui até que esse rubor chocante se dissipe um pouco e seus olhos recuperem em parte sua expressão normal. Teria vergonha se alguém a visse no presente estado.

É claro que tal comentário não ajudou em nada a reduzir aquele "rubor chocante"; pelo contrário, senti meu rosto arder duas vezes mais devido a um redemoinho de emoções, no qual a raiva indignada era a mais forte. Não respondi nada, no entanto; apenas abri a cortina e olhei a noite lá fora — ou melhor, olhei a praça banhada pelas luminárias.

— O Sr. Huntingdon estava lhe pedindo em casamento, Helen? — perguntou minha tia, sempre muito atenta.

— Não.

— O que estava dizendo, então? Ouvi algo que se parecia muito com uma declaração.

— Não sei o que teria dito se a senhora não o tivesse interrompido.

— E você teria dito sim, Helen, se ele tivesse lhe pedido?

— É claro que não. Não sem consultar a senhora e meu tio.

— Oh! Fico feliz, querida, que ainda tenha tanta prudência. Bem — continuou ela, após a pausa de um instante —, você já chamou atenção demais por uma noite. Vejo que as outras mulheres estão nos lançando olhares curiosos neste momento. Vou me sentar ao lado delas. Venha também, quando estiver suficientemente composta para parecer normal.

— Eu estou bem.

— Fale pouco, então; e não pareça tão furiosa — disse minha tia calmamente, me irritando ainda mais. — Vamos para casa daqui a pouco e então terei muito a lhe dizer — acrescentou em um tom solene.

Assim, fui para casa preparada para levar uma tremenda bronca. Nem eu, nem ela falamos muito na carruagem durante o curto trajeto; mas quando entrei em meu quarto e me atirei sobre uma poltrona para refletir sobre os eventos do dia, minha tia foi atrás e, após ter mandado Rachel, que guardava com cuidado meus ornamentos, ir embora, fechou a porta. Ela colocou uma cadeira ao meu lado, ou melhor, formando um ângulo reto com a minha, e se sentou. Com a deferência apropriada, ofereci-lhe a poltrona, que era mais confortável. Minha tia recusou e começou assim nossa discussão:

— Você se lembra, Helen, da conversa que tivemos uma noite antes de deixarmos Staningley?

— Sim, tia.

— E lembra-se de como lhe avisei que não devia permitir que seu coração fosse roubado por quem não merece possuí-lo, e não devia sentir afeição por alguém que não havia sido aprovado por você antes, e que não recebera a sanção de sua razão e de seu discernimento?

— Mas *minha* razão...

— Deixe-me falar. Lembra-se de me assegurar que eu não precisava me inquietar por sua causa, pois jamais se sentiria *tentada* a se casar com um homem que fosse deficiente em bom senso ou princípios, por mais bonito e encantador que fosse em outros aspectos, pois não poderia amá-lo? Iria sentir ódio, desprezo, compaixão por ele... qualquer coisa, menos amor? Essas não foram suas palavras?

— Sim, mas...

— E não disse que sua afeição *teria* de surgir da aprovação e que, se não pudesse aprovar, honrar e respeitar um homem, não conseguiria amá-lo?

— Sim, mas eu aprovo, honro e respeito...

— Como, minha querida? Por acaso o Sr. Huntingdon é um bom homem?

— É um homem muito melhor do que imagina.

— Isso não quer dizer nada. Ele é um *bom* homem?

— Sim... em alguns aspectos. Tem uma boa natureza.

— É um homem de *princípios*?

— Talvez não, exatamente. Mas é porque não reflete. Se tivesse alguém para aconselhá-lo e lembrá-lo do que é correto...

— Você acha que ele logo aprenderia? E estaria disposta a ser a professora? Minha querida, creio que ele seja dez anos mais velho do que você. Como pode estar tão mais adiantada no desenvolvimento de sua moral?

— Graças à senhora, tia, fui bem criada e tive bons exemplos sempre diante de meus olhos, algo que ele provavelmente não teve. Além disso, o Sr. Huntingdon é o tipo de pessoa eufórica, alegre, intrépida, enquanto eu sou naturalmente inclinada à reflexão.

— Bem, agora você mostrou, por sua própria confissão, que ele é deficiente tanto em bom senso quanto em princípios...

— Então o meu bom senso e os meus princípios estão à disposição dele!

— Está sendo presunçosa, Helen! Acha que tem o suficiente para vocês dois? E imagina que esse alegre e leviano libertino vai se permitir ser guiado por uma moça jovem como você?

— Não; não desejo guiá-lo. Mas acho que teria influência suficiente para salvá-lo de alguns erros e consideraria útil uma vida passada no esforço de preservar uma natureza tão nobre da destruição. Ele sempre ouve com atenção quando falo seriamente, e eu muitas vezes ouso reprovar a maneira estouvada que ele tem de se expressar. E, de vez em quando, ele diz que se me tivesse sempre ao seu lado jamais diria ou faria qualquer coisa má, e que conversar comigo todos os dias o transformaria num santo. Talvez seja em parte brincadeira e em parte só para me agradar, mas...

— Mas ainda assim você acha que deve ser verdade?

— Se acho que há qualquer verdade nisso, não é por confiança nos meus encantos, mas na bondade natural *dele*. E a senhora não tem direito de chamá-lo de libertino, tia; ele não é isso de jeito nenhum.

— Quem disse, minha querida? Como era a história sobre a relação dele com uma mulher casada, lady não sei o quê, que a Srta. Wilmot estava lhe contando outro dia?

— Era mentira! Mentira! — exclamei. — Não acredito em uma só palavra.

— Acha, portanto, que ele é um jovem virtuoso, de boa conduta?

— Não sei nada de concreto a respeito de seu caráter. Só sei que nunca ouvi nada definitivo contra ele, ou, pelo menos, nada que pudesse ser provado. E, até que as pessoas possam provar suas acusações, não acreditarei nelas. E sei uma coisa: se ele cometeu erros, são apenas os erros normais da juventude, do tipo que não importa a ninguém; pois vejo que todos gostam dele, que todas as mães sorriem para ele enquanto suas filhas, inclusive a Srta. Wilmot, ficam muito felizes em atrair sua atenção.

— Helen, o mundo *pode* considerar tais pecados veniais; algumas mães sem princípios *talvez* estejam ansiosas por casar suas filhas com um jovem rico sem pensar no caráter dele; e jovens tolas *podem* ficar felizes em receber os sorrisos de um rapaz tão bonito, sem buscar ir além da superfície. Mas acreditei que *você* soubesse que não devia ver através de seus olhos, e julgar da mesma maneira pervertida que elas. Não imaginei que chamaria tais erros de veniais!

— Nem eu, tia; mas, se odeio o pecado, amo o pecador e faria muito por sua salvação, mesmo supondo que a maioria de suas suspeitas fosse verdade... algo em que me recuso a acreditar.

— Então, minha querida, pergunte a seu tio com quem ele anda, se não se associa a um grupo de jovens libertinos e depravados a quem chama de amigos... seus companheiros de devassidão, cuja principal diversão consiste em chafurdar na lama e em competir um com o outro para ver quem percorre com mais rapidez e vai mais longe na estrada até o fogo eterno preparado para o demônio e seus anjos.

— Então eu o salvarei deles.

— Oh, Helen, Helen! Você não imagina o tormento que vai ser unir seu destino ao desse homem!

— Tenho tanta confiança nesse homem, tia, apesar do que a senhora diz, que de bom grado arriscaria minha felicidade pela chance de assegurar a dele. Deixarei os homens melhores para aquelas que só pensam em sua própria vantagem. Se ele errou, considerarei minha vida útil se passá-la salvando-o das consequências de seus erros de juventude e tentando trazê-lo de volta ao caminho da virtude. Que Deus permita que eu seja bem-sucedida!

Neste ponto a conversa terminou, pois meu tio, falando do quarto, pediu em voz bem alta que minha tia fosse para a cama. Ele estava de mau humor naquela noite, pois sua gota piorara. Vinha sentindo mais dor desde que tínhamos chegado a Londres; e, na manhã seguinte, minha tia tirou proveito dessa circunstância para persuadi-lo a voltar ao campo imediatamente, sem esperar pelo fim da temporada. O médico dele corroborou tudo o que ela disse; e, contrariando seus hábitos, minha tia apressou tanto os preparativos para nossa partida (tanto por minha causa quanto por meu tio, acredito), que em pouquíssimos dias pegamos a estrada, e não vi o Sr. Huntingdon nem mais uma vez. Minha tia alimenta a esperança de que eu logo vá esquecê-lo; talvez ache que já o esqueci, pois nunca digo seu nome. E pode continuar a pensar isso, até que voltemos a nos encontrar — se isso algum dia acontecer. Será que acontecerá?

18

A miniatura

25 de agosto

Já voltei a me acostumar com minha rotina de ocupações regulares e divertimentos tranquilos. Sinto-me suficientemente satisfeita e contente, mas ainda aguardo ansiosa pela primavera, esperando voltar à cidade, não por suas alegrias e devassidões, mas pela chance de ver o Sr. Huntingdon de novo, pois ele ainda permeia meus pensamentos e meus sonhos. Todas as minhas tarefas, tudo o que faço, vejo ou escuto, acabam me fazendo lembrar dele; todas as habilidades ou conhecimentos que adquiro, pretendo um dia usar para ajudá-lo ou diverti-lo; todas as novas belezas da natureza ou da arte que descubro, desejo desenhar para que sejam vistas por seus olhos, ou guardar na memória para descrevê-las para ele. Essa, ao menos, é a esperança que acalento, a fantasia que ilumina minha solidão. Talvez seja apenas fogo-fátuo, mas não pode haver mal em acompanhá-lo com os olhos e me alegrar com seu brilho, contanto que não me tire do caminho que devo seguir. E acho que isso não vai acontecer, pois pensei muito no conselho de minha tia e, agora, vejo com clareza a loucura que seria me entregar a um homem que não merece o amor que tenho para dar, que não é capaz de oferecer em troca os melhores sentimentos que tenho no fundo do coração. Tanto que, mesmo se o vir de novo e se o Sr. Huntingdon se lembrar de mim, ainda me amar (o que — ai de mim! — é pouco provável, considerando-se onde está e por quem está rodeado) e me pedir em casamento, estou determinada a não aceitar até saber com certeza o que está mais próximo da verdade, se a opinião de minha tia ou a minha. Pois, se eu estiver inteiramente errada, então, não é ele que eu amo, e sim um ser criado pela minha imaginação. Mas acho que não estou errada; não, não. Há algo secreto — um instinto profundo que me assegura de que estou certa. A essência do Sr. Huntingdon *é* boa — e que deleite será descobri-la! Se ele se desviou do caminho, que bênção será reconduzi-lo! Se agora está exposto à influência maldita de companheiros perversos e corruptos, que glória será livrá-lo deles! Oh! Se eu pudesse acreditar que os céus reservaram esse destino para mim!

HOJE É DIA 1º de setembro, mas meu tio mandou que o couteiro poupe as perdizes* até que os cavalheiros cheguem.

— Que cavalheiros? — perguntei, ao ouvir isso.

Ele me contou que convidara um pequeno grupo de homens para vir caçar em nossa propriedade. Seu amigo, o Sr. Wilmot, estaria entre eles, e o amigo de minha tia, o Sr. Boarham, também. Essa notícia me pareceu terrível naquele momento, mas meu pesar e minha apreensão desapareceram como fumaça quando ouvi que o Sr. Huntingdon era o terceiro do grupo! Minha tia é completamente contra a vinda dele, é claro, e tentou de todas as maneiras dissuadir meu tio de chamá-lo. Mas meu tio, rindo de suas objeções, disse que não valia a pena falar nada, pois o mal já estava feito: ele convidara Huntingdon e seu amigo Lorde Lowborough antes de partirmos de Londres, e agora só restava determinar o dia em que todos chegariam. Por isso, não há risco de ele deixar de vir, e eu irei vê-lo com certeza. Não consigo expressar minha alegria. Está sendo muito difícil escondê-la de minha tia; mas não quero preocupá-la com meus sentimentos até saber se devo ou não me entregar a eles. Se descobrir que é meu dever esquecê-los, não serão uma preocupação para ninguém além de mim mesma; e, se descobrir que tenho justificativas para deixar que esse amor crie raízes, terei forças para enfrentar qualquer coisa, até a raiva e a tristeza da pessoa mais próxima de mim, em nome do ser amado. Decerto, saberei em breve. Mas eles só chegarão no meio do mês.

---

*A partir de 1831 passou a ser proibido caçar perdizes na Inglaterra entre os dias 1º de fevereiro e 1º de setembro. (*N. da T.*)

Também receberemos duas convidadas: o Sr. Wilmot vai trazer a sobrinha e a prima dela, Milicent. Suponho que minha tia imagine que a presença da segunda será um benefício para mim, graças ao salutar exemplo de seus modos gentis e de seu espírito humilde e dócil; enquanto a primeira, imagino, virá como uma espécie de atração alternativa, usada para desviar a atenção do Sr. Huntingdon. Não agradeço a ela por isso, mas ficarei feliz com a companhia de Milicent. É uma moça boa e doce e eu gostaria de ser parecida com ela — ou, pelo menos, *mais* parecida do que sou.

19 de setembro

Eles chegaram. Chegaram anteontem. Os cavalheiros todos saíram para caçar e as damas estão com minha tia, costurando na sala de estar. Vim para a biblioteca, pois estou muito infeliz e desejo ficar sozinha. Livros não conseguem me distrair; assim, após ter aberto a minha escrivaninha portátil, tentarei fazer o que posso detalhando as causas da minha inquietação. Este papel vai servir de confidente, em cujos ouvidos poderei despejar o que transborda de meu coração. Ele não sentirá compaixão do meu sofrimento, mas tampouco rirá dele, e se eu não o perder de vista, não o contará a mais ninguém; assim, talvez seja o melhor amigo para servir a esse propósito.

Primeiro, vou falar da chegada do Sr. Huntingdon; de como fiquei sentada diante da janela, observando por quase duas horas até que sua carruagem passasse pelo portão — pois todos os outros chegaram antes dele — e da profunda decepção que senti ao ver cada convidado, pois nenhum era o que eu esperava. Primeiro, chegou o Sr. Wilmot com as moças. Quando Milicent foi levada até o quarto onde dormirá, deixei o meu posto por alguns minutos para ver como estava e ter uma pequena conversa privada, já que ela agora é minha amiga íntima, pois trocamos diversas longas epístolas desde a última vez em que nos vimos. Ao voltar à janela, vi outra carruagem diante da porta. Era a dele? Não, era o veículo negro simples do Sr. Boarham; e lá estava ele na escada, supervisionando cuidadosamente o deslocamento de suas diversas malas e baús. Que quantidade! Parecia que tinha se preparado para uma visita de no mínimo seis meses. Um tempo considerável depois, chegou Lorde Lowborough em sua caleça. Será que ele é um dos amigos libertinos? Acho que não, pois tenho certeza de que ninguém o *chamaria* de companheiro de devassidão — e, além do mais, ele parece grave e refinado demais para merecer tais desconfianças. É um homem alto, magro e de aparência melancólica, parecendo ter entre 30 e 40 anos e com um aspecto adoentado e ansioso.

Afinal, o faetonte leve do Sr. Huntingdon atravessou alegremente o gramado. Só tive um rápido vislumbre dele, pois, no momento em que o veículo parou, seu ocupante pulou de dentro, se encaminhou para a escada que dá no pórtico e desapareceu para dentro da casa.

Agora, permiti que me vestissem para o jantar — um dever que Rachel estava insistindo que eu cumprisse há vinte minutos. Depois que essa tarefa importante foi realizada, fui para a sala de estar, onde encontrei o Sr. Wilmot, a Srta. Wilmot e Milicent Hargrave já reunidos. Pouco tempo depois, Lorde Lowborough entrou, e depois veio o Sr. Boarham, que parecia bastante disposto a esquecer e perdoar minha conduta, esperando que um pouco de simpatia e perseverança de sua parte ainda fossem ter sucesso em me fazer agir de forma racional. Eu estava diante da janela conversando com Milicent quando ele se aproximou; e começava a conversar comigo com quase a mesma intimidade de antes quando o Sr. Huntingdon entrou na sala.

"De que maneira vai me cumprimentar?", pensei, com o coração aos pulos; e, em vez de ir falar com ele, virei-me para a janela, para esconder ou tentar apaziguar minha emoção. Mas, depois de ter saudado os anfitriões e os outros convidados, o Sr. Huntingdon se aproximou de mim, apertou minha mão com entusiasmo e murmurou que estava feliz em me ver de novo. Naquele instante o jantar foi anunciado. Minha tia pediu que o Sr. Huntingdon levasse a Srta. Hargrave até a sala de jantar e o odioso Sr. Wilmot, com um sorriso horroroso, ofereceu-me o braço; assim, fui condenada a me sentar entre ele e o Sr. Boarham. Mas, depois, quando todos voltaram a se reunir na sala de estar, fui indenizada por tanto sofrimento com alguns minutos de conversa com o Sr. Huntingdon.

Ao longo da noite, pediram que a Srta. Wilmot nos entretivesse cantando e tocando, e que eu o fizesse exibindo meus desenhos; e, embora o Sr. Huntingdon goste de música e a moça seja muito boa musicista, acho que tenho razão ao dizer que ele prestou mais atenção nos meus quadros do que nas canções dela.

Até então, muito bem, mas depois o ouvi afirmar, em voz baixa, mas com bastante ênfase, sobre um dos desenhos:

— Este é o melhor de todos!

Ergui os olhos, curiosa para ver qual era e, para meu horror, vi o Sr. Huntingdon observando com complacência o lado avesso da pintura: eu havia desenhado o rosto dele ali e me esquecido de apagá-lo! Para tornar tudo pior, na agonia do momento, tentei arrancar o desenho de sua mão; mas ele me impediu, exclamando:

— Não! Vou ficar com ele!

Com isso, colocou-o dentro do colete e abotoou o casaco por cima com uma risadinha de deleite. Depois, trazendo uma vela para perto do cotovelo, pegou todos os desenhos, tanto os que já tinha visto como os outros, e murmurou:

— Agora, preciso olhar os *dois* lados.

E começou a examiná-los ansiosamente. Eu o observei com uma compostura tolerável no início, confiando que a vaidade do Sr. Huntingdon não seria agraciada com mais descobertas; pois, apesar de ser culpada de ter desfigurado o avesso de diversas pinturas com tentativas de delinear aquela fisionomia fascinante, tinha certeza de que havia apagado com cuidado todas essas testemunhas de minha paixão, com aquela infeliz exceção. Mas o lápis muitas vezes deixa marcas no papel-cartão que nenhuma borracha consegue apagar, e esse parece ter sido o caso da maioria desses desenhos. Confesso que tremi ao vê-lo segurá-los tão perto da vela, esquadrinhando com tanta minúcia o papel aparentemente em branco; mas ainda assim acreditei que não seria capaz de discernir os traços tão apagados de maneira satisfatória. Mas me enganei — e, ao fim do escrutínio, ele comentou, muito sério:

— Percebi que o lado avesso dos desenhos das jovens, assim com o pós-escrito de suas cartas, são a parte mais interessante.

Então, recostando-se na cadeira, o Sr. Huntingdon refletiu por alguns minutos em silêncio, sorrindo com complacência. Enquanto eu elaborava um discurso devastador para diminuir aquela satisfação, ele se levantou e, se aproximando do local da sala onde Annabella Wilmot flertava com grande veemência com Lorde Lowborough, sentou-se no sofá ao lado dela, permanecendo ali pelo resto da noite.

"Ou seja", pensei, "ele me despreza porque sabe que eu o amo".

E essa ideia me deixou tão arrasada que fiquei sem saber o que fazer. Milicent veio, começou a admirar meus desenhos e fez alguns comentários. Mas não consegui conversar com ela, nem com ninguém. Quando chegou o chá, aproveitei-me da porta aberta e da leve distração causada para sair da sala sem que me vissem. Tinha certeza de que não ia conseguir ingerir nada e vim me refugiar na biblioteca. Minha tia mandou Thomas me procurar e perguntar se eu ia tomar chá, mas mandei dizer que naquela noite não queria nada e, por sorte, ela estava ocupada demais com seus convidados para investigar melhor o assunto.

Como a maioria dos convidados fizera uma longa viagem, foram se deitar cedo; e, após ouvir todos, ou o que pensei serem todos, subindo as escadas, aventurei-me a sair e ir pegar meu castiçal do aparador da sala de estar. Mas o Sr. Huntingdon tinha se demorado mais do que os outros; estava no pé da escada quando abri a porta e, ao me ouvir sair para o corredor, embora eu pisasse tão leve que meus passos mal eram audíveis para mim mesma, imediatamente se virou.

— Helen, é você? — perguntou. — Por que fugiu de nós?

— Boa noite, Sr. Huntingdon — disse friamente, escolhendo não responder à pergunta e dando-lhe as costas para entrar na sala.

— Mas não vai se recusar a apertar minha mão, vai? — perguntou, colocando-se no umbral, diante de mim, pegando minha mão e segurando-a contra a minha vontade.

— Largue minha mão, Sr. Huntingdon! — exclamei. — Quero pegar uma vela.

— A vela não vai fugir — respondeu ele.

Fiz um esforço desesperado para arrancar minha mão da dele.

— Por que está com tanta pressa de me abandonar, Helen? — perguntou ele, com um sorriso de autoconfiança muito irritante. — Você *sabe* que não me odeia.

— Odeio, sim... pelo menos neste momento.

— A mim, não! É a Annabella Wilmot que você odeia.

— Não tenho nada a ver com Annabella Wilmot — afirmei, ardendo de indignação.

— Mas *eu* tenho — disse ele com um ar significativo.

— Isso não quer dizer nada para mim, senhor! — retruquei.

— Não quer dizer nada, Helen? Pode jurar? Jura?

— Não juro, Sr. Huntingdon! E quero ir embora! — exclamei, sem saber se devia rir, chorar ou romper em uma tempestade de fúria.

— Então vá, sua megera!

Mas, no instante em que ele largou minha mão, teve a audácia de colocar o braço em volta do meu pescoço e me dar um beijo.

Tremendo de raiva, agitação e nem sei dizer mais o que, eu me afastei, peguei minha vela e subi correndo para o quarto. Ele não teria feito isso se não fosse por aquele maldito desenho! E ainda estava em sua posse, aquele monumento eterno ao seu orgulho e à minha humilhação!

Dormi muito mal naquela noite; e, ao amanhecer, acordei preocupada com a ideia de encontrá-lo no café da manhã. Não sabia o que fazer diante do Sr. Huntingdon — assumir um ar gélido de indiferença não daria certo, pois ele já sabia da minha veneração. Mas algo precisava ser feito para diminuir aquela presunção; eu não me submeteria a ser tiranizada por aqueles olhos brilhantes e risonhos. Assim, recebi seu alegre cumprimento matinal com toda a calma e frieza que minha tia poderia desejar e cortei com respostas breves suas poucas tentativas de iniciar uma conversa comigo. Ao mesmo tempo, fui extraordinariamente alegre e gentil com todos os outros, em especial Annabella Wilmot; e até mesmo o tio dela e o Sr. Boarham foram tratados com cortesia extra naquela ocasião, não por eu querer bancar a coquete, mas apenas para mostrar ao Sr. Huntingdon que a frieza e a reserva que demonstrava com ele não vinham de um mau humor ou uma melancolia geral.

O Sr. Huntingdon, no entanto, se recusou a ser repelido pela minha maneira de agir. Não conversou muito comigo, mas, quando me dirigia a palavra, era com um grau de liberdade, franqueza e *afabilidade* que pareciam mostrar com clareza que sabia que sua voz era música para meus ouvidos. E, quando nossos olhares se encontravam, dava um sorriso que, por mais que fosse presunçoso, era, oh, tão doce, tão luminoso, tão alegre, que não consegui continuar com raiva. Qualquer vestígio de descontentamento logo derreteu, como as nuvens matinais sob o sol de verão.

Logo após o café, todos os cavalheiros, menos um, saíram, animados como meninos em sua expedição para acabar com as inocentes perdizes; meu tio e o Sr. Wilmot em seus pôneis de caça e o Sr. Huntingdon e Lorde Lowborough a pé. A única exceção foi o Sr. Boarham que, pensando na chuva que tinha caído na noite anterior, achou prudente ficar para trás durante algum tempo e se juntar aos outros depois que o sol houvesse secado a grama. E ele nos agraciou com um longo e detalhado discurso sobre os males e perigos de ficar com os pés molhados, feito com uma gravidade imperturbável em meio às vaias e aos risos do Sr. Huntingdon e de meu tio, os quais, deixando aquele prudente caçador a entreter as damas com seus conhecimentos médicos, foram-se embora com suas armas, dirigindo-se primeiro aos estábulos para dar uma olhada nos cavalos e mandar os cães adiante.

Sem desejar ficar na companhia do Sr. Boarham durante a manhã inteira, eu me retirei para a biblioteca, para onde levei meu cavalete e comecei a pintar. O cavalete e os aparatos de pintura serviriam de desculpa por ter abandonado a sala de estar se minha tia viesse reclamar de minha deserção; e, além do mais, desejava terminar meu quadro. Era fruto de muito esforço e eu tinha a intenção de fazer dele minha obra-prima, embora seu projeto fosse um pouco presunçoso. Usando um azul bem claro para pintar o céu e colocando luzes brilhantes e cálidas e sombras longas e profundas, tentara passar a ideia de uma manhã ensolarada. E tentara dar o tom mais vívido que se encontra na vegetação durante a primavera ou o início do verão, algo que em geral não se vê nos quadros. A cena representava a clareira de um bosque. Um grupo de escuros pinheiros-da-escócia havia sido colocado no plano médio para quebrar o frescor prevalente no resto; mas, no primeiro plano, havia parte de um tronco retorcido e de longos troncos de uma grande floresta, cuja folhagem era de um verde-dourado brilhante — um dourado que não vinha da doçura do outono, mas dos raios do sol e da juventude das folhas, que mal haviam se aberto. Sobre esse tronco, que ficava bem realçado contra os pinheiros sombrios, estava um amoroso par de rolinhas, cujas plumas macias de cor triste apresentavam outro tipo de contraste; e, abaixo dele, uma jovem estava ajoelhada sobre a grama repleta de margaridas com a cabeça jogada para trás e uma massa de cabelo louro cascateando sobre os ombros. Tinha os dedos das mãos entrelaçados, os lábios entreabertos e os olhos fixos numa contemplação satisfeita, porém profunda, dos pássaros amantes — que estavam absortos demais um pelo outro para notá-la.

Mal começara a trabalhar no meu quadro, que só precisava de mais algumas pinceladas para ser terminado, quando os caçadores passaram diante da janela, voltando dos estábulos. Ela estava parcialmente aberta e o Sr. Huntingdon deve ter me visto, pois, em meio minuto voltou, apoiou a arma contra a parede, abriu a cortina, pulou pela janela e postou-se diante da pintura.

— Muito bela — disse, após observá-la com atenção durante alguns segundos. — E um tema muito apropriado para uma jovem. A primavera se abrindo para o verão... a manhã quase chegando ao meio-dia... a mocidade quase virando maturidade e a esperança prestes a dar frutos. Ela é muito bonita! Mas por que não a fez de cabelos pretos?

— Achei que cabelos louros combinariam mais com ela. Tem olhos azuis, é roliça, tem a pele branca e as bochechas rosadas.

— Eu juraria que é a própria Hebe! E me apaixonaria por ela se a pintora não estivesse diante de mim. Doce inocente! Está pensando que vai chegar o dia em que será cortejada e conquistada como aquela bela pombinha por um amante tão apaixonado e entusiasmado quanto o pombo; e está pensando em como isso será bom, e em como ela será afetuosa e sincera.

— E talvez — sugeri — como ele será afetuoso e sincero.

— Talvez, pois não há limites para as extravagâncias da esperança nessa idade.

— O senhor considera esperar *isso* uma ilusão extraordinária?

— Não; meu coração me diz que não. Posso já ter achado isso, mas agora, se me derem a garota que amo, eu jurarei constância eterna a ela, chova ou faça sol, na juventude e na velhice, na vida e na morte! Já que a velhice e a morte *têm* de chegar.

O Sr. Huntingdon falou isso com tanta seriedade que meu coração pulou de deleite; mas no minuto seguinte ele mudou de tom e perguntou, com um sorriso significativo, se eu tinha "mais retratos".

— Não — respondi, corando de vergonha e fúria.

Mas meu portfólio estava sobre a mesa; o Sr. Huntingdon o pegou e sentou-se friamente para examinar seu conteúdo.

— Sr. Huntingdon, esses são os desenhos que ainda não terminei! — exclamei. — Nunca deixo ninguém os ver.

Coloquei a mão sobre o portfólio para arrancá-lo dali, mas ele o segurou, assegurando-me de que "gostava mais dos desenhos não terminados do que de quaisquer outros".

— Mas eu detesto que sejam vistos — respondi. — Não posso deixá-lo ficar com o portfólio, de jeito nenhum!

— Fico com as entranhas dele, então — disse o Sr. Huntingdon.

E, no segundo em que arranquei o portfólio de suas mãos, ele habilmente retirou a maior parte do conteúdo. Após examiná-lo por um instante, exclamou:

— Minha nossa, aqui está outro!

Com isso, colocou no bolso do colete um pedacinho oval de papel-marfim onde estava um retrato em miniatura bem-detalhado que eu considerara bom o suficiente para colorir com muito esforço e cuidado. Mas estava determinada a não deixá-lo ficar com ele.

— Sr. Huntingdon! — exclamei. — *Insisto* que me devolva isso! É meu e o senhor não tem o *direito* de roubá-lo. Devolva-o neste minuto! Do contrário, jamais o perdoarei!

Mas, quanto mais eu pedia, mais ele me atormentava com risadas alegres e ofensivas. Afinal, no entanto, deu-me a miniatura, dizendo:

— Bem, já que dá tanto valor a ela, não a tirarei de você.

Para mostrar-lhe o valor que dava àquela miniatura, rasguei-a em duas e atirei-a na lareira. O Sr. Huntingdon não estava preparado para isso. Com a alegria subitamente cortada, ele observou, numa mudez perplexa, aquele tesouro sendo queimado. Então, disse, num tom indiferente:

— Hunf! Vou caçar agora.

Com isso, virou-se, saiu do cômodo pela mesma janela em que entrara e, colocando o chapéu com altivez, pegou a arma e se afastou, assobiando. Eu não fiquei agitada a ponto de não conseguir terminar a pintura, pois me sentia feliz por tê-lo irritado.

Quando voltei à sala de estar, descobri que o Sr. Boarham fora encontrar os outros lá fora; e, pouco depois do almoço, que os homens nem cogitaram comer conosco, me ofereci para acompanhar as damas em uma caminhada e mostrar a Annabella e Milicent as belezas da região. Fizemos um longo passeio e voltamos a entrar na propriedade bem na hora em que os caçadores retornavam de sua expedição. Exaustos e enlameados, quase todos atravessaram o gramado para nos evitar, mas o Sr. Huntingdon, apesar de estar todo sujo e manchado com o sangue de suas presas, numa grave ofensa ao severo decoro de minha tia, fez questão de vir nos encontrar com sorrisos e palavras alegres para todas, menos para mim. Postando-se entre mim e Annabella Wilmot, subiu a estrada conosco, começando a relatar as aventuras e os desastres do dia de uma maneira que teria me causado convulsões de riso se estivesse de bem com ele. Mas o Sr. Huntingdon dirigiu-se apenas a Annabella, e eu, é claro, deixei todos os risos e as pilhérias a cargo dela e, fingindo a mais completa indiferença a tudo o que ambos diziam, caminhei um pouco afastada, olhando em todas as direções, menos na deles, enquanto minha tia e Milicent iam na frente de braços dados, conversando com um ar muito sério. Afinal ele se voltou para mim e, num sorriso confidencial, perguntou:

— Helen, por que você queimou meu retrato?

— Porque queria destruí-lo — respondi, com uma rispidez que agora é inútil lamentar.

— Muito bem! Já que não me valoriza, me voltarei para alguém que o faz.

Achei que isso era, em parte, uma brincadeira; uma mistura de resignação e indiferença fingidas. Mas o Sr. Huntingdon imediatamente voltou a se postar ao lado da Srta. Wilmot e, daquele momento em diante — durante toda aquela noite, todo o dia seguinte, o outro, o outro e esta manhã (a do dia 22) —, não me dirigiu uma palavra gentil ou um olhar agradável; nem falou comigo, a não ser por pura necessidade; e só me olhou com uma expressão fria e hostil da qual eu o considerava incapaz.

Minha tia observou essa mudança e, embora não tenha me perguntado a causa ou feito qualquer comentário sobre o assunto, vejo que ela lhe dá prazer. A Srta. Wilmot também a percebeu e, com um ar triunfal, acredita ser devida a seus encantos e lisonjas superiores. E eu estou verdadeiramente infeliz — mais do que gosto de admitir para mim mesma. Meu orgulho se recusa a me ajudar. Ele me fez cair numa armadilha e não me ajudará a sair dela.

Ele estava só brincando — foi apenas sua natureza alegre. E eu, com meu ressentimento amargo — tão sério, tão desproporcional à ofensa —, feri tanto seus sentimentos, o ofendi de maneira tão profunda, que temo que jamais vá me perdoar. E tudo por uma mera brincadeira! O Sr. Huntingdon acha que não gosto dele e terá de continuar a achar. Eu o perderei para sempre; e talvez Annabella o ganhe. Assim, poderá se considerar tão triunfal quanto quiser.

Mas não é nem a minha perda, nem o triunfo dela que eu deploro mais, e sim o fim das esperanças que acalentava pelo progresso do Sr. Huntingdon, pois sei que Annabella não é digna de sua afeição e que ele se prejudicará ao lhe confiar sua felicidade. *Annabella* não o ama; pensa apenas em si mesma. Não consegue apreciar o que há de bom nele: não vai conseguir ver, nem dar valor a isso. Não vai deplorar seus defeitos nem tentar consertá-los, mas agravá-los com seus próprios. E não duvido que vá acabar enganando-o. Vejo que divide suas atenções entre ele e Lorde Lowborough e, enquanto se diverte com o vivaz Huntingdon, faz de tudo para cativar seu rabugento amigo. Se conseguir deixar ambos a seus pés, o fascinante plebeu terá poucas chances contra o aristocrata. Caso o Sr. Huntingdon tenha percebido o ardiloso jogo duplo de Annabella, não ficou inquieto com ele; apenas deu maior sabor à diversão, colocando um empecilho estimulante naquela que, de outro modo, seria uma conquista fácil.

O Sr. Wilmot e o Sr. Boarham viram, na negligência do Sr. Huntingdon em relação a mim, uma esplêndida oportunidade de fazer novas investidas; e, se eu fosse como Annabella e algumas outras, tiraria vantagem de sua perseverança para tentar despertar novamente o interesse de seu rival. Mas, mesmo que pudesse me esquecer do que é justo e do que é honesto, não seria capaz de fazê-lo; já sou importunada o suficiente por eles dois mesmo sem encorajá-los e, mesmo que mudasse de ideia, isso não teria efeito sobre o Sr. Huntingdon. Ele me vê sofrendo com as atenções condescendentes e os discursos prosaicos de um; e com as invasões repulsivas do outro, sem um grão de comiseração por mim ou de ressentimento contra meus torturadores. Não é possível que jamais tenha me amado, ou não teria desistido de mim com tanta facilidade, e não poderia continuar a conversar com todos os outros de maneira tão alegre — rindo e brincando com Lorde Lowborough e meu tio, provocando Milicent Hargrave e flertando com Annabella Wilmot, como se não estivesse pensando em mais nada. Oh, por que não consigo odiá-lo? Devo estar mesmo apaixonada, ou me recusaria a me lamentar tanto por ele! Mas preciso reunir todas as forças que ainda me restam e tentar arrancá-lo do meu coração. Lá se vai o sino anunciando o jantar, e aqui vem minha tia para me dar uma bronca por ter passado o dia diante de minha escrivaninha, em vez de ficar com os convidados. Gostaria que todos eles fossem embora.

19

Um incidente

Dia 22. Noite

O que foi que eu fiz? E qual será a consequência? Não consigo pensar nisso com tranquilidade; não consigo dormir. Preciso voltar ao meu diário; vou escrever tudo o que fiz hoje e ver o que pensarei amanhã.

Desci para jantar resolvida a ser alegre e bem-comportada, e cumpri minha resolução de maneira muito louvável, considerando-se como minha cabeça doía e como eu me sentia infeliz. Não sei o que vem acontecendo comigo nos últimos tempos; minhas energias, tanto físicas quanto mentais, devem estar extraordinariamente deterioradas, ou não teria sido tão fraca em tantos aspectos como fui. Mas há um ou dois dias que não estou bem; suponho que seja por estar comendo e bebendo tão pouco, pensando tanto, e com uma tristeza tão contínua. Mas, retornando: estava me esforçando para cantar e tocar, a pedido de minha tia e Milicent, antes de os cavalheiros voltarem para a sala de estar (a Srta. Wilmot não gosta de desperdiçar seus talentos musicais nos ouvidos das damas apenas). Milicent tinha pedido uma canção escocesa e eu estava bem no meio dela quando os homens entraram. A primeira coisa que o Sr. Huntingdon fez foi se aproximar de Annabella.

— Srta. Wilmot, não gostaria de cantar um pouco para nós esta noite? Faça isso! Sei que vai fazer se eu lhe disser que passei o dia ansiando pelo som de sua voz. Vamos! Não há ninguém no piano.

Não havia mesmo, pois eu o havia deixado no mesmo instante em que ele fizera o pedido. Se possuísse um nível apropriado de frieza e tranquilidade, teria me voltado para a Srta. Wilmot e, com grande entusiasmo, reforçado a solicitação; dessa forma, teria conseguido desapontar o Sr. Huntingdon, caso a afronta tivesse sido proposital, ou feito com que ele se desse conta dela, caso fosse fruto apenas de desatenção. Mas fiquei tão magoada que só pude me erguer da banqueta e me atirar no sofá, reprimindo com esforço a expressão audível do rancor que sentia. Sabia que os talentos musicais de Annabella eram superiores aos meus, mas não era por isso que devia ser tratada como se fosse invisível. O momento e a maneira como o Sr. Huntingdon fez seu pedido me pareceram um insulto gratuito a mim; e quase chorei de pura irritação.

Enquanto isso, Annabella se sentou, exultante, ao piano, e agraciou-lhe com duas de suas músicas preferidas, tocando e cantando tão bem que até mesmo eu logo me esqueci da raiva para admirá-la, ouvindo com uma espécie de prazer melancólico às hábeis modulações de sua poderosa e afinada voz, tão bem-complementada pela maneira alegre e experiente com que movia os dedos pelo piano. E, enquanto meus ouvidos se embebiam do som, meus olhos se fixaram no rosto de seu principal ouvinte, extraindo prazer igual ou superior da contemplação de seu rosto expressivo. O Sr. Huntingdon estava ao lado de Annabella, e seus olhos e cenho se iluminavam de entusiasmo, enquanto um doce sorriso aparecia e desaparecia como raios de sol num dia de abril. Não era à toa que ele ansiava por ouvi-la cantar. Naquele instante, perdoei de todo o coração o descuido dele comigo e me senti envergonhada de meu ressentimento mesquinho por causa de tamanha bobagem — e também envergonhada das agudas pontadas de inveja que me roíam o fundo do coração, apesar de toda essa admiração e deleite.

— Muito bem! — disse Annabella, passando os dedos pelas teclas de brincadeira após concluir a segunda canção. — O que deseja ouvir agora?

Mas, ao dizer isso, ela olhou para Lorde Lowborough, que estava um pouco mais afastado, apoiado no espaldar de uma cadeira; ele ouvia atentamente também e, a julgar por sua expressão, sentia a mesma mistura de prazer e tristeza que eu. Mas o olhar de Annabella disse com clareza: "Escolha. Já fiz bastante por ele e ficarei feliz em agradá-lo agora." Com esse encorajamento, o lorde se aproximou e, virando as páginas da partitura, pôs diante dela uma canção que eu já notara antes e lera mais de uma vez, com um interesse surgido do fato de que a associara ao tirano que reinava em minha mente. E, naquele momento, com os nervos já excitados e quase esgotados, não consegui ouvir a letra cantada de maneira tão doce sem demonstrar alguns dos sintomas da emoção que não podia reprimir. As lágrimas surgiram em meus olhos, incontroláveis, e enterrei o rosto na almofada do sofá, para que elas pudessem rolar em paz enquanto eu escutava. A melodia é simples, doce e triste; ainda está na minha cabeça. E as palavras também:

Adeus a ti! Mas não adeus
Ao amor que senti um dia:
Ele ficará nos olhos meus;
E lá será minha alegria

Ó lindo rosto, cheio de graça!
Se não te houvesse contemplado
Acharia que tal ser sem jaça
Só poderia ser imaginado

Se eu não puder voltar a ver
O corpo e o rosto que venero
E nem a voz mais perceber
Sua lembrança ainda quero

Aquela voz cuja magia
Desperta um eco no meu peito
E que um sentimento cria
Tornando o espírito perfeito

Olhos risonhos, cujo fulgor
Minha memória ainda guarda
E o sorriso cujo esplendor
A qualquer mortal acovarda

Adeus! Mas vou acalentar ainda
A esperança em meu seio vão
Pois mesmo com frieza infinda
Ela permanece em meu coração

Quem sabe se os céus enfim
Não ouvirão a minha prece
Fazendo renascer em mim
Uma alegria que não fenece

Quando a música acabou, senti um desejo intenso de sair daquela sala. O sofá não ficava longe da porta, mas eu não ousava erguer a cabeça, pois sabia que o Sr. Huntingdon estava perto de mim e sabia, pelo som de sua voz quando respondeu a algo que Lorde Lowborough disse, que tinha o rosto voltado em minha direção. Talvez um soluço abafado meu tenha lhe chamado atenção e feito com que virasse a cabeça. Tomara que não! Mas, com um esforço supremo, reprimi todos os sinais de fraqueza, sequei as lágrimas e, quando achei que ele tinha dado as costas, me levantei e no mesmo instante deixei o cômodo, indo me refugiar em meu lugar preferido, a biblioteca.

Não havia nenhuma luz lá, com exceção do brilho fraco de um fogo esquecido. Mas eu não queria luz; queria apenas entregar-me a meus pensamentos, sem ser notada ou perturbada. E, sentando-me num banquinho baixo que ficava diante da poltrona, afundei a cabeça em seu assento macio e pensei, pensei, até que as lágrimas saltaram de novo de meus olhos e chorei como uma criança. Logo, no entanto, a porta foi aberta devagar e alguém entrou no cômodo. Imaginei que fosse apenas um criado e não me movi. A porta se fechou de novo; mas eu não estava sozinha. A mão de alguém tocou gentilmente meu ombro e uma voz disse baixinho:

— Helen, o que houve?

Não consegui responder naquele momento.

— Você precisa e vai me dizer — acrescentou quem falava, com mais veemência, atirando-se de joelhos no tapete e pegando com força minha mão.

Mas eu arranquei-a dali depressa e respondi:

— Não é nada que lhe diga respeito, Sr. Huntingdon.

— Tem certeza disso? — retrucou ele. — É capaz de jurar que não estava pensando em mim quando chorava?

Era insuportável. Fiz um esforço para me erguer, mas ele estava ajoelhado sobre o meu vestido.

— Diga-me — continuou o Sr. Huntingdon. — Quero saber. Se estava, tenho algo a lhe dizer. E, se não estava, irei embora.

— Vá, então! — exclamei.

Mas, temendo que ele obedecesse e nunca voltasse, acrescentei rapidamente:

— Ou então diga o que tem a dizer e acabe logo com isso.

— Mas estava ou não estava? Só direi se você realmente estava pensando em mim. Por isso, diga-me, Helen.

— O senhor é muito impertinente, Sr. Huntingdon!

— De jeito nenhum. Você quer dizer que sou pertinente demais. Quer dizer que não vai me contar? Bem, vou poupar seu orgulho de mulher e, interpretando seu silêncio como um "sim", presumirei que eu estava em seus pensamentos e era a causa de sua aflição...

— Realmente, senhor...

— Se negar, não lhe contarei meu segredo — ameaçou ele.

Não voltei a interrompê-lo nem tentei repeli-lo, embora o Sr. Huntingdon houvesse pegado minha mão mais uma vez e quase me enlaçado com o outro braço, pois mal estava consciente dessa situação naquele momento.

— Aí vai — continuou ele. — Meu segredo é que Annabella Wilmot, comparada a você, é como uma peônia murcha comparada a uma rosa silvestre coberta de orvalho... e eu estou completamente apaixonado por você! Bem, agora me diga se essa informação lhe dá algum prazer. Silêncio mais uma vez? Isso significa que sim. Portanto, me deixe acrescentar que não consigo viver sem você e que, se responder "não" a esta última pergunta, vai me deixar louco. Você me concede a sua mão? Concede! — gritou ele, quase me espremendo até a morte com os braços.

— Não, não! — exclamei, me esforçando para me soltar. — Você deve pedir permissão aos meus tios.

— Eles não vão recusar se você consentir.

— Não tenho certeza disso. Minha tia não gosta de você.

— Mas você gosta, Helen. Diga que me ama e eu irei.

— Gostaria que *fosse*, mesmo!

— Irei neste instante. Basta você dizer que me ama.

— Você sabe que eu amo — respondi.

E ele me abraçou de novo e me sufocou de beijos.

Naquele momento, minha tia abriu a porta e postou-se ali, com uma vela na mão, perplexa e horrorizada, olhando ora para o Sr. Huntingdon, ora para mim — pois nós dois havíamos ficado de pé num pulo e nos afastado bastante um do outro. Mas o constrangimento dele durou apenas um segundo. Recuperando-se logo, com a mais invejável autoconfiança, disse:

— Mil perdões, Sra. Maxwell! Não seja muito severa comigo. Perguntei a sua doce sobrinha se ela me aceita na saúde e na doença; e ela, como uma boa menina, me informou que não pode pensar em fazê-lo sem ter o consentimento dos tios. Por isso, imploro-lhe que não me condene à infelicidade eterna. Se apoiar minha causa, ela estará ganha; pois tenho certeza de que o Sr. Maxwell faz tudo o que a senhora pede.

— Falaremos disso amanhã, senhor — disse minha tia com frieza. — É um assunto que exige profunda deliberação. No momento, é melhor que o senhor retorne à sala de estar.

— Mas, antes de mais nada — rogou ele —, peço que pense em mim com a maior indulgência...

— Nenhuma indulgência pelo senhor, Sr. Huntingdon, deve se colocar entre mim e a consideração da felicidade da minha sobrinha.

— É verdade! Sei que ela é um anjo e que eu sou um cão presunçoso por sonhar em possuir tal tesouro. Mas, ainda assim, prefiro morrer a abrir mão dela para o melhor homem que já subiu aos céus. Quanto à sua felicidade, sacrificarei meu corpo e minha alma...

— Seu corpo e sua *alma*, Sr. Huntingdon? Sacrificará sua *alma*?

— Bem, quero dizer que daria minha vida.

— Isso não será necessário.

— Então passarei a vida... dedicarei a vida e todos os seus poderes à promoção e à preservação...

— Nós conversaremos sobre isso em outra ocasião, senhor. E eu teria me sentido disposta a considerar suas pretensões de maneira mais favorável se tivesse escolhido outro momento, outro lugar e, devo também dizer, outra *maneira* de fazer sua declaração.

— Mas a senhora precisa entender, Sra. Maxwell...

— Desculpe-me — disse ela num tom muito formal —, mas os convidados estão perguntando pelo senhor no outro cômodo — concluiu, encarando-me.

— Então *você* vai precisar advogar em meu favor, Helen — afirmou o Sr. Huntingdon que, afinal, se retirou.

— É melhor você ir para o seu quarto, Helen — disse minha tia gravemente. — Nossa discussão também ficará para amanhã.

— Não fique zangada, tia — pedi.

— Minha querida, não estou zangada. Estou *surpresa*. Se é verdade que disse a ele que não poderia aceitar seu pedido sem nosso consentimento...

— *É* verdade, sim — interrompi.

— Então, como pôde permitir...

— Não consegui impedir, tia! — exclamei, irrompendo em lágrimas.

Não eram lágrimas apenas de tristeza, ou de medo da desaprovação dela, mas sim a expressão de um tumulto generalizado em meus sentimentos. Mas minha boa tia ficou tocada com minha agitação. Num tom mais gentil, voltou a recomendar que eu me recolhesse e, beijando suavemente minha testa, me desejou boa noite e colocou uma vela em minha mão. Eu fui; mas meu cérebro estava tão agitado que nem pensei em dormir. Sinto-me mais calma agora que escrevi tudo isso; irei para a cama e tentarei me entregar ao doce restaurador da natureza.

20

Persistência

24 de setembro

Pela manhã, me levantei leve e alegre — ou melhor, sentindo uma felicidade intensa. A nuvem ameaçadora que tinha pairado sobre mim por causa da opinião de minha tia e do medo de não obter seu consentimento desapareceu em meio ao fulgor de minhas esperanças e da consciência deliciosa de que meu amor era correspondido. Era uma manhã esplêndida; e eu saí para desfrutá-la num passeio tranquilo no qual minha única companhia foram meus pensamentos radiantes. O orvalho cobria a grama e dez mil teias de aranhas eram agitadas pela brisa; o feliz pisco-de-peito-ruivo expressava tudo o que lhe ia pela alminha numa melodia e meu coração transbordava de cânticos silenciosos de gratidão e elogio aos céus.

Mas não caminhara muito quando minha solidão foi interrompida pela única pessoa que poderia ter perturbado meus devaneios naquele momento sem ser considerada um intruso: o Sr. Huntingdon, que surgiu de repente. A aparição foi tão inesperada que eu poderia ter achado que fora criada por uma imaginação excitada demais, caso sua presença houvesse sido constatada apenas pela minha visão; mas imediatamente senti seu braço forte em volta da minha cintura, seu beijo cálido na minha face e seu cumprimento ansioso e satisfeito ressoar em meus ouvidos:

— Minha Helen!

— Ainda não sou sua — respondi, me afastando depressa daquela saudação presunçosa demais. — Lembre-se dos meus guardiões. Não vai ser fácil obter o consentimento de minha tia. Não vê que ela tem preconceito contra você?

— Vejo, meu amor; e você deve me dizer por que, para que eu saiba a melhor maneira de combater suas objeções. Suponho que pense que sou um perdulário — insistiu ele, observando que eu não estava disposta a responder — e conclui que não terei muitos bens materiais a deixar para minha cara esposa? Caso seja isso, precisa dizer a ela que minha propriedade é quase toda inalienável e que não posso vendê-la. É possível que haja algumas hipotecas sobre o resto... algumas dívidas e encargos aqui e ali, mas nada demais. E embora eu reconheça que não seja mais tão rico quando poderia ser, ou quanto já fui, ainda assim acho que estaríamos bastante confortáveis com o que sobrou. Meu pai era um grande avarento e, principalmente no fim da vida, não teve nenhum prazer além de acumular riquezas; por isso, não é de admirar que o maior deleite do filho dele seja gastá-las. E foi esse mesmo o caso até conhecê-la, querida Helen, quando aprendi a ter outra perspectiva e objetivos mais nobres. A mera ideia de ter você para cuidar sob meu teto me forçaria a moderar meus gastos e a viver como um cristão; para não falar de toda a prudência e virtude que incutiria na minha mente com seus sábios conselhos e sua doce e atraente bondade.

— Mas não é isso — afirmei. — Não é no dinheiro que minha tia pensa. Sabe que não deve dar a seus bens materiais mais valor do que eles merecem.

— O que é, então?

— Ela só quer que eu... me case com um homem muito bom.

— Um santo piedoso? Hum! Bem, vamos lá, vou dar um jeito nisso também! Hoje é domingo, não é? Vou à igreja de manhã, à tarde e à noite e me comportarei de maneira tão devota que sua tia vai me encarar com admiração e amor fraternal, como um ramo arrancado do fogo do inferno. Voltarei para casa suspirando como uma fornalha, repleto do sabor e da unção do sermão do Sr. Blatant...

— Sr. Leighton — corrigi secamente.

— E o Sr. Leighton é um bom pregador, Helen? Um homem maravilhoso, adorável, com a mente voltada para o divino?

— É um *bom* homem, Sr. Huntingdon. Gostaria que tivesse metade da bondade dele.

— Oh, esqueci que é uma santa também. Peço seu perdão, meu amor. Mas não me chame de Sr. Huntingdon, meu nome é Arthur.

— Não vou lhe chamar de nada... pois não terei absolutamente nada a ver com você se continuar a falar dessa maneira. Se de fato pretende enganar minha tia como afirmou, é um homem perverso; e, se não, está muito errado em brincar com um assunto tão sério.

— Aprendi minha lição — disse ele, concluindo a risada com um suspiro melancólico. — Agora — continuou, após uma pausa momentânea —, vamos falar de outra coisa. Chegue mais perto de mim, Helen, e pegue meu braço; depois, eu a deixarei em paz. Não ficarei sossegado enquanto estiver tão distante.

Aquiesci; mas disse que logo teríamos de voltar para casa.

— Eles ainda vão demorar bastante tempo para descer para o café — respondeu o Sr. Huntingdon. — Você há pouco falou de seus guardiões, Helen; mas seu pai por acaso não está vivo ainda?

— Sim, mas sempre encaro meus tios como meus guardiões, pois o são de fato, ainda que não de maneira oficial. Meu pai me deixou inteiramente aos cuidados deles. Não o vejo desde que minha querida mãe morreu, quando eu era uma menininha, e minha tia, a pedido dela, se ofereceu para cuidar de mim e me levou para Staningley, onde fiquei desde então. E acho que ele não se oporia a nenhuma decisão minha que tivesse a sanção dela.

— Mas será que ele daria sua sanção a algo a que ela se oporia?

— Não, acho que não gosta o suficiente de mim para isso.

— Faz muito mal. Mas não sabe o anjo que sua filha é... o que é melhor para mim, pois, se soubesse, não estaria disposto a abrir mão de tamanho tesouro.

— Sr. Huntingdon, o senhor *sabe*, não sabe, que eu não tenho uma grande fortuna?

Ele afirmou que esse pensamento jamais lhe passara pela cabeça e implorou que eu não perturbasse aquele momento prazeroso mencionando assuntos tão enfadonhos. Fiquei feliz com essa prova de afeição desinteressada, pois Annabella Wilmot é a provável herdeira da fortuna do tio, além de já ser possuidora de toda a propriedade que era do pai.

Naquele momento, insisti que fôssemos para casa; mas andamos devagar e continuamos a conversar enquanto seguíamos. Não preciso repetir aqui tudo o que dissemos; em vez disso, irei relatar a conversa que tive com minha tia depois do café da manhã, quando o Sr. Huntingdon pediu para falar a sós com meu tio, sem dúvida para fazer seu pedido, e ela me chamou em outro cômodo, onde mais uma vez começou a fazer uma solene admoestação, que, no entanto, fracassou por completo em me convencer de que sua maneira de ver a situação era preferível à minha.

— Você o julga severamente, tia, eu sei — afirmei. — Os próprios amigos dele não são tão ruins quanto descreve. Walter Hargrave, o irmão de Milicent, por exemplo: se metade do que ela diz for verdade, é quase um anjo. Ela está sempre falando nele e proclamando suas inúmeras virtudes.

— Você vai fazer uma avaliação muito insatisfatória do caráter de um homem se o julgar pelo que uma irmã carinhosa diz dele. Os piores, em geral, sabem esconder seus erros dos olhos das irmãs e das mães.

— E também há Lorde Lowborough — continuei —, que é um homem bastante decente.

— Quem lhe disse isso? Lorde Lowborough é um homem *desesperado*. Ele desperdiçou sua fortuna em jogatina e outras coisas e agora busca uma esposa rica para recuperar o que tinha. Eu disse isso à Srta. Wilmot. Mas vocês são todas iguais: ela disse com altivez que agradecia muito, mas que acreditava saber quando um homem a cortejava por sua fortuna e quando o fazia por gostar dela. Afirmou ter a sorte de ter tido experiência suficiente em tais assuntos para poder confiar em seu próprio discernimento, declarando que não se importava de Lorde Lowborough não ter fortuna, pois esperava que a sua fosse satisfatória para os dois; e, quanto ao fato de ele ser um libertino, duvidava de que fosse muito pior do que a maioria e, além do mais, sabia que era um homem arrependido. Sim, eles todos sabem ser hipócritas quando querem enganar uma mulher cega e apaixonada!

— Bem, acho que ele é tão bom quanto ela — afirmei. — Mas, depois que o Sr. Huntingdon se casar, não vai ter muitas oportunidades de se encontrar com os amigos solteiros; e quanto piores forem, mais ansiosa ficarei para livrá-lo deles.

— Não duvido, querida; e imagino que, quanto pior *ele próprio* for, mais ansiosa ficará para livrá-lo de si mesmo.

— Sim, contanto que ele não seja incorrigível. Ou seja, mais ansiosa ficarei para dar-lhe uma oportunidade de se libertar do mal não inerente que contraiu em consequência do contato com outros piores do que ele, e de brilhar à luz desimpedida de sua própria bondade genuína. Farei o máximo para ajudar o que ele tem de melhor para vencer o que tem de pior, e transformá-lo naquilo que teria sido se não houvesse, desde o início, tido um pai mau, egoísta e avarento, que, para satisfazer sua própria cupidez sórdida, impediu-o de desfrutar dos mais inocentes prazeres da infância e da juventude, fazendo com que detestasse qualquer tipo de restrição; e uma mãe tola que lhe permitia tudo, enganando o marido por ele e se esforçando para encorajar aquelas sementes de tolice e vício que era seu dever reprimir; e depois, um grupo de amigos, como os que você descreve...

— Pobre homem! — disse minha tia com sarcasmo. — Como foi maltratado por todos que o rodeiam!

— Foi mesmo! — exclamei. — Mas não será mais. Sua esposa vai desfazer o que sua mãe fez!

— Bem — disse ela, após uma pequena pausa —, preciso confessar, Helen, que achei que você tinha mais juízo... e mais bom gosto. Não consigo entender como pode amar tal homem e que prazer pode extrair de sua companhia. Como diz a Bíblia: "Que comunhão tem a luz com as trevas? Que parte tem o fiel com o infiel?"*

— Ele não é um incrédulo; eu não sou a luz e ele não é as trevas. Seu pior vício, seu único vício, é não pensar antes de agir.

— E isso — insistiu minha tia — pode levar a todo tipo de crime e será uma pobre desculpa por nossos pecados diante dos olhos de Deus. Imagino que o Sr. Huntingdon tenha as mesmas faculdades mentais que a maioria dos homens; sua cabeça não é tão vazia a ponto de torná-lo irresponsável. Deus lhe deu razão e consciência, assim como ao resto de nós; as escrituras estão abertas para ele, assim como para os outros. Mas, se não escuta o que elas dizem, mesmo que alguém ressuscite dos mortos, não se convencerá. E lembre-se, Helen — continuou ela solenemente —, os ímpios voltarão ao inferno, assim como os povos todos que *esquecem* a Deus! E suponha até que ele continue a amá-la e você a ele, e que vocês passem a vida com conforto suficiente... como vai ser no fim, quando forem separados para sempre?

---

*Segunda Epístola aos Coríntios 6:14-15. (*N. da T.*)

Você, talvez levada à bem-aventurança eterna e ele, lançado no lago de fogo e de enxofre e atormentado para sempre...

— Para sempre, não! — exclamei. — Só até que pague o último centavo, pois aquele cuja obra for consumida perderá a recompensa, mas ele próprio será salvo, como que através do fogo. E irá, na plenitude do tempo, somar todas as coisas em Cristo, que provou a morte em favor de todos os homens, e através de quem Deus irá reconciliar todos os seres, os da Terra e os dos céus.*

— Oh, Helen! Onde aprendeu tudo isso?

— Na Bíblia, tia. Procurei nela toda e encontrei quase trinta trechos, todos provando a mesma teoria.

— E é *esse* o uso que faz de sua Bíblia? E não encontrou nenhum trecho que tende a provar o perigo da falsidade de tal crença?

— Não; de fato encontrei alguns que, se lidos sozinhos, podem parecer contradizer tal opinião. Mas todos podem conter uma interpretação diferente da geral e, na maioria, a única dificuldade se encontra na palavra que traduzimos para "perpétuo" ou "eterno". Não sei como é em grego, mas acredito que signifique durante eras, podendo denotar "infindo" ou "duradouro". E, quanto ao perigo dessa crença, eu não a propagaria, temendo que um desgraçado qualquer pudesse usá-la como desculpa para se destruir; mas é um pensamento glorioso para levar no coração, e não abriria mão dele por nada neste mundo!

Aqui nossa conversa acabou, pois já estava mais do que na hora de nos prepararmos para ir à igreja. Todos foram à missa matinal, exceto meu tio, que quase nunca vai, e o Sr. Wilmot, que ficou em casa com ele para jogar um pouco de *cribbage*. À tarde, a Srta. Wilmot e o Lorde Lowborough também não quiseram ir; mas o Sr. Huntingdon prometeu nos acompanhar de novo. Se foi para agradar minha tia, eu não sei, mas, caso esse tenha sido o motivo, ele decerto poderia ter se comportado melhor. Preciso confessar que não gostei nem um pouco de sua conduta durante a missa. Com o livro de orações aberto de cabeça para baixo ou em qualquer ponto, menos o

*Tanto Helen quanto a tia fazem referências a diversos trechos da Bíblia em suas falas, embora sem citá-los diretamente. (*N. da T.*)

certo, não fez outra coisa além de olhar em volta, a não ser que fosse flagrado por minha tia ou por mim; então, baixava os olhos para ler com um ar puritano de fingida solenidade que teria sido divertido, se não tivesse sido tão irritante. Durante o sermão, depois de fitar atentamente o Sr. Leighton por alguns minutos, ele de repente pegou a caixinha de ouro onde guardava um lápis e pegou a Bíblia. Percebendo que eu observara o movimento, sussurrou para mim que ia anotar algo sobre o sermão; mas, em vez de fazê-lo, eu, sentada ao lado dele, não pude deixar de ver que fazia uma caricatura do clérigo, dando àquele senhor respeitoso e pio o aspecto de um velho e ridículo hipócrita. Apesar disso, durante nossa volta, o Sr. Huntingdon conversou com minha tia sobre o sermão com tanta humildade e seriedade que fiquei tentada a acreditar que de fato prestara atenção e aprendera algo.

Logo antes do jantar, meu tio me chamou até a biblioteca para discutir uma questão muito importante, que foi explicada em poucas palavras.

— Vejamos, Nell — disse ele. — Esse jovem Huntingdon veio me pedir sua mão. O que devo dizer? Sua tia quer que seja não... mas e você?

— Eu digo sim, tio — respondi, sem um segundo de hesitação; pois estava completamente decidida.

— Muito bem! — exclamou ele. — Uma resposta honesta... algo extraordinário para uma moça! Bem, irei escrever para o seu pai amanhã. Ele, sem dúvida, consentirá; portanto, pode considerar a questão resolvida. Teria feito muito melhor em aceitar Wilmot, eu lhe garanto; mas sei que não acredita. Na sua idade, é o amor que manda em tudo; na minha, é o ouro, que é mais sólido e útil. Suponho que você nem sonharia em descobrir o estado das finanças de seu marido ou preocupar a cabeça com que parte do dinheiro lhe caberá durante a vida e após a morte dele, nem nada desse tipo. Não é?

— Não acho que eu deva.

— Agradeça, então, por ter cabeças mais sábias para pensar por você. Ainda não tive tempo de examinar bem as posses desse jovem patife, mas já vi que boa parte da bela fortuna de seu pai foi esbanjada. Ainda assim, sobrou um bom pedaço, e, com um pouco de cuidado, ela ainda pode voltar a ser considerável. Além do mais, precisamos persuadir seu pai a lhe dar um dote decente, pois ele só tem uma pessoa além de você para cuidar;

e, se se comportar bem, quem sabe eu não me lembre de você no meu testamento? — disse ele, tocando a ponta do nariz com o dedo e dando uma piscadela.

— Obrigada, tio, por isso e por toda a sua bondade.

— Também conversei com esse safado sobre a questão da parte do dinheiro que lhe caberá — continuou meu tio —, e ele me pareceu disposto a ser bastante generoso.

— Eu sabia que seria! — exclamei. — Mas, por favor, não preocupe a sua cabeça... ou a dele, ou a minha com isso; pois tudo o que tenho lhe pertencerá e tudo o que ele tem pertencerá a mim... E o que mais um ou outro poderia querer?

Estava prestes a deixar o cômodo, mas meu tio me chamou.

— Pare, pare! — disse ele. — Ainda não falamos sobre a data. Quando será? Sua tia vai querer adiar até Deus sabe quando, mas o rapaz está ansioso para se amarrar assim que possível; não quer nem ouvir falar em esperar mais de um mês. E imagino que você vai achar a mesma coisa, portanto...

— Não, tio. Ao contrário, gostaria de esperar pelo menos até depois do Natal.

— Ora, ora! Não me venha com histórias! Sei muito bem que não é assim que as coisas são! — exclamou ele.

Meu tio persistiu em sua incredulidade. Mas é verdade. Não estou com pressa nenhuma. Como posso estar, quando penso na mudança momentosa que me aguarda e em tudo o que deverei deixar para trás? Já é felicidade suficiente saber que nossa união *acontecerá*; que ele de fato me ama e que posso amá-lo com toda a devoção e pensar nele sempre que quiser. No entanto, fiz questão de consultar minha tia quanto à *data* do casamento, pois decidi que não iria ignorar por completo os seus conselhos; e nós ainda não chegamos a nenhuma conclusão quanto a isso.

21

Opiniões

1º de outubro

Já está tudo resolvido. Meu pai consentiu e nós resolvemos que a cerimônia será no Natal, num meio-termo entre os que defendem a pressa e os que defendem o adiamento. Milicent Hargrave será uma das madrinhas e Annabella Wilmot a outra — não tenho uma preferência particular pela segunda, mas ela é íntima da família e eu não possuo outras amigas.

Quando contei a Milicent que estava noiva, ela me irritou com a maneira como recebeu a notícia. Após permanecer muda de perplexidade por um instante, disse:

— Bem, Helen, creio que devo lhe dar os parabéns... e *realmente* fico feliz em vê-la tão alegre. Mas não achei que fosse aceitar o pedido do Sr. Huntingdon; e não posso deixar de ficar surpresa em saber que gosta tanto dele.

— Por quê?

— Porque é superior a ele em todos os aspectos, e ele me parece um pouco atrevido, um pouco estouvado... Não sei por que, mas sempre tenho vontade de me afastar quando o vejo se aproximando.

— Você é assustadiça, Milicent, mas isso não é culpa dele.

— E o olhar dele... — continuou ela. — As pessoas o consideram bonito, e é mesmo, mas eu *não gosto* desse tipo de beleza; e me espanta que você goste.

— Por quê, posso saber?

— Bem, acho que não há nada de nobre ou sublime em sua aparência.

— Ou seja, você fica espantada de eu gostar de alguém que não parece com esses heróis afetados de romance. Ora! Eu fico com um amor de carne e osso e deixo todos os que lembram Sir Herbert ou Valentine para você... se conseguir encontrá-los.

— Não os quero — afirmou Milicent. — Ficarei satisfeita com os de carne e osso também... mas o brilho de sua alma precisa predominar. Não acha que o rosto do Sr. Huntingdon é vermelho demais?

— Não! — exclamei, indignada. — Não é nada vermelho. Só tem um brilho agradável, um frescor saudável na pele, cujo tom rosado se harmoniza com a cor mais forte das bochechas, exatamente como deveria ser. Detesto quando um homem é todo vermelho e branco, como um boneco pintado... ou quando tem a pele toda pálida como a de um doente, toda escura como se tivesse sujo de fuligem ou toda amarela como a de um cadáver!

— Bem, cada um tem seu gosto... mas gosto de pele pálida ou morena. Bem, para falar a verdade, Helen, eu vinha me iludindo com a esperança de que um dia se tornaria minha cunhada. Imaginei que fosse ser apresentada a Walter na próxima temporada e achei que fosse gostar dele, assim como estou certa de que ele irá gostar de você. Por isso, acreditava que teria a felicidade de ver unidas as duas pessoas, com exceção de mamãe, das quais mais gosto no mundo. Walter talvez não seja o que chamaria de bonito, mas tem uma aparência muito mais imponente e é mais simpático e bondoso que o Sr. Huntingdon. Tenho certeza de que acharia o mesmo se o conhecesse.

— Impossível, Milicent! Você acha porque é irmã dele; e só por isso eu a perdoarei. Mas mais ninguém poderia desdenhar do Sr. Huntingdon impunemente diante de mim.

A Srta. Wilmot expressou o que sentia sobre a questão de maneira quase tão franca quanto Milicent.

— Quer dizer, Helen — disse ela, aproximando-se de mim com um sorriso nada amistoso —, que vai se tornar a Sra. Huntingdon?

— Sim — respondi. — Está com inveja?

— Oh, de jeito *nenhum*! — exclamou. — Provavelmente me tornarei Lady Lowborough um dia; e então, querida, poderei perguntar a *você* se não está com inveja.

— De agora em diante, não sentirei inveja de ninguém — retruquei.

— Que coisa! Quer dizer que está feliz? — perguntou ela, pensativa, com o cenho um pouco anuviado por algo que me pareceu ser decepção. — E ele ama você? Digo, a idolatra tanto quanto você a ele? — acrescentou, fixando os olhos em meu rosto e esperando a resposta com uma ansiedade maldisfarçada.

— Não desejo ser idolatrada — respondi —, mas tenho certeza de que ele me *ama* mais do que a qualquer outra pessoa no mundo... assim como eu a ele.

— Exato — disse a Srta. Wilmot, assentindo. — Gostaria...

Mas ela se interrompeu.

— Gostaria de quê? — perguntei, irritada com sua expressão rancorosa.

— Gostaria — continuou a Srta. Wilmot com uma breve risada — que todos os atributos e qualidades dos dois cavalheiros fossem unidos num só... Que Lorde Lowborough tivesse o rosto bonito e o temperamento bom de Huntingdon, que fosse espirituoso, alegre e encantador como ele; ou então que Huntingdon tivesse o status e o título de nobreza de Lowborough, assim como aquela maravilhosa mansão ancestral no campo. Se fosse assim, gostaria de tê-lo para mim... e você poderia ficar com o outro sem que me incomodasse nem um pouco.

— Obrigada, querida Annabella, mas, de minha parte, estou mais satisfeita com as coisas do jeito que elas são. E, quanto a você, gostaria que estivesse tão contente com seu prometido quanto estou com o meu — respondi.

E era verdade; pois, embora no começo tivesse sentido raiva do tom de ressentimento da Srta. Wilmot, sua franqueza me comoveu, e o contraste entre nossas situações era tamanho que eu de fato podia sentir pena dela e desejar que fosse feliz.

Os amigos do Sr. Huntingdon não parecem estar mais felizes do que os meus com nossa união iminente. Esta manhã, chegaram cartas de diversos desses companheiros e, enquanto ele as lia na mesa de café da manhã, chamou a atenção de todos os convidados pela quantidade de caretas diferentes que fez. Mas amassou todas as cartas dentro do bolso, rindo de si para si, e não disse mais nada até o término da refeição. Então, enquanto os outros se esquentavam perto da lareira ou se espalhavam à toa pelo cômodo, antes de iniciar suas diversas atividades matinais, aproximou-se de mim, debruçou-se sobre o espaldar da minha cadeira, tocando meus cachos com o rosto e, dando-me um beijinho discreto, desabafou comigo.

— Helen, sua bruxa, sabia que fez recair sobre mim as maldições de todos os meus amigos? Escrevi para eles outro dia, para falar da felicidade que me aguarda e, em vez de receber diversas felicitações, ganhei um punhado de imprecações e reclamações. Nenhum deles me deu os parabéns ou disse uma palavra amigável sobre você. Segundo eles, acabou-se o divertimento, acabaram-se os dias alegres e as noites gloriosas, e é tudo culpa minha, pois sou o primeiro a deixar nosso feliz grupo e outros, por puro desespero, seguirão meu exemplo. Deram-me a honra de dizer que eu era quem mais animava e encorajava nosso bando, mas afirmaram que violei sua confiança de maneira vergonhosa...

— Você pode voltar para eles, se quiser — respondi, um pouco irritada com o tom melancólico dele. — Lamentaria me colocar entre qualquer homem, ou grupo de homens, e tanta felicidade; e talvez consiga suportar ficar sem você, assim como seus pobres amigos desertados.

— Minha nossa! Isso, não — murmurou o Sr. Huntingdon. — Para mim, quem não faz tudo por amor, não sabe viver. Eles que vão para... para onde quiserem, para ser mais educado. Mas, se você visse como eles me insultam, Helen, me amaria ainda mais por arriscar tanto por sua causa.

Ele pegou as cartas amassadas. Achei que ia mostrá-las para mim e disse que não desejava vê-las.

— Não vou mostrá-las para você, meu amor. Não são apropriadas para os olhos de uma dama... pelo menos, a maior parte delas. Mas olhe aqui. Essa garatuja de Grismby. Aquele cachorro emburrado só me mandou três linhas! Não diz muita coisa, é verdade, mas seu silêncio mostra mais do que as palavras de todos os outros e, quanto menos ele fala, mais pensa. Ele que vá para o diabo! Desculpe, minha adorada. E esta é a carta de Hargrave. Está particularmente zangado comigo, pois, veja só, tinha se apaixonado por você pelas descrições da irmã e tinha a intenção de pedir sua mão assim que tivesse se divertido bastante.

— Fico muito agradecida a ele — observei.

— E eu também. E veja isto. Esta é a carta de Hattersley. Cada página repleta de acusações amargas, pragas terríveis e protestos lamentáveis. Ele termina jurando que vai se casar também, só para se vingar; vai se entregar para a primeira solteirona que quiser agarrá-lo. Como se eu me importasse com o que faz da vida.

— Bem, se de fato deixar de ter intimidade com esses homens, não acho que vai ter muitos motivos para lamentar a perda de sua amizade, pois acredito que eles jamais lhe fizeram muito bem.

— Talvez isso seja verdade. Mas nós nos divertimos muito, embora também tenha havido tristeza e dor no meio, como Lowborough bem sabe... Ha, ha!

Enquanto o Sr. Huntingdon ria ao se lembrar dos problemas de Lorde Lowborough, meu tio se aproximou e deu-lhe um tapinha no ombro.

— Vamos lá, rapaz! Está ocupado demais namorando minha sobrinha para guerrear com os faisões? Já é dia primeiro de outubro, não esqueça! O sol está brilhando, a chuva parou e nem Boarham está com medo de sair com suas botas à prova d'água. Eu e Wilmot vamos ganhar de todos vocês. Garanto que nós, os velhos, somos os caçadores mais dedicados daqui!

— Hoje vou lhe mostrar o que sei fazer — respondeu meu noivo. — Vou assassinar hordas dos pássaros, só por me manterem longe de alguém que é companhia melhor do que eles ou o senhor.

Com isso, ele partiu; e não o vi mais até a hora do jantar. Fiquei muito aborrecida. Não sei o que vou fazer sem ele.

É bem verdade que os três homens mais velhos provaram ser caçadores muito mais dedicados do que os dois mais jovens; pois tanto Lorde Lowborough quanto Arthur Huntingdon vêm negligenciando a caça quase todos os dias para nos acompanhar em diversos passeios. Mas essa época feliz está rapidamente chegando ao fim. Em menos de duas semanas, os convidados vão partir, para minha grande tristeza, pois a cada dia gosto mais e mais de sua presença aqui — agora que o Sr. Boarham e o Sr. Wilmot pararam de me irritar, que minha tia parou de fazer sermões e que eu parei de sentir ciúmes de Annabella, e até de ter antipatia por ela, e agora que o Sr. Huntingdon se tornou *meu* Arthur e eu posso desfrutar de sua companhia sem restrições. Repito: o que vou fazer sem ele?

22

Características da amizade

5 de outubro

Minha vida não é toda doce: também contém um amargor que não consigo esconder de mim mesma, por mais que o disfarce. Posso tentar me persuadir de que a doçura é mais forte que o travo; posso chamá-lo de um sabor aromático agradável; mas, diga o que disser, ele permanece em minha boca. Não consigo fechar os olhos para os defeitos de Arthur; e, quanto mais o amo, mais eles me perturbam. O próprio coração dele, no qual tanto confiava é, temo, menos afetuoso e generoso do que imaginava. Hoje, ao menos, ele me mostrou um traço de seu caráter que me pareceu poder ser descrito com uma palavra mais dura do que mera imprudência. Ele e Lorde Lowborough estavam acompanhando a mim e a Annabella numa longa e deliciosa cavalgada; Arthur estava ao meu lado, como sempre, e Annabella e Lorde Lowborough um pouco adiante, com o segundo inclinando-se para sua companheira como em meio a um discurso terno e confidencial.

— Esses dois vão nos ganhar, Helen, se não prestarmos atenção — observou Huntingdon. — Isso vai dar em casamento, pode apostar. Lowborough está completamente apaixonado. Mas vai arrumar uma bela encrenca com ela, sem dúvida.

— E *ela* vai arrumar uma bela encrenca com *ele* — respondi —, se o que ouvi dizer for verdade.

— Nada disso. Ela sabe o que está fazendo; mas Lowborough, coitado, está se iludindo e achando que a moça vai dar uma boa esposa e, como ela o ludibriou com uma baboseira sobre desprezar títulos e fortuna quando o assunto é amor e casamento, acredita que sente verdadeira devoção por ele, que não vai recusar um pedido seu apesar de sua pobreza e que não o corteja por seu status, amando-o apenas por si mesmo.

— Mas *ele* não a corteja pela fortuna *dela*?

— Não. Essa foi a atração inicial, sem dúvida. Mas Lowborough agora nem se lembra mais disso: nem inclui o dinheiro da moça em seus planos, exceto como um fator essencial sem o qual, pelo bem dela mesma, nem pensaria em pedir sua mão. Não; está apaixonado mesmo. Achou que isso nunca mais ia acontecer, mas caiu na esparrela de novo. Ia se casar há uns dois ou três anos, mas perdeu a noiva ao perder a fortuna. Acabou se metendo numa encrenca conosco em Londres. Tinha um infeliz gosto pelo jogo e era mesmo perseguido pela falta de sorte, pois sempre perdia três vezes o que ganhava. Esse é um martírio no qual eu pessoalmente nunca fui muito viciado; quando gasto dinheiro, gosto de ter prazer com o que gastei. Não me divirto desperdiçando-o com ladrões e trapaceiros. E, quanto a *ganhar* dinheiro, até agora sempre tive o suficiente; acho que você deve sair tentando agarrar mais quando começa a ver o fim do seu. Mas já frequentei as casas de jogo só para observar as extravagâncias dos loucos seguidores da sorte. Asseguro-lhe, Helen, que é um estudo bastante interessante, e, às vezes, muito divertido; já ri demais dos tolos e dos lunáticos. Lowborough era um obcecado... não por vontade própria, mas por necessidade. Estava sempre resolvido a desistir e sempre quebrando suas promessas. Cada aposta era "só mais essa". Se ganhava um pouco, esperava ganhar um pouco mais na vez seguinte, e, se perdia, não conseguia se afastar naquele momento; precisava continuar até reaver pelo menos o último prejuízo. O azar não podia durar para sempre; e cada ganho era visto como o início de tempos melhores, até que a experiência provava o contrário. Ele afinal ficou desesperado, e nós, a cada dia, esperávamos o seu suicídio... com alguns sussurrando que isso não teria muita importância, já que sua existência deixara de ser uma vantagem para nosso clube. Afinal, no entanto, chegou a uma encruzilhada. Fez uma aposta alta que decidiu que seria a última, caso ganhasse ou perdesse. Já tinha tomado essa decisão muitas vezes antes e sempre a deixado de lado; e foi assim nessa ocasião também. Lowborough perdeu; e, enquanto seu antagonista reunia seus ganhos, sorridente, ele, ficando branco como um giz, se afastou em silêncio e secou a testa. Eu estava presente; e, quando o vi com os braços cruzados e os olhos fixos no chão, soube bem o que estava se passando em sua mente. "Vai ser a última vez, Lowborough?", perguntei, me aproximando.

"'Só mais *uma*', respondeu ele com um sorriso triste; então, correndo de volta para a mesa, ergueu a voz de modo a abafar a algaravia de moedas que tilintavam e de pessoas que praguejavam no cômodo, fez um juramento solene de que *aquela* seria a *última*, e pediu que maldições indizíveis recaíssem sobre ele se voltasse a embaralhar uma carta ou atirar um dado. Então, dobrou a aposta anterior e desafiou qualquer um ali a jogar com ele. Grimsby imediatamente se ofereceu. Lowborough olhou-o com ódio, pois Grimsby era quase tão celebrado por sua sorte quanto ele por seu azar. No entanto, eles deram início aos trabalhos. Mas Grimsby tinha muita habilidade e poucos escrúpulos e, se por acaso se aproveitou do fato de o outro estar cego de ansiedade para trapacear na hora de dar as cartas, não sei; só sei que Lowborough perdeu de novo e quase desmaiou.

"'Melhor tentar de novo', disse Grimsby, se inclinando sobre a mesa. Ele piscou para mim.

"'Não tenho nada para apostar', disse o pobre-diabo com uma careta horrível.

"'Oh, Huntingdon pode emprestar a quantia que você quiser', retrucou o outro.

"'Não; você ouviu minha promessa', disse Lowborough, se afastando num desespero mudo. Eu o peguei pelo braço e tirei-o dali.

"'Vai ser a última vez, Lowborough?', perguntei quando chegamos à rua.

"'A última', respondeu ele, contrariando minhas expectativas.

"Eu o levei para casa, quer dizer, para nosso clube, pois estava tão submisso quanto uma criança, e comecei a enchê-lo de conhaque misturado com água até que começasse a ficar bem mais alegre... ou, pelo menos, menos morto.

"'Huntingdon, estou arruinado!', disse ele, pegando o terceiro copo de minha mão, após ter bebido os outros num silêncio sepulcral.

"'Nada disso!', respondi. 'Vai descobrir que um homem consegue viver sem dinheiro tão alegremente quanto uma tartaruga sem a cabeça ou uma vespa sem o corpo.'

"'Mas estou endividado... muito endividado! E nunca, *nunca* vou conseguir pagar!'

"'E daí? Muitos homens melhores do que você viveram e morreram endividados. E eles não podem metê-lo na prisão por causa do seu título de nobreza.' Dizendo isso, dei-lhe o quarto conhaque.

"'Mas eu detesto estar endividado!', gritou ele. 'Não nasci para isso, e não *suportarei*!'

"'O que não tem remédio, remediado está', respondi, começando a fazer o quinto drinque.

"'E também perdi minha querida Caroline.' Ele começou a fungar, pois o conhaque lhe amolecera o coração.

"'Não importa', respondi. 'Existe mais de uma Caroline no mundo.'

"'Só existe uma para mim', afirmou Lowborough com um suspiro fundo. 'E mesmo que houvesse outras quinhentas, como conquistá-las sem dinheiro?'

"'Ah, alguém vai querer você por seu título; e também tem a propriedade da família. Ela é inalienável, como você bem sabe.'

"'Seria uma bênção poder vendê-la para pagar minhas dívidas', murmurou ele.

"'Se fizesse isso', disse Grimsby, que havia acabado de entrar, 'poderia tentar de *novo*. *Eu* teria feito outra aposta se fosse você. Nunca teria parado naquela.'

"'Mas eu garanto que não vou mais jogar!', gritou Lowborough. Depois, levantou-se e saiu da sala, cambaleando bastante, pois o álcool lhe havia subido à cabeça. Não era tão acostumado a isso naquela época, mas, depois, começou a beber bastante para se consolar.

"Ele cumpriu a promessa de parar de jogar, para grande surpresa de todos nós, embora Grimsby tenha feito de tudo para incentivá-lo a quebrá-la; mas então adquirira outro hábito que o incomodava quase tanto quanto o primeiro, pois logo descobriu que o demônio da bebida era tão negro quanto o do jogo, e quase tão difícil de largar... principalmente já que seus queridos amigos faziam de tudo para reforçar os chamados de seus desejos insaciáveis."

— Então eles próprios eram demônios! — exclamei, sem conseguir conter minha indignação. — E você parece ter sido o primeiro a ajudá-lo a cair em tentação.

— Bem, o que nós podíamos fazer? — perguntou Arthur com desprezo. — A intenção era boa. Não conseguíamos suportar ver o pobre homem tão arrasado. E, além do mais, ele nos desanimava muito, sentado ali, calado e melancólico, sob a influência tripla da perda da noiva, da perda da fortuna e das consequências dos excessos da noite anterior. Já quando tomava algumas, se não ficava alegre, era uma fonte infalível de risadas para nós. Até Grimsby conseguia rir das coisas esquisitas que Lowborough dizia: elas o deliciavam bem mais do que minhas piadas ou as loucuras de Hattersley. Mas, certa noite, estávamos sentados diante de nossas taças de vinho depois de um dos jantares no clube em que havíamos nos divertido muito, pois Lowborough fizera brindes malucos e ouvira nossas canções arrebatadas, aplaudindo ou fazendo coro conosco. Mas então, de repente, ele ficou em silêncio, afundando a cabeça nas mãos e sem levar a taça aos lábios. Como isso não era novidade, nós o deixamos em paz e continuamos com a celebração, até que Lowborough subitamente ergueu a cabeça, nos interrompeu no meio de uma gargalhada e exclamou:

"'Cavalheiros, onde isso vai parar? Podem me dizer? Onde isso tudo vai parar?'

"'No fogo do inferno', rugiu Grimsby.

"'Você acertou. Era o que eu pensava!', exclamou ele. 'Então, vou dizer uma coisa', declarou, se levantando.

"'Discurso! Discurso!', gritamos nós. 'Vamos lá! Lowborough vai fazer um discurso.'

"Lowborough esperou calmamente até que a algazarra de aplausos e copos batendo cessasse e continuou:

"'É apenas isso, cavalheiros: acho melhor não seguirmos em frente. Acho melhor pararmos enquanto pudermos.'

"'Isso mesmo!', exclamou Hattersley, cantando:

Pare, ó pobre pecador
Antes de mais um passo dar
É o caminho da eterna dor
À beira do abismo brincar

"'Exato!', respondeu Lowborough com a maior gravidade. 'E, se vocês escolherem visitar o poço sem fundo, eu não irei junto. Teremos de nos separar, pois garanto que não vou dar mais um passo na direção dele. O que é isso?', perguntou, erguendo a taça de vinho.

"'Prove', sugeri.

"'É o caldo do inferno!', exclamou ele. 'Eu renuncio a ele!' E, com isso, atirou a taça no meio da mesa.

"'Encha essa taça de novo!', disse eu, entregando-lhe a garrafa, 'e vamos beber à sua renúncia.'

"'Isso é um veneno fétido', disse Lowborough, agarrando a garrafa pelo gargalo. 'E eu o repudio para sempre! Deixei de jogar e vou largar isso também.' Estava prestes a derramar todo o conteúdo da garrafa na mesa, mas Hargrave a tomou de suas mãos. 'Que essa maldição recaia sobre suas cabeças, então!', disse. E, saindo de costas da sala, gritou: 'Adeus, tentadores!' E desapareceu em meio a gargalhadas e aplausos.

"Esperávamos que fosse voltar no dia seguinte; mas, para nossa surpresa, sua cadeira permaneceu vazia. Não o vimos durante uma semana inteira e começamos a achar que ia mesmo cumprir a promessa. Afinal, certa noite, quando a maior parte do grupo estava reunida, Lowborough entrou, mudo e soturno como um fantasma. Queria se sentar ao meu lado, sem dizer nada, mas todos nos levantamos para recebê-lo. Várias vozes se ergueram para perguntar o que ele queria beber e várias mãos foram atrás de garrafas e taças para servi-lo. Mas eu sabia que um copo de conhaque com água seria seu melhor consolo e já quase havia terminado de preparar um quando ele o empurrou, irritado, dizendo:

"'Deixe-me em paz, Huntingdon! Fiquem quietos, todos vocês! Não vim aqui para beber. Só vim para ficar um pouco com vocês, pois não suporto meus próprios pensamentos.' Assim, Lowborough cruzou os braços e se afundou na cadeira; com isso, nós o deixamos quieto. Mas larguei o conhaque perto dele. Após algum tempo, Grimsby me fez olhar para o copo com uma piscadela significativa e eu, virando a cabeça, vi que estava vazio. Grimsby fez um gesto pedindo que voltasse a enchê-lo e empurrou a garrafa sem fazer barulho. Obedeci, é claro; mas Lowborough detectou a pantomima e, furioso com os sorrisos de escárnio que estávamos trocando, pegou o copo, atirou o conteúdo na cara de Grimsby, jogou o copo vazio em cima de mim e saiu correndo dali."

— Espero que ele tenha quebrado sua cabeça — disse eu.

— Não, meu amor — respondeu Arthur, rindo escancaradamente ao se lembrar de tudo aquilo. — Isso poderia ter acontecido e talvez meu rosto também tivesse ganhado uma cicatriz, mas graças à divina providência essa floresta de cachos salvou meu crânio e impediu que o copo quebrasse até chegar à mesa.

Dizendo isso, tirou o chapéu e mostrou as luxuriantes madeixas castanhas.

— Depois — continuou —, Lowborough ficou uma ou duas semanas afastado de nós. Eu costumava encontrá-lo de vez em quando na cidade; e, nessas ocasiões, era bondoso demais para me ressentir de sua falta de cortesia. Ele também não estava com raiva de mim e nunca se mostrava avesso a falar comigo; ao contrário, se agarrava a mim e me seguia para qualquer lugar, menos para o clube, as casas de jogo e outros antros, de tanto que estava cansado de sua própria mente melancólica. Afinal, convenci-o a ir comigo para o clube, sob a condição de não tentar fazê-lo beber; e, durante algum tempo, ele continuou a passar diversas noites conosco, ainda se abstendo, com uma perseverança incrível, do "veneno fétido" que repudiara com tanta bravura. Mas alguns de nossos membros protestaram contra esse comportamento. Não gostavam de tê-lo ali, como um esqueleto num banquete, que, em vez de contribuir com sua cota para o divertimento geral, fazia com que uma nuvem negra pairasse sobre todos, observando, com olhos gulosos, cada gota que levavam aos lábios. Afirmaram que não era justo; e alguns deles declararam que Lowborough devia fazer como o resto ou ser expulso do grupo, jurando que, da próxima vez que aparecesse, diriam isso na sua cara, e, se ele não acatasse o aviso, tomariam as medidas cabíveis. Eu, no entanto, o defendi nessa ocasião e pedi que os outros o deixassem em paz durante algum tempo, sugerindo que, se tivéssemos um pouco de paciência, ele logo voltaria ao normal. Mas era *mesmo* muito irritante; pois, embora Lowborough se recusasse a beber como um cristão honesto, eu sabia bem que carregava uma garrafinha de láudano, onde estava sempre molhando o lenço... ou melhor, às vezes sim, às vezes não, se abstendo um dia e exagerando no outro, como fazem os condenados.

"Certa noite, no entanto, durante uma de nossas esbórnias — quer dizer, uma de nossas reuniões —, ele surgiu como o fantasma de Macbeth e se sentou, como de costume, um pouco afastado da mesa, na cadeira que sempre reservávamos para 'o espectro', quer ele quisesse ocupar o lugar ou não. Vi, pelo seu rosto, que estava sofrendo com os efeitos de uma dose excessiva de seu confortador traiçoeiro, mas ninguém falou com ele e ele não falou com ninguém. Alguns olhares de soslaio e um murmúrio de que 'o fantasma tinha aparecido' foi tudo o que sua aparição suscitou, e nós continuamos a nos divertir como antes, até que Lowborough nos deu um susto ao subitamente aproximar a cadeira, se inclinar com os cotovelos apoiados na mesa e exclamar, com profunda solenidade:

"'Nossa! Não consigo entender como vocês podem ser tão contentes. Não sei o que veem de bom na vida. Só vejo o negror da escuridão e o temor do juízo final e do ardor do fogo!'

"Todos os presentes empurraram seus copos na direção dele ao mesmo tempo e eu os arranjei num semicírculo diante de seus olhos e, dando-lhe tapinhas amistosos nas costas, pedi que ele bebesse, pois assim logo veria o futuro com a mesma alegria que nós; mas Lowborough empurrou todos, murmurando:

"'Tire-os daqui! Não vou nem provar, já disse. Não vou! Não vou!'

"Assim, devolvi os copos a seus donos; mas observei que ele os seguiu com um olhar voraz enquanto se afastavam. Depois, colocou as mãos sobre os olhos para não ver aquela cena e, dois minutos depois, ergueu a cabeça de novo e disse, num sussurro rouco, mas veemente:

"'Não posso mais! Huntingdon, pegue um copo para mim!'

"'Pegue a garrafa, homem!', disse eu, colocando a garrafa de conhaque em sua mão."

O narrador então reparou na expressão de meu rosto e ficou assustado.

— Bem... acho que já falei demais — murmurou ele. — Mas não importa — acrescentou com intrepidez, continuando seu relato. — Em sua avidez desesperada, ele agarrou a garrafa e sorveu o conteúdo até cair da cadeira, desaparecendo sob a mesa em meio a uma tempestade de aplausos.

A consequência dessa imprudência foi uma espécie de ataque apoplético, seguido por uma febre cerebral bastante grave...

— E o que achou de *seu* comportamento, senhor? — perguntei depressa.

— É claro que fiquei muito arrependido — respondeu ele. — Fui vê-lo uma ou duas vezes... não, duas ou três vezes... talvez tenham sido até quatro. E, quando melhorou, levei-o ternamente de volta ao rebanho.

— O que quer dizer?

— Quero dizer que fiz com que voltasse ao seio do clube e, com pena de sua saúde frágil e de seu profundo desânimo, disse-lhe "toma um pouco de vinho por causa do teu estômago"* e, quando estava suficientemente restabelecido, recomendei-lhe que seguisse o plano *media via*, o *ni jamais, ni toujours.*** Ou seja, não se matar como um idiota, mas não se abster como um bobalhão. Numa palavra, se divertir como um ser racional, e fazer como eu faço. Pois não pense, Helen, que sou um beberrão; de jeito nenhum, nunca fui, nem nunca serei. Dou valor demais ao meu conforto. Já vi que um homem não pode se entregar à bebida sem passar metade de seus dias infeliz e a outra metade louco; e, além do mais, gosto de aproveitar minha vida de todos os jeitos, o que não pode ser feito por alguém que se permite ser escravo de apenas uma inclinação. Ainda por cima, beber estraga a aparência — concluiu o Sr. Huntingdon com um sorriso vaidoso que devia ter me irritado mais.

— E Lorde Lowborough seguiu seu conselho? — perguntei.

— Bem, sim, de certa maneira. Durante algum tempo, saiu-se muito bem; realmente, foi um modelo de moderação e prudência, até demais para o gosto de nosso grupo dissoluto. Mas, não sei por que, Lowborough não tem o dom da moderação. Se pendia um pouco para um lado, precisava despencar antes de conseguir se reerguer; se cometia excessos certa noite, os efeitos dela o deixavam tão arrasado no dia seguinte que precisava repetir o erro para repará-lo; e assim ia, dia após dia, até que sua insistente consciência o fazia parar. E então, em seus momentos de sobriedade, incomodava

---

*Primeira Epístola a Timóteo 5:23. (*N. da. T.*)

***Media via*: "o caminho do meio", em latim. *Ni jamais, ni toujours*: "nem nunca, nem sempre", em francês. (*N. da T.*)

tanto os amigos com seu remorso, seus terrores e suas tristezas, que eles, em autodefesa, eram obrigados a convencê-lo a afogar as mágoas no vinho, ou em qualquer bebida mais potente que estivesse ao alcance. Depois que os primeiros escrúpulos de sua consciência eram esquecidos, Lowborough não precisava mais ser persuadido; muitas vezes ficava desesperado e se transformava num cafajeste tão terrível quanto qualquer um deles poderia desejar... tudo isso só para lamentar a própria perversidade e degradação indizíveis, ainda mais quando o ataque havia passado.

"Finalmente, um dia, quando ele e eu estávamos sozinhos, depois de refletir um pouco em meio a um de seus humores melancólicos e pensativos, com os braços cruzados e o queixo enfiado no peito, Lowborough acordou de repente e, agarrando meu braço com veemência, disse:

"'Huntingdon, assim não é possível! Estou resolvido a acabar com isso.'

"'Vai dar um tiro na cabeça?', perguntei.

"'Não. Vou me regenerar.'

"'Ah, *isso* não é novidade! Você esteve prestes a se regenerar durante os últimos 12 meses ou mais.'

"'Sim, mas esse bando não me permitiu; e eu fui tão tolo que não sabia viver sem ele. Mas agora vejo o que está me impedindo de parar e do que preciso para ser salvo; e atravessaria mares e continentes para obtê-lo... mas acho que não tenho chances', disse ele, suspirando como se seu coração fosse partir.

"'O que é, Lowborough?', perguntei, pensando que ele tinha finalmente ficado maluco.

"'Uma esposa', respondeu. 'Não consigo viver sozinho, pois minha mente me enlouquece, e não consigo viver com vocês, porque fazem o trabalho do demônio contra mim.'

"'Quem... eu?'

"'Sim... todos, você mais do que os outros. Mas, se eu conseguisse uma esposa rica o suficiente para pagar as minhas dívidas e me colocar no caminho certo...'

"'Claro', concordei.

"'E que fosse doce e bondosa o suficiente para tornar meu lar tolerável e me reconciliar comigo mesmo... Acho que ainda posso conseguir. Jamais me apaixonarei de novo, isso é certo. Mas talvez não importe muito; me permitirá escolher com os olhos abertos. E eu seria bom marido apesar disso. Mas será que alguém se apaixonaria por *mim*? Essa é a questão. Se eu tivesse *sua* bela aparência e seus poderes de fascinação (foi ele quem disse isso, não eu), poderia ter esperanças. Mas acha que *alguém* me aceitaria, Huntingdon? Arruinado e infeliz desse jeito?'

"'Sim, sem dúvida.'

"'Quem?'

"'Ora, qualquer solteirona esquecida que esteja afundando depressa no desespero adoraria...'

"'Não, não. Precisa ser alguém que eu possa amar.'

"'Ora, você não acabou de dizer que jamais se apaixonaria de novo?'

"'Bem, amar não é a palavra certa..., mas alguém de quem possa gostar. Vou procurar em toda a Inglaterra, de qualquer maneira!', exclamou ele, num ataque súbito de esperança ou desespero. 'Mesmo se fracassar, será melhor do que ficar me atirando de cabeça na destruição naquele maldito clube; por isso, adeus a ele e a você. Sempre que o encontrar num lugar honesto ou sob um teto cristão, ficarei feliz em vê-lo; mas você nunca mais me atrairá para o *antro do demônio*!'

"Aquela foi uma maneira vergonhosa de falar, mas eu apertei a mão de Lowborough e nós nos despedimos. Ele cumpriu a promessa e, daquele dia em diante, foi um modelo de decoro, pelo que sei; mas, até recentemente, eu não o via muito. Lowborough às vezes procurava minha companhia, mas fugia dela em igual medida, temendo que eu o atraísse de volta para a destruição. E eu não considerava a dele muito divertida, principalmente pelo fato de que, às vezes, tentava despertar minha consciência e me afastar da perdição da qual considerava ter escapado. Mas, quando o encontrava, quase sempre lhe perguntava sobre o progresso de sua busca matrimonial, e, em geral, ele me dava más notícias. As mães eram repelidas por seus cofres vazios e sua reputação de jogador, e as filhas por seu cenho franzido e seu temperamento melancólico. Além do mais, ele não as compreendia; faltava-lhe ânimo e confiança para convencê-las.

"Deixei-o em meio à sua procura quando fui para o continente; e, quando voltei, Lowborough ainda era um solteirão desconsolado, embora não parecesse mais tanto com uma alma penada quanto antes. As moças tinham parado de ter medo dele e começavam a achá-lo bastante interessante; mas as mães ainda não davam o braço a torcer. Foi mais ou menos nessa época, Helen, que meu anjo da guarda me fez conhecer você; e, então, não tive olhos nem ouvidos para mais ninguém. Mas, enquanto isso, Lowborough conheceu nossa encantadora amiga, a Srta. Wilmot, graças à intervenção do anjo da guarda dele, ele sem dúvida diria. Mas não ousou criar expectativas em relação a uma mulher tão cortejada e admirada até passarem mais tempo juntos aqui em Staningley, quando ela, na ausência de outros admiradores, solicitou sua atenção e deu toda sorte de encorajamento a suas tímidas investidas. Então, Lowborough de fato começou a esperar pela chegada de dias mais felizes; e, se durante algum tempo eu tornei o futuro mais sombrio colocando-me entre ele e seu sol, quase fazendo com que mergulhasse de novo num abismo de desespero, quando abandonei a batalha em busca de um tesouro mais precioso, isso só intensificou seu ardor e aumentou suas esperanças. Em uma palavra, como eu disse, ele está apaixonado. No início, conseguia discernir vagamente os defeitos da Srta. Wilmot, e eles o deixavam bastante inquieto; mas, agora, a soma de sua paixão com as artimanhas dela faz com que só veja as qualidades da moça e a imensa sorte que ele teve. Ontem à noite, veio falar comigo transbordando de felicidade:

"'Huntingdon, eu não sou um náufrago!', disse, agarrando minha mão e apertando-a com vigor. 'Ainda há felicidade para mim, mesmo nesta vida... ela me ama!'

"'É mesmo? Ela lhe disse isso?'

"'Não, mas não posso mais duvidar. Não vê a maneira explícita com que é gentil e afetuosa comigo? E ela sabe bem quanto sou pobre, mas não se importa nem um pouco! Sabe como fui tolo e perverso, mas não teme confiar em mim. E minha posição e meus títulos não a seduzem; é indiferente a eles. É o ser mais generoso e nobre que se pode imaginar. Vai salvar meu corpo e minha alma da destruição. Já fez com que eu me considerasse mais digno aos meus próprios olhos e me tornou três vezes melhor e mais sábio do que era! Oh! Se a tivesse conhecido antes, de quanta degradação e tristeza não teria sido poupado? Mas o que fiz para merecer criatura tão magnífica?'

"E o melhor de tudo — continuou Arthur, rindo — é que as únicas coisas que aquela danada ama nele são seu status, seu título e 'aquela maravilhosa mansão ancestral no campo'."

— Como você sabe? — perguntei.

— Ela mesma me disse. Afirmou que, "quanto ao homem em si, não sinto nada além de desprezo por ele; mas acho que já está na hora de fazer minha escolha e, se fosse esperar por alguém capaz de fazer nascer minha estima e minha afeição, teria de passar meus dias na mais pura solidão, pois detesto todos vocês!". Ha, ha! Suspeito que estava errada nesse ponto. Mas, de qualquer maneira, é evidente que não sente nenhum amor por *ele*, coitado.

— Então, você devia dizer isso a Lorde Lowborough.

— Como assim, e acabar com todos os planos da pobre moça para o futuro? Não, não. Seria trair a confiança dela, não seria, Helen? Ha, ha! Além do mais, isso partiria o coração de Lowborough — concluiu ele, rindo de novo.

— Bem, Sr. Huntingdon, não sei o que vê de tão incrivelmente divertido no caso. Para mim, não é motivo para riso.

— Neste momento eu estou rindo de *você*, meu amor — disse Arthur, gargalhando duas vezes mais.

Deixei-o rindo sozinho, tocando Ruby com o chicote e trotando até alcançar nossos companheiros; pois havíamos passado toda aquela conversa cavalgando muito devagar e, por isso, ficado bem para trás. Arthur logo estava ao meu lado de novo; mas, como não sentia vontade de conversar com ele, parti a galope. Ele me imitou; e não diminuímos o passo até emparelharmos com a Srta. Wilmot e Lorde Lowborough, a 800 metros dos portões do jardim. Evitei trocar qualquer palavra com Arthur até chegarmos ao fim do passeio, quando tinha a intenção de pular do cavalo e sumir para dentro de casa antes que ele pudesse me oferecer sua assistência; mas, enquanto desengatava minha roupa de montaria do estribo, ele me ergueu da sela e me segurou com ambas as mãos, declarando que só ia me largar quando eu o perdoasse.

— Não há nada para perdoar. Não é a *mim* que você fez mal.

— Não, minha querida. Deus me livre disso! Mas você está zangada porque foi para mim que Annabella confessou a falta de afeição por seu pretendente.

— Não, Arthur, não é *isso* que me desagrada; é toda a sua conduta em relação a seu amigo. E, se deseja que eu o perdoe, vá agora e conte a ele que tipo de mulher é essa que ele adora tanto e em quem depositou suas esperanças de felicidade futura.

— Estou lhe dizendo, Helen, que isso partiria o coração dele. Seria sua morte. Além do mais, seria uma maneira escandalosa de tratar a pobre Annabella. Lowborough não tem mais jeito; nem rezar por ele adianta. E talvez ela continue a enganá-lo até o fim, então, ele será tão feliz com a ilusão quanto seria com a realidade. Ou, talvez, só descubra seu erro depois de ter parado de amá-la. E, se isso não acontecer, será muito melhor que vá desvendando a verdade aos poucos. Assim, meu anjo, espero ter me explicado bem e convencido você de que não posso expiar meu pecado da maneira como determinou. Tem alguma outra requisição a fazer? Fale e obedecerei com prazer.

— Nenhuma, além dessa — respondi, com o mesmo tom grave de antes. — Que, no futuro, jamais volte a fazer troça do sofrimento dos outros e que sempre use a influência que tem sobre seus amigos para beneficiá-los e livrá-los de suas propensões malignas, em vez de reforçar essas propensões, prejudicando-os.

— Farei de tudo para lembrar e cumprir a ordem do anjo que me monitora — disse ele e, depois de beijar minhas mãos enluvadas, me largou.

Quando entrei em meu quarto, fiquei surpresa ao ver Annabella Wilmot diante de minha penteadeira, examinando suas feições no espelho com uma expressão séria, com uma das mãos sacudindo o chicote de punho dourado e a outra segurando a ponta da longa roupa de montaria.

"Ela *de fato* é uma criatura magnífica", pensei, observando aquela silhueta alta e bem-feita e o reflexo do rosto bonito no espelho diante de mim, com cabelos escuros e sedosos deixados num leve, porém atraente, desalinho após a cavalgada, a pele morena corada devido ao exercício e os olhos negros chamejando com um brilho extraordinário. Ao me notar, ela se virou, com uma risada que era mais maldosa do que alegre, e disse:

— Ora, Helen! Onde você estava? Vim lhe falar da minha sorte — continuou, sem se importar com a presença de Rachel. — Lorde Lowborough me pediu em casamento e eu tive a bondade de aceitá-lo. Não sente inveja de mim, minha querida?

— Não, meu amor — disse.

"Nem dele", pensei.

— E você gosta dele, Annabella? — perguntei.

— Se gosto dele! Sim, sem dúvida. Estou louca de paixão!

— Bem, espero que seja uma boa esposa para ele.

— Obrigada, minha querida! E o que mais espera?

— Espero que se amem e sejam felizes.

— Obrigada. E eu espero que você seja uma ótima esposa para o Sr. Huntingdon! — disse ela com uma mesura majestosa, se retirando.

— Oh, senhorita! Como pôde dizer isso para ela? — pergunta Rachel.

— Dizer o quê? — respondi.

— Ora, que esperava que fosse uma boa esposa. Nunca ouvi nada parecido!

— Porque espero mesmo. Na verdade, é o que desejo... porque quase não tenho esperanças em relação a ela.

— Minha nossa! Já eu espero que *ele* seja um bom marido. Os criados falam coisas estranhas desse homem. Estavam dizendo que...

— Eu sei, Rachel. Já ouvi as histórias sobre Lorde Lowborough. Mas ele se arrependeu. E os criados não deviam contar fofocas sobre os patrões.

— Não, senhorita. Mas eles também falam coisas sobre o Sr. Huntingdon.

— Não quero ouvi-las, Rachel. São mentiras.

— Sim, senhorita — disse ela baixinho, enquanto continuava a pentear meu cabelo.

— Você *acredita* nelas, Rachel? — perguntei, após uma curta pausa.

— Não, não em todas. A senhorita sabe que, quando um bando de empregados se junta, gosta de falar dos patrões; e alguns, para impressionar, gostam de fazer parecer que sabem mais do que sabem e dizem isso e aquilo para deixar os outros espantados. Mas acho que, se eu fosse a senhorita, pensava *bem* antes de dar esse passo. Uma moça nunca toma cuidado demais quando se casa.

— É claro — respondi. — Mas ande logo, Rachel. Quero me aprontar depressa.

E eu estava mesmo ansiosa para me livrar da boa mulher, pois me encontrava num estado de espírito tão melancólico que mal consegui impedir as lágrimas de brotarem nos meus olhos enquanto ela me vestia. Não era por Lorde Lowborough, nem por Annabella, nem por mim que queria chorar, mas por Arthur Huntingdon.

* * *

Dia 13

Eles se foram — ele se foi. Vamos ficar mais de dois meses separados — mais de dez semanas! Um tempo muito, muito longo para viver longe de Arthur. Mas ele jurou que vai escrever com frequência e me fez prometer que eu também sempre vou escrever, e esse é o único remédio. Acho que terei bastante a dizer. Mas, oh! Como quero que chegue logo o momento em que estaremos juntos para sempre, podendo expressar nossos pensamentos um para o outro sem esses frios intermediários que são a pena, a tinta e o papel!

* * *

Dia 22

Já recebi diversas cartas de Arthur. Não são longas, mas muito doces e parecidas com ele — repletas de uma afeição ardente e de um humor vivaz. Porém — sempre há um "porém" neste mundo imperfeito — gostaria que *às vezes* ele fosse sério. Não consigo convencê-lo a escrever ou falar de maneira realmente grave. Não me importo muito com isso *agora*; mas, se for sempre assim, o que farei com minha seriedade?

23

Primeiras semanas de matrimônio

18 de fevereiro de 1822

De manhã bem cedo, Arthur montou seu cavalo de caça e saiu com muita alegria para ir encontrar os cães. Vai passar o dia todo fora; e eu, portanto, vou me distrair com meu negligenciado diário — se é que posso dar esse nome a um caderno no qual escrevo com tão pouca frequência. Faz exatamente quatro meses desde que o abri pela última vez.

Estou casada agora e já instalada como a Sra. Huntingdon de Grassdale Manor. Já tenho oito semanas de matrimônio. E será que me arrependo do passo que dei? Não — embora deva confessar, no recôndito do meu coração, que Arthur não é o que pensei ser e que, se desde o início o conhecesse tão bem quanto conheço agora, provavelmente nunca teria me apaixonado por ele, ou, se tivesse me apaixonado e depois feito a descoberta, temo que teria considerado meu dever não me casar. É verdade que poderia tê-lo conhecido melhor, pois todos estavam dispostos a me falar de sua personalidade e ele próprio não foi um hipócrita. Mas, por vontade própria, mantive meus olhos fechados e agora, em vez de me arrepender por não ter discernido seu caráter antes de me unir irremediavelmente a ele, fico *feliz*; pois isso me poupou de ter de lutar contra minha consciência e de passar por muita dor e sofrimento. E não importa mais o que *devia* ter feito — é claro que meu dever agora é amá-lo e oferecer-lhe fidelidade perpétua; e é essa minha inclinação.

Arthur sente muito amor por mim — quase *demais*. Gostaria que fosse menos carinhoso e mais racional; preferiria ser considerada menos um objeto de afeição e mais uma amiga, se pudesse escolher. Mas não vou reclamar disso: só temo que seu amor perca em profundidade o que tem em intensidade. Às vezes, comparo-o com um fogo composto por galhos e gravetos secos em relação a um de carvão sólido — é muito brilhante e quente, porém, se algum dia só restarem cinzas, o que farei? Mas isso não vai acontecer — *não vai*, estou determinada a não permitir. Certamente, tenho o poder de manter vivo esse amor. Portanto, não desejo mais pensar nisso. Mas Arthur é egoísta; sou obrigada a admitir. E, na verdade, isso me causa menos sofrimento do que talvez se pudesse esperar; pois, já que o amo tanto, posso facilmente perdoar que ele se ame também. Arthur gosta de ser agradado e eu me delicio em agradá-lo — e, quando lamento essa sua tendência, é pelo bem dele, não pelo meu.

A primeira prova que me deu disso foi na viagem que fizemos após o casamento. Ele queria ir correndo de um ponto para outro, pois todos os lugares que visitamos no continente já lhe eram familiares; muitos já tinham perdido interesse aos seus olhos e outros jamais tinham sido interessantes. A consequência foi que, após uma passagem veloz por parte da França e parte da Itália, voltei quase tão ignorante quanto fui, sem ter conhecido as pessoas e as maneiras e tendo visto muito pouco das coisas. Minha cabeça ficou zonza com um turbilhão de objetos e paisagens — alguns, é verdade, tendo deixado uma impressão mais profunda e agradável do que outros. Mas essas impressões foram maculadas pela lembrança de que minhas emoções não tinham sido compartilhadas por meu companheiro, que, ao contrário, quando eu expressava interesse particular em qualquer coisa que via ou desejava ver, ficava zangado ao perceber que qualquer coisa além dele podia me proporcionar prazer.

Quanto a Paris, mal ficamos lá, e Arthur não me deu tempo de ver um décimo das belezas e dos lugares interessantes que tínhamos visto em Roma. Disse que queria me levar logo para casa e me ter toda para si, vendo-me instalada como senhora de Grassdale Manor tão ignorante, inocente e instigante quanto eu sempre tinha sido; e, como se eu fosse uma borboleta frágil, expressou seu medo de machucar minhas asas ao permitir que entrasse em contato com a sociedade, em especial em Paris e em Roma. Além disso, não teve escrúpulos em me contar que havia damas em ambos os lugares que lhe enfiariam as garras se por acaso o encontrassem ao meu lado.

É claro que fiquei chateada com tudo isso; mas, ainda assim, o que me incomodou mais foi a decepção com *ele* e as dificuldades que tive em dar desculpas para meus amigos por ter visto e observado tão pouco, sem jogar uma parcela da culpa em meu companheiro de viagem. Mas, quando chegamos em casa — na minha nova e linda casa —, fiquei tão alegre e Arthur foi tão doce que logo perdoei tudo. E estava começando a achar minha vida feliz demais e meu marido bom demais para mim, se não para este mundo, quando, no segundo domingo após nossa chegada, ele me horrorizou ao fazer outra exigência irracional. Estávamos caminhando para casa após a missa matinal, pois fazia um belo dia frio e, como ficamos tão próximos da igreja, eu havia pedido que a carruagem não fosse usada.

— Helen — disse Arthur, com mais gravidade do que o normal —, não estou perfeitamente satisfeito com você.

Quis saber o que havia de errado.

— Mas você promete mudar, se eu lhe contar?

— Sim, se puder... e se isso não for ofender uma autoridade maior.

— Ah! É isso mesmo, está vendo? Você não me ama com todo o seu coração.

— Não estou entendendo, Arthur... ou, pelo menos, espero que não. Por favor, me diga o que falei ou fiz para desagradar você?

— Não é nada que falou ou fez; é algo que *é*. Você é religiosa demais. Eu gosto que uma mulher seja religiosa e acho que sua devoção é um de seus maiores encantos. Mas, como todas as coisas boas, ela pode ir longe demais. Não acho que a religião de uma mulher deveria diminuir sua devoção ao senhor dela na Terra. Deve haver devoção suficiente para purificar sua alma e torná-la etérea, mas não para refinar demais seu coração e afastá-la de todas as afinidades humanas.

— E eu estou afastada de todas as afinidades humanas?

— Não, meu amor, mas está se aproximando mais da santidade do que eu gostaria, pois, durante as duas últimas horas, estava pensando em você e querendo que me olhasse, mas encontrava-se tão absorta na missa que não me fitou nem uma vez. Isso é o suficiente para fazer com que eu tenha ciúme do Criador. O que é muito errado, não é? Por isso, não excite esses sentimentos malignos de novo, pelo bem de minha alma.

— Eu darei todo o meu coração e alma ao meu Criador, se puder — respondi —, e nem um átomo a mais do que Ele permite a você. Quem é você, para se colocar no lugar de um deus e ter a presunção de disputar a posse do meu coração com Aquele a quem devo tudo o que tenho e tudo o que sou, e cada bênção que já recebi na vida, inclusive meu marido? Se é que você é mesmo uma bênção, algo que estou inclinada a duvidar.

— Não seja tão dura comigo, Helen. E não me belisque assim, está enfiando seus dedos até o osso.

— Arthur — continuei, largando o braço dele —, você não sente por mim nem a metade do amor que sinto por você; mas, se me amasse muito menos, eu não reclamaria, contanto que amasse mais seu Criador. Sentiria *júbilo* se, uma vez que fosse, o visse tão absorto pela missa que nem pensasse em mim. Não perderia nada com essa mudança, pois, quanto mais amasse Deus, mais profundo, puro e verdadeiro seria seu amor por mim.

Ao ouvir isso, ele apenas riu e beijou minha mão, chamando-me de doce fanática. Depois, tirando o chapéu, acrescentou:

— Mas, olhe aqui, Helen. O que um homem pode fazer com uma cabeça como esta?

A cabeça parecia perfeita, mas, quando Arthur colocou minha mão no topo, ela afundou de maneira alarmante naquele leito de cachos, principalmente no meio.

— Como pode ver, não fui feito para ser um santo — disse ele, rindo. — Se Deus quisesse que eu fosse religioso, por que não me deu um órgão de veneração apropriado?

— Você é como o servo, que, em vez de empregar seu único talento a serviço de seu senhor, devolveu-o a ele sem fazê-lo render, alegando, como desculpa: "Sei que és um homem severo, que colhes onde não semeaste e ajuntas onde não espalhaste."* Daquele a quem menos é dado, menos será requerido; mas a todos se requere que se esforcem ao máximo. Você tem capacidade de veneração, de fé e de esperança, de consciência e razão e de

*Evangelho Segundo São Mateus 25:24. (*N. da T.*)

todos os outros requisitos de um caráter cristão, se decidir empregá-los; mas todos os nossos talentos aumentam com o uso e todas as faculdades, tanto boas quanto más, ficam mais fortes com o exercício. Portanto, se escolher usar as más, ou aquelas com tendências malignas, até que se tornem suas senhoras, e negligenciar as boas, até que minguem, só poderá culpar a si mesmo. Mas você *tem* talentos, Arthur... dotes naturais de coração e mente e um temperamento que muitos homens mais religiosos ficariam felizes em possuir. Só precisa usá-los a serviço de Deus. Jamais esperaria que se tornasse um devoto, mas é possível ser um bom cristão sem deixar de ser um homem alegre.

— Você fala como um oráculo, Helen, e tudo o que diz sem dúvida é verdade. Mas ouça: estou com fome e vejo diante de mim um jantar bom e farto; mas me dizem que, se me abstiver dele hoje, terei um suntuoso banquete amanhã, com as mais delicadas iguarias. Em primeiro lugar, detestaria ter de esperar até amanhã, quando tenho os meios de aplacar minha fome diante de mim; em segundo lugar, tenho mais gosto pelas carnes fartas de hoje do que pelos delicados acepipes que me foram prometidos; e, em terceiro lugar, não posso *ver* o banquete de amanhã. Como saber que não é uma fábula inventada pelo sujeito sebento que está me aconselhando a me abster para que possa ficar com a comida ele próprio? Em quarto lugar, essa mesa precisa ser posta para alguém e, como diz Salomão: "Quem pode comer e beber sem que isso venha de Deus?"* E, finalmente, se você me permitir, vou me sentar e satisfazer meus desejos de hoje e deixar que o amanhã se arranje. Quem sabe não posso ser feliz agora e também mais tarde?

— Mas não precisa se abster do jantar farto de hoje; só é aconselhável que coma os pratos mais grosseiros com moderação, para que não se torne incapaz de desfrutar do banquete mais seleto de amanhã. Se, apesar desse conselho, escolher se comportar como uma besta agora, comendo e bebendo demais até transformar o alimento em veneno, quem será o culpado se, mais tarde, enquanto estiver sofrendo com os tormentos da gulodice e embriaguez de ontem, você vir homens mais moderados se sentando para desfrutar do manjar esplêndido do qual não pode provar?

---

*Eclesiastes 2:25. (*N. da T.*)

— É bem verdade, minha santa padroeira. Porém, mais uma vez, nosso amigo Salomão diz: "Não existe felicidade para o homem debaixo do sol, a não ser o comer, o beber e o alegrar-se."*

— Mas ele também diz: "Alegra-te, jovem, com tua juventude, sê feliz nos dias da tua mocidade, segue os caminhos do teu coração e os desejos dos teus olhos; saibas, porém, que sobre estas coisas Deus te pedirá contas."**

— Ah, Helen, mas eu me comportei tão bem nestas últimas semanas. O que viu de errado em mim? E o que quer que eu faça?

— Nada além do que já faz, Arthur. Não há problema com suas ações até agora. Mas gostaria que sua maneira de pensar mudasse. Gostaria que se fortificasse contra a tentação e não chamasse o mal de bem e o bem de mal. Desejo que tenha pensamentos mais profundos, que veja mais longe e que tenha objetivos mais exaltados.

Estávamos então diante da nossa porta e eu não disse mais nada; mas com um abraço ardente e o rosto banhado de lágrimas, deixei-o e entrei na casa, subindo as escadas para tirar meu chapéu e minha manta. Não quis dizer mais nada sobre o assunto naquela ocasião, para ele não ficar com raiva de si próprio nem de mim.

*Eclesiastes 8:15. (*N. da T.*)

**Eclesiastes 11:9. (*N. da T.*)

24

Primeira briga

25 de março

Arthur está ficando cansado — não de mim, espero, mas da vida sossegada e preguiçosa que leva. E não é de se admirar, pois tem pouquíssimas fontes de divertimento. Nunca lê nada além de jornais e revistas de caça; e, quando me vê absorta num livro, não me deixa em paz até que eu o feche. Quando o tempo está bom, em geral consegue passar bem as horas: mas, nos dias chuvosos, e tem havido muitos ultimamente, é doloroso ver seu enfado. Faço tudo o que posso para distraí-lo, mas é impossível convencê-lo a se interessar pelas coisas sobre as quais mais gosto de conversar; por outro lado, ele tem prazer em falar de coisas sobre as quais não consigo ter interesse — ou que até me irritam, sendo que as últimas são as que mais o agradam. Seu passatempo predileto é sentar-se ao meu lado no sofá e me contar histórias de seus antigos amores, que sempre acabam com uma menina que lhe deu confiança sendo arruinada ou com um marido cego sendo ludibriado. E, quando expresso meu horror e indignação, Arthur diz que é tudo ciúme e ri até que as lágrimas lhe desçam pelas bochechas. Eu costumava ficar furiosa e começar a chorar, mas, vendo que, quanto mais me zangava ou me agitava, mais ele achava graça, tenho tentado reprimir o que sinto e receber suas revelações com um silêncio tranquilo de desprezo. Ainda assim, Arthur vê o esforço que faço estampado em meu rosto e interpreta a tristeza que me surge na alma ao sabê-lo tão vil como sendo as dores do ciúme; e, quando já se divertiu o suficiente ou teme que meu descontentamento fique sério demais, tenta me acalmar e me fazer sorrir com beijos.

Suas carícias nunca são tão pouco bem-vindas quanto nesses momentos! Isso é um egoísmo *duplo*, comigo e com as vítimas de seus amores passados. Há momentos em que, com uma pontada de dor, um lampejo de consternação louca, eu me pergunto: "Helen, o que você fez?" Mas eu ralho com esse inquiridor interno e afasto os pensamentos incômodos que surgem na minha mente; pois, mesmo se Arthur fosse dez vezes mais mundano e impenetrável a ideias boas e elevadas, bem sei que não teria direito de reclamar. E não quero, não vou reclamar. Ainda o amo, ainda irei amá-lo; e não me arrependo, nem me arrependerei de ter unido minha vida à dele.

4 de abril

Tivemos uma briga séria. Esses foram os detalhes: Arthur me contou, em diferentes ocasiões, toda a história de seu romance com Lady F——, no qual eu havia me recusado a acreditar antes. Foi um certo consolo, no entanto, descobrir que, nesse caso, a mulher teve maior parcela de culpa; pois Arthur era muito jovem na época e ela sem dúvida tomou a iniciativa, se o que ele contou é verdade. Odeio-a por isso, pois me parece que foi a principal responsável por corrompê-lo; e, quando Arthur estava começando a falar nela no outro dia, implorei-lhe que não a mencionasse, pois detestava ouvir seu nome.

— Não porque você a amou, Arthur, veja bem; mas porque ela lhe fez mal, enganou o marido e é uma mulher abominável que você devia ter vergonha de mencionar.

Mas ele a defendeu, dizendo que tinha um marido velho e babão, a quem seria impossível amar.

— Então, por que se casou com ele? — perguntei.

— Pelo dinheiro.

— Isso foi outro crime, e sua promessa solene de amá-lo e honrá-lo foi mais um, que só aumentou a enormidade do que veio depois.

— Você é severa demais com a pobre moça! — disse Arthur, rindo. — Mas deixe para lá, Helen. Não gosto mais dela. E jamais senti por nenhuma das outras a metade do que sinto por você. Assim, não precisa ter medo de ser esquecida como elas.

— Se tivesse me contado essas coisas antes, Arthur, jamais teria lhe dado a chance de precisar me esquecer.

— É *mesmo*, minha querida?

— Sem sombra de dúvida!

Ele riu, incrédulo.

— Gostaria de poder convencê-lo disso agora! — exclamei, me levantando do lugar que ocupava ao seu lado; e, pela primeira vez na vida e, espero, a última, desejei não ter me casado com ele.

— Helen — disse Arthur, mais sério —, sabia que, se eu acreditasse no que acabou de dizer, ficaria muito zangado? Mas, graças a Deus, não acredito. Embora esteja aí com esse rosto pálido e esses olhos em brasa, me olhando como se fosse uma tigresa, conheço seu coração, talvez melhor do que você mesma.

Sem dizer outra palavra, deixei a sala e me tranquei no quarto. Após cerca de meia hora, ele veio até a porta; primeiro tentou a maçaneta e depois bateu.

— Não quer me deixar entrar, Helen?

— Não; você me desagradou — respondi —, e não quero ver seu rosto ou ouvir sua voz até amanhã de manhã.

Arthur ficou em silêncio por um instante, como que perplexo ou incerto de como responder a tal frase; então, se virou e foi embora. Isso aconteceu apenas uma hora após o jantar. Eu sabia que ele ia achar muito enfadonho ficar sozinho até o momento de ir se deitar; e isso suavizou consideravelmente meu ressentimento, embora não tenha me feito ceder. Estava determinada a mostrar a Arthur que meu coração não era seu escravo e que podia viver sem ele se escolhesse; e me sentei para escrever uma longa carta para minha tia — sem lhe contar, é claro, nada disso. Pouco após as dez horas, ouvi-o subir de novo as escadas; mas ele passou pela minha porta e foi diretamente para seu quarto de vestir, onde se trancou e passou a noite.

Eu estava bastante ansiosa para ver como Arthur se comportaria de manhã e fiquei muito decepcionada quando ele entrou na sala de café da manhã com um sorriso indiferente.

— Ainda está chateada, Helen? — disse, aproximando-se como se fosse me cumprimentar.

Virei-me friamente para a mesa e comecei a servir o café, comentando que ele estava bastante atrasado.

Arthur soltou um assovio baixo e caminhou devagar até a janela, onde ficou durante alguns minutos, observando a agradável cena formada por nuvens carregadas, chuva torrencial, grama encharcada e árvores desfolhadas que pingavam. Murmurou imprecações contra o tempo e então se sentou para comer. Quando pegou o café, disse baixinho:

— Esta porcaria está fria.

— Você não devia tê-lo deixado aí durante tanto tempo.

Ele não respondeu, e a refeição foi concluída em silêncio. Foi um alívio para nós dois quando a sacola com a correspondência foi trazida. Após examiná-la, Arthur viu que continha um jornal, uma ou duas cartas para ele e uma ou duas para mim, que atirou na mesa sem dizer nada. Uma era de meu irmão e a outra de Milicent Hargrave, que está em Londres com a mãe. As cartas de Arthur eram, acho, sobre questões profissionais e, aparentemente, ele não se interessou muito por elas, pois as amassou no bolso, murmurando alguns xingamentos, pelos quais eu teria ralhado com ele em qualquer outra ocasião. Abriu o jornal e fingiu estar absorto por seu conteúdo durante o resto da refeição e por bastante tempo depois dela.

Ler e responder minhas cartas e dar ordens à criadagem foi mais do que suficiente para me manter ocupada durante toda a manhã. Depois do almoço, fui desenhar e, do jantar até a hora de dormir, fiquei lendo. Enquanto isso, o pobre Arthur ficou sem saber como se entreter ou empregar seu tempo. Queria parecer tão ocupado e despreocupado quanto eu. Se o tempo tivesse permitido, sem dúvida teria mandado selar o cavalo, partido para uma região distante — não importava onde — imediatamente após o café e só voltado à noite. Se houvesse uma mulher em qualquer lugar no entorno, de qualquer idade entre 15 e 45 anos, teria buscado se vingar flertando, ou tentando flertar, de maneira desesperada, com ela. Mas como estava, para minha secreta satisfação, sem qualquer acesso a essas duas fontes de distração, seu sofrimento foi, de fato, deplorável. Quando terminou de bocejar diante do jornal e de escrever respostas curtas para cartas mais curtas ainda, passou o resto da manhã e a tarde inteira caminhando, inquieto, de cômodo a cômodo, observando as nuvens, praguejando contra a chuva, acariciando, brincando ou brigando com seus cachorros, às vezes deitado no sofá com um livro que não conseguia se forçar a ler e, com frequência, com os olhos fixos em mim quando achava que eu não estava vendo, com a vã esperança de detectar vestígios de lágrimas ou traços de remorso em meu rosto. Mas consegui preservar uma expressão serena, porém grave, durante todo o dia. Não estava com raiva. Senti pena de Arthur o tempo todo e ansiei pela reconciliação; mas resolvi que ele teria de tomar a iniciativa ou, ao menos, mostrar alguns sinais de humildade ou contrição; pois, se eu pedisse desculpas primeiro, isso só aumentaria sua arrogância e destruiria a lição que queria dar.

Arthur ficou um bom tempo na sala de jantar depois de terminarmos a refeição e temo que tenha bebido uma quantidade excessiva de vinho. Mas não o suficiente para fazê-lo falar; pois, quando entrou na sala de estar e me viu lendo em silêncio, ocupada demais para erguer a cabeça quando ele surgiu, meramente murmurou uma expressão de desaprovação e, fechando a porta com estrondo, foi se esticar no sofá e se preparar para dormir. Mas seu cocker spaniel preferido, Dash, que estava deitado aos meus pés, tomou a liberdade de pular nele e começar a lamber seu rosto. Arthur derrubou-o com uma forte pancada; o pobre cãozinho guinchou e veio correndo de volta para perto de mim. Quando Arthur acordou, meia hora mais tarde, chamou o animal; mas Dash só fez uma cara assustada e balançou a ponta da cauda. Ele o chamou de novo, com mais veemência, mas o cão se aproximou mais de mim e lambeu minha mão como quem implorava por proteção. Furioso com isso, seu dono agarrou um livro pesado e atirou-o na cabeça dele. O pobre animal soltou um ganido de causar pena e correu para a porta. Eu o deixei sair e peguei o livro sem dizer nada.

— Dê-me esse livro — disse Arthur, num tom nada cortês.

Entreguei-lhe o livro.

— Por que deixou o cachorro sair? — perguntou ele. — Sabia que eu o estava chamando.

— E como deveria saber? Por que jogou o livro nele? Talvez fosse a mim que quisesse atingir, foi isso?

— Não... mas vejo que você também teve um gostinho — disse Arthur olhando para minha mão, que também fora golpeada e estava bastante vermelha.

Voltei a ler e ele tentou se ocupar da mesma maneira. Mas, em pouco tempo, após alguns enormes bocejos, declarou que seu livro era "um lixo" e atirou-o sobre a mesa. Depois se seguiram oito ou dez minutos de silêncio, durante a maior parte dos quais, creio, Arthur ficou olhando para mim. Afinal, ele perdeu a paciência.

— Que livro é esse, Helen? — perguntou.

Eu lhe disse.

— É interessante?

— Sim, muito.

— Hunf!

Continuei a ler, ou a fingir que lia — não posso dizer que houvesse muita comunicação entre meus olhos e meu cérebro; pois, enquanto os primeiros percorriam as páginas, o segundo se perguntava ansiosamente quando Arthur voltaria a falar, o que diria e o que eu deveria responder. Mas ele não falou mais uma palavra até eu me levantar para fazer o chá, e então só abriu a boca para dizer que não queria beber nem comer nada. Permaneceu deitado no sofá, ora fechando os olhos, ora olhando para o relógio de bolso, ora me fitando, até o momento de irmos para a cama, quando me levantei, peguei minha vela e me retirei.

— Helen! — exclamou Arthur no instante em que saí da sala.

Voltei e fiquei ali, esperando suas ordens.

— O que você quer, Arthur? — perguntei após algum tempo.

— Nada — respondeu ele. — Pode ir!

Eu fui, mas, como o ouvi murmurar algo no momento em que fechava a porta, me virei de novo. Acho que entendi "maldita vagabunda", mas quis acreditar que tivesse sido outra coisa.

— Você disse algo, Arthur?

— Não.

Fechei a porta e me afastei. Só o vi na manhã seguinte, no café da manhã, quando desceu uma hora mais tarde do que o normal. Minha saudação matinal foi:

— Você está muito atrasado.

E a dele foi:

— Não precisava ter esperado por mim.

Arthur se aproximou da janela de novo. O tempo estava igual ao dia anterior.

— Essa maldita chuva! — murmurou ele.

Mas, após observá-la com atenção durante cerca de dois minutos, pareceu ter uma ideia brilhante, pois exclamou de repente:

— Mas já sei o que vou fazer!

Então, virou-se e sentou-se à mesa. A sacola de cartas já estava lá, esperando para ser aberta. Ele o fez, e examinou o conteúdo, mas não disse nada sobre o que havia ali.

— Chegou alguma coisa para mim? — perguntei.

— Não.

Arthur abriu o jornal e começou a ler.

— É melhor você tomar seu café — sugeri —, ou ele vai esfriar de novo.

— Se já terminou de comer, pode ir. Não preciso de você aqui — disse ele.

Levantei-me e fui para a outra sala, me perguntando se íamos passar outro dia tão triste quanto o anterior e desejando intensamente pelo fim daquele tormento mútuo. Logo depois, ouvi-o tocar a sineta e dar ordens para que se separassem diversas peças de roupas, como se estivesse planejando fazer uma longa viagem. Depois, chamou o cocheiro e eu escutei algo sobre a carruagem, os cavalos, Londres e sete da manhã do dia seguinte, o que me deixou bastante perturbada.

"Não posso deixá-lo ir para Londres de jeito nenhum", pensei. "Ele vai fazer toda sorte de besteiras e eu serei a causa. Mas a questão é, como posso fazê-lo mudar de ideia? Bem, esperarei um pouco e verei se ele menciona sua intenção."

Esperei ansiosamente durante horas, mas Arthur não trocou uma palavra comigo, sobre esse assunto ou qualquer outro. Assoviou, conversou com os cachorros e vagou entre cômodo e cômodo, assim como fizera no dia anterior. Afinal, comecei a pensar que devia trazer o assunto à baila eu mesma, me perguntando como poderia fazer isso. Neste momento, John, sem saber, veio acabar com a minha angústia trazendo a seguinte mensagem do cocheiro:

— Com licença, senhor. Richard disse que um dos cavalos está muito resfriado e ele acha que, se não for inconveniente ir depois de amanhã, em vez de amanhã, ele poderá tratar do animal hoje e...

— Mas que ousadia desgraçada! — interrompeu Arthur.

— Desculpe, senhor, mas ele disse que será muito melhor se for assim — persistiu John —, pois crê que daqui a pouco o tempo vai mudar. E disse que não é bom, quando um cavalo está tão doente e passou o dia inteiro sendo tratado...

— Que os diabos levem o cavalo! — exclamou o patrão. — Bem, diga a ele que vou pensar no assunto — acrescentou, depois de alguns segundos.

Arthur me lançou um olhar penetrante, como se estivesse esperando ver um sinal de perplexidade e medo; mas eu estava preparada e, por isso, preservei um aspecto de indiferença estoica. Ele fez uma careta ao ver que eu sustentava seu olhar e deu-me as costas, obviamente desapontado. Andou até a lareira, onde ficou numa atitude de indisfarçado desânimo, debruçado sobre o consolo com a testa enfiada no braço.

— Para onde você quer ir, Arthur? — perguntei.

— Para Londres — respondeu ele, muito sério.

— Por quê?

— Porque não consigo ser feliz aqui.

— Por que não?

— Porque minha esposa não me ama.

— Ela o amaria com todo o coração, se você merecesse.

— O que preciso fazer para merecer?

Essa pergunta me pareceu conter humildade e franqueza suficientes; e senti-me tão tocada, com um misto de alegria e tristeza, que precisei me manter em silêncio durante alguns segundos para não ficar com a voz embargada ao responder.

— Se sua esposa lhe der seu coração, você precisa recebê-lo com gratidão, cuidar dele e não o fazer em pedaços ao caçoar dela, pois ela não pode tomá-lo de volta.

Arthur então me encarou, virando de costas para o fogo.

— Vamos lá, Helen. Vai ser uma boa menina?

Isso me pareceu bastante arrogante e o sorriso que acompanhou a frase não me agradou. Assim, hesitei antes de responder. Talvez minha frase anterior houvesse me traído demais: ele ouvira minha voz trêmula e talvez me tivesse visto enxugar uma lágrima.

— Vai me perdoar, Helen? — continuou Arthur, com mais humildade.

— *Você* está penitente? — perguntei, me aproximando e sorrindo para ele.

— Meu coração está partido!

Sua expressão era de arrependimento, mas havia um sorriso aparente nos cantos da boca e no brilho dos olhos. Isso, no entanto, não era algo que poderia me repelir, e eu voei para os braços dele. Arthur me deu um abraço apaixonado e, embora eu tenha chorado uma torrente de lágrimas, acho que aquele foi o momento mais feliz da minha vida.

— Então não vai para Londres, Arthur? — perguntei, depois que a primeira explosão de lágrimas e beijos havia passado.

— Não, meu amor... a não ser que venha comigo.

— Irei com prazer, se achar que a mudança vai lhe distrair e se adiar a viagem até a semana que vem.

Ele concordou na hora, mas disse que não havia necessidade de grandes preparativos. Não queria ficar muito tempo, pois não desejava que eu fosse influenciada demais por Londres e perdesse o frescor e a originalidade do campo, me misturando muito com as mulheres mundanas. Achei isso uma bobagem, mas não desejei contradizê-lo naquele momento; apenas disse que cultivava hábitos muito domésticos, como ele bem sabia, e que não tinha muita vontade de frequentar eventos sociais.

Assim, iremos para Londres na segunda-feira, depois de amanhã. Já faz quatro dias desde o fim de nossa briga e tenho certeza de que ela foi boa para ambos: me fez gostar muito mais de Arthur e fez com que ele passasse a se comportar muito melhor comigo. Não tentou me irritar nem uma vez com a menor menção a Lady F—— ou a qualquer daquelas reminiscências desagradáveis de sua vida pregressa, que eu gostaria de apagar da minha memória, ou fazê-lo encarar da mesma maneira que eu. Bem! Pelo menos é alguma coisa tê-lo feito ver que isso não é um assunto apropriado para brincadeiras conjugais. Em algum momento, talvez ele enxergue mais longe — não colocarei limites nas minhas esperanças. Mas, apesar das predições de minha tia e de medos que não ouso expressar, acredito que ainda seremos felizes.

25

Primeira ausência

No dia 8 de abril, fomos para Londres; no dia 8 de maio, eu retornei, obedecendo a um desejo de Arthur, mas contrariando a minha vontade, porque ele permaneceu lá. Se tivesse vindo comigo, teria ficado feliz em voltar para casa, pois, enquanto estávamos na cidade, Arthur me fez levar uma vida tão dissipada que, naquele curto período de tempo, fiquei exaurida. Parecia determinado a me exibir para amigos e conhecidos em festas particulares e para estranhos em lugares públicos, em todas as ocasiões possíveis e sempre em grande estilo. Foi bom sentir que ele me considerava um objeto digno de orgulho; mas paguei caro por essa alegria. Em primeiro lugar, para agradá-lo, tive de violar minha predileção, que é quase uma questão de princípio, por roupas simples, escuras e sóbrias; precisei brilhar em joias caras e me vestir com as cores de uma borboleta, de uma maneira como eu, há muito, decidira que jamais faria. Isso foi um sacrifício considerável. Em segundo lugar, estava sempre tendo de satisfazer suas imensas expectativas e honrar sua escolha através de minha conduta e de meu comportamento, temendo desapontá-lo com algum passo em falso ou algum traço de ignorância e falta de experiência com os costumes da alta sociedade, principalmente quando tinha de assumir o papel de anfitriã, algo que com frequência era necessário. E, em terceiro lugar, como mencionei antes, fiquei cansada das multidões e da confusão, da pressa incansável e das mudanças incessantes de uma vida tão diferente da minha habitual. Arthur acabou por, de repente, descobrir que a atmosfera de Londres não me fazia bem, que eu ansiava por minha casa no campo e que precisava voltar a Grassdale imediatamente.

Eu, rindo, assegurei-lhe que não havia tanta urgência assim, mas que estava mais do que disposta a voltar para casa se ele quisesse. Arthur respondeu que ia precisar ficar mais uma ou duas semanas, pois tinha negócios a tratar que exigiam sua presença.

— Então, ficarei também — respondi.

— Mas vai me incomodar, Helen. Enquanto estiver aqui, vou ter de prestar atenção em você e negligenciarei meus negócios.

— Não vou permitir que faça isso. Agora que sei que tem negócios a tratar, insistirei que vá trabalhar e me deixe sozinha. E, para falar a verdade, ficarei feliz com um pouco de descanso. Poderei dar meus passeios de carruagem e caminhadas pelo parque como sempre. Além disso, seus negócios não o ocuparão o tempo todo; eu o verei nas refeições, pelo menos, e isso será melhor do que estar a léguas de distância e não ver você em nenhum momento.

— Mas, meu amor, não posso permitir que fique. Como poderei cuidar dos meus assuntos sabendo que está aqui, abandonada...

— Não vou me sentir abandonada; enquanto você estiver cumprindo seus deveres, Arthur, jamais reclamarei de abandono. Se tivesse dito antes que havia coisas a resolver, já estaria com metade delas resolvidas. Agora, precisa compensar o tempo perdido redobrando seus esforços. Conte-me o que precisa fazer; e eu serei sua ajudante em vez de atrapalhá-lo.

— Não, não — persistiu aquela criatura pouco prática. — Você *precisa* ir para casa, Helen. Tenho de ter a satisfação de saber que está segura e bem, embora longe de mim. Estou vendo que está exausta. Seus olhos estão opacos e suas faces, sem aquele rubor que lhes dão tanto viço.

— Eu me cansei demais indo a muitos eventos, só isso.

— Não é isso, estou lhe dizendo; é a atmosfera de Londres. Você anseia pelas brisas frescas de sua casa no campo e vai senti-las em dois dias. E lembre-se de seu estado, querida Helen. De sua saúde depende a saúde, se não a vida, de nossa esperança futura.

— Quer dizer que deseja mesmo se ver livre de mim?

— Sem sombra de dúvida. Eu mesmo a levarei até Grassdale e depois voltarei. Não ficarei ausente mais de uma semana... no máximo duas.

— Mas, já que tenho de ir, irei sozinha. Se você precisa ficar, é desnecessário que perca tempo indo e voltando de lá.

Mas Arthur não gostou da ideia de me mandar de volta sozinha.

— Ora, que espécie de criatura indefesa você pensa que sou — respondi —, se não consegue confiar em mim para percorrer 150 quilômetros em nossa própria carruagem com nosso próprio lacaio e criada para me acompanhar? Se vier comigo, não vou deixar que volte. Mas me diga, Arthur, que negócios desagradáveis são esses, e por que não os mencionou antes?

— São apenas alguns assuntos que tenho de tratar com meu advogado — disse ele.

Arthur então falou que queria vender um terreno para pagar parte das hipotecas de sua propriedade; mas ou a explicação foi um pouco confusa ou eu fui obtusa demais, pois não consegui entender com clareza por que ele teria de permanecer na cidade por mais duas semanas só para cuidar disso. E compreendo menos ainda como é possível que tenha precisado ficar um mês, pois já se passou quase isso desde que o deixei, e ainda não há sinal de que vá retornar. Em todas as cartas, Arthur me promete que estará ao meu lado em poucos dias, mas sempre me engana — ou se engana. Suas desculpas são vagas e insuficientes. Não tenho dúvidas de que voltou a se envolver com seus antigos companheiros. Oh, por que o deixei? Gostaria *tanto* que voltasse!

29 de junho

Nada de Arthur ainda; e há muitos dias anseio, em vão, por uma carta. Suas cartas, quando chegam, são amáveis — se é que palavras bonitas e apelidos carinhosos as fazem merecer tal adjetivo —, mas muito curtas e cheias de desculpas triviais e promessas nas quais não posso acreditar. No entanto, com que agonia espero por elas! Com que voracidade abro e devoro um daqueles bilhetes curtos e apressados que chegam em resposta a três ou quatro longas cartas enviadas por mim!

Oh, é cruel me deixar sozinha durante tanto tempo! Arthur sabe que não tenho ninguém com quem conversar além de Rachel, pois não temos vizinhos aqui, com exceção dos Hargraves, cuja residência mal posso discernir das janelas mais altas, aninhada entre as colinas baixas e cheias de árvores que ficam para além do rio Dale. Fiquei feliz quando soube que Milicent vivia tão perto de nós; sua companhia seria um grande consolo para mim agora, mas ela ainda está na cidade com a mãe. Não há ninguém na casa além da pequena Esther e sua preceptora francesa, pois Walter também está ausente. Conheci esse modelo de perfeição masculina em Londres: ele não pareceu merecer muito os louvores de sua mãe e irmã, embora decerto seja mais falante e cordial que Lorde Lowborough, mais franco e nobre que o Sr. Grimsby e mais educado que o Sr. Hattersley, únicos outros amigos que Arthur considerou ser apropriado apresentar para mim. Oh, Arthur, por que não volta? Por que não escreve para mim, pelo menos? Falou da minha saúde! Como pode esperar que eu recupere meu vigor e viço aqui, me consumindo, sozinha e ansiosa, dia após dia? Seria uma boa lição para você voltar e ver que minha beleza se esvaiu por completo. Eu imploraria que meus tios ou meu irmão viessem me visitar, mas não gosto de reclamar da minha solidão para eles; e, na verdade, a solidão é o menor dos meus sofrimentos. Mas o que ele está fazendo? Por que continua longe? São essas perguntas incessantes e as horríveis suspeitas trazidas por elas que me fazem perder a razão.

3 de julho

Minha última carta, tão infeliz, afinal arrancou uma resposta de Arthur — bem mais longa que o habitual. Mas, ainda assim, não sei o que pensar. Ele, num tom brincalhão, briga comigo pelo rancor e a mágoa que expressei no papel, me diz que não posso conceber a quantidade de compromissos que o estão mantendo longe de casa, mas jura que, apesar de todos eles, sem dúvida estará ao meu lado até o fim da semana que vem, embora seja impossível para um homem em suas circunstâncias determinar a data exata de seu retorno. Por enquanto, pede que eu exercite a paciência, "a maior virtude feminina", para que lembre que "a ausência fortalece as grandes paixões", e me conforte sabendo que, quanto mais tempo passar longe de mim, mais me amará quando retornar; e, até que isso aconteça, me implora que continue escrevendo para ele constantemente, pois, embora às vezes sinta preguiça e com frequência esteja ocupado demais para responder minhas cartas, adora recebê-las todos os dias. Assim, se eu cumprir a ameaça de punir sua aparente negligência deixando de mandá-las, ficará com tanta raiva que fará de tudo para me esquecer. E acrescenta essa informação a respeito da pobre Milicent Hargrave:

"É provável que sua amiguinha Milicent vá, daqui a pouco tempo, seguir seu exemplo e contrair matrimônio com um amigo meu. Como você sabe, Hattersley ainda não cumpriu a terrível promessa de entregar sua preciosa pessoa à primeira solteirona que lhe despertar alguma ternura; mas ainda está determinado a se casar antes do fim do ano. 'Mas', disse-me ele, 'preciso de alguém que faça todas as minhas vontades. Não de alguém como *sua* esposa, Huntingdon. Ela é uma beldade, mas parece ter vontade própria e ser uma megera de vez em quando.' (Eu pensei: 'Você tem razão, rapaz', mas não disse nada.) 'Preciso arrumar uma mulher boa e sossegada, que me deixe fazer o que quiser e ir para onde quiser, sem soltar uma reclamação quer eu esteja em casa ou na rua; pois não quero ser incomodado.' 'Bem', disse eu, 'sei de uma moça perfeita para você, se não se importar com dinheiro: a irmã de Hargrave, Milicent.' Hattersley pediu-me que o apresentasse para ela imediatamente, dizendo ser dono de riquezas ele próprio, ou será, quando seu velho bater as botas. Ou seja, Helen, arrumei uma coisa boa tanto para sua amiga quanto para meu amigo."

Pobre Milicent! Mas não imagino por que aceitaria tal pretendente, alguém tão repugnante para uma moça com tantas ideias sobre o que um homem precisa ser para merecer admiração e amor.

Dia 5

Que lástima! Eu estava errada. Recebi uma longa carta de Milicent esta manhã, me contando que já está noiva e espera se casar antes do fim do mês.

"Mal sei o que dizer sobre isso", escreve ela, "ou o que pensar. Para lhe dizer a verdade, Helen, não gosto nem um pouco da ideia. Se vou *mesmo* ser a esposa do Sr. Hattersley, devo tentar amá-lo. E tento mesmo, com todas as minhas forças, mas ainda não fiz grandes progressos. O pior sintoma disso é que, quanto mais longe o Sr. Hattersley está de mim, mais gosto dele. Ele me amedronta com seus modos abruptos e insolentes e eu tenho pavor de pensar em me casar com ele. 'Então, por que aceitou o pedido?', perguntará você. Não sabia que tinha aceitado; mas mamãe me disse que sim e ele parece achar o mesmo. Decerto, não foi essa a minha intenção; mas não quis recusar categoricamente, temendo que mamãe ficasse triste e zangada (pois sabia que ela queria que me casasse com ele). E achei melhor conversar com ela primeiro, por isso dei-lhe uma resposta que pensei ser evasiva e meio negativa. Mas mamãe disse que foi a mesma coisa que aceitar o pedido e que o Sr. Hattersley me consideraria muito caprichosa se eu tentasse voltar atrás. Na verdade, fiquei tão confusa e amedrontada na hora que mal sei o que disse. E, na vez seguinte em que o vi, ele me abordou com a confiança de um noivo e no mesmo instante começou a resolver todas as questões com mamãe. Não tive coragem de contrariá-los na ocasião; e como poderia fazê-lo agora? Não posso; achariam que sou louca. Além do mais, mamãe está deliciada com o casamento. Acha que conseguiu um ótimo noivo para mim e não suporto desapontá-la. Às vezes eu reclamo e tento dizer o que sinto, mas não tem ideia das coisas que ela fala. O Sr. Hattersley, como você sabe, é filho de um banqueiro rico; e, como Esther e eu não temos dote e Walter só vai receber uma pequena herança, nossa querida mamãe está muito ansiosa para ver os três bem-casados, quer dizer, com cônjuges ricos; essa não é *minha* ideia de ser bem-casado, mas as intenções dela são as melhores. Mamãe diz que, quando me vir numa situação estável e não tiver mais de se responsabilizar por mim, sentirá um alívio enorme; e me assegura de que isso será bom para a família toda, não só para mim. Até Walter está feliz com a perspectiva e, quando confessei minha relutância, disse que era bobagem de criança. *Você* acha que é bobagem, Helen? Não me importaria se visse a possibilidade de um dia amá-lo e admirá-lo, mas não vejo. Não há nada no Sr. Hattersley que faça nascer a estima e a afeição: ele é diametralmente oposto ao marido que imaginei que teria. Por favor, escreva-me e diga tudo o que puder para me encorajar. Não tente me dissuadir, pois meu destino está traçado: os preparativos para o importante evento já estão acontecendo ao meu redor. E não diga nada contra o Sr. Hattersley, pois desejo pensar bem dele; e, embora eu própria tenha falado mal dele, foi pela última vez.

Daqui em diante, jamais me permitirei dizer uma palavra que não seja para louvá-lo, por mais que mereça; e quem ousar falar com desprezo do homem que prometi amar, honrar e obedecer, deverá esperar me ofender seriamente. Afinal, acredito que o Sr. Hattersley é tão bom quanto o Sr. Huntingdon, se não for melhor; e você o ama e parece estar feliz e satisfeita. Assim, talvez eu consiga também. Precisa me dizer, se puder, que o Sr. Hattersley é melhor do que parece — que é um homem íntegro, honrado e de coração aberto; um verdadeiro diamante bruto. Talvez seja tudo isso, mas eu não o conheço; conheço apenas o exterior e aquela que acredito ser a pior parte dele."

Ela conclui dizendo: "Adeus, querida Helen. Espero ansiosamente por seu conselho — mas, por favor, não me aconselhe a fazer o que não posso."

Pobre Milicent! Como posso encorajá-la? Ou aconselhá-la? Só posso lhe dizer que é melhor ser firme agora, ainda que à custa de desapontar mãe, irmão e noivo, do que dedicar sua vida toda à infelicidade e ao arrependimento vão.

Sábado, dia 13

A semana acabou e Arthur não veio. O doce verão está passando sem que eu tenha um fiapo de prazer ou que ele se beneficie de alguma maneira. E eu que tinha ansiado por esta estação, acalentando uma ilusão de que desfrutaríamos dela juntos; e que, com a ajuda de Deus e meus esforços, ela seria o meio de elevar a mente de Arthur e refinar seus gostos, fazendo-o desenvolver uma apreciação salutar pelos deleites puros da natureza, da paz e do amor divino. Mas agora, no fim da tarde, quando vejo o sol vermelho desaparecendo atrás daquelas colinas cobertas de árvores, e deixando-as adormecidas e banhadas com um brilho cálido e dourado, só penso que mais um lindo dia foi perdido por ele e por mim. E, de manhã, quando sou acordada pelos gorjeios dos pardais e o canto alegre das andorinhas — todos ocupados em alimentar seus pequenos, e com os corpinhos cheios de vida e felicidade — e abro a janela para inalar aquele ar morno que revive a alma, olhando para a linda paisagem risonha, repleta de orvalho e luz do sol, muitas vezes envergonho a cena gloriosa com lágrimas de infelicidade ingrata, por *ele* não poder sentir sua influência refrescante. E, quando vagueio pela floresta ancestral e encontro as flores silvestres sorrindo em meu caminho, ou sento à sombra dos nobres freixos que há em nossa propriedade, com galhos que balançam devagar ao sabor da brisa leve que murmura por entre a folhagem, ouvindo aquela melodia baixinha misturada ao rumor onírico dos insetos; quando meus olhos fitam distraidamente a superfície do laguinho ali adiante, com as árvores que pontilham suas margens, algumas se abaixando, graciosas, para beijar as águas, outras erguendo as cabeças imponentes bem alto, mas esticando braços compridos, e todas refletidas com fidelidade naquele espelho fundo — embora as imagens às vezes sejam perturbadas pelas brincadeiras dos insetos aquáticos e, às vezes, por um momento, o conjunto todo estremeça e se despedace com uma brisa rápida que passa com aspereza demais —, mesmo assim, não sinto prazer. Pois, quanto maior é a felicidade que a natureza descortina para mim, mais lamento que *ele* não esteja aqui para vê-la. Quanto maior é a bênção de que poderíamos estar desfrutando juntos, mais sinto nossa infelicidade em estarmos separados (sim, nossa; ele deve estar infeliz, embora talvez não saiba). E, quanto mais meus sentidos se deliciam, mais meu coração fica oprimido; pois está com ele, confinado na poeira e na fumaça de Londres — talvez, entre as paredes de seu abominável clube.

Mas, principalmente à noite, quando entro em meu quarto solitário e olho para a lua de verão, a doce regente do céu, pairando sobre mim na abóbada negro-azulada, banhando com uma luminosidade prateada o jardim, o bosque e a água, tão pura, tão cheia de paz, tão divina, e penso "Onde ele estará agora? O que estará fazendo neste momento? Sem nenhuma consciência dessa cena magnífica... Talvez festejando com seus companheiros, talvez..." Oh, Deus me ajude! É demais! *Demais!*

Dia 23

Graças aos céus, Arthur chegou, afinal! Mas como está alterado! Rubro e febril, apático e lânguido, menos bonito, o que é muito estranho, e sem nenhum vigor ou vivacidade. Não falei uma palavra ou lancei um olhar de repreensão; nem sequer lhe perguntei o que andou fazendo. Não tenho coragem, pois acho que ele está com vergonha — só pode estar —, e tais indagações só seriam dolorosas para nós dois. Minha paciência lhe dá prazer — até mesmo o deixa tocado, estou inclinada a acreditar. Arthur diz que está feliz por estar em casa de novo, e Deus sabe como eu estou feliz por tê-lo de volta, mesmo nesse estado. Passa quase o dia todo deitado no sofá; e eu fico horas tocando e cantando para ele. Escrevo suas cartas e pego tudo o que deseja; às vezes leio para ele, às vezes converso e às vezes apenas o conforto com carícias silenciosas. Sei que ele não merece e temo estar mimando-o; mas, só dessa vez, irei perdoá-lo, sem cobrar nada e de maneira absoluta — farei com que sua vergonha o leve à virtude se puder, e jamais permitirei que me abandone de novo.

Ele está feliz com minha atenção — talvez grato por ela. Gosta de me ter ao seu lado; e, embora rabugento com os criados e com os cães, é gentil e doce comigo. Como estaria se eu não adivinhasse todos os seus desejos e evitasse com tanto cuidado — ou desistisse imediatamente — de fazer qualquer coisa que possa irritá-lo ou perturbá-lo, por qualquer motivo, não sei. Como gostaria que ele merecesse todo esse carinho! Na noite passada, quando estava sentada ao lado de Arthur, com sua cabeça no meu colo, passando os dedos em seus lindos cachos, esse pensamento fez meus olhos transbordarem de lágrimas amargas, como sempre acontece. Mas, dessa vez, uma lágrima caiu no rosto dele e o fez erguer o olhar. Ele sorriu, mas não de maneira ofensiva.

— Querida Helen! Por que está chorando? Sabe que eu amo você — disse ele, pressionando minha mão contra os lábios febris. — E o que mais poderia desejar?

— Apenas, Arthur, que você amasse *a si mesmo* de maneira tão sincera e fiel quanto eu o amo.

— Isso seria difícil de fato! — disse ele, apertando minha mão com ternura.

Não sei se Arthur compreendeu inteiramente o que eu queria dizer. Mas sorriu — um sorriso pensativo e até triste, o que é muito raro nele. Então fechou os olhos e dormiu, parecendo tão sem preocupação e sem pecado quanto uma criança. Enquanto observava aquele sono plácido, meu coração ficou mais pesado do que nunca e minhas lágrimas rolaram sem que eu tentasse estancá-las.

24 de agosto

Arthur voltou ao normal. Está tão vigoroso e tão imprudente quanto sempre foi, com o coração e a cabeça leves, além de ter voltado a ser tão irrequieto e difícil de agradar quanto uma criança mimada — e quase tão travesso, principalmente quando a chuva não o deixa sair de casa. Gostaria que tivesse algo para fazer, um trabalho útil, uma profissão — qualquer coisa que ocupasse sua cabeça e suas mãos durante algumas horas por dia e lhe desse algo em que pensar além de no próprio prazer. Se ele cuidasse da própria fazenda... Mas Arthur não entende nada disso nem quer considerar a hipótese. Ou, se se dedicasse a algum estudo literário, ou aprendesse a desenhar ou a tocar um instrumento... Como adora música, muitas vezes tento persuadi-lo a aprender piano, mas ele é preguiçoso demais para tal empreitada. Tem tanta vontade de se esforçar para superar obstáculos quanto de reprimir seus apetites naturais; e essas duas coisas são sua ruína. Para mim, os culpados por ambas são seu pai severo, porém distante, e sua mãe absurdamente indulgente. Se um dia for mãe, farei de tudo para não cometer o *crime* do excesso de indulgência — não posso considerar que seja outra coisa além de um crime, quando penso nos males que causa.

Por sorte, logo entraremos na temporada de caça, então, se o tempo permitir, Arthur encontrará ocupação suficiente perseguindo e eliminando as perdizes e os faisões. Não há tetrazes em nossa propriedade; se houvesse, ele poderia estar caçando no momento, em vez de deitado sob o pé de acácia, puxando as orelhas do pobre Dash. Mas diz que é tedioso caçar sozinho; precisa ter um ou dois amigos para ajudá-lo.

— Que eles sejam pessoas mais ou menos decentes, então, Arthur — respondi.

A palavra "amigo" na boca dele me faz estremecer. Sei que foram alguns desses "amigos" que o convenceram a ficar em Londres e o mantiveram lá durante tanto tempo. Na verdade, pelo que ele me contou em momentos de franqueza, ou insinuou em algumas ocasiões, não tenho dúvidas de que com frequência mostrava minhas cartas para esses homens, querendo que vissem o carinho com que sua esposa cuidava de seus interesses e quanto lamentava sua ausência; e sei também que eles o induziram a permanecer na cidade semana após semana e a mergulhar em toda sorte de excessos, para, assim, evitar que caçoassem dele, chamando-o de pau-mandado, ou, talvez, para mostrar quão longe ousaria ir sem correr o risco de perder minha afeição. É uma ideia odiosa, mas não posso deixar de acreditar nela.

— Bem — disse ele —, pensei em Lorde Lowborough, por exemplo. Mas não há possibilidade de que venha sem sua cara-metade, nossa amiga mútua, Annabella. Por isso, precisamos convidar os dois. Não tem medo dela, tem, Helen? — perguntou, com um brilho travesso nos olhos.

— É claro que não. Por que teria? E mais quem?

— Hargrave, por exemplo. Ele ficará feliz em vir, embora sua propriedade fique tão próxima, pois tem poucas terras onde caçar. Além do mais, poderemos estender nossa depredação até lá, se quisermos. E ele é completamente respeitável, Helen, um grande cavalheiro. E acho que Grimsby também. É um rapaz suficientemente decente e sossegado. Não vai se importar de eu chamar Grimsby?

— Eu o detesto. Mas, se você quiser, tentarei suportar sua presença durante algum tempo.

— É puro preconceito, Helen... mera antipatia de mulher.

— Não; tenho uma base sólida para não gostar dele. Só esses?

— Bem, acho que sim. Hattersley vai estar ocupado demais fazendo declarações e arrulhando com a esposa para ter tempo para as armas e os cães no momento.

Isso me lembra de que recebi diversas cartas de Milicent desde o casamento, e que ela ou está, ou finge estar, bastante conformada com seu quinhão. Garante ter descoberto incontáveis virtudes e perfeições no marido, algumas das quais, temo eu, olhos menos parciais não conseguiriam discernir, mesmo que as procurassem com cuidado e por entre lágrimas. E, agora que Milicent está acostumada com a voz alta e os modos abruptos e rudes do Sr. Hattersley, afirma que não tem dificuldade em amá-lo como uma esposa deve amar o marido, e implora que eu queime a carta onde falou dele de forma tão imprudente. Assim, torço para que ela esteja feliz, no final das contas; mas, se estiver, vai ser puramente uma recompensa pela bondade de seu coração, pois, se tivesse escolhido se considerar uma vítima do destino ou das preocupações mundanas da mãe, poderia ter sido muito infeliz. E se, por senso de dever, não tivesse feito todos os esforços possíveis para amar o marido, sem dúvida o teria odiado até o fim de seus dias.

26

Os convidados

23 de setembro

Nossos convidados chegaram há cerca de três semanas. Lorde e Lady Lowborough estão casados há mais de oito meses; e eu devo reconhecer o mérito da dama, ao dizer que seu marido está completamente alterado: sua aparência, seu ânimo e seu humor passaram por uma melhora visível desde a última vez em que o vi. Mas ainda seria possível progredir mais. Ele não está sempre alegre e nem sempre satisfeito, e ela, muitas vezes, reclama de sua rabugice. No entanto, devia ser a última pessoa do mundo a acusá-lo disso, pois Lorde Lowborough nunca fica de mau humor com a esposa, a não ser quando esta se comporta de maneira que irritaria até um santo. Ele ainda a idolatra e iria até o fim do mundo para agradá-la. Annabella conhece seu poder e não se furta de usá-lo; mas, sabendo bem que adular é melhor do que comandar, sabiamente tempera o despotismo com elogios e bajulações suficientes para que Lorde Lowborough se considere um homem amado e feliz. No entanto, às vezes uma sombra passa pelo cenho dele, mesmo na presença de Annabella, sendo evidente que é o resultado de melancolia e não irritação, e em geral causada pelo temperamento irregular ou pela mente falha dela, como quando contradiz com crueldade as opiniões que são mais caras ao marido, ou mostra uma indiferença de princípios que o faz lamentar amargamente que não seja tão boa quanto é bela e adorada. Tenho pena de Lorde Lowborough, pois sei como é triste se sentir assim.

Mas Annabella tem outra maneira de atormentá-lo que também faz de mim uma sofredora — ou poderia fazer, se eu escolhesse me encarar como tal. Ela flerta de forma aberta, mas não óbvia demais, com o Sr. Huntingdon, que se mostra mais do que disposto a ser seu parceiro nesse jogo. Mas não me importo com isso, pois sei que, da parte dele, não há nada além de vaidade e um desejo travesso de despertar o meu ciúme, e talvez de irritar o amigo. Annabella, sem dúvida, deve ser movida pelos mesmos motivos; as manobras *dela* são mais maldosas e menos brincalhonas. É evidente, portanto, que é do meu interesse decepcionar ambos preservando uma serenidade impassível diante de tudo isso; assim, tento demonstrar a mais perfeita confiança no meu marido e a maior indiferença às artes de minha bela convidada. Só repreendi o primeiro uma vez, e foi por rir da expressão deprimida e ansiosa de Lorde Lowborough certa noite, quando os dois tinham se comportado de maneira particularmente desagradável. Nessa ocasião, falei bastante e dei-lhe uma bronca severa; mas Arthur apenas riu e disse:

— Você sente pena dele, Helen; não sente?

— Sinto pena de qualquer um que é tratado de forma injusta; e sinto pena daqueles que os magoam também.

— Ora, Helen, está com tanto ciúme quanto ele! — exclamou, rindo ainda mais.

Foi impossível convencê-lo de que estava errado. Assim, desde aquele dia, tomei o cuidado de não fazer qualquer menção ao assunto, deixando que Lorde Lowborough se virasse sozinho. Ele ou não tem bom senso ou não tem força de vontade bastante para seguir o meu exemplo, embora tente esconder sua insegurança tão bem quanto eu. Ainda assim, ela aparece estampada em seu rosto, e sua irritação se mostra de tempos em tempos, embora não em um ressentimento aberto — os outros dois nunca vão tão longe. Mas confesso que sinto ciúmes, sim, às vezes — um ciúme doloroso e amargo que surge quando Annabella canta e toca para Arthur e ele se debruça sobre o instrumento e se perde na voz dela com um interesse genuíno; pois então sei que ele está realmente deliciado e que não tenho o poder de despertar ardor semelhante. Posso diverti-lo e agradá-lo com minhas canções simples, mas não fazer com que sinta tamanho deleite.

Eu poderia retaliar se quisesse, pois o Sr. Hargrave tem se disposto a ser muito educado e atencioso comigo na qualidade de anfitriã — especialmente quando Arthur está sendo mais negligente. Não sei se faz isso porque quer demonstrar uma compaixão equivocada por mim ou se é pelo desejo de provar quanto é educado em comparação com o amigo descuidado; de qualquer maneira, suas atenções me causam um profundo desgosto. Se Arthur é um pouco desatento, é claro que é desagradável ter esse defeito exacerbado pelo contraste; e ver que sentem pena de mim e me consideram uma esposa abandonada, quando não sou nada disso, é um insulto que mal posso suportar. Mas, em nome da hospitalidade, tento reprimir meu ressentimento, que mal tenho razão de sentir, e me comportar de maneira cortês com nosso convidado que, justiça seja feita, não é de forma alguma um companheiro enfadonho. Sabe conversar bem, possui conhecimento e bom gosto consideráveis, e fala de coisas que Arthur jamais seria induzido a discutir e sobre as quais nunca se interessaria. Mas Arthur não gosta que eu fale com o Sr. Hargrave e fica visivelmente irritado pelo menor gesto de amabilidade dele. Não que meu marido tenha desconfianças indignas de mim — nem creio que tenha do amigo —, mas não lhe agrada que eu sinta prazer em nada além dele próprio, ou que receba qualquer sombra de homenagem ou gentileza, com exceção daquelas que escolhe me conceder. Arthur sabe que é o meu sol, mas, quando decide me privar de sua luz, deseja que meu céu seja só escuridão; não pode suportar que haja uma lua para mitigar minha privação. É uma injustiça; e às vezes me sinto tentada a caçoar dele por causa disso. Mas não cederei à tentação. Se Arthur for longe demais ao brincar com meus sentimentos, encontrarei outra maneira de fazê-lo parar.

Dia 28

Ontem fomos todos ao Grove, o lar quase abandonado pelo Sr. Hargrave. A mãe dele sempre nos convida para uma visita, desejando ter o prazer da companhia de seu querido Walter; e, dessa vez, havia nos convidado para um jantar, tendo reunido todas as melhores famílias da região para participar. O evento foi bastante suntuoso; mas não pude deixar de pensar no custo dele durante todo o tempo que passamos lá. Acho que não gosto da

Sra. Hargrave; é uma mulher dura, pretensiosa e mundana. Teria dinheiro suficiente para viver de forma bastante confortável se soubesse usá-lo com parcimônia e houvesse ensinado o filho a fazer o mesmo, mas está sempre se esforçando para manter as aparências, com aquele orgulho desprezível que crê que a pobreza evidente é um crime vergonhoso. Ela se aproveita de seus inquilinos, explora os criados e priva até a si mesma e as filhas dos verdadeiros confortos da vida, pois não se permite reconhecer que tem menos nem do que aqueles que possuem uma fortuna três vezes maior e, acima de tudo, porque está decidida a permitir que o idolatrado filho possa "manter a cabeça erguida diante de qualquer cavalheiro do país". Esse filho é, imagino, um homem de hábitos caros — não um gastador inveterado nem um hedonista absoluto, mas alguém que gosta de ter tudo do bom e do melhor e que se entrega um pouco aos prazeres juvenis, não tanto para satisfazer seus próprios gostos, mas para manter a reputação de homem refinado e de alguém a ser encarado com respeito pelos amigos baderneiros. É egoísta demais para levar em consideração quantos confortos poderiam ser obtidos pela mãe e pelas irmãs que tanto o amam com o dinheiro que desperdiça consigo: contanto que elas consigam manter decentemente as aparências quando vão à cidade, o Sr. Hargrave mal se importa com as privações que passam em casa. Isso é uma opinião dura do "querido, nobre e generoso Walter", mas temo que seja bastante justa.

A ansiedade da Sra. Hargrave em conseguir maridos ricos para as filhas é em parte a causa e em parte o resultado desses erros: ao manter um ar de opulência e fazer com que as filhas apareçam na alta sociedade em grande estilo, espera lhes dar melhores chances; mas, ao gastar demais e esbanjar tanto com o filho, desperdiça a herança delas e faz com que se transformem em fardos. Temo que a pobre Milicent já tenha sido sacrificada às manobras dessa equivocada mãe, que se parabeniza por ter cumprido de maneira tão satisfatória seu dever maternal e espera conseguir um partido tão bom quanto o Sr. Hattersley para Esther. Mas Esther ainda é uma criança — uma menininha levada de 14 anos. Tão inocente e simples quanto a irmã, mas com um espírito destemido peculiar que, acredito, a mãe terá dificuldades em dobrar.

27

Uma transgressão

9 de outubro

Enquanto os cavalheiros estão vagando pelo bosque e Lady Lowborough se ocupa escrevendo cartas, retornarei ao meu relato com o propósito de registrar falas e atos de um tipo que, espero, jamais terei de descrever de novo.

Na noite do dia 4, um pouco depois do chá, Annabella cantou e tocou, como sempre, com Arthur ao seu lado. Quando terminou a canção, permaneceu sentada diante do instrumento; e ele ficou de pé, apoiado no espaldar de sua cadeira, conversando num sussurro que mal era audível, com o rosto bem próximo do dela. Olhei para Lorde Lowborough. Ele estava na outra extremidade da sala, conversando com o Sr. Hargrave e com o Sr. Grimsby; mas vi que lançou à esposa e ao anfitrião um olhar rápido e impaciente que expressava grande inquietação, diante do qual Grimsby sorriu. Resolvida a interromper aquele *tête-à-tête*, eu me levantei e, selecionando uma partitura da estante, aproximei-me do piano, com a intenção de pedir que Annabella a tocasse. Mas fiquei paralisada e muda ao vê-la sentada ali, ouvindo, com o que me pareceu ser um sorriso exultante no rosto corado, os murmúrios suaves de Arthur, com a mão pousada na dele. O sangue, primeiro, me subiu ao coração e, depois, à cabeça; pois aconteceu mais do que isso. Quase no mesmo instante em que me aproximei, Arthur olhou depressa por cima do ombro, na direção dos outros ocupantes da sala, e então beijou com ardor aquela mão, que não esboçou nenhum gesto de resistência. Ao erguer os olhos, ele me viu e largou-a, confuso e consternado. Annabella também me viu e me confrontou com um olhar duro e desafiador. Deixei a partitura sobre o piano e me afastei. Senti-me nauseada, mas não saí da sala. Por sorte, já estava tarde e não ia demorar muito para que os convidados se retirassem. Fui até a lareira e pousei a cabeça no consolo. Após um ou dois minutos, alguém me perguntou se estava me sentindo bem. Não respondi — na verdade, naquele momento, mal consegui compreender o que estava sendo dito —, mas ergui os olhos num gesto automático e me deparei com o Sr. Hargrave parado ao meu lado sobre o tapete.

— Quer que eu pegue uma taça de vinho? — perguntou ele.

— Não, obrigada — respondi.

Olhei em volta. Lady Lowborough estava ao lado do marido, debruçada sobre ele, que estava sentado com a mão em seu ombro, falando baixinho e sorrindo; Arthur estava diante da mesa olhando um livro de gravuras. Sentei-me na cadeira mais próxima; e o Sr. Hargrave, vendo que seus serviços não eram desejados, teve o discernimento de se afastar. Pouco tempo depois, os convidados começaram a se retirar e, quando se encaminhavam para seus aposentos, Arthur se aproximou, com um sorriso da mais perfeita confiança.

— Está *muito* zangada, Helen? — murmurou.

— Isso não é brincadeira, Arthur — respondi muito séria, mas com toda a calma possível. — A não ser que pense que é brincadeira perder meu amor para sempre.

— O que é isso! Está tão rancorosa assim? — perguntou ele, agarrando minha mão com uma risada.

Eu a retirei dali com indignação, quase com nojo, pois Arthur estava obviamente alterado pelo vinho.

— Então, vou me atirar aos seus pés.

E, ajoelhando-se diante de mim com as mãos postas e um ar de falsa humildade, ele disse, num tom súplice:

— Perdoe-me, Helen! Querida Helen, me perdoe e eu *jamais* farei isso de novo!

Depois, enfiando o rosto no lenço, fingiu soluçar bem alto.

No meio dessa cena, peguei minha vela e, saindo da sala sem emitir nenhum ruído, fui para o andar de cima o mais rápido que pude. Mas Arthur logo descobriu minha ausência e, correndo atrás de mim, enlaçoume bem no momento em que estava prestes a entrar no quarto e fechar a porta em sua cara.

— Não, não, por Deus, você não vai me escapar! — exclamou.

Então, alarmado com minha agitação, implorou-me que não ficasse tão furiosa, dizendo-me que meu rosto estava branco e eu ia acabar me matando se continuasse assim.

— Largue-me, então — murmurei.

Ele me soltou no mesmo instante — e foi bom que o tivesse feito, pois eu estava mesmo tendo um ataque de fúria. Afundei na poltrona e tentei me recompor, pois queria falar calmamente com Arthur. Ele ficou ao meu lado, mas não ousou me tocar ou dizer nada durante alguns segundos; depois, aproximando-se um pouco mais, pôs-se sobre um dos joelhos, não com uma humildade falsa, mas para ficar com o rosto mais perto do meu. Colocando a mão sobre o braço da poltrona, disse baixinho:

— É tudo bobagem, Helen. Uma brincadeira, um nada. Não vale a pena nem pensar nisso. Será que *nunca* vai aprender — continuou, com mais ênfase — que não tem nada a temer de minha parte? Que sou completamente apaixonado por você? E — acrescentou, com um sorriso furtivo —, se um dia pensar em outra, não deve se importar, pois esses flertes surgem e desaparecem com a rapidez de um raio, enquanto meu amor por você é uma luz constante como a do sol. Sua tirana exorbitante, será que *isso* não...

— Arthur, fique em silêncio por um instante e me ouça. Não pense que estou furiosa de ciúmes. Estou perfeitamente calma. Pegue minha mão — afirmei, estendendo-a com um ar grave em sua direção, mas então agarrando a dele com uma energia que pareceu me desmentir e que o fez dar um sorriso. — Não precisa sorrir, senhor — continuei, apertando ainda mais e encarando-o com uma firmeza que quase o fez se encolher. — Pode achar que não há problema nenhum, Sr. Huntingdon, em se divertir me fazendo sentir ciúmes; mas cuidado para não me fazer sentir ódio. Quando meu amor tiver se extinguido, vai ver que não será nada fácil reviver a chama dele.

— Bem, Helen, não vou repetir a ofensa. Mas garanto-lhe que não significou nada. Bebi vinho demais e não sabia direito o que estava fazendo.

— Você muitas vezes bebe vinho demais, e essa é outra coisa que eu detesto.

Arthur ergueu o olhar, atônito com a minha agressividade.

— Sim — continuei. — Nunca tinha mencionado isso, porque sentia vergonha de fazê-lo; mas agora lhe direi que isso me perturba e talvez passe a me causar repulsa se você permitir que o hábito fique cada vez mais forte, o que acontecerá, se não o reprimir logo. Mas nem toda a sua conduta com Lady Lowborough se deve ao vinho; e esta noite sabia perfeitamente o que estava fazendo.

— Bem, eu lamento — disse ele, mais emburrado do que contrito. — O que mais você quer?

— Lamenta que eu tenha lhe visto, aposto — respondi com frieza.

— Se não tivesse visto — murmurou ele, com os olhos fixos no tapete —, não teria tido nenhum problema.

Meu coração quase estourou; mas engoli com esforço minha emoção e disse, com calma:

— Acha mesmo que não?

— Não — respondeu ele sem se intimidar. — Afinal, o que foi que eu fiz? Nada. Você que está transformando isso em motivo para acusação e preocupação.

— E o que Lorde Lowborough, seu *amigo*, pensaria se soubesse? Ou o que você pensaria se ele ou qualquer outro fizesse comigo o que fez com Annabella?

— Daria um tiro na cabeça dele.

— Então, Arthur, como pode dizer que não foi nada? Uma ofensa que você acha que justificaria dar um tiro na cabeça de outro homem. Por acaso não é nada brincar com os sentimentos de seu amigo e com os meus? Tentar roubar de um marido a afeição de sua mulher, aquilo ao qual ele dá mais valor do que ao ouro e que, portanto, é mais desonesto tomar? Os votos do casamento são uma brincadeira? E não é nada violá-los e levar outra pessoa a cair na tentação de fazer o mesmo? Será que posso amar um homem que faz tais coisas e afirma friamente que isso não é nada?

— Você está violando seus votos de casamento — disse Arthur, se levantando, indignado, e andando de um lado para outro. — Prometeu me honrar e me obedecer e agora quer me tiranizar, me ameaçar, me acusar, dizer que eu sou pior que um ladrão. Se não fosse pelo seu estado, Helen, não me submeteria a isso com tanta mansidão. Não vou permitir que nenhuma mulher mande em mim, nem mesmo a minha esposa.

— E vai fazer o quê? Vai continuar assim até que eu o odeie e depois me acusar de violar os meus votos?

Ele ficou em silêncio por um momento e então respondeu:

— Você nunca vai me odiar.

E, voltando à posição anterior aos meus pés, repetiu com mais veemência:

— Não pode me odiar enquanto eu a amar.

— Mas como posso acreditar que você me ama se continuar a agir desse jeito? Imagine-se no meu lugar. Acharia que eu o amo se fizesse isso? Acreditaria nas minhas promessas e se manteria fiel a mim nessas circunstâncias?

— É diferente. A natureza da mulher é ser constante. Amar apenas um homem de maneira cega, terna e para sempre. Que Deus abençoe essas adoráveis criaturas! E você acima de todas. Mas precisa ter um pouco de compaixão por nós, Helen. Precisa nos dar um pouco mais de liberdade, pois, como diz Shakespeare:

Embora elogiemos a nós mesmos
Nossos amores são mais frívolos e inconstantes
Mais ardentes, vacilantes, ligeiros ao serem perdidos e ganhos
Que os das mulheres.*

— O que quer dizer com isso? Que seus amores foram perdidos por mim e ganhos por Lady Lowborough?

— Não. Deus é testemunha de que a considero apenas cinzas e pó em comparação com você. E continuarei assim, a não ser que me afaste sendo severa demais. Ela é mundana. Mas não seja austera demais em sua divindade e lembre-se de que sou um pobre e falho mortal. Vamos, Helen. Não vai me perdoar? — perguntou ele, pegando gentilmente a minha mão com um sorriso inocente.

— Se perdoar, você vai repetir a ofensa.

— Juro por...

Noite de reis, de William Shakespeare. (*N. da T.*)

— Não jure. Acreditarei em sua palavra, assim como em seu juramento. Gostaria de poder ter confiança em ambos.

— Experimente, então, Helen. Confie em mim e me perdoe desta vez e verá! Vamos, me sentirei no inferno até ouvir da sua boca.

Eu não disse que o perdoava, mas pousei a mão em seu ombro, beijei sua testa e desatei a chorar. Arthur me deu um abraço terno; e, desde então, estamos bem. Ele tem sido bastante moderado à mesa e tem se comportado bem com Lady Lowborough. No primeiro dia, manteve-se frio com ela, o mais distante que pôde, sem faltar com seus deveres de anfitrião; e, desde então, tem sido amistoso e educado, mas nada além disso. Pelo menos não em minha presença, e acho que em nenhum outro momento, pois ela parece altiva e insatisfeita, e Lorde Lowborough está visivelmente mais alegre e mais cordial com o dono da casa do que antes. De qualquer maneira, ficarei feliz quando todos tiverem ido embora, pois gosto tão pouco de Annabella que é um grande esforço ser polida com ela e, como é a única mulher na casa além de mim, acabamos passando boa parte do tempo juntas. Da próxima vez que a Sra. Hargrave fizer uma visita, encararei sua presença como um grande alívio. Tenho pensado em pedir permissão a Arthur para convidar essa senhora a se hospedar conosco até que os outros convidados partam. Acho que vou fazer isso. Ela considerará isso uma grande gentileza e, embora não aprecie muito sua companhia, será muito bem-vinda como uma terceira pessoa para se colocar entre mim e Lady Lowborough.

A primeira vez que esta última e eu ficamos sozinhas após aquela noite infeliz foi uma ou duas horas depois do café da manhã do dia seguinte, quando os cavalheiros tinham saído depois de passar o tempo usual escrevendo cartas, lendo jornais e jogando conversa fora. Permanecemos em silêncio durante dois ou três minutos. Annabella estava ocupada com sua costura e eu passava os olhos pelas colunas de um jornal do qual já extraíra todo o conteúdo cerca de vinte minutos antes. Fiquei profundamente envergonhada e imaginei que ela devia estar muito mais; mas parece que me enganei. Annabella foi quem falou primeiro; sorrindo com a maior frieza e autoconfiança, disse:

— Seu marido estava bastante alterado na noite passada, Helen. Isso acontece sempre?

Senti o sangue me queimar as faces; mas era melhor que ela atribuísse a conduta de Arthur ao álcool do que a qualquer outra coisa.

— Não — respondi —, e espero que jamais volte a acontecer.

— Deu-lhe uma bela bronca antes de dormir?

— Não. Mas disse que não gostava desse comportamento e ele prometeu que nunca mais voltaria a fazer isso.

— Bem que eu o achei desanimado esta manhã. E quanto a você, Helen, vejo que esteve chorando. Esse é nosso maior recurso, como deve saber. Mas não faz seus olhos arderem? E acha que sempre dá resultado?

— Eu não choro só para conseguir o que quero nem imagino como alguém pode fazer isso.

— Não sei. Ainda não tive oportunidade de experimentar. Mas acho que se Lowborough cometesse tais indecências, eu é que o faria chorar. Não me espanto de você estar com raiva, pois daria uma lição no meu marido que ele demoraria a esquecer por um insulto bem menor do que aquele. Mas ele jamais fará algo do tipo; eu o controlo muito bem.

— Não acha que toma mérito demais para si mesma? Ouvi dizer que Lorde Lowborough já era famoso por sua sobriedade algum tempo antes de se casar com você.

— Ah, está falando do *vinho*. Sim, isso não me preocupa. E quanto a olhar para outra mulher... tampouco vou me preocupar enquanto estiver viva, pois ele me idolatra.

— É mesmo? E tem certeza de que merece isso?

— Ora, isso eu não sei dizer. Você sabe bem que todos somos criaturas falhas, Helen; ninguém merece ser idolatrado. E você? Tem certeza de que seu querido Huntingdon merece todo o amor que sente por ele?

Não soube o que responder. Estava fervendo de raiva; mas reprimi qualquer indício dela, mordendo o lábio e fingindo mexer na peça que estava costurando.

— De qualquer maneira — continuou Annabella, aproveitando-se da vantagem —, pode se consolar sabendo que *você* merece todo o amor que ele lhe dá.

— Isso é um grande elogio. Mas só posso me esforçar por merecer.

Depois disso, mudei de assunto.

28

Amor de mãe

25 de dezembro

No último Natal, eu estava noiva, com o coração transbordando de felicidade pelo presente e repleto de esperanças fervorosas pelo futuro — embora misturadas a receios. Agora sou esposa. Minha felicidade se tornou mais sóbria, mas não foi destruída; minhas esperanças diminuíram, mas não se extinguiram; meus receios aumentaram, mas ainda não foram completamente confirmados. E, graças aos céus, sou mãe também. Deus me enviou uma alma para preparar para o Paraíso, dando-me uma felicidade renovada e mais tranquila e esperanças mais fortes para me confortar. Mas, onde a esperança surge, o medo necessariamente espreita e, quando aperto meu amorzinho contra o peito ou observo seu sono com um deleite indizível e a fé me preenchendo o coração, um ou dois pensamentos sempre aparecem para me roubar a alegria. O primeiro é: ele pode ser tirado de mim. E o segundo: talvez viva, mas acabe amaldiçoando a própria existência. Do primeiro, esse é meu consolo: o botão de flor, ainda que arrancado, não secaria, apenas seria transplantado para um solo mais rico, onde cresceria e seria iluminado por um sol mais forte; e, embora isso fosse significar que eu não poderia mais ter meu filho perto de mim e ver sua mente se desenvolver, ele seria afastado de todo o sofrimento e os pecados da Terra. Meu intelecto me diz que isso não seria um mal tão grande; mas meu coração se encolhe ao contemplar tal possibilidade e sussurra que seria insuportável vê-lo morrer e entregar a um túmulo frio e cruel esse corpinho amado, cálido de vida, sangue do meu sangue e templo da centelha pura que seria minha missão manter imaculada neste mundo. Por isso, imploro com fervor aos céus para poupá-lo, para que ele seja meu conforto e minha alegria, meu protetor, professor e amigo; e para que eu possa guiá-lo pelo perigoso caminho da juventude e treiná-lo para ser um servo de Deus na Terra e uma alma abençoada no Paraíso. Mas, quanto à segunda hipótese, de ele viver para me decepcionar e destruir todos os meus esforços; ser um escravo do pecado, uma vítima do vício e da infelicidade, uma maldição para os outros e para si mesmo; ó Pai, se vós virdes tal vida para ele, tomai-o de mim agora apesar de toda a minha angústia e levai-o do meu seio para o vosso enquanto é um cordeiro inocente!

Meu pequeno Arthur! Você, em seu sono doce, é a imagem em miniatura de seu pai, mas ainda imaculado como a neve que acabou de cair dos céus. Que Deus o proteja de todos os erros dele! Minha vigília e meus esforços para guardar você dele serão incessantes. Ele acordou; seus bracinhos estão esticados em minha direção; seus olhos se abrem; se fixam nos meus, mas sem compreender. Meu anjinho! Você não me reconhece; ainda não pode pensar em mim ou me amar. Mas com que fervor meu coração já está entrelaçado ao seu; como sou grata por toda a alegria que você me deu! Gostaria que seu pai pudesse compartilhá-la comigo — que sentisse meu amor, minha esperança, e tomasse parte em minhas resoluções e meus projetos para o futuro. Não, se pudesse apenas concordar com metade de minhas opiniões e sentir metade do que sinto, isso já seria uma enorme bênção tanto para ele quanto para mim: exaltaria e purificaria sua mente e fortificaria seus laços com sua casa e comigo.

Talvez seu interesse e afeição pelo filho despertem conforme este for se tornando mais velho. No momento, Arthur está satisfeito com sua chegada e espera que ele se torne um menino forte e um herdeiro digno; não diz muito mais do que isso. No início, considerava o filho algo que causava espanto e riso, e que não devia ser tocado; agora, sente quase indiferença, a não ser quando fica impaciente com sua "completa inutilidade" e "imperturbável estupidez" (como ele diz), ou com o fato de que eu dou atenção demais a suas necessidades. Arthur, muitas vezes, vem se sentar ao meu lado quando estou ocupada com meus cuidados maternos. A princípio, achei que fosse pelo prazer de contemplar nosso tesouro inestimável; mas logo descobri que era apenas para desfrutar da minha companhia ou escapar das dores da solidão. Ele é muito bem-vindo, é claro, mas, para uma mãe, o melhor elogio é a apreciação por seu pequeno. Em uma ocasião, me deixou muito chocada. Foi cerca de 15 dias após o nascimento de nosso filho, quando estava comigo no quarto do bebê. Nenhum dos dois dizia nada há algum tempo; eu contemplava meu filhinho enquanto lhe dava de mamar e achei que Arthur estava fazendo o mesmo — se é que pensava nele. Mas, de repente, ele me arrancou do meu devaneio exclamando, impaciente:

— Helen, vou acabar detestando esse desgraçado se você o idolatrar de maneira tão insana! Está completamente apaixonada por ele.

Ergui o olhar, atônita, para ver se Arthur estava falando sério.

— Não pensa em mais nada — continuou ele, no mesmo tom. — Eu posso ir ou vir, estar presente ou ausente, alegre ou triste; para você, tanto faz. Enquanto tiver essa criaturinha feia para mimar, nem quer saber de mim.

— Isso não é verdade, Arthur. Quando você entra no quarto, minha felicidade sempre aumenta; quando está perto de mim, a sensação de sua presença me deixa deliciada, embora não olhe para você; e, quando penso no nosso filho, fico feliz com a ideia de que tem os mesmos pensamentos e sentimentos, embora não os diga em voz alta.

— Como diabos posso desperdiçar meus pensamentos e sentimentos num idiota imprestável como esse?

— É seu filho, Arthur. E, se isso não valer nada para você, lembre-se de que é meu filho; e que deve respeitar o que sinto.

— Ora, não se irrite. Eu falei sem pensar — implorou ele. — Não vejo mal no rapazinho, mas não consigo adorá-lo como você.

— Você vai embalá-lo para mim, de castigo — disse eu, me erguendo e colocando o bebê nos braços do pai.

— Não, Helen. Não! — exclamou ele, realmente nervoso.

— Vai, sim. Vai amá-lo mais depois de tê-lo nos braços.

Depositei o precioso embrulhinho nas mãos dele e fui para o outro lado do quarto, rindo da ridícula expressão de desconcerto de Arthur, com os braços esticados, olhando para o bebê como se ele fosse um ser curioso de uma espécie inteiramente diferente.

— Venha, pegue-o, Helen. Pegue-o. Vou acabar deixando-o cair — disse ele, afinal.

Com pena da angústia dele — ou melhor, pensando na segurança da criança —, peguei-o de seus braços.

— Beije-o, Arthur. Você ainda não o beijou nem uma vez! — pedi, ajoelhando-me e oferecendo-o para ele.

— Prefiro beijar a mãe dele — disse ele, fazendo-o. — Pronto. Não serve isso?

Voltei a me sentar na poltrona e dei uma enxurrada de beijos leves em meu pequeno, para compensar a recusa do pai.

— Lá vai! — disse Arthur, com ciúmes. — Em um minuto, você deu mais beijos nessa ostra obtusa e ingrata do que me deu nas últimas três semanas.

— Então venha cá, seu monopolista insaciável, e vai receber quantos beijos quiser, por mais incorrigível e indigno que seja. Pronto, já não basta? Estou com vontade de não lhe dar mais nenhum até aprender a amar meu bebê como um pai deve.

— Eu gosto do diabinho...

— Arthur!

— Bem, do anjinho. Tanto faz — disse ele, dando um beliscão no narizinho delicado do bebê para provar sua afeição. — Mas não consigo *amá-lo*. O que há para amar? Ele não consegue me amar... ou a você. Não entende uma palavra do que diz para ele ou sente uma centelha de gratidão por toda a sua bondade. Espere até ele conseguir demonstrar alguma afeição por mim. Então, pensarei em amá-lo. No momento, é um hedonista obtuso e egoísta, e se *você* o acha adorável, muito bem. Só não sei como consegue.

— Se você próprio fosse menos egoísta, Arthur, não o veria dessa maneira.

— É possível que não, meu amor. Mas é assim. Não há jeito.

29

O vizinho

25 de dezembro de 1823

Mais um ano se passou. Meu pequeno Arthur está cada vez mais forte. Ele é saudável, embora não seja robusto, e é brincalhão e vivaz. Já é afetuoso e sujeito a emoções que ainda vai demorar muito para conseguir expressar em palavras. Afinal, ganhou o coração do pai; e, agora, meu pavor constante é que seja arruinado pela indulgência impensada dele. Mas também devo tomar cuidado e não ser fraca, pois já sei a tentação que é para uma mãe mimar seu único filho.

Preciso que meu filho me console, pois (posso confessar para este papel, que não dirá nada a ninguém) o pai dele não o faz. Ainda o amo; e ele me ama, do seu jeito. Mas, oh, como é diferente do amor que eu poderia ter dado e que um dia sonhei receber! Quão pouca afinidade existe entre nós; quantos dos meus pensamentos e sentimentos ficam melancolicamente trancados dentro de minha própria mente; como é grande a parte da minha alma que permanece solteira — condenada a ficar rija e amarga na sombra da solidão ou a definhar e morrer pela falta de nutrientes deste solo viciado! Repito: não tenho direito de reclamar. Mas que escreva a verdade — ou, pelo menos, parte da verdade — e veja se fatos mais sombrios não virão a manchar estas páginas. Já estamos juntos há dois anos — o lado romântico do nosso amor está desgastado, como só poderia ser. Não há dúvida de que Arthur nunca sentiu tão pouca afeição por mim, e que eu já descobri todo o lado mau de sua natureza. Se houver alguma mudança, terá de ser para melhor, conforme formos nos acostumando mais e mais um com o outro; não pode ser que atinjamos um nível mais baixo do que este no qual estamos agora. Se isso acontecer, suportarei bem — tão bem, pelo menos, quanto suportei até agora.

Arthur não é aquilo que se costuma chamar de um homem *perverso*. Tem muitas qualidades. Mas é um homem sem autocontrole ou aspirações elevadas; um amante do prazer, que se entrega aos deleites mundanos. Não é um mau marido, mas suas noções de deveres e confortos do matrimônio não são iguais às minhas. A julgar pelas aparências, sua ideia de esposa é alguém que ama o marido com devoção e não sai de casa; alguém que serve o marido, o diverte e pensa em todos os seus confortos enquanto este escolhe ficar ao seu lado; e que, quando ele se ausenta, cuida dos seus interesses, sejam domésticos ou de outro tipo, e espera pacientemente seu retorno, não importa com que ele se ocupe nesse meio-tempo.

No início da primavera, Arthur anunciou que tinha a intenção de ir a Londres. Disse que seus negócios lá exigiam sua presença e que não podia mais deixar de ir. Expressou pesar por me deixar, mas falou que esperava que eu fosse me distrair com o bebê até sua volta.

— Mas por que temos de nos separar? — perguntei. — Posso ir com você. Fico pronta quando quiser.

— Não quer levar o bebê para a cidade, quer?

— Sim. Por que não?

Ele disse que aquilo era absurdo; que a atmosfera de Londres decerto faria mal ao menino e a mim enquanto estivesse amamentando; que os hábitos da cidade e o fato de que sempre dormíamos tarde quando estávamos lá não seriam adequados para mim naquelas circunstâncias. Em resumo, me assegurou de que seria trabalhoso, nocivo e inseguro. Tentei argumentar o melhor que pude, pois estremeci ao pensar na hipótese de Arthur ir sozinho, estando pronta para sacrificar qualquer coisa de minha parte, e muito até da parte de meu filho, para impedir isso. Mas, afinal, ele me disse claramente, e com certa irritação, que não queria que eu fosse. Estava exausto por causa das noites agitadas com o bebê e precisava descansar. Propus que dormíssemos em quartos separados; mas nem assim o convenci.

— A verdade, Arthur, é que você está cansado de minha companhia e resolvido a não me ter ao seu lado. Devia ter dito isso de uma vez.

Ele negou, mas eu saí do cômodo no mesmo instante e corri para o quarto do bebê, tentando esconder o que sentia e me consolar.

Estava magoada demais para expressar mais insatisfação com os planos de Arthur ou até mesmo para voltar a mencionar o assunto, a não ser quando tomamos as providências necessárias para sua partida e para a administração da casa durante sua ausência. Só o abordei um dia antes de sua ida, quando implorei que ele se cuidasse e não enveredasse pelo caminho da tentação. Arthur riu de meu nervosismo, mas assegurou-me de que não havia motivos para eu me sentir assim e prometeu que seguiria meu conselho.

— Suponho que nem adianta lhe pedir para marcar uma data de volta, não é? — perguntei.

— Ora, não. Não posso fazer isso nestas circunstâncias. Mas garanto-lhe, meu amor, que não vou ficar muito tempo fora.

— Não desejo fazer você sentir que é um prisioneiro nesta casa — respondi. — Não me incomodaria se passasse meses a fio longe, se é que consegue ser feliz por tanto tempo longe de mim, contanto que tivesse certeza de que estaria seguro. Mas não gosto da ideia de você lá com aqueles seus amigos, se é que posso chamá-los assim.

— Que bobagem, sua tolinha! Acha que não sei me cuidar?

— Da última vez, não soube. Mas *desta* vez, Arthur — acrescentei, inquieta —, mostre-me que saberá e me ensine que não preciso ter medo de confiar em você.

Ele prometeu, no tom que se usa para consolar uma criança. Mas por acaso cumpriu a promessa? Não. E, daqui em diante, *nunca mais vou confiar em sua palavra*. Como é amargo para mim dizer isso! As lágrimas me cegam enquanto escrevo. Arthur partiu no início de março e só voltou em julho. Não se deu o trabalho de dar desculpas como na viagem anterior, e suas cartas foram menos frequentes, mais curtas e menos carinhosas, em especial depois da primeira semana. Foram ficando cada vez mais espaçadas, mais breves e menos atenciosas. Ainda assim, quando eu deixava de escrever, ele reclamava de minha negligência. Quando escrevia de forma severa a fria, como confesso que acabei fazendo com frequência, me culpava por minha rispidez e dizia que aquilo era o suficiente para deixá-lo assustado demais para voltar para casa; e, quando eu tentava usar métodos mais suaves de persuasão, era mais gentil em suas respostas e me jurava que ia voltar. Mas afinal aprendi a não acreditar em suas promessas.

Foram quatro meses de infelicidade, em que eu alternava entre a ansiedade intensa, o desespero e a indignação; a pena dele e a pena de mim. Ainda assim, em meio a tudo isso, não me faltou uma fonte de conforto: tinha meu amado, inocente e inofensivo bebê para me consolar. Mas até isso era maculado pelo pensamento recorrente: "Como vou ensiná-lo a respeitar o pai e ao mesmo tempo evitar seguir seu exemplo?"

Então me lembrei de que, de certa maneira, fui eu mesma quem trouxe esses infortúnios para a minha vida, e resolvi suportá-los sem um murmúrio de reclamação. Ao mesmo tempo, decidi não me entregar à tristeza em razão das transgressões de outra pessoa e tentar me distrair o melhor que podia; e, além da companhia de meu filho e da minha querida e fiel Rachel — que evidentemente adivinhava que eu estava sofrendo e se compadecia de mim, embora fosse discreta demais para mencionar isso —, tinha meus livros, meus quadros, meus afazeres domésticos e o bem-estar e o conforto dos pobres inquilinos e empregados de Arthur com que me ocupar. Além disso, às vezes buscava e obtinha uma diversão na presença da minha jovem amiga Esther Hargrave. De tempos em tempos, ia visitá-la, e uma ou duas vezes convidei-a para vir passar o dia comigo aqui em casa. A Sra. Hargrave não foi a Londres nesta estação. Por não ter nenhuma filha em idade de casar, achou melhor ficar em casa e economizar. E a maior surpresa foi que Walter veio ficar com ela no começo de junho e permaneceu até o fim de agosto.

A primeira vez em que o vi foi num fim de tarde belo e cálido, quando estava passeando no jardim com o pequeno Arthur e com Rachel, que acumula as funções de babá-chefe e minha criada pessoal — pois, com minha vida isolada e meus hábitos bastante ativos, não preciso de muita ajuda e, como ela cuidara de mim na infância e tinha a ambição de cuidar de meu filho, além de ser tão digna de confiança, dei a ela essa importante tarefa, preferindo deixar apenas uma jovem babá sob sua direção do que empregar mais alguém para ocupar aquele cargo. Isso também é uma medida de economia; e, desde que me informei sobre as finanças de Arthur, aprendi a ver tal fato como mais que um mero detalhe, pois, por desejo meu mesmo, quase toda a minha renda será, pelos próximos anos, empregada no pagamento de suas dívidas, e a quantidade de dinheiro que ele consegue esbanjar em Londres é incompreensível. Mas, voltando ao Sr. Hargrave: eu estava parada ao lado de Rachel diante do lago, divertindo o bebê risonho em seus braços com um galho de salgueiro repleto de florzinhas douradas quando, para minha grande surpresa, ele entrou na propriedade, montado em seu suntuoso cavalo negro de caça, e atravessou o gramado para vir falar comigo. Cumprimentou-me com uma frase bela e elogiosa, de palavras bem-escolhidas, porém recatadas, que sem dúvida viera formando pelo caminho. Disse-me que vinha trazer um recado da mãe, que, ao saber que cavalgaria naquela direção, pedira-lhe que me fizesse uma visita e implorasse pelo prazer de minha companhia num jantar íntimo que daria para a família no dia seguinte.

— Não haverá ninguém além de nós — explicou ele —, mas Esther está muito ansiosa para vê-la; e minha mãe teme que deva estar se sentindo sozinha nessa casa enorme. Ela gostaria de conseguir persuadir a senhora a lhe dar o prazer de sua companhia com mais frequência e a se sentir à vontade em nossa humilde residência até que a volta do Sr. Huntingdon torne a sua mais propensa ao conforto.

— Ela é muito gentil — respondi. — Mas, como vê, não estou sozinha. E aqueles que passam o tempo todo ocupados quase nunca reclamam da solidão.

— Não virá amanhã, então? Ela ficará muito decepcionada se recusar.

Não fiquei muito satisfeita por despertar tanta compaixão com minha solidão; mas, ainda assim, prometi ir ao jantar.

— Que lindo fim de tarde! — observou ele, olhando o belo jardim em volta, com sua imponente colina, seu lago plácido e seu bosque majestoso. — E em que paraíso a senhora mora!

— Está mesmo uma tarde bonita — respondi.

Suspirei ao pensar em quão pouco sua beleza me afetara e em quão distante de um paraíso a propriedade de Grassdale era para mim — sendo que o era ainda menos para aquele que se exilava dela por vontade própria. Não sei se o Sr. Hargrave adivinhou meus pensamentos, mas num tom meio hesitante e cheio de piedade, perguntou se recebera notícias recentes do Sr. Huntingdon.

— Recentes, não — respondi.

— Achei que não — murmurou ele, como quem falava sozinho, olhando para o chão com uma expressão pensativa.

— O senhor voltou de Londres há pouco, não foi? — perguntei.

— Ontem mesmo.

— E encontrou com ele na cidade?

— Sim... encontrei, sim.

— Estava bem?

— Sim. Quero dizer — disse o Sr. Hargrave, com maior hesitação e uma expressão de indignação reprimida —, tão bem quanto merecia estar, mas em circunstâncias que considero inacreditáveis para um homem tão afortunado quanto ele.

Ao afirmar isso, ele ergueu o olhar e finalizou a frase com uma mesura séria para mim. Acho que meu rosto deve ter ficado escarlate.

— Perdoe-me, Sra. Huntingdon — continuou —, mas não consigo deixar de me enfurecer quando vejo uma paixão tão cega e uma perversão tão grande. Mas talvez a senhora não saiba.

Ele então parou de falar.

— Não sei de nada, senhor; a não ser que Arthur tem adiado sua volta mais do que eu esperava. Se, no momento, prefere a companhia dos amigos à da esposa, e a vida dissipada da cidade do que a sossegada do campo, suponho que seja a esses amigos que devo agradecer. Os gostos e as ocupações *deles* são similares aos do meu marido e não vejo por que a conduta desse último deveria causar-lhes indignação ou surpresa.

— Está sendo cruelmente injusta comigo — respondeu o Sr. Hargrave. — Estive pouco na companhia do Sr. Huntingdon nas últimas semanas; e, quanto a seus gostos e ocupações, estão muito além dos meus, apesar de eu vagar sozinho pela vida. Daquilo que apenas provo, ele bebe até a última gota; e se algum dia procurei abafar a voz da reflexão na loucura e na tolice, ou se desperdicei demais meu tempo e minhas habilidades com companheiros imprudentes e dissipados, Deus sabe que os abandonaria por completo e para sempre se tivesse *metade* das bênçãos que aquele homem joga fora de maneira tão ingrata; *metade* do incentivo à virtude e aos hábitos domésticos e ordeiros que ele despreza; se possuísse *tal* lar e *tal* esposa com quem compartilhá-lo! É uma infâmia — murmurou ele, com os dentes cerrados. — E não pense, Sra. Huntingdon — acrescentou em voz alta —, que sou culpado de incitá-lo em suas atuais atividades. Ao contrário, já o repreendi inúmeras vezes. Com frequência expressei minha surpresa diante de seu comportamento e lembrei quais são seus deveres e privilégios. Mas de nada adiantou; ele apenas...

— Chega, Sr. Hargrave. Devia saber que, quaisquer que sejam os defeitos do meu marido, só me faz sofrer mais ouvi-los dos lábios de um estranho.

— Então *eu* sou um estranho? — disse ele, num tom de tristeza. — Sou seu vizinho mais próximo, o padrinho de seu filho e amigo de seu marido. Não pode me considerar seu amigo também?

— É preciso ser íntimo de alguém antes de considerá-lo um amigo verdadeiro. Eu o conheço pouco, Sr. Hargrave. Só ouvi falar muito do senhor.

— Quer dizer que esqueceu as seis ou sete semanas que passei sob seu teto no outono passado? Eu não esqueci. Conheço a senhora bem o suficiente para considerar seu marido o homem mais invejável do mundo. Estarei logo atrás dele se me julgar digno de sua amizade.

— Se me conhecesse de verdade, não pensaria assim. Ou, se pensasse, não o diria esperando que eu ficasse lisonjeada.

Afastei-me ao dizer isso. O Sr. Hargrave viu que desejava pôr um ponto final na conversa e, no mesmo instante, fez uma mesura grave, desejou-me boa noite e virou o cavalo na direção da estrada. Aparentava estar magoado com minha recepção fria de sua demonstração de comiseração. Não tive certeza se fizera a coisa certa em ser tão ríspida com ele; mas, naquele momento, me senti irritada — quase insultada com sua conduta. Pareceu-me que a ausência de meu marido o fizera tomar liberdades e insinuar algo ainda pior do que a verdade sobre ele.

Durante nossa conversa, Rachel se afastara alguns metros. O Sr. Hargrave cavalgou para perto dela e pediu para ver o menino. Pegou-o com cuidado, encarou-o com um sorriso quase paternal e, ao me aproximar, ouvi-o dizer:

— E isto também foi abandonado por ele!

Ele então o beijou com ternura e devolveu-o à babá, que ficara satisfeita com suas palavras.

— Gosta de crianças, Sr. Hargrave? — perguntei, sentindo um pouco mais de simpatia por ele.

— Em geral, não — disse ele. — Mas esse menino é *tão* doce. E tão parecido com a mãe — acrescentou, num sussurro.

— Nisso, o senhor se engana. Ele se parece com o pai.

— Eu não tenho razão, babá? — disse ele, dirigindo-se a Rachel.

— Acho que ele tem traços dos dois, senhor — respondeu ela.

O Sr. Hargrave partiu. Rachel então declarou que era um cavalheiro muito gentil. Eu ainda tinha minhas dúvidas.

Quando o encontrei no dia seguinte em sua própria casa, ele não voltou a me ofender com sua indignação virtuosa com Arthur ou com aquela compaixão desagradável por mim; na verdade, quando sua mãe começou, de maneira discreta, a aludir à tristeza e à surpresa que o comportamento de meu marido a faziam sentir, o Sr. Hargrave, percebendo minha irritação, no mesmo instante veio me resgatar e delicadamente mudou de assunto, ao mesmo tempo que a fez entender, com um olhar de soslaio, que não devia voltar a mencioná-lo. Parecia determinado a fazer as honras da casa de forma impecável, sem medir esforços para entreter a convidada ou exibir suas qualidades de anfitrião, homem refinado e bom vizinho. Conseguiu mesmo ser bastante simpático, mas foi polido demais. Ainda assim, Sr. Hargrave, não gosto muito do senhor; tem uma certa falta de franqueza que não me agrada e um egoísmo oculto por trás de todas as suas belas qualidades, do qual não pretendo me esquecer. Não; em vez de combater meu leve preconceito contra o senhor e considerá-lo de uma falta de generosidade, pretendo acalentá-lo até ter certeza de que não tenho motivos para desconfiar dessa amizade insinuante que insiste em me empurrar.

Ao longo das seis semanas seguintes, encontrei-o diversas vezes, mas sempre, com exceção de uma ocasião, em companhia ou da mãe, ou da irmã, ou de ambas. Quando fui visitá-las, o Sr. Hargrave sempre estava em casa e, quando elas vinham me visitar, sempre era ele quem as trazia de faetonte. Sua mãe estava evidentemente deliciada com a atenção filial e aqueles hábitos domésticos recém-adquiridos.

A única vez em que encontrei o Sr. Hargrave sozinho foi num dia ensolarado, mas não quente demais, no início de julho. Tinha levado o pequeno Arthur até o bosque que beira nossa propriedade, sentando-o nas raízes cobertas de musgo de um velho carvalho; e, após colher um punhado de rosas silvestres e jacintos, ajoelhei-me diante dele e comecei a apresentar as flores uma a uma para que apanhasse com seus dedinhos minúsculos, vendo sua beleza divinal através de seus olhos risonhos, esquecendo, naquele momento, todos os meus problemas, rindo com sua risada alegre e me deliciando com seu deleite. Então, uma sombra de súbito cobriu o pedacinho ensolarado de grama diante de nós; e, ao erguer os olhos, encontrei Walter Hargrave ali de pé, nos fitando.

— Desculpe, Sra. Huntingdon — disse ele —, mas estava encantado. Não tive nem o poder de me aproximar e interromper vocês, nem de deixar de contemplar essa cena. Como meu afilhado está ficando forte! E como está alegre esta manhã.

O Sr. Hargrave se aproximou do menino e se debruçou para pegar sua mão; mas, ao ver que era mais provável que seus carinhos produzissem lágrimas e lamentações do que outros gestos amistosos, teve a prudência de se afastar.

— Que prazer e que conforto essa criaturinha deve ser para a senhora, Sra. Huntingdon! — observou ele com uma leve tristeza na voz, enquanto admirava o menino.

— É, sim — respondi

Perguntei então por sua mãe e sua irmã. Ele me respondeu educadamente e voltou ao assunto que eu desejava evitar, embora o tenha feito com tanta hesitação que ficou claro como tinha medo de me ofender.

— Não teve notícias recentes de Huntingdon, teve? — indagou.

— Esta semana, não — respondi, mas a verdade é que não tinha notícias há três semanas.

— Recebi uma carta dele esta manhã. Gostaria que tivesse sido o tipo de carta que pudesse mostrar à sua esposa.

Ele tirou do bolso do colete a ponta de um envelope com a querida letra de Arthur, fez uma careta e voltou a guardá-lo, acrescentando:

— Mas ele me disse que vai voltar na semana que vem.

— Diz isso para mim sempre que escreve.

— Ora! Bem, ele é assim mesmo. Mas para *mim* sempre declarou sua intenção de ficar na cidade até este mês.

Ouvir essa prova de transgressão premeditada e indiferença sistemática com a verdade foi como levar um soco.

— Isso combina com sua conduta — observou o Sr. Hargrave, me fitando com um ar pensativo e, imagino, vendo o que eu sentia estampado em meu rosto.

— Quer dizer que ele vai mesmo voltar na semana que vem? — perguntei, após alguns instantes de silêncio.

— Asseguro-lhe que sim... se é que essa certeza lhe dá algum prazer. Mas será *possível*, Sra. Huntingdon, que fique feliz com a volta dele? — exclamou, examinando minhas feições com atenção mais uma vez.

— É claro, Sr. Hargrave. Por acaso ele não é meu marido?

— Oh, Huntingdon, você não sabe o que está desprezando — murmurou enfaticamente.

Peguei meu bebê e, desejando-lhe um bom dia, saí dali para poder pensar sem ser perturbada, na santidade de meu lar.

E estava feliz mesmo? Sim, muito. Mas o comportamento de Arthur me deixou com raiva. Acredito que agiu errado e estou determinada a fazê-lo entender isso.

30

Cenas domésticas

Na manhã seguinte recebi um bilhete de Arthur, confirmando o que Hargrave dissera sobre sua volta iminente. E ele de fato veio na outra semana, mas numa condição física e mental ainda pior do que da vez anterior. No entanto, não tinha a intenção de deixar passar suas violações sem dizer nada; vi que isso seria impossível. Mas, no primeiro dia, Arthur estava cansado da viagem e eu, feliz por tê-lo de volta, não quis brigar, e decidi esperar. Na outra manhã, ainda estava cansado; resolvi esperar mais um pouco. Então, na hora do jantar, quando ele, após ter tomado ao meio-dia um café da manhã que consistiu de uma garrafa de água com gás e uma xícara de café forte, e de, às duas da tarde, ter almoçado outra garrafa de água com gás misturada com conhaque, estava reclamando de tudo o que via na mesa e declarando que precisávamos mudar de cozinheira, achei que era chegado o momento.

— É a mesma cozinheira que tínhamos antes de você ir embora, Arthur — respondi. — Costumava se sentir satisfeito com ela naquela época.

— Você, então, deve ter deixado a mulher virar uma preguiçosa enquanto eu estava fora. Acho que vou morrer envenenado se comer essa coisa nojenta!

Dizendo isso, Arthur empurrou o prato para longe, emburrado, e afundou na cadeira em desespero.

— Acho que é você quem está mudado, não ela — afirmei, mas com a maior gentileza, pois não desejava irritá-lo.

— Pode ser — respondeu ele.

Então, pegou uma garrafa de vinho misturado com água e, depois de jogar o líquido fora, acrescentou:

— Estou com um fogo infernal nas entranhas que nem todos os oceanos conseguem apagar!

Eu estava prestes a perguntar "E o que o acendeu?", mas, naquele momento, o mordomo entrou e começou a tirar a mesa.

— Ande logo, Benson. Acabe de uma vez com essa barulheira dos infernos! — gritou o dono da casa. — E *não* traga o queijo. A não ser que queira que eu passe mal de uma vez.

Benson, um pouco surpreso, levou o queijo embora e fez tudo o que pôde para tirar o restante de maneira silenciosa e rápida. Mas, infelizmente, havia uma dobra no tapete, causada quando Arthur empurrara a cadeira depressa. Benson tropeçou nela, fazendo um estardalhaço com a bandeja cheia de pratos, mas sem causar nenhum grande dano, com exceção da quebra de uma molheira. No entanto, para imensa tristeza e vergonha de minha parte, Arthur virou-se para Benson com fúria e o ofendeu da maneira mais vulgar. O pobre homem ficou pálido e tremia visivelmente ao se abaixar para pegar os cacos.

— Foi sem querer, Arthur — disse eu. — Ele tropeçou no tapete. E não foi nada. Deixe os cacos aí por enquanto, Benson, pode limpá-los mais tarde.

Feliz por poder sair dali, Benson colocou a sobremesa depressa na mesa e se retirou.

— Como *pôde* ficar a favor do criado e contra mim, Helen — disse Arthur assim que a porta se fechou —, sabendo que eu estava perturbado?

— Não sabia que estava perturbado, Arthur, e o pobre homem ficou apavorado e magoado com sua explosão.

— Pobre homem! Ora! E acha que eu podia pensar numa besta insensível como aquela, com meus próprios nervos em frangalhos por causa da maldita barulheira que ele fez?

— Nunca ouvi você reclamar dos seus nervos antes.

— E por que não posso ter nervos, assim como você?

— Não estou dizendo que não possui nervos. Mas nunca reclamo dos meus.

— Não. E como poderia, se não faz nada que a deixa nervosa?

— E por que você faz, Arthur?

— Acha que eu não tenho nada a fazer além de ficar em casa e me cuidar como uma mulher?

— É impossível, portanto, que se cuide como um homem quando fica fora de casa? Disse para mim que sabia fazer isso e o faria. Prometeu que...

— Vamos, Helen, não comece com essa bobagem agora. Eu não vou suportar.

— Não vai suportar o quê? Lembrar-se das promessas que descumpriu?

— Helen, você é cruel. Se soubesse como o meu coração disparou e como todos os nervos de meu corpo latejaram quando abriu a boca, me pouparia. Consegue sentir pena de um idiota de um empregado por quebrar a louça. Mas não compaixão por *mim*, embora minha cabeça esteja rachada ao meio e queimando toda com essa febre que me consome.

Ele apoiou a cabeça na mão e suspirou. Eu me aproximei e coloquei a mão em sua testa. Estava mesmo muito quente.

— Venha comigo para a sala de estar, então, Arthur. E não beba mais vinho. Já bebeu diversas taças desde a hora do jantar e não comeu quase nada o dia todo. Como vai se sentir melhor assim?

Com um pouco de persuasão, convenci-o a deixar a mesa. Quando o bebê foi trazido até a sala, tentei usá-lo como distração. Mas o pobre pequeno Arthur estava com os dentes nascendo e seu pai não conseguia suportar seu choro. Quando o menino deu a primeira indicação de que ia começar a reclamar, foi imediatamente banido; e por que, logo depois, fiquei algum tempo com ele no exílio, fui recriminada, ao retornar, por preferir meu filho ao marido. Este estava reclinado no sofá, na mesma posição em que eu o deixara.

— Muito bem! — exclamou o pobre coitado em um tom de falsa resignação. — Não quis mandar chamar você. Quis ver quanto tempo ia me deixar sozinho.

— Mas não demorei *muito*, demorei, Arthur? Tenho certeza de que faz menos de uma hora que deixei a sala.

— Ah, é claro que uma hora não é nada para você, quando é passada de maneira tão agradável. Mas, para *mim*...

— Não foi agradável — interrompi. — Estava cuidando do nosso pobre bebezinho, que não está nada bem, e não podia deixá-lo até conseguir fazê-lo dormir.

— Oh, você transborda de gentileza e pena de todo mundo, menos de mim.

— E por que deveria ter pena de *você*? O que há de errado com você?

— Ora! Essa foi a pior! Depois de ter me consumido tanto e de vir para casa, doente e cansado, ansiando por um pouco de conforto e esperando receber atenção e bondade de minha esposa, pelo menos... ela vem e me pergunta o que há de errado comigo!

— Não há *nada* de errado — retruquei —, exceto os males que você mesmo se causou, contrariando as minhas súplicas.

— Escute, Helen — disse ele enfaticamente, erguendo-se um pouco do sofá —, se falar mais uma palavra que me incomode, tocarei a sineta e pedirei seis garrafas de vinho. E juro que vou bebê-las até a última gota, aqui mesmo neste sofá!

Eu não disse mais nada. Apenas sentei-me à mesa e peguei um livro.

— Faça silêncio, pelo menos — continuou Arthur —, já que me nega todos os outros confortos!

E, afundando de novo na posição anterior, com um ruído impaciente que foi metade suspiro, metade gemido, ele fechou os olhos, lânguido, como quem ia dormir.

Não sei que livro estava aberto na mesa diante de mim, pois nem cheguei a olhá-lo. Com um cotovelo de cada lado dele e as mãos cobrindo os olhos, entreguei-me a um choro silencioso. Mas Arthur não estava dormindo: ao primeiro soluço, ergueu a cabeça e olhou em torno, exclamando com irritação:

— Por que está chorando, Helen? Que diabos aconteceu *agora*?

— Estou chorando por você, Arthur — respondi, secando depressa as lágrimas.

E, levantando-me da mesa, atirei-me de joelhos diante dele. Peguei sua mão débil entre as minhas e continuei:

— Não sabe que você é parte de mim? E acha que pode se machucar e se degradar sem que eu sinta?

— Como assim, me *degradar*?

— Sim, se degradar! O que estava fazendo esse tempo todo?

— É melhor nem perguntar — disse ele com um leve sorriso.

— E é melhor você não contar. Mas não pode negar que se degradou *sim*, da maneira mais vil. Cometeu um ato vergonhoso contra si mesmo, contra seu corpo e sua alma... e contra mim também. Não posso suportá-lo sem dizer nada! Não o farei!

— Bem, não aperte minha mão com tanto nervosismo e não me agite assim, pelo amor de Deus! Oh, Hattersley! Você tinha razão. Esta mulher vai acabar me matando com seus sentimentos fortes e sua personalidade extraordinária. Pronto, pronto. Poupe-me um pouco.

— Arthur, você *precisa* se arrepender! — exclamei, num desespero frenético, enlaçando-o com força e enterrando o rosto em seu peito. — Faço questão que diga que se sente arrependido pelo que fez!

— Bem, eu me sinto.

— Não se sente! Vai fazer de novo.

— Vou morrer antes de fazer de novo, se me tratar dessa maneira tão feroz — respondeu ele, me empurrando para longe. — Quase me tirou o fôlego.

Ele pressionou a mão contra o peito e pareceu mesmo agitado e doente.

— Agora pegue uma taça de vinho para consertar o que fez! Estou quase desmaiando.

Fui rapidamente pegar o remédio. Arthur logo se recompôs.

— Que coisa mais triste — disse eu, tomando a taça vazia de sua mão —, um homem jovem e forte como você se reduzir a tal estado!

— Se soubesse de tudo, menina, diria: "Que milagre você aguentar tudo isso tão bem!" Eu vivi mais durante esses quatro meses, Helen, do que você em toda a sua vida, ou do que viverá até o fim dos seus dias, mesmo que eles cheguem a cem anos. Por isso, devo esperar pagar de alguma maneira.

— Vai pagar um preço mais alto do que imagina se não tomar cuidado: a perda total de sua saúde e do meu amor, se é que *ele* vale alguma coisa.

— Ora, quer dizer que recomeçou essa brincadeira de me ameaçar com a perda do seu amor, é isso? Ele não deve ser muito verdadeiro, se pode ser destruído com tanta facilidade. Se não tomar cuidado, minha bela tirana, vai fazer com que eu realmente me arrependa de minha escolha e inveje meu amigo Hattersley e sua esposinha mansa. Ela é um modelo de mulher, Helen. Passou a temporada toda com ele em Londres e não lhe deu nenhum trabalho. Hattersley podia se divertir do jeito que quisesse, exatamente como fazia quando era solteiro, que ela nunca reclamava de sua negligência; podia chegar em casa a qualquer hora da noite ou da madrugada, ou nem voltar; estar sóbrio e emburrado, ou bêbado e eufórico; e se comportar como um tolo ou como um louco de acordo com os ditames de seu coração, sem nunca temer qualquer chateação. Ela nunca o repreende e nunca reclama, não importa o que ele faça. Hattersley diz que não há uma joia como ela em toda a Inglaterra e jura que não a trocaria nem por um reinado.

— Mas faz da vida dela um inferno.

— De jeito nenhum! Ela não tem vontade e está sempre satisfeita, contanto que o marido esteja se divertindo.

— Se isso fosse verdade, seria tão tola quanto ele; mas não é. Já recebi diversas cartas de Milicent expressando grande ansiedade com seu comportamento e reclamando que você o incita a cometer essas extravagâncias. Numa delas, em especial, me implora que use minha influência para arrancar você de Londres, afirmando que o marido nunca tinha feito tais coisas antes de sua chegada e que decerto pararia assim que partisse e o deixasse ser guiado pelo próprio bom senso.

— Que traidora detestável! Dê-me a carta e juro que vou mostrá-la a Hattersley.

— Não, ele não a verá sem o consentimento dela; mas, se visse, saberia que não há nada ali, ou em nenhuma das outras, que poderia lhe causar raiva. Milicent nunca diz uma palavra contra o marido; apenas expressa temor por ele. Só menciona sua conduta nos termos mais delicados e a justifica de todas as maneiras possíveis. E, quanto à sua infelicidade, eu a *sinto* mais do que *vejo* expressada em suas cartas.

— Mas ela fala mal de *mim*. E você, sem dúvida, ajudou.

— Não; disse-lhe que ela considerava minha influência maior do que era na verdade; que ficaria feliz em atraí-lo para longe das tentações da cidade se pudesse, mas tinha poucas esperanças de sucesso; e que achava que estava errada em supor que incitava o Sr. Hattersley ou qualquer outra pessoa a cometer erros. Expliquei que já acreditara que o *contrário* era verdade, mas que agora achava que vocês se corrompiam mutuamente; e afirmei que, se reclamasse de maneira gentil, porém séria, com o marido, talvez isso fosse de alguma serventia, pois, embora ele fosse feito de um material mais grosseiro do que o meu, acreditava ser menos impermeável.

— Quer dizer que é *isso* que vocês fazem: uma encoraja a outra ao motim, injuria o marido da outra e sugere coisas contra o próprio, para a satisfação de ambas!

— De acordo com o seu próprio relato, meus conselhos perversos não tiveram nenhum efeito sobre Milicent. E quanto a falar mal e insultar, nós duas sentimos uma vergonha profunda demais dos erros e vícios de nossos cônjuges para abordá-los em nossa correspondência. Apesar de sermos amigas, gostaríamos muito de esconder os defeitos de nossos maridos uma da outra... e até de nós mesmas, se pudéssemos, a não ser que saber deles pudesse nos ajudar a curá-los.

— Ora, ora! Não fique reclamando assim: não é isso que vai dar resultado. Tenha paciência comigo, suporte minha languidez e meu mau humor durante algum tempo, até que essa maldita febre desapareça de minhas veias, e vai ver que voltarei a ser tão alegre e bondoso quanto sempre fui. Por que não pode ser tão gentil quanto foi da outra vez? Fiquei muito grato na época.

— E de que me serviu sua gratidão? Eu me iludi com a ideia de que estava envergonhado de suas transgressões e esperei que jamais fosse repeti-las; mas, agora, você me deixou sem esperança nenhuma!

— Quer dizer que não há nada a fazer por mim? Uma ideia muito feliz, se for me proteger da dor e da preocupação de ver minha querida e ansiosa esposa fazendo tantos esforços para me regenerar, além de resguardá-la de todo esse trabalho e evitar que seu doce rosto e sua voz melodiosa sofram os efeitos desastrosos dele. Um acesso de raiva é uma coisa boa e excitante de se ter de vez em quando, Helen, e uma enxurrada de lágrimas pode ser uma maneira maravilhosa de comover alguém, mas, se ocorrerem com frequência demais, são uma desgraça para estragar a beleza e cansar os amigos de uma pessoa.

Depois dessa ocasião, reprimi minhas lágrimas e minha raiva o máximo que pude. Também poupei Arthur de minhas exortações e dos esforços para regenerá-lo, pois vi que eram em vão. Talvez Deus pudesse despertar aquele coração indiferente e entorpecido pela autoindulgência e remover a membrana de escuridão mundana dos olhos dele, mas, para mim, era impossível. Contra a injustiça dele para com os empregados, que não podiam se defender, eu ainda lutava; mas quando era sua única vítima, como acontecia muito, suportava-a com serenidade, a não ser quando, desgastada por repetidas irritações ou levada a perder a cabeça com uma nova prova de irracionalismo, perdia a calma e me expunha a acusações de ser feroz, cruel e impaciente. Fazia de tudo para cuidar de todas as suas necessidades e distrações, mas não, confesso, com a mesma paixão de antes, pois não era isso que sentia. Além do mais, agora havia outro a exigir meu tempo e cuidados: meu bebê doente, em nome de quem aguentava as reclamações do pai, sempre exigindo mais do que o razoável.

Mas Arthur não é um homem naturalmente mal-humorado — tão longe disso que era quase ridícula a incongruência de sua irritação e seu nervosismo naquela época, e esta teria sido mais apta a causar riso do que raiva, se não fosse pelos efeitos dolorosos daqueles sintomas de um corpo em desordem. Seu temperamento foi melhorando conforme sua saúde foi sendo restaurada, o que aconteceu muito mais depressa graças aos meus grandes esforços; pois havia uma coisa nele da qual ainda não desistira e algo que não podia deixar de fazer em nome de sua preservação. Seu apetite pelo estímulo do vinho tinha aumentado, como eu previra. Agora, a bebida não era mais um acessório para o prazer social, mas uma importante fonte de prazer em si mesma. Nessa ocasião de fraqueza e depressão, Arthur teria feito da bebida um remédio e um apoio, vendo-a como conforto, distração e amiga — e, assim, afundado ainda mais e se enterrado para sempre no abismo em que se encontrava. Mas decidi que isso não aconteceria enquanto eu tivesse alguma influência sobre ele; e, embora não pudesse impedi-lo de beber mais do que devia, ainda assim, com perseverança, gentileza, firmeza e vigilância, convencendo-o e enfrentando-o, tive sucesso em preservá-lo da dependência completa desse vício detestável, tão insidioso em seus avanços, tão inexorável em sua tirania, tão desastroso em seus efeitos.

E em relação a isso, não posso me esquecer da minha grande dívida para com meu amigo, o Sr. Hargrave. Nessa época, ele fazia visitas frequentes a Grassdale e muitas vezes jantava conosco. Nessas ocasiões, lamento dizer que Arthur teria atirado a prudência e o decoro pelos ares e feito da refeição "uma noitada" sempre que seu amigo consentisse em compartilhar desse passatempo indigno; e, se este houvesse escolhido aceitar, talvez, em uma ou duas noites, meu marido tivesse arruinado o trabalho de semanas e feito desmoronar com um toque as frágeis defesas que me custara tanto esforço e preocupação para erguer. Senti tanto medo disso a princípio que passei pela humilhação de falar reservadamente ao Sr. Hargrave sobre meu receio em relação à propensão de Arthur a esses excessos, e a expressar minha esperança de que ele não fosse encorajá-los. O Sr. Hargrave ficou feliz com essa demonstração de confiança e decerto não a traiu. Naquela ocasião e em todas as subsequentes, sua presença serviu mais para reprimir seu anfitrião do que para incitá-lo a ser menos comedido; e ele sempre conseguiu tirá-lo da sala de jantar com rapidez suficiente e numa condição tolerável. Pois, se Arthur ignorava frases como "Bem, não devo separá-lo de sua esposa por mais tempo" ou "Não podemos nos esquecer de que a Sra. Huntingdon está sozinha na outra sala", o Sr. Hargrave então insistia em deixar a mesa e ir se juntar a mim, fazendo com que seu anfitrião, por menos disposto que estivesse a fazê-lo, fosse obrigado a segui-lo.

Dali em diante, aprendi a ficar feliz com a presença do Sr. Hargrave e a considerá-lo um verdadeiro amigo da família, um companheiro inofensivo para Arthur, que podia alegrá-lo e preservá-lo do tédio da absoluta falta do que fazer e do isolamento de qualquer outra pessoa além de mim, além de um aliado útil. Não pude deixar de me sentir grata a ele nessas circunstâncias; e não tive escrúpulos em reconhecer minha dívida na primeira oportunidade conveniente. No entanto, quando o fiz, meu coração sussurrou que havia algo errado e tingiu meu rosto com um rubor que foi exacerbado pelo olhar sério e fixo do Sr. Hargrave, que, com sua maneira de receber o agradecimento, mais que dobrou minhas apreensões. Ele disse que seu profundo deleite em poder me ajudar era temperado pela compaixão por mim e pela comiseração por si mesmo — mas por que afirmou isso eu não sei, pois não fiquei ali para perguntar ou para permitir que desabafasse comigo. Seus suspiros e indicações de uma dor reprimida pareciam vir de um coração que transbordava; mas ou o Sr. Hargrave terá de manter seus sentimentos dentro do peito ou confessá-los em outros ouvidos, pois já há intimidade demais entre nós. Pareceu-me errado que houvesse um segredo entre o amigo de meu marido e eu, ainda por cima sendo algo que dizia respeito ao próprio. Mas logo pensei: "Se isso é errado, decerto é culpa de Arthur e não minha."

Na verdade, não sei dizer se naquele momento corei por mim ou por Arthur; pois, como somos um só, me identifico tanto com ele que sinto sua degradação, seus erros e suas transgressões como se fossem minhas. Coro por ele, temo por ele, me arrependo por ele, choro, rezo e sinto por ele como que por mim mesma, mas não posso agir em nome dele; assim, sou aviltada e contaminada pela união, tanto aos meus próprios olhos quanto na realidade. Sinto-me tão determinada a amá-lo, tão intensamente ansiosa por desculpar seus erros, que estou sempre pensando neles e me esforçando para atenuar seus princípios mais indignos e suas piores práticas até me familiarizar com o vício e me tornar quase uma companheira de pecado. Coisas que antes me chocavam e me enojavam agora parecem naturais. Sei que são erradas, por que a razão e a palavra de Deus o declaram; mas estou aos poucos perdendo aquele horror e aquela repulsa instintivos que a natureza me deu, ou que me foram incutidos pelas lições e pelo exemplo de minha tia. Talvez, na época, tenha sido severa demais em minhas opiniões, pois abominava o pecador e não só o pecado; agora, acredito ser mais generosa e atenciosa; mas será que também não estou me tornando mais indiferente e insensata? Como fui tola em sonhar que tinha força e pureza suficientes para salvar tanto a mim quanto a ele! Essa presunção receberia seu merecido castigo se eu acabar junto com Arthur na escuridão da qual pretendia salvá-lo! Mas que Deus me livre disso! E a ele também. Sim, pobre Arthur, ainda terei esperanças e rezarei por você; e, embora escreva como se fosse um desgraçado que não poderá mais se regenerar, são apenas os meus enormes medos — e meus fortes desejos — que me levam a fazê-lo. Alguém que o amasse menos seria menos amargo — menos descontente.

A conduta de Arthur nos últimos tempos tem sido aquilo que o mundo chamaria de irrepreensível. Mas sei que seu coração permanece igual; e sei que a primavera se aproxima, e tenho pavor das consequências.

Conforme foi retornando o rubor de sua face e o vigor de seu corpo exausto, ressurgiu também um pouco de sua impaciência pelo isolamento e pelo repouso, e eu sugeri uma estada curta no litoral, para que ele se distraísse e continuasse a se recuperar, e também para benefício do nosso pequeno. Mas não; estações de banho eram intoleravelmente enfadonhas — além do mais, ele fora convidado por um de seus amigos para passar um ou dois meses na Escócia, onde poderia se divertir de maneira mais interessante caçando tetrazes e cervos, e prometera ir.

— Quer dizer que vai me deixar de novo, Arthur? — perguntei.

— Sim, querida, mas assim a amarei ainda mais quando voltar e a compensarei pelas ofensas e pelos defeitos do passado. E não precisa temer por mim dessa vez: não há tentações nas montanhas. Durante minha ausência, pode fazer uma visita a Staningley, se quiser; faz tempo que seus tios pedem nossa presença lá, mas existe tamanha antipatia entre a boa velha e eu que nunca me animei a ir.

Estava perfeitamente disposta a fazer uso dessa permissão, embora bastante apreensiva com as perguntas e os comentários de minha tia acerca da minha experiência matrimonial, sobre a qual fora muito reservada em minhas cartas, pois não tinha nada de muito agradável a relatar.

Na terceira semana de agosto, Arthur partiu para a Escócia, e o Sr. Hargrave acompanhou-o, para minha secreta satisfação. Pouco tempo depois eu, com o pequeno Arthur e Rachel, fui para Staningley, minha querida velha casa, à qual voltei a ver, assim como a meus queridos amigos, seus habitantes, com prazer e dor tão misturados que mal consegui distinguir um do outro, ou saber a qual dos dois atribuir as diversas lágrimas, sorrisos e suspiros causados por aquelas cenas, cores e rostos familiares. Não haviam se passado nem dois anos desde que os vira e ouvira pela última vez; mas parecia muito, muito mais. E não era à toa, pois que mudança imensurável havia ocorrido em mim! Quantas coisas não vira, sentira e aprendera desde então! Meu tio também me pareceu visivelmente mais velho e enfermo, minha tia, mais triste e sisuda. Creio que achou que eu havia me arrependido de minha impetuosidade, embora não tenha expressado sua convicção, ou me lembrado, triunfante, de seus conselhos ignorados, como cheguei a temer que fizesse. Mas observou-me com atenção — com mais atenção do que eu gostaria de ser observada — e não pareceu acreditar em meu ar alegre, registrando bem cada pequena indicação de tristeza ou seriedade, notando cada uma das minhas observações casuais e tirando suas conclusões a partir delas. Além disso, por meio de um sistema de interrogação reiniciado de tempos em tempos, arrancou de mim diversas coisas que, de outra maneira, não teria lhe dito, e, juntando isso e aquilo, obteve, temo, uma ideia bastante clara dos defeitos de meu marido e de minhas aflições, embora não das fontes de conforto e esperança que me restam, pois, embora tenha tentado convencê-la de que Arthur tem qualidades que o redimem, que nós sentimos afeto um pelo outro e que eu possuo muitos motivos para agradecer e me regozijar, ela recebeu todas as informações de maneira fria e calma, como quem faz suas próprias deduções mentais — deduções essas, tenho certeza, em geral muito piores do que a verdade, embora decerto tenha exagerado um pouco na tentativa de pintar o lado bom de minhas circunstâncias. Será que foi orgulho que me deixou tão ansiosa para parecer satisfeita com minha sorte, ou apenas uma vontade justa de suportar o fardo que tomara para mim sozinha, preservando a pessoa que mais me ama da menor participação nas tristezas das quais procurara me salvar? Talvez tenha sido um pouco de cada, mas tenho certeza de que o segundo motivo predominou.

Não prolonguei muito minha visita, pois não apenas senti a observação constante e a incredulidade de minha tia como algo que me tolhia a liberdade e me fazia uma censura silenciosa que me oprimia mais do que ela podia imaginar, como percebi que o pequeno Arthur era um motivo de irritação para seu tio, embora este desejasse seu bem, e não distraía muito sua tia, embora fosse objeto de seu sincero carinho e de sua ansiosa atenção.

Querida tia! Você me criou de maneira tão terna desde criança, me guiou e me instruiu com tanto cuidado na infância e na juventude; e eu retribuí assim, acabando com suas esperanças, contrariando seus desejos, desprezando seus avisos e conselhos e entristecendo sua velhice com receios e tristeza por sofrimentos que não pode aliviar. Quase partiu meu coração pensar nisso; e tentei, sem cessar, convencê-la de que estava feliz e satisfeita com meu quinhão. Mas suas palavras de despedida, quando me abraçou e beijou a criança em meus braços antes de entrarmos na carruagem, foram:

— Cuide de seu filho, Helen, e talvez ainda haja alguma felicidade no seu futuro. Posso imaginar o conforto e o tesouro que ele é para você agora; mas, se o mimar para dar vazão ao que sente no presente, será tarde demais para se arrepender quando seu coração estiver partido.

Arthur só voltou para casa quando eu estava há diversas semanas em Grassdale. Mas não tive tantas apreensões nessa ocasião: pensar nele se exercitando entre as colinas e a natureza selvagem da Escócia era muito diferente de saber que estava imerso nas corrupções e tentações de Londres. Suas cartas, agora, não eram nem longas nem continham o tom de um homem apaixonado, mas chegavam a intervalos mais regulares do que antes; e, quando voltou, para minha imensa alegria, em vez de estar pior do que quando fora, encontrava-se mais alegre e forte, e melhor em todos os aspectos. Desde então, não tenho muitos motivos para reclamar. Arthur ainda tem uma infeliz predileção pelos prazeres da mesa, contra a qual tenho de lutar com cuidado; mas começou a prestar atenção no filho, e essa é uma fonte cada vez maior de prazer para ele quando está dentro de casa, enquanto a caça às raposas e às lebres é ocupação suficiente quando está do lado de fora, nos dias em que o chão não está duro demais com a geada e meu marido, assim, não depende exclusivamente de mim para se distrair. Mas agora é janeiro; a primavera se aproxima; e, repito, tenho pavor das consequências de sua chegada. Essa doce estação, que já recebi com tanta alegria como o tempo da esperança e do júbilo, hoje desperta expectativas bem diferentes com seu retorno.

31

Virtudes sociais

20 de março de 1824

O momento que eu temia chegou, e Arthur se foi, como esperado. Dessa vez, anunciou que era sua intenção permanecer um curto período em Londres e depois ir para o continente, onde provavelmente ficará algumas semanas; mas só esperarei seu retorno depois de muito mais tempo: sei que, para ele, dias significam semanas e semanas, meses.

Eu ia acompanhá-lo, mas, um pouco antes do dia em que havíamos planejado partir, Arthur permitiu — e até insistiu, com a aparência de quem fazia um incrível sacrifício — que eu fosse ver meu pobre pai, que está muito doente, e meu irmão, que está muito infeliz devido tanto à doença quanto à causa dela, e com quem não me encontro desde o dia em que nosso filho foi batizado, quando ele foi um dos padrinhos, junto com o Sr. Hargrave e minha tia. Sem desejar abusar da generosidade de meu marido, que me permitiu deixá-lo dessa maneira, fiquei pouco tempo; mas, quando voltei a Grassdale, ele já havia ido embora.

Deixou um bilhete explicando essa partida tão apressada, fingindo que alguma emergência exigira sua presença imediata em Londres e fizera com que fosse impossível esperar minha volta; acrescentou que não devia me incomodar em ir para a cidade, pois tinha a intenção de ficar tão pouco tempo que não valeria a pena, e já que, é claro, poderia viajar sozinho por menos da metade do que gastaria se eu o acompanhasse, talvez fosse melhor adiar a excursão até o próximo ano, quando houvesse conseguido deixar nossas finanças mais estáveis, como estava tentando fazer.

Será que é mesmo verdade? Ou foi tudo um ardil para permitir que seguisse sozinho nessa excursão hedonista, sem minha presença para reprimi-lo? É doloroso duvidar da sinceridade daqueles a quem amamos, mas depois de tantas provas de falsidade e indiferença completa para com os princípios, como posso acreditar numa história tão improvável?

Tenho ainda uma fonte de consolo: há algum tempo, Arthur me disse que, se algum dia voltasse a Londres ou Paris, teria mais moderação em seus deleites do que antes, para evitar destruir totalmente sua capacidade de desfrutá-los; não tinha ambição de viver até uma idade prodigiosa, mas não abria mão de seu quinhão de vida e, acima de tudo, desejava gozar de seus prazeres até o fim. Para isso, sabia ser necessário o comedimento, pois temia não ser mais tão bonito quanto antes e, embora ainda fosse tão jovem, já detectara alguns cabelos brancos entre seus amados cachos castanhos. Além do mais, suspeitava que estava um pouco mais gordo do que o desejável — mas isso se devia à boa vida e à preguiça. Quanto ao resto, acreditava continuar tão forte e saudável como sempre fora; mas não havia como prever o que *outra* temporada de loucuras demoníacas ilimitadas, como a última, faria com sua aparência. Sim; disse isso para *mim*, com a mais pura desfaçatez, o mesmo brilho travesso nos olhos que já amei um dia e aquela risada grave e alegre que costumava aquecer meu coração.

Bem! Tais considerações sem dúvida terão mais peso para ele do que qualquer argumento meu. Veremos o que *elas* poderão fazer para preservá-lo, já que não há esperança maior do que essa.

30 de julho

Arthur voltou há cerca de três semanas, com a saúde bem melhor, decerto, do que da última vez, mas com o humor pior ainda. Mas talvez isso não seja verdade: eu é que tenho menos paciência. Estou cansada de sua injustiça, de seu egoísmo e dessa inveterada depravação — gostaria de poder usar uma palavra mais branda. Não sou nenhum anjo e isso faz nascer minha perversidade. Meu pobre pai faleceu na semana passada. Arthur ficou irritado ao saber da notícia, pois viu que eu estava chocada e triste e temeu que isso fosse estragar seu conforto. Quando falei em encomendar roupas de luto, ele disse:

— Ah, eu detesto preto! Bem, suponho que precise usar durante algum tempo, para seguir a etiqueta. Mas espero, Helen, que não pense que é seu dever sagrado fazer com que seu rosto e seus modos combinem com os trajes fúnebres. Por que deveria suspirar e gemer e me chatear por causa de um velho do condado de ——, alguém que era um completo estranho para nós dois e que decidiu beber até morrer? Ora, mas você está chorando! Só pode ser afetação.

Ele nem quis falar na possibilidade de me deixar ir ao enterro ou passar um ou dois dias com o pobre Frederic, para consolar sua solidão. Não era nem um pouco necessário, disse, e eu não estava sendo razoável ao desejá-lo. O que meu pai significava para mim? Só o vira uma vez desde que era bebê e sabia muito bem que ele não dava um centavo por mim; e meu irmão também era pouco mais que um estranho.

— Além do mais, querida Helen — disse, me abraçando com um carinho lisonjeiro —, não posso abrir mão de você nem por um dia.

— Então como conseguiu ficar sem mim durante *todos* esses dias?

— Ah! Eu estava rolando pelo mundo. Agora estou em casa. E esta casa sem você, minha deusa doméstica, seria intolerável.

— Sim, enquanto eu for necessária para o seu conforto. Mas não foi isso que disse antes, quando insistiu que o deixasse, para poder escapulir de casa sem mim — retruquei.

Antes mesmo de as palavras terminarem de sair de minha boca, me arrependi de tê-las dito. Parecia uma acusação tão grande: se fosse falsa, seria um insulto abominável; e, se verdadeira, um fato humilhante demais para afirmar de maneira tão franca. Mas eu podia ter me poupado do meu remorso momentâneo. Minha frase não despertou nem vergonha, nem indignação em Arthur. Ele não tentou nem negar, nem dar uma desculpa, respondendo apenas com uma longa gargalhada, como quem via toda a história como uma piada bem-planejada e muito divertida. Não há dúvidas de que esse homem ainda vai me fazer detestá-lo!

Já que fizeste a poção, ó donzela
Lembra-te que deste cálice terás de beber*

Sim; eu beberei até a última gota. E ninguém além de mim saberá quanto é amargo!

20 de agosto

Retornamos à nossa situação de sempre. Arthur praticamente retomou os velhos hábitos; e eu descobri que o melhor plano é fechar os olhos, pelo menos no que diz respeito a *ele*, e viver apenas no presente; amá-lo quando puder; sorrir (se possível) quando ele sorri, ficar alegre quando ele está alegre e satisfeita quando ele é agradável; e, quando não for, tentar fazer com que seja. Se isso não der certo, suportá-lo, encontrar justificativas para seu comportamento e perdoá-lo o melhor que posso, impedindo meu lado malévolo de piorar o dele. Mas, ao mesmo tempo que cedo e alimento suas propensões mais inofensivas à autoindulgência, devo fazer todo o possível para salvá-lo das piores delas.

Mas não ficaremos sozinhos por muito mais tempo. Logo terei de receber o mesmo grupo de amigos que passou o penúltimo outono aqui em casa, com o acréscimo do Sr. Hattersley e, atendendo a um pedido especial meu, de sua esposa e de sua filha. Desejo muito ver Milicent, e sua menina também. Ela tem pouco mais de 1 ano; vai ser uma amiguinha adorável para meu pequeno Arthur.

30 de setembro

Nossos convidados já estão aqui há uma ou duas semanas; mas não tive tempo de fazer quaisquer comentários sobre eles até agora. Não consigo deixar de lado minha antipatia por Lady Lowborough. Ela não é baseada

*Trecho do poema "Country Lassie" [Menina do campo], de Robert Burns. (*N. da T.*)

apenas em meu orgulho ferido; não gosto da mulher em si, porque discordo completamente de tudo o que faz. Sempre evito sua companhia o máximo que posso sem violar as regras da hospitalidade e, quando nos cumprimentamos ou conversamos, ela sempre se comporta com a maior educação e até mesmo com cordialidade. Mas Deus me livre dessa cordialidade! É como colher rosas-mosqueta ou as flores do pilriteiro — elas são belas e podem ser macias ao toque, mas você sabe que há espinhos ocultos ali e, de vez em quando, sente um; sendo que talvez queira se vingar do ferimento esmagando-as até destruí-las, mesmo que em detrimento de seus próprios dedos.

Ultimamente, no entanto, não tenho visto nada em sua conduta com Arthur que me cause raiva ou receio. Durante os primeiros dias, achei que estava muito ansiosa para ganhar sua admiração. Seus esforços foram notados por ele; diversas vezes, vi-o sorrindo sozinho com as hábeis manobras da moça. Mas, que o elogio seja dito, suas lanças caíram, inofensivas, aos pés do alvo. Seus sorrisos mais encantadores e seus amuos altivos foram todos recebidos com o mesmo bom humor imutável e impassível; até que, vendo que ele de fato não se abalava, a dama de repente deu-lhe trégua e mostrou, pelo menos em aparência, igual indiferença. Desde então, não notei nenhum sintoma de orgulho ferido da parte dele ou de novas investidas da parte dela.

Isso está como deve ser; mas Arthur nunca permite que eu fique completamente satisfeita com ele. Nunca, por uma hora sequer desde que me casei, conheci a realidade da doce ideia de que "No sossego e na confiança estaria vossa força".* Aqueles dois homens detestáveis, Grimsby e Hattersley, destruíram todo o meu trabalho árduo contra o amor dele pelo vinho. Todos os dias, encorajaram-no a ultrapassar os limites da moderação e, com frequência, a passar vergonha, cometendo verdadeiros excessos. Demorarei a me esquecer da segunda noite desde a chegada deles. Assim que me retirei da sala de jantar com as outras mulheres, antes mesmo que a porta se fechasse atrás de nós, Arthur exclamou:

— E agora, rapazes, o que dizem de um pouco de diversão?

---

*Isaías 30:15. (*N. da T.*)

Milicent me lançou um olhar um pouco severo, como se achasse que eu pudesse impedir aquilo, mas sua expressão mudou quando ouviu a voz de Hattersley atravessando a porta e a parede:

— Pode contar comigo! Mande buscar mais vinho: aqui não tem nem *metade* do que vamos precisar!

Mal havíamos entrado na sala de estar quando surgiu Lorde Lowborough.

— O que *poderia* ter levado você a deixar os outros tão depressa? — perguntou sua esposa, com uma insatisfação bastante indelicada.

— Sabe que não bebo, Annabella — respondeu ele, muito sério.

— Bem, mas podia permanecer um pouco com eles. É uma coisa tão boba ficar sempre pendurado nas saias das mulheres. Não sei como pode fazer isso!

Ele a censurou com um olhar que misturava mágoa e surpresa e, afundando numa poltrona, reprimiu um suspiro profundo, mordeu os lábios pálidos e baixou os olhos.

— Fez bem em deixá-los, Lorde Lowborough — afirmei. — Acredito que vai continuar a nos conceder a honra de sua companhia. E, se Annabella soubesse o valor da verdadeira sabedoria e a infelicidade que a imprudência e a falta de moderação trazem, não diria tamanha bobagem, nem de brincadeira.

Lorde Lowborough ergueu os olhos enquanto eu falava, voltando-os gravemente para mim com uma expressão de vaga surpresa e depois fitando a esposa.

— Pelo menos — disse ela — sei o valor de um coração ardente e de uma personalidade valente e máscula!

Annabella pontuou suas palavras lançando-me um olhar triunfal que parecia querer dizer "É mais do que posso dizer por você" e outro de desprezo para o marido, que lhe penetrou até a alma. Senti-me exasperada; mas não cabia a mim reprová-la ou, ao que parecia, expressar minha compaixão por seu marido sem insultá-lo. Tudo o que pude fazer, para obedecer meu impulso interno, foi entregar-lhe uma xícara de café, antes de servir as duas mulheres, e assim compensar o desdém dela com um excesso de deferência. Lorde Lowborough pegou a xícara de minha mão com um gesto mecânico, fazendo um leve aceno de cabeça para agradecer e, no minuto seguinte, levantou-se e colocou-a sobre a mesa sem ter dado um gole, olhando não para a xícara, mas para a esposa.

— Bem, Annabella — disse ele, num tom grave e triste —, já que minha presença é desagradável, não irei mais impô-la a você.

— Vai se juntar aos outros, então? — perguntou ela, num tom indiferente.

— Não! — exclamou Lorde Lowborough, com uma rispidez assustadora. — *Não* vou me juntar aos outros! E jamais ficarei com eles por um segundo a mais do que considerar correto, nem por você ou qualquer outra pessoa que queira me fazer cair em tentação! Mas não se preocupe com isso. Jamais voltarei a incomodá-la com uma intrusão tão rápida.

Ele saiu da sala, eu ouvi a porta do saguão ser aberta e fechada e, no instante seguinte, ao abrir a cortina, vi-o andando pelo jardim, em meio à escuridão lúgubre do crepúsculo úmido e enevoado.

É sempre desagradável ver cenas assim. Nós três mergulhamos no mais completo silêncio por algum tempo. Milicent ficou brincando com a colher de chá, parecendo confusa e desconfortável. Caso Annabella tenha sentido alguma vergonha ou inquietação, tentou disfarçar dando uma risadinha desafiadora e começou a beber calmamente seu café.

— Seria uma bela lição para você, Annabella — falei, afinal —, se Lorde Lowborough voltasse a ter aqueles velhos hábitos que quase o arruinaram e que ele abandonou a tanto custo. Então, teria motivos para se arrepender dessa conduta.

— De jeito nenhum, querida! Não me importaria se meu marido quisesse beber todos os dias. Isso só me ajudaria a me livrar dele mais cedo.

— Oh, Annabella! — exclamou Milicent. — Como *pode* dizer algo tão perverso! Seria de fato uma punição justa para você se a divina providência realizasse seu desejo e lhe fizesse sentir o que outras sentem...

Ela se interrompeu quando um som repentino de conversa e gargalhadas veio da sala de jantar, com a voz de Hattersley mais conspícua entre todas, mesmo para os meus ouvidos desacostumados a ouvi-la.

— O que *você* está sentindo neste exato momento? — perguntou Lady Lowborough com um sorriso malicioso, observando a expressão angustiada da prima.

Esta não respondeu; apenas virou o rosto e enxugou uma lágrima. Nesse momento a porta se abriu e por ela passou o Sr. Hargrave, só um pouco corado e com os olhos negros brilhando com extraordinária vivacidade.

— Oh, fico feliz que tenha vindo, Walter! — exclamou a irmã dele. — Mas gostaria que pudesse ter convencido Ralph a vir também.

— Completamente impossível, minha cara Milicent — respondeu ele num tom alegre. — Eu mesmo tive que batalhar para ser liberado. Ralph quis me segurar à força, Huntingdon me ameaçou com o fim de nossa amizade e Grimsby foi o pior de todos, pois tentou me fazer sentir vergonha de minha virtude, escolhendo os comentários sarcásticos e as insinuações que sabia que iam me magoar mais. Portanto, caras damas, devem me receber bem após saberem que enfrentei e sofri tanto pela graça da doce companhia de vocês — concluiu, voltando-se para mim com um sorriso e fazendo uma mesura.

— Como ele é *bonito*, Helen! Não é? — sussurrou Milicent, com o orgulho fraternal superando quaisquer outras preocupações naquele instante.

— Seria — retruquei —, se o brilho em seus olhos, lábios e faces fossem naturais. Mas repare nele de novo daqui a uma hora.

Nesse momento o cavalheiro se sentou ao meu lado na mesa e pediu uma xícara de café.

— Considero esta uma bela ilustração do paraíso tomado de assalto — disse, enquanto eu lhe entregava a xícara. — Estou no céu agora, mas passei pelo dilúvio e pelo fogo para chegar aqui. O recurso final de Ralph Hattersley foi se postar de costas diante da porta e jurar que eu só passaria se fosse através de seu corpo... e olhe que é um corpo de tamanho considerável. Por sorte, aquela não era a única porta e pude escapar pela saída lateral, passando pela copa, para infinito espanto de Benson, que estava lavando a louça.

O Sr. Hargrave riu, assim como a prima dele, mas sua irmã e eu permanecemos silenciosas e sérias.

— Perdoe-me por ser tão leviano, Sra. Huntingdon — murmurou ele, com mais seriedade ao me encarar. — Não está acostumada a essas coisas e permite que elas lhe afetem de maneira excessiva. Eu pensei na senhora em meio àqueles fanfarrões sem lei e tentei persuadir o Sr. Huntingdon a fazer o mesmo, mas foi em vão. Temo que ele esteja absolutamente determinado a se divertir esta noite. É inútil guardar café para ele ou para seus companheiros: já será uma grande vantagem se eles se juntarem a nós para o chá. Enquanto isso, gostaria muito de poder impedi-la de pensar nisso... e a mim também, pois detesto me lembrar deles. Sim, até mesmo de meu querido amigo Huntingdon, pois quando considero o poder que possui sobre a felicidade de alguém tão infinitamente superior e o uso que faz dele, chego a *detestar* o homem!

— É melhor que não me diga isso, então. Pois, por pior que ele seja, é parte de mim, e não pode insultá-lo sem me ofender.

— Perdoe-me. Prefiro morrer a ofendê-la. Mas não falemos mais dele agora, por favor.

O Sr. Hargrave então mudou de assunto e, fazendo uso de todos os seus talentos para entreter nosso pequeno círculo, conversou sobre tópicos diferentes com mais perspicácia e fluência até do que o normal, dirigindo-se, às vezes, apenas a mim, e às vezes a todo o trio. Annabella conversou com ele alegremente, mas eu tinha uma tristeza no fundo de meu coração, em especial nos momentos em que as gargalhadas e os trechos de canções incoerentes atravessavam as três portas da sala de jantar, do saguão e da antessala, me causando sobressaltos e fazendo latejar minhas têmporas doloridas; e Milicent sentia, em parte, a mesma coisa. Assim, para nós, a noite pareceu muito longa, apesar dos esforços aparentemente bondosos de Hargrave para causar o efeito contrário.

Os outros, afinal, apareceram; mas só depois das 22 horas, quando o chá, que fora atrasado em mais de meia hora, já estava quase no fim. Por mais que houvesse ansiado por sua chegada, senti um profundo desânimo ao ouvir a algazarra que faziam ao se aproximarem; Milicent ficou pálida e quase pulou da cadeira quando o Sr. Hattersley abriu a porta com um estrondo, emitindo uma enxurrada de palavrões pela boca, que Hargrave tentou impedir, indicando a presença das senhoras.

— Ah! Você faz bem em me lembrar das senhoras, seu desertor miserável! — exclamou ele, sacudindo o enorme punho para o cunhado. — Sabe muito bem que, se não fosse por elas, eu o demoliria num piscar de olhos e daria seu cadáver para as aves do céu e os lírios do campo!*

---

*Evangelho Segundo São Mateus 6:26 e 6:28. (*N. da T.*)

Então, colocando uma cadeira ao lado de Lady Lowborough, o Sr. Hattersley se sentou e começou a conversar com ela, falando uma mistura de absurdos com comentários impudentes que pareceram mais diverti-la do que ofendê-la, embora ela tenha fingido se ressentir de sua insolência e silenciá-lo retrucando com sagacidade e veemência.

Já o Sr. Grimsby sentou-se ao meu lado, na cadeira que Hargrave havia abandonado com a entrada dos outros homens, afirmando com um tom de seriedade que me agradeceria por uma xícara de chá; enquanto Arthur se colocou ao lado da pobre Milicent, com a cabeça bem próxima do rosto dela e uma expressão de quem queria trocar confidências, chegando mais perto conforme ela se afastava. Não estava tão barulhento quanto Hattersley, mas seu rosto estava bastante vermelho, ele ria sem parar e, embora eu tenha corado de vergonha com tudo o que vi e ouvi, fiquei feliz por ter escolhido conversar com Milicent num tom tão baixo, de modo que ninguém além dela pudesse escutá-lo. Deve ter dito apenas bobagens intoleráveis, na melhor das hipóteses, pois Milicent me pareceu muitíssimo irritada. Ela primeiro ficou com o rosto rubro, depois afastou sua cadeira de maneira indignada e, no fim, se refugiou atrás de mim no sofá. A única intenção de Arthur parece ter sido produzir esses efeitos desagradáveis: ele riu desbragadamente ao ver que a fizera fugir; aproximando a cadeira da mesa, se apoiou com os braços cruzados sobre ela e se deixou tomar por uma risada frouxa, baixa e tola. Quando se cansou disso, ergueu a cabeça e gritou por Hattersley, e, então, teve início entre eles uma discussão aos gritos por algo que não entendi.

— Que idiotas! — disse com a voz pastosa o Sr. Grimsby, que vinha fazendo pronunciamentos graves para mim desde que se sentara, embora eu estivesse absorta demais em contemplar o estado deplorável dos outros dois, em especial o de Arthur, para prestar atenção. — Já ouviu alguém dizer tanta bobagem quanto esses dois, Sra. Huntingdon? — continuou ele. — De minha parte, sinto muita vergonha deles. Não conseguem nem dividir uma garrafa sem deixar que ela lhes bagunce as cabeças...

— Está colocando o creme no pires, Sr. Grimsby.

— Ah! Sim, estou vendo, mas está muito escuro aqui. Hargrave, espevite o pavio daquelas velas, por favor.

— Elas são de cera, o pavio não precisa ser espevitado — respondi.

— A luz do corpo são os olhos — observou Hargrave, com um sorriso sarcástico. — Portanto, se teus olhos forem bons, todo o teu corpo terá luz.*

Grimsby o repeliu com um gesto solene e então, voltando-se para mim, com a mesma voz pastosa, as mesmas palavras incertas e a mesma gravidade de antes, falou:

— Mas, como eu estava dizendo, Sra. Huntingdon, eles não conseguem segurar a bebida. Não conseguem tomar meia garrafa de vinho sem serem afetados de alguma maneira. Enquanto eu... ora, bebi três vezes mais do que eles esta noite e a senhora vê que estou perfeitamente normal. Isso pode lhe parecer muito peculiar, mas posso explicá-lo: entenda, os cérebros *deles*... não vou mencionar o nome de ninguém, mas a senhora entenderá a quem estou me referindo... os cérebros *deles* já são fracos e os fumos da bebida fermentada pioram tudo ainda mais, produzindo uma completa debilidade, ou vertigem, resultando numa intoxicação; enquanto o *meu* cérebro, sendo composto de materiais mais sólidos, absorve uma quantidade considerável desse vapor alcoólico sem a produção de qualquer resultado perceptível...

— Acho que você vai ver um resultado perceptível se tomar esse chá — interrompeu o Sr. Hargrave —, pela quantidade de açúcar que colocou dentro dele. Em vez de botar um torrão, como sempre, colocou seis.

— Foi mesmo? — respondeu o filósofo, enfiando a colher na xícara e trazendo à tona diversos torrões quase dissolvidos para confirmar aquela afirmação. — Hum! É verdade. Portanto, minha senhora, está vendo os males de se estar distraído, de pensar demais enquanto se está realizando as tarefas habituais da vida. Se eu estivesse prestando atenção, como os homens comuns, em vez de me perder em meus pensamentos como um filósofo, não teria estragado esta xícara de chá e sido obrigado a lhe fazer passar pelo incômodo de me providenciar outra. Com sua permissão, jogarei esta fora, na bacia de água suja.

— Essa era a tigela onde estava o açúcar, Sr. Grimsby. Agora, o senhor estragou-o também; e eu gostaria que tocasse a sineta e pedisse mais, pois aqui está Lorde Lowborough, afinal. Espero que ele nos faça o favor de se

*Referência ao Evangelho Segundo São Mateus 6:22. (*N. da T.*)

sentar conosco, apesar do estado das coisas, e permita que eu lhe sirva um pouco de chá.

Lorde Lowborough fez uma mesura grave em resposta ao meu pedido, mas não disse nada. Hargrave se ofereceu para pedir o açúcar, enquanto Grimsby lamentava seu erro e tentava provar que ele tinha ocorrido em razão da sombra do bule e do fato de as luzes estarem fracas demais.

Lowborough havia entrado na sala um ou dois minutos antes, sem ser observado por ninguém além de mim, e ficado parado diante da porta, observando os presentes com um ar severo. Depois do que eu disse, aproximou-se de Annabella, que estava de costas para ele, com Hattersley ainda ao seu lado, não conversando com ela, mas ocupado em insultar ferozmente o anfitrião.

— Muito bem, Annabella — disse Lorde Lowborough, debruçando-se sobre o espaldar de sua cadeira —, qual dessas "personalidades valentes e másculas" gostaria que eu possuísse?

— Pelo céu e pela terra, você vai se comportar como todos aqui! — gritou Hattersley, pulando e agarrando-o pelo braço. — Olhe, Huntingdon! Eu o peguei! Vamos, homem, me ajude. Que o inferno me leve se não conseguir deixá-lo cego de tanto beber! Ele vai compensar por todas as delinquências do passado, juro pela minha alma!

Seguiu-se um confronto vergonhoso; Lorde Lowborough, com um esforço absurdo, pálido de raiva, tentando em silêncio se desvencilhar do louco que fazia de tudo para arrastá-lo dali. Tentei convencer Arthur a interferir a favor do nosso indignado hóspede, mas ele não conseguia fazer nada além de rir.

— Huntingdon, seu tolo, venha me ajudar! — exclamou Hattersley, um pouco cansado de seus excessos.

— Estou lhe desejando toda a sorte do mundo, Hattersley — afirmou Arthur —, e ajudando-o com minhas preces. Não poderia fazer mais nada, nem se minha vida dependesse disso! Estou acabado. Ah! — disse e, recostando-se na cadeira, colocou as mãos nos quadris e gemeu.

— Annabella, me dê uma vela! — disse Lowborough, que havia sido agarrado pela cintura por seu antagonista e que tentava arrancá-lo de perto da porta, em cuja moldura Lowborough se segurava com a energia do desespero.

— Não vou participar dessas brincadeiras rudes! — respondeu Annabella, afastando-se com frieza. — Não sei como pode me pedir isso.

Mas eu agarrei uma vela depressa e levei-a para ele. Lorde Lowborough pegou-a e segurou a chama diante das mãos de Hattersley até que este, uivando como uma besta selvagem, o libertou. Ele então desapareceu, indo, suponho, para seus próprios aposentos, pois não o vimos mais até a manhã seguinte. Praguejando como um maníaco, Hattersley se atirou no banco que ficava diante da janela. Como não havia mais ninguém sob o umbral, Milicent tentou escapar do local onde se desenrolava a vergonha de seu marido, mas ele a chamou e insistiu que voltasse.

— O que você quer, Ralph? — murmurou ela, aproximando-se com relutância.

— Quero saber o que há com você — perguntou Hattersley, puxando-a para seu colo como se fosse uma criança. — Por que está chorando, Milicent? Conte!

— Não estou chorando.

— Está, sim — persistiu ele, tirando as mãos de Milicent da frente do rosto com grande grosseria. — Como ousa mentir?

— Não estou chorando agora — disse Milicent, num tom de súplica.

— Mas estava, não faz nem um minuto. Exijo saber por quê. Você *vai* me dizer!

— Deixe-me em paz, Ralph! Lembre-se de que não estamos em casa.

— Não importa; você *vai* responder à minha pergunta! — exclamou seu torturador.

E ele tentou extrair uma confissão dela sacudindo-a e apertando sem piedade seus braços finos com os dedos fortes.

— Não deixe que ele trate sua irmã dessa maneira — falei para o Sr. Hargrave.

— Vamos, Hattersley, não posso permitir isso — falou Hargrave, aproximando-se do incompatível casal. — Deixe minha irmã em paz, por favor.

E ele fez um esforço para abrir os dedos do patife que envolvia o braço dela, mas foi subitamente jogado para trás e quase atirado no chão por um golpe violento no peito, acompanhado do aviso:

— Tome isso por sua insolência! E aprenda a não voltar a se meter entre mim e aquilo que me pertence!

— Se você não estivesse louco de bêbado, eu exigiria satisfações por isso! — disse Hargrave, ofegante e pálido, tanto de raiva quanto devido aos efeitos imediatos da pancada.

— Vá para o inferno! — respondeu o cunhado. — E agora, Milicent, me diga por que estava chorando.

— Contarei em outra ocasião — murmurou ela —, quando estivermos sozinhos.

— Conte agora! — disse ele, com outro tranco e um aperto que a fez inspirar fundo e morder o lábio para reprimir um grito de dor.

— *Eu* lhe contarei, Sr. Hattersley — falei. — Estava chorando de pura humilhação, por sua causa; porque não podia suportar vê-lo se comportar de maneira tão vergonhosa.

— Vá para o inferno, senhora! — murmurou ele, fixando os olhos em mim com um espanto estúpido diante de minha "impudência". — Não foi *isso*. Foi, Milicent?

Ela não respondeu.

— Fale, mulher!

— Não consigo explicar agora — disse Milicent, aos soluços.

— Mas consegue dizer "sim" ou "não" assim como disse "não consigo explicar". Ande!

— Sim — sussurrou ela, baixando a cabeça e corando com aquela terrível confissão.

— Maldita seja você, sua impertinente! — gritou ele.

E atirou-a para longe com tamanha violência que a fez cair no chão. Mas Milicent se levantou antes que eu ou seu irmão tivéssemos a chance de ir ajudá-la, saindo da sala e indo, suponho, lá para cima, sem perder tempo.

A próxima vítima foi Arthur, que estava diante de Hattersley e sem dúvida se divertira muitíssimo com toda a cena.

— Ouça bem, Huntingdon! — exclamou seu irascível amigo. — *Não vou* permitir que fique aí sentado rindo como um idiota!

— Oh, Hattersley! — disse Arthur, enxugando os olhos úmidos. — Um dia desses você ainda me mata.

— Mato mesmo, mas não como está imaginando. Vou arrancar seu coração, homem, se continuar a me irritar com essa risada imbecil! Ainda está rindo? Tome! Veja se isso aquieta você!

Hattersley pegou um pufe e atirou-o na cabeça do anfitrião, mas errou o alvo, e este, debruçado sobre a mesa, continuou a dar uma risada frouxa que lhe sacudia o corpo e fazia as lágrimas rolarem por seu rosto; um espetáculo deplorável de fato.

Hattersley tentou praguejar, mas de nada adiantou; ele então pegou diversos livros de uma mesa ao seu lado e atirou-os, um a um, no objeto de sua fúria. Isso, porém, só fez com que Arthur risse mais, então, por fim, Hattersley avançou sobre seu oponente num acesso de fúria e, agarrando-o pelos ombros, deu-lhe uma violenta sacudida, que o fez rir e gritar de maneira alarmante. Não vi mais nada: achei que já tinha testemunhado o suficiente da degradação de meu marido; e, deixando que Annabella e os outros me imitassem quando quisessem, me retirei — mas não fui para a cama. Disse a Rachel que fosse descansar e fiquei andando de um lado para o outro no quarto, sentindo uma terrível angústia pelo que tinha sido feito e um profundo receio pelo que ainda poderia acontecer, e por não saber em que estado aquela infeliz criatura viria se deitar.

Afinal ele veio, devagar e aos tropeços, subindo as escadas, apoiado por Grimsby e Hattersley, que também não estavam andando com muita firmeza, mas que riam e caçoavam dele e faziam barulho suficiente para serem ouvidos pelos criados. O próprio Arthur já não ria mais; estava enjoado e entorpecido. Não escreverei mais sobre *isso*.

Cenas vergonhosas como essa (ou quase tanto) se repetiram mais de uma vez. Não falo muito sobre o assunto com Arthur, pois, se o fizesse, faria mais mal do que bem. Mas deixo claro que sinto um desgosto intenso por tais exibições; e, todas as vezes, ele me promete que elas jamais voltarão a acontecer. Mas temo que esteja perdendo o pouco autocontrole e amor-próprio que um dia possuiu. Antigamente, teria tido vergonha de agir desse jeito — pelo menos, diante de quaisquer testemunhas além de seus companheiros, ou de outros como eles. Seu amigo Hargrave, com uma prudência e uma austeridade que invejo em nome do meu marido, nunca se envergonha bebendo mais do que o suficiente para deixá-lo um pouco "alterado" e é sempre o primeiro a deixar a mesa após Lorde Lowborough, que, sendo ainda mais sábio, continua a abandonar a sala de jantar logo após as mulheres; mas nem uma outra vez, desde que Annabella o ofendeu tanto, entrou na sala de estar antes dos outros, sempre passando o intervalo na biblioteca, que tomei o cuidado de mandar iluminar para melhor acomodá-lo, ou, quando a noite está bonita e o céu claro, passeando no jardim. Mas acho que ela se arrependeu de sua conduta equivocada, pois nunca mais a repetiu e, nos últimos dias, tem se comportado com extraordinária polidez em relação a ele, tratando-o com gentileza e consideração mais constantes do que jamais vi. Acredito que essa melhora começou no período em que deixou de esperar e se esforçar para obter a admiração de Arthur.

32

Comparações: informação rejeitada

5 de outubro

Esther Hargrave está se tornando uma bela moça. Ainda não passou da idade escolar, mas sua mãe a traz aqui de manhã com frequência, quando os cavalheiros estão caçando, e ela, às vezes, passa uma ou duas horas comigo, sua irmã e as crianças; e, quando vou ao Grove, sempre dou um jeito de vê-la e de conversar mais com ela do que com qualquer outra pessoa, pois tenho grande afeição por minha amiguinha, e ela por mim. Não sei o que lhe agrada em mim, no entanto, pois não sou mais a moça feliz e vivaz que costumava ser. Mas Esther não convive com mais ninguém — a não ser sua antipática mãe, sua preceptora (uma pessoa tão artificial e convencional quanto esta prudente mãe poderia ter contratado para retificar as qualidades naturais da pupila) e, de tempos em tempos, a irmã reservada e silenciosa. Muitas vezes me pergunto como será o futuro *dela* — uma pergunta que ela também se faz. Mas suas especulações são repletas de uma esperança eufórica, como as minhas já foram. Estremeço ao pensar em Esther despertando, como eu, para a vaidade ilusória. Creio que sua decepção me feriria mais do que a minha própria; sinto-me quase como se tivesse nascido para esse destino, mas *ela* é tão alegre e jovem, tem o coração tão leve e o espírito tão livre, é tão ingênua e inocente... Oh, como seria cruel fazê-la sentir o que sinto agora e saber o que sei!

Sua irmã morre de medo disso também. Na manhã de ontem, que foi um dos dias mais ensolarados e bonitos de outubro, Milicent e eu estávamos no jardim passeando com nossos filhos durante meia hora, enquanto Annabella se encontrava deitada no sofá da sala de estar, absorta com seu mais novo livro. Havíamos passado algum tempo fazendo traquinagens com os pequenos, quase tão felizes e animadas quanto eles, e então paramos um pouco sob a sombra de uma faia alta para recuperar o fôlego e ajeitar nossos cabelos, que tinham ficado desalinhados com a brincadeira agitada e a brisa leve. As crianças saíram caminhando juntas pela aleia larga e banhada de sol, com meu Arthur apoiando os passos mais incertos da pequena Helen de Milicent e apontando com grande esperteza as maiores belezas que surgiam pela frente, com um tagarelar não muito articulado que era tão inteligível para a menina quanto qualquer outro tipo de conversa. Começamos a rir da bela cena e depois a falar do futuro dos dois; isso nos deixou pensativas. Ambas passamos a refletir em silêncio, conforme avançávamos devagar pela aleia; e suponho que Milicent, por associação, se lembrou da irmã.

— Helen, você vê Esther com frequência, não vê?

— Não muita.

— Mas tem mais oportunidades de se encontrar com ela do que eu, e ela ama e idolatra você, eu sei. Dá mais valor à sua opinião do que à de qualquer outra pessoa, e diz que tem mais bom senso do que mamãe.

— É porque Esther tem vontade própria e é mais fácil minhas opiniões coincidirem com as dela do que as de sua mãe. Mas o que tem isso, Milicent?

— Bem, já que tem tanta influência sobre ela, gostaria que lhe dissesse com toda a seriedade para nunca, por motivo nenhum ou cedendo à persuasão de ninguém, se casar por dinheiro, status, segurança ou qualquer coisa mundana, mas apenas por amor verdadeiro e por uma estima que tenha base firme.

— Não há necessidade disso, pois já conversamos sobre esse assunto e lhe asseguro de que as ideias de Esther sobre o amor e o matrimônio são tão românticas quanto qualquer pessoa poderia desejar.

— Mas ideias românticas não servem, quero que ela saiba a verdade.

— E está muito certa. Mas creio que aquilo que o mundo estigmatiza como romântico muitas vezes está mais próximo da verdade do que em geral supomos; pois, apesar de as ideias generosas da juventude, muitas vezes, serem obscurecidas pelas visões sórdidas da vida adulta, isso não significa que sejam falsas.

— Bem, já que pensa que as ideias dela são o que deviam ser, faça de tudo para torná-las mais sólidas, sim? E confirme-as sempre que puder. Pois eu também já tive ideias românticas e... não digo que lamento meu destino, pois é claro que isso não é verdade..., mas...

— Compreendo. Está satisfeita, mas não deseja que sua irmã sofra o mesmo que você.

— Ou pior. Ela talvez sofra algo muito pior do que eu. Pois estou *mesmo* satisfeita, Helen, embora você talvez não ache. Digo a mais solene verdade quando afirmo que não trocaria meu marido por nenhum outro homem na Terra, mesmo que pudesse fazer isso apenas arrancando esta folha.

— Acredito em você. Agora que está com ele, não o trocaria por outro; mas ficaria feliz em trocar algumas de suas características por outras, de homens melhores.

— Sim, assim como ficaria feliz em trocar algumas de minhas características por outras, de mulheres melhores; pois nem ele nem eu somos perfeitos e desejo tanto seu aprimoramento quanto o meu. E ele vai se tornar um homem melhor. Não acha, Helen? Só tem 26 anos.

— Pode ser.

— Vai, sim. Vai, sim! — repetiu ela.

— Perdoe-me se não concordei de forma muito enfática, Milicent. Não gostaria de desencorajar suas esperanças por nada neste mundo, mas já me decepcionei tantas vezes que minhas expectativas são tão frias e hesitantes quanto as do octogenário mais pessimista.

— Mas ainda tem esperanças, não tem? Até mesmo pelo Sr. Huntingdon?

— Confesso que sim... *até mesmo* por ele. Pois me parece que a esperança só cessa quando a vida cessa também. E será, Milicent, que ele é *tão* pior do que o Sr. Hattersley?

— Bem, minha opinião sincera é de que não há comparação entre eles. Mas não se ofenda, Helen, pois sabe que eu sempre falo o que penso. E você pode falar também, não me importo.

— Não me ofendi, minha querida. E *minha* opinião é que, caso seja possível uma comparação entre eles dois, a maior vantagem fica com o Sr. Hattersley.

A bondade de Milicent a fez perceber quanto me custou reconhecer isso; e, num impulso infantil, ela expressou sua compaixão dando-me um beijo súbito na bochecha sem dizer uma palavra em resposta, e depois se virando depressa, pegando sua filha e escondendo o rosto na camisa dela. Como é estranho que tantas vezes choremos pelas angústias dos outros, quando não deixamos cair uma lágrima pelas nossas! O coração de Milicent estava repleto de suas próprias tristezas, mas ele transbordou ao pensar nas minhas; e eu também chorei ao ver toda a pena que sentia, embora não fizesse isso por mim mesma há muitas semanas.

Mas a satisfação de Milicent com sua escolha não é inteiramente fingida, ela de fato ama o marido, e, por mais que eu lamente dizer isso, é verdade que este não fica mal em comparação com o meu. Ou ele se entrega menos aos seus excessos ou, graças à sua constituição mais forte, sofre menos danos, pois o Sr. Hattersley nunca fica reduzido a um estado de quase imbecilidade. Nele, o pior efeito de uma noite de boemia é um leve aumento de irascibilidade ou, talvez, um período de mau humor na manhã seguinte. Não fica com aquela aparência perdida e deprimente — aquela irritabilidade ignóbil que deixa uma pessoa arrasada de vergonha pelo transgressor. Mas Arthur também não costumava ser assim: consegue suportar menos agora do que conseguia na idade de Hattersley e, se este não se regenerar, sua resistência talvez diminua depois de tê-la testado tantas vezes. Tem cinco anos de vantagem sobre o amigo e seus vícios ainda não o dominaram, ainda não os absorveu e fez deles parte de si mesmo. Parecem envolvê-lo como um manto que poderia atirar longe no momento que quisesse — mas até quando terá essa opção? Embora seja uma criatura mundana que não se importa com os deveres e os privilégios mais nobres dos seres racionais, o Sr. Hattersley não é um hedonista: prefere as atividades mais dinâmicas e revigorantes às mais enfadonhas e desgastantes. Não transforma a satisfação de seus desejos numa *ciência*, nem em relação aos prazeres da mesa, nem a quaisquer outros, come com apetite tudo o que é posto à sua frente, sem se rebaixar àquele exagero do paladar e dos olhos, àquele nível de exigência que é tão odioso de ver em alguém que tentamos amar. Temo que Arthur fosse se entregar ao próprio deleite como se este fosse o maior dos bens e mergulhar nos mais obscenos excessos se não fosse pelo medo de embotar os sentidos e destruir o poder de desfrutar deles no futuro. Embora Hattersley seja um canalha, acredito que suscita mais esperanças. E, longe de mim culpar a pobre Milicent pelas delinquências do marido, mas acho que, se ela tivesse a coragem ou a força de vontade de falar o que pensa, sem ceder em seus argumentos, haveria mais chances de recuperá-lo, e ele provavelmente acabaria tratando-a melhor e amando-a mais. Penso isso em parte por causa de algo que o próprio Hattersley me disse há poucos dias. Tenha a intenção de aconselhá-la nessa questão em alguma ocasião, mas hesito, por saber que seus princípios e sua personalidade são contrárias a tal coisa e que, se meu conselho não causar nenhum bem, acabará causando um mal, ao deixá-la mais infeliz.

Foi num dia chuvoso da semana passada: a maior parte dos convidados matava o tempo na sala de bilhar, mas Milicent e eu estávamos com os pequenos Arthur e Helen na biblioteca e, com nossos livros, nossos filhos e uma a outra, esperávamos passar uma manhã muito agradável. Estávamos assim isoladas havia menos de duas horas, no entanto, quando o Sr. Hattersley entrou, atraído, suponho, pela voz da filha ao atravessar o corredor, pois sente um carinho prodigioso pela criança, e ela por ele.

O Sr. Hattersley recendia aos estábulos, onde estivera se regalando com a companhia de seus iguais, os cavalos, desde o café da manhã. Mas isso não teve importância para minha pequena xará: assim que o corpo colossal de seu desagradável pai surgiu na porta, ela emitiu um grito agudo de deleite e, largando a mãe, correu para ele, equilibrando-se com os braços esticados e, abraçando seu joelho, atirou a cabeça para trás e riu. Não é à toa que o Sr. Hattersley sorriu para aquele rostinho bonito, radiante com uma alegria inocente, para aqueles olhos brilhantes e azuis e aqueles cabelos louros e sedosos cascateando sobre o pescoço e os ombros de marfim. Será que não se considerou indigno de possuir tal tesouro? Temo que tal ideia nem tenha lhe passado pela cabeça. Ele a pegou e então se seguiram alguns minutos de uma brincadeira bastante violenta, durante os quais é difícil dizer quem riu e gritou mais, se o pai ou a filha. Após algum tempo, no entanto, aquele passatempo ruidoso cessou — e de maneira súbita, como seria de se esperar. A pequena se machucou e começou a chorar; e seu rude companheiro de algazarra atirou-a no colo da mãe, dizendo "Dê um jeito nisso". Tão feliz em retornar para aquele carinho gentil quanto ficara em deixá-lo, a criança se aninhou nos braços de Milicent e parou de gritar em um segundo; e, afundando a cabecinha cansada em seu peito, logo dormiu.

Enquanto isso, o Sr. Hattersley havia caminhado a passos largos até a lareira e, postando seu corpanzil alto e largo entre ela e nós, ficou ali, com os braços abertos, esticando o peito e olhando em torno como se a casa e todo o seu conteúdo lhe pertencessem.

— Que diabo de tempo ruim! — disse. — Acho que não vamos poder caçar hoje.

Então, subitamente erguendo a voz, nos presenteou com um trecho de uma música barulhenta. Depois, terminando de cantá-la de maneira abrupta, assobiou um pouco e continuou:

— Sra. Huntingdon, o seu marido tem belos cavalos! Não são muitos, mas são bons. Passei algum tempo observando-os esta manhã. E garanto-lhe que há tempos não vejo animais tão bonitos quanto Black Bess, Grey Tom e o potrinho Nimrod!

Ele iniciou um relato detalhado dos diversos méritos desses animais, seguido de uma descrição das coisas maravilhosas que pretendia fazer no ramo da criação de cavalos quando seu velho decidisse bater as botas.

— Não que eu queira que ele estique as canelas — acrescentou. — O velho patife pode demorar quanto quiser para empacotar.

— Espero *mesmo* que se sinta assim, Sr. Hattersley!

— Ah, claro! É só o meu jeito de falar. Mas tem de acontecer algum dia, por isso eu penso no lado bom. É assim que se faz, não é, patroa? Aliás, o que vocês duas estão fazendo aqui? Onde está Lady Lowborough?

— Na sala de bilhar.

— Que criatura esplêndida ela é! — continuou, fixando o olhar na esposa, que corou e ficou cada vez mais desconcertada conforme ele falava. — Que corpo elegante tem! E que olhos negros magníficos. E que espírito independente. E que língua também, quando decide usar. Eu a idolatro! Mas não se incomode, Milicent. Jamais me casaria com ela; nem que tivesse um reino de dote! Estou mais satisfeito com a esposa que tenho. Ora! Mas por que está tão emburrada? Não acredita em mim?

— Acredito, sim — murmurou Milicent, num tom, em parte, de tristeza, em parte, de resignação, virando-se para fazer um carinho nos cabelos da filha adormecida, que deitara no sofá ao seu lado.

— Bem, então por que está tão chateada? Venha aqui, Milly, e me diga por que não gostou do que eu disse.

Ela foi e, pousando a mãozinha no braço dele, encarou-o e disse baixinho:

— O que isso significa no fim das contas, Ralph? Apenas que, embora você admire tanto Annabella, e por qualidades que eu não possuo, ainda assim prefere me ter por esposa. Isso só prova que não acha necessário amar sua esposa: fica satisfeito se ela cuidar de sua casa e de sua filha. Mas não estou chateada. Só lamento.

E ela acrescentou, com a voz trêmula, tirando a mão do braço dele e baixando os olhos para o tapete:

— Se você não me ama, não há nada que eu possa fazer.

— Isso é verdade. Mas quem disse que não amo? Por acaso declarei que amava Annabella?

— Disse que a idolatrava.

— Sim, mas idolatrar não é amar. Idolatro Annabella, mas não a amo; e amo a ti, Milicent, mas não te idolatro.

Para provar sua afeição, ele agarrou um punhado de seus cachos castanho-claros e puxou-os sem piedade.

— Ama mesmo, Ralph? — murmurou ela com um leve sorriso por entre as lágrimas, apenas tocando a mão dele para indicar que estava puxando um pouco forte demais.

— É claro que amo. Você só me incomoda um pouco, às vezes.

— Eu incomodo você! — exclamou Milicent, numa surpresa muito natural.

— Sim. Mas só porque é boa demais. Quando um menino passa o dia se enchendo de passas e ameixas, quer chupar uma laranja azeda só para variar um pouco. E, Milly, você nunca observou a areia da praia? Ela parece tão bonita e macia, e é tão boa de se pisar. Mas, se andar em cima desse tapete fofo durante meia hora, com os pés afundando a cada passo, cedendo mais se você pisar mais forte, vai acabar se cansando e ficando feliz de encontrar uma pedra firme que não vai nem se abalar se você subir, andar ou pular sobre ela. E, mesmo se for tão dura quanto uma pedra de moinho, vai descobrir que é mais confortável.

— Sei o que quer dizer, Ralph — disse ela, brincando nervosamente com a corrente do relógio e traçando o desenho do tapete com a ponta de seu minúsculo pé. — Sei o que quer dizer, mas achei que sempre gostasse que eu cedesse. E não posso mudar agora.

— Eu gosto, sim — respondeu Hattersley, fazendo com que ela se aproximasse com mais um puxão de cabelo. — Não se incomode comigo, Milly. Um homem tem de poder resmungar de alguma coisa; e, se não pode reclamar que a esposa o inferniza até a morte com sua perversidade e seu mau humor, precisa reclamar que ela o cansa com sua bondade e gentileza.

— Mas por que reclamar, se não está insatisfeito?

— Para ter uma desculpa para os meus defeitos, é claro. Acha que vou suportar o fardo de meus pecados em meus ombros, enquanto há outra pessoa à mão para me ajudar, sem nenhum pecado próprio para carregar?

— Não existe ninguém assim na Terra — disse Milicent com seriedade, e então, tirando a mão dele de sua cabeça, beijou-a com uma expressão de paixão genuína e se encaminhou para a porta.

— O que foi agora? — perguntou Hattersley. — Aonde vai?

— Arrumar meu cabelo — respondeu ela, com os cachos em desalinho. — Você o soltou todo.

— Muito bem! Uma garota excelente — comentou ele, depois que Milicent se fora —, mas um pouco mansa demais; quase chega a derreter em nossa mão. Acho que chego a maltratá-la de tempos em tempos, quando bebo demais. Mas não consigo evitar, pois ela nunca reclama, nem na hora, nem depois. Acho que não se importa.

— Posso esclarecer esse ponto para o senhor — afirmei. — Ela se importa, *sim*; e se importa ainda mais com algumas outras coisas, embora talvez jamais a tenha ouvido reclamar delas.

— Como sabe? Ela reclama com você? — Ele exigiu saber, com uma súbita centelha de fúria prestes a explodir se eu respondesse "sim".

— Não, mas a conheço há mais tempo e a observo melhor do que o senhor. E posso lhe garantir que Milicent o ama mais do que merece e que o senhor tem o poder de fazê-la muito feliz. Mas, em vez disso, se comporta como um ser maligno e, imagino, não passa um dia sem que lhe inflija uma dor da qual poderia poupá-la, se quisesse.

— Bem... não é culpa *minha* — disse o Sr. Hattersley, olhando despreocupadamente para o teto e enfiando as mãos nos bolsos. — Se ela não gosta do que faço, deveria me dizer.

— Ela não é exatamente a esposa que queria? Não disse ao Sr. Huntingdon que precisava de uma que fosse se submeter a tudo sem um murmúrio e jamais culpá-lo, não importava o que fizesse?

— É verdade, mas nós não devíamos ter sempre o que queremos: isso estraga até o melhor dos homens, não é? Como posso deixar a boemia de lado se vejo que para ela tanto faz que eu me comporte como um cristão ou como o canalha que sou por natureza? E como posso evitar provocá-la, se me incita, sendo tão dócil e boazinha? Quando se deita aos meus pés como se fosse um cachorrinho e nem geme para indicar que a estou machucando?

— Se é um tirano por natureza, concordo que a tentação é grande; mas nenhuma mente generosa se delicia em oprimir os fracos, mas apenas em amá-los e protegê-los.

— Eu *não* a oprimo; mas é uma maçada tão grande estar sempre amando e protegendo. Além do mais, como posso saber que a *estou* oprimindo, se ela não dá nenhum sinal? Às vezes, penso que é incapaz de sentir qualquer coisa; e então continuo até que chore... e isso me satisfaz.

— Então o senhor se delicia em oprimi-la, *sim*.

— Estou lhe dizendo que não! Só quando estou de mau humor... ou de muito bom humor, e desejo afligi-la pelo prazer de poder confortá-la; ou quando ela me parece muito quieta e precisa ser um pouco sacudida. E às vezes ela me irrita, chorando sem motivo e se recusando a me dizer por quê; isso, confesso, me enfurece demais... principalmente se estou fora de mim.

— E, sem dúvida, sempre está assim nessas ocasiões. Mas, no futuro, Sr. Hattersley, quando achar que Milicent está muito quieta ou a vir chorando "sem motivo", como o senhor diz, entenda que é o culpado; tenha certeza de que é algo específico que fez de errado, ou sua conduta geral, que a aflige.

— Não acredito nisso. Se fosse assim, ela me diria. Não gosto dessa coisa de ficar chateada e angustiada sem me dizer. Não é honesto. Como ela espera que eu tome jeito assim?

— Talvez acredite que o senhor tenha mais bom senso do que na realidade possui e se iluda com a esperança de que um dia vai reconhecer seus erros e consertá-los por conta própria.

— Não me venha com sua ironia, Sra. Huntingdon! Eu *tenho* o bom senso de ver que não estou sempre certo. Mas às vezes acho que não importa, contanto que não faça mal a ninguém, além de mim mesmo...

— Importa muito — interrompi —, tanto para o senhor, como vai descobrir em breve, e para todos que lhe são próximos, principalmente sua esposa. Mas, na verdade, é uma bobagem falar em não fazer mal a ninguém além de si mesmo. É impossível fazer mal a si mesmo, principalmente com atos como os que estamos mencionando, sem fazer mal a centenas, se não milhares de pessoas, em maior ou menor grau, ou pelo que faz de ruim ou pelo que deixa de fazer de bom.

— Como eu estava dizendo — continuou o Sr. Hattersley —, ou teria dito se não tivesse me interrompido, às vezes acho que teria sido melhor ter me casado com alguém que sempre me lembrasse de que estou fazendo algo de errado e me desse motivo para fazer o bem e evitar o mal mostrando sem rodeios sua aprovação pelo primeiro e desaprovação pelo segundo.

— Se não tem um motivo melhor do que a aprovação dos outros mortais, isso não lhe traria grandes benefícios.

— Bem, mas se tivesse uma companheira que nem sempre cedesse, ou que não fosse sempre gentil, mas tivesse a coragem de me enfrentar de vez em quando e me dizer com honestidade o que pensa em todas as ocasiões... alguém como a senhora, por exemplo... Ora, se eu fizesse com a senhora o que faço com ela quando estou em Londres, aposto que ia esquentar a casa até me expulsar.

— Está errado. Não sou nenhuma megera.

— Melhor assim, pois não suporto contradição, de maneira geral, e gosto de fazer minhas vontades, tanto quanto qualquer pessoa. Mas acho que isso em demasia não é bom para nenhum homem.

— Bem, eu jamais o contradiria sem motivo, mas sem dúvida sempre lhe diria o que achasse de sua conduta; e, se me oprimisse física ou mentalmente, garanto-lhe que saberia que isso me incomoda.

— Sei disso, minha senhora; e acho que, se minha esposinha seguisse o mesmo plano, seria melhor para nós dois.

— Vou dizer isso a ela.

— Não, não, deixe-a em paz. As duas maneiras de ser têm suas vantagens. E agora estou me lembrando de que aquele patife do Huntingdon muitas vezes lamenta que a senhora não seja mais como ela. E, como vê, não há nada que possa fazer para regenerá-lo. Ele é *dez* vezes pior do que eu. Tem medo da senhora, sem dúvida... quer dizer, sempre se comporta bem na sua presença... mas...

— Eu me pergunto como ele será quando se comporta mal, então — observei, sem conseguir me conter.

— Bem, para dizer a verdade, ele é terrível... Não é, Hargrave? — disse, se dirigindo ao outro, que entrara na sala sem ser notado por mim e estava perto da lareira e de costas para a porta. — Huntingdon não é o maior devasso que já existiu?

— Essa senhora não permite que o ofendam impunemente — respondeu o Sr. Hargrave, se aproximando. — Mas devo dizer que agradeço a Deus por não ser igual.

— Talvez fosse mais bonito o senhor olhar para si mesmo e dizer: "Ó Deus, tem misericórdia de mim, pecador!"* — falei.

— A senhora é severa — respondeu ele, fazendo uma leve mesura e se erguendo com uma expressão altiva e magoada.

Hattersley riu e deu-lhe um tapa no ombro. Desvencilhando-se com um ar de quem teve sua dignidade insultada, o Sr. Hargrave foi para o outro lado do cômodo.

— Não é uma pena, Sra. Huntingdon? — disse seu cunhado. — Bati em Walter Hargrave quando estava bêbado, na segunda noite após termos chegado e, desde então, ele está frio comigo, isso embora eu tenha pedido seu perdão na manhã seguinte!

*Evangelho Segundo São Lucas 18:13. (*N. da T.*)

— Sua maneira de pedir perdão e a clareza com que se lembrava de tudo mostraram que não estava bêbado demais para ter perfeita consciência de seu ato e poder assumir toda a responsabilidade por ele.

— Você quis se meter entre mim e minha esposa e isso é o suficiente para irritar qualquer homem — resmungou Hattersley.

— Quer dizer que acha que tem justificativa para o que fez? — perguntou Hargrave com um olhar furioso.

— Não, já disse que não teria feito isso se não estivesse agitado. E se quer continuar a guardar rancor mesmo depois de eu ter sido tão magnânimo... então vá para o diabo!

— Podia, ao menos, não usar tal linguajar na presença de uma dama — disse o Sr. Hargrave, disfarçando a raiva sob uma máscara de desdém.

— O que foi que eu disse? Nada além da mais pura verdade. Ele vai mesmo para o diabo, não vai, Sra. Huntingdon, se não perdoar as transgressões do próprio cunhado?

— Devia perdoá-lo, Sr. Hargrave, já que ele está pedindo.

— É o que acha? Então, perdoarei!

E, com um sorriso quase franco, ele se aproximou e estendeu a mão. Seu parente imediatamente a apertou e a reconciliação pareceu ser cordial de ambos os lados.

— A afronta — continuou Hargrave, voltando-se para mim — foi muito mais amarga por ter ocorrido em sua presença. E, já que me pede para perdoá-la, eu o farei... e esquecerei todo o caso.

— Acho que a melhor recompensa que posso dar por isso é me retirar — murmurou Hattersley, com um largo sorriso.

Hargrave sorriu também; e Hattersley saiu da biblioteca. Isso me fez ficar alerta. O Sr. Hargrave então se virou para mim com um ar muito sério e disse:

— Minha cara Sra. Huntingdon, como eu ansiei por este momento, ao mesmo tempo temendo-o! Não se alarme — acrescentou, pois meu rosto estava rubro de raiva. — Não vou ofendê-la com nenhuma súplica ou reclamação inútil. Não terei a presunção de incomodá-la mencionando meus sentimentos ou enumerando suas perfeições. Mas tenho algo a revelar à senhora que sinto que precisa saber, mas que me causa uma dor inexprimível...

— Então não se incomode em revelar nada!

— Mas é de uma importância...

— Se for, eu logo saberei... em especial se for uma má notícia, como o senhor parece acreditar. Agora, vou levar as crianças para o quarto delas.

— Não pode tocar a sineta e mandar alguém vir buscá-las?

— Não. Quero me exercitar indo até o último andar da casa. Venha, Arthur.

— Mas vai voltar?

— Só daqui a algum tempo. Não espere por mim.

— Quando posso vê-la de novo?

— Na hora do almoço — disse, partindo com Helen num dos braços e a outra mão dada a Arthur.

O Sr. Hargrave se virou, murmurando uma frase que expressava uma censura ou uma reclamação impaciente, da qual só distingui a palavra "cruel".

— Que bobagem é essa, Sr. Hargrave? — perguntei, parando diante da porta. — O que quer dizer?

— Oh, nada. Não pretendia que ouvisse meu solilóquio. Mas o fato é, Sra. Huntingdon, que tenho uma revelação a fazer, tão dolorosa de dizer quanto será de ouvir. E quero que me dê alguns minutos de sua atenção privada, em qualquer hora e local de sua escolha. Não peço isso por egoísmo, nem por qualquer motivo que poderia ofender sua pureza sobre-humana, portanto não precisa me lançar esse olhar mortal de desprezo frio e impiedoso. Conheço bem demais a maneira como aqueles que trazem más notícias são recebidos para não...

— *Que* informação fabulosa é essa? — perguntei, interrompendo-o com impaciência. — Se for algo de fato importante, me diga agora.

— Não posso fazê-lo em poucas palavras. Mande essas crianças embora e fique aqui comigo.

— Não, fique com sua notícia para si. Sei que é algo que não desejo ouvir e que o senhor me desagradaria ao me contar.

— Temo que tenha chegado bem perto da verdade. Mas, como possuo essa informação, sinto que é meu dever revelá-la à senhora.

— Oh, poupe nós dois dessa aflição e o libertarei de seu dever. O senhor se ofereceu para me dizer; eu me recusei a ouvir. Minha ignorância não será sua culpa.

— Que assim seja. A senhora não a saberá por mim. Mas se, quando o golpe vier, ele for súbito demais, lembre-se: eu desejei apará-lo!

Saí da biblioteca. Estava determinada a não permitir que as palavras do Sr. Hargrave me alarmassem. O que *ele*, entre todos os homens do mundo, poderia revelar que fosse de alguma importância para *mim*? Sem dúvida, era uma história exagerada sobre meu infeliz marido, que ele desejava usar para seus propósitos malévolos.

Dia 6

O Sr. Hargrave não fez mais nenhuma menção a esse momento misterioso, e eu não vi motivos para me arrepender de não desejar saber o que era. O golpe com o qual me ameaçou ainda não ocorreu; e não me causa muito medo. No momento, estou satisfeita com Arthur: ele não passa nenhuma grande vergonha há mais de 15 dias e, na última semana, tem sido tão moderado à mesa que posso notar uma diferença visível em seu humor e em sua aparência. Ousarei ter esperanças de que isso continue assim?

33

Duas noites

Dia 7

Sim, ousarei! Esta noite, ouvi Grimsby e Hattersley resmungando sobre a falta de hospitalidade do anfitrião. Eles não sabiam que eu estava por perto, pois por acaso me encontrava atrás de uma cortina, na janela em arco, observando a lua surgir por entre os olmos altos que ficam diante do gramado e me perguntando por que Arthur estaria sentimental a ponto de permanecer no jardim, aparentemente olhando para a lua também.

— Creio que tivemos nossa última festa nesta casa — disse o Sr. Hattersley. — Bem que achei que a bonomia dele não fosse durar muito. Mas — acrescentou, rindo — não esperei que fosse acabar por causa disso. Achei que nossa bela anfitriã ia eriçar seus espinhos e ameaçar nos expulsar se não nos comportássemos.

— Quer dizer que não previu isso? — respondeu Grimsby com uma risada gutural. — Mas ele vai mudar de novo quando estiver cansado dela. Se voltarmos daqui a um ou dois anos, vamos poder fazer tudo o que quisermos, você vai ver.

— Não sei, não — argumentou o outro. — Ela não é o tipo de mulher de quem se cansa depressa. Mas, seja como for, é uma chateação dos diabos não podermos nos divertir porque ele resolveu se comportar.

— Essas malditas mulheres! — murmurou Grimsby. — São a desgraça do mundo. Levam problemas e desconforto aonde quer que vão, com seus rostos bonitos e falsos e suas línguas mentirosas dos infernos.

Nesse momento, saí do meu refúgio e, sorrindo para o Sr. Grimsby enquanto passava, deixei o cômodo e fui procurar Arthur. Como o vira se dirigir para a cerca-viva, fui até lá e encontrei-o entrando na aleia sombreada. Meu coração estava tão leve, transbordando de afeição, que me atirei nele e o envolvi com os braços. Esse impulso teve um efeito peculiar sobre Arthur.

— Bendita seja você, minha querida! — murmurou ele.

E retribuiu meu abraço com o ardor dos velhos tempos. Depois teve um sobressalto e, num tom de absoluto terror, exclamou:

— Helen! Que diabos é isso?

E eu vi, pela pouca luz que atravessava a árvore que se debruçava sobre nós, que estava lívido com o choque.

Foi estranho que o instinto da afeição tenha surgido primeiro, para depois ser seguido pela surpresa. Pelo menos, isso mostra que o carinho é genuíno: ele ainda não se cansou de mim.

— Assustei você, Arthur — disse, rindo de alegria. — Como está nervoso!

— Por que diabos fez isso? — perguntou ele, muito irritado, se desvencilhando dos meus braços e enxugando a testa com o lenço. — Volte para casa, Helen! Volte agora! Vai pegar um resfriado que a levará à morte!

— Só vou voltar depois de lhe dizer por que vim aqui. Eles estão culpando você, Arthur, por sua moderação e sobriedade, e eu vim lhe agradecer por elas. Dizem que é tudo culpa dessas "malditas mulheres" e que nós somos a desgraça do mundo. Mas não deixe que suas risadas ou seus resmungos o façam abrir mão de suas resoluções ou de sua afeição por mim.

Arthur riu. Eu o abracei de novo e exclamei por entre lágrimas:

— Por favor, persevere! E eu o amarei mais do que nunca!

— Ora, ora. Farei isso! — disse ele, me dando um beijo rápido. — Agora, vá. Sua doida, como pôde sair com esse vestido fino nesta noite fria de outono?

— Está uma noite gloriosa.

— Ela vai acabar lhe matando. Vá correndo, vá!

— Está vendo minha morte no meio dessas árvores, Arthur? — perguntei.

Ele olhava com atenção para os arbustos, e eu estava relutante em deixá-lo, graças à felicidade que havia brotado em meu peito e à esperança e ao amor revividos. Mas Arthur ficou zangado com a minha demora, por isso beijei-o e corri de volta para casa.

Passei aquela noite com um humor tão bom que Milicent me disse que eu era o ser mais alegre da casa e sussurrou que jamais me vira brilhar tanto. É verdade que falei mais que vinte pessoas juntas, distribuindo sorrisos. Grimsby, Hattersley, Hargrave, Lady Lowborough — todos receberam um quinhão do meu amor fraternal. Grimsby ficou perplexo; Hattersley riu e brincou (apesar de ter sido obrigado a beber pouco vinho), mas, mesmo assim, se comportou da melhor forma que podia; Hargrave e Annabella, por motivos diferentes e de maneiras diferentes, me imitaram, e sem dúvida me superaram, o primeiro em versatilidade discursiva e eloquência, a segunda em ousadia e animação, pelo menos. Milicent, deliciada em ver o marido, o irmão e a amiga tão querida se comportando tão bem, mostrou-se vivaz e contente também, de seu jeito tranquilo. Até Lorde Lowborough foi contagiado: seus olhos verde-escuros se iluminaram sob o cenho soturno; suas feições sombrias foram embelezadas por sorrisos; todos os traços de melancolia, orgulho ou frieza desapareceram durante algum tempo; e ele nos deixou todos pasmos não apenas com sua alegria e animação, mas com os lampejos de uma alma realmente radiante que emitiu de tempos em tempos. Arthur não falou muito, mas riu e ouviu o que diziam todos os outros com grande bom humor, embora não excitado pelo vinho. Assim, formamos um grupo bastante divertido e inocente.

Dia 9

Ontem, quando Rachel veio me vestir para o jantar, vi que estivera chorando. Quis saber a causa, mas ela pareceu relutante em me contar. Estava se sentindo mal? Não. Tivera alguma má notícia? Não. Algum dos empregados a incomodara?

— Oh, não, senhora! Não é por minha causa.

— O que foi então, Rachel? Tem lido romances?

— Minha nossa, não! — disse, balançando tristemente a cabeça.

Então suspirou e continuou:

— Mas, para dizer a verdade, senhora, não gosto do comportamento do meu patrão.

— O que quer dizer, Rachel? Ele tem se comportado muito bem... ultimamente.

— Bem, se a senhora diz isso, então muito bem.

E ela continuou a arrumar meu cabelo de um jeito apressado, bem diferente da maneira tranquila de sempre, murmurando para si mesma que era mesmo um cabelo lindo, e que ela queria ver "certas pessoas terem igual". Quando terminou, passou os dedos por ele com carinho e deu tapinhas gentis em minha cabeça.

— Essa explosão de afeição foi causada por mim ou pelo meu cabelo, minha querida babá? — perguntei, olhando-a com uma expressão divertida.

Mas vi que ela estava com lágrimas nos olhos.

— O que foi, Rachel? — perguntei, assustada.

— Bem, senhora, não sei.... Mas, se...

— Se o quê?

— Se eu fosse a senhora, não deixaria que aquela Lady Lowborough ficasse nem mais um minuto nesta casa... nem mais um *minuto*!

Foi como se eu tivesse sido atingida por um raio; mas, antes que conseguisse me recuperar suficientemente do choque para exigir uma explicação, Milicent entrou em meu quarto como muitas vezes faz, quando fica pronta antes de mim; e permaneceu comigo até a hora do jantar. Deve ter me achado uma companhia muito desagradável, pois as últimas palavras de Rachel ainda ecoavam em meus ouvidos. Mas ainda assim tive esperanças... tive confiança de que fossem baseadas apenas numa fofoca dos criados, surgida após terem visto o comportamento de Lady Lowborough no mês anterior ou, talvez, após algo que se passara entre ela e Arthur durante a outra visita. No jantar, observei com atenção tanto ela quanto ele, e não vi nada de extraordinário na conduta nem de um, nem de outro; nada que pudesse fazer surgirem suspeitas, a não ser numa mente desconfiada. E eu não possuía uma, por isso, não ia suspeitar.

Quase imediatamente após o jantar, Annabella saiu com o marido para um passeio à luz do luar, pois a noite estava tão esplêndida quanto a anterior. O Sr. Hargrave entrou na sala de estar um pouco antes dos outros e me desafiou para um jogo de xadrez. Fez isso sem qualquer traço daquela melancolia altiva que em geral assume quando se dirige a mim, a não ser quando está excitado pelo vinho. Olhei para seu rosto para ver se era o caso. Hargrave me lançou um olhar penetrante, mas firme: havia algo em sua aparência que não compreendi, mas pareceu-me sóbrio o suficiente. Sem querer perder meu tempo com ele, sugeri que convidasse Milicent.

— Ela joga mal. Quero ver quem tem mais habilidade, eu ou a senhora. Vamos! Não pode fingir que está relutante em largar a costura. Sei que só trabalha nela quando está entediada e não tem nada melhor para fazer.

— Mas jogadores de xadrez são tão antissociais — argumentei. — Só fazem companhia um para o outro.

— Não há mais ninguém aqui... exceto Milicent, e ela...

— Oh, vou adorar observar vocês dois! — exclamou Milicent. — Dois jogadores *tão* bons! Vai ser uma maravilha. Quero ver quem vai ganhar.

Eu consenti.

— Muito bem, Sra. Huntingdon — disse Hargrave, dispondo as peças no tabuleiro e falando devagar e com uma ênfase peculiar, como se todas as suas palavras tivessem um duplo significado. — A senhora é uma boa jogadora, mas eu sou melhor. Nosso jogo vai ser longo e vai me dar algum trabalho, porém sei ser tão paciente quanto a senhora e, no final, não tenho dúvidas de que ganharei.

Ele me encarou com um olhar do qual não gostei — penetrante, astucioso e quase atrevido; já meio triunfante em razão do sucesso que esperava.

— Espero que não, Sr. Hargrave! — retruquei, com uma veemência que deve ter assustado Milicent, pelo menos.

Mas o Sr. Hargrave apenas sorriu e murmurou:

— O tempo dirá.

Começamos os trabalhos; ele, suficientemente interessado na partida, mas tranquilo e sem medo, consciente de sua habilidade superior; e eu, muito ansiosa para desapontar suas expectativas, pois considerei — assim como o Sr. Hargrave, imagino — que o que estava em jogo era algo mais sério, e senti um pavor quase supersticioso de ser derrotada. De qualquer maneira, não podia suportar que o sucesso naquela empreitada fosse aumentar ainda mais a crença de Hargrave nas próprias capacidades (ou, melhor dizendo, sua autoconfiança insolente), ou encorajar, ainda que por um momento, seu sonho de uma conquista futura. Suas jogadas eram cuidadosas e bem-pensadas, mas me esforcei para vencê-lo. Durante algum tempo, o resultado foi duvidoso. Afinal, para minha alegria, a vitória pareceu estar do meu lado: já tomara diversas de suas melhores peças e claramente arruinara seus projetos. O Sr. Hargrave pousou a mão na testa e fez uma pausa, em evidente perplexidade. Regozijei-me de minha vantagem, mas não ousei festejar ainda. Após algum tempo, ele ergueu a cabeça e, fazendo a jogada em silêncio, olhou-me e disse, tranquilo:

— Acha que vai ganhar, não acha?

— Espero que sim — respondi.

Capturei o peão que ele tinha colocado diante do meu bispo com um ar tão despreocupado que achei ter sido uma distração, não sendo generosa o suficiente, diante das circunstâncias, para avisá-lo do fato, e desatenta demais, no momento, para prever as consequências da minha jogada.

— São esses bispos que causam problema — disse o Sr. Hargrave. — Mas um cavaleiro ousado em sua montaria pode pular o reverendo — continuou, capturando meu último bispo com um cavalo. — E agora que esse homem santo foi removido, levarei tudo o que vir pela frente.

— Oh, Walter, que jeito é esse de falar? — perguntou Milicent. — Helen ainda tem muito mais peças do que você.

— Eu ainda vou lhe dar trabalho — afirmei. — Talvez, senhor, dê xeque-mate antes que perceba. Preste atenção em sua rainha.

O combate se acirrou. O jogo foi *mesmo* longo e *de fato* dei trabalho ao Sr. Hargrave, mas ele *era* um jogador melhor do que eu.

— Como estão envolvidos no jogo! — disse o Sr. Hattersley, que entrara na sala e estava nos observando há algum tempo. — Minha nossa, Sra. Huntingdon, sua mão treme como se houvesse apostado tudo o que possui! E Walter, seu safado, parece tão tranquilo como se tivesse certeza do sucesso, e tão atento e cruel como se quisesse tirar o sangue dela! Mas se eu fosse você, não a derrotaria, por medo de seu rancor. E ela vai sentir rancor! Vejo isso em seus olhos.

— Fique quieto, sim? — pedi.

A conversa de Hattersley estava me irritando, pois agora era tudo ou nada. Mais algumas jogadas e estaria inextricavelmente emaranhada na armadilha de meu oponente.

— Xeque — disse ele, enquanto eu procurava, agoniada, alguma maneira de escapar — mate! — acrescentou, em voz baixa, mas com evidente deleite.

Tinha demorado a pronunciar a última palavra fatal para desfrutar melhor de minha decepção. Fui tola o suficiente para ficar desconcertada. Hattersley riu, e Milicent se incomodou por me ver tão perturbada. Hargrave pousou a mão na minha, que estava sobre a mesa e, apertando-a devagar, mas com firmeza, murmurou:

— Derrotada! Derrotada!

Ele me encarou com uma mistura de triunfo e paixão, algo que me ofendeu ainda mais.

— *Nunca,* Sr. Hargrave! — exclamei, tirando a mão depressa.

— A senhora nega, então? — respondeu ele, sorrindo e apontando o tabuleiro.

— Não, não — respondi, me dando conta de que minha conduta devia parecer muito estranha. — O senhor me ganhou no jogo.

— Gostaria de jogar de novo?

— Não.

— Reconhece minha superioridade?

— Sim... como jogador de xadrez.

Levantei-me para voltar à minha costura.

— Onde está Annabella? — perguntou Hargrave num tom muito grave, olhando ao redor.

— Ela saiu com Lorde Lowborough — respondi, pois ele me olhara com um ar interrogativo.

— E não voltou ainda! — disse Hargrave, sério.

— Creio que não.

— Onde está Huntingdon? — perguntou ele, olhando em torno mais uma vez.

— Saiu com Grimsby... como você bem sabe — disse Hattersley, reprimindo uma risada que lhe escapou da boca no final da frase.

Por que ele riu? Por que Hargrave relacionou os dois daquela maneira? Será que era verdade? E era esse o terrível segredo que desejara me revelar? Eu precisava saber — e depressa. No mesmo instante, ergui-me e saí da sala, em busca de Rachel, para exigir que explicasse o que dissera. Mas o Sr. Hargrave foi para a antessala atrás de mim e, antes que eu pudesse abrir a porta que dava no saguão, pousou a mão sobre a maçaneta.

— Posso lhe contar algo, Sra. Huntingdon? — disse, num tom solene, com os olhos baixos e uma expressão séria.

— Se for algo que vale a pena ouvir — respondi, fazendo de tudo para me manter composta, pois todo o meu corpo tremia.

Sem dizer uma palavra, ele empurrou uma cadeira na minha direção. Eu apenas coloquei a mão sobre ela e pedi-lhe que falasse.

— Não se alarme. O que desejo dizer não é, por si só, nada demais. E permitirei que tire suas próprias conclusões. Disse que Annabella ainda não retornou, não foi?

— Sim, sim! Diga! — pedi, impaciente, temendo que minha calma forçada me abandonasse antes que o Sr. Hargrave fizesse sua revelação, qualquer que fosse ela.

— E lhe disseram — continuou ele — que Huntingdon saiu com Grimsby, certo?

— E daí?

— Ouvi Grimsby dizer a seu marido... ou melhor, ao homem que diz ser seu marido...

— Diga, senhor!

O Sr. Hargrave fez uma mesura submissa e continuou:

— Ouvi-o dizer: "Vou conseguir, você vai ver! Eles foram para perto do lago. Irei até lá e direi a ele que preciso conversar um pouco sobre coisas que não serão do interesse de sua senhora, e ela dirá que vai voltar para casa. Eu pedirei desculpas e tudo mais e lhe darei uma piscadela, para saber que deverá se encaminhar para a cerca-viva. Vou mantê-lo ocupado lá, falando dessas coisas que mencionei e de tudo mais que me ocorrer, pelo tempo que conseguir; e então voltaremos pelo outro lado, parando para observar as árvores, os campos e o que mais eu puder apontar."

O Sr. Hargrave se calou e me olhou.

Sem fazer nenhum comentário ou pergunta, levantei-me e saí em disparada do cômodo e da casa. O tormento do suspense não podia ser suportado: não podia ter falsas suspeitas de meu marido por causa das acusações daquele homem e tampouco podia confiar nele se não merecesse — precisava saber a verdade naquele minuto. Corri para a cerca-viva. Mal chegara lá quando o som de vozes me fez estacar, ofegante.

— Estamos demorando demais. Ele vai voltar — disse a voz de Lady Lowborough.

— Claro que não, meu amor! — respondeu ele. — Mas você pode atravessar o gramado e entrar com o mínimo de barulho possível. Eu irei atrás.

Meus joelhos tremeram, minha cabeça girou; quase desmaiei. Não podia permitir que ela me visse assim. Escondi-me entre os arbustos e me apoiei no tronco de uma árvore para que passasse.

— Ah, Huntingdon! — disse Lady Lowborough num tom de censura, parando no local onde eu o encontrara na noite anterior. — Foi bem aqui que beijou aquela mulher!

Ela olhou para trás, observando a sombra da árvore. Avançando até aquele ponto, ele respondeu, com uma risada despreocupada:

— Bem, meu amor, eu não pude evitar. Preciso manter as aparências com ela enquanto puder. Não vi você beijar o idiota do seu marido dezenas de vezes? E algum dia reclamei?

— Mas me diga: você ainda a ama? Nem que seja um *pouquinho*?

Lady Lowborough pousou a mão no braço dele e examinou, ansiosa, seu rosto. Eu podia vê-los perfeitamente, pois a lua os iluminava, passando por entre os galhos da árvore que me ocultava.

— Nem um *pouquinho*, por tudo o que há de mais sagrado! — respondeu ele, beijando sua face brilhante.

— Minha nossa, preciso ir! — exclamou ela, se afastando de súbito e saindo correndo.

Ali estava ele, bem na minha frente; mas não tive forças para confrontá-lo. Minha língua estava presa ao céu da boca, eu quase caí por terra; cheguei a me admirar de ele não ouvir os batimentos de meu coração abafando o murmúrio do vento e o farfalhar das folhas caídas. Achei que estava incapaz de ver ou ouvir, mas ainda assim discerni sua sombra passando diante de meus olhos e, apesar do estrondo em meus ouvidos, percebi bem quando disse, observando o gramado:

— Lá vai o tolo! Corra, Annabella, corra! Muito bem, entre logo! Ah, ele não viu! Isso, Grimsby, segure-o aí!

Ouvi até mesmo sua risada baixa enquanto ele se afastava.

— Deus me ajude! — murmurei, caindo de joelhos entre as plantas e os gravetos molhados que me rodeavam e olhando o céu claro por entre a folhagem escassa acima.

Tudo pareceu escuro e trêmulo diante de meus olhos turvos. Meu coração queimava, estourava, e tentou expressar sua agonia para Deus, mas não conseguiu dar a ela a forma de uma prece. Até que uma rajada de vento passou por mim e, ao mesmo tempo que espalhou as folhas mortas como se fossem esperanças frustradas, trouxe um pouco de frescor à minha testa e reviveu meu corpo tombado. Então, quando ergui minha alma numa súplica muda e sincera, uma influência divina me fortaleceu por dentro. Minha respiração se acalmou, minha visão ficou nítida, vi claramente a lua pura que continuava a brilhar e as nuvens leves que passavam pelo céu noturno; depois, vi as estrelas eternas cintilando para mim e soube que o Deus delas também era o meu, e que Ele tinha a força da salvação e ouvia seus filhos. A frase "Não te deixarei, nem te desampararei"* pareceu ser sussurrada da miríade de astros. Não, não; senti que Ele não me deixaria sem consolo. Apesar da terra e do inferno, teria forças para enfrentar todas as minhas provações e ganharia meu descanso glorioso!

Revigorada, ainda que não tranquila, me levantei e voltei para casa. Confesso que boa parte da força e da coragem que recobrara me abandonou ao entrar, deixando para trás o vento fresco e o céu divino. Tudo o que vi e ouvi me trouxe tristeza ao coração: o saguão, o lampião, a escada, as portas dos diferentes cômodos, o som da conversa e dos risos que vinham da sala de estar. Como iria suportar minha vida no futuro? Nesta casa, em meio a essas pessoas — oh, como poderia viver? Naquele momento, John entrou no saguão e me disse que o tinham mandado me procurar, acrescentando que já levara o chá e que o patrão desejava saber se eu estava a caminho.

---

*Epístola aos Hebreus 13:5. (*N. da T.*)

— Peça que a Sra. Hattersley tenha a gentileza de servir o chá, John — falei. — Diga que não estou me sentindo bem e que peço desculpas.

Retirei-me para a enorme sala de jantar vazia, onde tudo era silêncio e escuridão, com exceção do sopro suave do vento que vinha do lado de fora e o brilho fraco da lua que atravessava as venezianas e as cortinas, e lá andei depressa de um lado para o outro, sozinha com meus pensamentos amargos. Que diferença para a noite de ontem! *Esta*, creio, foi o último lampejo de felicidade da minha vida. Pobre de mim, como fui tola e cega em ficar tão feliz! Afinal, compreendi por que Arthur me recebera de maneira tão estranha na cerca-viva: a reação de carinho fora para a amante, o sobressalto de horror para a esposa. Afinal, entendia melhor também a conversa entre Hattersley e Grimsby: sem dúvida era do amor dele por *ela*, não por mim, de que falavam.

Ouvi a porta da sala de estar se abrir: passos leves e rápidos vieram da antessala, cruzaram o saguão e subiram as escadas. Era Milicent, a pobre Milicent, que fora ver como eu estava. Ninguém mais se importava comigo, mas *ela* ainda era gentil. Não tinha derramado nenhuma lágrima antes, mas naquele momento elas rolaram — em abundância. Dessa maneira, minha amiga me ajudou sem se aproximar de mim. Sem encontrar o que buscava, ela desceu — mais devagar do que subira. Será que ia entrar ali e me encontrar? Não; virou-se na direção oposta e voltou a entrar na sala de estar. Fiquei feliz, pois não sabia como encará-la ou o que dizer. Não desejava uma confidente para meu sofrimento. Não merecia uma — não precisava de uma. Escolhera esse fardo e ia carregá-lo sozinha.

Quando a hora em que geralmente todos se retiravam se aproximou, sequei as lágrimas e tentei deixar a voz firme e a mente tranquila. Precisava ver Arthur e falar com ele aquela noite, mas o faria com calma. Não faria uma cena — ele não teria nada para reclamar ou se gabar com os companheiros, nada do que rir com sua amada. Quando os convidados se encaminhavam para seus aposentos, abri devagar a porta e, quando ele passou, pedi-lhe que entrasse.

— O que há com você, Helen? — perguntou. — Por que não pôde vir fazer chá para nós? E que diabos está fazendo aqui no escuro? Qual o problema, minha jovem? Parece um fantasma — continuou, me examinando à luz da vela.

— Isso não importa para você. Não sente mais nenhuma afeição por mim, parece, e eu não sinto mais nenhuma por você.

— Ora! O que é isso? — murmurou Arthur.

— Eu o abandonaria amanhã e jamais voltaria a estar sob este teto, se não fosse por meu filho.

Fiquei em silêncio um momento para impedir minha voz de tremer.

— Pelos demônios, o que é isso, Helen? O que quer dizer?

— Você sabe muito bem. Não percamos tempo com explicações inúteis. Diga-me apenas se...

Ele jurou com veemência que não tinha ideia do que eu estava falando e insistiu em saber se a velha venenosa o estava caluniando, e em que mentiras infames eu fora tola o suficiente para acreditar.

— Não se incomode em fazer juras falsas ou em buscar em vão sufocar a verdade com a mentira — respondi com frieza. — Não confiei no testemunho de terceiros. Estive na cerca-viva esta noite e vi e ouvi por conta própria.

Isso foi o suficiente. Ele soltou um grito abafado de consternação e murmurou:

— Agora estou danado.

E, colocando a vela na cadeira mais próxima e se recostando na parede, me encarou com os braços cruzados.

— Muito bem! E então? — disse, com uma tranquilidade que misturava insolência e temeridade.

— Só gostaria de saber uma coisa: você me deixaria levar nosso filho e o que resta de minha fortuna e ir embora?

— Ir embora para onde?

— Para qualquer lugar onde ele estará a salvo de sua influência contagiosa e onde eu possa me ver livre de sua presença... e você da minha.

— Não. Não vou permitir isso!

— Concorda em me deixar levar nosso filho se abrir mão do dinheiro?

— Não, nem concordo que vá sem o filho. Acha que vou virar a fofoca da vizinhança por causa de seus caprichos?

— Então, terei de ficar aqui, onde sou odiada e desprezada. Mas, daqui em diante, seremos marido e mulher apenas no nome.

— Muito bem.

— Sou a mãe de seu filho e sua dona de casa... mais nada. Por isso, não se incomode mais em fingir o amor que não sente. Não exigirei mais carícias falsas de você... nem farei nenhuma... nem suportarei nenhuma. Não deixarei que zombe de mim com a casca vazia do carinho conjugal quando deu a substância dele para outra!

— Muito bem, ótimo. Vamos ver quem se cansa primeiro, minha senhora.

— Se eu me cansar, será de viver neste mundo com você... não de viver sem seu arremedo de amor. Quando *você* se cansar de seus pecados e se mostrar realmente arrependido, eu o perdoarei... e, quem sabe, tentarei voltar a amá-lo, embora isso vá ser muito difícil.

— Hun! E, enquanto isso, vai falar de mim para a Sra. Hargrave, e escrever longas cartas para sua tia para reclamar do homem perverso com quem se casou, não vai?

— Não vou reclamar com ninguém. Até aqui, fiz de tudo para esconder seus vícios de todos e lhe atribuir virtudes que jamais possuiu. Mas, de agora em diante, você está por sua própria conta.

Eu o deixei praguejando em voz baixa e subi.

— A senhora não está bem — disse Rachel, me observando com sincera preocupação.

— É verdade, Rachel — afirmei, respondendo mais à sua expressão de tristeza do que às suas palavras.

— Eu sabia, ou não teria mencionado tal coisa.

— Mas não se incomode com isso — falei, beijando sua face pálida e encovada pelo tempo. — Posso suportar... melhor do que você imagina.

— Sim, a senhora sempre preferiu "suportar". Mas, se fosse eu, não suportaria. Eu me entregaria e choraria muito! E falaria bastante, isso sim! Faria com que ele soubesse o que é...

— Eu falei. Já disse o suficiente.

— Então, eu choraria — persistiu ela. — Não ficaria tão branca e tão calma, segurando isso no coração até ele estourar!

— Eu chorei — garanti, sorrindo apesar de minha tristeza. — E estou mesmo calma agora. De verdade. Por isso, não me faça perder a compostura de novo, minha querida babá. Não falemos mais nisso. Não diga nada aos criados. Pronto, pode ir agora. Boa noite. Não deixe de descansar por minha causa. Dormirei bem... se puder.

Apesar dessa resolução, minha cama me foi tão intolerável que, antes das duas da manhã, me levantei e, acendendo minha vela na lamparina que ainda ardia, fui até minha escrivaninha e me sentei, de camisola, para relatar os acontecimentos desta noite. Foi melhor me ocupar assim do que ficar deitada na cama, torturando o cérebro com lembranças do passado distante e expectativas de um futuro terrível. Encontrei alívio em descrever as circunstâncias que destruíram a minha paz, assim como os detalhes triviais que levaram à descoberta. Nenhum sono poderia ter me ajudado tanto a tranquilizar a mente e a me preparar para enfrentar as provações do dia — pelo menos, é o que acho. Ainda assim, quando paro de escrever, sinto que minha cabeça dói horrivelmente; e, quando me olho no espelho, me assusto com minha aparência cansada.

Rachel veio me vestir e me disse que podia ver que eu passara uma noite horrível. Milicent acabou de entrar no meu quarto para perguntar como eu estava. Disse que me sentia melhor, mas, para dar uma desculpa por minha aparência, admiti que passara uma noite insone. Como queria que esse dia acabasse! Estremeço ao pensar em descer para tomar café. Como poderei encarar todos eles? Mas devo lembrar que não sou a culpada: não tenho nada a temer. E, se eles me desprezam por ser a vítima de seu crime, posso ter piedade de sua insensatez e desdenhar de seu desprezo.

34

Segredos

Tarde

Tudo se passou bem no café da manhã; permaneci calma e fria o tempo todo. Respondi com compostura a todas as perguntas acerca de minha saúde, e tudo o que havia de estranho em minha aparência ou em meus modos foi atribuído pelos outros à leve indisposição que me fizera ir me deitar mais cedo na noite anterior. Mas como suportarei os dez ou 12 dias que transcorrerão antes de eles irem? Porém, por que ansiar tanto por sua partida? Após terem ido, como suportarei os meses ou anos com aquele homem — meu pior inimigo, pois ninguém poderia me machucar tanto quanto ele? Oh! Quando penso no amor profundo e cego que senti, na minha confiança insana, no trabalho, nos estratagemas e preces constantes por seu bem; e na maneira cruel com que ele pisoteou esse amor, traiu minha confiança, desprezou minhas preces, lágrimas e esforços por sua preservação — aniquilou minhas esperanças, destruiu os melhores sentimentos de minha juventude e me condenou a uma vida de infelicidade absoluta — até o ponto em que um mortal pode fazê-lo — não é suficiente dizer que não amo mais meu marido: sinto *ódio* dele! A palavra me encara como uma confissão de culpa, mas é verdade: sinto ódio — ódio! Mas Deus tenha piedade de sua alma miserável! Faça com que ele veja e sinta sua culpa — não peço nenhuma outra vingança! Se Arthur pudesse compreender e de fato sentir que agiu errado comigo, me sentiria desforrada e perdoaria tudo. Mas ele está tão perdido, tão entregue à sua depravação, que acredito que isso jamais acontecerá em vida. Porém é inútil continuar a falar nisso: vou tentar mais uma vez dissipar minhas reflexões nos detalhes dos eventos que sucederam.

O Sr. Hargrave me irritou o dia todo com um ar de seriedade e compaixão e com suas delicadezas discretas. Pelo menos, ele crê que sejam discretas; se fossem mais descaradas, me perturbariam menos, pois então poderia ser abertamente fria, mas Hargrave consegue parecer tão gentil e atencioso que não posso fazê-lo sem ser rude e me mostrar ingrata. Às vezes, acho que deveria dar-lhe crédito pelos bons sentimentos que simula tão bem; por outro lado, acredito ser meu *dever* suspeitar dele nas circunstâncias peculiares em que estou. A gentileza do Sr. Hargrave talvez não seja de todo fingida, mas, ainda assim, que nem o mais puro impulso de gratidão de minha parte me leve a me descuidar. Se conseguir me lembrar do jogo de xadrez, das expressões que ele usou naquela ocasião, daqueles seus olhares indescritíveis que me fizeram ficar indignada com tanta razão, acredito que estarei a salvo. Fiz bem em escrever tudo com tantos detalhes.

Creio que o Sr. Hargrave deseja encontrar uma oportunidade de conversar comigo a sós: parece ter passado o dia todo em alerta! Mas tomei o cuidado de desapontá-lo. Não tenho medo de nada que possa me dizer, mas já estou com problemas demais sem acrescentar o insulto de seus consolos, condolências, ou qualquer outra coisa que deseje tentar; e, por causa de Milicent, não quero brigar com ele. O Sr. Hargrave se recusou a ir caçar com os outros homens esta manhã, sob o pretexto de ter cartas a escrever; e, em vez de se retirar para fazê-lo na biblioteca, pediu que sua escrivaninha portátil fosse trazida até a sala de estar, onde eu me encontrava, na companhia de Milicent e Lady Lowborough. As duas estavam costurando e eu, mais para me excluir da conversa do que para distrair a mente, me munira de um livro. Milicent viu que eu desejava ficar em silêncio e, assim, me deixou em paz. Annabella, sem dúvida, deve ter percebido também, mas isso não era motivo para segurar a língua ou reprimir sua animação: portanto, começou a tagarelar, dirigindo-se quase que exclusivamente a mim com a maior segurança e familiaridade, ficando mais entusiasmada e amistosa conforme eu ia me mostrando mais fria e dando respostas mais curtas. O Sr. Hargrave viu que eu mal estava suportando aquilo e, erguendo o olhar da escrivaninha, respondeu às perguntas e observações dela por mim até onde pôde, tentando transferir as atenções sociais de sua prima para si, mas foi em vão. Talvez Annabella tenha achado que eu estivesse com dor de cabeça e não conseguia conversar — de qualquer maneira, percebeu que sua vivacidade loquaz me irritava: tenho certeza disso, pela insistência maliciosa com que continuou. Mas consegui fazê-la se calar colocando em suas mãos o livro que vinha tentando ler, em cuja folha de rosto escrevera às pressas:

"Conheço bem demais seu caráter e sua conduta para sentir amizade verdadeira por você e, como não tenho seu talento para dissimulação, não posso fingir o que sinto. Portanto, preciso lhe pedir que, daqui em diante, não tenhamos mais nenhuma intimidade; e, se ainda continuar a lhe tratar com civilidade, como se fosse uma mulher digna de consideração e respeito, entenda que é por pensar nos sentimentos de sua prima Milicent, não nos seus."

Ao ler isso, Annabella ficou escarlate e mordeu o lábio. Rasgando a folha sem que ninguém visse, amassou-a e jogou-a no fogo, e então se ocupou virando as páginas do livro e examinando, ou fingindo examinar, seu conteúdo. Após algum tempo, Milicent anunciou que era sua intenção ir para o quarto das crianças e eu perguntei se podia acompanhá-la.

— Annabella não se importará — disse ela. — Está ocupada lendo.

— Eu me importarei, sim — exclamou Annabella, erguendo os olhos de súbito e atirando o livro na mesa. — Quero conversar com Helen um minuto. Pode ir, Milicent, ela logo irá também.

Milicent se retirou.

— Você me faria esse favor, Helen? — continuou Annabella.

Sua desfaçatez me deixou atônita, mas concordei e nós fomos para a biblioteca. Ela fechou a porta e caminhou até a lareira.

— Quem lhe contou isso? — perguntou.

— Ninguém. Sou capaz de ver por conta própria.

— Ah, você é mesmo desconfiada!

Ela sorriu com um lampejo de esperança. Até então, houvera uma espécie de desespero em sua audácia, mas, naquele momento, seu alívio ficou evidente.

— Se eu fosse desconfiada, teria descoberto a infâmia de vocês há muito tempo. Não, Lady Lowborough, não baseio minha acusação numa suspeita.

— Baseia em que, então? — perguntou, atirando-se numa poltrona e esticando os pés na direção do guarda-fogo, num óbvio esforço por parecer tranquila.

— Gosto de passear à luz da lua, assim como você — respondi, fixando os olhos nela —, e a cerca-viva por acaso é um dos meus locais preferidos.

Annabella foi novamente tomada por um rubor profundo e permaneceu em silêncio, empurrando o dedo contra os dentes e olhando o fogo. Observei-a durante alguns minutos com um sentimento de satisfação malévola e então, me aproximando da porta, perguntei com tranquilidade se tinha algo mais a me dizer.

— Sim, sim! — exclamou ela, ansiosa, erguendo o corpo de repente. — Quero saber uma coisa: vai contar a Lorde Lowborough?

— E se contar?

— Bem, se pretende tornar tudo público, não tenho como dissuadi-la, é claro. Mas haverá consequências terríveis se o fizer. E, se não o fizer, eu a considerarei a mais generosa das mortais. Não há nada no mundo que não farei por você. A não ser...

Annabella hesitou.

— A não ser abrir mão de sua intriga amorosa com meu marido, suponho.

Ela ficou em silêncio um instante, demonstrando desconcerto e perplexidade, além de uma raiva que tentava conter.

— Não posso abrir mão daquilo que tem para mim mais valor que a própria vida — murmurou depressa.

Depois, erguendo a cabeça de súbito e me encarando com olhos faiscantes, continuou, nervosa:

— Mas Helen... ou Sra. Huntingdon, ou como queira que eu a chame... não vai contar, vai? Se for generosa, aqui está uma excelente oportunidade para exercitar sua magnanimidade. Se for orgulhosa, aqui estou eu, sua rival, pronta para reconhecer que serei sua devedora se realizar esse ato nobre de abnegação.

— Não contarei.

— Não! — exclamou Annabella, deliciada. — Aceite meu agradecimento sincero.

Ela ficou de pé num pulo e estendeu a mão. Eu me afastei.

— Não me agradeça. Não é por *você* que faço isso. Também não é por abnegação: não desejo tornar sua vergonha pública. Lamentaria afligir seu marido fazendo com que tomasse conhecimento disso.

— E quanto a Milicent? Vai contar a ela?

— Ao contrário, farei de tudo para esconder dela. Não gostaria que soubesse da infâmia e da desgraça da prima!

— Usa palavras duras, Sra. Huntingdon... mas posso perdoá-la.

— E agora, Lady Lowborough, permita que eu a aconselhe a deixar esta casa assim que possível. Deve saber que sua presença aqui é extremamente desagradável para mim. Não por causa do Sr. Huntingdon — disse, observando que um sorriso malicioso de triunfo lhe surgira no rosto. — Pode ficar com ele, já que o deseja. Mas porque é doloroso sempre ter de disfarçar meus sentimentos verdadeiros a respeito de você e me esforçar para manter uma aparência de civilidade e respeito para com alguém por quem não sinto nem a mais vaga sombra de afeição, e porque, se ficar aqui, sua conduta não poderá deixar de ser descoberta dentro de pouco tempo pelas duas únicas pessoas da casa que ainda não estão a par dela. E, pelo bem de seu marido, Annabella, e até pelo seu bem, gostaria... aconselho, *insisto* que ponha um fim nessa intriga e volte a cumprir seu dever enquanto pode, antes que as consequências nefastas...

— Sim, sim, é claro — disse ela, me interrompendo com um gesto de impaciência. — Mas não posso ir, Helen, antes que chegue o dia que marcamos para nossa partida. Que pretexto poderia dar? Mesmo que me dispusesse a voltar sozinha, uma hipótese que Lowborough jamais admitiria, ou que conseguisse levá-lo comigo, a circunstância em si decerto despertaria suspeitas. Além do mais, nossa visita está tão perto do fim. Pouco mais de uma semana. Sem dúvida, pode suportar minha presença durante tão pouco tempo! Não vou mais incomodá-la com minhas impertinências amistosas.

— Muito bem. Não tenho mais nada a lhe dizer.

— Você mencionou isso para Huntingdon? — perguntou Annabella quando eu estava me retirando.

— Como ousa mencionar o nome dele para mim!

Essa foi minha única resposta. Não dissemos mais nada uma para a outra desde então, a não ser o exigido pela aparente decência ou a mais pura necessidade.

35

Provocações

Dia 19

Quanto mais Lady Lowborough vai se convencendo de que não tem nada a temer de minha parte e conforme o dia de sua partida se aproxima, mais audaciosa e insolente ela fica. Não tem escrúpulos em dirigir-se ao meu marido com afetuosa familiaridade em minha presença, quando não há mais ninguém por perto, e gosta particularmente de demonstrar seu interesse por sua saúde e seu bem-estar, ou por qualquer coisa que lhe diga respeito, como quem pretende contrastar sua preocupação com minha frieza. E Arthur a recompensa com tantos sorrisos e olhares, tantas palavras sussurradas ou insinuações descaradas, indicando que sente sua bondade e minha negligência, que o rubor me toma as faces por mais que eu tente me controlar. O fato é que gostaria de não me importar com nada disso — ser surda e cega para tudo o que se passa entre eles, pois, quanto mais mostro estar consciente de sua maldade, mais Lady Lowborough triunfa com sua vitória e mais Arthur se regozija pensando que ainda sou apaixonada por ele, apesar de fingir indiferença. Nessas ocasiões, muitas vezes me assustei com uma tentação sutil e perversa que me incitou a provar o contrário, aparentando encorajar as investidas de Hargrave, mas essas ideias são afastadas num instante, com horror e contrição. E então, odeio-o dez vezes mais por ter me levado a isso! Deus me perdoe por esses e todos os meus pensamentos pecaminosos! Minhas aflições, em vez de me deixarem mais humilde e pura, estão transformando minha natureza em fel. Isso só pode ser minha culpa, tanto quanto daqueles que me fazem mal. Nenhum cristão verdadeiro poderia sentir tal rancor como o que sinto por Arthur e por Lady Lowborough — principalmente por ela. Ele, acredito que ainda poderia perdoar — de todo o coração, com a maior felicidade, diante do menor sinal de arrependimento. Mas *ela* — palavras não poderiam expressar minha repulsa. A razão proíbe, mas a cólera instiga; e devo rezar e lutar muito antes de subjugá-la.

Que bom que Lady Lowborough vai embora amanhã, pois não poderia suportar sua presença por mais nem um dia. Esta manhã, ela se levantou mais cedo do que o normal. Encontrei-a na sala sozinha quando desci para tomar café.

— Oh, Helen! É você? — disse, se virando quando entrei.

Tive um sobressalto e me afastei num movimento involuntário ao vê-la, e ela deu uma breve risada, observando:

— Acho que nós duas estamos desapontadas.

Aproximei-me e comecei a preparar o café.

— Este é o último dia em que abusarei de sua hospitalidade — disse Lady Lowborough, sentando-se à mesa. — Ah, aqui vem alguém que não ficará feliz com isso! — murmurou para si mesma quando Arthur entrou na sala.

Ele deu-lhe a mão e desejou-lhe bom dia, então, encarando-a com uma expressão apaixonada e ainda segurando sua mão, murmurou, num tom patético:

— O último dia! O último!

— Sim — disse ela, com alguma irritação —, e eu me levantei cedo para aproveitá-lo ao máximo. Estou aqui sozinha há meia hora, enquanto *você*, criatura preguiçosa...

— Bem, achei que tinha acordado cedo também. Mas — disse Arthur, quase num sussurro —, como vê, não estamos a sós.

— Nunca estamos.

Mas era quase como se estivessem, pois eu estava parada diante da janela, observando as nuvens e fazendo de tudo para reprimir minha ira.

Os dois trocaram mais algumas palavras que, por sorte, não escutei, mas Lady Lowborough teve a audácia de se postar diante de mim e até de pousar a mão no meu ombro e dizer baixinho:

— Não se ressinta de ele ser meu, Helen, pois eu o amo mais do que você jamais poderia amar.

Isso me fez perder a cabeça. Peguei a mão dela e tirei-a de cima de mim com violência, com uma expressão de aversão e indignação que não consegui controlar. Perplexa, quase horrorizada, com esse gesto repentino, ela se afastou em silêncio. E teria expressado minha fúria dizendo algo, mas a risada baixa de Arthur me fez recobrar a compostura. Contive a invectiva que me começara a sair da boca e dei-lhe as costas com desprezo, arrependida de tê-lo divertido tanto. Ele ainda estava rindo quando o Sr. Hargrave apareceu. Não sei quanto daquela cena chegou a ver, pois a porta estava um pouco aberta quando entrou. Cumprimentou o anfitrião e a prima com frieza e a mim com um olhar que pretendia demonstrar a mais profunda compaixão, misturada a admiração e estima.

— Quanto de fidelidade a senhora deve a esse homem? — perguntou em voz baixa ao se colocar ao meu lado diante da janela, fingindo fazer observações sobre o clima.

— Nenhuma — respondi.

E, imediatamente voltando para a mesa, me ocupei em preparar o chá. O Sr. Hargrave foi atrás e pretendia entabular uma conversa comigo, mas os outros hóspedes agora começavam a chegar e eu só voltei a prestar atenção nele quando lhe servi seu café.

Após o café da manhã, determinada a passar a menor parte possível do dia na companhia de Lady Lowborough, me afastei discretamente dos convidados e me refugiei na biblioteca. O Sr. Hargrave me seguiu, sob o pretexto de ir pegar um livro. A princípio, voltando-se para as prateleiras, selecionou um volume, e então, em silêncio, mas sem qualquer timidez, aproximou-se de mim e postou-se ao meu lado, pousando a mão no espaldar da minha cadeira e dizendo em voz baixa:

— Quer dizer que se considera livre, afinal.

— Sim — respondi, sem me mover ou erguer os olhos do livro. — Livre para fazer qualquer coisa, menos ofender a Deus e minha consciência.

Ele ficou em silêncio por um momento.

— Muito correto — disse —, contanto que sua consciência não tenha escrúpulos mórbidos e suas ideias de Deus não sejam erroneamente severas;

mas consegue supor que aquele Ser benevolente ficaria ofendido com a felicidade de um homem que morreria em nome da sua? Se arrancasse um coração devoto dos tormentos do purgatório e o levasse a um estado de felicidade divina, já que pode fazer isso a senhora mesma, sem cometer a menor injúria contra si ou qualquer outra pessoa?

Isso foi dito num tom baixo, intenso e ardente, com ele debruçado sobre mim. Eu então ergui a cabeça; e, olhando-o com firmeza, respondi calmamente:

— Sr. Hargrave, pretende me insultar?

Ele não estava preparado para isso. Não disse nada por um momento para se recuperar do choque e então, se empertigando e retirando a mão da cadeira, respondeu, com tristeza e altivez:

— Não foi essa minha intenção.

Eu apenas fiz um leve movimento de cabeça na direção da porta e voltei-me para o meu livro. O Sr. Hargrave se retirou imediatamente. Foi melhor do que se eu tivesse respondido com mais palavras e com a fúria que fora despertada num primeiro impulso. Como é bom poder controlar nossa raiva! Preciso me esforçar para desenvolver essa qualidade inestimável: só Deus sabe quantas vezes precisarei dela no caminho acidentado e sombrio que terei de percorrer.

Em dado momento da manhã, fui de carruagem até o Grove com as duas outras mulheres, para dar a Milicent uma oportunidade de se despedir da mãe e da irmã. Elas a persuadiram a ficar lá pelo resto do dia, com a Sra. Hargrave prometendo trazê-la de volta à tarde e permanecer conosco até que todos os hóspedes partam no dia seguinte. A consequência foi que Lady Lowborough e eu tivemos o prazer de voltar em um *tête-à-tête*. Ao longo dos primeiros quilômetros, nos mantivemos em silêncio, eu olhando pela janela e ela recostada em seu canto. Mas decidi que não ia me restringir a uma posição só por causa daquela mulher: quando estava cansada de ficar inclinada para a frente com o vento gelado e cruel no rosto e de observar as sebes ressecadas e a grama úmida e emaranhada em torno, desisti de fazê-lo e me recostei também. Com o atrevimento de sempre, minha companheira de viagem fez algumas tentativas de iniciar uma conversa: mas o máximo que arrancou de mim com suas diversas observações foram monossílabos como “sim”, “não” ou “hunf”. Afinal, após ela pedir minha opinião sobre uma questão trivial, respondi:

— Por que deseja conversar comigo, Lady Lowborough? Deve saber o que acho de você.

— Bem, já que faz *questão* de ser tão rancorosa comigo, não há nada que eu possa fazer. Mas não vou ficar emburrada por ninguém.

Nosso curto trajeto chegara ao fim. Assim que a porta da carruagem foi aberta, Lady Lowborough pulou para fora e atravessou o jardim para ir ao encontro dos homens, que estavam voltando do bosque. É claro que eu não a imitei.

Mas ela ainda me incomodaria com sua desfaçatez. Depois do jantar, retirei-me para a sala de estar, como sempre, e Lady Lowborough me acompanhou. Mas as duas crianças estavam comigo e eu lhes dei toda a minha atenção, determinada a mantê-las ao meu lado até que os homens aparecessem, ou até que Milicent chegasse com a mãe. A pequena Helen, no entanto, logo se cansou de brincar e insistiu em ir dormir; e, quando me encontrava sentada no sofá com ela sobre o joelho e Arthur ao meu lado, fazendo leves carícias em seus cachos macios, Lady Lowborough se aproximou tranquilamente e se postou na outra extremidade.

— Amanhã, Sra. Huntingdon — disse ela —, vai se livrar da minha presença. Sem dúvida, ficará muito feliz com isso, o que é natural. Mas sabia que lhe prestei um grande serviço? Devo lhe dizer qual?

— Ficarei feliz em saber de qualquer serviço que me prestou — respondi, resolvida a me manter calma, pois sabia, por seu tom, que desejava me irritar.

— Bem, a senhora não observou a mudança salutar no comportamento do Sr. Huntingdon? Não percebeu que ele se tornou um homem sóbrio e moderado? Sei que lamentava os terríveis hábitos que ele estava adquirindo e sei que fez de tudo para livrá-lo deles. Mas sem sucesso, até eu ajudá-la. Disse a ele, em poucas palavras, que não suportava vê-lo se degradando daquela maneira e que deixaria de... bem, não importa o que lhe disse. Mas a senhora viu a transformação que causei, e deveria me agradecer por isso.

Eu me levantei e toquei a sineta, chamando a babá.

— Mas não desejo agradecimentos — continuou Lady Lowborough. — Tudo o que peço em troca é que cuide dele quando eu estiver longe e que não o faça recair por causa de sua crueldade e negligência.

Quase fiquei doente de fúria, mas então Rachel surgiu na porta. Eu apontei para as crianças, pois não me sentia capaz de dizer nada num tom tranquilo. Ela as levou e eu me preparei para ir atrás.

— Fará isso, Helen? — continuou Lady Lowborough.

Lancei um olhar que fez desaparecer o sorriso malicioso de seu rosto, ou pelo menos o reprimiu por um instante, e saí. Na antessala, encontrei o Sr. Hargrave. Ele viu que eu não estava com humor para conversa e permitiu que passasse sem dizer uma palavra, mas, quando, depois de um refúgio de alguns minutos na biblioteca, recobrei minha compostura e estava voltando para ir receber a Sra. Hargrave e Milicent, que acabara de ouvir entrar na casa e passar à sala de estar, encontrei-o lá ainda, em meio à penumbra do cômodo e evidentemente esperando por mim.

— Sra. Huntingdon — disse, quando eu passava —, permite que eu lhe dirija a palavra?

— O que foi? Seja rápido, por favor.

— Eu a ofendi esta manhã e não posso viver com isso.

— Então vá, e não peque mais — respondi, dando-lhe as costas.

— Não, não! — exclamou ele depressa, postando-se diante de mim. — Sinto muito, mas preciso do seu perdão. Vou deixá-la amanhã e talvez não tenha oportunidade de falar com a senhora de novo. Errei em faltar com o respeito a mim mesmo e à senhora. Mas imploro-lhe que esqueça isso e perdoe minha presunção, pensando em mim como se aquelas palavras nunca tivessem sido ditas. Pois, acredite, me arrependi profundamente delas e a perda de sua estima é uma pena severa demais. Não posso suportá-la.

— O esquecimento não surge assim que o desejamos, e não posso dar minha estima a todos que a desejam, a não ser que a mereçam também.

— Considerarei minha vida útil se passá-la me esforçando para merecê-la, bastando que a senhora perdoe apenas essa ofensa. Perdoa?

— Sim.

— Sim. Mas disse isso com tanta frieza! Dê-me sua mão e eu acreditarei. Recusa-se? Então, Sra. Huntingdon, quer dizer que *não* me perdoou!

— Sim. Aqui está minha mão e meu perdão. Mas *não peque mais*.

O Sr. Hargrave apertou minha mão fria com um ardor sentimental, mas não disse nada e se afastou para me deixar entrar na sala, onde todos os outros estavam reunidos. O Sr. Grimsby se encontrava mais próximo da porta: ao me ver entrar e ver Hargrave surgir quase imediatamente depois, sorriu para mim de um modo lúbrico e lançou-me um olhar significativo e intolerável quando passei. Encarei-o até que ele virou o rosto, de cara fechada, e, se não *envergonhado*, pelo menos *desconcertado*. Enquanto isso, Hattersley pegara Hargrave pelo braço e estava sussurrando algo em seu ouvido — uma piada vulgar, sem dúvida, pois o segundo nem riu, nem disse nada em resposta, mas, afastando-se dele com uma expressão de leve nojo, foi para perto da mãe, que estava enumerando para Lorde Lowborough todos os motivos que tinha para sentir orgulho do filho. Graças a Deus, todos vão embora amanhã.

36

Solidão dupla

20 de dezembro de 1824

É o terceiro aniversário de nosso casamento feliz. Já faz dois meses que nossos hóspedes nos deixaram desfrutando da companhia um do outro, e já tive nove semanas de experiência dessa nova fase da vida conjugal: duas pessoas vivendo juntas, como dono e dona de uma casa e pai e mãe de um menininho encantador e alegre, com a compreensão mútua de que não há amor, amizade ou afinidade entre elas. De minha parte, tento viver pacificamente com Arthur: trato-o com uma polidez inquestionável, abro mão da minha conveniência em nome da dele, sempre que isso é razoável, e consulto-o em todas as questões da administração da casa usando um tom profissional e submetendo-me a seu prazer e também a seu discernimento, mesmo quando sei que o meu é superior.

Quanto a Arthur, durante as primeiras duas semanas, ficou melancólico e rabugento — sentindo, suponho, a falta de sua querida Annabella — e particularmente irritadiço comigo: tudo o que eu fazia estava errado; era fria, dura e insensível; meu rosto pálido e amargo era repulsivo; minha voz o fazia estremecer; ele não sabia como ia fazer para passar o inverno todo em minha companhia; eu ia matá-lo aos poucos. Mais uma vez, propus uma separação, mas debalde: ele não ia virar motivo de falatório para todos os fofoqueiros da vizinhança; não queria que dissessem que era tão bruto que sua esposa não conseguia viver sob o mesmo teto. Não, precisava dar um jeito de me suportar.

— Você quer dizer que *eu* preciso dar um jeito de suportá-lo, pois, enquanto realizar as funções de administradora e governanta com tanto cuidado e eficiência, sem receber nada, sequer agradecimentos, não poderá abrir mão de mim. Portanto, deixarei de lado esses deveres quando meu cativeiro se tornar intolerável — disse, achando que essa ameaça o sossegaria, se é que algo era capaz de fazê-lo.

Acredito que Arthur tenha ficado muito desapontado por eu não sentir tanto suas ofensas, pois, quando dizia algo particularmente calculado para me magoar, observava bem minha expressão e depois resmungava, falando do meu "coração de mármore" ou da minha "insensibilidade brutal". Se tivesse chorado lágrimas amargas e deplorado a perda de sua afeição, talvez tivesse feito a concessão de sentir pena de mim e me tratado bem durante algum tempo, para que eu aliviasse sua solidão e o consolasse pela ausência de sua adorada Annabella até que ele pudesse voltar a se encontrar com ela ou com uma substituta adequada. Graças aos céus, não sou tão fraca assim! Já fui apaixonada, senti uma afeição tola e cega, que se mantinha apesar de Arthur não ser digno dela; mas esta quase desapareceu; foi destruída, definhou; e ele não pode culpar ninguém além de si mesmo e de seus vícios.

A princípio (fazendo a vontade de sua querida, imagino), foi uma maravilha ver como Arthur se absteve de buscar consolo para suas preocupações no vinho, mas, após algum tempo, começou a relaxar em sua virtude e a se exceder um pouco, com certa frequência. Continua a fazê-lo — e chega a exagerar bastante. Quando está sob a influência excitante desses excessos, às vezes se irrita e tenta ser violento. Nessas ocasiões, não me esforço muito para reprimir meu desprezo e repulsa. E, quando está sob a influência *depressiva* de suas consequências, lamenta por seus sofrimentos e erros, culpando-me por ambos. Sabe que essas indulgências lhe prejudicam a saúde e lhe fazem mais mal do que bem, mas diz que eu o levo a cometê-las com minha conduta desnaturada e nada feminina; afirma que vai acabar arruinado, que é tudo por minha causa. Fico tão furiosa que me defendo — às vezes, com recriminações amargas. Essa é uma injustiça que não consigo suportar com paciência. Por acaso não passei tanto tempo me esforçando para salvá-lo exatamente desse vício? E ainda não faria de tudo para livrá-lo dele, se pudesse? Mas será que poderia tentar fazê-lo com elogios e carícias, quando sei que Arthur me despreza? É culpa *minha* ter perdido qualquer influência que tinha, ou que ele tenha aberto mão de todos os direitos ao meu amor? E devo buscar uma reconciliação, quando sinto aversão por ele e vejo que desdenha de mim? E enquanto continua a se corresponder com Lady Lowborough, como sei que faz? Não, nunca, nunca, nunca! Arthur pode beber até morrer, mas *não* é por minha causa!

De qualquer maneira, ainda faço o que posso para salvá-lo: dou a entender que beber deixa seus olhos opacos, seu rosto vermelho e inchado; que o torna estúpido em gesto e pensamento; que, se Annabella o visse com a mesma frequência que eu, logo se desencantaria; e que decerto vai deixar de gostar dele se continuar assim. Com tais censuras, só consigo obter impropérios vulgares — e, na verdade, quase sinto que os mereço, pois detesto usar tais argumentos. Mas eles penetram o coração entorpecido de Arthur e o fazem parar, pensar e se abster, mais do que qualquer outra coisa que eu diga.

No momento, estou desfrutando de um alívio temporário da presença dele: foi com Hargrave caçar num local distante e só deve estar de volta na noite de amanhã. Como era diferente o que costumava sentir em sua ausência!

O Sr. Hargrave ainda está no Grove. Ele e Arthur se encontram com frequência para praticar esportes: ele nos visita sempre e, muitas vezes, Arthur vai a cavalo até sua casa. Não creio que eles transbordem de amor um pelo outro, mas esses encontros servem para passar o tempo e, para mim, são ótimos, pois me poupam por algumas horas do desconforto da companhia de Arthur e o fazem ficar ocupado com algo melhor do que a satisfação de seus apetites físicos. A única objeção que faço à presença do Sr. Hargrave na vizinhança é o fato de que o medo de o encontrar no Grove me impede de ver sua irmã com a frequência que gostaria. Nos últimos tempos, tem se comportado com uma retidão tão absoluta comigo que quase esqueci sua conduta prévia. Suponho que esteja tentando "conquistar minha afeição". Se continuar a agir desse jeito, talvez a ganhe; mas e então? No momento em que tentar exigir mais, irá voltar a perdê-la.

10 de fevereiro

É difícil e cruel ver seus bons sentimentos e intenções jogados por terra. Estava começando a me compadecer do meu infeliz companheiro de casa — ter pena de sua solidão miserável, que não pode contar com o alívio dos poderes do intelecto e da certeza de uma consciência tranquila perante Deus — e a achar que deveria sacrificar meu orgulho e mais uma vez renovar meus esforços para tornar seu lar agradável e guiá-lo pelo caminho da virtude, não através de juras falsas de amor ou remorso fingido, mas temperando minha frieza habitual e transformando minha polidez gélida em gentileza sempre que uma oportunidade ocorresse; e não apenas estava começando a pensar isso, como já passara a agir dessa forma. E qual foi o resultado? Nenhum lampejo de bondade, nenhum despertar de contrição, mas um mau humor implacável e um espírito de exigência tirânica que aumentaram quando comecei a ceder; além de um brilho latente de vaidade triunfal cada vez que ele detectava um gesto mais cortês. Sempre que isso ocorria, eu virava mármore de novo; e, esta manhã, Arthur levou o processo a cabo: acho que minha petrificação está tão completa que nada mais poderá me derreter. Entre suas cartas, havia uma que ele leu com sintomas de extraordinária satisfação e que depois atirou do meu lado da mesa, dizendo:

— Tome! Leia e aprenda uma lição!

Estava escrita na letra fluida e bonita de Lady Lowborough. Olhei a primeira página: parece repleta de declarações derramadas de afeição; de anseios impetuosos por um reencontro breve e de um desprezo ímpio pelas leis de Deus, com uma demonstração de cólera pela providência divina, que separara seus destinos e condenara ambos às amarras odiosas de uma união com aqueles a quem não podiam amar. Arthur deu uma risada ao me ver corar. Dobrei a carta, me levantei e entreguei-a a ele, dizendo apenas:

— Obrigada. Aprendi uma lição, sim.

Meu querido Arthurzinho estava nos joelhos do pai, brincando, encantado, com o anel brilhante de rubi que ele levava no dedo. Tomada por um impulso súbito e incontrolável de libertar meu filho daquela influência infecciosa, peguei-o nos braços e saí com ele da sala. Sem gostar dessa remoção abrupta, a criança começou a choramingar. Foi mais uma facada em meu coração já tão torturado. Recusei-me a soltá-lo, mas, levando-o comigo para a biblioteca, fechei a porta e, ajoelhando-me no chão ao lado dele, abracei-o, beijei-o e chorei intensamente. Mais assustado do que consolado com isso, Arthur se debateu e gritou pelo pai. Eu o soltei, e jamais chorei lágrimas mais amargas quanto as que embotaram a visão dos meus olhos, que ardiam. Ouvindo os gritos, o pai dele entrou no quarto. Imediatamente dei-lhe as costas, para que não visse minha emoção e a interpretasse mal. Arthur praguejou e levou a criança, que afinal foi pacificada.

É duro que meu amorzinho o ame mais do que a mim e que, quando o bem-estar e a criação de meu filho é o único motivo que tenho para viver, deva ver toda a minha influência destruída por um homem cuja afeição egoísta é mais prejudicial do que a mais fria indiferença ou a mais cruel tirania. Se eu, para o bem de Arthurzinho, lhe nego qualquer bobagem, ele vai falar com o pai, e este, apesar de sua preguiça egoísta, chega mesmo a fazer um esforço para atender aos desejos do filho. Se tento reprimi-lo ou admoestá-lo por um ato de desobediência infantil, ele sabe que o pai vai sorrir e ficar do seu lado. Assim, não apenas tenho de lutar contra o espírito do pai que há no filho, as sementes de tendências malignas a buscar e erradicar e seu exemplo corrupto a neutralizar, como preciso vê-lo frustrando meus árduos esforços pelo benefício da criança, destruindo minha influência sobre sua mente em formação e me roubando até seu amor. Não tinha qualquer esperança no mundo além desta, e Arthur parece sentir um prazer diabólico em tirá-la de mim.

Mas é errado entrar em desespero; eu me lembrarei do conselho daquele escritor inspirado: "Quem há entre vós que tema o Senhor e ouça a voz do seu servo? Quando andar em trevas, e não tiver luz nenhuma, confie no nome do Senhor e firme-se sobre o seu Deus."*

*Isaías 50:10. (*N. da T.*)

37

O vizinho de novo

20 de dezembro de 1825

Mais um ano se passou; e estou cansada desta vida. Ainda assim, não posso desejar abandoná-la, apesar de tudo que me aflige; não posso desejar partir e deixar meu querido filho sozinho neste mundo escuro e perverso, sem um amigo para guiá-lo por seus labirintos, para avisá-lo das mil armadilhas e para protegê-lo dos perigos que surgem a cada curva. Não é adequado que eu seja sua única companhia, bem sei, mas não há outra pessoa para ficar em meu lugar. Sou séria demais para cuidar de seus divertimentos e participar de suas brincadeiras infantis como uma babá ou mãe deveria fazer e, com frequência, suas explosões de alegria me deixam alarmada; vejo nelas o espírito e o temperamento do pai e tenho pavor das consequências; com isso, muitas vezes desencorajo o prazer inocente do qual deveria compartilhar. Esse pai, ao contrário, não tem nenhuma tristeza a lhe pesar — não tem receios nem escrúpulos em relação ao bem-estar do filho e, em especial nos finais de tarde, momentos em que a criança o vê mais, está sempre particularmente alegre e brincalhão, pronto para rir e fazer gracejos de qualquer coisa ou com qualquer um — com exceção de mim. Eu estou sempre particularmente triste e silenciosa. Assim, é claro que o menino adora o pai, que lhe parece alegre, divertido e indulgente, e às vezes fica feliz em trocar minha companhia pela dele. Isso me perturba muito, nem tanto pela afeição do meu filho (embora a preze bastante, sinta que é minha por direito e que fiz muito para merecê-la), porém mais pela influência sobre ele que, para seu benefício, me esforço para obter e manter e que, por pura maldade, seu pai adora roubar de mim e, por egoísmo, deseja conquistar para si, usando-a apenas para me atormentar e arruinar a criança. Meu único consolo é que Arthur passa comparativamente pouco tempo em casa e, durante os meses em que permanece em Londres ou em qualquer outro lugar, tenho a chance de recuperar o tempo perdido e de usar o bem para vencer o mal que ocasionou com seus erros propositais. Mas então é uma provação amarga, após seu retorno, vê-lo fazer de tudo para neutralizar meus esforços e transformar meu menino inocente, afetuoso e afável numa criança egoísta, desobediente e travessa, preparando assim o solo para os vícios que cultivou com tanto sucesso em sua própria natureza pervertida.

Por sorte, nenhum dos "amigos" de Arthur foi convidado para vir a Grassdale no outono passado: em vez disso, ele foi visitar alguns deles. Gostaria que sempre fizesse isso e que seus amigos fossem tão numerosos e afetuosos que o mantivessem fora de casa o ano todo. O Sr. Hargrave, para minha irritação considerável, não foi com Arthur; mas acho que não precisarei mais suportar sua presença.

Durante sete ou oito meses, se comportou tão bem e de maneira tão hábil que eu baixei quase que completamente a minha guarda e estava de fato começando a encará-lo como um amigo e até a tratá-lo como tal, com certas restrições prudentes (que mal julgava necessárias). Mas, se aproveitando de minha bondade ingênua, o Sr. Hargrave decidiu tentar ultrapassar os limites da moderação e do decoro que há tanto tempo o continham. Foi numa noite agradável no fim de maio: eu estava passeando no jardim e ele, ao me ver ali quando passou a cavalo, teve a audácia de entrar e me abordar, apeando e deixando a montaria diante do portão. Foi a primeira vez que se aventurou a entrar na minha propriedade desde que eu fora deixada sozinha, sem a sanção da companhia da mãe ou da irmã, ou, ao menos, a desculpa de estar trazendo um recado delas. Mas o Sr. Hargrave conseguiu parecer tão calmo e à vontade, tão cheio de respeito e autocontrole em sua amizade, que, embora tenha ficado um pouco surpresa, não me senti nem alarmada nem ofendida com essa liberdade extraordinária. Ele caminhou comigo sob os freixos e diante do lago, e conversou, com considerável animação, bom gosto e inteligência, sobre diversos assuntos, antes que eu começasse a pensar em me livrar dele. Então, após alguns segundos de silêncio, durante os quais ambos ficamos observando a água tranquila e azul, eu imaginando qual seria a melhor maneira de me despedir do meu companheiro sem faltar com a educação e o Sr. Hargrave, sem dúvida, refletindo sobre outras questões, igualmente dissociadas dos doces sons e visões que o rodeavam, ele de repente me deixou fulminada ao começar, num tom baixo e peculiar, mas perfeitamente audível, a confessar um amor sincero e apaixonado, defendendo sua causa de maneira audaz e ardilosa. Mas eu interrompi sua declaração e o repeli de forma tão determinada, tão decidida e com tal mistura de indignação e desprezo, temperada com uma tristeza fria e uma compaixão por sua mente tomada pelas trevas, que meu vizinho se afastou, atônito, mortificado e perturbado; e, alguns dias depois, ouvi dizer que partira para Londres. Voltou, no entanto, após oito ou nove semanas — e não se manteve inteiramente afastado de mim, mas se comportou de maneira tão estranha que sua esperta irmã não deixou de notar a mudança.

— O que fez com Walter, Sra. Huntingdon? — perguntou ela certa manhã, quando eu estava fazendo uma visita ao Grove e o Sr. Hargrave havia acabado de deixar o cômodo após me cumprimentar de maneira polida e gélida. — Tem sido tão formal e solene nesses últimos tempos que não posso imaginar o que aconteceu, a não ser que o tenha ofendido de maneira terrível. Diga-me o que houve, pois assim servirei de mediadora e farei com que sejam amigos de novo.

— Não fiz nada para ofendê-lo de maneira proposital — respondi. — Se estiver ofendido, a melhor pessoa para lhe dizer o motivo será ele próprio.

— Vou perguntar! — exclamou a menina animadamente, ficando de pé num pulo e enfiando a cabeça pela janela. — Ele está logo aqui no jardim. Walter!

— Não, não, Esther! Vai me deixar muito zangada se fizer isso. Sairei daqui neste mesmo instante e passarei meses, talvez anos, sem voltar.

— Você me chamou, Esther? — disse o Sr. Hargrave, se aproximando da janela pelo lado de fora.

— Sim, queria lhe pedir...

— Bom dia, Esther — falei, pegando a mão dela e dando-lhe um aperto severo.

— Pedir — continuou Esther — que pegasse uma rosa para a Sra. Huntingdon.

O Sr. Hargrave se afastou.

— Sra. Huntingdon! — exclamou Esther, voltando-se para mim e segurando com força minha mão. — Estou muito chocada. Parece tão zangada, distante e fria quanto ele: e estou decidida a fazer com que voltem a ser bons amigos antes que retorne para casa.

— Esther, como pode ser tão mal-educada! — exclamou a Sra. Hargrave, que estava sentada em sua poltrona, tricotando com uma expressão grave. — Não há dúvida de que *nunca* vai aprender a se comportar como uma dama!

— Mas, mamãe, a senhora mesma disse...

A jovem, entretanto, foi silenciada pelo dedo em riste da mãe, que foi acompanhado de um aceno muito severo de cabeça.

— Ela não é má? — sussurrou Esther para mim.

Mas, antes que eu pudesse lhe dar uma bronca também, o Sr. Hargrave reapareceu na janela com uma linda rosa da Provença na mão.

— Aqui está, Esther. Eu lhe trouxe a rosa — disse, oferecendo a flor para ela.

— Dê você mesmo, seu bronco! — exclamou a menina, se afastando de nós dois com um salto.

— A Sra. Huntingdon prefere receber de você — respondeu ele em um tom muito sério, mas baixando a voz para sua mãe não ouvir.

Esther pegou a rosa e a deu para mim.

— Com os cumprimentos do meu irmão, Sra. Huntingdon, com a esperança de que ele e a senhora passem a se entender melhor no futuro. Está bem assim, Walter? — disse a menina atrevida, virando-se e envolvendo com o braço o pescoço dele, que se debruçava no parapeito da janela. — Ou será que eu devia ter dito que lamenta ter sido tão irascível? Ou que espera que ela perdoe sua ofensa?

— Menina boba! Não sabe do que está falando — respondeu o Sr. Hargrave gravemente.

— Não sei mesmo. Ninguém me contou nada.

— Bem, Esther — disse a Sra. Hargrave que, se tampouco fazia ideia do motivo de nosso afastamento, ao menos viu que a filha estava se comportando de maneira bastante imprópria —, preciso insistir que deixe a sala!

— Por favor, não faça isso, Sra. Hargrave, pois eu mesma sairei — falei, me despedindo no mesmo momento.

Cerca de uma semana depois, o Sr. Hargrave trouxe a irmã para me ver. A princípio, ele se comportou daquela maneira fria, distante, meio solene, meio melancólica de quem fora profundamente ofendido. Mas Esther não comentou nada dessa vez; era evidente que aprendera melhores modos. Conversou comigo e riu e brincou com o pequeno Arthur, pois os dois se gostavam muito. Ele, para certo constrangimento meu, convenceu-a a sair da sala e ir correr no saguão, e, de lá, foram para o jardim. Levantei-me para avivar o fogo. O Sr. Hargrave perguntou se eu estava com frio e fechou a porta — uma delicadeza muito fora de hora, pois estava pensando em ir atrás dos dois brincalhões se não voltassem logo. Então, tomou a liberdade de se aproximar do fogo também e me perguntou se eu sabia que o Sr. Huntingdon se encontrava na propriedade de Lorde Lowborough e que era provável que continuasse lá por algum tempo.

— Não sabia, mas não me importa — respondi, com indiferença; e, se minhas faces arderam como o fogo, foi mais pela pergunta do que pela informação que revelou.

— Não tem objeções? — perguntou ele.

— Nenhuma, se Lorde Lowborough gosta da companhia dele.

— Quer dizer que não sente mais nenhum amor por ele?

— Nem um pouco.

— Eu sabia. Sabia que sua natureza era nobre e pura demais para continuar a encarar um homem tão falso e conspurcado com quaisquer outros sentimentos além de indignação e repulsa!

— Ele não é seu amigo? — perguntei, voltando os olhos do fogo para o rosto dele, talvez com um vestígio daqueles sentimentos que acabara de mencionar.

— *Costumava* ser — respondeu o Sr. Hargrave, com a mesma calma e gravidade de antes. — Mas não seja injusta comigo a ponto de supor que poderia continuar a sentir amizade e estima por um homem que de maneira tão infame, tão ímpia, negligencia e ofende alguém que transcende... bem, não falarei nisso. Mas, me diga, nunca pensa em vingança?

— Vingança! Não... que bem isso faria? Ele não se tornaria uma pessoa melhor nem eu uma pessoa mais feliz.

— Não sei como conversar com a senhora, Sra. Huntingdon — disse ele, sorrindo. — É apenas metade mulher; sua natureza deve ser metade humana, metade angelical. Sua bondade me desconcerta; não sei como interpretá-la.

— Então temo que deva ser muito pior do que deveria, se eu, uma mera mortal, sou, como o senhor próprio confessa, tão imensamente superior. E, já que existe tão pouca compatibilidade entre nós, acho que deveríamos procurar companheiros mais adequados.

E, indo para a janela naquele mesmo segundo, fui ver onde andava meu filho e sua alegre amiguinha.

— Não, insisto em dizer que eu sou o mortal comum — respondeu o Sr. Hargrave. — Não acredito que seja pior do que os outros; mas a *senhora*... insisto também que não há ninguém igual. Mas é feliz? — perguntou ele, num tom sério.

— Não sou mais infeliz que alguns, suponho.

— É tão feliz quanto gostaria de ser?

— Ninguém é tão abençoado nesta vida terrena.

— Tenho certeza de algo — disse o Sr. Hargrave com um suspiro fundo e triste —: é muito mais feliz do que eu.

— Sinto muita pena do senhor — respondi, sem conseguir me conter.

— Sente *mesmo*? Não... pois, se sentisse, ficaria feliz em me dar um alento.

— Eu o faria se, com isso, não fosse prejudicar a mim mesma ou a mais ninguém.

— E pode acreditar que eu gostaria que se prejudicasse? Não, ao contrário, desejo sua felicidade mais do que a minha própria. Está infeliz agora, Sra. Huntingdon — continuou o Sr. Hargrave, encarando-me com atrevimento. — Não reclama, mas eu vejo, e sinto, e sei quão infeliz está... e como terá de continuar assim enquanto mantiver essas muralhas de gelo impenetrável em torno de seu coração ainda cálido e palpitante. E quanto a mim, estou infeliz também. Conceda-me um de seus sorrisos, que me trará a felicidade: confie em mim e a terá também, pois, se for *de fato* uma mulher, sei como trazê-la para a senhora... e o farei, mesmo que não queira! — murmurou ele com os dentes cerrados. — Quanto aos outros, a questão é só entre nós dois. A senhora não tem o poder de causar dor a seu marido, como sabe; e isso não é assunto de mais ninguém.

— Eu tenho um filho, Sr. Hargrave, e o senhor tem sua mãe — respondi, me afastando da janela, até onde ele me seguira.

— Eles não precisam saber.

Mas, antes que pudesse dizer qualquer outra coisa, Esther e Arthur voltaram a entrar na sala. A primeira olhou para o rosto corado e agitado de Walter e depois para o meu — que devia estar um pouco corado e agitado também, embora por motivos muito diferentes. Deve ter achado que estávamos tendo uma briga terrível e ficou evidentemente perplexa e perturbada com isso; mas era educada demais, ou tinha muito medo da raiva do irmão, para fazer qualquer menção ao assunto. Sentou-se no sofá e, afastando os cachos dourados e sedosos que caíam em profusão, desalinhados, sobre o rosto, logo começou a falar do jardim e de seu amiguinho, continuando a tagarelar assim até que o irmão dissesse que era hora de ir para casa.

— Se meu tom foi veemente demais, me perdoe — murmurou ele ao se despedir —, ou eu jamais me perdoarei.

Esther sorriu e me olhou: eu apenas fiz uma mesura. A expressão alegre desapareceu de seu rosto. Ela achou que aquele gesto não foi uma retribuição à altura da concessão generosa de Walter e ficou desapontada com a amiga. Pobre criança, não conhece o mundo onde vive!

Durante muitas semanas depois disso, o Sr. Hargrave não teve oportunidade de estar comigo a sós; mas, quando nos víamos, ele se comportava de maneira menos altiva e mais melancólica. Oh, como me irritou! Afinal, fui obrigada a cessar quase que por completo minhas visitas ao Grove, mesmo ofendendo profundamente a Sra. Hargrave e causando enorme tristeza à pobre Esther, que de fato dá valor à minha companhia — por falta de uma melhor —, e que não devia sofrer por culpa do irmão. Mas esse inimigo infatigável ainda não se dera por vencido: parecia estar sempre à espreita. Com frequência, era visto passando a cavalo diante da casa e olhando ansiosamente em torno — procurando por mim ou por Rachel. A esperta mulher logo adivinhou o que estava acontecendo entre nós e, vendo os movimentos do Sr. Hargrave da janela alta do quarto do pequeno Arthur, me dava um aviso discreto se me via me preparando para dar uma caminhada quando tinha motivos para acreditar que ele estava nas redondezas ou que surgiria no caminho que pretendia tomar. Eu, então, adiava meu passeio, ou me restringia ao bosque ou ao jardim — e, se minha saída envolvia um compromisso importante, como uma visita a algum doente, levava Rachel comigo, assim, nunca era incomodada.

Mas, num dia não muito frio e ensolarado no início de novembro, aventurei-me a sair sozinha para visitar a escola da aldeia e alguns dos pobres inquilinos de Arthur e, quando retornava, assustei-me com o estardalhaço de patas de cavalo se aproximando por trás, num trote rápido. Não havia um portão ou buraco na cerca por onde eu pudesse escapar para os campos: assim, segui em frente com tranquilidade, dizendo para mim mesma: "Talvez não seja o Sr. Hargrave, no fim das contas. E, se for e vier me incomodar, será pela última vez. Estou decidida, se é que palavras e expressões têm poder contra uma desfaçatez fria e um sentimentalismo piegas tão inesgotáveis quanto os dele."

O cavalo logo me alcançou e parou ao meu lado. Era *mesmo* o Sr. Hargrave. Ele me cumprimentou com um sorriso que tinha a intenção de ser tímido e melancólico, mas seu triunfo em ter afinal me flagrado a sós foi tão maldisfarçado que destruiu por completo o efeito. Após responder o cumprimento de maneira breve e de perguntar pelas mulheres do Grove, eu me virei e continuei a andar, mas o Sr. Hargrave me imitou e manteve o cavalo emparelhado comigo: ficou evidente que pretendia me acompanhar pelo resto do caminho.

"Muito bem! Não me importo. Se quer ser repelido mais uma vez, não há problema", pensei. "E agora, cavalheiro?"

Essa pergunta, embora não tenha sido feita em voz alta, não ficou muito tempo sem resposta: após algumas observações breves sobre assuntos triviais, ele começou, num tom solene, a apelar para a minha misericórdia dessa maneira:

— Em abril, fará quatro anos que eu a vi pela primeira vez, Sra. Huntingdon. Talvez a senhora tenha se esquecido da ocasião, mas eu não. Admirei-a então, profundamente, mas não ousei amá-la. No outono seguinte, passei tanto tempo diante de sua perfeição que não pude deixar de me apaixonar, embora não tenha ousado demonstrar isso. Há mais de três anos, tenho vivido um perfeito martírio. Em consequência da angústia de emoções reprimidas, anseios intensos e vãos, tristeza silenciosa, esperanças destruídas e afeições ignoradas, tenho sofrido mais do que posso descrever ou do que possa imaginar. E a senhora foi a causa, e não foi completamente inocente, disso. Minha juventude se esvai, meu futuro me parece um negror, minha vida é uma desolação, passo dia e noite sem descansar. Tornei-me um fardo para mim mesmo e para os outros. E a senhora pode me salvar com uma palavra, um olhar, mas não o faz. Isso é correto?

— Em primeiro lugar, não acredito no senhor. Em segundo, se deseja se comportar de forma tão tola, não há nada que eu possa fazer.

— Se finge ver como tolice os melhores, mais fortes e mais divinos impulsos de nossa natureza... Não, não acredito. Sei que não é esse ser gélido e cruel que finge ser. Já teve um coração um dia e deu-o a seu marido. Quando descobriu que ele era completamente indigno de possuir tal tesouro, exigiu-o de volta. Mas não vai *fingir* que amou aquele depravado lascivo e mundano de forma tão profunda e extrema a ponto de jamais amar outro, vai? Sei que há sentimentos em sua natureza que nunca tiveram a chance de ser expressados; sei, também, que no seu estado atual de negligência e solidão, está, *tem* de estar, infeliz. Tem o poder de tirar dois seres humanos de um estado de sofrimento e envolvê-los na bem-aventurança indizível que só o amor generoso, nobre e abnegado pode trazer. Pois a senhora *pode* me amar, se quiser; talvez afirme que me despreza e me detesta, mas, já que deu o exemplo de franqueza, direi que *não acredito nisso*! Mas se recusa a fazê-lo! Em vez disso, escolhe nos deixar na infelicidade; e me diz com frieza que é a vontade de Deus que permaneçamos assim. Pode chamar isso de religião, mas eu chamo de fanatismo!

— Haverá uma vida após esta tanto para o senhor quanto para mim. Se for a vontade de Deus que semeemos lágrimas agora, é apenas para que possamos colher a alegria depois. É a vontade Dele que não façamos mal aos outros satisfazendo nossos desejos mundanos; e o senhor tem mãe, irmãs e amigos para quem sua desgraça seria um grande mal; e eu também tenho entes queridos cuja paz de espírito jamais será sacrificada em nome da minha distração... ou da sua, com meu consentimento. E, se fosse sozinha no mundo, ainda teria meu Deus e minha religião e preferiria morrer a renegar minha missão e violar minha fé para obter alguns breves anos de uma felicidade falsa e efêmera, uma felicidade que sem dúvida acabaria em tristeza, mesmo neste mundo, nem por mim mesma nem por qualquer outro.

— Não é preciso haver desgraça, tristeza ou sacrifício de qualquer pessoa — insistiu o Sr. Hargrave. — Não peço que deixe seu lar ou desafie a opinião da sociedade.

Mas não preciso repetir aqui os argumentos dele. Refutei todos da maneira mais hábil que pude, mas, para minha irritação, minha habilidade foi escassa naquele momento, pois eu estava agitada demais de indignação e até de vergonha por aquele senhor ter a ousadia de se dirigir a mim daquela maneira, e não pude manter controle suficiente sobre meus pensamentos e minha eloquência para contestar de forma adequada seus poderosos sofismas. Ao ver, no entanto, que o Sr. Hargrave não podia ser silenciado com argumentos, que até estava disfarçadamente exultante com sua aparente vantagem e que ousava ignorar as afirmações que eu não tinha frieza suficiente para provar, mudei de caminho e tentei outra tática.

— O senhor me ama mesmo? — disse com seriedade, encarando-o sem me alterar.

— Como pode perguntar isso? — respondeu ele.

— De *verdade*? — insisti.

O rosto do Sr. Hargrave se iluminou; ele achou que seu triunfo estava próximo. Começou a fazer uma declaração apaixonada sobre o ardor e a fidelidade de sua afeição, que eu interrompi com outra pergunta:

— Mas não é um amor egoísta? O senhor tem uma afeição desinteressada o suficiente para sacrificar seu próprio prazer em nome do meu?

— Daria minha vida para servi-la.

— Não quero sua vida. Mas sente compaixão verdadeira suficiente por minhas aflições para induzi-lo a fazer um esforço para aliviá-las, mesmo arriscando-se a sentir um pouco de desconforto?

— Experimente e veja!

— Se sente mesmo... *jamais volte a mencionar este assunto.* Não poderá abordá-lo de maneira nenhuma sem dobrar o peso desses sofrimentos que deplora de maneira tão profunda. Não me resta nada além do consolo de uma consciência tranquila e da confiança em Deus, e o senhor vive fazendo de tudo para me roubar isso. Se persistir, terei de encará-lo como meu inimigo mais mortal.

— Mas me ouça apenas por um instante...

— Não, senhor! Disse que daria sua vida para servir-me: só peço seu *silêncio* em relação a um determinado assunto. Estou sendo sincera. Se voltar a me atormentar, terei de concluir que suas declarações são completamente falsas e que o senhor me odeia tanto quanto diz me amar!

O Sr. Hargrave mordeu o lábio e voltou o olhar para o chão, ficando em silêncio um momento.

— Então, devo deixá-la — disse ele por fim, me encarando fixamente como quem procurasse detectar algum sinal de angústia ou sofrimento irrepreensíveis despertados por essas palavras solenes. — Devo deixá-la. Não posso viver aqui e me calar sobre aquilo que absorve cada pensamento e desejo meu.

— Acredito que o senhor costumava passar pouco tempo em casa — respondi. — Não lhe fará mal se ausentar de novo por um período... se isso de fato for necessário.

— Se de fato for *possível* — murmurou o Sr. Hargrave. — E consegue fazer esse pedido de maneira tão fria? Deseja isso mesmo?

— Sem a menor sombra de dúvida. Se não consegue me ver sem me atormentar como tem feito ultimamente, ficarei feliz em dizer-lhe adeus e em nunca mais vê-lo.

Ele não respondeu, mas, se inclinando de cima do cavalo, ofereceu-me a mão. Olhei para seu rosto e vi ali tal expressão de genuína agonia da alma que, sem saber que sentimento prevalecia, se uma decepção amarga, um orgulho ferido, uma ira profunda ou um amor insistente, não hesitei em apertá-la com tanta boa vontade como se estivesse me despedindo de um amigo. O Sr. Hargrave comprimiu minha mão com força e, no segundo seguinte, bateu com as esporas no cavalo e galopou para longe. Pouco tempo depois, soube que fora para Paris, onde ainda está. Quanto mais durar sua estada lá, melhor para mim.

Graças a Deus por me salvar disso!

38

O homem magoado

20 de dezembro de 1826

É meu quinto aniversário de casamento e, acredito, o último que passarei sob este teto. Minha decisão está tomada, meu plano, arquitetado e, em parte, já colocado em execução. Minha consciência não me culpa, mas, enquanto meu propósito amadurece, irei me distrair durante algumas dessas longas noites de inverno enumerando os fatos para minha própria satisfação — uma ocupação bastante melancólica, que, sendo realizada como um dever, me será mais apropriada do que algo mais alegre.

Em setembro, a tranquila Grassdale mais uma vez ficou fervilhando com um grupo de damas e (supostos) cavalheiros composto pelos mesmos indivíduos que tinham sido convidados no ano anterior, com o acréscimo de dois ou três outros, entre os quais estavam a Sra. Hargrave e sua filha mais nova. Os homens e Lady Lowborough foram chamados para o prazer e conveniência do anfitrião enquanto as outras mulheres, suponho, para manter as aparências e me obrigar a me controlar, tornando meu comportamento discreto e educado. Mas as mulheres ficaram apenas três semanas, enquanto os homens, com duas exceções, mais de dois meses, pois o hospitaleiro dono da casa detestava a ideia de se separar deles e ser deixado sozinho com seu grande intelecto, sua consciência imaculada e sua esposa tão amada e apaixonada.

No dia da chegada de Lady Lowborough, entrei no quarto logo atrás dela e disse-lhe claramente que, se tivesse motivos para acreditar que mantinha sua ligação criminosa com o Sr. Huntingdon, consideraria meu dever informar o fato a seu marido, ou, ao menos, despertar suas suspeitas, por mais doloroso que isso fosse, ou por piores que fossem as consequências. Ela ficou assustada a princípio com essa declaração tão inesperada, mas dita com muita determinação e frieza; entretanto, recobrando a calma no segundo seguinte, respondeu, impassível, que se eu visse qualquer coisa de repreensível ou suspeito em sua conduta, dava-me permissão para relatar tudo a Lorde Lowborough. Sem desejar insistir mais, deixei-a; e decerto não vi nada de particularmente repreensível ou suspeito em seu comportamento para com o anfitrião; mas tinha os outros hóspedes com que me preocupar e não os observei com atenção — pois, para confessar a verdade, senti *medo* de perceber qualquer coisa entre eles. Não via mais isso como algo que me dizia respeito e, apesar de ser meu dever revelar a situação a Lorde Lowborough, é um dever doloroso que receio ter de cumprir.

No entanto, meus medos chegaram ao fim, e de uma maneira que eu não previra. Certa noite, cerca de duas semanas após a chegada dos visitantes, eu havia me retirado para a biblioteca a fim de tirar alguns minutos de descanso daquela alegria forçada e da conversa cansativa. Após um período tão longo de isolamento, mesmo tendo-o considerado melancólico muitas vezes, não podia suportar violar meus sentimentos e me forçar a falar, sorrir, ouvir e fazer o papel de anfitriã atenciosa — ou mesmo de amiga alegre. Acabara de me aninhar no banco da janela em arco e estava contemplando o oeste, onde as colinas escuras faziam um profundo contraste com a luz âmbar do fim de tarde, que gradualmente se esbatia até virar o azul pálido e puro da parte superior do céu, onde uma estrela brilhava forte, como quem prometia: "Quando aquela luz que morre se apagar, o mundo não ficará mergulhado na escuridão, e aqueles que confiam em Deus — cujas mentes não estão conspurcadas pela névoa da descrença e do pecado — jamais serão deixados sem nenhum consolo." Foi então que ouvi passos rápidos se aproximando e Lorde Lowborough entrou — este cômodo ainda era seu refúgio preferido. Ele abriu a porta com uma violência incomum e atirou o chapéu para o lado, sem se importar em ver onde cairia. O que teria acontecido? Seu rosto tinha uma palidez mortal; seus olhos estavam fixos no chão; seus dentes, cerrados; e sua fronte brilhava com um suor que era fruto da angústia. Era evidente que afinal descobrira a perversidade que vinham cometendo contra ele!

Sem se dar conta de minha presença, Lorde Lowborough começou a andar de um lado para outro do cômodo num estado de terrível agitação, apertando as mãos com força e emitindo gemidos baixos e exclamações incoerentes. Fiz um movimento para avisá-lo que não estava sozinho, mas ele estava absorto demais para notar. Talvez, enquanto se mantivesse de costas para mim, eu pudesse atravessar a biblioteca e sair sem ser observada. Levantei-me para tentar, mas então Lorde Lowborough me viu. Teve um sobressalto e ficou imóvel por um momento; depois, enxugando a testa encharcada e se aproximando de mim com uma tranquilidade forçada, disse, em um tom grave, quase sepulcral:

— Sra. Huntingdon, preciso deixá-la amanhã.

— Amanhã! — repeti. — Não vou perguntar o motivo.

— Quer dizer que a senhora sabe. E mesmo assim está tão calma! — disse ele, me observando com um espanto profundo, que tinha, pareceu-me, um toque de ressentimento.

— Faz tanto tempo que sei...

Controlei-me no último segundo, acrescentando:

— ... que conheço o caráter de meu marido, que nada mais me choca.

— Mas *isso*... há quanto tempo sabe disso? — perguntou ele, colocando o punho cerrado na mesa ao lado e lançando-me um olhar firme e penetrante.

Senti-me como uma criminosa.

— Não muito — respondi.

— Mas sabia! — exclamou ele com profundo rancor. — E não me contou! Ajudou a me enganar!

— Lorde Lowborough, eu *não* ajudei a enganá-lo.

— Então, por que não me contou?

— Porque sabia que seria doloroso para o senhor. Torci para que ela voltasse a cumprir seu dever e, então, não haveria necessidade de atormentá-lo com tamanha...

— Ah, meu Deus! Desde quando isso vem acontecendo? Desde quando, Sra. Huntingdon? Diga-me! Eu *preciso* saber! — disse ele com uma avidez intensa e assustadora.

— Há dois anos, acho.

— Minha nossa! E ela me ludibriou durante todo esse tempo!

Ele me deu as costas com um gemido reprimido de agonia e voltou a andar de um lado para outro, novamente tomado pela agitação. Senti uma profunda aflição no coração, mas decidi tentar consolá-lo, embora não soubesse como.

— Ela é uma mulher perversa — falei. — Enganou e traiu o senhor da maneira mais vil. É tão pouco digna de seu pesar quanto era de sua afeição. Não permita que lhe faça mais nenhum mal: afaste-se dela e fique sozinho.

— E a senhora — retrucou Lorde Lowborough, parando de andar e se voltando para mim — também me fez mal com esse segredo egoísta.

Senti uma repulsa súbita. Algo brotou dentro de mim, me exortando a me ressentir dessa reação amarga à minha compaixão e a me defender com a mesma severidade com que fora recebida. Felizmente, não cedi ao impulso. Vi a angústia dele quando, batendo na testa de repente, se virou de maneira abrupta para a janela e, olhando para o céu plácido, murmurou, desesperado:

— Oh, Deus, se eu pudesse morrer!

Senti que acrescentar uma gota de amargura àquele cálice que já transbordava seria, de fato, egoísta. Ainda assim, temo que meu tom tenha sido mais frio do que gentil, quando respondi, baixinho:

— Poderia dar muitas desculpas que algumas pessoas considerariam válidas, mas não tentarei enumerá-las...

— Sei quais são — disse ele apressadamente. — A senhora diria que isso não lhe dizia respeito... que eu deveria ter me cuidado melhor... que se minha própria cegueira me levou às profundezas do inferno, não tenho o direito de culpar outros por acreditar que tinha mais sagacidade do que possuo...

— Confesso que estava errada — continuei, ignorando aquela interrupção cheia de mágoa —, mas, quer tenha sido falta de coragem ou uma gentileza equivocada a causa do meu erro, acho que o senhor me culpa de maneira severa demais. Disse a Lady Lowborough há duas semanas, assim que ela entrou nesta casa, que consideraria meu dever informar ao senhor se continuasse a enganá-lo. Ela me deu completa permissão para fazê-lo se visse qualquer coisa de repreensível ou suspeita em sua conduta. Não vi nada e acreditei que tinha mudado seu comportamento.

Lorde Lowborough continuou a olhar pela janela enquanto eu falava e não me respondeu, mas, ferido com as lembranças que minhas palavras despertaram, bateu o pé com força no chão, rangeu os dentes e franziu o cenho como uma pessoa sob a influência de uma dor aguda.

— Foi errado... Foi errado! — murmurou ele, afinal. — Não há desculpa... não há perdão para isso, pois nada trará de volta aqueles anos de maldita credulidade... nada me fará esquecê-los! Nada! Nada! — repetiu num sussurro cuja amargura e desespero me impediram de ter qualquer ressentimento.

— Quando me coloco diante dos fatos, admito que *estava* errada — respondi. — Mas, agora, não posso fazer nada além de me arrepender de não ter visto a situação desse modo antes, pois, como o senhor diz, nada trará de volta o passado.

Algo no meu tom de voz ou no espírito dessa resposta pareceu alterar o humor dele. Voltando-se para mim e examinando meu rosto com atenção à fraca luz do crepúsculo, disse com mais suavidade do que usara até então:

— A senhora também sofreu, imagino.

— Sofri muito, no início.

— Quando foi isso?

— Há dois anos. E, daqui a dois anos, o senhor estará tão calmo quanto estou agora... e muito, muito mais feliz, acredito, pois é um homem e tem a liberdade de agir como quiser.

Algo parecido com um sorriso, mas de expressão muito triste, surgiu em seu rosto por um instante.

— A senhora não tem estado feliz ultimamente? — disse ele, com uma espécie de esforço para recobrar a compostura e uma determinação de pôr um ponto final na discussão de sua própria calamidade.

— Feliz! — repeti, quase irritada com tal pergunta. — Como poderia estar feliz com tal marido?

— Eu notei uma mudança em sua aparência desde os primeiros anos de seu casamento — insistiu Lorde Lowborough. — Comentei-a com... com aquele demônio infernal — murmurou, por entre os dentes —, e ele disse que era seu temperamento amargo que acabava com seu viço: estava fazendo-a ficar velha e feia antes do tempo e já tornara o lar dele tão desconfortável quanto a cela de um convento. Está sorrindo, Sra. Huntingdon; nada a abala. Gostaria de ter uma natureza tão calma assim!

— Minha natureza não era originalmente calma. Aprendi a parecer assim após o golpe de duras lições e repetidos esforços.

Nesse momento o Sr. Hattersley abriu a porta com estardalhaço.

— Olá, Lowborough! Oh! Sinto muito! — exclamou, ao me ver. — Não sabia que era uma conversa particular. Anime-se, homem! — continuou ele, dando um tapa nas costas de Lorde Lowborough que o fez se afastar com uma expressão de asco e indignação. — Venha, quero conversar com você.

— Fale, então.

— Mas não tenho certeza se essa senhora gostaria muito de ouvir o que tenho a dizer.

— Então, eu também não gostaria — disse Lorde Lowborough, virando-se na direção da porta.

— Gostaria, sim! — exclamou o outro, indo para o saguão atrás dele. — Se tiver a coragem de um homem, será exatamente o que deseja. É só isso, meu rapaz — continuou, baixando bastante a voz, mas não o suficiente para me impedir de ouvir cada palavra do que dizia, embora houvesse uma porta semicerrada entre nós. — Acho que você foi muito maltratado... não, não se irrite. Não desejo ofendê-lo. É só o meu jeito rude de falar. Ou eu falo de uma vez, ou não falo. E vim aqui... espere! Deixe-me explicar. Vim oferecer meus serviços, pois, embora Huntingdon seja meu amigo, é um patife dos demônios, como todos nós sabemos. Então, serei *seu* amigo nesta ocasião. Sei o que é necessário para consertar tudo: basta trocar um tiro com ele, que vai voltar a se sentir bem. E, se um acidente acontecer... ora também não vai ter problema, imagino, já que está tão desesperado. Vamos! Dê-me sua mão e não faça essa cara horrorosa. Diga a hora e o lugar e deixe que eu cuido do resto.

— Essa — respondeu a voz mais baixa e controlada de Lorde Lowborough — é exatamente a solução que meu próprio coração, ou o demônio dentro dele, sugeriu. Enfrentá-lo *e não concluir o duelo até tirar o seu sangue*! Mesmo se ele morrer, ou se nós dois morrermos, seria um alívio *inexprimível* para mim se...

— Isso! Muito bem. Então...

— Não! — exclamou Lorde Lowborough, com uma ênfase grave e determinada. — Embora o odeie com todo o meu coração e vá me regozijar com qualquer calamidade que o acometer... vou deixá-lo nas mãos de Deus. E, embora deteste minha própria vida, também a entregarei para seu Criador.

— Mas, num caso como esse... — argumentou Hattersley.

— Não vou mais ouvi-lo! — exclamou seu interlocutor, dando-lhe as costas depressa. — Nem mais uma palavra! Já é difícil o suficiente lutar contra o meu lado perverso.

— Então você é um tolo covarde, e eu lavo minhas mãos — resmungou o homem que tentava destruir as boas intenções de Lorde Lowborough conforme se desvencilhava e partia.

— Muito bem, muito bem, Lorde Lowborough! — falei, saindo às pressas da biblioteca e pegando sua mão febril quando ele subia as escadas. — Estou começando a acreditar que este mundo não é digno do senhor!

Sem compreender minha excitação súbita, ele se voltou com uma mistura de perplexidade e tristeza que me deixou envergonhada do impulso ao qual eu cedera, mas logo uma expressão mais benigna surgiu em seu rosto e, antes que pudesse retirar minha mão, apertou-a com gentileza enquanto um lampejo de sentimento genuíno surgiu em seus olhos.

— Deus ajude a nós dois! — murmurou.

— Amém! — respondi.

E nós nos separamos.

Eu voltei para a sala de estar, onde, sem dúvida, minha presença era esperada pela maioria e desejada por uma ou duas pessoas. Na antessala estava o Sr. Hattersley, fazendo um discurso contra a pusilanimidade de Lorde Lowborough diante de uma plateia seleta, ou seja, o Sr. Huntingdon, que, apoiado na mesa, exultava com sua vilania traiçoeira e sorria de desprezo da vítima, e o Sr. Grimsby, que se encontrava ali perto, esfregando as mãos e rindo com uma satisfação demoníaca. Diante do olhar que lancei ao passar, Hattersley interrompeu suas animadversões e ficou me olhando com a expressão estúpida de um bezerro, Grimsby me deu um sorriso de ferocidade maligna e meu marido murmurou uma praga grosseira e brutal.

Na sala de estar, encontrei Lady Lowborough, evidentemente num estado de espírito não muito invejável e se esforçando ao máximo para ocultar sua perturbação com uma afetação exagerada de alegria e vivacidade, muito pouco apropriada naquelas circunstâncias, pois ela própria comentara com os outros convidados que o marido recebera más notícias que exigiriam sua partida imediata, deixando-o angustiado a ponto de causar uma dor de cabeça emocional, sendo que isso e mais as preparações consideradas necessárias para a viagem fariam, ela acreditava, com que fosse impossível ter o prazer da companhia dele naquela noite. No entanto, afirmara Lady Lowborough, era apenas uma questão de negócios e, por isso, ele não desejava que *ela* se preocupasse. Estava acabando de dizer isso quando entrei, e me lançou um olhar tão duro e desafiador que me deixou ao mesmo tempo perplexa e enojada.

— Mas eu fico preocupada, *sim* — continuou —, e chateada também, pois creio que é meu dever acompanhar meu marido e, é claro, lamento muito ter de me separar de meus caros amigos de maneira tão inesperada e súbita.

— No entanto, Annabella — disse Esther, que estava sentada ao seu lado —, nunca a vi tão alegre.

— Evidente, minha querida, pois desejo aproveitar ao máximo sua companhia, já que parece que esta será a última noite que poderei desfrutar dela durante sabe-se lá quanto tempo. E, como quero deixar uma boa impressão em vocês todos...

Nesse momento, Lady Lowborough olhou em torno e, vendo os olhos da tia fixos nela com uma expressão que creio ter achado muito penetrante, teve um sobressalto e continuou:

— ... cantarei algo. O que acha, tia? O que acha, Sra. Huntingdon? O que acham, senhores e senhoras? Todos? Muito bem, farei o melhor que puder para entretê-los.

Lorde Lowborough e a esposa ocupavam os aposentos ao lado dos meus. Não sei como *ela* passou a noite, mas eu quase não consegui dormir ouvindo os passos pesados dele emitindo um som monótono conforme ia de um lado a outro de seu quarto de vestir, que ficava colado ao meu dormitório. Em dado momento, ouvi-o parar e atirar algo pela janela, com uma exclamação de fúria; e, pela manhã, depois de eles terem partido, uma faca dobrável de ponta bastante afiada foi encontrada no gramado ali embaixo. Uma lâmina também havia sido partida em duas e atirada nas cinzas da lareira, parcialmente corroída pelas brasas que morriam, tamanha fora a força da tentação de acabar com sua vida miserável, tamanha sua decisão de resistir a ela.

Enquanto ouvia, deitada, aquele caminhar incessante, meu coração se apiedou de Lorde Lowborough. Até então, pensara demais em mim mesma e pouco nele: naquele momento, me esqueci de minha tristeza e pensei apenas em sua — naquela afeição profunda tão horrivelmente desperdiçada, na confiança tão cruelmente traída... Não, não tentarei enumerar todos os seus males, mas odiei sua esposa e meu marido com mais intensidade do que nunca, não por mim, mas por ele.

"Esse homem", pensei, "é um objeto de desdém para os amigos e para o mundo, tão disposto a julgar. A esposa falsa e o amigo traiçoeiro que lhe fizeram mal não são tão desprezados e aviltados quanto ele; e sua recusa em se vingar o deixa ainda mais distante da compaixão, e denigre seu nome com uma desgraça mais profunda. Ele sabe, e isso dobra o fardo de sua infelicidade. Vê a injustiça, mas não consegue suportá-la; falta-lhe o poder de sustentação da autoestima que leva um homem, exultante com a própria integridade, a desafiar a perversidade dos caluniadores e a responder seu escárnio com escárnio — ou, melhor ainda, que o ergue acima dos vapores fétidos da terra, para repousar ao sol eterno do Paraíso. Lorde Lowborough sabe que Deus é justo, mas não consegue vislumbrar sua justiça agora; sabe que a vida é curta, mas sente que a morte está horrivelmente distante; acredita que haverá outra vida, mas está tão absorto na agonia desta que não consegue ver o êxtase de seu repouso futuro. Consegue encarar a tempestade e se agarrar de maneira cega e desesperada àquilo que sabe ser correto. Como um marinheiro após um naufrágio, abraçado a uma jangada, cego, surdo, perplexo, sente as ondas o envolvendo e não vê escapatória; ainda assim, sabe que não tem outra esperança e, enquanto possuir vida e consciência, concentra todas as suas energias em mantê-las. Oh, se eu tivesse o direito de confortá-lo como uma amiga e lhe dizer que jamais o estimei tanto quanto nesta noite!"

Eles partiram de manhã cedo, antes de qualquer outra pessoa ter descido, exceto eu. No momento em que saí do quarto, Lorde Lowborough descia as escadas para ocupar seu lugar na carruagem onde a esposa já se abrigara; e Arthur (ou Sr. Huntingdon, como prefiro chamá-lo, já que ele tem o mesmo prenome de meu filho) teve a insolência gratuita de sair de roupão para se despedir do "amigo".

— Ora, quer dizer que já vai, Lowborough? — disse. — Bem, bom dia.

E estendeu a mão com um sorriso.

Acho que o outro o teria derrubado no chão se ele não tivesse se afastado instintivamente do punho que tremia de fúria, cerrado com tanta força que os nós dos dedos ficaram brancos e quase rasgaram a pele. Olhando-o com o rosto pálido de ódio, Lorde Lowborough murmurou por entre os dentes uma imprecação mortal que não teria dito se estivesse calmo o suficiente para escolher suas palavras, e partiu.

— Não achei que isso foi muito cristão — disse o canalha. — Eu nunca teria aberto mão de um velho amigo por uma esposa. Pode ficar com a minha, se quiser. Acho uma troca justa. E não posso fazer nada além de oferecer uma retribuição, posso?

Lowborough, porém, já chegara ao pé da escada e estava atravessando o saguão. O Sr. Huntingdon, apoiando-se na balaustrada, gritou:

— Mande um beijo para Annabella! E façam boa viagem!

E foi para o quarto, rindo.

Mais tarde, afirmou estar bastante feliz com a partida dela:

— Ela era tão autoritária e exigente — disse. — Agora fiquei independente de novo, e me sinto muito mais confortável.

Tudo o que sei dos passos subsequentes de Lorde Lowborough é o que ouvi de Milicent, que, embora ignore a causa da separação da prima, me informou que eles de fato não estão mais juntos; que vivem em casas separadas e que ela leva uma vida alegre e agitada na cidade e no campo, enquanto ele permanece isolado em seu velho castelo no Norte. Tiveram dois filhos, e Lorde Lowborough mantém ambos sob sua proteção. O filho e herdeiro é um menino promissor quase da idade do meu Arthur, que, sem dúvida, deve dar alguma esperança e conforto ao pai, mas a outra, uma menininha que tem entre 1 e 2 anos, com olhos azuis e cabelos castanho-avermelhados, ele provavelmente cria apenas por dever de consciência, considerando ser errado abandoná-la às lições e exemplo de uma mulher como a mãe. Essa mãe jamais amou crianças e tem tão pouca afeição pelas suas que me pergunto se não considera um alívio estar tão afastada delas e livre da preocupação e responsabilidade de seus cuidados.

Poucos dias após a partida de Lorde e Lady Lowborough, as outras mulheres levaram a luz de sua presença de Grassdale. Talvez pudessem ter ficado mais tempo, mas nem o anfitrião nem a anfitriã insistiram para que prolongassem sua visita — na verdade, o primeiro deixou bem claro que ficaria feliz em se livrar delas. Assim, a Sra. Hargrave se retirou com as filhas e os netos (que agora são três) para o Grove. Mas os homens permaneceram: o Sr. Huntingdon, como mencionei antes, estava determinado a mantê-los em casa o maior tempo possível e, não precisando mais se controlar como antes, eles deixaram correr soltas toda a loucura, a estupidez e a brutalidade que lhes são inatas, transformando a casa, noite após noite, num lugar de tumulto, algazarra e confusão. Quem entre eles se comportou pior, ou melhor, não sei dizer; pois, do momento em que descobri como as coisas iam ser, tomei a decisão de me retirar para o andar de cima ou me trancar na biblioteca no instante em que deixava a sala de jantar, voltando a vê-los apenas no café da manhã. Mas preciso admitir que o Sr. Hargrave, pelo pouco que vi dele, foi um modelo de decência, sobriedade e cavalheirismo *em comparação* com o resto.

Ele só passou a fazer parte do grupo cerca de uma semana ou dez dias após a chegada dos outros hóspedes, uma vez que ainda estava no continente quando vieram, e torci para que não fosse aceitar o convite. Isso não ocorreu, mas sua conduta comigo, nas primeiras semanas, foi bem como eu gostaria — educada e respeitosa, sem nenhuma afetação de melancolia, e suficientemente distante, sem altivez ou aquela frieza extraordinária que perturbava e intrigava sua irmã ou deixava sua mãe desconfiada.

39

Plano de fuga

Nessa época difícil, minha principal fonte de inquietação foi meu filho, em quem o pai e seus amigos adoravam encorajar todos os vícios incipientes das crianças pequenas, ensinando-lhe qualquer mau hábito possível. Ou seja, "fazer dele um homem" era uma de suas principais distrações, e não preciso dizer mais nada para justificar meus receios nem minha determinação de usar todos os meios para livrá-lo de tais professores. Primeiro, tentei mantê-lo sempre ao meu lado ou em seu quarto, dando a Rachel ordens específicas de nunca o deixar descer para a sobremesa enquanto os "cavalheiros" estivessem na sala de jantar. Mas foi em vão; as ordens foram imediatamente canceladas pelo pai: não ia permitir que o rapazinho fosse paparicado até a morte pela babá e pela maldita mãe. Assim, Arthur ia à sala de jantar todas as noites, apesar de minhas broncas, e aprendia a beber vinho com o pai, a praguejar com o Sr. Hattersley e a exigir o que queria como um homem, mandando-me para o diabo quando tentava contê-lo. Ver essas coisas sendo feitas com a travessura ingênua daquela bela criança e ouvir tais palavras pronunciadas por sua vozinha infantil era tão interessante e engraçado para aqueles homens quanto angustiante e doloroso para mim; e, quando Arthur fazia os comensais gargalharem, olhava para todos, deliciado, e unia sua risadinha aguda à deles. Mas, se aqueles olhos azuis brilhantes pousavam em mim, sua luz se apagava por um momento e ele dizia, um pouco preocupado:

— Mamãe, por que *você* não ri? Faça-a rir, papai; ela nunca ri.

Assim, eu era obrigada a permanecer entre esses animais, esperando uma oportunidade de afastar meu filho deles, em vez de deixá-los imediatamente após a mesa ser retirada, como gostaria. Arthur nunca queria ir embora e eu, muitas vezes, tinha de levá-lo à força. Assim, ele me considerava muito cruel e injusta, e, de vez em quando, o pai insistia que continuasse ali. Nessas ocasiões, eu o deixava com seus gentis amigos e me retirava para dar vazão à minha amargura e ao meu desespero ou para tentar, de alguma maneira, encontrar uma solução para esse mal terrível.

Mais uma vez, preciso fazer justiça ao Sr. Hargrave e dizer que nunca o vi rindo do mau comportamento da criança, nem dizendo uma palavra de encorajamento a seu desejo de se mostrar viril. Mas, quando qualquer coisa de muito extraordinária era dita ou feita pelo aprendiz de canalha, eu às vezes notava uma expressão peculiar nele que não conseguia nem interpretar, nem definir — um leve movimento nos músculos da boca, um olhar rápido para a criança e depois para mim —, e então creio que via surgir um lampejo de satisfação cruel e sombria em seu rosto diante da fúria impotente e da angústia que decerto discernia no meu. Mas, em certa ocasião, Arthur se comportava de maneira particularmente terrível, quando o Sr. Huntingdon e os amigos me ofendiam e irritavam mais do que nunca ao incentivá-lo, deixando-me desesperada para tirá-lo da sala, quase me rebaixando a ter um ataque de ira incontrolável, o Sr. Hargrave de repente levantou-se da cadeira com uma expressão de determinação e ergueu o menino do joelho do pai, onde ele se encontrava meio bêbado, jogando a cabeça para trás, rindo de mim e me insultando com palavras das quais mal conhecia o sentido. Ele tirou Arthur da sala de jantar, colocou-o no chão do saguão e, segurando a porta, esperou que eu passasse, fez uma mesura grave e fechou-a. Ouvi impropérios sendo trocados por ele e seu inebriado anfitrião enquanto me afastava, levando meu perplexo e desconcertado filho.

Mas isso não pode continuar; Arthur não pode ser abandonado a essa corrupção: é muito melhor que viva na pobreza e na obscuridade com uma mãe fugitiva do que no luxo e na riqueza com um pai assim. Esses hóspedes podem não ficar muito tempo, mas voltarão; e ele, o mais nocivo de todos, o pior inimigo do filho, continuaria aqui. Poderia aguentar a situação se fosse sozinha, mas, em nome do meu menino, não devo mais suportá-la: nesse caso, devo ignorar tanto a opinião da sociedade quanto os sentimentos de meus entes queridos, ou, ao menos, não permitir que me impeçam de cumprir meu dever. Mas onde encontraria abrigo e como obteria meios de subsistir para nós dois? Ah, eu seria capaz de fugir com essa preciosa carga no raiar do dia, pegar a diligência até M—— ir para o porto de ——, atravessar o Atlântico e buscar um lar tranquilo e humilde na Nova Inglaterra, onde sustentaria a mim e a ele com os frutos de minhas próprias mãos. A palheta e o cavalete, que já foram meus adorados amigos nas horas de lazer, seriam meus sóbrios companheiros de trabalho. Mas eu por acaso era suficientemente habilidosa como artista para ganhar meu pão numa terra estranha, sem amigos ou recomendações? Não; teria de esperar um pouco; precisaria me esforçar muito para aprimorar meus talentos e produzir algo que servisse como exemplo do que consigo fazer, algo que criasse uma opinião favorável sobre mim, fosse como pintora ou como professora de pintura. É claro que não buscava grande sucesso, mas era indispensável que tivesse certa segurança contra o fracasso absoluto — não podia tirar meu filho de casa para passar fome com ele. Além do mais, teria de ter dinheiro para a diligência, a travessia de navio e algo para nos sustentar em nosso refúgio caso não conseguisse ganhar nada de imediato; e não podia ser uma quantia muito pequena, pois quem saberia dizer quanto tempo teria de lidar com a indiferença ou a negligência dos outros, ou com minha própria inexperiência e falta de habilidade para me conformar aos seus gostos?

O que eu deveria fazer, então? Falar com meu irmão e explicar as circunstâncias e minhas decisões para ele? Não, não; mesmo que lhe contasse *todas* as minhas queixas, o que ficaria muito relutante em fazer, Frederic decerto não aprovaria esse passo: pareceria uma loucura para ele, assim como para meus tios ou para Milicent. Não, precisaria ter paciência e acumular algum dinheiro. Rachel seria minha única confidente — eu acreditava que conseguiria persuadi-la a participar do plano, e ela me ajudaria, primeiro, a encontrar um vendedor de quadros numa cidade distante; e, depois, por seu intermédio, me desfaria, discretamente, de todas as pinturas que tivesse à mão e que serviriam a esse propósito, além de algumas outras que pintaria a partir daquele momento. Além disso, encontraria uma maneira de vender minhas joias — não as joias da família, mas as poucas que trouxe comigo de casa e aquelas que meu tio me deu quando me casei. O trabalho árduo de alguns meses seria suportado com facilidade por mim, tendo esse objetivo em vista; e, nesse ínterim, meu filho não seria muito mais prejudicado do que já está.

Após ter tomado essa decisão, logo comecei a pô-la em prática. Talvez houvesse sido induzida a conduzir o processo de maneira menos febril, ou, talvez, a continuar pesando os prós e os contras até que os segundos fossem mais numerosos que os primeiros e eu fosse levada a abrir mão do projeto ou postergar sua execução até um período indefinido — se não houvesse ocorrido algo que me fez ficar mais determinada a cumprir meu objetivo, que acredito ser justo e que tenho certeza de ser necessário realizar.

Desde a partida de Lorde Lowborough, eu havia considerado a biblioteca, apenas ocupada por mim, um refúgio seguro a qualquer hora do dia. Nenhum dos cavalheiros presentes tem a menor pretensão a um gosto literário, com exceção do Sr. Hargrave; e ele, naquele momento, estava bastante satisfeito com os jornais e periódicos que chegavam com a correspondência. E, se abrisse a porta, tinha certeza de que logo sairia ao me ver, pois, em vez de ficar menos frio e distante comigo, se tornara muito mais desde a partida da mãe e das irmãs, o que era exatamente o que eu desejava. Era lá, portanto, que armava meu cavalete e que trabalhava nas minhas telas da alvorada até o crepúsculo, com pouquíssimas interrupções, a não ser quando a pura necessidade ou minhas obrigações com o pequeno Arthur me faziam me ausentar — pois ainda achava certo reservar uma parte de cada dia exclusivamente para instruir meu filho e brincar com ele. Mas, contrariando minhas expectativas, na terceira manhã, quando estava ocupada pintando, o Sr. Hargrave entrou e não saiu no mesmo instante ao me encontrar. Pediu desculpas pela intrusão e disse que só queria pegar um livro, mas, após obtê-lo, teve a bondade de examinar meu quadro. Sendo um homem de bom gosto, tinha algo a dizer sobre esse assunto, assim como sobre qualquer outro e, após fazer um comentário breve, sem receber muito encorajamento de minha parte, começou a discursar sobre a arte em geral. Sem ser incentivado nisso tampouco, calou-se, mas não se retirou.

— Não tem passado muito tempo conosco, Sra. Huntingdon — observou ele, após uma breve pausa, durante a qual eu segui misturando minhas cores com frieza —, e não me espanto, pois deve estar muito cansada de todos nós. Eu mesmo estou tão envergonhado de meus companheiros e tão cansado de suas conversas e seus passatempos irracionais, agora que não há ninguém para torná-los mais gentis ou controlá-los, já que a senhora, com razão, nos abandonou à nossa própria sorte, acho que vou partir em pouco tempo... provavelmente em menos de uma semana. Não creio que vá lamentar tal fato.

O Sr. Hargrave ficou em silêncio. Eu não respondi.

— É provável — acrescentou, com um sorriso — que só vá lamentar que eu não leve todos os meus companheiros comigo. Tenho a prepotência de acreditar, às vezes, que, embora esteja entre eles, não sou um deles; mas é natural que fique feliz em se livrar de mim. É claro que fico triste com isso, mas não a culpo.

— Não ficarei feliz com a *sua* partida, pois o *senhor* sabe agir como um cavalheiro — disse, pensando que era apenas correto reconhecer o bom comportamento dele —, mas devo confessar que me regozijarei em dar adeus aos outros, por menos hospitaleiro que isso pareça.

Ele respondeu num tom grave:

— Ninguém pode culpá-la por tal confissão, nem mesmo eles próprios, acredito. Vou apenas lhe contar — continuou, como se movido por uma resolução súbita — o que foi dito na noite passada na sala de estar depois que nos deixou. Talvez não se incomode, já que é *tão* filosófica em certos pontos — acrescentou, com um leve sorriso de escárnio. — Estavam falando de Lorde Lowborough e de sua agradável esposa, cuja partida repentina todos compreenderam; e seu caráter é tão bem-conhecido que, apesar de ela ser minha parente próxima, não pude nem tentar defendê-lo.

O Sr. Hargrave interrompeu o pensamento e murmurou:

— Que Deus me amaldiçoe se eu não me vingar por isso! O patife não apenas *teve* de jogar o nome da família na lama, como precisa revelar o caso para todo pé-rapado que conhece! Perdoe-me, Sra. Huntingdon. Bem, eles estavam falando dessas coisas e alguns comentaram que, como Lady Lowborough havia se separado do marido, Huntingdon podia vê-la quando quisesse.

"'Muito obrigado', disse ele. 'Mas já a vi bastante por enquanto. Não vou mais me incomodar com isso. Ela que venha até mim.'

"'E o que pretende fazer, Huntingdon, depois que nós formos embora?', disse Ralph Hattersley. 'Vai se arrepender de seus erros e ser um bom marido, um bom pai etc. como eu faço quando me afasto de você e desses demônios que chama de amigos? Acho que está mais do que na hora. Sua esposa é cinquenta vezes melhor do que você, sabia?'

"E Hattersley fez alguns elogios à senhora que não me agradeceria se eu repetisse... assim como não agradeceria a ele por tê-los dito, falando alto, como fez, sem delicadeza ou discernimento, para uma plateia em meio à qual parecia uma profanação dizer seu nome, e sendo completamente incapaz de compreender ou apreciar suas reais qualidades. Huntingdon, enquanto isso, permaneceu sentado em silêncio, bebendo vinho ou olhando com um sorriso para sua taça, sem interromper ou responder, até que Hattersley gritou:

"'Está me ouvindo, homem?'

"'Sim, continue.'

"'Não, já acabei. Só quero saber se tem intenção de aceitar meu conselho.'

"'Que conselho?'

"'Virar a página, seu canalha inveterado!', gritou Ralph. 'Pedir perdão à sua esposa e ser um bom rapaz no futuro.'

"'Minha esposa! Que esposa? Não tenho esposa', respondeu Huntingdon, erguendo o olhar da taça com uma expressão de inocência. 'E, se tiver, atenção, cavalheiros: dou tanto valor a ela que qualquer um de vocês pode levá-la, e faça bom proveito. Podem levá-la, e levem minha bênção também!'

"Eu... quer dizer... alguém perguntou se ele estava falando sério e Huntingdon jurou solenemente que sim. O que acha disso, Sra. Huntingdon?", perguntou o Sr. Hargrave após uma pequena pausa, durante a qual senti que examinava com atenção meu rosto, que estava virado para o lado.

— Digo que aquilo que ele estima tão pouco não lhe pertencerá por muito tempo.

— Espero que não queira dizer que seu coração vai partir e a senhora vai perecer por causa da conduta detestável de um patife como aquele!

— De jeito nenhum; meu coração está ressecado demais para se partir tão facilmente e eu tenho a intenção de viver o máximo que posso.

— Quer dizer que vai deixá-lo?

— Sim.

— Quando... e como? — perguntou o Sr. Hargrave, ansioso.

— Quando estiver preparada, e da maneira mais eficaz que puder.

— Mas e seu filho?

— Meu filho vai comigo.

— Ele não vai permitir.

— Não vou pedir sua permissão.

— Ah, quer dizer que pretende fugir em segredo! Mas com quem, Sra. Huntingdon?

— Com meu filho... e, talvez, a babá dele.

— Sozinha e desprotegida! Mas aonde irá? O que fará? Ele irá atrás e a trará de volta.

— Meu plano está muito bem-arquitetado para que isso aconteça. Assim que conseguir sair de Grassdale, irei me considerar a salvo.

O Sr. Hargrave deu um passo em minha direção, encarou-me e inspirou, pronto para dizer algo, mas aquele olhar, aquele rubor, aquele súbito lampejo nos olhos me fez corar de raiva: virei-lhe as costas de repente e, agarrando meu pincel, comecei a completar meu quadro com energia demais para o bem da pintura.

— Sra. Huntingdon — disse ele —, é cruel! Cruel comigo e consigo mesma.

— Sr. Hargrave, lembre-se de sua promessa.

— *Preciso* falar... meu coração irá estourar se não o fizer! Já passei tempo demais em silêncio... e a senhora *vai* me ouvir! — exclamou o Sr. Hargrave, tendo a ousadia de se colocar entre mim e a porta. — Disse-me que não deve fidelidade a seu marido; ele declarou abertamente estar cansado da senhora e diz com tranquilidade que quem a quiser, pode levá-la; a senhora está prestes a deixá-lo; ninguém acreditará que foi sozinha. Toda a sociedade dirá: "Ela o deixou, afinal, e quem se espantaria com isso? Poucos podem culpá-la e muito menos sentir pena dele... mas quem é seu companheiro de fuga?" Ou seja, não terá nenhum crédito por sua virtude, se é que pode chamá-la assim: nem quem mais lhe ama irá acreditar nela, pois isso é monstruoso e incrível, a não ser para aqueles que sofrem os efeitos dos tormentos cruéis que sabem ser de fato realidade. Mas o que fará sozinha neste mundo frio e brutal? A senhora, uma mulher jovem e inexperiente, criada com todo o conforto e completamente...

— Ou seja, o senhor me aconselha a permanecer onde estou — interrompi. — Bem, deixe que cuido de mim mesma.

— Não, é *claro* que deve abandoná-lo! — exclamou ele com ênfase. — Mas *não* sozinha! Helen! Deixe-me protegê-la!

— Nunca! Enquanto Deus poupar minha consciência — respondi, puxando a mão que o Sr. Hargrave tivera a insolência de pegar e apertar entre as suas.

Mas ele não conseguia mais se controlar; as barreiras haviam desmoronado: estava agitado e determinado a arriscar tudo em nome da vitória.

— Eu me recuso a ser rejeitado! — exclamou com veemência.

E, agarrando minhas mãos, segurou-as com força, apoiou-se sobre um dos joelhos e me encarou com um olhar que misturava súplica e autoridade.

— Não tem mais motivo; está desafiando o que os céus decretaram. Deus me escolheu para consolá-la e protegê-la. Sinto isso, sei disso com tanta certeza como se uma voz divina houvesse declarado "Vós sereis da mesma carne". E a senhora me afasta...

— Largue-me, Sr. Hargrave! — exclamei, ríspida.

Mas ele apenas me apertou mais.

— Largue-me! — repeti, tremendo de indignação.

O rosto dele estava quase diante da janela. Vi quando olhou para ela com um leve sobressalto, e então um brilho de triunfo malicioso iluminou seu rosto. Olhando por cima do ombro, discerni uma sombra acabando de dobrar a quina.

— Era Grimsby — disse o Sr. Hargrave sem pudor. — Ele irá contar o que viu a Huntingdon e a todos os outros, exagerando da maneira como achar melhor. Grimsby não gosta da senhora; não tem reverência pelas mulheres; não acredita na virtude; não admira nem a ideia dela. Relatará uma versão dessa história que não deixará dúvidas sobre seu caráter nas mentes de quem a ouvir. Sua reputação se foi, e nada do que eu ou a senhora possamos dizer a trará de volta. Mas me dê o poder de protegê-la e me mostre o canalha que ousar insultá-la!

— Ninguém nunca ousou me insultar como o senhor está fazendo agora! — respondi, afinal soltando minhas mãos e me afastando dele com repulsa.

— Não a insultei! Idolatro a senhora! É meu anjo, minha divindade! Coloco tudo o que possuo a seus pés... e a senhora precisa aceitar! — exclamou impetuosamente, ficando de pé num pulo. — Eu serei, *sim*, aquele que a consolará e a defenderá! E se sua consciência ralhar com a senhora, diga que a dominei e que não teve jeito além de ceder!

Nunca vi um homem tão terrivelmente agitado. O Sr. Hargrave se precipitou em minha direção. Agarrei a espátula que usava para raspar a paleta e a brandi na direção dele. Isso o deixou assustado: ele estacou e me encarou, atônito; acredito que eu devia estar com uma expressão tão feroz e resoluta quanto a dele. Aproximei-me da sineta e coloquei a mão sobre a corda. Isso o amansou ainda mais. Com um gesto meio autoritário, meio desdenhoso, o Sr. Hargrave procurou me impedir de tocá-la.

— Afaste-se, então — disse.

Ele deu um passo atrás.

— Agora, ouça-me. Não gosto do senhor — continuei, da maneira mais tranquila e enfática que pude, para que minhas palavras fossem mais eficientes. — E, se me divorciasse do meu marido, ou se ele estivesse morto, não me casaria com o senhor. Pronto! Espero que tenha entendido.

O Sr. Hargrave ficou pálido de raiva.

— Entendi — respondeu com rancor — que a senhora é a mulher mais cruel, desumana e ingrata que já vi!

— Ingrata, senhor?

— Ingrata.

— Não, Sr. Hargrave, não sou. Por todo o bem que já me fez ou já desejou me fazer, agradeço de coração; por todo o mal que já me fez e quis me fazer, peço a Deus que o perdoe e aprimore sua mente.

Nesse momento a porta foi aberta com um estrondo e os senhores Huntingdon e Hattersley surgiram do outro lado. O segundo permaneceu no saguão, ocupado com seu fuzil e sua vareta; o primeiro entrou na biblioteca e ficou de costas para o fogo, observando a mim e ao Sr. Hargrave.

Olhou para Hargrave com um sorriso significativo insuportável, acompanhado por uma expressão atrevida e um brilho malicioso nos olhos.

— Pois não, senhor? — disse Hargrave, com o ar de alguém preparado para se defender.

— Pois não, senhor — disse o anfitrião.

— Queremos saber se está livre para ir conosco tentar pegar alguns faisões, Walter — interrompeu Hattersley de lá de fora. — Vamos! Ninguém vai levar um tiro, a não ser uma ou duas lebres, posso garantir.

Walter não respondeu, apenas andou até a janela para recuperar a calma. Arthur emitiu um assovio baixo e seguiu-o com o olhar. Um leve rubor de raiva se espalhou pelas faces de Hargrave, mas, após um momento, ele se virou tranquilamente e disse, num tom de indiferença:

— Vim aqui para me despedir da Sra. Huntingdon e lhe dizer que devo partir amanhã.

— Hunf! Foi uma decisão bastante súbita. O que o leva a ir embora tão cedo, se é que posso perguntar?

— Negócios — retrucou ele, repelindo o sorriso incrédulo do outro com um olhar desafiador de desprezo.

— Muito bem.

Hargrave se afastou. Então o Sr. Huntingdon, fechando com força o casaco e apoiando o ombro no consolo da lareira, voltou-se em minha direção e, dirigindo-se a mim numa voz baixa que era pouco mais do que um sussurro, disparou uma rajada dos impropérios mais vis e repulsivos que a imaginação poderia conceber ou a língua articular. Não tentei interrompê-lo; mas fervi de raiva e, quando ele acabou, respondi:

— Se sua acusação fosse verdade, Sr. Huntingdon, como *ousaria* me culpar?

— Ela agora apanhou você! — exclamou Hattersley, apoiando a arma na parede.

E, entrando na biblioteca, pegou seu precioso amigo pelo braço e tentou arrastá-lo dali.

— Vamos, rapaz — murmurou. — Seja a história verdadeira ou falsa, não tem o direito de culpá-la, como bem sabe; nem a ele, depois do que disse ontem à noite. Por isso, venha.

Não pude suportar aquela insinuação.

— Ousa suspeitar de mim, Sr. Hattersley? — perguntei, quase enlouquecida de fúria.

— Não, não suspeito de ninguém. Está tudo bem, tudo bem. Vamos, Huntingdon, seu patife.

— Ela não pode negar! — gritou o cavalheiro a quem ele se dirigira, sorrindo com uma mistura de raiva e triunfo. — Não poderia negar nem que sua vida dependesse disso!

E, resmungando mais imprecações, foi para o saguão e pegou o chapéu e a arma de cima da mesa.

— Não vou me rebaixar a ponto de me justificar para você! — retruquei. — Mas, quanto ao senhor — continuei, voltando-me para Hattersley —, se tem o descaramento de duvidar de mim, pergunte ao Sr. Hargrave.

Ao ouvir isso, os dois explodiram simultaneamente numa gargalhada vulgar que fez todo o meu corpo formigar até as pontas dos dedos.

— Onde está ele? Eu mesma perguntarei! — disse, avançando na direção deles.

Reprimindo outra risada, Hattersley apontou para a porta que dava para o jardim. Ela estava semicerrada. Seu cunhado se encontrava de pé diante da casa.

— Sr. Hargrave, pode entrar aqui, por favor? — pedi.

Ele se virou e me encarou com uma expressão grave e surpresa.

— Entre aqui, por favor! — repeti.

Falei com tanta determinação que ele não pôde ou não quis resistir à ordem. Com alguma relutância, subiu a escada e deu um ou dois passos para dentro do saguão.

— Diga a esses cavalheiros — continuei —, a esses *homens*, se eu cedi ou não às suas investidas.

— Não compreendo o que quer dizer, Sra. Huntingdon.

— Compreende sim, senhor. E peço, por sua honra de cavalheiro, se é que tem alguma, que responda a verdade. Cedi ou não?

— Não — murmurou ele, se virando.

— Fale mais alto, senhor; eles não conseguiram ouvir. Eu atendi a seu pedido?

— Não, não atendeu.

— Não, garanto que não — disse Hattersley —, ou ele não estaria com essa cara tão feia.

— Estou disposto a lhe dar as satisfações de um cavalheiro, Huntingdon — disse o Sr. Hargrave, dirigindo-se calmamente ao anfitrião, mas com uma expressão de profundo desprezo.

— Vá para o inferno! — respondeu este com uma virada impaciente de cabeça.

Hargrave se retirou com uma mistura de frieza e desdém, dizendo:

— Sabe onde me encontrar se estiver disposto a se bater comigo.

Pragas e xingamentos murmurados foram a única resposta que ele obteve.

— Está vendo, Huntingdon? — disse Hattersley. — Pura como a neve.

— Não ligo para o que ele vê ou imagina — afirmei. — Mas se o senhor ouvir meu nome sendo conspurcado, vai me defender?

— Sim. Que raios me partam se não defender!

Retirei-me imediatamente e me tranquei na biblioteca. O que teria me levado a fazer tal pedido para aquele homem? Não sei explicar, mas quem está se afogando tenta se agarrar a qualquer graveto. Todos eles juntos tinham me levado ao desespero; eu mal sabia o que dizia. Não havia mais ninguém para impedir que minha reputação fosse denegrida e aviltada por aquela corja de bêbados e, através deles, talvez pelo mundo todo. E, ao lado do meu desgraçado marido, do infame e maligno Grimsby e do patife falso do Hargrave, aquele rufião, por mais rude e brutal que fosse, brilhava como um vaga-lume em meio a outros insetos.

Que cena! Algum dia eu poderia ter imaginado que estaria fadada a suportar insultos como aqueles debaixo do meu próprio teto, a ouvir tais coisas ditas na minha presença, ou melhor, ditas *para* mim e *sobre* mim — e ainda por cima por aqueles que ousavam se definir como cavalheiros? E poderia ter imaginado que seria capaz de suportar tudo com tanta calma e repelir seus insultos com tamanha firmeza e coragem? Só se fica calejada assim através das experiências difíceis e do desespero.

Esses pensamentos formavam um redemoinho na minha cabeça conforme eu andava de um lado a outro na biblioteca e ansiava — oh, *como* ansiava — por pegar meu filho e deixá-los naquele momento, sem esperar uma hora sequer! Mas era impossível: eu tinha trabalho pela frente — trabalho duro que precisava fazer.

— Vou fazê-lo, então — disse —, sem perder nem um instante com lamentações vãs, me irritando inutilmente com meu destino e com aqueles que o influenciam.

E, controlando minha agitação com um esforço imenso, voltei à minha tarefa e trabalhei bastante o dia todo.

O Sr. Hargrave de fato partiu no dia seguinte; e eu nunca mais o vi. Os outros continuaram aqui durante duas ou três semanas; mas mantive-me afastada deles o máximo que pude, continuando meu trabalho com uma energia quase inesgotável até o dia de hoje. Logo contei meu plano a Rachel, revelando-lhe todos os meus motivos e intenções, e, para minha agradável surpresa, tive pouca dificuldade em persuadi-la a concordar comigo. Ela é uma mulher cautelosa e sóbria, mas detesta tanto o patrão e ama tanto a patroa e o pequeno a seus cuidados que, após diversas exclamações, algumas objeções tímidas e muitas lágrimas e lamentações por eu estar sendo levada a cometer tal ato, aplaudiu minha decisão e consentiu em me ajudar em tudo o que podia, com apenas uma condição: que pudesse ser minha companheira de exílio; nisso, foi inexorável, acreditando ser uma perfeita loucura eu partir sozinha com Arthur. Com uma generosidade comovente, modestamente se ofereceu para me ajudar com suas parcas economias, dizendo que esperava que "a perdoasse por tomar aquela liberdade, mas, se fizesse o favor de aceitar um empréstimo, ficaria muito feliz". É claro que não podia nem pensar em tal coisa — mas agora, graças a Deus, já tenho uma quantia e meus preparativos estão tão adiantados que acredito que minha emancipação não vai demorar. Quando a severidade tempestuosa deste inverno melhorar um pouco, uma manhã qualquer o Sr. Huntingdon descerá as escadas e não encontrará ninguém à mesa do café da manhã e, talvez, gritará por toda a casa em busca da mulher e do filho, que estarão a cerca de 80 quilômetros de distância, a caminho do Novo Mundo — quem sabe mais, pois o deixaremos horas antes da alvorada e não é provável que descubra nossa partida até o sol estar alto.

Estou inteiramente consciente dos males que talvez resultem, ou melhor, que decerto resultarão, do passo que estou prestes a tomar; mas jamais vacilo, pois jamais esqueço meu filho. Nesta manhã mesmo, estava ocupada com a tarefa de sempre, e Arthur se encontrava sentado aos meus pés, brincando quietinho com os fragmentos de tela que eu atirara no tapete — mas sua mente se ocupava de outra coisa, pois, após algum tempo, ele me olhou com tristeza e perguntou, muito sério:

— Mamãe, por que você é má?

— Quem disse que sou má, meu amor?

— Rachel.

— Não, Arthur, tenho certeza de que Rachel nunca disse isso.

— Bem, então foi o papai — respondeu o menino, pensativo.

E, depois de refletir por um momento, acrescentou:

— Pelo menos, foi assim que eu descobri. Quando estou com o papai, se digo que a mamãe quer me ver ou que a mamãe disse que não posso fazer alguma coisa que ele me mandou fazer, ele sempre responde "Dane-se a mamãe". E Rachel diz que só as pessoas más vão se danar. É por isso, mamãe, que acho que você deve ser má. E gostaria que não fosse.

— Meu filho querido, eu não sou má. Essas são palavras feias, e as pessoas más, muitas vezes, as dizem quando falam de quem é melhor do que elas. Essas palavras não podem causar a danação das pessoas nem mostrar que elas a merecem. Deus nos julgará por nossos pensamentos e nossas ações e não pelo que os outros dizem de nós. E quando ouvir tais palavras sendo ditas, Arthur, lembre-se de não as repetir: ser malvado é dizer essas coisas dos outros, não as ouvir sendo ditas de você.

— Então, o papai é que é malvado — disse ele, triste.

— Papai está errado em falar assim e você estaria muito errado em imitá-lo, agora que já aprendeu que não deve.

— O que é imitar?

— Fazer o que ele faz.

— *Ele* já aprendeu que não deve?

— Talvez, mas você não tem nada com isso.

— Se não tiver aprendido, você devia ensinar, mamãe.

— Já ensinei.

O pequeno moralista ficou em silêncio, ponderando. Tentei, em vão, distraí-lo e fazê-lo esquecer o assunto.

— Lamento que o papai seja malvado — disse ele afinal, num tom melancólico —, pois não quero que vá para o inferno.

E, após declarar isso, Arthur caiu em lágrimas.

Tentei consolá-lo com a esperança de que talvez seu papai fosse mudar e se tornar bom antes de morrer — mas não está na hora de afastá-lo desse homem?

40

Um revés

10 de janeiro de 1827

Escrevi as linhas acima no fim da tarde de ontem, sentada na sala de estar. O Sr. Huntingdon estava no mesmo cômodo e eu pensei que dormia no sofá atrás de mim. No entanto, ele se levantara e, levado por um impulso vil de curiosidade, vinha olhando por sobre o meu ombro há não sei quanto tempo, pois, quando larguei a pena e estava prestes a fechar o diário, de súbito colocou a mão sobre ele, dizendo:

— Com licença, minha querida, mas vou dar uma olhada nisso.

E, arrancando-o de mim à força, sentou-se calmamente para examiná-lo — passando página por página até encontrar uma explicação para o que lera. Por azar, estava mais sóbrio naquela noite do que em geral fica àquela hora.

É claro que não o deixei em paz enquanto realizava essa tarefa: fiz diversas tentativas de tirar o diário de suas mãos, mas o Sr. Huntingdon agarrou-o com firmeza e não permitiu; ralhei com ele, cheia de ódio e desprezo por sua conduta mesquinha e indigna, mas isso não surtiu nenhum efeito; afinal, apaguei as duas velas, mas ele apenas se aproximou do fogo e, avivando-o até que ficasse forte o suficiente para servir a seu propósito, continuou a investigação com a maior tranquilidade. Pensei seriamente em pegar uma jarra d'água e apagar aquela luz também, mas era evidente que a curiosidade do Sr. Huntingdon estava forte demais para desaparecer com isso e, quanto mais eu manifestasse minha ansiedade em pôr um fim a seu escrutínio, maior seria sua determinação em seguir em frente — além do mais, já era tarde.

— Parece interessante, meu amor — disse ele, erguendo a cabeça e se virando para mim, que estava ali do lado, com as mãos crispadas de fúria e angústia mudas —, mas é bastante longo. Irei lê-lo em outra ocasião. Por enquanto, desejo apenas suas chaves, querida.

— Que chaves?

— As chaves de seu armário, escrivaninha, gavetas e tudo mais que possui — afirmou o Sr. Huntingdon, levantando-se e estendendo a mão.

— Não estou com elas.

A chave da minha escrivaninha, na verdade, estava na fechadura naquele momento, e as outras todas presas a ela.

— Então, mande buscar. E se aquela vaca velha da Rachel não as entregar neste mesmo instante, vai ser mandada para o olho da rua amanhã.

— Ela não sabe onde elas estão — respondi, colocando a mão sobre as chaves e tirando-as da escrivaninha num gesto que acreditei não ter sido observado. — Eu sei, mas não vou entregá-las se não me disser por quê.

— E eu também sei! — disse ele, agarrando minha mão fechada e arrancando as chaves dela.

O Sr. Huntingdon então pegou uma das velas e acendeu-a, enfiando-a no fogo.

— Bem — disse, com ironia —, agora haverá um confisco de propriedade. Mas, primeiro, vamos dar uma olhada no seu ateliê.

E, colocando as chaves no bolso, ele entrou na biblioteca. Eu fui atrás, nem sei se com uma vaga ideia de tentar impedir qualquer dano ou apenas para saber logo o pior. Meu material de pintura estava todo sobre o aparador, pronto para ser usado no dia seguinte e protegido apenas por um pano. O Sr. Huntingdon logo o viu e, deixando a vela de lado, começou a atirá-lo no fogo — a paleta, as tintas, as bexigas, os lápis, os pincéis, o verniz. Vi tudo sendo consumido: as espátulas se partiram em dois; o óleo e a aguarrás emitiram um silvo e se esvaíram chaminé acima. Ele, então, tocou a sineta.

— Benson, leve essas coisas daqui — comandou, apontando para o cavalete, a tela e o esticador —, e diga à criada que ela pode usá-las para fazer fogo. A patroa não vai mais precisar delas.

Benson estacou, horrorizado, e me olhou.

— Pode levá-las, Benson — afirmei.

O patrão dele praguejou baixinho.

— Tudo isso, senhor? — disse o mordomo, atônito, referindo-se à pintura na qual eu estava trabalhando.

— Tudo — respondeu o patrão; e as coisas foram levadas.

O Sr. Huntingdon foi lá para cima. Não tentei ir atrás; fiquei sentada na poltrona, muda, sem emitir uma lágrima e quase sem me mover, até ele retornar, cerca de meia hora depois e, aproximando-se de mim, iluminar meu rosto com a vela e me encarar com uma expressão e uma gargalhada ofensivas demais para serem suportadas. Com um gesto súbito, atirei a vela no chão.

— Ora essa! — murmurou o Sr. Huntingdon, afastando-se. — Ela tem a fúria de um demônio! Alguém já viu olhos assim? Eles brilham no escuro que nem os olhos de um gato. Oh, que doçura você é!

Dizendo isso, pegou a vela e o castiçal. Como a primeira, além de ter sido apagada, também se quebrara, tocou a sineta para pedir outra.

— Benson, sua patroa quebrou a vela. Traga outra.

— Você se expõe de um jeito muito bonito — comentei depois que Benson saiu.

— Não disse que *eu* tinha quebrado, disse? — retrucou ele, e então atirou as chaves no meu colo. — Tome! Pode ver que não peguei nada além do seu dinheiro, das joias e de algumas bobagens que achei melhor que ficassem comigo, para que seu espírito mercantil não se sinta tentado a trocá-las por ouro. Deixei algumas libras na sua bolsa, que espero que durem até o fim do mês; de qualquer maneira, quando quiser mais, faça o favor de me prestar contas sobre como elas foram gastas. No futuro, lhe darei uma pequena mesada para suas despesas pessoais, e não precisa mais se incomodar em administrar minha propriedade. Contratarei um intendente, minha querida, não vou expô-la a essa tentação. Quanto à administração da casa, a Sra. Greaves terá de ser muito detalhada em sua prestação de contas: precisamos de um plano inteiramente novo...

— Que grande descoberta fez *agora*, Sr. Huntingdon? Por acaso estou cometendo uma fraude contra o senhor?

— Parece que em questões financeiras, não exatamente; mas é melhor se proteger da tentação.

Nesse momento, Benson entrou com as velas e fez-se um breve silêncio — eu, sentada, imóvel, na poltrona, e o Sr. Huntingdon de pé, de costas para o fogo, num triunfo silencioso diante do meu desespero.

— Quer dizer — disse ele, afinal — que estava querendo me matar de vergonha: fugir, virar artista e se sustentar com seu próprio trabalho? E pensou em roubar meu filho também e criá-lo como um mercador ianque sujo ou um pintor miserável?

— Sim, para impedir que se torne um cavalheiro nos moldes do pai.

— Que bom que não conseguiu guardar seu segredo. Ha, ha! Que bom que as mulheres precisem tagarelar; quando não têm uma amiga com quem conversar, precisam sussurrar os segredos para os peixes, ou escrevê-los na areia, ou qualquer coisa assim. E, ainda por cima, que bom que não bebi demais esta noite, ou poderia ter caído no sono e nem sonhar em espiar o que minha doce esposa estava fazendo, ou não ter tido energia para impor minha vontade como um homem, do jeito que fiz.

Deixando-o ali com sua autossatisfação, levantei-me para pegar o diário, pois naquele instante me lembrei que o deixara sobre a mesa da sala de estar e decidi, se possível, me poupar da humilhação de vê-lo nas mãos daquele homem de novo. Não pude suportar a ideia de o Sr. Huntingdon se divertindo com meus pensamentos e lembranças secretas, embora, é claro, fosse encontrar poucas coisas boas sobre si mesmo ali, exceto no começo — mas, oh, preferia pôr fogo em tudo a permitir que lesse o que escrevi quando era tola o suficiente para amá-lo!

— Aliás — disse o Sr. Huntingdon, quando eu estava deixando o cômodo —, é melhor que diga àquela sua maldita babá velha para não cruzar meu caminho durante um ou dois dias. Eu pagaria seu salário e a mandaria para a rua amanhã, se não soubesse que causaria mais prejuízo fora da casa do que dentro dela.

Enquanto eu me afastava, ele continuou a amaldiçoar e praguejar contra minha amiga e fiel criada, usando termos que não repetirei aqui, para não conspurcar este papel. Fui ter com Rachel assim que guardei o diário e lhe contei que nosso plano fracassara. Ela ficou tão angustiada e horrorizada quanto eu — naquela noite, mais ainda, pois estava atordoada com o golpe e em parte protegida dele pela imensidão de minha fúria. Mas, durante a manhã, quando acordei sem aquela esperança alentadora que fora meu conforto e meu apoio secreto por tanto tempo, e durante todo este dia, que passei vagando pela casa sem descanso e sem propósito, fugindo de meu marido e me afastando até de meu filho, sabendo que no momento não tenho a capacidade de ser sua professora ou amiga, sem esperanças para o futuro dele e desejando ardentemente que jamais tivesse nascido, senti com toda a força minha calamidade, e continuo a senti-la agora. Sei que, dia após dia, esses sentimentos retornarão: sou uma escrava, uma prisioneira. Mas isso não é nada: se estivesse sozinha, não reclamaria, mas proibiram-me de salvar meu filho da ruína, e aquilo que era meu único consolo se tornou a principal fonte do meu desespero.

Será que não tenho fé em Deus? Tento olhar para o alto e erguer meu coração para os céus, mas ele cai por terra. Só posso dizer: "Cercou-me de uma sebe e não posso sair; agravou os meus grilhões."* E "Fartou-me de amarguras, embriagou-me de absinto."** Mas me esqueço de acrescentar: "Pois, ainda que entristeça a alguém, usará de compaixão, segundo a grandeza de suas misericórdias. Pois não é de bom grado que Ele humilha e que aflige os filhos do homem!"*** Devia pensar nisso; e, se não houver nada além de tristeza para mim neste mundo, o que é a mais longa vida de tormento se comparada a uma eternidade de paz? E quanto ao meu pequeno Arthur — será que ele não tem outro amigo além de mim? Quem foi que disse "não é vontade de vosso Pai, que está nos céus, que um destes pequeninos se perca"?****

---

*Lamentações 3:7. (*N. da T.*)

**Lamentações 3:15. (*N. da T.*)

***Lamentações 3:32,33. (*N. da T.*)

****Evangelho Segundo São Mateus 18:14. (*N. da T.*)

41

"A esperança jorra eternamente do peito do homem"*

20 de março

Depois que me livrei do Sr. Huntingdon por uma estação, comecei a recobrar o ânimo. Ele me deixou no início de fevereiro e, no instante em que partiu, voltei a respirar e senti minha energia vital voltar; não com a esperança da fuga — o Sr. Huntingdon tomou o cuidado de não me deixar nenhuma possibilidade disso —, mas com uma determinação de encarar minhas circunstâncias da melhor maneira que pudesse. Arthur, finalmente, estava sob minha responsabilidade exclusiva, e, despertando de minha apatia, fiz tudo o que pude para erradicar as ervas daninhas que haviam sido cultivadas em sua mente infantil, plantando mais uma vez a boa semente, que elas tinham tornado improdutivas. Graças a Deus, não é um solo infértil ou pedregoso; as ervas daninhas nascem depressa ali, mas as plantas melhores também. Ele aprende mais depressa e tem um coração mais afetuoso do que o pai jamais poderia ter, e não é uma tarefa ingrata fazê-lo se dobrar à obediência, ganhá-lo para o amor e fazê-lo reconhecer quem é sua amiga mais verdadeira, contanto que não haja ninguém para mitigar os meus esforços.

No começo, foi muito difícil tirar dele os hábitos perversos que seu pai lhe ensinara, mas essa dificuldade já foi quase vencida: os termos ofensivos quase nunca lhe aviltam a boca e eu consegui fazer nascer um horror

*Verso de "Ensaio sobre o homem", de Alexander Pope. (*N. da T.*)

absoluto por todas as bebidas intoxicantes, que, espero, nem mesmo o pai e seus amigos conseguirão reverter. Arthur se deliciava demais com elas para um menino tão jovem e, tendo meu pobre pai em mente além do dele, sentia pavor das consequências de tal gosto. Mas, se houvesse diminuído a quantidade de vinho que bebia normalmente ou proibido a bebida por completo, isso só teria aumentado sua preferência por ela e feito com que a visse como algo ainda mais tentador. Por isso, dei-lhe tanto quanto o pai estava acostumado a lhe dar — aliás, tanto quanto ele desejava, mas, em cada taça, incluía, sem que percebesse, uma pequena quantidade de tártaro emético — apenas o suficiente para produzir náusea e depressão inevitáveis, mas sem nenhum mal-estar mais forte. Descobrindo que esse era invariavelmente o resultado desagradável de tal prazer, Arthur logo ficou cansado dele, mas, quanto menos desejava a dose diária, mais eu insistia para que a tomasse, até que sua relutância se transformou no mais perfeito horror. Quando passou a ter nojo absoluto de qualquer tipo de vinho, permiti, atendendo a um pedido do próprio, que experimentasse conhaque misturado com água e depois gim misturado com água: pois o pequeno ébrio era familiarizado com todas essas bebidas e eu estava decidida a tornar todas igualmente odiosas para ele. Meu plano deu certo; e, como Arthur declara que o gosto, o cheiro ou a visão de qualquer bebida alcoólica é suficiente para deixá-lo enjoado, desisti de impô-las a ele, a não ser de tempos em tempos, como objetos de terror no caso de mau comportamento: "Arthur, se você não for um bom menino, vou lhe dar uma taça de vinho." Ou: "Arthur, se disser isso de novo, vai tomar conhaque misturado com água." São tão boas quanto qualquer ameaça e, uma ou duas vezes, quando ele estava doente, obriguei o pobrezinho a engolir um pouco de vinho misturado com água, *sem* o tártaro emético, como remédio. Pretendo continuar com essa prática por mais algum tempo; não que pense que tenha alguma serventia em termos de melhoria física, mas por estar determinada a usar todos os poderes de associação a meu dispor: desejo que sua aversão se torne tão profunda que nada poderá vencê-la.

Assim, acredito que o protegerei desse vício, e, quanto aos outros, se, após a volta do pai, acreditar que minhas boas lições estão sendo todas destruídas; se o Sr. Huntingdon recomeçar a brincadeira de ensinar o menino a odiar e desprezar a mãe e a imitar a perversidade dele, ainda descobrirei uma maneira de arrancar meu filho de suas mãos. Pensei em outra estratégia que talvez me sirva nesse caso e, se conseguir obter o consentimento e a assistência de meu irmão, não tenho dúvidas de que serei bem-sucedida. A velha mansão onde ele e eu nascemos e onde nossa mãe morreu não está ocupada no momento, mas ainda não se tornou uma ruína, creio eu. Se conseguir persuadi-lo a deixar um ou dois cômodos habitáveis e a alugá-los para mim como se fosse uma estranha, poderia viver ali com meu filho usando um nome falso, e ainda ganhar a vida com minha arte preferida. Meu irmão me emprestaria dinheiro no começo e eu o pagaria de volta, vivendo de maneira pobre, porém independente, e no mais estrito isolamento, pois a casa não fica perto de nada, a região tem poucos habitantes e ele mesmo negociaria a venda dos meus quadros para mim. Já tenho todo o plano na cabeça: e só o que preciso é convencer Frederic a concordar comigo. Ele virá me ver em breve e eu lhe farei essa proposta após explicar suficientemente minhas circunstâncias de modo a mostrar por que o projeto é necessário.

Acredito que Frederic já conhece muito mais detalhes da minha situação do que aqueles que relatei. Sei disso por causa do carinho e da tristeza que percebo em suas cartas, pelo fato de que ele quase nunca menciona meu marido, e, nas poucas vezes em que o faz, em geral demonstra um rancor maldisfarçado; e por nunca vir me visitar quando o Sr. Huntingdon está em casa. Mas Frederic jamais expressou abertamente nenhuma desaprovação pelo Sr. Huntingdon e nenhuma compaixão por mim, nunca fez perguntas ou indicou que gostaria que eu lhe confiasse meus segredos. Se tivesse feito isso, é provável que não fosse esconder nada dele. Talvez se sinta magoado com minha reserva. É um homem estranho — gostaria que nos conhecêssemos melhor. Costumava passar um mês em Staningley todos os anos, antes de eu me casar, mas, desde a morte de nosso pai, só o vi uma vez, quando veio passar alguns dias comigo numa época em que o Sr. Huntingdon estava viajando. Irá ficar muitos dias desta vez, e haverá mais franqueza e cordialidade entre nós dois do que jamais houve desde nossa infância. Meu coração se apega cada vez mais a ele; e minha alma está cansada de solidão.

16 de abril

Frederic já veio e já se foi. Não quis ficar mais do que duas semanas. O tempo passou depressa, mas de maneira muito, muito feliz, e me fez bem. Devo ter um mau temperamento, pois meus infortúnios me deixaram muito amarga: estava, sem perceber, começando a ter sentimentos muito hostis em relação aos outros mortais — especialmente aos homens. Mas é um consolo ver que há entre eles pelo menos um digno de confiança e estima; e sem dúvida deve haver mais, embora eu jamais os tenha conhecido — a não ser que conte o pobre Lorde Lowborough, e ele já se comportou muito mal antigamente. Mas o que Frederic teria se tornado se houvesse se exposto aos prazeres mundanos e se misturado desde a infância com homens como esses que conheço? E o que Arthur se tornará, apesar de ter a natureza doce, se eu não o salvar deste mundo e desses companheiros? Mencionei meus receios a Frederic e introduzi o assunto do plano de fuga uma noite após sua chegada, quando apresentei meu filhinho ao tio.

— Ele se comporta como você às vezes, Frederic — falei. — De tempos em tempos, acho que se parece mais com o tio do que com o pai, e isso me deixa feliz.

— Está me bajulando, Helen — respondeu ele, acariciando os cachos macios da criança.

— Não... não vai achar que isso é um elogio se lhe disser que prefiro que ele se pareça mais com o *mordomo* do que com o pai.

Frederic ergueu de leve as sobrancelhas, mas não disse nada.

— Sabe que tipo de homem é o Sr. Huntingdon? — perguntei.

— Acho que tenho uma ideia.

— Tem uma ideia tão clara que não vai ficar surpreso ou desaprovar quando souber que pretendo fugir com meu filho para um refúgio secreto, onde poderemos viver em paz e jamais voltar a vê-lo?

— Isso é verdade?

— Se não fazia ideia disso — continuei —, vou lhe contar um pouco mais sobre ele.

Expus em poucas palavras a conduta geral do Sr. Huntingdon, relatando com mais particularidades seu comportamento com o filho e explicando minhas apreensões em relação a este e minha determinação em livrá-lo da influência do pai.

Frederic ficou profundamente indignado com o Sr. Huntingdon e lamentou muito por mim, mas, ainda assim, encarou meu projeto como insano e impraticável; considerou meus medos por Arthur desproporcionais às circunstâncias e fez tantas objeções ao meu plano, pensando em métodos menos radicais para melhorar minha condição, que fui obrigada a dar mais detalhes para convencê-lo de que meu marido era incorrigível, que nada o convenceria a abrir mão do filho, independentemente do que eu quisesse fazer, pois estava tão determinado a mantê-lo ao seu lado quanto eu a manter-me ao lado da criança; e que, de fato, não havia outra solução além daquela, a não ser que fugíssemos do país, como fora minha intenção. Para prevenir isso, Frederic afinal consentiu em deixar uma ala da velha mansão habitável, para que esta pudesse ser um refúgio quando eu precisasse, mas afirmou esperar que eu não a utilizasse a não ser que fosse realmente necessário fazê-lo, algo que prometi de bom grado, pois, embora para mim tal exílio pareça o próprio Paraíso se comparado com minha situação atual, por aqueles que me amam — por Milicent e Esther, minhas irmãs de coração e de afeição, pelos pobres inquilinos de Grassdale e, acima de tudo, por minha tia —, ficarei aqui até quando for possível.

29 de julho

A Sra. Hargrave e sua filha voltaram de Londres. Esther está entusiasmada com sua primeira temporada na cidade, mas seu coração permanece intacto e ela, livre. A mãe conseguiu um pretendente excelente para a filha e até o convenceu a fazer uma declaração, mas Esther teve a audácia de recusar sua mão e sua fortuna. Era um homem de boa família e grandes posses, mas a travessa menina garante que era velho como Matusalém, feio como o diabo e tão odioso quanto... quanto alguém que não será mencionado.

— Mas foi muito difícil mesmo — afirmou. — Mamãe ficou bastante decepcionada com o fracasso de seu querido projeto e muito, muito zangada com minha resistência obstinada à sua vontade; ainda está, na verdade, mas não posso fazer nada. E Walter também está tão irritado com o fato de eu ser tão perversa e tão absurdamente caprichosa, como ele diz, que temo que jamais irá me perdoar. Não sabia que podia ser *tão* cruel quanto tem se mostrado. Mas Milicent me implorou para não ceder e tenho certeza, Sra. Huntingdon, de que se tivesse visto o homem que queriam me empurrar, também teria me aconselhado a recusar o pedido.

— Teria feito isso mesmo sem vê-lo. Para mim, basta saber que não gosta dele.

— Sabia que ia dizer isso, embora mamãe tenha afirmado que ficaria chocada com minha insubordinação. Não pode imaginar as broncas que ela me dá. Diz que sou desobediente e ingrata, que estou indo contra sua vontade, prejudicando meu irmão e me tornando um fardo em suas mãos. Às vezes, temo que vá acabar me convencendo. Tenho grande força de vontade, mas ela também tem e, quando fala com tanto rancor, fico tão irritada que me sinto inclinada a obedecê-la, para assim ter meu coração partido e poder dizer "Pronto, mamãe, foi tudo culpa sua!".

— Por favor, não faça isso! — disse. — A obediência por esse motivo seria um pecado, certo de trazer consigo a punição que merece. Fique firme e sua mãe logo desistirá da campanha, e o próprio cavalheiro deixará de importuná-la com seus pedidos se vir que são constantemente rejeitados.

— Oh, não! Mamãe deixará todos em volta exaustos antes de se cansar de seus esforços, e, quanto ao Sr. Oldfield, ela deu a entender que recusei seu pedido não porque não gosto dele, mas apenas porque sou jovem e tola e, no momento, não consigo aceitar a ideia de me casar em nenhuma circunstância; disse que tem certeza de que, na próxima temporada, serei mais sensata e não terei uma imaginação tão infantil. Por isso, me trouxe para casa, para me ensinar qual é o meu dever antes de esse momento chegar. Na verdade, acho que não vai gastar dinheiro para me levar a Londres de novo se eu não me render; diz que não tem meios para ficar me carregando para a cidade só para que eu possa me divertir e fazer besteira, e que não são *todos* os cavalheiros ricos que farão a concessão de me aceitar sem dote, por maiores que sejam as atrações que imagino possuir.

— Bem, Esther, sinto pena de você. Mas repito, fique firme. É melhor se vender logo como escrava do que se casar com um homem de quem não gosta. Se sua mãe e seu irmão não forem gentis com você, poderá deixá-los, mas lembre-se de que estará presa a um marido por toda a vida.

— Mas não posso deixá-los se não me casar, e não posso me casar se ninguém me conhecer. Vi um ou dois cavalheiros em Londres de quem poderia ter gostado, mas eram filhos mais novos e mamãe não me deixou conhecê-los melhor; especialmente um deles, que, acredito, gostou bastante de mim. Ela colocou todos os empecilhos possíveis para nos impedir de nos encontrarmos. Não é irritante?

— Sei que deve ter se sentido irritada, mas é possível que, se se casasse com esse rapaz, fosse ter mais motivos para se arrepender do que se se casasse com o Sr. Oldfield. Quando digo para não casar *sem* amor, não quero dizer que deva se casar apenas por amor; há muitas, muitas outras coisas a serem consideradas. Guarde seu coração até encontrar um bom motivo para dá-lo a alguém e, se tal ocasião nunca surgir, console-se com isso: embora, numa vida de solidão, suas alegrias possam não ser muitas, suas tristezas, ao menos, não serão maiores do que será capaz de suportar. O casamento *pode* mudar sua situação para melhor, mas minha opinião sincera é que é muito mais provável que produza o efeito contrário.

— É isso que Milicent também pensa, mas permita-me dizer que não concordo. Se achasse que estava fadada a ser solteirona, não daria mais valor à minha vida. A ideia de continuar, ano após ano, no Grove, dependendo de mamãe e de Walter, de não ser nada além de um fardo, agora que sei que é assim que me veriam, é completamente intolerável. Prefiro fugir com o mordomo.

— Suas circunstâncias são peculiares, admito. Mas tenha paciência, meu amor. Não faça nada sem refletir. Lembre-se de que ainda tem 18 anos e que muito tempo passará até que qualquer um declare que é uma solteirona; você não sabe o que a providência divina lhe reservou. E, enquanto isso, lembre-se de que tem o *direito* à proteção de sua mãe e irmão, por menor que seja a boa vontade deles.

— É tão séria, Sra. Huntingdon — disse Esther, após alguns segundos de silêncio. — Quando Milicent disse as mesmas coisas desencorajadoras sobre o casamento, perguntei-lhe se era feliz. Ela disse que sim. Não sei se acreditei, e, agora, preciso fazer-lhe a mesma pergunta.

— É uma pergunta muito impertinente — disse eu, rindo —, de uma menina jovem para uma mulher casada e tão mais velha. Por isso, não vou responder.

— Perdoe-me, querida *senhora* — disse ela, atirando-se em meus braços aos risos e me beijando alegremente.

Mas eu senti uma lágrima no meu pescoço quando Esther pousou a cabeça em meu peito e continuou a falar, com uma estranha mistura de tristeza e leveza, de timidez e audácia:

— Sei que não é tão feliz quanto pretende ser, pois passa metade da vida sozinha em Grassdale, enquanto o Sr. Huntingdon vai se divertir onde quer, da maneira que quer. Espero que o *meu* marido não tenha nenhum prazer além daqueles que compartilha comigo, e, se o maior prazer de todos não for a minha companhia... ora... pior para ele. Só isso.

— Se isso é o que você espera do matrimônio, Esther, precisa mesmo ter cuidado com quem vai casar... ou melhor, deve continuar solteira.

42

Uma regeneração

1º de setembro

Nada do Sr. Huntingdon por enquanto. Quem sabe ele não permaneça com seus amigos até o Natal, e depois, na primavera seguinte, parta de novo. Se continuar assim, conseguirei ficar bem em Grassdale — quer dizer, conseguirei ficar aqui, o que já é suficiente. Até uma visita ocasional de seus companheiros durante a temporada de caça será tolerável se Arthur continuar tão apegado a mim, tão firme no bom senso e nos princípios, de modo que eu possa, através dos argumentos e da afeição, mantê-lo livre das contaminações quando esse momento chegar. Temo que essa seja uma esperança vã! Mas, enquanto não for o tempo da provação, tentarei não pensar no refúgio tranquilo daquela velha mansão amada.

O Sr. e a Sra. Hattersley passaram duas semanas no Grove e, como o Sr. Hargrave ainda está ausente e o tempo estava extraordinariamente bom, não passei nem um dia sem ver minhas duas amigas, Milicent e Esther, ou aqui, ou lá. Certa ocasião, quando o Sr. Hattersley as trouxera a Grassdale no faetonte, junto com os pequenos Helen e Ralph, e nós estávamos nos divertindo no jardim, tive uma conversa de alguns minutos com ele enquanto as outras duas brincavam com as crianças.

— Gostaria de saber notícias de seu marido, Sra. Huntingdon? — perguntou o Sr. Hattersley.

— Não, a não ser que possa me dizer quando devo esperar sua volta.

— Não sei. A senhora não quer que ele volte, quer? — perguntou ele, com um enorme sorriso.

— Não.

— Bem, acho mesmo que está melhor sozinha. De minha parte, estou cansado de sua companhia. Disse-lhe que ia deixá-lo se não passasse a se comportar melhor, e ele se recusou; assim, deixei-o mesmo. Como vê, sou melhor do que imaginava. Aliás, tenho pensado seriamente em abandoná-lo e todo o bando e, desse dia em diante, me portar com toda a decência e a sobriedade de um cristão e de um pai de família. O que acha disso?

— É uma decisão que deveria ter tomado há muito tempo.

— Bem, ainda nem fiz 30 anos. Não é tarde demais, é?

— Não; nunca é tarde demais para se regenerar, contanto que tenhamos o bom senso de desejar fazê-lo e a força de executar o projeto.

— Bem, para dizer a verdade, já pensei nisso diversas vezes. Mas Huntingdon é um diabo de uma boa companhia, afinal de contas... Não pode imaginar como é divertido quando não está totalmente bêbado, só alegre ou um pouco zonzo. Todos nós gostamos dele no fundo, embora ninguém possa respeitá-lo.

— Mas gostaria de ser como ele?

— Não, prefiro ser como eu, por pior que seja.

— Não poderá continuar sendo tão mau assim sem se tornar cada dia pior e mais bruto... e, portanto, mais parecido com ele.

Não pude deixar de sorrir diante da expressão cômica, misturando raiva e perplexidade, que o Sr. Hattersley fez ao ouvir alguém se dirigir a ele de maneira tão extraordinária.

— Não se ofenda com a minha franqueza — pedi. — Meus motivos são os melhores possíveis. Mas, me diga, gostaria que seus filhos fossem como o Sr. Huntingdon... ou mesmo como o senhor?

— De jeito nenhum!

— Gostaria que sua filha o desprezasse, ou, pelo menos, que não sentisse um vestígio de respeito pelo senhor? Nem afeição, a não ser mesclada com uma profunda amargura?

— Ah! Não suportaria isso.

— E, finalmente, gostaria que sua esposa quisesse ser tragada pela terra sempre que ouvisse seu nome mencionado; que odiasse o som da sua voz e estremecesse ao ouvi-lo se aproximar?

— Isso nunca vai acontecer. Não importa o que eu faça, ela gosta de mim.

— Impossível, Sr. Hattersley! Está confundindo submissão e silêncio com afeição.

— Com mil raios...

— Não vá explodir por causa disso. Não quis dizer que ela não o ama. Ela o ama, sim, bem mais do que o senhor merece. Mas tenho certeza de que, se se comportar melhor, o amará mais e, se pior, menos e menos, até que todo o amor se transforme em medo, aversão e amargura, se não em ódio e desprezo secretos. Mas, deixando a afeição de lado, gostaria de ser um tirano na vida dela? Tirar tudo de bom de sua existência e fazê-la completamente infeliz?

— É claro que não, não faço isso e não vou fazer.

— Faz mais do que imagina.

— Bobagem! Ela não é essa criatura suscetível e ansiosa que imagina: é uma mulher dócil, meiga e afetuosa; às vezes fica muito emburrada, mas quase sempre é quieta, tranquila e disposta a aceitar tudo.

— Pense em como Milicent era há cinco anos, quando se casou com ela, e em como é agora.

— Eu sei... era uma mocinha gorducha, com um rostinho bonito, rosado e branco; e agora é um pobre fiapo, definhando e derretendo que nem a neve. Mas, que diabos! Não é culpa minha!

— Qual é a causa, então? Não é a idade, pois ela tem apenas 25 anos.

— É sua saúde delicada e... com mil raios, senhora! O que pensa de mim? São as crianças, é claro, que a deixam morta de preocupação.

— Não, Sr. Hattersley, as crianças lhe dão mais prazer do que preocupação. São crianças boas, de bom temperamento...

— Sei que são... que Deus as abençoe!

— Então, por que culpá-las? Vou lhe dizer o que é: é por que Milicent está sempre ansiosa pelo senhor, e a isso se mistura, acredito, certo medo físico por si mesma. Quando se comporta bem, ela só pode sentir uma felicidade trêmula; não tem confiança em seu bom senso ou em seus princípios, e está sempre pensando, apavorada, no fim desse júbilo tão breve. E, quando se comporta mal, suas causas de terror e tormento são tão grandes que só ela poderia relatá-las. Ao suportar o mal com tanta paciência, Milicent esquece que é nosso dever admoestar os outros por suas transgressões. Já que o senhor *insiste* em confundir seu silêncio com indiferença, venha comigo e eu lhe mostrarei algumas de suas cartas. Não será um abuso de confiança, espero, já que é a outra metade dela.

O Sr. Hattersley foi comigo até a biblioteca. Peguei e entreguei a ele duas das cartas de Milicent, uma escrita em Londres, durante um de seus piores períodos de dissipação; a outra, no campo, durante um intervalo de lucidez. A primeira estava repleta de preocupação e angústia; não fazia acusações contra *ele*, mas lamentava profundamente a amizade com aqueles companheiros libertinos, insultando o Sr. Grimsby e outros, insinuando coisas terríveis sobre o Sr. Huntingdon e, de maneira bastante engenhosa, atirando a culpa pelo mau comportamento do marido nos ombros dos outros homens. A outra era cheia de esperança e alegria, mas com uma certeza amedrontada de que essa felicidade não duraria; fazendo elogios rasgados à bondade dele, mas com um desejo evidente, embora expressado de maneira sutil, de que fosse baseada numa fundação mais firme do que nos impulsos naturais do coração, e um pavor profético da queda daquela casa erigida sobre a areia — queda esta que em pouco tempo ocorreria, como Hattersley deve ter se dado conta enquanto lia.

Quase no começo da primeira carta, tive o prazer inesperado de vê-lo corar, mas ele imediatamente deu as costas para mim e terminou de lê-la diante da janela. Enquanto lia a segunda carta, eu o vi, uma ou duas vezes, erguer a mão e passá-la depressa no rosto. Será possível que estivesse enxugando uma lágrima? Ao terminar, passou algum tempo pigarreando e olhando pela janela e então, após assoviar algumas notas de sua música preferida, virou-se, devolveu-me as cartas e, sem dizer nada, apertou minha mão.

— Deus sabe que fui um tremendo patife — disse, segurando-a com força. — Mas a senhora verá que vou me retificar. Que Deus me amaldiçoe se não o fizer!

— Não diga isso, Sr. Hattersley. Se Deus tivesse ouvido metade dos impropérios que o senhor diz, já estaria no inferno há muito tempo. E não *pode* retificar o passado cumprindo seu dever no futuro, pois isso é apenas aquilo que *deve* ao Criador. Só o que pode fazer é cumpri-lo. É outro quem irá retificar suas transgressões. Se pretende se regenerar, peça a bênção, a misericórdia, a ajuda de Deus, não sua maldição.

— Que Deus me ajude, então... pois vou precisar. Onde está Milicent?

— Está ali, entrando na casa com a irmã.

Ele foi na direção da porta de vidro para encontrá-las. Eu também fui, mantendo certa distância. Para perplexidade da esposa, o Sr. Hattersley a ergueu no ar e deu-lhe um longo beijo e um forte abraço; depois, colocando as mãos em seus ombros, fez-lhe, suponho, um breve relato das coisas magníficas que pretendia realizar, pois ela subitamente enlaçou-o e irrompeu em lágrimas, exclamando:

— Oh, Ralph, faça isso, sim! Vamos ser tão felizes! Você é tão, tão bom!

— Eu, não — disse ele, virando-se e empurrando-a na minha direção. — Agradeça à Sra. Huntingdon, foi ela que fez tudo.

Milicent correu para me agradecer, transbordando gratidão. Afirmei que não merecia nada daquilo, dizendo-lhe que seu marido já estava predisposto a se regenerar antes de eu acrescentar um pouco de exortação e encorajamento, e que só fizera o que ela poderia — e deveria — ter feito por conta própria.

— Oh, não! — exclamou Milicent. — Tenho certeza de que nada do que eu poderia ter dito o teria influenciado. Apenas o teria incomodado com minhas tentativas desajeitadas de persuasão se houvesse procurado fazê-las.

— Você nunca tentou, Milly — disse ele.

Pouco depois, eles foram embora. Neste momento, estão fazendo uma visita ao pai de Hattersley. Depois, irão para a casa no campo. Espero que ele não desista de suas resoluções e que a pobre Milicent não volte a se decepcionar. Sua última carta estava repleta de felicidade e de expectativas agradáveis para o futuro; mas ainda não ocorreu nenhuma tentação específica para testar a virtude de seu marido. De agora em diante, no entanto, ela provavelmente será um pouco menos tímida e reservada, e ele, mais gentil e atencioso. Sem dúvida, as esperanças de Milicent não são sem fundamento; e eu tenho, pelo menos, uma alegria para me ocupar a mente.

43

O limite

10 de outubro

O Sr. Huntingdon retornou há cerca de três semanas. Não me darei o trabalho de descrever sua aparência, seu comportamento, sua maneira de falar e o que sinto por ele. Um dia após sua chegada, no entanto, ele me surpreendeu anunciando sua intenção de contratar uma preceptora para o pequeno Arthur. Disse a ele que era totalmente desnecessário, para não dizer ridículo, fazê-lo por enquanto: eu tinha total competência para realizar sozinha a tarefa de ensiná-lo, ao menos pelos próximos anos; a educação da criança era meu único prazer e meu único dever, e, já que ele me privara de todas as outras ocupações, sem dúvida poderia permitir-me aquela.

O Sr. Huntingdon afirmou que eu não era apta a ensinar crianças ou a ficar na presença delas: já reduzira o menininho a pouco mais do que um autômato, tendo acabado com o brio dele devido à minha severidade, e ainda iria congelar todo o sol de seu coração, transformando-o num asceta melancólico como eu, se ele ficasse aos meus cuidados durante muito mais tempo. A pobre Rachel também recebeu sua cota de insultos, como sempre; o Sr. Huntingdon não a suporta, pois sabe que ela entende bem o que ele é.

Eu calmamente defendi nossas diversas qualificações de babá e professora, continuando a resistir à ideia de trazer uma pessoa nova para a criadagem, mas o Sr. Huntingdon me interrompeu, dizendo que não adiantava reclamar, pois ele já contratara uma preceptora, que estaria ali na semana seguinte; assim, só o que me restava fazer era preparar tudo para recebê-la. Essa informação me deixou bastante alarmada. Ousei perguntar seu nome, seu endereço, por quem havia sido recomendada e como ele fora levado a escolhê-la.

— É uma jovem muito amável e devota — disse o Sr. Huntingdon. — Não precisa ter medo. Seu sobrenome é Myers, acredito; e ela me foi recomendada por uma viúva velha e respeitável, uma mulher de grande reputação no mundo religioso. Ainda não a vi em pessoa e, por isso, não posso lhe dar detalhes sobre sua aparência, sua maneira de falar e tudo mais. Mas, se a velha não tiver exagerado, você vai ver que ela possui todas as qualificações desejáveis para o cargo, entre as quais um amor extraordinário por crianças.

Tudo isso foi dito num tom muito sério, mas havia um demônio risonho brilhando nos olhos dele que se recusavam a me encarar, que imaginei ser um mau sinal. No entanto, pensei no meu refúgio no condado de —— e não fiz mais nenhuma objeção.

Quando a Srta. Myers chegou, não estava disposta a recebê-la de maneira muito cordial. Sua aparência não era do tipo que teria produzido uma impressão favorável à primeira vista e seus modos e conduta subsequente não ajudaram em nada a remover o preconceito que já tinha contra ela. Seus conhecimentos eram limitados e seu intelecto, nada além de medíocre. Tinha uma voz linda e cantava como um rouxinol, acompanhando-se suficientemente bem ao piano, mas era seu único talento. Havia algo de ardiloso na expressão de seu rosto e no som de sua voz. Parecia ter medo de mim e se assustava se eu me aproximava de repente. Comportava-se de maneira respeitosa e cortês, chegando quase a ser servil: tentou me adular no começo, mas logo cortei esse hábito. O carinho da Srta. Myers pelo pupilo era exagerado, obrigando-me a ralhar com ela para que não fosse indulgente demais e não fizesse elogios indevidos; de qualquer maneira, não conseguiu conquistar o coração do menino. Sua religiosidade consistia em, de tempos em tempos, dar suspiros, erguer os olhos para o teto e dizer alguns lugares-comuns. Contou-me que era filha de um pastor e ficara órfã na infância, mas tivera a sorte de conseguir um emprego com uma família muito devota, e então falou com tanta gratidão da gentileza de seus diversos membros que me arrependi dos meus pensamentos pouco generosos e da minha conduta hostil e tornei-me menos severa durante algum tempo — mas não muito; as causas da minha antipatia eram racionais demais, minhas suspeitas bem-fundadas demais, e eu sabia que era meu dever ficar alerta e observar até que essas suspeitas ou fossem dissipadas de maneira satisfatória ou confirmadas.

Perguntei o sobrenome e o endereço daquela família gentil e religiosa. A Srta. Myers mencionou um sobrenome comum e um local distante, mas me disse que eles agora se encontravam no continente e que não sabia onde estavam morando no momento. Nunca a vi falando muito com o Sr. Huntingdon, mas ele com frequência entrava no quarto do filho para ver como o pequeno Arthur estava se dando com a preceptora, quando eu não estava presente. À noite, ela ficava conosco na sala de estar e tocava e cantava para diverti-lo — ou para divertir a *nós dois*, segundo afirmava — e fazia de tudo para provê-lo de qualquer coisa que desejasse antes que tivesse de pedir, embora conversasse apenas comigo; aliás, o Sr. Huntingdon raramente estava em condições de conversar. Se a Srta. Myers fosse diferente, teria considerado um grande alívio ter uma terceira pessoa presente, exceto pela vergonha de saber que alguém decente estava testemunhando o estado de embriaguez de meu marido.

Não mencionei minhas desconfianças para Rachel, mas ela, tendo habitado durante meio século esta terra de pecado e tristeza, aprendera a ser desconfiada também. Disse-me desde o começo que "estava de olho aberto para aquela mulher nova", e eu logo descobri que a vigiava tão de perto quanto eu. Fiquei feliz com isso, pois ansiava por saber a verdade: a atmosfera de Grassdale parecia me sufocar e eu só conseguia viver pensando em Wildfell Hall.

Finalmente, certa manhã, Rachel entrou em meu quarto com uma informação que me fez tomar uma decisão antes mesmo que acabasse de falar. Enquanto me ajudava a me vestir, expliquei-lhe quais eram minhas intenções e de que tipo de ajuda precisaria, e disse quais das minhas coisas deveria colocar na mala e quais deveria tomar para si, pois não tinha outros meios de recompensá-la por essa demissão súbita após tantos anos de trabalho fiel — uma circunstância que lamentava, mas que não podia evitar.

— O que você vai fazer, Rachel? — perguntei. — Vai voltar para casa ou tentar encontrar outro emprego?

— Minha única casa é onde a senhora está — respondeu ela. — E, se eu a deixar, jamais terei outro emprego enquanto viver.

— Mas não terei dinheiro para viver de maneira refinada agora. Precisarei ser minha própria criada e babá do meu filho.

— E que importância tem *isso*? — perguntou Rachel, bastante agitada. — Vai precisar de alguém para limpar a casa, lavar a roupa e cozinhar, não vai? Posso fazer tudo isso. E não se incomode com o salário. Ainda tenho minhas economias e, se a senhora não me quiser, vou ter de usá-las para pagar por casa e comida em algum lugar, ou então trabalhar para estranhos, e não estou acostumada com isso. A senhora é quem decide.

Sua voz ficou embargada e seus olhos, molhados de lágrimas.

— Nada me faria mais feliz, Rachel. E lhe pagaria o que pudesse, o mesmo que pagaria a qualquer empregada que conseguisse. Mas não vê que estaria arrastando você para baixo comigo, quando não fez nada para merecer isso?

— Oh, que bobagem! — exclamou ela.

— Além do mais, minha maneira de viver no futuro será tão diferente do passado... tão diferente de tudo o que você está acostumada a...

— A senhora acha que não consigo aguentar o mesmo que minha patroa? Imagine se sou assim tão orgulhosa, assim tão cheia de luxos! E o patrãozinho também vai levar essa vida, que Deus o abençoe.

— Mas eu sou jovem, Rachel; não vou me importar. E Arthur é jovem também... isso não vai ser nada para ele.

— Nem para mim. Ainda não sou velha a ponto de não aguentar pouca comida e muito trabalho para poder ajudar e consolar quem eu amo como se fosse minha filha. Estou é velha para suportar a ideia de largá-los na necessidade e no perigo e ir para o meio de estranhos sozinhos.

— Então não terá de fazer isso, Rachel! — exclamei, abraçando minha fiel amiga. — Vamos todos juntos e você vai ver o que acha de sua nova vida.

— Deus a abençoe, minha querida! — disse ela, retribuindo meu abraço com carinho. — Vamos sumir desta casa maldita e a senhora vai ver que vai ficar tudo bem.

— É o que penso também — respondi.

Com isso, resolvemos o assunto.

Naquela manhã mesmo enviei uma carta apressada para Frederic, implorando-lhe que preparasse o refúgio para me receber imediatamente, pois era provável que chegasse lá um dia após a missiva, e lhe dizendo, em poucas palavras, a causa de minha decisão súbita. Depois, escrevi três cartas de despedida: a primeira, para Esther Hargrave, dizendo que não considerava mais possível continuar em Grassdale ou deixar meu filho aos cuidados do pai e explicando que, como era de suma importância que este não descobrisse onde iríamos morar, eu revelaria essa informação apenas para meu irmão, através de quem esperava continuar a me corresponder com meus amigos. Dei-lhe o endereço de Frederic, pedi-lhe que escrevesse com frequência, reiterei alguns avisos que já lhe dera e despedi-me com imenso carinho.

A segunda carta foi para Milicent, muito parecida, mas um pouco mais reveladora, algo apropriado graças a nossa amizade mais longa, sua experiência e seu conhecimento mais amplo de minhas circunstâncias.

A terceira foi para minha tia — uma tarefa muito mais difícil e dolorosa e que, portanto, deixara por último, mas precisava lhe explicar um pouco o passo extraordinário que dera, e depressa, pois meus tios, sem dúvida, saberiam de tudo um ou dois dias após meu desaparecimento, já que era provável que o Sr. Huntingdon logo se dirigisse a eles para saber o que fora feito de mim. Afinal, disse-lhe que entendia meu erro, que não reclamava da punição e que lamentava preocupar meus entes queridos com as consequências, mas que meu senso de dever com meu filho me impedia de continuar a me submeter: era absolutamente necessário que ele fosse afastado da influência corruptora do pai. Não revelaria o local do meu refúgio nem para ela, pois assim poderia, sem mentir, negar saber onde eu estava, mas quaisquer comunicações endereçadas a mim e enviadas para Frederic decerto chegariam às minhas mãos. Esperava que ela e meu tio perdoassem o passo que eu dera, pois, se soubessem de tudo, tinha certeza de que não me culpariam e torcia que não fossem se afligir por mim, pois se conseguisse chegar ao meu abrigo em segurança e continuar lá sem ser perturbada, seria muito feliz, exceto pelo fato de não poder vê-los; e ficaria perfeitamente satisfeita em passar a vida na obscuridade, me dedicando à criação de meu filho e ensinando-lhe a evitar os erros dos pais.

Essas coisas foram feitas ontem: reservei mais dois dias inteiros para os preparativos de nossa partida, pois assim Frederic terá mais tempo de arrumar os cômodos e Rachel de empacotar nossas coisas — um vez que esta segunda tarefa deverá ser realizada com o maior cuidado e segredo, e não haverá ninguém além de mim para auxiliá-la: posso ajudar a separar os objetos, mas não compreendo a arte de colocá-los em caixas de modo a ocupar o menor espaço possível; e ela também tem de fazer suas malas, além das minhas e as de Arthur. Não posso me dar o luxo de deixar quase nada para trás, já que não tenho dinheiro algum, com exceção dos poucos guinéus que há na minha bolsa; além disso, como observou Rachel, tudo o que ficar aqui provavelmente se tornará propriedade da Srta. Myers, uma ideia que não me agrada nem um pouco.

Mas como tem sido difícil para mim, ao longo desses dois dias, tentar parecer calma e composta — manter as mesmas aparências de sempre ao encontrar os dois e me forçar a deixar meu pequeno Arthur aos cuidados daquela mulher durante horas inteiras! Mas acredito que essa provação já acabou: coloquei o menino para dormir na minha cama, por questão de segurança, e acredito que seus lábios inocentes não serão mais conspurcados pelos beijos contaminadores daqueles dois, ou seus ouvidos poluídos por suas palavras. Mas será que conseguiremos escapar? Oh, se fosse madrugada, pelo menos já estaríamos a caminho! Esta tarde, depois de dar a Rachel toda a ajuda que podia, quando não me restava nada além de esperar, trêmula, fiquei tão agitada que não soube o que fazer. Desci para jantar, mas não consegui me forçar a comer. O Sr. Huntingdon reparou.

— O que você tem *agora*? — disse ele, depois que o segundo prato foi retirado, quando teve tempo de olhar em torno.

— Não estou bem — respondi. — Acho que devia me deitar um pouco. Não vai sentir muito a minha falta, vai?

— Nem um pouco; se deixar sua cadeira aí, dará no mesmo... ou será um pouco melhor — murmurou o Sr. Huntingdon quando eu me retirava —, pois creio que outra pessoa poderá se sentar nela.

"Talvez essa outra pessoa possa tomar posse definitiva dessa cadeira amanhã", pensei; mas não disse nada.

— Pronto! Espero que essa tenha sido a última vez que o vi — sussurrei ao fechar a porta.

Rachel insistiu que eu me deitasse imediatamente, de modo a reunir forças para a jornada de amanhã, já que teremos de partir antes do alvorecer; mas, no meu estado atual de agitação nervosa, isso estava fora de questão. Assim como estava fora de questão ficar sentada ou andar pelo quarto, contando as horas e os minutos que se colocavam entre mim e o momento de agir, apurando os ouvidos e tremendo a cada som, com medo de que alguém descobrisse tudo e nos traísse. Peguei um livro e tentei ler. Meus olhos passavam pelas páginas, mas era impossível vincular meus pensamentos ao conteúdo. Por que não recorrer ao velho método e acrescentar esse último evento à minha crônica? Abri as páginas do diário mais uma vez e escrevi o relato acima — com dificuldade a princípio; mas, aos poucos, minha mente ficou mais tranquila e serena. Assim, diversas horas se passaram; o momento se aproxima e agora meus olhos estão pesados e meu corpo, exausto. Colocarei minha empreitada nas mãos de Deus e me deitarei para tentar dormir uma ou duas horas. E *então*...

O pequeno Arthur está dormindo tranquilo. A casa toda repousa: não há ninguém observando. As caixas foram todas fechadas com cordas por Benson, levadas pela escada dos fundos após o crepúsculo e enviadas de carroça até a estação das diligências de M——. O nome na identificação era Sra. Graham, aquele que pretendo adotar daqui em diante. O sobrenome de solteira de minha mãe era Graham e, portanto, acredito que tenho o direito de usá-lo; além disso, prefiro esse a qualquer outro, com exceção do meu próprio, que não ouso reassumir.

44

O refúgio

24 de outubro

Graças a Deus, estou livre e a salvo, finalmente! Acordamos cedo, nos vestimos depressa e sem fazer barulho, e descemos as escadas de maneira lenta e furtiva até o saguão, onde Benson se encontrava a postos, com uma vela nas mãos, pronto para abrir a porta e trancá-la após nossa saída. Fomos obrigadas a revelar nosso segredo a um homem por causa das malas e tudo mais. Todos os criados conhecem muito bem a conduta de seu patrão e tanto Benson quanto John teriam me ajudado de bom grado, mas, como o primeiro é mais velho e mais sério e, além disso, grande comparsa de Rachel, eu, é claro, sugeri a ela que o escolhesse para ser seu assistente e confidente em tudo o que exigisse a participação de outra pessoa. Só espero que Benson não tenha problemas por isso, e gostaria de poder recompensá-lo pelo perigoso serviço que me fez com tanta boa vontade. Coloquei dois guinéus em sua mão como presente de despedida ao encontrá-lo de pé diante da porta, segurando a vela que iluminou nossa partida, com uma lágrima nos honestos olhos acinzentados e desejando-nos toda a sorte do mundo com a expressão de seu rosto. Por infelicidade, não pude oferecer mais: mal me restara o suficiente para as despesas da jornada.

Que alegria incerta senti quando saímos da propriedade e fechamos o postigo! Parei por um instante para aspirar o ar frio e revigorante, ousando me virar e olhar a casa pela última vez. Tudo era escuridão e silêncio; nenhuma luz tremulava nas janelas, nenhuma fumaça obscurecia as estrelas que brilhavam acima, no céu gélido. Quando me despedi para sempre daquele lugar, cenário de tanta culpa e tristeza, senti-me feliz por não o ter deixado antes, pois agora não havia dúvida de que tal decisão fora correta. Não tinha nenhuma sombra de remorso por aquele que deixava para trás, nada para perturbar minha felicidade além do medo de ser detectada, e cada passo deixava essa possibilidade um pouco mais para trás.

Grassdale já estava a muitos quilômetros de distância quando o sol redondo e vermelho surgiu para dar boas-vindas à nossa liberdade e, se qualquer um dos vizinhos da mansão por acaso nos tivesse visto naquele momento, sendo sacudidos no topo da diligência, acredito que teria sido muito difícil desconfiarem de nossa identidade. Como pretendia fazer o papel de viúva, achei que seria aconselhável chegar à minha nova residência vestindo luto: por isso, usava um vestido e um manto de seda pretos simples, um véu preto (com o qual escondi cuidadosamente o rosto durante os primeiros 30 ou 40 quilômetros da jornada) e um chapéu preto também de seda, que fora obrigada a pegar emprestado de Rachel, já que não possuía nenhum. Ele não estava na última moda, é claro, mas isso era ainda melhor, naquelas circunstâncias. Arthur usava suas roupas mais simples e estava embrulhado num xale de lã grossa; e Rachel, envolvida por um casaco cinza com capuz bem puído, que lhe dava mais a aparência de uma mulher comum, ainda que decente, do que da criada de uma senhora.

Oh, que delícia foi estar sentada ali em cima, sacolejando pela estrada larga e banhada de sol, com a brisa fresca da manhã no rosto, rodeada por uma região desconhecida que cintilava, alegre e gloriosa, ao fulgor amarelo daqueles primeiros raios, com meu adorado filho nos braços, quase tão feliz quanto eu, e minha amiga fiel ao meu lado; com minha prisão e meu desespero para trás, ficando cada vez mais longe com cada passo dos cavalos, e a liberdade e a esperança à frente! Mal pude me conter, tamanha era minha vontade de louvar a Deus em voz alta por aquela salvação ou de deixar os outros passageiros atônitos com uma surpreendente explosão de gargalhadas.

Mas a jornada foi muito longa e todos nós ficamos bastante cansados no final. Já era tarde da noite quando chegamos à cidade de L—— e continuávamos a 11 quilômetros de distância do nosso destino. E não havia outra diligência e nenhum outro meio de transporte além de uma carroça comum — sendo que até esta foi obtida com a maior dificuldade, pois metade da cidade estava dormindo. E aquela última etapa foi muito exaustiva, pois estávamos gelados e cansados, sentados em nossas caixas sem nenhum lugar onde nos agarrar ou nos apoiar, sendo lentamente arrastados e cruelmente sacudidos por aquelas estradas acidentadas e íngremes. Mas Arthur adormeceu no colo de Rachel e nós duas conseguimos protegê-lo do ar frio da noite.

Afinal começamos a subir por um caminho muito escarpado e pedregoso do qual, apesar da escuridão, Rachel disse se lembrar bem: ela muitas vezes andara por ele comigo nos braços e nunca pensou que voltaria aqui tantos anos depois, e nessas circunstâncias. Como Arthur acordou com todos os trancos da carroça, nós três descemos e fomos caminhando. Não era longe; mas e se Frederic não tivesse recebido minha carta? E se não tivesse tido tempo de preparar os cômodos para nos receber e nós fôssemos encontrar a casa toda escura, úmida e sem qualquer conforto? Sem água, sem fogo, sem móveis, depois de uma viagem tão cansativa?

Enfim, a construção lúgubre e negra surgiu à nossa frente. A aleia nos levou até a porta dos fundos. Entramos no pátio desolado e, com a respiração suspensa de ansiedade, examinamos aquela ruína. Estaria tudo mergulhado na escuridão e no abandono? Não; um leve brilho vermelho nos saudou de uma janela com uma gelosia em bom estado. A porta estava trancada, mas, depois de bater, esperar e discutir um pouco com uma voz vinda de uma das janelas do segundo andar, fomos admitidos por uma velhinha a quem haviam mandado cuidar da casa até nossa chegada e encontramos um aposento toleravelmente confortável que costumava ser a copa da mansão, onde Frederic mandara fazer a cozinha. A velhinha nos entregou uma vela, avivou o fogo até que este emitisse um fulgor alegre e logo preparou uma refeição simples para nos revigorar; enquanto isso, tiramos nossas roupas de viagem e fizemos uma breve inspeção da nova moradia. Além da cozinha, havia dois quartos, uma sala de tamanho considerável e outra menor, que decidi usar como ateliê, em aparente bom estado, mas com poucos móveis, quase todos de carvalho preto e pesado — exatamente aqueles que costumavam ocupar esta casa, que tinham sido mantidos como relíquias do passado na atual residência de meu irmão e sido transportados com toda a pressa para cá de novo.

A velhinha serviu o jantar para mim e para Arthur na sala de estar e me disse, com toda a formalidade: "O patrão tinha mandado seus cumprimentos à Sra. Graham e preparado os cômodos da melhor maneira que pôde em tão pouco tempo, e que, de qualquer jeito, teria o prazer de vê-los no dia seguinte para receber mais instruções."

Fiquei feliz em subir aquela escada de pedra de aspecto severo e me deitar na cama antiquada e lúgubre ao lado do pequeno Arthur. Ele adormeceu em um minuto, mas eu, apesar de estar exausta, fui mantida acordada por minha agitação e minhas cogitações inquietas até o dia começar a romper a escuridão; o sono, no entanto, foi doce e restaurador quando afinal veio, e o despertar, indizivelmente delicioso. Foi Arthur que me acordou, com beijos leves. Ele estava mesmo aqui — a salvo nos meus braços e a muitas léguas de distância daquele pai indigno! A luz do dia iluminou o quarto, pois o sol estava alto no céu, embora obscurecido por grossas nuvens de outono.

O cenário, de fato, não era muito alegre, nem dentro de casa, nem fora. O enorme quarto quase vazio com aqueles móveis velhos e escuros, as janelas estreitas, de gelosia, revelando o céu opaco e cinza acima e a paisagem desolada abaixo, onde os muros de pedra negra e o portão de ferro, a grama e as ervas daninhas mirradas e as resistentes sempre-vivas de formas sobrenaturais eram só o que restava para indicar que ali, um dia, houvera um jardim. Os campos estéreis e áridos mais adiante poderiam ter parecido lúgubres em outra ocasião, mas naquele instante cada objeto refletia minha sensação extasiante de esperança e liberdade: sonhos indefinidos sobre o passado longínquo e expectativas resplandecentes em relação ao futuro pareciam surgir em cada canto. Eu teria me regozijado com mais segurança, decerto, se houvesse um vasto mar entre meus dois lares; mas, sem dúvida, conseguiria permanecer incógnita neste lugar ermo. Além disso, tinha meu irmão ali para alegrar minha solidão com visitas ocasionais.

Frederic veio naquela manhã, e nos encontramos diversas vezes desde então; mas tem de ser muito cuidadoso: nem mesmo seus criados ou seus melhores amigos podem saber de suas visitas a Wildfell, a não ser nas ocasiões em que seria de se esperar que um senhorio visitasse uma inquilina estranha. De outro modo, começariam a suspeitar, ou da verdade ou de alguma calúnia.

Já estou aqui há quase duas semanas e, apesar de uma preocupação perturbadora — o pavor de ser descoberta que me assombra —, estou confortavelmente instalada em minha nova casa. Frederic me forneceu todos os móveis e todo o material de pintura de que eu precisava. Rachel vendeu a maior parte de minhas roupas em uma cidade distante e adquiriu um guarda-roupa mais apropriado para minha posição atual; tenho um piano de segunda mão e uma quantidade decente de livros na minha sala de estar; e a outra sala já assumiu um ar bastante profissional. Trabalho duro para pagar todas as despesas que meu irmão teve comigo, não que haja a menor necessidade de qualquer coisa do tipo, mas fico feliz em fazê-lo. Terei muito mais prazer no meu trabalho, no que ganhar com ele, na minha vida frugal e na administração de minha casa quando souber que estão sendo pagos de maneira honesta, que o pouco que possuo é de fato meu e que ninguém sofreu com minha loucura — ao menos, não no aspecto pecuniário. Obrigarei Frederic a aceitar cada centavo que lhe devo se conseguir fazer isso sem ofendê-lo demais. Já tenho algumas pinturas prontas, pois mandei Rachel trazer tudo o que eu já possuía; e ela cumpriu a tarefa bem até demais, pois incluiu entre elas um retrato do Sr. Huntingdon que pintei no primeiro ano do meu casamento. Fiquei horrorizada no momento em que o tirei da caixa e vi aqueles olhos zombeteiros, como se ainda exultassem em seu poder de controlar meu destino e ridicularizar minhas tentativas de escapar.

Como o que sentira ao pintar aquele retrato fora diferente do que senti ao olhá-lo! Como havia trabalhado para conseguir algo que considerava ser digno do original! Que mistura de prazer e insatisfação sentira com o resultado dos meus esforços! Prazer por ter conseguido pintar um rosto parecido; insatisfação, por ele não ter ficado bonito o suficiente. Agora, não vejo beleza nenhuma nele, nada de agradável em sua expressão. No entanto, ele é muito mais belo e afável — ou melhor, muito menos repulsivo — do que o original agora. Pois esses seis últimos anos o fizeram mudar quase tanto quanto mudou o que eu sentia por ele. A moldura, no entanto, é bastante bonita; servirá para outra pintura. A princípio tive a intenção de destruir o retrato, mas não o fiz. Guardei-o; não acredito que em razão de alguma nostalgia pela afeição que senti no passado, nem para me lembrar da tolice que cometi, mas principalmente para comparar as feições de meu filho com as retratadas ali conforme Arthur for crescendo e, assim, poder julgar quanto se parece com o pai — se é que vou poder mantê-lo comigo e nunca mais ver o rosto desse pai, uma bênção na qual mal ouso acreditar.

Parece que o Sr. Huntingdon não está medindo esforços para descobrir onde me refugiei. Foi em pessoa a Staningley, buscando satisfações pelo dano que lhe causaram e esperando saber notícias de suas vítimas ou encontrá-las lá — e contou tantas mentiras, e com tanta frieza, que meu tio está bastante inclinado a acreditar nele e recomenda enfaticamente que eu retorne e me reconcilie, mas minha tia sabe a verdade: é fria e cautelosa demais, e conhece bem tanto o caráter de meu marido quanto o meu para crer nos argumentos especiosos que este inventa. De qualquer maneira, ele não *me* quer de volta; quer meu filho; e dá a entender a meus parentes que, se eu preferir viver longe dele, vai satisfazer meu capricho, até me dando uma mesada considerável, contanto que entregue o menino imediatamente. Mas que Deus me ajude! Não vou vender meu filho por ouro, nem que fosse para salvar nós dois da fome: seria melhor ele morrer comigo do que viver com o pai.

Frederic me mostrou uma carta que recebeu dele, repleta de uma desfaçatez fria que deixaria perplexo qualquer um que não o conhecesse, mas à qual, estou convencida, ninguém saberia responder melhor do que meu irmão. Ele não me disse o conteúdo de sua resposta, explicando apenas que não revelou saber onde estou refugiada; ao contrário, indicou que não fazia ideia, afirmando que era inútil pedir informações a qualquer parente meu, pois, aparentemente, eu estava tão desesperada que ocultara meu paradeiro até dos meus entes mais queridos; disse também que, se soubesse ou viesse a saber, decerto o Sr. Huntingdon seria a última pessoa a quem o revelaria; e garantiu que ele não devia se incomodar em barganhar pelo menino, pois conhecia sua irmã bem o suficiente para declarar que, onde quer que ela estivesse, não importava a situação, nada a levaria a abrir mão do filho.

Dia 30

Que infelicidade! Meus bondosos vizinhos se recusam a me deixar em paz. Conseguiram descobrir minha presença de alguma maneira e tive de suportar visitas de três famílias diferentes, todas muito interessadas em saber quem sou, o que sou, de onde venho e por que escolhi uma residência como esta. A companhia deles me é desnecessária, para não dizer coisa pior, e sua curiosidade me irrita e me assusta: se eu a satisfizer, posso levar à ruína de meu filho; mas, se for misteriosa demais, só despertarei suas suspeitas e conjecturas e os levarei a investigar mais ainda e, talvez, faça com que meu nome corra de paróquia em paróquia até chegar aos ouvidos de alguém que o dirá para o senhor de Grassdale Manor.

É esperado que eu retribua as visitas, mas, se descobrir que alguns moram num local que seja distante demais para Arthur me acompanhar, terão de esperar em vão durante algum tempo, pois não posso suportar deixá-lo sozinho, a não ser para ir à igreja; nem *isso* tentei fazer ainda, pois... talvez seja uma fraqueza tola, mas vivo sob tamanho pavor de ele ser arrancado de mim que só fico tranquila quando está ao meu lado; e temo que esses terrores nervosos perturbariam tanto minha devoção que minha presença lá não me serviria de nada. Pretendo, no entanto, fazer uma tentativa no próximo domingo e me obrigar a deixar Arthur aos cuidados de Rachel durante algumas horas. Será uma tarefa árdua, mas decerto não uma imprudência; e o vigário já esteve aqui para brigar comigo por minha negligência com os ritos religiosos. Não tive uma boa desculpa para dar e prometi que, se tudo corresse bem, ele me veria no lugar reservado aos habitantes de Wildfell Hall domingo que vem. Não desejo ser vista como infiel; além disso, sei que me consolaria e me faria bem ir à igreja de vez em quando, contanto que tenha a fé e a força de deixar minha mente tranquila nessa ocasião solene e proibi-la de se manter concentrada em meu filho ausente e na possibilidade terrível de não o encontrar ao retornar. Sem dúvida, Deus misericordioso me poupará de uma provação tão severa: pelo bem de meu filho, se não pelo meu, não permitirá que ele seja arrancado de mim.

3 de novembro

Conheci um pouco melhor os meus vizinhos. O homem mais cobiçado da paróquia e da vizinhança (pelo menos, segundo ele próprio) é um jovem...

* * *

Aqui, o relato terminou. As outras páginas tinham sido arrancadas. Que crueldade — justamente quando ela ia falar de mim! Pois não posso duvidar de que era este seu humilde criado que estava prestes a mencionar, embora não de maneira muito favorável, é claro — isso era discernível tanto naquelas poucas palavras quanto na lembrança de seu comportamento comigo logo quando nos conhecemos. Puxa! Eu estava pronto para perdoar seu preconceito contra mim e seus pensamentos severos sobre os homens em geral depois de saber a que exemplos maravilhosos sua experiência se limitara.

Em relação a mim, no entanto, Helen há muito tinha reconhecido seu erro e, talvez, cometido outro, seu oposto; pois se, a princípio, achara que eu tinha menos méritos do que na realidade possuía, depois foram esses méritos que não fizeram jus à sua opinião. E, se a primeira parte daquelas páginas fora arrancada para evitar me magoar, talvez a segunda tivesse sido removida por medo de alimentar demais minha vaidade. De qualquer maneira, teria dado qualquer coisa para ler tudo, para ter testemunhado a mudança gradual e observado o progresso de sua estima, sua amizade — ou quaisquer sentimentos mais ternos — por mim, para ver quanto de amor sentia e quanto dele nascera apesar de suas resoluções virtuosas e altos esforços para... mas não, não tinha o direito de ler isso; era tudo sagrado demais para quaisquer olhos que não os dela, que fizera bem em resguardá-lo de mim.

45

Reconciliação

Bem, Halford, o que pensa disso? E, enquanto passava os olhos por esse relato, chegou a imaginar o que devo ter sentido ao lê-lo? Acredito que não. Mas não vou discorrer sobre isso agora. Reconhecerei uma coisa, por menos honrosa que seja para a natureza humana em geral e a minha em particular: a primeira parte da narrativa foi mais dolorosa para mim do que a segunda. Não que tenha ficado impassível diante de todo o mal que foi feito à Sra. Huntingdon e de tudo o que ela sofreu, mas devo confessar que senti uma satisfação egoísta ao observar o declínio gradual de sua estima por ele e ver como acabara por extinguir completamente seu afeto. O efeito geral, no entanto, apesar de minha compaixão por ela e minha fúria contra ele, foi aliviar minha mente de um fardo intolerável e preencher meu coração de alegria, como se um amigo me houvesse despertado de um pesadelo apavorante.

Já eram quase 8 horas da manhã, pois minha vela havia se apagado no meio da leitura, me deixando sem alternativa a não ser pegar outra, arriscando-me a acordar a casa toda, ou ir para a cama e aguardar a luz do dia. Pelo bem de minha mãe, escolhi a segunda opção, mas você pode imaginar com que *vontade* deitei a cabeça no travesseiro e quantas horas de sono obtive após fazê-lo.

Com os primeiros raios do sol, me levantei e levei o manuscrito até a janela, mas ainda era impossível lê-lo. Reservei meia hora ao ato de me vestir e, então, voltei a tentar. Com alguma dificuldade, consegui e, com um interesse intenso, devorei o conteúdo que restava. Quando terminei, após sentir aquele breve pesar por sua conclusão abrupta, abri a janela e coloquei a cabeça para fora a fim de aspirar a brisa fresca e embeber grandes goles de ar puro. Era uma manhã esplêndida, o orvalho quase congelado cobria a relva; ao meu redor, as andorinhas cantavam; lá longe, as gralhas grasnavam e as vacas mugiam; e a geada matinal e a luz do sol misturavam sua doçura no ar. Mas não dei atenção a nada disso: uma barafunda de pensamentos incontáveis e emoções variadas me invadiu enquanto olhava distraidamente para a linda paisagem. No entanto, logo esse caos se dissipou, dando lugar a duas emoções discerníveis: uma alegria indizível pela minha adorada Helen ser tudo aquilo que eu desejava; por seu caráter brilhar em meio à bruma das calúnias dos outros e das minhas próprias convicções errôneas, com a mesma força e o mesmo fulgor daquele sol que eu não conseguia encarar; e uma vergonha e um profundo remorso por minha própria conduta.

Logo após o café da manhã, corri para Wildfell Hall. Meu apreço por Rachel aumentara muito desde o dia anterior. Estava preparado para cumprimentá-la como se fosse uma velha amiga, mas todos os meus impulsos benevolentes desapareceram diante do olhar de desconfiança fria que ela me lançou ao abrir a porta. Suponho que aquela velha virgem havia se nomeado guardiã da honra da patroa e, sem dúvida, me via como outro Sr. Hargrave, porém ainda mais perigoso, por contar com a estima e a confiança da vítima.

— A senhora não pode ver ninguém hoje. Está se sentindo mal — disse Rachel quando perguntei pela Sra. Graham.

— Mas eu preciso vê-la, Rachel — expliquei, pousando a mão na porta e impedindo-a de fechá-la.

— Não é possível, senhor — respondeu ela, fazendo uma expressão ainda mais gélida do que antes.

— Tenha a bondade de dizer a ela que estou aqui.

— Não há jeito, Sr. Markham. Já falei que ela está se sentindo mal.

Justamente quando eu estava prestes a cometer um ato indecoroso e tomar a cidadela à força, entrando na casa sem ser anunciado, uma porta interna se abriu e o pequeno Arthur apareceu com seu alegre companheiro, o cachorro. Ele agarrou minha mão e, sorrindo, me puxou para a frente.

— Mamãe disse que é para o senhor entrar, Sr. Markham — disse ele —, e para eu sair e ir brincar com Rover.

Rachel se retirou com um suspiro e eu fui até a sala de estar e fechei a porta. Lá, diante da lareira, estava aquela silhueta alta e graciosa, abatida depois de tantas tristezas. Coloquei o manuscrito sobre a mesa e encarei-a. Ansiosa e pálida, ela me fitava; seus olhos escuros e límpidos estavam fixos nos meus com uma expressão tão intensa que me envolveram como um feitiço.

— Você teve a chance de olhar? — murmurou ela.

O feitiço foi quebrado.

— Li cada página — respondi, avançando sala adentro —, e quero saber se vai me perdoar. *Pode* me perdoar?

Helen não respondeu, mas seus olhos brilharam e um leve rubor se espalhou por seus lábios e face. Quando me aproximei, ela se virou abruptamente e foi para perto da janela. Não por raiva, eu tinha certeza, mas apenas para ocultar ou controlar sua emoção. Por isso, ousei ir atrás e me postar ao seu lado — mas não disse nada. Helen me deu a mão sem virar a cabeça e murmurou, com a voz embargada:

— E *você*, me perdoa?

Pensei que talvez pudesse ser considerado abuso levar aquela mão alva como um lírio aos lábios; por isso, apenas apertei-a com gentileza e respondi, sorrindo:

— É quase impossível. Devia ter me contado tudo antes. Demonstrou falta de confiança...

— Oh, não! — exclamou ela, me interrompendo, ansiosa. — Não foi isso! Não foi falta de confiança em você. Mas, se tivesse lhe contado qualquer parte da história, teria de contar tudo, de maneira a justificar minha conduta, e é claro que evitei essa revelação até a necessidade me obrigar a fazê-la. Mas você me perdoa? Agi muito, muito errado, eu sei. Porém, como sempre, colhi os frutos amargos do meu erro... e colherei até o fim.

De fato, tais palavras foram ditas em tom amargo e angústia, de modo reprimido e com uma firmeza resoluta. Naquele momento, ergui sua mão até meus lábios e beijei-a com ardor, mais de uma vez, pois as lágrimas me impediram de dar qualquer resposta. Helen suportou essas carícias sem resistência ou ressentimento, e, então, afastando-se de repente, andou pelo cômodo algumas vezes. Sabia, pelo cenho franzido, os lábios comprimidos e as mãos crispadas, que um conflito violento entre a razão e o sentimento estava ocorrendo, silenciosamente, em seu interior. Afinal, ela estacou diante da lareira vazia e, voltando-se para mim, disse com tranquilidade — se é que posso chamar de tranquilidade algo que era o resultado de um esforço violento:

— Agora, Gilbert, deve me deixar. Não neste instante, mas logo. E não pode *nunca mais voltar*.

— Nunca mais, Helen? Mas eu amo você mais do que nunca!

— Por este exato motivo, se for verdadeiro, não podemos mais nos ver. Achei que este encontro era necessário. Pelo menos, me convenci de que era, para que eu pudesse pedir e receber o seu perdão, mas não podemos nos ver mais. Eu deixarei este lugar assim que tiver meios para buscar outro refúgio, mas nosso relacionamento deve cessar.

— Cessar! — repeti.

E, aproximando-me da chaminé alta e ricamente entalhada, coloquei a mão na madeira pesada e pousei a testa nela, numa tristeza silenciosa e inconformada.

— Você não pode voltar aqui — continuou ela.

A voz dela tremeu um pouco, mas achei que toda a sua conduta demonstrava uma tranquilidade irritante, considerando a sentença terrível que estava proferindo.

— Não é possível que não entenda por que estou dizendo isso — afirmou. — E tem de ver que é melhor que nos separemos de uma vez. Se é difícil dizer adeus para sempre, deveria me ajudar.

Helen ficou em silêncio. Eu não respondi.

— Promete não vir mais? Se não prometer e vier de novo, vai me expulsar daqui antes que eu saiba onde encontrar outro refúgio... ou como procurar por ele.

— Helen — disse, virando-me para ela com impaciência —, não consigo discutir nossa separação eterna com essa calma e tranquilidade. Isso não é uma questão de mera pressa para *mim*, é uma questão de vida ou morte!

Ela não disse nada. Seus lábios pálidos estremeceram e ela enroscou os dedos, também trêmulos, na fina corrente onde estava preso seu pequeno relógio de ouro — o único objeto de valor com o qual se permitira ficar. Eu dissera algo cruel e injusto, mas precisei dizer algo pior ainda.

— Mas, Helen! — falei num tom suave e baixo, sem ousar erguer os olhos e encará-la. — Aquele homem *não* é seu marido; diante dos olhos de Deus, ele abriu mão de todo o direito de...

Ela agarrou meu braço com uma força alarmante.

— *Não* diga isso, Gilbert! — exclamou, num tom que teria penetrado um coração de aço. — Pelo amor de Deus, não use esses argumentos! Não *você*! Nem um *demônio* conseguiria me torturar desse jeito!

— Não usarei, não usarei — disse, colocando gentilmente a mão sobre a sua, quase tão alarmado quanto ela com sua veemência e muito envergonhado de meu comportamento.

— Em vez de agir como um verdadeiro amigo — continuou Helen, se afastando de mim e se atirando na velha poltrona — e me ajudar de todas as maneiras que pode... ou melhor, em vez de fazer sua parte na luta do que é certo contra o que desejamos... você me deixa com todo o fardo. E, não satisfeito com isso, faz de tudo para brigar comigo... quando sabe que eu...

Ela não conseguiu continuar e escondeu o rosto no lenço.

— Perdoe-me, Helen! — implorei. — Jamais direi outra palavra sobre o assunto. Mas não podemos nos encontrar na condição de amigos?

— Não vai dar certo — respondeu Helen, balançando a cabeça com tristeza.

Ela ergueu os olhos e me encarou com uma expressão levemente recriminatória que parecia dizer: "Você sabe disso tão bem quanto eu."

— Mas então o que vamos fazer? — perguntei, desesperado.

E imediatamente acrescentei, num tom mais brando:

— Farei tudo o que quiser, só não diga que *este* será nosso último encontro.

— E por que não? Não sabe que toda vez que nos virmos a ideia de uma despedida final vai se tornar mais dolorosa? Não *sente* que cada encontro faz nosso afeto aumentar?

Essa última pergunta foi feita num murmúrio apressado, e os olhos baixos e o rubor ardente mostraram com clareza que *ela*, ao menos, sentia isso. Não era prudente fazer tal confissão ou acrescentar algo do que Helen disse a seguir:

— Agora, eu ainda consigo pedir que vá embora, em outra ocasião, talvez seja diferente.

Eu não fui vil o suficiente para tentar tirar vantagem de sua franqueza.

— Mas podemos nos corresponder — sugeri timidamente. — Não vai me negar esse consolo, vai?

— Podemos saber notícias um do outro através de meu irmão.

— Seu irmão!

Uma pontada de remorso e vergonha me atravessou. Helen não soubera do ferimento que Lawrence sofrera pelas minhas mãos, e eu não tive coragem de lhe contar.

— Seu irmão não vai nos ajudar — afirmei. — Vai preferir que qualquer contato entre nós cesse.

— E estaria certo, suponho. Como gosta de nós dois, quer o bem de ambos; qualquer um que goste de nós diria que é nosso interesse, além de ser nosso dever, esquecermos um do outro, embora não consigamos ver isso por conta própria. Mas não tenha medo, Gilbert — disse ela, com um sorriso triste diante da minha aparente compostura —, há poucas chances de eu esquecer você. Não quis dizer que Frederic seria um meio de transmitirmos mensagens, apenas que poderíamos, através dele, saber como estamos. E não devemos fazer mais do que isso, pois você é jovem, Gilbert, e deve se casar... e se casará um dia, embora talvez acredite neste momento que isso é impossível. E, apesar de ser muito difícil para mim dizer que quero que me esqueça, sei que o certo é fazê-lo, tanto em nome de sua felicidade quanto da felicidade de sua futura esposa, por isso, direi que quero, sim — acrescentou com firmeza.

— Você também é jovem, Helen — respondi com atrevimento —, e, quando terminar a carreira daquele patife devasso, me dará sua mão... vou esperar até lá.

Mas Helen não me deixou esse consolo. Independentemente da perversidade moral de basear nossas esperanças na morte de outra pessoa que, se não merece este mundo, merece ainda menos o Paraíso, se o fizéssemos, teríamos de considerar sua possível regeneração nosso infortúnio e sua maior transgressão nosso maior benefício. Ela afirmou que aquilo era uma loucura: muitos homens com os mesmos hábitos que o Sr. Huntingdon chegam até a velhice, ainda que em terrível estado.

— E se eu sou jovem em idade, sou velha em tristeza, mas, mesmo se meu pesar não me matar antes que a vida dissipada acabe com o Sr. Huntingdon, pense: e se ele chegar aos 50 anos, você esperaria vinte, ou 15 anos, numa vaga incerteza, no suspense, desperdiçando toda a sua mocidade? E afinal se casaria com uma mulher consumida e esgotada como eu serei, sem ter me visto uma única vez de hoje até então? Não — continuou, interrompendo minhas declarações de constância absoluta. — Mesmo que seja capaz disso, não deve fazê-lo. Confie em mim, Gilbert; neste caso, sei mais do que você. Pensa que sou fria e tenho o coração de pedra, mas...

— Não penso isso, Helen.

— Não importa. Poderia pensar. Mas não desperdicei por completo este período de solidão e não digo essas coisas no impulso do momento, como você. Já pensei nisso inúmeras vezes; argumentei tudo comigo mesma e ponderei sobre nosso passado, presente e futuro. E, acredite, cheguei à conclusão certa, afinal. Confie em minhas palavras e não em seus sentimentos agora e, em alguns anos, verá que estou certa... embora, no momento, eu própria mal consiga ver isso — murmurou ela com um suspiro, pousando a cabeça na mão. — E não discuta mais comigo. Tudo o que puder dizer já foi dito pelo meu próprio coração e refutado pela minha razão. Já foi difícil o suficiente combater essas sugestões sussurradas no meu próprio íntimo; vindas de sua boca, será dez vezes mais duro e, se soubesse quanto isso me dói, pararia neste instante, tenho certeza. Se soubesse o que estou sentindo, até tentaria me proporcionar algum alívio, ainda que causando sofrimento a si próprio.

— Eu irei... dentro de um minuto, se *isso* for um alívio para você... e *jamais* voltarei! — falei, com enorme amargura. — Mas, já que nós nunca mais vamos nos encontrar, nem ter a esperança de nos vermos, por acaso é um crime compartilhar o que sentimos por carta? Será que duas almas gêmeas não podem se encontrar e entrar em comunhão, quaisquer que sejam o destino e as circunstâncias de seus invólucros mundanos?

— Podem, Gilbert, podem! — exclamou ela, numa explosão momentânea de entusiasmo. — Pensei nisso também, mas hesitei em mencionar, porque tive medo de que não fosse entender minha maneira de ver a questão. Ainda tenho. Acho que qualquer pessoa bondosa nos diria que estamos *ambos* nos iludindo com a ideia de manter um relacionamento espiritual sem a esperança de que ele se torne outra coisa... sem nutrir arrependimentos vãos e expectativas dolorosas e alimentar pensamentos que deveriam ser largados à míngua, de forma severa e impiedosa...

— Esqueça essas pessoas bondosas; já conseguiram separar nossos corpos, o que é suficiente. Em nome de Deus, que não separem nossas almas! — gritei, num pavor súbito de que Helen fosse considerar seu dever nos negar esse último consolo.

— Mas nenhuma carta pode ser trocada por nós aqui — disse ela —, sem causar ainda mais escândalo. Tinha a intenção de, quando partir, manter minha nova morada um segredo para você, assim como para o resto do mundo. Não que fosse duvidar de sua palavra caso prometesse não me visitar, mas achei que ficaria mais tranquilo se soubesse que não poderia fazê-lo e que teria mais facilidade em me esquecer se não conseguisse imaginar a situação em que me encontrava. Mas ouça — continuou ela, erguendo o dedo com um sorriso para impedir minha resposta impaciente —, dentro de seis meses, você saberá, por intermédio de Frederic, exatamente onde estou. E, se ainda tiver o desejo de me escrever e achar que pode manter uma correspondência que será toda pensamento, toda espírito... como almas sem corpo, ou amigos sem paixão, ao menos, poderiam trocar... então me escreva e eu responderei.

— Seis meses!

— Sim, para dar ao ardor do presente tempo de esfriar e testar a verdade e a constância do amor da sua alma pela minha. Por agora, já dissemos o suficiente. Devíamos nos separar neste instante! — exclamou ela após um momento, quase em desespero, erguendo-se de súbito da poltrona com as mãos crispadas.

Achei que era meu dever partir sem demora; aproximei-me e estendi a mão num gesto incerto, pronto para deixá-la; Helen apertou-a em silêncio. Mas pensar numa separação final foi intolerável demais: pareceu espremer o sangue para fora do meu coração, e meus pés se grudaram ao chão.

— Quer dizer que nunca mais vamos nos encontrar? — murmurei, com a angústia me tomando a alma.

— Nos encontraremos no Paraíso. Pensemos nisso — disse ela, num tom desolado, mas tranquilo; seus olhos, no entanto, tinham um brilho desvairado e seu rosto, uma palidez mortal.

— Mas não da maneira como somos — respondi, sem conseguir me conter. — Não me conforta muito saber que, da próxima vez em que eu a vir, você será um espírito sem corpo, ou um ser alterado, com uma forma perfeita e gloriosa, mas não igual a esta! E um coração que, talvez, tenha se esquecido completamente de mim.

— Não, Gilbert, no Paraíso existe o amor perfeito!

— Tão perfeito, suponho, que está acima das distinções, e você não terá uma afinidade maior comigo do que com quaisquer dos outros 10 milhões de anjos e a multidão incontável de espíritos felizes ao nosso redor.

— O que quer que me torne, você também se tornará e, portanto, não se lamentará por isso; e qualquer que seja essa mudança, sabemos que será para melhor.

— Mas se estiver mudado a ponto de deixar de adorar você com todo o meu coração e minha alma, e amá-la mais do que a qualquer outra criatura, não serei eu mesmo; e, embora, se um dia alcançar o Paraíso, saiba que só poderei estar infinitamente melhor e mais feliz do que sou agora, minha natureza mundana não pode se regozijar com a expectativa de uma bênção da qual ela e sua maior alegria estarão excluídas.

— Quer dizer que seu amor é *todo* mundano?

— Não, mas estou supondo que não teremos uma comunhão mais íntima um com o outro do que com os outros que estiverem no Paraíso.

— Se isso for verdade, será porque amamos mais a eles, e não menos um ao outro. Mais amor traz mais felicidade, quando é tão mútuo e puro quanto esse amor será.

— Mas será que *você*, Helen, pode ficar satisfeita com a expectativa de me perder num mar de glória?

— Admito que não; mas não temos certeza se será assim. E sei que deplorar a troca dos prazeres mundanos pelas alegrias do Paraíso é, para nós, como seria para a lagarta rastejante lamentar o fato de que um dia deverá deixar a folha que mordisca para voar alto e flutuar pelo ar, vagando de flor em flor, bebendo o doce mel de seus cálices e se banhando de sol em suas pétalas. Se essas pequenas criaturas soubessem a mudança enorme que as aguarda, sem dúvida se lamentariam, mas será que toda essa tristeza não seria em vão? E, se essa imagem não toca você, aí vai outra: nós somos crianças agora, sentimos o que as crianças sentem, compreendemos o que elas compreendem, e quando nos contam que homens e mulheres adultos não brincam com brinquedos e que nossos companheiros um dia vão se cansar de nossas ocupações triviais, aquelas que interessam tanto a eles e a nós no momento, ficamos tristes ao pensar em tal alteração, pois não podemos conceber que, conforme formos crescendo, nossas mentes ficarão tão mais amplas e elevadas que nós próprios consideraremos tolices aqueles objetos e propósitos que nos são tão caros, e que, embora nossos amigos não nos acompanhem mais naqueles passatempos infantis, beberão conosco em outras fontes de prazer, unirão suas almas às nossas em objetivos e ocupações tão nobres que estão além de nossa compreensão atual, mas que não são menos deleitosas nem menos boas só porque tanto nós quanto eles permanecemos essencialmente os mesmos indivíduos que antes. Mas, Gilbert, é mesmo verdade que não lhe é nenhum consolo pensar que poderemos nos encontrar num lugar onde não há mais dor nem tristeza, não há mais luta contra o pecado, não há contenda entre o espírito e a carne? Onde nós dois conheceremos as mesmas verdades gloriosas e beberemos a felicidade suprema da mesma fonte de luz e bondade: aquele Ser que ambos adoraremos com a mesma intensidade do fervor santo? E onde criaturas puras e felizes irão amar com o mesmo afeto divino? Se isso for verdade, nunca me escreva!

— Não é, Helen! Se a fé nunca me faltar.

— Muito bem! — exclamou ela. — Enquanto essa esperança está forte dentro de nós...

— Devemos nos separar. Você não passará pela dor de outro esforço para me mandar embora. Irei neste instante, mas...

Não coloquei meu pedido em palavras: Helen compreendeu instintivamente e, dessa vez, cedeu também. Ou melhor, não ocorreu nada de tão deliberado quanto pedir e ceder: houve um impulso súbito ao qual nenhum dos dois conseguiu resistir. Em um segundo, eu estava com os olhos fixos em seu rosto; no seguinte, estava apertando-a contra o peito, e nós nos estreitamos num abraço apertado do qual nenhuma força física ou mental teria podido nos arrancar. Ela apenas sussurrou:

— Que Deus o abençoe! Vá, vá!

Mas, enquanto falava, me agarrava tanto que, sem usar de violência, não teria conseguido obedecê-la. Afinal, com um esforço heroico, nós nos separamos, e eu saí a toda daquela casa.

Tenho uma vaga lembrança de ver o pequeno Arthur correndo pela aleia do jardim para vir me encontrar e de ter pulado depressa o muro para evitá-lo — e, subsequentemente, de correr pelos campos íngremes, deixando cercas de pedra e sebes para trás conforme elas iam surgindo, até me encontrar no pé da colina, de onde não conseguia mais ver a velha mansão. Depois, lembro-me de passar longas horas entre lágrimas amargas e lamentações, e de ter devaneios melancólicos no vale solitário, ouvindo a música eterna do vento oeste passando pelas árvores frondosas e do riacho murmurando no leito de pedra, com os olhos quase sempre fixos distraidamente sobre as sombras xadrez que brincavam sem parar na grama ensolarada aos meus pés, onde, de tempos em tempos, uma ou duas folhas secas chegavam dançando para tomar parte nos festejos; mas meu coração estava no topo da colina, naquele cômodo solitário onde ela chorava, desolada e só — ela a quem eu não poderia confortar nem voltar a ver até que anos de sofrimento nos houvessem vencido a ambos e arrancado nossos espíritos de suas moradas efêmeras de barro.

Não consegui trabalhar muito naquele dia, pode ter certeza. A fazenda foi abandonada aos lavradores, que tiveram de se entender sozinhos. Mas um dever eu tinha de cumprir: não me esquecera do meu ataque a Frederic Lawrence; precisava vê-lo e pedir desculpas por aquele ato infeliz. Teria preferido adiar isso até o dia seguinte; mas e se ele me denunciasse para a irmã nesse meio-tempo? Não, não, tinha de pedir seu perdão naquele dia mesmo e implorar que ele fosse leniente ao me acusar, caso fizesse questão de revelar tudo. Esperei, no entanto, até o fim da tarde, quando estava mais tranquilo e quando — oh, como é perversa a natureza humana! — pequenas sementes de esperança indefinidas começavam a brotar em minha mente. Não que pretendesse alimentá-las após tudo o que havíamos discutido, mas teriam de permanecer ali durante algum tempo, sem ser esmigalhadas, ainda que também não encorajadas, até que eu aprendesse a viver sem elas.

Após chegar a Woodford, a morada do jovem cavalheiro, não tive dificuldades em ser admitido. O criado que abriu a porta me disse que seu patrão estava muito doente e pareceu duvidar que fosse poder me ver. Mas eu não tinha a menor intenção de permitir que me barrassem. Esperei calmamente no saguão enquanto me anunciavam, com uma determinação íntima de não aceitar recusas. Recebi a mensagem esperada — a afirmação polida de que o Sr. Lawrence não veria ninguém; estava febril e não podia ser perturbado.

— Não vou perturbá-lo por muito tempo — garanti —, mas preciso vê-lo por um momento: meu assunto com ele é muito importante.

— Vou dizer ao patrão, senhor — afirmou o homem.

Avancei pelo saguão e cheguei quase até a porta do aposento onde se encontrava o dono da casa — que, aparentemente, não estava de cama. O criado então veio me dizer que o Sr. Lawrence pedia que eu tivesse a bondade de deixar uma mensagem ou um bilhete, pois não podia tratar de negócios naquele momento.

— Ele pode me ver sim, assim como pode ver você — disse eu e, passando pelo criado atônito, tive a ousadia de bater na porta, abri-la e fechá-la atrás de mim.

O cômodo era espaçoso e muito bem-decorado — além de ser bastante confortável para um homem solteiro. Um fogo vermelho e vivo brilhava além da grade polida da lareira; um galgo ancestral, acostumado à preguiça e à boa vida, se esparramava diante dele no tapete macio e, numa das pontas do mesmo tapete, ao lado do sofá, estava sentado um jovem springer spaniel que encarava o dono com olhos gulosos, talvez pedindo para se deitar ao lado dele ou apenas solicitando um carinho de sua mão ou uma palavra gentil de seus lábios. O doente formava uma imagem muito comovente, ali reclinado em seu roupão elegante, com um lenço de seda atado às têmporas. Seu rosto, normalmente pálido, estava corado e febril; os olhos ficaram semicerrados até ele perceber minha presença — quando os arregalou. Uma das mãos estava jogada nas costas do sofá, segurando um livro com o qual, aparentemente, vinha em vão tentando se distrair naquelas horas enfadonhas. Deixou-o cair, no entanto, em seu sobressalto de surpresa indignada quando penetrei a sala e postei-me diante dele no sofá. Lawrence ergueu o corpo sobre as almofadas e me encarou com uma mistura de horror, fúria e perplexidade estampada no rosto.

— Sr. Markham, eu não esperava isso! — disse, empalidecendo.

— Sei que não — respondi —, mas fique em silêncio por um minuto e eu lhe direi por que vim.

Sem pensar, avancei um ou dois passos. Lawrence estremeceu quando me aproximei, com uma expressão de aversão e medo físico e instintivo que não ajudou em nada a me acalmar. De qualquer maneira, dei um passo atrás.

— Que sua história seja curta — disse ele, colocando a mão sobre um sinete de prata que estava na mesa ao seu lado —, ou serei obrigado a pedir ajuda. Meu estado não permite que suporte suas brutalidades ou sua presença.

E, de fato, o suor saiu de seus poros e molhou sua testa pálida com a profusão do orvalho.

Tal recepção não ajudara nem um pouco a diminuir as dificuldades daquela tarefa nada invejável. Mas ela precisava ser realizada de alguma maneira: assim, mergulhei no assunto de uma vez e fui chapinhando por ele o melhor que pude.

— A verdade, Lawrence, é que não tenho agido muito bem com você nesses últimos dias... principalmente na última ocasião; e vim... bem, vim para dizer que me arrependi do que foi feito e para lhe pedir perdão. Se escolher não me perdoar — acrescentei depressa, sem gostar da expressão dele —, não importa. *Eu* cumpri meu dever... isso é tudo.

— É bem fácil — respondeu Lawrence, com um leve sorriso de escárnio — maltratar seu amigo, dar-lhe uma pancada na cabeça sem motivo nenhum e depois lhe dizer que não foi muito correto, mas que não importa se ele o perdoa ou não.

— Eu me esqueci de lhe dizer que foi em consequência de um erro — murmurei. — Devia ter feito um belo pedido de desculpas, mas você me irritou tanto com seu... Bem, suponho que seja tudo culpa minha. O fato é que não sabia que era irmão da Sra. Graham e vi e ouvi algumas coisas a respeito de sua conduta com ela que foram o suficiente para despertar suspeitas desagradáveis que, permita-me dizer, talvez pudessem ter sido dissipadas com um pouco de franqueza de sua parte. E, por último, ouvi um pedaço de uma conversa de vocês que me fez pensar que tinha o direito de odiá-lo.

— E como ficou sabendo que sou irmão dela? — perguntou ele, um pouco nervoso.

— Ela própria me contou. Contou-me tudo. *Ela* sabia que é possível confiar em mim. Mas não precisa se preocupar com *isso*, Sr. Lawrence, pois foi a última vez que a vi!

— A última vez! Quer dizer que ela foi embora?

— Não, mas me disse adeus, e eu prometi nunca mais voltar àquela casa enquanto ela a habitar.

Senti vontade de soltar um gemido em consequência dos pensamentos dolorosos que surgiram quando mencionei isso. Mas apenas cerrei os punhos e bati o pé no tapete. Meu interlocutor, no entanto, sentiu um alívio evidente.

— Você fez a coisa certa! — disse, num tom de aprovação absoluta, enquanto seu rosto se iluminava com uma expressão quase alegre. — Quanto ao engano, sinto que tenha ocorrido, por nós dois. Talvez possa perdoar minha falta de franqueza e lembrar, para mitigar em parte a ofensa, quão pouco tem sido amistoso comigo e me encorajado a confidenciar-lhe meus segredos.

— Sim, sim, lembro-me de tudo; ninguém pode me culpar mais do que eu culpo a mim mesmo, no fundo. De qualquer forma, ninguém pode lamentar de maneira mais sincera o resultado da minha *brutalidade*, como você bem disse.

— Deixe isso para lá — disse Lawrence com um leve sorriso. — Vamos esquecer as palavras e os atos desagradáveis de ambos os lados e apagar tudo de que temos motivos para nos arrepender. Pode me dar um aperto de mão? Ou prefere não o fazer?

Sua mão tremia de fraqueza quando ele a estendeu e caiu antes que eu tivesse tempo de pegá-la e lhe dar um bom aperto, que ele não teve força para retribuir.

— Como sua mão está seca e quente, Lawrence — comentei. — Você está doente de verdade e eu o deixei ainda pior com toda essa conversa.

— Ah, não é nada. Só peguei um resfriado por causa da chuva.

— O que também foi minha culpa.

— Esqueça. Mas me diga, você mencionou isso para minha irmã?

— Para falar a verdade, não tive coragem. Mas, quando contar a ela, por favor, só diga que me arrependi muito e...

— Não precisa ter medo! Não vou dizer nada contra você, contanto que mantenha a resolução de se afastar dela. Quer dizer que, pelo que sabe, ela não ouviu ninguém mencionar minha doença?

— Acho que não.

— Fico feliz, pois passei esse tempo todo apavorado com a ideia de alguém ir lhe dizer que eu estava morrendo, ou que estava gravemente doente, pois Helen ou ia se preocupar por não poder ter notícias minhas ou ia cometer a loucura de vir me visitar. Preciso dar um jeito de lhe passar alguma informação, se puder — continuou Lawrence, pensativo —, ou ela vai acabar ouvindo alguma história. Muitos ficariam felizes em lhe dar essa notícia, só para ver como iria reagir, e, assim, ela se exporia a mais calúnias.

— Gostaria de ter lhe dito. Se não fosse por minha promessa, iria contar a ela agora mesmo.

— De jeito nenhum! Não estou nem sonhando com isso. Mas, se eu escrever um bilhete agora... não mencionando você, Markham, mas apenas com um breve relato de minha doença, explicando por que não pude ir vê-la e avisando-lhe que não deve acreditar nos exageros que talvez possa ouvir... e se disfarçar a letra no envelope... me faria o favor de levá-lo ao correio quando passar por lá? Pois não ouso confiar essa tarefa a nenhum dos criados.

Consenti de bom grado e imediatamente trouxe-lhe a escrivaninha portátil. Não houve muita necessidade de disfarçar a letra, pois o pobre homem pareceu ter considerável dificuldade em escrever de forma legível. Quando o bilhete estava terminado, achei que era hora de me retirar e fui embora depois de perguntar a Lawrence se havia alguma coisa no mundo que eu poderia fazer por ele, fosse pequena ou grande, para aliviar seus sofrimentos e compensar pelo mal que lhe causara.

— Não — disse Lawrence. — Já fez muito nos dois casos; me ajudou mais do que o melhor dos médicos poderia, pois tirou-me dois pesados fardos da mente: a ansiedade que sentia pela minha irmã e a tristeza que sentia por você, pois acredito que essas duas fontes de tormento tiveram mais culpa em me deixar febril do que qualquer outra coisa, e estou convencido de que, agora, logo irei me recuperar. Há algo mais que pode fazer por mim: venha me ver de vez em quando. Pode ver como fico solitário aqui. Garanto que sua entrada não voltará a ser impedida.

Prometi fazê-lo e despedi-me com um cordial aperto de mão. Coloquei a carta no correio, a caminho de casa, resistindo, de maneira muito viril, à tentação de escrever algo nela também.

46

Conselhos de amigo

De vez em quando, sentia uma vontade enorme de revelar para minha mãe e minha irmã a verdade sobre o caráter e as circunstâncias da vilipendiada inquilina de Wildfell Hall, e, a princípio, me arrependi muito de não ter pedido a permissão de Helen para fazê-lo. Mas, pensando melhor, considerei que, se elas soubessem da história, esta não permaneceria secreta para os Millwards e os Wilsons durante muito tempo, e tal era minha avaliação da personalidade de Eliza Millward naquele momento que, uma vez que ela soubesse de tudo, temeria que fosse encontrar um meio de revelar para o Sr. Huntingdon o esconderijo da esposa. Portanto, esperaria pacientemente pelo fim daqueles tediosos seis meses e então, depois que a fugitiva tivesse encontrado outra morada e eu pudesse lhe escrever, imploraria que me permitisse limpar seu nome dessas calúnias vis. Enquanto esse momento não chegava, precisava me contentar em simplesmente afirmar que sabia que eram falsas, dizendo que isso seria provado algum dia, para vergonha daqueles que a haviam difamado. Creio que ninguém acreditou em mim, mas todos logo aprenderam a evitar insinuar uma palavra contra ela, ou mesmo a mencionar seu nome em minha presença. Acharam que eu desenvolvera uma paixão tão insana pelas seduções da infeliz dama que estava determinado a apoiá-la, não obstante quaisquer argumentos; e eu, de minha parte, fiquei insuportavelmente sorumbático e misantropo por causa da ideia de que todos que encontrava tinham pensamentos indignos sobre a suposta Sra. Graham, e os teriam expressado para mim se ousassem. Minha pobre mãe ficou muito preocupada comigo. Mas não havia nada que eu pudesse fazer; pelo menos, achava que não — embora, às vezes, sentisse uma pontada de remorso em razão da minha conduta ingrata e fizesse um esforço para melhorar, com sucesso parcial. De fato, era mais gentil com ela do que com qualquer outra pessoa, com a exceção do Sr. Lawrence. Rose e Ferguson em geral evitavam minha presença; e faziam bem, pois eu não era boa companhia para eles nem eles para mim, naquelas circunstâncias.

A Sra. Huntingdon só deixou Wildfell Hall cerca de dois meses após nosso último encontro. Nesse meio-tempo, não apareceu na igreja nem uma vez e eu jamais me aproximei da casa: só sabia que ainda estava lá devido às respostas breves que seu irmão dava às diversas perguntas que eu fazia sobre ela. Fui um visitante constante e atencioso para ele durante todo o período de sua doença e convalescência, não apenas em virtude do interesse que tinha em sua recuperação e de meu desejo de alegrá-lo e fazer de tudo para compensar a "brutalidade" do passado, mas por sentir um afeto cada vez mais profundo por ele e ter cada vez mais prazer em sua companhia — em parte, dado à sua maior cordialidade por mim, mas principalmente por seu laço estreito, tanto de sangue quanto de amor, com minha adorada Helen. Gostava mais de Lawrence por isso do que ousava expressar e sentia um deleite secreto em apertar aqueles dedos finos e brancos, que, apesar de não serem dedos de mulher, eram tão incrivelmente parecidos com os dela, e em observar as mudanças de expressão de seu rosto pálido e notar as entonações de sua voz, detectando semelhanças que achava espantoso nunca ter percebido antes. Ele às vezes me irritava com sua evidente relutância em falar da irmã, embora soubesse que tentava desencorajar minhas lembranças a respeito dela justamente por ser meu amigo.

A recuperação de Lawrence não foi tão rápida quanto ele esperava: só conseguiu montar no pônei 15 dias após a data de nossa reconciliação, e o primeiro uso que fez de seu vigor renovado foi cavalgar à noite até Wildfell Hall, para ver a irmã. Era uma empreitada arriscada tanto para ele quanto para ela, mas Lawrence considerou necessário conversar com Helen sobre a partida planejada, além de acalmar suas apreensões a respeito de sua saúde. O único resultado desagradável foi uma leve recaída da doença, pois ninguém ficou sabendo da visita além dos habitantes da velha mansão, com exceção de mim — e creio que Lawrence não tinha a intenção de mencionar o assunto, pois, quando fui vê-lo no dia seguinte e observei que não estava tão bem quanto deveria, ele apenas disse que pegara uma friagem ao ficar ao relento até uma hora avançada.

— Você *nunca* vai conseguir ver sua irmã se não se cuidar — afirmei, sentindo um pouco de irritação por causa dela, em vez de me comiserar com ele.

— Já vi — respondeu Lawrence, baixinho.

— Viu! — repeti, atônito.

— Sim.

E ele me contou as considerações que o haviam impelido a se aventurar a visitá-la, além das precauções que tomara ao fazê-lo.

— E como ela estava? — perguntei, ansioso.

— Como sempre — respondeu Lawrence, lacônico e triste.

— Como sempre... ou seja, infeliz e debilitada.

— Helen não está doente — garantiu ele. — E vai recobrar o ânimo em pouco tempo, sem dúvida. Mas todas essas provações quase foram demais para ela. Como aquelas nuvens estão ameaçadoras! — continuou, voltando-se para a janela. — Vamos ter uma tempestade com raios antes do pôr do sol, imagino, e eles ainda não guardaram nem metade do meu milho. Já colheram todo o seu?

— Não... Mas, Lawrence, ela... sua irmã fez alguma menção a mim?

— Perguntou se eu o tinha visto recentemente.

— E o que mais disse?

— Não posso lhe contar tudo o que ela disse — respondeu Lawrence com um pequeno sorriso —, pois conversamos bastante, embora eu tenha ficado pouco tempo lá. Mas nossa conversa girou em torno da partida dela, que implorei que retardasse até que pudesse lhe prestar mais assistência na procura de outro lugar para ficar.

— Mas ela não falou mais nada de mim?

— Não falou muito sobre você, Markham. Não a teria encorajado, mesmo que estivesse inclinada a fazê-lo. Mas, por sorte, não estava; só fez algumas perguntas e pareceu satisfeita com minhas respostas curtas. Dessa maneira, demonstrou ser mais sábia que você... e preciso lhe dizer que me pareceu ter mais medo de que pensasse demais nela do que de menos.

— Ela tem razão.

— Mas creio que o que *você* teme é exatamente o contrário.

— Não, não é; quero que seja feliz, mas não quero que me esqueça por completo. Ela sabe que é impossível para *mim* esquecê-la, e está certa em desejar que não pense demais no assunto. Não gostaria que sentisse excessivamente a minha falta, mas não posso imaginá-la sofrendo por minha causa, pois sei que só o que me torna digno disso é o que sinto por ela.

— Nem você nem ela são dignos de um coração partido... nem de todos os suspiros, lágrimas e pensamentos tristes que desperdiçaram e, temo, ainda vão desperdiçar. No momento, cada um acredita que o outro é mais nobre do que é, na verdade; e os sentimentos de minha irmã são tão profundos quanto os seus e, creio, ainda *mais* constantes. Mas ela tem o bom senso e a força de vontade de lutar contra eles, e espero que não descanse até conseguir se libertar por completo...

Lawrence hesitou.

— De mim — completei.

— E gostaria que você fizesse o mesmo esforço — continuou ele.

— Ela *disse* que essa era sua intenção?

— Não; não tocamos nessa questão. Não havia necessidade, pois não duvido de que esteja determinada a fazê-lo.

— A me esquecer?

— Sim, Markham! Por que não?

— Ora!

Essa foi minha única resposta audível, mas, internamente, bradei: "Não, Lawrence, você está enganado. Helen *não* está determinada a me esquecer. Seria *errado* esquecer alguém que a ama de maneira tão profunda e absoluta, que sabe apreciar tão bem suas qualidades e ter tanta afinidade com ela quanto eu, e seria errado de minha parte esquecer uma criatura tão excelente e divina quanto ela, depois de tê-la conhecido e amado tão fielmente." Mas não disse mais uma palavra sobre o assunto. Introduzi outro tópico no mesmo instante e fui embora, sentindo menos cordialidade por Lawrence do que o normal. Talvez não tivesse o direito de ficar irritado, mas de fato fiquei.

Pouco mais de uma semana depois disso, encontrei Lawrence voltando de uma visita aos Wilsons, e então resolvi fazer um favor para *ele*, embora para isso tivesse de lhe causar alguma mágoa e, talvez, correr o risco de fazer surgir o desprazer que, com frequência, é a recompensa daqueles que fornecem informações desagradáveis ou dão conselhos não requisitados. O que me levou a fazê-lo, acredite, não foi vingança pelas irritações ocasionais que sofria em suas mãos nem um ódio malévolo pela Srta. Wilson, mas simplesmente o fato de que não podia suportar a ideia de tal mulher se tornar a cunhada da Sra. Huntingdon e de que, tanto por seu bem quanto do irmão, não aguentava pensar nele sendo enganado a contrair matrimônio com alguém tão indigno e tão inadequado para ser a companheira da vida sossegada que levava. O próprio Lawrence, imagino, sentia alguma inquietação em relação à Srta. Wilson, mas tamanha era sua inexperiência e tamanhos os poderes de atração e a habilidade de impressionar daquela mulher que este logo esquecera suas perturbações, e acredito que só não se declarara abertamente por causa da família da moça, em especial sua mãe, que ele detestava. Se os Wilsons morassem longe, talvez Lawrence tivesse superado essa objeção, mas, como sua casa ficava a cerca de 3 ou 4 quilômetros de Woodford, isso tinha um peso considerável.

— Você estava na casa dos Wilsons, Lawrence — falei, caminhando ao lado do pônei dele.

— Sim — respondeu meu amigo, desviando um pouco o rosto. — Achei que era minha obrigação retribuir a atenção deles, já que perguntaram tanto por mim durante toda a minha convalescência.

— Foi a Srta. Wilson quem fez isso.

— E se tiver sido? — perguntou ele com um rubor perceptível. — Isso é motivo para não agradecer a gentileza de maneira adequada?

— É um motivo para não agradecer da maneira que ela espera.

— Vamos deixar esse assunto para lá, por favor — pediu Lawrence, evidentemente chateado.

— Não, Lawrence, gostaria de continuar a falar no assunto mais um pouco, e vou lhe dizer uma coisa, agora que já entramos nele, que pode escolher acreditar ou não... mas lembre-se de que não tenho o hábito de contar mentiras e que, neste caso, não possuo nenhum motivo para faltar com a verdade...

— Muito bem, Markham! O que foi desta vez?

— *A Srta. Wilson detesta sua irmã.* Talvez seja natural que, por ignorar o parentesco de vocês dois, nutra alguma antipatia por ela, mas nenhuma mulher de coração bom seria capaz de sentir uma maldade tão amarga e cruel por uma suposta rival.

— Markham!

— É isso mesmo. E acredito que Eliza Millward e a Srta. Wilson, se não foram as fontes das calúnias propagadas contra ela, pelo menos foram suas encorajadoras e principais disseminadoras. A Srta. Wilson não desejava misturar *seu* nome na história, é claro, mas se deleitava, e ainda se deleita, em denegrir o caráter de sua irmã o máximo que pode sem se arriscar demais a expor a própria malevolência.

— Não posso acreditar nisso — interrompeu Lawrence, com o rosto ardendo de indignação.

— Bem, como não posso prová-lo, preciso me contentar em afirmar que é verdade, pelo que sei. Mas, como você não ia querer se casar com a Srta. Wilson se este fosse o caso, o aconselho a proceder com cautela até prova em contrário.

— Eu nunca lhe disse, Markham, que era minha *intenção* me casar com a Srta. Wilson — afirmou ele, altivo.

— Não, mas, de qualquer maneira, é intenção dela se casar com você.

— Ela lhe disse isso?

— Não, mas...

— Então não tem o direito de afirmá-lo.

Lawrence acelerou um pouco o passo do pônei, mas eu pousei a mão na crina dele, determinado a não permitir que me abandonasse ainda.

— Espere um momento, Lawrence, e deixe que eu me explique. E não seja tão... não sei que palavra usar para descrever você... tão *inacessível.* Sei o que pensa de Jane Wilson, e acredito que sei até que ponto está errado em sua opinião: acha que ela tem charme, elegância, bom senso e refinamento singulares, e ainda não entendeu que é uma mulher egoísta, cruel, ambiciosa, ardilosa, fútil...

— Chega, Markham, chega.

— Não, deixe-me terminar. Não sabe que, se casar com ela, seu lar seria um lugar sem alegria e sem conforto, e que acabaria ficando de coração partido ao descobrir que se unira a uma pessoa tão completamente incapaz de compartilhar seus gostos, sentimentos e ideias... tão vazia de sensibilidade, bons sentimentos e verdadeira nobreza de alma.

— Terminou? — perguntou meu amigo, muito sério.

— Sim; sei que está com ódio de mim por minha impertinência. Mas não me importo, se isso servir para preservá-lo desse erro fatal.

— Muito bem! — respondeu ele, com um sorriso gélido. — Fico feliz que tenha superado, ou esquecido, suas mágoas a ponto de examinar com tanta minúcia a vida dos outros e preocupar sua cabeça de maneira tão desnecessária com as calamidades que possam vir a lhes acometer.

Nós nos separamos com alguma frieza, mas, mesmo assim, não deixamos de ser amigos. E meu aviso bem-intencionado, embora não tenha sido dado com muita habilidade nem recebido com muita gratidão, não deixou de produzir o efeito desejado: Lawrence não visitou mais os Wilsons e, nos nossos encontros subsequentes, nem mencionou o nome da Srta. Wilson para mim, ou eu para ele. Tenho motivos para acreditar que pesou minhas palavras e fez questão de, com discrição, buscar informações a respeito da moça em outras fontes, comparando secretamente minha avaliação com suas próprias observações e aquilo que ouvia de terceiros, e afinal concluiu que era melhor que ela continuasse a ser a Srta. Wilson da fazenda Ryecote, em vez de se tornar a Sra. Lawrence de Woodford Hall. Também acho que Lawrence logo passou a ver com perplexidade sua antiga predileção e a se parabenizar por ter tido a sorte de escapar daquela armadilha, mas jamais confessou isso para mim ou admitiu que o ajudara em sua libertação — o que não foi surpresa para alguém que o conhecia tão bem quanto eu.

Quanto a Jane Wilson, ela, é claro, ficou desapontada e rancorosa com a súbita frieza e com a deserção subsequente do admirador. Será que errei em frustrar a esperança que acalentava? Acho que não, e decerto minha consciência, desde aquele dia, jamais me acusou de ter algum propósito malévolo ao fazê-lo.

47

Informação espantosa

Certa manhã, no início de novembro, quando estava escrevendo algumas cartas de trabalho pouco depois do café, Eliza Millward veio fazer uma visita a minha irmã. Rose não tinha nem o discernimento nem a virulência de encarar aquele pequeno demônio da mesma maneira que eu, e a velha amizade entre as duas persistia. No momento em que ela chegou, no entanto, não havia ninguém na sala além de mim e de Fergus, pois minha mãe e minha irmã estavam ausentes, cuidando dos afazeres domésticos; *eu* me recusei a fazer qualquer esforço para entretê-la, considerando que isso não me dizia respeito: agraciei-lhe apenas com um cumprimento indiferente e algumas frases triviais, continuando a escrever e deixando para meu irmão a tarefa de ser mais educado, se assim o desejasse. Mas Eliza queria me provocar.

— Que prazer encontrá-lo em casa, Sr. Markham! — disse, com um sorriso falsamente inocente. — Quase nunca tenho visto o senhor, pois nunca mais foi nos visitar. Papai está muito ofendido, posso lhe garantir — acrescentou num tom brincalhão, me encarando com uma risada impertinente enquanto se sentava diante da quina da minha escrivaninha, meio de lado, meio de frente para mim.

— Tenho andado muito ocupado — respondi, sem erguer os olhos de minha carta.

— É mesmo? Alguém me disse que vinha negligenciando a fazenda de forma muito estranha nesses últimos meses.

— Alguém estava errado, pois principalmente nos últimos *dois* meses tenho sido bastante esforçado e diligente.

— Ah! Não há nada melhor do que a atividade para consolar os aflitos, suponho. Perdoe-me, Sr. Markham, mas tem estado com a aparência tão ruim e, pelo que dizem, tão rabugento e melancólico nesses últimos tempos... Chego a pensar que tem alguma preocupação secreta o remoendo por dentro. *Antigamente* — disse Eliza, com ar tímido —, teria tido coragem de perguntar o que é e o que poderia fazer para consolá-lo, mas não ouso fazê-lo agora.

— É muito gentil, Srta. Eliza. Quando eu achar que possa fazer algo para me consolar, não deixarei de lhe dizer.

— Por favor! Posso, por acaso, tentar adivinhar o que o está perturbando?

— Não há necessidade, pois eu posso lhe dizer. O que me perturba mais neste momento é uma jovem sentada diante de mim que está me impedindo de terminar uma carta e, depois, de ir cuidar das minhas tarefas.

Antes que Eliza pudesse responder a essa frase tão pouco galante, Rose entrou na sala; sua amiga se ergueu para cumprimentá-la e as duas se sentaram perto do fogo, onde aquele rapaz preguiçoso, Fergus, se encontrava, com o ombro apoiado na quina do consolo da lareira, as pernas cruzadas e as mãos nos bolsos das calças.

— Agora, Rose, vou lhe dar uma notícia. Espero que não tenha ouvido antes, pois, não importa se a novidade for boa, má ou indiferente, a gente sempre gosta de contá-la primeiro. É sobre a infeliz Sra. Graham...

— Psiu! — sussurrou Fergus, num tom solene. — Nunca mencionamos essa senhora! Seu nome é proibido aqui.

Erguendo os olhos, flagrei-o me espiando de soslaio, com o dedo apontado para a testa; depois, piscando para Eliza e balançando tristemente a cabeça, ele murmurou:

— É uma monomania. Melhor não tocar no assunto. Fora isso, ele até que está bem.

— Eu lamentaria magoar quem quer que fosse — respondeu Eliza, falando baixinho. — Quem sabe, em outra ocasião...

— Pode falar, Srta. Eliza! — falei, fingindo não notar as palhaçadas de meu irmão. — Não precisa ter medo de dizer nada em minha presença. Essa é a *verdade.*

— Bem — continuou ela —, talvez o senhor já saiba que o marido da Sra. Graham não está morto e que ela fugiu dele.

Tive um sobressalto e senti meu rosto ardendo, mas me debrucei sobre a carta e continuei a dobrá-la enquanto ela prosseguia com o relato.

— Mas talvez *não* saiba que ela agora voltou para ele e que os dois estão perfeitamente reconciliados. Imagine só — disse, virando para a perplexa Rose —, que idiota deve ser esse homem!

— E quem lhe deu essa informação, Srta. Eliza? — perguntei, interrompendo os comentários de minha irmã.

— Uma fonte muito confiável, senhor.

— Qual, se é que posso perguntar?

— Um dos criados de Woodford.

— Oh! Não sabia que era tão íntima da criadagem do Sr. Lawrence.

— Não ouvi do homem em pessoa, mas ele contou para nossa empregada, Sarah, que nos contou.

— Dizendo que era um segredo, suponho; o que a senhorita também dirá para nós. Mas posso lhe garantir que é uma história falsa; nem metade dela é verdadeira.

Enquanto falava, terminei de selar e endereçar minhas cartas com as mãos um pouco trêmulas, apesar de todos os meus esforços para manter a compostura e apesar de minha firme convicção de que a história *era* falsa — de que a suposta Sra. Graham, decerto, não havia, de maneira *voluntária*, voltado para o marido ou sonhado em se reconciliar com ele. O mais provável era que houvesse partido e que o criado fofoqueiro, sem saber o que lhe acontecera, houvesse *conjecturado* o resto, fazendo com que nossa visitante o relatasse como algo certo, deliciada com essa oportunidade de me atormentar. Mas não era impossível que alguém a houvesse traído e que ela houvesse sido levada à força. Decidido a saber o pior, enfiei minhas duas cartas no bolso depressa e, murmurando algo sobre não querer perder o horário do carteiro, deixei a sala, corri para o jardim e exigi, aos berros, que me trouxessem meu cavalo. Como não havia ninguém lá, eu mesmo o arrastei para fora do estábulo, coloquei a sela em seu lombo e as rédeas na boca, montei-o e galopei para Woodford. Encontrei o dono da casa passeando, pensativo, no jardim.

— Sua irmã já partiu?

Essas foram as primeiras palavras que disse ao apertar sua mão, em vez de perguntar como andava sua saúde, como sempre fazia.

— Já — respondeu ele, com tanta calma que meu terror desapareceu.

— Suponho que não posso saber onde ela está? — perguntei, enquanto apeava e entregava o cavalo para o jardineiro, que, sendo o único criado ao alcance, fora chamado pelo patrão e deixara de juntar folhas mortas com o ancinho sobre o gramado para levá-lo para os estábulos.

Meu amigo pegou meu braço com um ar grave e, saindo comigo do jardim, respondeu minha pergunta:

— Está em Grassdale Manor, no condado de ——.

— Onde? — exclamei, com um sobressalto convulsivo.

— Em Grassdale Manor.

— Como foi? — perguntei, ofegante. — Quem a traiu?

— Ela foi por vontade própria.

— Impossível, Lawrence! Ela não *pode* ter perdido a cabeça a esse ponto! — exclamei, agarrando o braço dele com veemência, como que para forçá-lo a desdizer aquelas palavras odiosas.

— Foi, sim — insistiu ele com a mesma expressão grave e calma de antes —, e não sem razão — continuou, se desvencilhando gentilmente de mim. — O Sr. Huntingdon está doente.

— E ela foi cuidar dele?

— Foi.

— Que tola! — exclamei, sem conseguir me conter, fazendo Lawrence me encarar com desaprovação. — Ele por acaso está morrendo?

— Acho que não, Markham.

— E quantas outras enfermeiras tem? Quantas outras mulheres estão naquela casa para cuidar dele?

— Nenhuma; ele estava sozinho, ou Helen não teria ido.

— Maldição! Isso é intolerável!

— O quê? Ele estar sozinho?

Não tentei responder, pois não tinha certeza se esse último fato não contribuíra para minha consternação. Assim, continuei a caminhar pela aleia numa angústia silenciosa, com a mão pressionando a testa; e, então, de súbito, estaquei e me virei para meu amigo, exclamando com impaciência:

— Por que ela deu esse passo insano? Que demônio a persuadiu a fazê-lo?

— Nada a persuadiu além de seu próprio senso de dever.

— Bobagem!

— Eu estava inclinado a dizer o mesmo, Markham, no início. Asseguro-lhe que Helen não foi para lá seguindo um conselho meu, pois detesto aquele homem com tanto fervor quanto você... exceto pelo fato de que sua regeneração me daria muito mais prazer do que sua morte. Tudo o que fiz foi informá-la de que ele estava mal (como consequência de ter caído do cavalo enquanto caçava) e de que aquela infeliz, a Srta. Myers, o deixara há algum tempo.

— Fez muito mal! Agora, ele irá considerar a presença dela conveniente e fará inúmeros discursos mentirosos e promessas bonitas e falsas para o futuro. E ela vai acreditar nele; e, então, sua condição será dez vezes pior e dez vezes mais irremediável do que antes.

— Parece não haver uma base muito sólida para essas apreensões, por enquanto — disse Lawrence, tirando uma carta do bolso. — Pelo relato que recebi esta manhã, diria que...

Era a letra dela! Num impulso irresistível, estendi a mão e disse involuntariamente:

— Deixe-me ver.

A relutância dele em satisfazer meu desejo foi evidente, mas, enquanto hesitava, agarrei a carta de sua mão. Recuperando a compostura no minuto seguinte, no entanto, ofereci-a de volta.

— Tome aqui — disse. — Se não quiser que eu leia...

— Não — respondeu Lawrence. — Pode ler, se quiser.

Eu li a carta, e você poderá lê-la também.

Querido Frederic,

Sei que deve estar ansioso por receber notícias minhas, e vou lhe contar tudo o que posso. O Sr. Huntingdon está muito doente, mas não está morrendo e não corre nenhum risco imediato de vida; e está bem melhor agora do que quando cheguei. Encontrei a casa numa triste confusão: a Sra. Greaves, Benson, todos os criados decentes tinham ido embora, e aqueles que haviam ocupado seus lugares eram um grupo negligente e desordeiro, para não dizer pior — precisarei substituí-los se for permanecer aqui. Uma enfermeira profissional, uma mulher velha e severa, fora contratada para cuidar do pobre inválido. Ele sofre muito e não tem força de vontade para suportar a situação. Os ferimentos causados pelo acidente, no entanto, não foram muito graves e, de acordo com o médico, teriam sido uma bobagem num homem de hábitos moderados. Mas com o Sr. Huntingdon a coisa é bem diferente. Na noite em que cheguei, assim que entrei em seu quarto, estava numa espécie de delírio. Só notou minha presença quando me dirigi a ele, e então, me confundiu com outra pessoa.

— É você, Alice, que voltou? — murmurou. — Por que me abandonou?

— Sou eu, Arthur. É Helen, sua esposa — respondi.

— Minha esposa! — disse ele, com um sobressalto. — Pelo amor de Deus, não fale nela! Eu não tenho esposa. Que o diabo a leve e a você também! — exclamou um instante depois. — Para que fez isso?

Eu não disse mais nada, mas, observando que o Sr. Huntingdon não parava de olhar para o pé da cama, fui me sentar lá, posicionando a vela de modo a me iluminar bem, pois achei que poderia estar morrendo e quis que me reconhecesse. Durante muito tempo, ele ficou me encarando em silêncio; primeiro, com um olhar vago e, depois, com uma expressão estranha, de intensidade crescente. Afinal, me deu um susto ao se apoiar de repente nos cotovelos e perguntar num sussurro horrorizado, com os olhos ainda fixos em mim:

— Quem é?

— Helen Huntingdon — respondi baixinho, me levantando e me colocando numa posição menos conspícua.

— Devo estar ficando louco! — exclamou ele. — Ou... talvez estar delirando... Mas me deixe em paz, seja você quem for... Não posso suportar esse rosto branco, esses olhos... Pelo amor de Deus, vá embora daqui e mande outra pessoa que não tenha esse rosto!

Saí imediatamente e mandei a enfermeira cuidar dele. Mas, na manhã seguinte, me aventurei a entrar no quarto de novo, e, me sentando no lugar da enfermeira à cabeceira, observei-o e cuidei dele durante várias horas, mostrando o rosto o mínimo possível e só falando quando era necessário — e, mesmo então, apenas aos sussurros. No início, o Sr. Huntingdon dirigiu-se a mim como se eu fosse a enfermeira, mas, quando atravessei o quarto para abrir as venezianas, obedecendo a um pedido dele, disse:

— Não, não é a enfermeira; é Alice. Fique aqui! Aquela velha maldita vai acabar me matando.

— Vou ficar aqui, sim — respondi.

Depois disso, ele insistiu em me chamar de Alice — ou de outro nome que me era tão repugnante quanto esse. Forcei-me a suportar essa situação durante algum tempo, temendo perturbá-lo demais ao contradizê-lo. Mas então o Sr. Huntingdon me pediu um copo d'água e, após eu tê-lo levado a seus lábios, murmurou:

— Obrigado, meu amor.

Não consegui me conter e observei:

— Não diria isso se soubesse quem sou.

Minha intenção era declarar de novo minha identidade, mas o Sr. Huntingdon apenas tartamudeou uma resposta incoerente, e eu voltei a esquecer o assunto. Até que, algum tempo depois, quando molhava sua testa e suas têmporas com uma mistura de vinagre e água de modo a aliviar a quentura e a dor de sua cabeça, ele observou, após me encarar atentamente por alguns minutos:

— Tenho umas alucinações tão estranhas... Não consigo me livrar delas, não me deixam descansar. E a mais extraordinária e pertinaz de todas é seu rosto e sua voz: parecem iguais aos dela. Neste momento, poderia jurar que ela está aqui.

— E está — respondi.

— Isso é bom — continuou ele, sem registrar minhas palavras —, e, enquanto faz isso, as alucinações se dissipam... mas *essa* só fica mais forte. Continue... continue até que ela desapareça também. Não vou suportar essa fixação! Vai acabar me matando!

— Ela nunca vai desaparecer — falei, com bastante clareza —, pois é a verdade.

— A verdade! — exclamou o Sr. Huntingdon, dando um salto como se houvesse sido picado por uma vespa. — Não está me dizendo que você é mesmo ela!

— Sou. Mas não precisa se encolher como se eu fosse sua maior inimiga: vim cuidar de você, fazer algo que nenhuma *delas* quis fazer.

— Pelo amor de Deus, não me atormente agora! — gritou ele, numa agitação deplorável.

E então começou a amaldiçoar amargamente a mim ou à má sorte que me trouxera até ali; enquanto eu deixava de lado a esponja e a bacia e voltava a me sentar à cabeceira da cama.

— Onde estão eles? — perguntou. — Todos me abandonaram? Inclusive os criados?

— Há criados por perto, se você precisar; mas seria melhor que se deitasse e ficasse quieto: nenhum deles vai poder cuidar de você tão bem quanto eu.

— Não consigo entender nada — disse o Sr. Huntingdon, perplexo. — Por acaso foi um sonho quando...

E ele cobriu os olhos com a mão, como se tentasse desvendar o mistério.

— Não, Arthur, não foi um sonho que sua conduta tenha me obrigado a deixá-lo, mas ouvi dizer que estava doente e sozinho e voltei para fazer o papel de enfermeira. Não precisa ter medo de confiar em mim: me diga o que precisa e tentarei providenciar. Não há mais ninguém para cuidar de você, e não vai ouvir reclamações de minha parte agora.

— Ah, entendi — disse ele com um sorriso triste —, é um ato de caridade cristã, pelo qual pretende ganhar um lugar melhor no Paraíso para si mesma e cavar um buraco mais fundo no inferno para mim.

— Não; vim oferecer o conforto e a assistência que sua situação exige, e, se conseguir trazer algum benefício para sua alma além de seu corpo e despertar um pouco de contrição...

— Ah, sim, se algum dia for conseguir me fazer ser tomado pelo remorso e pela vergonha, agora é o momento ideal. O que fez com meu filho?

— Ele está bem. Poderá vê-lo em breve se se acalmar, mas não agora.

— Onde ele está?

— Está a salvo.

— Aqui?

— Onde quer que esteja, você não o verá até prometer deixá-lo exclusivamente sob meus cuidados e minha proteção e permitir que eu o leve para onde quiser, quando quiser, se em algum momento julgar necessário removê-lo de novo. Mas vamos falar disso amanhã; precisa ficar quieto agora.

— Não, deixe-me vê-lo agora. Eu prometo, já que *preciso*...

— Não.

— Eu juro por Deus! Agora, deixe-me vê-lo.

— Não posso confiar nos seus juramentos e promessas. Preciso de um acordo por escrito, assinado por você diante de uma testemunha... Mas não hoje, amanhã.

— Não, hoje... agora — insistiu ele.

Estava em tal estado de excitação febril, exigindo tanto o cumprimento imediato de seu desejo, que achei melhor atendê-lo logo, pois vi que não descansaria até que o fizesse. Mas estava determinada a não esquecer os interesses de meu filho, e, após escrever em termos claros num pedaço de papel a promessa que exigia do Sr. Huntingdon, li tudo bem devagar para ele e fiz com que o assinasse na presença de Rachel. Ele implorou que eu não insistisse nisso: era uma exibição inútil da minha falta de fé em sua palavra diante da criada. Disse-lhe que lamentava, mas que, já que ele abrira mão de minha confiança, precisava sofrer a consequência. O Sr. Huntingdon, então, afirmou que não conseguia segurar a pena.

— Então, teremos de esperar até que consiga — respondi.

Diante disso, ele disse que ia tentar, mas depois afirmou que não enxergava bem o suficiente para escrever. Coloquei o dedo no local onde a assinatura devia ficar e lhe disse que ele saberia escrever o próprio nome no escuro, se soubesse onde fazê-lo. Mas o Sr. Huntingdon garantiu que não tinha forças para desenhar as letras.

— Nesse caso, deve estar doente demais para ver a criança.

E, vendo que eu estava inexorável, ele afinal ratificou o acordo, e mandei que Rachel fosse pegar o menino.

Isso talvez lhe pareça cruel, mas senti que não podia perder minha vantagem atual e que o futuro bem-estar de meu filho não devia ser sacrificado por causa de uma compaixão indevida pelos sentimentos daquele homem. O pequeno Arthur não esquecera o pai, mas 13 meses de ausência durante os quais quase nunca lhe fora permitido ouvir uma palavra sobre ele ou sussurrar seu nome o tinham deixado um pouco tímido, e, quando foi levado até o quarto escuro onde estava o enfermo, tão alterado, com um rosto vermelho de aspecto feroz e olhos onde havia um brilho desvairado, ele instintivamente se agarrou a mim e ficou olhando para o Sr. Huntingdon com uma expressão que demonstrava muito mais receio do que alegria.

— Venha aqui, Arthur — disse este, estendendo a mão.

O menino foi e tocou timidamente a mão ardente do pai, mas quase fugiu de medo quando ele agarrou seu braço de repente e o arrastou para perto de si.

— Sabe quem eu sou? — perguntou o Sr. Huntingdon, observando com atenção o rosto da criança.

— Sei.

— Quem?

— O papai.

— Está feliz de me ver?

— Estou.

— Não está nada! — respondeu o pai, decepcionado, largando-o e me olhando com rancor.

Arthur, ao ser solto, veio de mansinho para perto de mim e pegou minha mão. O Sr. Huntingdon disse que eu tinha feito o menino odiá-lo, cobrindo-me de impropérios. No instante em que começou a falar assim, mandei a criança sair do quarto, e, quando ele parou para respirar, garanti, com tranquilidade, que estava completamente errado; jamais tentara fazer seu filho pensar mal dele.

— Quis, sim, que *esquecesse* você — disse — e, principalmente, esquecesse as lições que lhe ensinou. Por isso, e para diminuir os riscos de sermos descobertos, confesso que desencorajei qualquer inclinação de falar de você. Mas acho que ninguém pode me culpar por isso.

A única reação do doente foi gemer alto e virar a cabeça no travesseiro, num surto de impaciência.

— Eu já estou no inferno! — exclamou. — Essa maldita sede está transformando minhas entranhas em cinzas! Será que *ninguém*...

Antes que pudesse terminar a frase, peguei um copo de uma bebida ácida e refrescante que havia sobre a mesa e levei até ele. O Sr. Huntingdon bebeu avidamente, mas murmurou, quando fui levar o copo de volta:

— Suponho que pense que está amontoando brasas sobre a minha cabeça.*

Ignorando essa frase, perguntei se havia algo mais que pudesse fazer por ele.

— Sim; vou lhe dar outra oportunidade de mostrar sua magnanimidade cristã — disse o Sr. Huntingdon, com escárnio. — Ajeite meu travesseiro. E esses malditos lençóis.

Fiz o que ele pediu.

— Pronto. Agora, pegue outro copo daquela porcaria para mim.

Obedeci.

— É maravilhoso, não é? — perguntou, com um sorriso malicioso, quando eu o levava até seus lábios. — Nunca tinha imaginado uma oportunidade tão gloriosa, não?

— Quer que eu fique aqui com você? — perguntei, colocando o copo de novo na mesa. — Ou vai ficar mais tranquilo se for embora e chamar a enfermeira?

— Você é incrivelmente gentil e atenciosa! Mas está me deixando maluco! — respondeu ele, com um gesto impaciente.

— Então, vou embora.

Saí do quarto e não o incomodei mais com minha presença naquele dia, exceto por algumas visitas de um ou dois minutos por vez, para ver como estava e o que queria.

---

*Referência a Provérbios 25:21-22. (*N. da T.*)

Na manhã seguinte, o médico mandou que o sangrassem; depois disso, o Sr. Huntingdon ficou mais tranquilo. Passei metade do dia em seu quarto, em idas intermitentes. Minha presença não pareceu agitá-lo ou irritá-lo como antes e ele aceitou meus serviços em silêncio, sem nenhum comentário rancoroso — na verdade, só abriu a boca para dizer o que queria e, mesmo então, com poucas palavras. Mas, na manhã seguinte — ou seja, hoje —, conforme foi se recuperando daquele estado de exaustão e estupefação, seu mau humor foi retornando.

— Oh, que doce vingança! — exclamou, quando estava fazendo tudo o que podia para deixá-lo confortável e remediar os descuidos de sua enfermeira. — E você pode desfrutar dela com uma consciência bem tranquila, pois faz tudo em nome do dever.

— Que bom para mim *fazer* meu dever — respondi, com uma mágoa que não consegui reprimir —, pois é o único consolo que tenho, e a satisfação da minha consciência, aparentemente, será minha única recompensa!

O Sr. Huntingdon pareceu bastante surpreso com minha maneira enfática de falar.

— E que recompensa esperava? — perguntou.

— Vai me chamar de mentirosa... mas esperava *mesmo* lhe fazer algum bem. Aliviar seu sofrimento e também aperfeiçoar sua mente. Mas parece que não vou conseguir nem uma coisa, nem outra... seu espírito mau não deixa. Para *você*, eu ignorei meus sentimentos e sacrifiquei todos os poucos confortos mundanos que me restavam em vão, e tudo o que faço é atribuído a uma malícia orgulhosa e um profundo desejo de vingança!

— Suponho que tudo isso seja muito bonito — disse ele, me encarando com estupefação — e que eu devia ter sido levado às lágrimas de penitência e admiração diante de tanta generosidade e bondade sobre-humanas. Mas, como vê, não é possível para mim. No entanto, por favor, me faça todo o bem de que é capaz, se de fato sente prazer nisso, pois pode ver que estou quase tão infeliz neste momento quanto você poderia desejar. Desde que chegou, confesso que tenho sido mais bem-cuidado do que antes, pois esses desgraçados me negligenciam de maneira vergonhosa e todos os meus velhos amigos parecem ter me abandonado. Estava passando muito mal, posso lhe garantir. Às vezes, achei que ia morrer... pensa que há chances de isso acontecer?

— Sempre há chance de morrer, e é sempre bom viver com tal chance em mente.

— Está bem, está bem... mas acha que é provável que esta doença termine em morte?

— Não sei dizer, mas, se isso acontecer, como irá encarar essa circunstância?

— O médico me disse para não pensar nisso, pois sem dúvida ia melhorar se seguisse as instruções e tomasse os medicamentos que passou para mim.

— Espero que seja verdade, Arthur, mas nem o médico, nem eu, podemos falar com absoluta certeza: há um ferimento interno e é difícil saber a gravidade dele.

— Pronto! Você quer me matar de medo.

— Não, mas não quero enganá-lo e fazê-lo sentir uma segurança falsa. Se a consciência da incerteza da vida o deixar disposto a ter pensamentos sérios e úteis, não gostaria de privá-lo do benefício de tais reflexões, quer você acabe se recuperando, quer não. A ideia da morte o assusta *tanto* assim?

— É simplesmente a única coisa na qual não suporto pensar, portanto, se você puder...

— Mas ela chegará um dia — interrompi. — Mesmo que seja daqui a anos, a morte o alcançará, tão inexorável quanto se surgisse hoje. E, sem dúvida, será tão indesejável para você quanto é agora, a não ser que...

— Diabos! Não me atormente com sua pregação agora, a não ser que queira me matar de vez. Estou lhe dizendo que não vou conseguir suportar. Já estou sofrendo demais sem isso. Se acha que há perigo, me salve dele, e então, por gratidão, escutarei o que tem a dizer.

Assim, deixei de lado aquele assunto tão incômodo. E agora, Frederic, acho que vou terminar esta carta. Com esses detalhes, você poderá avaliar o estado do meu paciente, minha posição e minhas expectativas. Mande notícias em breve e eu escreverei de novo para lhe dizer como estamos, mas, agora que minha presença é tolerada e até requisitada no quarto do doente, terei pouco tempo livre em meio aos cuidados de meu marido e de meu filho. Não posso negligenciar este último: não seria correto mantê-lo o tempo todo com Rachel, e não ouso deixá-lo nem por um instante com os outros criados ou permitir que fique sozinho, correndo o risco de encontrar algum deles. Se o pai piorar, pedirei que Esther Hargrave cuide de Arthur durante algum tempo, pelo menos até eu ter contratado novos empregados, mas prefiro mantê-lo ao meu lado.

Estou numa posição singular: não meço esforços para obter a recuperação e a regeneração do meu marido, e, se for bem-sucedida, o que farei? Meu dever, é claro, mas como? Não importa, posso realizar a tarefa que está diante de mim agora e Deus me dará forças para fazer aquilo que pedirá de mim depois. Adeus, querido Frederic.

Helen Huntingdon

— O que você acha? — perguntou Lawrence, enquanto eu dobrava a carta em silêncio.

— Parece-me que ela está atirando pérolas aos porcos. Que eles se satisfaçam em pisotear as pérolas, em vez de se voltar contra sua irmã e estraçalhá-la! Mas não direi mais uma palavra contra ela: vejo que foi movida pelos motivos mais nobres no que fez e, se o gesto não foi sábio, que Deus a proteja das consequências! Posso ficar com esta carta, Lawrence? Como vê, ela não mencionou meu nome nem uma vez ou fez qualquer referência a mim, assim, não pode haver falta de decoro e nenhum outro mal em levá-la comigo.

— Mas se é assim, por que deseja ficar com ela?

— Por acaso essas letras não foram escritas pelas mãos dela? E essas palavras não foram concebidas em sua mente e, muitas, pronunciadas por seus lábios?

— Está bem.

Assim, eu fiquei com a carta; se não fosse por isso, Halford, você jamais teria podido saber seu conteúdo de maneira tão detalhada.

— E, quando você lhe escrever, teria a bondade de perguntar-lhe se tenho permissão de revelar sua verdadeira história e suas circunstâncias para minha mãe e irmã, contando apenas o necessário para fazer com que todos na região compreendam a injustiça vergonhosa que cometeram contra ela? Não desejo mandar nenhuma lembrança carinhosa, só quero que lhe peça isso e lhe diga que é o maior favor que poderá me fazer. E diga-lhe que... não, nada mais. Como vê, sei o endereço e poderia escrever eu mesmo, mas sou tão virtuoso que não o farei.

— Bem, tentarei fazer isso por você, Markham.

— E, assim que receber uma resposta, vai mandar me dizer?

— Se tudo estiver bem, irei pessoalmente lhe contar.

48

Mais informações

Cinco ou seis dias depois, o Sr. Lawrence nos honrou com uma visita, e, quando ficamos sozinhos — algo que fiz acontecer o mais depressa possível, pedindo-lhe que viesse olhar as pilhas de milho colhido —, ele me mostrou outra carta da irmã. Esta, Lawrence estava bastante disposto a submeter ao meu olhar saudoso: creio que achou que ia me fazer bem. A única resposta à minha mensagem era essa:

O Sr. Markham tem a liberdade de fazer quaisquer revelações sobre a minha pessoa que julgar necessárias. Saberá que não desejo que muito seja dito sobre o assunto. Espero que ele esteja bem, mas diga-lhe que não deve pensar em mim.

Posso lhe enviar alguns trechos do resto da carta, pois pude ficar com ela também — talvez como um antídoto para todas as esperanças e sonhos perniciosos que acalentava.

Arthur está bem melhor, mas muito abatido com os efeitos deprimentes de sua doença grave e o regime severo que é obrigado a seguir, tão diferente de seus hábitos. É deplorável ver como a vida que levou degenerou sua saúde, antes tão boa, viciando todo o seu organismo. Mas o médico diz que agora pode ser considerado fora de perigo, se continuar com as restrições necessárias. É claro que ele precisa tomar alguns elixires estimulantes, mas estes devem ser cuidadosamente diluídos e usados com parcimônia, algo do qual tenho muita dificuldade em convencê-lo. No início, o extremo pavor que Arthur tinha da morte tornou a tarefa fácil, mas, conforme ele vai sentindo o sofrimento agudo diminuir e vendo o perigo se dissipando, mais intratável vai se tornando. Além disso, agora, seu apetite por comida está começando a voltar, e nisso também, seu hábito de autoindulgência é muito maléfico. Fico atenta e o controlo o melhor que posso, sendo muitas vezes destratada por minha severidade, mas ele, em certas ocasiões, consegue driblar minha vigilância e, em outras, vai abertamente contra a minha vontade. De qualquer maneira, Arthur agora já está tão acostumado com a minha assistência que só fica satisfeito quando estou ao seu lado. Sou obrigada a ser um pouco rígida com ele às vezes, para que não me transforme numa completa escrava: e sei que seria uma fraqueza imperdoável abrir mão de todos os meus outros interesses por sua causa. Tenho de supervisionar os criados e cuidar do meu pequeno Arthur e de minha saúde — todas questões que estariam sendo inteiramente negligenciadas se fosse satisfazer suas exigências exorbitantes. Em geral, não passo a noite no quarto dele, pois acho que a enfermeira, por ser uma profissional, é mais qualificada para isso do que eu; ainda assim, quase nunca desfruto de uma noite inteira de sono, e não posso jamais contar com uma, pois meu paciente não hesita em me chamar a qualquer hora, quando uma necessidade real ou imaginária faz minha presença ser exigida. Mas ele tem um medo evidente de me desagradar, e se numa ocasião testa minha paciência com suas demandas absurdas e suas reclamações infantis, na seguinte, me deprime com sua submissão abjeta e sua humildade apologética quando teme ter ido longe demais. Tudo isso posso perdoar de bom grado; sei que é resultado de seu corpo enfraquecido e de seu estado de nervosismo. O que mais me irrita são as tentativas ocasionais de demonstrar carinho, nas quais não posso confiar e as quais não posso retribuir, agora que o odeio. Seu sofrimento e meus cuidados poderiam fazer nascer em mim alguma consideração por ele — talvez até algum afeto — se se mantivesse sossegado e sincero e se contentasse em deixar as coisas como estão. Mas, quanto mais tenta se reconciliar comigo, mais sinto repulsa por ele e pelo futuro.

— Helen, o que você pretende fazer quando eu estiver bom? — perguntou Arthur esta manhã. — Vai fugir de novo?

— Isso depende inteiramente de sua conduta.

— Ah, eu vou me comportar muito bem.

— Mas, se eu achar necessário deixá-lo, Arthur, não vou "fugir". Você mesmo me prometeu que posso ir embora quando quiser, levando meu filho comigo.

— Mas não vai ter motivo.

Ele então começou a fazer diversas declarações, que eu reprimi com frieza.

— Quer dizer que não vai me perdoar? — perguntou.

— Já perdoei, mas sei que não pode me amar como amou um dia, e lamentaria muito se isso acontecesse, pois não poderia retribuir. Assim, vamos esquecer o assunto e nunca voltar a falar nele. Pelo que *já fiz*, pode julgar o que *farei*... se não for incompatível com o dever maior que devo a meu filho: maior porque ele nunca abriu mão de seus direitos, e porque espero trazer-lhe mais benefícios do que jamais poderia trazer a você. Se deseja ser visto com bons olhos por mim, são *ações*, não *palavras*, que farão nascer meu afeto e minha estima.

A única reação de Arthur foi fazer uma leve careta e dar de ombros de maneira quase imperceptível. Infeliz! As palavras, para ele, são tão mais baratas do que as ações; foi como se eu tivesse dito: "Os artigos que você deseja custam libras, não centavos." Arthur então soltou um suspiro irritado de autopiedade, como se lamentasse que ele, amado e cortejado por tantas, estivesse agora abandonado à mercê de uma mulher ríspida, exigente e cruel como aquela, tendo de se contentar com qualquer gentileza que ela escolhesse demonstrar.

— É uma pena, não é? — comentei.

Não sei se adivinhei seus pensamentos, mas devo ter chegado perto, pois ele respondeu, com um sorriso triste diante da minha perspicácia:

— Não tem remédio.

JÁ VI ESTHER Hargrave duas vezes. Ela é uma moça adorável, mas seu espírito alegre está quase destruído e seu temperamento doce quase arrasado pela insistência constante da mãe em nome do pretendente rejeitado. Não é uma perseverança violenta, mas cansativa e constante como uma gota que não para de cair. Essa estranha mãe parece determinada a transformar a vida da filha num fardo se esta não acatar seus desejos.

— Mamãe tenta de tudo — contou Esther — para fazer com que eu me sinta um estorvo para a família, a filha mais ingrata, egoísta e teimosa que já existiu, e Walter também se mostra muito sério, frio e altivo, como se me odiasse. Acho que teria cedido desde o início se soubesse quanto a resistência ia me custar; mas agora, só por obstinação, *não* vou sucumbir!

— Um mau motivo para uma boa resolução — respondi. — Mas sei que tem razões melhores para perseverar; e aconselho-a a não se esquecer disso.

— Pode deixar, não vou esquecer. Às vezes, ameaço mamãe, dizendo que vou fugir e fazer a família cair em desgraça, trabalhando pelo meu sustento, se ela continuar a me atormentar, e isso a assusta um pouco. Mas vou *mesmo* fazer isso, de verdade, se eles não tomarem cuidado.

— Fique sossegada e seja paciente por mais algum tempo. Dias melhores virão.

Pobre menina! Gostaria que alguém digno de a possuir viesse resgatá-la. Você não, Frederic?

Ao ler essa carta, fui tomado pelo mais profundo desânimo ao pensar no futuro de Helen e no meu, mas tinha uma grande fonte de consolo: podia limpar seu nome de todas aquelas calúnias vis. Os Millwards e os Wilsons veriam com seus próprios olhos o sol que refulge por entre as nuvens, e ficariam queimados e ofuscados por seus raios; e minha família veria também — eles, cujas suspeitas tinham feito nascer tanto fel e rancor na minha alma. Para isso, bastava atirar uma semente no chão que ela logo se tornaria uma árvore imponente e cheia de galhos: algumas palavras para minha mãe e minha irmã seriam, eu sabia, o suficiente para espalhar a notícia por toda a região, sem que eu precisasse fazer mais nenhum esforço.

Rose ficou deliciada, e, assim que contei tudo o que achava adequado relatar — que foi tudo o que fingi saber —, ela foi, cheia de entusiasmo, botar o chapéu e o xale, correndo para levar a boa-nova para os Millwards e os Wilsons. Imagino que seria uma boa-nova apenas para Rose e Mary Millward — aquela moça confiável e sensata, cujo imenso valor fora tão rapidamente notado pela chamada Sra. Graham, apesar de sua aparência sem graça, e que, de sua parte, conseguira discernir o verdadeiro caráter da outra melhor do que os maiores intelectos da vizinhança.

Como talvez não tenha outro motivo para mencionar Mary Millward, gostaria de lhe dizer agora que, naquela época, ela estava noiva de Richard Wilson — algo que era, acredito, um segredo para qualquer outra pessoa além deles dois. Aquele nobre estudante estava então em Cambridge, onde sua conduta exemplar e sua perseverança na busca pelo saber o fizeram ter uma carreira sem percalços, que terminou com honras e uma reputação imaculada. Após algum tempo, ele se tornou o primeiro e único cura do Sr. Millward — pois a idade avançada deste finalmente o forçou a reconhecer que os deveres de sua extensa paróquia eram um pouco excessivos para as energias de que costumava se gabar para os membros mais jovens e menos ativos de sua profissão. Era isso que os fiéis e pacientes namorados tinham planejado e pelo que esperaram em silêncio durante anos; após algum tempo, eles se casaram, para a perplexidade do mundinho ao seu redor, que achava que nem um, nem outro deixaria a condição de solteiro, afirmando ser impossível que aquela traça de livros pálida fosse algum dia ter a coragem de cortejar uma moça e fazê-la concordar em ser sua esposa, e igualmente absurdo que a Srta. Millward, sem nenhum atrativo na aparência e nenhum floreio nos modos, fosse encontrar um marido.

Eles continuaram a morar na mesma casa, com a moça dividindo seu tempo entre o pai, o marido, os pobres da paróquia e, subsequentemente, sua crescente família, e, agora que o reverendo Michael Millward foi se encontrar com seus antepassados, numa idade avançada e coberto de glórias, o reverendo Richard Wilson tomou seu lugar como vigário de Lindenhope, para grande satisfação de seus habitantes, que há tanto tempo conheciam e aprovavam seus méritos e os de sua excelente esposa, já adorada por todos.

Se está interessado no destino da irmã dessa senhora, só posso lhe dizer o mesmo que talvez já tenha ouvido de outra fonte: há 12 ou 13 anos, ela cessou de importunar o feliz casal com sua presença casando-se com um comerciante rico de L——; de quem não sinto a menor inveja. Temo que tenha tornado a vida desse homem bastante desconfortável, mas, por sorte, ele é obtuso demais para perceber o tamanho de seu azar. Quase nunca a encontro; a última vez foi muitos anos atrás, mas tenho certeza de que não esqueceu ou perdoou nem seu antigo pretendente nem a mulher cujas qualidades superiores o fizeram enxergar a tolice daquela paixão infantil.

Quanto à irmã de Richard Wilson, ela, tendo sido incapaz de reconquistar o Sr. Lawrence ou de obter qualquer admirador rico e elegante o suficiente para se adequar ao que exigia de um marido, ainda está solteira. Logo após a morte da mãe, deixou de iluminar a fazenda Ryecote com sua presença, não suportando mais os modos rudes e hábitos simples de seu irmão Robert e sua amável esposa, ou a ideia de ser associada a pessoas tão vulgares por todo mundo. Alugou aposentos em——, a aldeia onde, creio, ainda vive, em meio a um refinamento frio, desconfortável e egoísta, sem fazer nenhum bem a ninguém e quase nenhum a si mesma; passando os dias entre bordados e fofocas, se referindo sempre a "seu cunhado, o vigário" e a "sua irmã, a mulher do vigário", mas nunca a seu irmão fazendeiro e a sua cunhada, mulher de fazendeiro; recebendo todos os convidados que pode sem gastar muito, mas sem amar ninguém, e amada por ninguém — uma solteirona cruel, arrogante, mordaz e irônica.

49

"E desceu a chuva, e correram os rios, e assopraram os ventos, e combateram aquela casa, e caiu, e foi grande a sua queda!"*

A saúde do Sr. Lawrence já estava completamente restabelecida, mas minhas visitas a Woodford continuaram constantes, embora muitas vezes menos demoradas do que antes. Quase nunca *conversávamos* sobre a Sra. Huntingdon, mas nunca deixávamos de mencioná-la em nossos encontros, pois eu sempre buscava a companhia dele com a esperança de saber de Helen, e Lawrence nunca buscava a minha, pois já me via bastante mesmo sem fazê-lo. Em todas as ocasiões, começava falando de outras coisas e esperava para ver se *ele* ia iniciar o assunto. Se não o fazia, dizia casualmente: "Teve notícias de sua irmã?" Se respondia que não, deixávamos a questão para lá. Se respondia que sim, ousava perguntar "Como ela está?", mas nunca "Como está seu marido?", por mais que estivesse morrendo de vontade de saber, pois não tinha a hipocrisia de demonstrar preocupação com a recuperação dele e não tinha a desfaçatez de expressar um desejo pelo resultado contrário. E sentia esse desejo? Preciso confessar que sou culpado disso; mas, já que ouviu minha confissão, precisa ouvir minha justificativa também, ou, pelo menos, algumas desculpas com as quais buscava apaziguar minha consciência:

Em primeiro lugar, veja bem, a vida do Sr. Huntingdon fazia mal a outros e nenhum bem a ele próprio, e, embora eu desejasse que ela chegasse ao fim, não teria apressado este fim nem que pudesse fazê-lo apenas erguendo

*Evangelho Segundo São Mateus 7:27. (*N. da T.*)

um dedo, nem mesmo se um espírito sussurrasse em meu ouvido que bastava desejar para tornar isso realidade — a não ser que tivesse o poder de trocá-lo por outra vítima da morte, cuja vida pudesse servir à humanidade e cuja perda seria lamentada por seus amigos. Mas será que havia algo de errado em desejar que, entre as milhares de pessoas que decerto entregariam suas almas antes do fim do ano, estivesse aquele desgraçado? Eu achava que não e, portanto, desejava com todo o meu coração que os céus o levassem desta para melhor, ou, se isso não fosse possível, que ainda assim o retirassem deste mundo, pois, se ele não estava pronto para receber o chamado divino mesmo depois de tal doença e com tal anjo ao seu lado, parecia certo que jamais estaria — que, ao contrário, a volta de sua saúde traria consigo a luxúria e a vilania e que, conforme fosse ficando mais seguro de sua recuperação e mais acostumado à bondade da esposa, seus sentimentos ficariam mais duros e seu coração, mais empedernido e indiferente aos argumentos persuasivos dela. Mas Deus sabe o que faz. Eu, no entanto, não podia deixar de me sentir ansioso para descobrir qual seria o Seu decreto, sabendo que (mesmo que minha vontade não entrasse em questão), por mais que Helen se interessasse pelo bem-estar do marido, por mais que lamentasse seu destino, ainda assim, enquanto ele estivesse vivo, fatalmente ela seria infeliz.

Quinze dias se passaram e minhas perguntas sempre eram respondidas com um "não". Afinal, um "sim" me fez fazer a segunda. Lawrence adivinhou meus pensamentos ansiosos e deu-me algum crédito por estar mantendo certa reserva. A princípio, temi que fosse me torturar, me deixando na mais completa ignorância em relação ao que queria saber ou me forçando a arrancar a informação dele, pedaço a pedaço, com perguntas diretas. "Teria sido bem-feito", diria você. Mas Lawrence teve mais piedade de mim, e, após algum tempo, colocou a carta da irmã na minha mão. Eu a li em silêncio e a devolvi sem fazer qualquer comentário. Ele gostou tanto desse procedimento que, dali em diante, sempre passou a me mostrar as cartas de Helen assim que chegavam. Dava muito menos trabalho do que relatar seu conteúdo, e eu recebia essas confidências de maneira tão silenciosa e discreta que Lawrence jamais se arrependeu.

Eu devorava essas preciosas cartas com os olhos e só as largava quando seu conteúdo estava gravado em minha mente, e, ao chegar em casa, escrevia os trechos mais interessantes no meu diário, entre os acontecimentos mais importantes do dia.

A primeira dessas missivas trazia a informação de que houvera uma recaída perigosa na doença do Sr. Huntingdon, inteiramente causada por sua persistência em satisfazer seu apetite por bebidas estimulantes. Sua esposa lutara em vão, misturara seu vinho com água em vão: seus argumentos eram um aborrecimento, sua interferência, um insulto intolerável. Afinal, após descobrir que ela diluíra às escondidas o vinho do Porto que lhe havia sido trazido, ele atirara a garrafa pela janela e, dizendo que não seria enganado como se fosse um bebê, mandou que o mordomo lhe trouxesse uma garrafa do vinho mais forte da adega, ou seria demitido no mesmo instante. Afirmando que já teria ficado bom há muito tempo se houvessem lhe deixado fazer o que queria, mas que ela queria mantê-lo fraco para poder controlá-lo, e jurando pelos deuses que não ia mais aguentar aquela bobagem, pegou uma taça com uma das mãos, a garrafa com a outra, e só descansou quando bebeu até a última gota. Sintomas alarmantes foram o resultado imediato dessa "imprudência", como a Sra. Huntingdon teve a gentileza de chamá-la — sintomas que, desde então, haviam aumentado, em vez de diminuir, e era por isso que ela demorara tanto a escrever para o irmão. Todos os aspectos da doença tinham retornado, com mais virulência: o leve ferimento externo, que já estava quase bom, voltara a se abrir; instalou-se uma inflamação interna que poderia ter consequências fatais se não fosse logo debelada. É claro que o mau humor do doente não melhorara com essa calamidade — na verdade, suspeito de que ele devia ter se tornado quase insuportável, embora sua doce enfermeira não reclamasse disso, mas contou que fora obrigada a deixar o filho aos cuidados de Esther Hargrave, pois sua presença era tão constantemente exigida pelo enfermo que não podia cuidar do pequeno Arthur. E, embora o menino houvesse implorado que lhe permitisse continuar ao seu lado para ajudá-la a cuidar do pai, e apesar de ela ter certeza de que ficaria muito comportado e quieto, não conseguia pensar em submeter alguém tão jovem e tão frágil a tanto sofrimento, ou permitir que testemunhasse a impaciência do Sr. Huntingdon ou ouvisse o linguajar terrível que costumava usar em seus ataques de dor ou irritação.

Este último, continuava a Sra. Huntingdon, se arrependeu profundamente do ato que causou sua recaída; mas, como de costume, joga a culpa em mim. Diz que, se tivesse argumentado com ele como uma criatura racional, isso nunca teria acontecido, mas ser tratado como um bebê ou um tolo era suficiente para fazer qualquer homem perder a paciência e levá-lo a afirmar sua independência mesmo com o sacrifício de seus próprios interesses. Ele se esquece de quantas vezes eu, mesmo com *argumentos*, já o fiz "perder a paciência" antes. Parece ter consciência do perigo que corre; mas nada consegue induzi-lo a encarar isso da maneira adequada. Certa noite, quando estava cuidando de Arthur e acabara de lhe trazer uma beberagem para apaziguar sua enorme sede, ele observou, retornando ao sarcasmo usual:

— Sim, você é muito atenciosa *agora*! Aposto que não há nada que não faria por mim, não é?

— Você sabe — respondi, um pouco surpresa com seu tom — que estou disposta a fazer qualquer coisa que ajude a aliviar seu sofrimento.

— Sim, *agora*, meu anjo imaculado, mas, quando tiver obtido sua recompensa e se vir a salvo no Paraíso, enquanto eu uivo no fogo do inferno, quero ver erguer um dedo para me salvar! Não, vai observar tudo calmamente, sem sequer enfiar a ponta do dedo na água para me dar uma gota de beber!

— Se isso acontecer, será por causa do imenso abismo que não conseguirei transpor; e se *pudesse* observar calmamente tal cena, seria apenas por estar segura de que você estaria sendo purificado de seus pecados e se preparando para desfrutar da mesma felicidade que eu. Mas está mesmo *determinado*, Arthur, a não me encontrar no Paraíso?

— Hunf! E o que eu faria lá, me diga?

— De fato, não sei dizer; temo que, decerto, seus gostos e inclinações teriam de ser profundamente alterados antes de conseguir ser feliz lá. Mas prefere afundar, sem fazer qualquer esforço, no tormento para o qual imagina estar destinado?

— Isso tudo é uma fábula! — respondeu ele com desdém.

— Tem certeza, Arthur? Certeza *mesmo*? E se houver qualquer dúvida e você descobrir que *está* errado, quando for tarde demais para se...

— Seria um grande aborrecimento, com certeza — disse Arthur, mas não me incomode com isso agora. Ainda não vou morrer. Não posso e não vou! — acrescentou com veemência, como se de súbito houvesse se dado conta do peso aterrador daquele acontecimento. — Helen, você *precisa* me salvar!

E ele agarrou, desesperado, a minha mão, me olhando com uma expressão tão súplice que meu coração sangrou, e eu não consegui dizer nada, pois as lágrimas me sufocaram.

* * *

A carta seguinte trouxe a informação de que a doença avançava depressa e que o horror da morte do pobre enfermo era uma causa ainda maior de sofrimento do que toda a sua impaciência e dor física. Nem todos os seus amigos o haviam abandonado, pois o Sr. Hattersley, sabendo do perigo que corria, viera de sua casa distante no Norte do país para vê-lo. Sua esposa o acompanhara, tanto pelo prazer de encontrar a querida amiga que passara um período tão longo sem ver quanto para visitar a mãe e a irmã.

A Sra. Huntingdon disse que estava feliz em voltar a ver Milicent e em observar que estava tão alegre e bem. "Ela está no Grove", continuava a carta, "mas vem me visitar muitas vezes. O Sr. Hattersley passa boa parte de seu tempo na cabeceira de Arthur. Com mais bondade do que eu imaginava possuir, revela uma considerável compaixão pelo amigo e tem muito mais vontade do que habilidade para confortá-lo. Às vezes, tenta contar piadas e rir com ele, mas não dá certo; às vezes, tenta alegrá-lo falando dos velhos tempos; isso, em certas ocasiões, serve para distrair o doente de seus pensamentos tristes; mas, em outras, apenas o mergulha numa melancolia mais profunda ainda, e então Hattersley fica confuso e não sabe o que dizer — a não ser sugerir, timidamente, que chamem o clérigo. Mas Arthur jamais concorda com isso: sabe que rejeitou as admoestações bem-intencionadas desse homem santo com desprezo e leviandade em outros momentos, e não quer nem sonhar em buscar conforto em sua presença agora.

"O Sr. Hattersley às vezes se oferece para cuidar dele no meu lugar, mas Arthur não me deixa ir: esse estranho capricho vai aumentando conforme sua força míngua — essa vontade de me ter sempre ao seu lado. Quase nunca me afasto dele, exceto para ir ao quarto ao lado, onde às vezes consigo dormir uma ou duas horas, quando ele está tranquilo; mas, mesmo então, a porta é deixada semicerrada, para que Arthur saiba que vou ouvi-lo se me chamar. Estou com ele agora, enquanto escrevo, e temo que essa ocupação o irrite, embora pare muitas vezes para cuidar de suas necessidades e embora o Sr. Hattersley também esteja ao seu lado. Este último disse que veio implorar que Arthur me dê um descanso, para que eu possa correr no jardim nesta bela manhã gelada com Milicent, Esther e o pequeno Arthur, que ele trouxe para me ver. O pobre inválido evidentemente considerou essa uma sugestão cruel, e teria considerado ainda mais cruel de minha parte concordar. Por isso, eu disse que só iria conversar com eles por um minuto e voltar. De fato, troquei apenas algumas palavras com os três diante do portão, inalando o ar fresco e revigorante, e então, resistindo a suas eloquentes súplicas para que ficasse mais um pouco e desse uma volta com eles pelo jardim, obriguei-me a sair dali e voltei para perto do meu paciente. Não cheguei a me ausentar nem por cinco minutos, mas Arthur brigou comigo por minha leviandade e negligência. Seu amigo me defendeu:

— Não, não, Huntingdon — disse ele. — Você é duro demais. Ela precisa comer, dormir e respirar um pouco de ar puro de vez em quando, ou não vai aguentar, estou dizendo. Olhe só para ela, homem; já virou um fiapo.

— O que é o sofrimento dela, comparado com o meu? — perguntou o pobre doente. — Você não se ressente de me dar essa atenção, não é, Helen?

— Não, Arthur, se ela realmente lhe for útil. Daria minha vida pela sua, se pudesse.

— Daria *mesmo*? Não!

— De todo o coração.

— Ah! Isso é porque pensa que está mais preparada para a morte.

"Seguiu-se um intervalo angustiante. Arthur evidentemente estava mergulhado em reflexões lúgubres, mas, enquanto eu pensava em algo para dizer que pudesse lhe fazer bem, sem alarmá-lo, Hattersley, em cuja mente havia um pensamento bem parecido, quebrou o silêncio, sugerindo:

— Olhe, Huntingdon, acho que você *devia* mandar chamar um homem da igreja. Se não gosta do vigário, pode chamar o cura, ou alguma outra pessoa.

— Não; nenhum deles poderá me fazer bem se *ela* não puder.

E as lágrimas saltaram dos olhos de Arthur enquanto ele exclamava:

— Oh, Helen, se eu a tivesse ouvido, não teria chegado a este ponto! Se a tivesse ouvido há muito tempo... Oh, meu Deus! Como teria sido diferente!

— Então me ouça agora, Arthur — disse eu, apertando de leve sua mão.

— É tarde demais agora — respondeu ele, arrasado.

"Depois disso, veio outro ataque de dor, e então sua mente começou a delirar e nós tememos que a morte estivesse próxima. Mas um opiáceo foi administrado, seu sofrimento começou a diminuir, ele gradualmente ficou mais tranquilo e, afinal, caiu numa espécie de sono. Tem estado mais calmo desde então; e agora Hattersley foi embora, dizendo que esperava que o amigo estivesse num estado melhor amanhã.

— Talvez eu me recupere mesmo — respondeu Arthur. — Quem sabe? Talvez aquele tenha sido o pior momento. O que *você* acha, Helen?

"Sem querer deprimi-lo, dei a resposta mais otimista que pude, mas ainda lhe recomendei que se preparasse para a possibilidade que, no fundo, temo ser uma certeza. Mas ele estava decidido a ter esperanças. Pouco tempo depois, voltou a dormitar — mas, agora, está gemendo de novo.

"Ocorreu uma mudança. De repente, Arthur me chamou num tom tão estranho e excitado que temi que estivesse delirando — mas não estava.

— Aquele *foi* o pior momento, Helen! — afirmou, deliciado. — Estava com uma dor infernal aqui... mas ela sumiu agora. Não me sinto tão bem desde que caí. Ela sumiu, juro!

"E ele agarrou minha mão e beijou-a, transbordando de felicidade; mas, ao ver que eu não sentia a mesma emoção, atirou-a longe e soltou uma exclamação rancorosa contra minha frieza e insensibilidade. Como eu podia responder? Ajoelhando-me ao seu lado, peguei sua mão e, pela primeira vez desde nossa separação, beijei-a com carinho, dizendo-lhe, por entre lágrimas, que não era *isso* que me mantinha calada, mas o medo de que o desaparecimento súbito da dor não fosse um sintoma tão favorável quanto ele supunha. Mandei chamar o médico imediatamente. Estamos agora esperando, ansiosos, por ele. Vou lhe contar o que ele vai dizer. Arthur ainda está livre da dor — ainda tem a mesma insensibilidade no local onde o sofrimento era mais agudo.

"Era o que eu mais temia — a necrose começou. O médico disse a ele que não há mais esperanças. Não tenho palavras para expressar a angústia de Arthur. Não posso mais escrever."

O TEOR DA carta seguinte nos deixou ainda mais aflitos. O doente se aproximava depressa do fim — já fora arrastado até quase a beira daquele abismo terrível que tremia ao contemplar, de onde nenhuma prece ou lágrima podia salvá-lo. Nada o confortava agora: as tentativas rudes de consolo de Hattersley eram em vão. O mundo não significava nada para ele: a vida e todos os seus interesses, suas questões mesquinhas e prazeres efêmeros, eram uma piada cruel. Falar do passado era torturá-lo com um remorso inútil; referir-se ao futuro era aumentar sua angústia, mas ficar em silêncio era deixá-lo à mercê de seus arrependimentos e apreensões. Muitas vezes, ele falava com uma minúcia aterradora do destino daquele barro moribundo — da lenta e gradual deterioração que já tomava conta de seu corpo; da mortalha, do caixão, do túmulo escuro e solitário e de todos os horrores da decomposição.

"Se eu tento," — escreveu sua pobre esposa — "fazê-lo parar de pensar nessas coisas, e se ocupar de temas mais nobres, não há melhora.

"— Pior ainda! — geme ele. — Se de fato houver vida após o túmulo e um julgamento após a morte, como *eu* poderei encará-lo?

"Não consigo lhe fazer nenhum bem. Nada do que digo lhe traz alguma revelação ou algum conforto; ainda assim, ele se agarra a mim com uma obstinação incansável, com uma espécie de desespero infantil, como se pudesse salvá-lo do destino que o enche de pavor. Arthur me mantém ao seu lado noite e dia. Segura minha mão esquerda agora, enquanto escrevo; está nessa posição há horas: às vezes, em silêncio, com o rosto pálido me encarando, outras vezes, agarrando meu braço com violência. Grossas gotas de suor brotam de sua testa diante do que ele vê ou pensa que vê. Se retiro minha mão por um momento, isso o angustia.

"— Fique comigo, Helen. Deixe-me segurá-la assim. Parece-me que nada pode me fazer mal enquanto você estiver aqui, mas a morte *virá*... está vindo agora... tão depressa! E... ah, se eu pudesse acreditar que não há nada depois!

"— Não tente acreditar nisso, Arthur! Há alegria e glória após a morte, basta você tentar alcançá-las!

"— Para *mim*? — disse ele, com algo parecido com uma risada. — Nós não seremos julgados pelos atos que cometemos na Terra? De que serve uma existência em que somos testados se alguém pode passá-la como quiser, contrariando os decretos de Deus, e depois ir para o céu junto com os melhores dos homens? Se o pecador mais vil pode ganhar a recompensa do maior santo, apenas dizendo que se arrepende?

"— Mas se você se arrepender *sinceramente*...

"— Não *consigo* me arrepender; apenas temo.

"— Só lamenta o passado por causa das consequências que ele trouxe para você?

"— Isso mesmo. Mas me arrependo de ter lhe feito mal, Nell, pois você é tão boa para mim.

"— Pense na bondade de Deus. Como pode deixar de lamentar tê-Lo ofendido?

"— O que é Deus? Não consigo vê-Lo, nem ouvi-Lo. Deus é apenas uma ideia.

"— Deus é sabedoria, poder, bondade... e *amor* infinitos. Mas, se essa ideia for vasta demais para suas faculdades humanas, se sua mente se perder nesse infinito absoluto, pense Naquele que teve a bondade de assumir nossa natureza, que subiu aos céus mesmo em seu corpo humano glorioso, em quem habita toda a plenitude da divindade.

"Mas Arthur apenas balançou a cabeça e suspirou. E então, em outro ataque de horror trêmulo, agarrou com mais força minha mão e meu braço e, gemendo e se lamentando, continuou a me segurar com aquele desespero que me dilacera a alma, pois sei que não posso ajudá-lo. Fiz tudo o que pude para tranquilizá-lo e confortá-lo.

"— A morte é tão terrível! — exclamou ele. — Não consigo suportar! Você não sabe, Helen... não pode imaginar, pois ela não está diante dos seus olhos. E, quando eu estiver enterrado, vai voltar a ser tão feliz quanto era antes, e todo mundo vai seguir em frente, ocupado e alegre como sempre. Enquanto eu...

"E Arthur irrompeu em lágrimas.

"— Não precisa se preocupar com *isso* — eu disse. — Nós todos trilharemos o mesmo caminho algum dia.

"— Gostaria de poder levá-la comigo agora! — disse ele. — Você poderia interceder por mim.

"— 'Nenhum deles pode redimir a seu irmão, ou dar a Deus o resgate dele'* — respondi. — Salvar uma alma é mais caro do que isso... custa o sangue de um Deus encarnado, perfeito e sem pecado, para nos salvar das amarras do demônio; que *Ele* interceda por você.

"Eu pareço falar em vão. Arthur não ri mais com desdém dessas verdades divinas, como fazia antes: mas ainda assim não consegue confiar nelas, ou não é capaz de compreendê-las. Não vai demorar muito. Ele sofre horrivelmente, assim como aqueles que cuidam dele. Mas não vou perturbá-lo com mais detalhes: já disse o suficiente, creio, para convencê-lo de que fiz bem em voltar para cá."

* * *

Pobre, pobre Helen! Como devem ser terríveis as suas provações! E eu não podia fazer nada para aliviá-las — não, quase me sentia o causador delas, por causa de meus desejos secretos; e, tanto quando pensava no seu sofrimento quanto no de seu marido, tinha a impressão de que eram uma punição por ter acalentado tais pensamentos.

Dois dias depois, chegou mais uma carta. Ela também me foi entregue sem qualquer comentário, e aí vai seu conteúdo:

5 de dezembro

Arthur se foi, afinal. Passei a noite inteira ao seu lado, com a mão agarrada à dele, observando as mudanças em suas feições e ouvindo a respiração cada vez mais difícil. Ele estava em silêncio há muito tempo e achei que jamais voltaria a dizer uma palavra, quando murmurou, num tom fraco, mas audível:

---

*Salmos 49:7. (*N. da T.*)

— Reze por mim, Helen!

— Eu rezo por você a cada hora, a cada minuto, Arthur, mas precisa rezar por si mesmo.

Os lábios dele se moveram, mas não emitiram nenhum som; então, Arthur assumiu uma aparência inquieta, e, pelas palavras balbuciadas e incoerentes que lhe escapavam de tempos em tempos, supus que estivesse inconsciente e, devagar, soltei minha mão com a intenção de sair sem fazer barulho para respirar um pouco, pois estava prestes a desmaiar; mas voltei no mesmo instante ao sentir um movimento convulso dos dedos e ouvir um sussurro:

— Não me deixe!

Peguei sua mão de novo e segurei-a até ele expirar; e, então, desmaiei. Não de dor, mas da exaustão contra a qual conseguira lutar até aquele momento. Oh, Frederic! Ninguém pode imaginar as agonias físicas e mentais dessa morte! Como posso suportar pensar que aquela pobre alma tenha sido arrastada para o tormento eterno? Isso me deixaria insana! Mas, graças a Deus, tenho esperanças — não apenas devido a uma confiança vaga na possibilidade de que a penitência e o perdão o tenham alcançado no último minuto, mas a uma crença abençoada no fato de que, sejam quais forem as chamas que os espíritos errantes são condenados a atravessar, seja qual destino lhes aguarde, ainda assim, ele não está perdido, e Deus, que não odeia nada que criou, ainda vai abençoá-lo!

Na quinta-feira, o corpo dele será baixado ao túmulo escuro que tanto o apavorava, mas o caixão precisa ser fechado o mais rápido possível. Se puder vir ao velório, venha rápido, pois eu preciso de ajuda.

Helen Huntingdon

50

Dúvidas e decepções

Ao ler a carta, não foi necessário disfarçar minha alegria e minha esperança para Frederic Lawrence, pois não eram esses meus sentimentos e, portanto, não precisei me envergonhar. Minha única alegria foi saber que a irmã dele, afinal, se libertara daquela provação angustiante e exaustiva — e minha única esperança, que um dia se recuperasse de seus efeitos, e que lhe fosse permitido descansar em paz e silêncio pelo menos até o fim da vida. Senti uma comiseração dolorosa por seu infeliz marido (embora soubesse perfeitamente que ele fora a causa de cada partícula do que padecera, e que merecera tudo aquilo) e uma profunda compaixão por seus próprios sofrimentos, além de uma imensa preocupação pelas consequências daqueles cuidados devastadores, as vigílias terríveis, o confinamento incessante e nocivo junto a um moribundo — pois tinha certeza de que ela não descrevera nem metade dos tormentos que tivera de suportar.

— Vai vê-la, Lawrence? — perguntei, devolvendo-lhe a carta.

— Sim, imediatamente.

— Muito bem! Vou deixá-lo, então, para que possa se preparar para a viagem.

— Já fiz isso mais cedo e enquanto você estava lendo a carta; a carruagem já está sendo trazida para a porta.

Aprovando intimamente a celeridade dele, desejei-lhe um bom dia e me retirei. Lawrence me lançou um olhar inquisidor quando apertamos as mãos ao nos despedirmos, mas, seja lá o que fosse que estivesse buscando em minhas feições, não encontrou nada ali além da mais digna seriedade — talvez misturada com um pouco de severidade, em razão de um breve ressentimento pelo que suspeitava estar se passando em seus pensamentos.

Será que eu me esquecera das minhas perspectivas para o futuro, do meu amor ardente, da minha esperança pertinaz? Parecia um sacrilégio me lembrar deles agora, mas eu não me esquecera. Foi, no entanto, com a sensação lúgubre de que o futuro era negro, de que a esperança era uma falácia e a afeição, uma vaidade, que refleti sobre tudo isso quando montava de novo meu cavalo e voltava devagar para casa. A Sra. Huntingdon estava livre, não era mais um crime pensar nela. Mas será que ela pensava em mim? Não naquele instante — é claro que isso não se poderia esperar —, mas pensaria depois que o choque passasse? Em toda a sua correspondência com o irmão (nosso amigo mútuo, como ela mesma o chamava) só mencionara meu nome uma vez — e por necessidade. Só isso já era uma forte indicação de que eu já fora esquecido, mas não era o pior: poderia ter sido por um senso de dever que ela se mantivera em silêncio; poderia estar apenas *tentando* esquecer. Mas eu tinha também uma triste convicção de que a realidade terrível de tudo o que vira e sentira, sua reconciliação com o homem que um dia amara, o sofrimento e a morte aterradora dele, tudo isso acabara por apagar de sua mente todos os vestígios do amor passageiro que tivera por mim. A Sra. Huntingdon talvez se recuperasse desses horrores a ponto de recobrar a saúde, a tranquilidade e até a alegria de antes — mas jamais aqueles sentimentos que lhe pareceriam, dali em diante, um capricho ligeiro, um sonho vão: principalmente porque não havia ninguém por perto para lembrá-la de minha existência, nenhum meio de assegurá-la de minha profunda constância, agora que estávamos tão distantes. O decoro me impedia de vê-la ou escrever para ela, pelo menos durante alguns meses. E como eu poderia pedir que seu irmão intercedesse em meu favor? Como poderia quebrar aquela camada gélida de reserva e timidez? Talvez ele desaprovasse tanto meu amor por ela quanto antes; talvez me considerasse pobre demais, vulgar demais, para me casar com sua irmã. Sim, esse era outro obstáculo: sem dúvida, havia uma grande diferença entre a posição social e as circunstâncias da Sra. Huntingdon, proprietária de Grassdale Manor, e a Sra. Graham, a pintora que fora inquilina de Wildfell Hall. E talvez fosse considerado presunção de minha parte oferecer minha mão à primeira — pela sociedade, pela família dela, senão por ela mesma, uma punição à qual me arriscaria, se tivesse certeza de seu amor. Mas, sem essa certeza, como poderia fazê-lo? E por último, seu falecido marido, com o egoísmo de sempre, talvez houvesse redigido o testamento de modo a impedi-la de se casar de novo. Assim, como vê, eu tinha motivos suficientes para sentir um grande desespero, se decidisse me entregar a ele.

No entanto, foi com bastante impaciência que esperei o retorno do Sr. Lawrence de Grassdale — uma impaciência que crescia conforme sua ausência ia ficando mais prolongada. Ele ficou fora por cerca de dez ou 12 dias. Era muito correto que permanecesse lá para confortar e ajudar a irmã, mas poderia ter escrito para mim para me contar como ela estava — ou, pelo menos, para me dizer quando ia voltar, pois devia ter imaginado que minha preocupação com a Sra. Huntingdon e minha incerteza em relação ao futuro me torturavam. Quando Lawrence afinal voltou, tudo o que me disse foi que ela havia ficado profundamente exausta por causa dos esforços incessantes em nome do homem que fora o flagelo de sua vida e quase a levara até o túmulo com ele, e que ainda estava muito abalada e deprimida com seu fim melancólico e com as circunstâncias em que este ocorrera. Nenhuma palavra sobre mim, nenhuma indicação de que meu nome lhe saíra dos lábios, ou mesmo que fora dito em sua presença. É claro que não fiz nenhuma pergunta sobre o assunto: não consegui me obrigar a fazê-lo, pois acreditava que Lawrence era mesmo avesso à ideia de eu me casar com sua irmã.

Vi que Lawrence esperava mais perguntas sobre sua visita e vi também, com a perspicácia despertada pelo ciúme ou pela autoestima insegura — ou seja lá como você queira chamar o que eu sentia naquele momento —, que ele não desejava esse escrutínio, e que ficou tão feliz quanto surpreso quando não aconteceu. É claro que eu estava ardendo de raiva, mas o orgulho me obrigou a reprimir o que sentia e a manter o rosto impassível — ou, ao menos, a aparentar uma tranquilidade estoica durante todo o encontro. Fiz bem em tê-lo feito, pois, ao repassar o ocorrido quando estava mais calmo, devo dizer que teria sido absurdo e incongruente de minha parte brigar com Lawrence naquela ocasião. Devo confessar também que minha opinião estava errada: a verdade era que ele gostava bastante de mim, mas tinha perfeita consciência de que um casamento entre mim e a Sra. Huntingdon seria o que a sociedade chama de *mésalliance*, e não era de sua natureza desafiar o mundo, em especial num caso como esse, pois a zombaria ou o desprezo seriam muito mais terríveis para ele se dirigidos à irmã do que a si próprio. Se Lawrence houvesse acreditado que uma união era necessária para a felicidade de ambos ou de qualquer um dos dois, ou se tivesse sabido como era profundo o meu amor, teria agido diferente, mas, vendo-me tão calmo e tranquilo, não quis, por nada neste mundo, perturbar minha resignação. E, embora não tenha, de nenhuma maneira, se oposto abertamente ao casamento, preferiu ser prudente e nos ajudar a deixar para trás nossa predileção mútua, a ser sentimental e encorajá-la. "E estava muito certo", dirá você. E talvez estivesse. De qualquer maneira, eu não tinha o direito de sentir tanto rancor dele. Mas, naquele momento, não conseguia ver o assunto de modo tão ponderado, e, após uma breve conversa sobre questões triviais, fui embora, com todas as dores do orgulho ferido e da amizade desapontada, além daquelas resultantes do medo de ter sido mesmo esquecido e da consciência de que a mulher que amava estava só, atormentada, sofrendo com a saúde debilitada e o ânimo abalado, e eu estava proibido de lhe assegurar que tinha minha compaixão, pois mandar uma mensagem dessas através do Sr. Lawrence estava completamente fora de questão.

O que eu podia fazer? Só esperar e ver se a Sra. Huntingdon me mandava algum sinal. Mas é claro que não mandaria, a não ser talvez uma mensagem gentil confiada ao irmão, que ele, provavelmente, não entregaria. E então — que pensamento terrível! — ela me consideraria frio e indiferente por não responder. Ou talvez Lawrence já houvesse dado a entender que eu não pensava mais nela! Ainda assim, decidi esperar até que seis meses contados a partir de nosso último encontro houvessem se passado (o que aconteceria no fim de fevereiro). Então, lhe mandaria uma carta, modestamente lembrando que permitira que eu lhe escrevesse ao fim desse período, e esperando poder contar com essa permissão, ao menos para expressar minha profunda tristeza por tudo o que tinha sofrido nos últimos tempos, minha justa apreciação de sua conduta generosa e meus votos de que sua saúde estivesse completamente restabelecida, de modo que pudesse, um dia, se permitir desfrutar as bênçãos de uma vida tranquila e feliz, que lhe haviam sido negadas durante tanto tempo, mas que ninguém merecia mais do que ela. Acrescentaria algumas palavras de carinho a meu amiguinho Arthur, na expectativa de que ele não me houvesse esquecido; e talvez mais algumas em referência a outro tempo: àquelas horas deliciosas que passara em sua companhia, à minha lembrança vívida delas, que era o colorido e o consolo da minha vida, dizendo também que esperava que seus tormentos recentes não houvessem banido por inteiro essas recordações de sua mente. Se a Sra. Huntingdon não respondesse a essa carta, é claro que eu não escreveria mais. Se respondesse (e é claro que o faria, de *alguma* maneira), minhas atitudes no futuro dependeriam de seu tom.

Dez semanas era um período longo para esperar nesse estado de incerteza miserável. Mas, coragem! Ele tinha de ser suportado. Enquanto isso, continuaria a ver Lawrence de tempos em tempos, embora não com a frequência de antes, e seguiria fazendo as mesmas perguntas sobre sua irmã: se ele recebera notícias dela e como estava, nada mais.

Fiz isso, e as respostas que recebi foram sempre limitadas à indagação feita, para minha irritação. Primeiro, Lawrence contou que a irmã estava igual e, então, que não reclamava, mas que o tom de sua última carta indicava uma mente deprimida; depois, que dissera estar melhor; e, finalmente, que afirmara estar bem, muito ocupada com a educação do filho, com a administração da propriedade do marido e com a condução de seus negócios. O patife não revelou que destino fora dado à propriedade, nem se o Sr. Huntingdon chegara a fazer um testamento, e eu preferia morrer a perguntar, para não correr o risco de ter meu desejo de saber interpretado como cobiça. Ele não se oferecia mais para me mostrar as cartas da irmã, e eu sequer insinuava que queria vê-las. Fevereiro, no entanto, se aproximava, dezembro já passara, janeiro, enfim, quase terminara... mais algumas semanas e, então, o desespero certo ou uma renovação da esperança poriam fim a esse longo e angustiante suspense.

Mas que infelicidade! Foi justamente nessa época que a Sra. Huntingdon sofreu outro golpe: a morte do tio, um velho bastante canalha, acredito, mas que sempre demonstrara mais gentileza e afeição por ela do que por qualquer outra pessoa, e a quem esta se acostumara a ver como um pai. A Sra. Huntingdon estava lá no momento da morte, tendo assistido a tia a cuidar dele durante o estágio final de sua doença. Seu irmão foi a Staningley para o enterro e me disse, quando voltou, que ela permanecia tentando alegrar a tia com sua presença, e que deveria permanecer por lá mais algum tempo. Isso era uma má notícia para mim. Enquanto a Sra. Huntingdon continuasse em Staningley, eu não podia escrever para ela, pois não sabia o endereço e me recusava a pedi-lo a Lawrence. Mas, semana após semana, todas as vezes que perguntava por ela, ficava sabendo que ainda continuava lá.

— E *onde* é Staningley? — perguntei, afinal.

— No condado de ——.

Essa foi a resposta breve de Lawrence, dada num tom tão frio e seco que me impediu de pedir mais detalhes.

— Quando ela vai voltar para Grassdale? — perguntei, então.

— Não sei.

— Diabos! — murmurei.

— O que foi, Markham? — indagou meu amigo, com um ar de surpresa inocente.

Não me dignei a responder, lançando para Lawrence apenas um olhar de desprezo silencioso, diante do qual ele se virou e contemplou o tapete com um leve sorriso, meio melancólico, meio divertido; então, erguendo os olhos de repente, começou a falar de outros assuntos, tentando me envolver numa conversa alegre e amistosa. Mas eu estava irritado demais para conversar e logo fui embora.

Entenda, por algum motivo eu e Lawrence não conseguíamos nos dar muito bem. O fato é, acredito, que nós dois éramos sensíveis demais. É um problema, Halford, essa suscetibilidade a ver afrontas onde não há intenção de insultar. Não sou mais vítima disso, como você próprio pode testemunhar: aprendi a ser alegre e sábio, a ser mais confortável comigo mesmo e mais indulgente com os meus vizinhos, e sei rir tanto de Lawrence quanto de você.

Em parte, por acidente, em parte em razão de uma negligência proposital de minha parte (pois estava de fato começando a sentir uma antipatia por ele), diversas semanas se passaram antes que eu voltasse a ver o meu amigo. Quando nos encontramos, foi *ele* que me procurou. Numa manhã ensolarada do começo de junho, veio até o campo onde eu acabara de dar início à colheita do meu feno.

— Faz tempo que não o vejo, Markham — disse, após termos trocado algumas palavras. — Pretende não voltar mais a Woodford?

— Fui lá uma vez, mas você havia saído.

— Lamentei por isso, mas já faz tempo. Achei que fosse fazer outra visita, e depois, quando *eu* fiz uma, era *você* que havia saído. E creio que em geral não passa muito tempo em casa, ou me daria o prazer de visitá-lo com mais frequência. Mas, como estava determinado a vê-lo desta vez, deixei meu pônei na estrada e pulei sebes e valas para vir encontrá-lo, pois estou prestes a passar algum tempo longe de Woodford e talvez não tenha a felicidade de vê-lo durante um ou dois meses.

— Para onde vai?

— Para Grassdale primeiro — disse ele, com um meio-sorriso que teria reprimido, se pudesse.

— Grassdale! Quer dizer que ela está lá?

— Sim, mas daqui a um ou dois dias vai com a Sra. Maxwell para F——, para respirar um pouco de ar marinho, e eu vou com elas.

F——, naquela época, era uma estância de águas tranquilas, porém respeitável; hoje em dia, é muito mais frequentada.

Lawrence parecia estar esperando que eu fosse me aproveitar daquela ocasião para confiar-lhe uma mensagem para a irmã, e acho que teria se disposto a entregá-la sem grandes objeções, se houvesse tido o bom senso de lhe pedir isso, embora não fosse, é claro, se *oferecer* para fazê-lo, se a iniciativa não partisse de mim. Mas não consegui fazer o pedido, e só depois que ele se fora percebi a bela oportunidade que tinha perdido. Então, me arrependi profundamente da minha estupidez e do meu orgulho tolo, mas já era tarde para consertar a situação.

Lawrence só voltou no final de agosto. Escreveu para mim duas ou três vezes de F——, mas suas cartas eram sempre irritantes e insatisfatórias, falando apenas de generalidades ou trivialidades, com as quais eu não me importava, ou repletas de ideias e reflexões que me eram igualmente desagradáveis; não dizia quase nada sobre a irmã e pouco mais sobre si mesmo. Decidi, no entanto, esperar que retornasse: talvez, então, conseguisse arrancar mais alguma coisa dele. De qualquer maneira, não escreveria para ela agora, enquanto estava com o irmão e a tia, que sem dúvida seria ainda mais hostil aos meus desejos presunçosos do que ele. Quando a Sra. Huntingdon voltasse para o silêncio e a solidão do próprio lar, essa seria a melhor oportunidade para mim.

Quando Lawrence chegou, no entanto, continuou tão reservado quanto sempre fora em relação ao assunto que despertava minha maior ansiedade. Contou-me que a irmã tivera uma melhora considerável de saúde após sua estada em F——, que seu filho estava muito bem e que — ai de mim! — ambos tinham voltado com a Sra. Maxwell para Staningley, onde ficariam por pelo menos três meses. Mas, em vez de entediar você com meu desgosto, minhas expectativas e decepções, minhas flutuações entre o entorpecimento do desânimo e o lampejo de esperança, minhas diversas resoluções de ora esquecer, ora perseverar; ora fazer uma investida ousada, ora deixar o tempo passar e esperar pacientemente — revelarei o destino de alguns dos personagens apresentados ao longo dessa narrativa, que talvez não tenha mais oportunidade de mencionar.

Pouco antes da morte do Sr. Huntingdon, Lady Lowborough fugiu com outro admirador para o continente, onde, depois de terem vivido durante algum tempo numa dissipação alegre e inconsequente, brigaram e se separaram. Ela seguiu brilhando por mais uma temporada, mas os anos passaram e o dinheiro se esvaiu; então, Lady Lowborough se afundou em dificuldades e dívidas, em desgraças e amarguras e, afinal, pelo que ouvi dizer, morreu na penúria, abandonada e infeliz. Mas isso talvez seja apenas um boato: talvez ainda esteja viva, pelo que eu ou qualquer um de seus parentes sabemos, uma vez que toda a família cortou relações com ela há anos e gostaria de esquecê-la para sempre, se pudesse. Seu marido, no entanto, diante dessa segunda infração, imediatamente pediu e obteve o divórcio e, pouco depois, casou-se de novo. Fez bem: pois Lorde Lowborough, por mais melancólico que parecesse, não tinha nascido para a vida de solteiro. Nenhum interesse público, nenhum projeto ambicioso, nenhuma atividade ou mesmo amizade (se ele tivesse tido amigos) podia lhe compensar a ausência dos confortos e ternuras do lar. Ele tinha um filho e uma menina que levava seu sobrenome, era verdade, mas os dois eram uma lembrança dolorosa demais da mãe, e a pobre pequena Annabella era uma fonte de eterna mágoa para sua alma. Lorde Lowborough se obrigara a tratá-la com gentileza paternal, chegara mesmo a se forçar a não a odiar e até, talvez, a ter algum carinho por ela, em retribuição a sua afeição singela, mas a amargura da culpa pelo que sentia em seu íntimo por aquela menina inocente, e seus esforços constantes para dominar os impulsos malévolos de sua natureza (que não era generosa), embora adivinhados em parte por aqueles que o conheciam, só eram sabidos por Deus e seu próprio coração. Assim como a dificuldade de sua luta contra a tentação de retornar ao vício da juventude, buscando o esquecimento das calamidades do passado e o entorpecimento diante da infelicidade de um presente composto por um coração frustrado, uma vida sem alegria e sem amigos, e a morbidez de uma mente desconsolada, na entrega àquele inimigo insidioso da saúde, do bom senso e da virtude que já o escravizara e degradara de maneira tão deplorável.

Sua segunda escolha foi muito diferente da primeira. Alguns se admiraram com seu gosto, outros até o ridicularizaram — mas, ao fazê-lo, demonstraram ser mais tolos do que ele. A senhora em questão tinha mais ou menos sua idade — ou seja, entre 30 e 40 anos —, não possuía uma quantidade extraordinária nem de beleza, nem de riqueza, nem de talentos brilhantes, nem de qualquer outra coisa, exceto um bom senso genuíno, uma integridade inabalável, uma religiosidade verdadeira, uma benevolência carinhosa e uma grande alegria. Essas qualidades, no entanto, como você bem pode imaginar, fizeram dela uma mãe excelente para as crianças e uma esposa inestimável para Lorde Lowborough. Este, com a autodepreciação (ou apreciação?) de sempre, a considerava boa demais para ele e, ao mesmo tempo que se assombrava com a gentileza da providência divina em lhe entregar tamanha dádiva, e até com o fato de a moça tê-lo preferido a outros homens, fazia de tudo para retribuir o bem que esta lhe fazia, sendo tão bem-sucedido que ela se tornou, e acredito que ainda seja, uma das esposas mais felizes e carinhosas de toda a Inglaterra; e qualquer um que questionar o bom gosto de um dos dois que se considere muito grato se *sua* escolha lhe garantir metade da satisfação genuína, ou lhe pagar a preferência com uma afeição tão duradoura e sincera.

Se tiver algum interesse no destino daquele canalha do Grimsby, só posso lhe dizer que ele foi de mal a pior, afundando num abismo cada vez mais profundo de vício e vilania, se aliando apenas aos piores membros de seu clube e às criaturas mais baixas da sociedade — para a felicidade do resto do mundo. Acabou por perder a vida numa briga de bêbados, pelas mãos, dizem, de outro patife, a quem roubara no jogo.

Quanto ao Sr. Hattersley, este jamais se esqueceu de sua resolução de sair "do meio deles"* e se comportar como um verdadeiro homem e cristão; a doença e a morte de seu outrora alegre amigo Huntingdon lhe deixaram uma impressão tão séria dos males causados por seus antigos hábitos que ele não precisou de outra lição. Evitando as tentações da cidade, continuou a passar a vida no campo, imerso nas ocupações usuais de um proprietário de terras saudável e ativo: ou seja, cuidar da fazenda, criar cavalos e gado e se distrair caçando um pouco. Seus dias são animados pelas visitas ocasionais de amigos (melhores do que aqueles de sua juventude) e a companhia de sua esposa feliz (que passou a ser tão alegre e confiante quanto qualquer um poderia desejar) e de uma bela prole de filhos robustos e filhas viçosas. Como seu pai, o banqueiro, morreu há alguns anos e lhe deixou toda a fortuna, Ralph Hattersley agora pode exercitar seus gostos com toda a liberdade, e, como você sabe, é celebrado em todo o país pelos nobres cavalos de seu haras.

---

*Segunda Epístola aos Coríntios 6:17. (*N. da T.*)

51

Uma ocorrência inesperada

Agora vamos nos voltar para uma tarde silenciosa, fria e nublada no começo de dezembro, quando a primeira neve do inverno formava uma camada fina sobre os campos adormecidos e as estradas congeladas, ou montes mais altos nos sulcos feitos pelas rodas das carroças e pelas pegadas dos homens e dos cavalos, impressas na lama petrificada das chuvas torrenciais do último mês. Eu me lembro bem dessa tarde, pois estava voltando da casa do vigário ao lado de ninguém menos do que a Srta. Eliza Millward. Tinha ido visitar seu pai — um sacrifício em nome da polidez feito exclusivamente para satisfação de minha mãe, e não para a minha, pois detestava me aproximar daquele lugar; não apenas em razão de minha antipatia por Eliza, que outrora considerara tão fascinante, mas porque ainda não perdoara o velho sacerdote por sua má opinião sobre a Sra. Huntingdon. Este, embora tivesse sido obrigado a admitir ter se enganado, ainda insistia que ela errara em deixar o marido; era uma violação dos deveres sagrados de uma esposa; era tentar a providência divina, deixando-se exposta à tentação; e nada além da violência física (e só de natureza muito grave) poderia justificar tal passo — aliás, nem isso, pois nesse caso ela deveria ter apelado para a justiça por proteção. No entanto, não era dele que eu pretendia falar, mas de Eliza. Quando estava me despedindo do vigário, ela entrou na sala, vestida para dar uma caminhada.

— Estava prestes a ir ver sua irmã, Sr. Markham — disse —, e, se não tiver objeção, gostaria de acompanhá-lo em sua volta para casa. Gosto de companhia quando caminho... e o senhor?

— Quando a companhia é agradável, sim.

— É claro — respondeu a jovem, com um sorriso altivo.

Assim, nós saímos juntos.

— Acha que Rose está em casa? — perguntou ela, quando fechamos o portão do jardim e começamos a nos dirigir para Linden-Car.

— Acredito que sim.

— Espero que sim, pois tenho uma notícia para lhe dar... se o senhor não tiver chegado primeiro.

— Eu?

— Sim. O senhor sabe por que o Sr. Lawrence viajou?

Eliza Millward me encarou, ansiosa por minha resposta.

— Ele viajou? — perguntei, fazendo seu rosto se iluminar.

— Ah! Quer dizer que ele não lhe falou da irmã?

— O que tem *ela*? — indaguei, horrorizado com a possibilidade de algo de mal ter lhe acontecido.

— Oh, Sr. Markham, como ficou corado! — exclamou ela, com uma risada atormentadora. — Ha, ha, quer dizer que ainda não a esqueceu! Mas é melhor andar depressa, garanto-lhe, pois... que infelicidade! Ela vai se casar na quinta que vem!

— Não vai, Srta. Eliza! Isso é mentira!

— Está me chamando de mentirosa, senhor?

— A senhorita se enganou.

— É mesmo? O senhor tem informações mais confiáveis?

— Creio que sim.

— Por que está tão pálido, então? — perguntou Eliza, sorrindo de deleite com meu nervosismo. — É de raiva de mim, pobre de mim, por contar tal falsidade? Ora, eu só repito o que me foi contado: não garanto sua veracidade. Ao mesmo tempo, não sei que motivos Sarah teria para me enganar, ou seu informante para enganá-la, e foi isso que ela me disse que o criado lhe contou: que a Sra. Huntingdon vai se casar na quinta-feira e que o Sr. Lawrence foi para o casamento. Ela me disse o nome do noivo, mas isso eu esqueci. Talvez o senhor possa me ajudar a lembrar. Não é alguém que morava perto... alguém que sempre a visitava e que a amava há muito tempo? Senhor... ah! Senhor...

— Hargrave? — sugeri, com um sorriso triste.

— Isso mesmo! — exclamou ela. — Era esse o nome.

— Impossível, Srta. Eliza! — bradei eu, em um tom que a fez ter um sobressalto.

— Bem, foi o que me disseram — disse Eliza, me encarando com uma expressão mais séria.

Mas logo ela irrompeu numa longa e estridente gargalhada que me deixou enlouquecido de fúria.

— Puxa, lamento muito! — exclamou. — Sei que é uma grande grosseria, mas... Ha, ha, ha! Achou que ia casar com ela? Ora, ora, que pena! Ha, ha, ha! Minha nossa, Sr. Markham! Vai desmaiar? Oh, não! Devo chamar aquele homem? Jacob, venha...

Mas, interrompendo-a no meio da frase, agarrei seu braço e acho que lhe dei um bom aperto, pois ela se encolheu com um leve gemido de dor ou medo. No entanto, Eliza não se deixou abater: recobrando a coragem no mesmo instante, continuou, fingindo preocupação:

— O que posso fazer pelo senhor? Quer um gole de água? Um pouco de conhaque? Imagino que eles devam ter uma garrafa na estalagem ali adiante, se me deixar correr até lá.

— Pare com essa bobagem! — exclamei, severamente.

Ela pareceu confusa, quase assustada de novo, por um momento.

— Sabe que detesto essas brincadeiras — continuei.

— Brincadeiras! Eu não estou brincando!

— Está rindo, de qualquer maneira, e não gosto que riam de mim — respondi, fazendo um esforço violento para falar com dignidade e compostura e não dizer nada que não fosse coerente e sensato. — E já que está tão alegre, Srta. Eliza, pode fazer companhia a si própria. Deixarei que termine sua caminhada sozinha, pois acabo de me lembrar que tenho negócios a tratar em outro lugar. Tenha uma boa tarde.

Com isso, deixei-a (abafando sua risada maliciosa) e me virei na direção dos campos, pulando um barranco e passando pelo buraco mais próximo na sebe. Determinado a provar imediatamente que aquela história era falsa, corri para Woodford o mais depressa que pude, a princípio seguindo um caminho tortuoso, mas, assim que não podia mais ser discernido pela minha torturadora, atravessando tudo em linha reta, como num voo de pássaro: passando por pastos, campos semeados, restolhos e aleias, pulando sebes, valas e cercas até chegar aos portões de Lawrence. Só naquele momento me dei conta do ardor do meu amor, da força da minha esperança, que não tinha se dissipado por completo nem durante meu mais profundo desânimo, sempre se agarrando à ideia de que, um dia, ela seria minha ou que, se não isso, pelo menos uma recordação de mim, uma pequena lembrança de nossa amizade e de nosso amor, continuaria guardada em seu coração. Marchei até a porta, decidindo que, se conseguisse ver o dono da casa, iria questioná-lo abertamente em relação à irmã, sem esperar nem hesitar mais, abrindo mão daquele orgulho estúpido e daquele decoro falso para descobrir de uma vez por todas qual seria o meu destino.

— O Sr. Lawrence está? — perguntei ansiosamente ao criado que abriu a porta.

— Não, senhor, o patrão foi embora ontem — respondeu ele, com uma expressão muito alerta.

— Foi para onde?

— Para Grassdale, senhor... o senhor não sabia? Já está bem perto, o patrão — disse o homem com um sorriso bobo. — Eu acho, senhor...

Mas eu me virei e parti, sem saber o que o homem achava. Não ia ficar ali, expondo minha alma torturada à risada insolente e à curiosidade impertinente de um tipo como aquele.

E agora, o que ia fazer? Será que era possível que ela houvesse me deixado por *aquele* homem? Eu me recusava a acreditar. Talvez pudesse me esquecer, mas não se entregar para ele! Bem, tinha de saber a verdade — não podia me ocupar de nenhuma tarefa rotineira enquanto essa tempestade de dúvida e pavor, de ciúmes e de fúria, me enlouquecia. Tomaria a diligência matinal que saía de L— (pois a daquela noite já teria partido) e voaria para Grassdale, pois *precisava* chegar lá antes do casamento. E por quê? Porque surgiu na minha mente a ideia de que *talvez* pudesse impedi-lo — que, se não o fizesse, ela e eu poderíamos lamentar até o último segundo de nossas vidas. Ocorreu-me que alguém poderia ter me vilipendiado, talvez o irmão. Sim, sem dúvida o irmão a havia persuadido de que eu era falso e inconstante, e, se aproveitando da indignação natural dela, e talvez de sua indiferença melancólica em relação ao futuro, a incitara, de maneira ardilosa e cruel, a se casar com outro, para deixá-la a salvo de mim. Se *esse* fosse o caso e se ela só descobrisse o erro quando já era tarde demais para repará-lo — talvez estivesse condenada a levar uma vida de infelicidade e arrependimento vão, assim como eu! E que remorso eu sentiria, pensando que meus tolos escrúpulos tinham sido os causadores de tudo! Oh, *precisava* vê-la — precisava lhe contar a verdade, mesmo que fosse na porta da igreja! Poderia passar por louco ou por um idiota impertinente — talvez até mesmo ela se ofendesse com tal interrupção, ou pelo menos me diria que já era tarde demais... mas, ah, se eu pudesse salvá-la! Se ela pudesse ser minha! Era um pensamento extasiante demais!

Impelido por essa esperança e arrastado por esses medos, corri para casa, desejando me preparar para minha partida no dia seguinte. Disse à minha mãe que uma questão urgente, que eu ainda não podia explicar, exigia minha ida a — (a última grande cidade pela qual passaria). Minha profunda ansiedade e minha séria preocupação não puderam ser escondidas de seus olhos maternais, e tive de fazer um grande esforço para acalmar seus receios de que algum mistério desastroso estivesse ocorrendo.

Naquela noite, houve uma forte nevasca que atrasou tanto o progresso das diligências no dia seguinte a ponto de eu quase ser levado à loucura. Passei a noite toda viajando, é claro, pois era quarta-feira: na manhã seguinte, sem dúvida, seria a cerimônia. Mas a noite foi longa e escura, a neve fazia afundar as rodas do veículo e as patas dos cavalos; os animais eram preguiçosos contumazes, os cocheiros de uma cautela execrável e os passageiros horrivelmente apáticos em sua indiferença passiva em relação ao nosso progresso. Em vez de me ajudarem a incitar os cocheiros e insistir que seguissem em frente, apenas me olharam espantados e sorriram da minha impaciência. Um rapaz até teve a ousadia de caçoar de mim — mas eu o silenciei com um olhar que o impediu de abrir a boca pelo resto da jornada. E quando, na última etapa, ameacei eu mesmo dirigir, todos se opuseram em uníssono.

O sol já estava alto quando entramos em M—— e paramos na estalagem Rose e Crown. Eu desci e gritei por uma caleça que me levasse até Grassdale. Não havia nenhuma: a única que fazia transporte público na cidade estava sendo consertada.

— Um cabriolé, então... uma carroça... um carrinho de mão... qualquer coisa! Mas depressa!

Havia um cabriolé, mas nenhum cavalo que pudesse ser alugado. Mandei alguém buscar um na cidade, mas demorou um tempo tão intolerável que não consegui mais esperar. Achei que meus próprios pés me levariam até lá mais depressa e, pedindo que mandassem o maldito veículo atrás de mim se conseguissem aprontá-lo dentro de uma hora, saí andando o mais depressa que pude. A distância era de cerca de 10 quilômetros, mas era uma estrada estranha e eu tinha de parar toda hora para perguntar o caminho, gritando para os carroceiros e os labregos e com frequência invadindo os casebres, já que havia pouca gente na rua naquela manhã de inverno; às vezes, quando batia nas portas, acordava aquele povo preguiçoso, pois, como havia pouco trabalho a fazer — e talvez pouca comida e lenha para obter —, eles ficavam felizes em dormir um pouco mais. No entanto, não tive tempo de pensar *neles*: com dor de cansaço e desespero, segui em frente. O cabriolé não me alcançou. Que bom que não esperei por ele — só lamentei ter perdido tanto tempo por sua causa.

Afinal, entrei na região de Grassdale. Aproximei-me da igrejinha rural. Atenção! Havia uma fileira de carruagens diante dela. Não precisei ver as flores brancas enfeitando os criados e os cavalos, nem as vozes alegres dos vagabundos da aldeia reunidos em torno do espetáculo, para saber que havia um casamento acontecendo lá dentro. Corri para o meio deles, perguntando, arfante, se a cerimônia havia começado há muito tempo. Eles só me olharam, perplexos, de boca aberta. No meu desespero, passei pelo meio da multidão e estava prestes a atravessar o portão que dava no pátio quando um grupo de criancinhas maltrapilhas que estava colado à janela como um enxame de abelhas subitamente pulou e correu para a porta da igreja, vociferando no dialeto rude da região algo que significava "Acabou! Eles estão saindo!".

Se Eliza Millward houvesse me visto naquele momento, teria mesmo morrido de rir. Agarrei-me ao pilar do portão para me sustentar e fiquei ali, observando ansiosamente a porta da igreja, para ver pela última vez o deleite da minha alma e, pela primeira, o mortal detestável que a arrancara do meu coração e a condenara, eu estava certo, a uma vida de descontentamento vão — pois que felicidade poderia haver ao lado dele? Não desejava chocá-la com minha presença naquele momento, mas não tive forças para me afastar. A noiva e o noivo surgiram. Nem cheguei a vê-lo: só tinha olhos para ela. Um longo véu envolvia metade de seu corpo gracioso, mas não o ocultava; pude ver que, embora a cabeça estivesse erguida, os olhos estavam voltados para o chão e o rosto e o pescoço, tingidos por um rubor escarlate, mas as feições estavam radiantes e, brilhando por entre a brancura do véu, via-se uma cascata de cachos dourados! Oh, céus! *Não* era minha Helen! O primeiro vislumbre me fez ter um sobressalto — mas minha vista estava embaçada pela exaustão e pelo desespero. Ousaria confiar nela? Sim! De fato, *não* era ela! Era uma beldade mais jovem, mais magra e mais rósea — linda, decerto, mas com muito menos dignidade e profundeza de alma; sem aquela graça indefinível, aquele charme gentil, porém místico, aquele poder inefável de atrair e subjugar o coração — ou, pelo menos, o *meu* coração. Olhei para o noivo — era Frederic Lawrence! Enxuguei as gotas frias de suor que me escorriam pela testa e me afastei quando este se aproximou, mas seus olhos pousaram em mim e ele me reconheceu, por mais alterada que devesse estar minha aparência.

— É você mesmo, Markham? — perguntou, perplexo com aquela aparição e, talvez, com minha expressão tresloucada.

— Sim, Lawrence. E esse, é você mesmo? — respondi, conseguindo demonstrar alguma presença de espírito.

Lawrence sorriu e corou, meio orgulhoso e meio envergonhado de sua identidade, pois, apesar de ter motivo para se orgulhar da bela dama que trazia pelo braço, também devia se envergonhar de ter ocultado sua boa sorte durante tanto tempo.

— Permita-me apresentá-lo à minha noiva — disse ele, tentando disfarçar seu constrangimento com um ar de alegria casual. — Esther, este é o Sr. Markham, meu amigo Markham. Esta é a Sra. Lawrence, cujo nome de solteira era Srta. Hargrave.

Fiz uma mesura para a noiva e apertei com veemência a mão do noivo.

— Por que não me contou? — perguntei, em tom de reprovação.

Fingia um ressentimento que não sentia, pois, na verdade, estava quase enlouquecido de alegria ao ver o meu erro, e transbordando de afeição por

Lawrence, em virtude da ocasião especial e da injustiça vil que cometera contra ele em meus pensamentos. Meu amigo podia ter agido errado, mas não *àquele* ponto; e, já que eu o odiara como se fosse um demônio nas últimas quarenta horas, a reação a tal sentimento foi tão profunda que teria sido capaz de perdoar qualquer ofensa naquele momento — e amá-lo apesar dela.

— Mas eu contei! — disse Lawrence, com um ar de confusão e culpa. — Não recebeu minha carta?

— Que carta?

— Aquela na qual anunciava minha intenção de me casar.

— Jamais recebi qualquer indicação de tal intenção.

— Ela deve ter chegado quando você já estava a caminho, então. Devia ter sido entregue na manhã de ontem. Sei que foi mesmo muito em cima da hora. Mas o que o trouxe aqui, então, se não recebeu minha informação?

Agora foi *minha* vez de ficar confuso, mas a jovem, que vinha se ocupando em achatar a neve com o pé durante nosso breve colóquio murmurado, veio, de maneira muito oportuna, me assistir, beliscando o braço do noivo e sugerindo, aos sussurros, que seu amigo fosse convidado a entrar na carruagem e ir com eles; pois não era muito agradável ficar ali no meio de tantos curiosos e, ainda por cima, deixar os amigos deles esperando.

— E, além disso, está tão frio! — disse ele, olhando com preocupação para o vestido leve da moça e imediatamente ajudando-a a entrar na carruagem. — Você vem, Markham? Vamos para Paris, mas podemos deixá-lo em qualquer lugar entre aqui e Dover.

— Não, obrigado. Adeus. Não preciso lhe desejar uma boa viagem. Mas espero receber um belo pedido de desculpas qualquer dia desses e dezenas de cartas antes de voltarmos a nos encontrar.

Lawrence apertou minha mão e se apressou em ir se sentar ao lado da esposa. Aquela não era a hora nem o lugar para explicações e conversas: já tínhamos ficado ali tempo suficiente para despertar o espanto dos bisbilhoteiros da aldeia e, talvez, a ira dos que esperavam o começo da festa de casamento, embora, é claro, tudo tenha acontecido em muito menos tempo do que eu levei para relatar ou até do que você vai levar para ler. Postei-me ao lado da carruagem e, como a janela estava abaixada, vi meu feliz amigo envolver com carinho a cintura da moça com o braço, enquanto ela pousava o rosto corado em seu ombro, parecendo a personificação da felicidade e da confiança. No intervalo que o criado levou entre fechar a porta e ir se colocar atrás do veículo, ela ergueu os olhos castanhos e risonhos e observou, num tom brincalhão:

— Acho que você vai me achar muito insensível, Frederic. Sei que é o costume das mulheres chorar em ocasiões como estas, mas não conseguiria derramar uma lágrima por nada neste mundo.

Lawrence respondeu apenas com um beijo, apertando-a ainda mais contra o peito.

— Mas o que é isso? — murmurou. — Ora, Esther, você está chorando agora!

— Oh, não é nada... é só felicidade demais. E o desejo de que nossa querida Helen estivesse tão feliz quanto nós — respondeu ela, aos soluços.

"Que Deus a abençoe por esse desejo", pensei, conforme a carruagem se afastava, "e que os céus permitam que ele não seja de todo vão!"

Achei que o semblante de seu marido havia se anuviado de súbito quando ela falou essa frase. O que será que *ele* achava? Será que se ressentia ao pensar em sua querida irmã e seu amigo encontrando uma felicidade igual à sua? *Naquele* momento, teria sido impossível. O contraste entre o destino dela e o dele *tinha* de toldar sua alegria por algum tempo. Talvez Lawrence pensasse em mim também: talvez se arrependesse de seu papel em impedir nossa união, sendo omisso na hora de nos ajudar, ainda que não chegando a tramar contra nós. Exonerei-o *dessa* acusação e lamentei profundamente as suspeitas tão mesquinhas que acalentara antes, mas ele, ainda assim, nos prejudicara — eu imaginava, acreditava que tivesse prejudicado. Não tentara impedir o curso do nosso amor criando barreiras para a passagem dos rios, mas observara, passivo, as duas correntezas se perdendo no deserto árido da vida, recusando-se a retirar as obstruções que as dividiam e desejando secretamente que ambas se perdessem na areia antes de se encontrarem. Ao mesmo tempo, levara adiante seus próprios interesses, sem alardeá-los: talvez seu coração e sua mente tenham ficado tão repletos daquela bela moça que não conseguira pensar muito em mais ninguém. Sem dúvida, Lawrence a conhecera — ou, pelos menos, se tornara íntimo dela — durante sua estada de três meses em F——, pois eu então me lembrei de que certa vez fizera uma menção casual ao fato de haver uma jovem amiga hospedada com a tia e a irmã. Isso explicava pelo menos metade de seu silêncio sobre os acontecimentos da estação de águas. Naquele momento, também entendi a razão de diversas pequenas coisas que tinham me intrigado antes; entre elas, algumas viagens e ausências mais ou menos prolongadas, que ele nunca justificava de maneira satisfatória e sobre as quais detestava ser questionado quando voltava a Woodford. Não era à toa que o criado dissera que o patrão estava "bem perto". Mas por que aquela estranha reserva *comigo*? Em parte, devido àquela idiossincrasia extraordinária que já mencionei antes; em parte, talvez, para não me magoar, ou por medo de perturbar minha resignação fazendo referências ao amor, um tema tão contagiante.

52

Mudanças de humor

O atrasado cabriolé afinal me alcançara. Entrei no veículo e mandei o homem que o trouxera conduzi-lo até Grassdale Manor — estava ocupado demais com meus próprios pensamentos para guiar eu mesmo. Fazia questão de ver a Sra. Huntingdon — não poderia haver falta de decoro nisso agora que seu marido já estava morto há um ano — e, diante da indiferença ou da alegria que demonstrasse com minha chegada inesperada, logo saberia se seu coração de fato me pertencia. Mas meu companheiro, um rapaz loquaz e impertinente, não estava disposto a permitir que ficasse a sós com minhas reflexões.

— Lá vão eles! — exclamou, conforme as carruagens partiam em fileira. — Hoje a coisa vai ser boa e não vai ter hora para acabá, siô! O siô conhece a família ou nunca visitou essas paragens?

— Conheço de nome.

— Hunf! A mió está ali dentro. E eu acho que a sióra vai embora depois que as coisas acalmá, vai viver do seu dinheirinho. E a nova sióra, que nem é assim tão nova, vai vir morar no Grove.

— Quer dizer que o Sr. Hargrave se casou?

— Sim, siô, há alguns meses. Ia casá antes, com uma viúva, mas eles não se acertaro com o dinheiro. Ela era cheia dos cobre, e o siô Hargrave queria tudo pra ele, mas ela não largou mão e eles não se entendero. Essa de agora não é tão rica, mas nunca casou. Dizem que é muito feia, e já tem mais de 40 ano, então, o siô sabe. Achou que, se não aproveitasse a oportunidade, não ia arrumá mió. Acho que pensô que um marido bunito e jovem valia tudo o que tinha e deu de mão aberta, mas vai se arrependê logo, o siô pode apostá. Dizem que já viu que ele não é o rapaz bom, generoso e educado que parecia antes de casá... já começou a tratá a moça mal e querê mandá muito. É, e ela vai vê que daqui pra frente só piora.

— Você parece conhecê-lo bem — observei.

— Conheço, siô; conheço desde que era bem novo; sempre foi orguioso e mandão. Já trabalhei lá na casa por muitos ano, mas eles era muito pão-duro. A sióra cada vez ficava pió, tirando dali, cortando daqui, bisoiando tudo. Por isso, achei mió arrumar outro emprego.

Então, ele começou a falar de seu emprego atual de cavalariço na Rose e Crown, contando que era muito melhor do que o anterior, com mais conforto e liberdade, embora não tivesse o mesmo status; e deu diversos detalhes sobre a economia doméstica do Grove e sobre as personalidades da Sra. Hargrave e do filho, embora eu não tenha prestado atenção em nada, estando ocupado demais em tremer de expectativa e em observar a região pela qual passávamos, que, apesar das árvores desfolhadas e do chão coberto de neve, começara a mostrar os sinais inequívocos de proximidade à propriedade de um cavalheiro.

— Estamos próximos da casa, não é? — perguntei, interrompendo o discurso do homem.

— Sim, siô, o jardim começa ali.

Senti um desânimo profundo ao contemplar aquela mansão imponente em meio a seu imenso terreno — com o jardim tão belo agora, em sua roupa de inverno, quanto poderia ser na glória do verão; a aleia majestosa que levava até a porta da frente formando uma curva suave, mais bela do que nunca sob aquela camada de neve pura, sem qualquer mancha ou marca com exceção de um rastro longo e tortuoso deixado pelo galope de um cervo; as árvores solenes com seus galhos pesados brilhando, brancos, contra o céu cinzento e opaco; o bosque cerrado que a rodeava; o largo espelho d'água, adormecido sob o gelo; os carvalhos e salgueiros debruçando seus braços nevados sobre ele; um conjunto que formava um quadro realmente impressionante e que teria sido agradável para qualquer mente despreocupada, mas que não era nada encorajador para a minha. Havia um conforto, no entanto — tudo isso seria herdado pelo pequeno Arthur e não podia, de fato, pertencer à sua mãe. Mas qual seria a situação desta?

Deixando de lado, com um esforço súbito, minha repugnância em mencionar seu nome para meu falante companheiro, perguntei-lhe se sabia se o falecido deixara um testamento e como a propriedade fora distribuída. Ah, sim, ele sabia tudo, e logo fui informado de que a ela coubera o controle total da administração da propriedade durante a menoridade do filho, a posse incondicional de sua própria fortuna (embora seu pai não houvesse lhe deixado muito dinheiro) e, além disso, a pequena soma adicional que o marido lhe reservara quando os dois se casaram.

Antes de a explicação terminar, estávamos diante do portão do jardim. Chegara a hora do teste. Se ela estivesse ali dentro... Mas, ai de mim! Talvez ainda se encontrasse em Staningley: seu irmão não me dera nenhuma indicação do contrário. Perguntei na casa do porteiro se a Sra. Huntingdon estava em casa. Não, estava com a tia no condado de ——, mas esperavam que voltasse antes do Natal. Em geral passava a maior parte do tempo em Staningley, vindo a Grassdale apenas de tempos em tempos, quando a administração da propriedade ou os interesses de seus inquilinos e dependentes exigiam sua presença.

— Staningley fica perto de que cidade? — perguntei.

A informação requisitada logo foi obtida.

— Bem, meu amigo, me dê as rédeas e vamos voltar para M——. Preciso tomar um café da manhã na Rose e Crown e depois partirei para Staningley na primeira diligência para...

— Não vai chegar lá hoje, siô.

— Não importa. Não quero chegar lá hoje. Quero chegar amanhã e passar a noite na estrada.

— Numa estalagem qualquer, siô? Mió ficar na nossa. Começa a viage amanhã e passa o dia viajando.

— E perder 12 horas? Eu, não.

— O siô por acaso é *parente* da sióra Huntingdon? — perguntou o homem, buscando satisfazer sua curiosidade, já que eu desapontara sua cupidez.

— Não tenho essa honra.

— Ah, que pena! — respondeu ele, com um olhar desconfiado para minhas calças cinzentas manchadas e meu casaco de lã grossa. — Mas —

acrescentou, num tom encorajador — tem muitas moças chiques que têm parentes mais pobres que o siô, eu acho.

— Sem dúvida. E muitos cavalheiros chiques se considerariam profundamente honrados de poder afirmar serem da família da dama que você mencionou.

Ele me encarou com um ar malicioso.

— Eu acho que o siô *quer* se...

Adivinhei o que ele ia dizer e interrompi aquela conjectura impertinente, dizendo:

— Será que você pode ficar em silêncio por um momento? Estou ocupado.

— Ocupado, siô?

— Sim, estou com a mente ocupada e não quero ter os pensamentos perturbados.

— Certamente, siô.

Você já deve ter percebido que minha decepção não me afetara *muito*, ou não teria conseguido suportar tão bem o atrevimento daquele homem. Fato é que achei que não era importante — não, que era até melhor, no final das contas, não a ver naquele dia; ter tempo para tranquilizar a mente para aquele encontro e me preparar para um desapontamento mais grave após o deleite intoxicante causado pela súbita dissipação de minhas apreensões. Para não falar que, depois de passar um dia e uma noite viajando sem parar e de atravessar correndo 10 quilômetros de neve recém-caída, não era possível que estivesse numa condição muito apresentável.

Em M——, antes de a diligência partir, tive tempo de recuperar minhas forças com um café da manhã reforçado, de fazer minhas abluções matinais de sempre para me refrescar e de melhorar um pouco minha aparência. Além disso, enviei um bilhete para minha mãe (sendo o filho excelente que era) para assegurar-lhe de que ainda estava vivo e para justificar o fato de que não ia voltar no dia combinado. Naqueles dias em que as viagens eram mais lentas, a jornada para Staningley era longa, mas não deixei de descansar no caminho nem de passar a noite numa estalagem de beira de estrada, preferindo chegar um pouco mais tarde a precisar me apresentar com roupas amarfanhadas e sujas para minha senhora e sua tia, que já ficariam atônitas em me ver, mesmo sem isso. Na manhã seguinte, portanto, não apenas me fortifiquei com o café mais substancial que minha excitação me permitiu engolir como também reservei mais tempo e cuidado do que o normal para me arrumar; e, munido de uma muda de roupas de baixo que trouxera na mala, vestimentas bem-escovadas, botas bem-polidas e belas luvas novas, subi numa diligência conhecida por sua celeridade e recomecei a jornada. Ainda tinha mais dois estágios pela frente, mas a diligência, segundo me informaram, passava pela região de Staningley e, como pedi que me deixassem o mais perto possível da mansão, não tinha mais nada a fazer além de ficar sentado com os braços cruzados, tentando adivinhar quando chegaria o momento de descer.

Era uma manhã gelada, de céu límpido. O mero fato de eu estar sentado em cima da caleça, observando a paisagem nevada e o doce céu ensolarado, respirando aquele ar puro e revigorante e ouvindo o estalar da neve nova já era excitante. Acrescente a isso a ideia do objetivo que buscava e quem esperava encontrar e terá uma vaga noção do meu estado de espírito naquele momento — mas só uma *vaga* noção, pois meu coração transbordava com um êxtase indizível e eu estava tão agitado que chegava quase à loucura —, apesar de minhas tentativas prudentes de me acalmar um pouco, pensando na diferença inegável entre a condição social de Helen e a minha; em tudo o que ocorrera desde nossa separação; em seu longo silêncio, jamais quebrado; e, acima de tudo, em sua tia fria e cautelosa, a cujos conselhos, sem dúvida, ela não seria indiferente mais uma vez. Essas considerações fizeram meu coração tremer de ansiedade e meu peito arfar de impaciência pela ocasião em que tudo se resolveria, mas elas não conseguiam enfraquecer a imagem de Helen que eu trazia na mente, ou conspurcar as lembranças vívidas do que fora dito e sentido por nós dois, ou fazer com que não tivesse expectativas — na verdade, um desenlace terrível nem me passava pela cabeça. Perto do fim da jornada, no entanto, dois dos passageiros que viajavam comigo vieram me ajudar e me arrancar das nuvens.

— É uma terra boa, esta aqui — disse um deles, apontando o guarda-chuva para os largos campos à direita, conspícuos por suas sebes bem-cortadas, suas valas bem-cavadas e suas belas árvores, que cresciam ora nas bordas, ora no meio do pasto. — Uma terra *muito* boa para quem vê no verão ou na primavera.

— Sim — respondeu o outro, um homem velho e barbudo, com um enorme casaco puído abotoado até o queixo e um guarda-chuva de algodão entre os joelhos. — É do velho Maxwell, suponho.

— Era, senhor, mas ele está morto agora, não sei se sabe, e deixou tudo para a sobrinha.

— Tudo!

— Cada polegada, e ainda por cima a mansão. Cada centavo de suas posses! Exceto uma bobagem que deixou para o sobrinho que mora no condado de —— e uma anuidade para a esposa.

— Que estranho, meu senhor!

— É mesmo. E ela nem era sobrinha de sangue dele. Mas ele não tinha nenhum parente próximo... ninguém além de um sobrinho com quem tinha brigado... e sempre gostou dessa moça. E dizem que a mulher o aconselhou a fazer isso. A maior parte da propriedade, originalmente, era dela, que quis que a moça ficasse com tudo.

— Hunf! Ela vai dar um bom partido para alguém.

— Vai, mesmo. É viúva, mas ainda é bem jovem e de uma beleza extraordinária. E, ainda por cima, com uma fortuna própria e só um filho... E está cuidando de uma bela propriedade para ele em ——. Vai ter um batalhão atrás dela! Acho que não há chance para nós — disse o homem, cutucando a mim e a seu interlocutor de brincadeira com o cotovelo. — Ha, ha, ha! Espero que o senhor não tenha ficado ofendido — acrescentou, para mim. — Acho que ela só vai se casar com um nobre.

Ele então se voltou para o outro e apontou com o guarda-chuva.

— Olhe lá, aquela é a mansão. O jardim é enorme, está vendo? E também tem o bosque... há bastante madeira e bastante caça ali... Ora! O que foi agora?

Essa pergunta foi causada pela parada súbita da diligência diante dos portões do jardim.

— Onde está o cavalheiro que ia parar em Staningley Hall? — perguntou o cocheiro.

Eu me levantei e atirei minha mala no chão, preparando-me para baixar também.

— Está doente, senhor? — perguntou meu falante amigo, me encarando e, acredito, vendo um rosto bem pálido.

— Não. Aqui, cocheiro.

— Obrigado, senhor. Vamos lá!

O cocheiro enfiou o dinheiro no bolso e seguiu adiante. Eu não atravessei o jardim; fiquei andando de um lado para outro diante do portão, com os braços cruzados, os olhos fixos no chão e um turbilhão de imagens, pensamentos e impressões me invadindo a mente, sendo que o mais tangível era este: meu amor fora acalentado em vão; minha esperança se esvaíra; precisava ir embora dali naquele instante e banir ou reprimir a ideia de Helen como se faz com a lembrança de um sonho insano. Gostaria de ter me demorado diante da mansão durante horas, na esperança de ter um vislumbre distante dela antes de ir. Mas era impossível: não podia permitir que me visse. Pois o que poderia ter me trazido até ali além do sonho de reavivar sua afeição por mim e o objetivo de, um dia, obter sua mão? E por acaso eu suportaria se me achasse capaz de tal coisa? De ser tão presunçoso diante de uma amizade — de um *amor*, se é que ouso dizê-lo — surgida acidentalmente, ou melhor, forçada contra sua vontade, quando era uma fugitiva desconhecida, trabalhando para viver, aparentando não ter fortuna, nem parentes, nem nome? De aparecer diante dela agora, quando estava restabelecida em sua esfera social, e pedir um quinhão da prosperidade que, se não lhe tivesse faltado, decerto teria feito com que jamais nos conhecêssemos? E isso depois de estarmos separados há 16 meses, sendo que ela me proibira expressamente de esperar uma reunião em vida — e jamais me mandara uma linha, uma mensagem, daquele dia em diante. Não! A ideia era intolerável.

Mesmo se ainda restasse nela alguma afeição por mim, será que deveria perturbar sua paz despertando esses sentimentos? Seria submetê-la à luta entre o dever e a inclinação — não importando para que lado a segunda a atraísse e o primeiro a arrastasse, quer ela achasse ser seu dever arriscar-se a sofrer com o desprezo e a censura da sociedade e a tristeza e a insatisfação daqueles que amava, em nome de uma ideia romântica de fidelidade e constância comigo, quer precisasse sacrificar seus desejos individuais pelos sentimentos da família e por seu próprio senso de prudência e do que era apropriado. Não, não faria isso! Iria embora naquele instante, e ela jamais saberia que estivera próximo de sua casa; pois, embora pudesse abrir mão de qualquer esperança de um dia obter sua mão, ou até de solicitar seu afeto de amiga, sua paz não seria violada pela minha presença, nem seu coração afligido pela visão da minha lealdade.

— Adeus, então, querida Helen, para sempre! Para sempre adeus!

Foi isso que eu disse. No entanto, não consegui me afastar. Dei alguns passos e olhei para trás, para ver pela última vez sua imponente mansão e ter, ao menos, seu exterior impresso na mente de forma tão indelével quanto sua própria imagem que — ai de mim! — jamais veria de novo. Dei, então, mais alguns passos; e, perdido em pensamentos melancólicos, parei de novo e me apoiei numa velha árvore áspera que crescia na beira da estrada.

53

Conclusão

Enquanto me encontrava parado assim, absorto no meu devaneio lúgubre, uma carruagem particular surgiu na curva da estrada. Não olhei para ela e, se tivesse passado por mim sem qualquer incidente, nem teria me lembrado de sua existência, mas uma vozinha aguda veio de dentro dela e me arrancou do meu torpor, exclamando:

— Mamãe, mamãe, olhe! É o Sr. Markham!

Não ouvi a resposta, mas logo a mesma voz insistiu:

— É sim, mamãe. Veja você mesma.

Não ergui os olhos, mas acho que a mamãe deve ter visto, pois uma voz cristalina e melodiosa, cujo tom fez uma corrente elétrica atravessar o meu corpo, exclamou:

— Oh, tia! É o Sr. Markham! O amigo de Arthur! Pare, Richard!

Havia tamanha evidência de uma excitação alegre, embora reprimida nessas poucas palavras — principalmente naquele trêmulo "oh, tia" — que eu quase fiquei paralisado. A carruagem parou no mesmo instante e, erguendo o rosto, vi uma senhora pálida e grave me examinando da janela aberta. Ela acenou com a cabeça, e eu também. A senhora então voltou-se para dentro, enquanto Arthur gritava para o criado, pedindo-lhe que o deixasse sair, mas, antes que o funcionário pudesse descer de seu assento, uma mão surgiu na janela da carruagem. Eu conhecia aquela mão, embora uma luva negra ocultasse sua brancura delicada e metade de suas belas proporções e, agarrando-a depressa, apertei-a com ardor por um instante, mas então, recobrando o autocontrole, larguei-a, e ela desapareceu.

— Estava indo nos ver ou só passando por aqui? — perguntou a voz daquela que, eu sentia, estava observando com atenção o meu rosto por trás do véu negro que, junto com os painéis da carruagem, a ocultava completamente de mim.

— Eu... vim ver a casa — gaguejei.

— A *casa*? — repetiu ela, num tom que demonstrava mais desprazer ou decepção do que surpresa. — Não quer entrar nela, então?

— Se quiser.

— Como pode duvidar?

— Sim, sim; ele *precisa* entrar! — exclamou Arthur, saindo a toda pela outra porta e, agarrando minha mão em ambas as suas, apertou-a com vigor. — Lembra de mim, senhor? — perguntou.

— Muito bem, rapazinho, apesar de você estar bem diferente — respondi, examinando o jovem comparativamente alto e magro que tinha as feições da mãe bem discerníveis na expressão inteligente e na pele clara, apesar dos olhos azuis que brilhavam de alegria e dos cachos sedosos que lhe escapavam do chapéu.

— Não estou grande? — perguntou Arthur, se esticando todo.

— Enorme! Garanto que cresceu uns 8 centímetros!

— Fiz 7 anos no meu último aniversário — disse ele, orgulhoso. — Daqui a mais sete, vou ser tão alto quanto o senhor, ou quase.

— Arthur — disse sua mãe —, diga-lhe para entrar. Vá, Richard.

Havia um pouco de tristeza e de frieza em sua voz, mas eu não soube a que atribuir isso. A carruagem seguiu em frente e passou pelos portões antes de nós. Meu amiguinho me mostrou o caminho através do jardim, falando alegremente durante todo o trajeto. Quando chegamos à porta da mansão, eu parei na escada e olhei em torno, esperando recobrar a tranquilidade, se possível — ou, pelo menos, me lembrar das resoluções que acabara de fazer e dos princípios nos quais tinham sido baseadas. Arthur precisou puxar meu casaco gentilmente e repetir seu convite para entrar durante algum tempo antes que eu aceitasse acompanhá-lo até o cômodo onde as senhoras nos esperavam.

Helen me observou quando entrei, numa espécie de escrutínio velado e sério, e perguntou polidamente pela Sra. Markham e por Rose. Respondi às perguntas num tom formal. A Sra. Maxwell pediu que me sentasse, observando que estava bastante frio, mas que supunha que eu não tivesse viajado uma longa distância naquela manhã.

— Pouco mais de 30 quilômetros — respondi.

— A pé? Não é possível!

— Não, senhora, de diligência.

— Aqui está Rachel, senhor — disse Arthur, o único entre nós que estava feliz de verdade, voltando minha atenção para aquela digna mulher, que acabara de entrar para pegar as coisas da patroa.

Rachel me concedeu um sorriso quase amistoso de reconhecimento — um favor que exigia, no mínimo, um cumprimento cortês de minha parte. Eu o fiz e recebi outro de volta — ela vira que sua avaliação de meu caráter tinha sido incorreta.

Depois que Helen tirou aquele chapéu e aquele véu lúgubres e o casaco pesado de inverno, ficou tão familiar que mal pude me conter. Fiquei particularmente feliz em ver seus lindos cabelos negros expostos em todo o seu brilho luxuriante.

— Mamãe deixou de usar a touca de viúva em homenagem ao casamento de meu tio — observou Arthur, interpretando meu olhar com aquela mistura de simplicidade e sagacidade que as crianças têm.

A mamãe fez uma expressão sisuda e a Sra. Maxwell balançou a cabeça.

— Mas a titia nunca vai tirar a dela — persistiu o menino travesso.

Mas, quando ele viu que aquele atrevimento estava desagradando e magoando seriamente a tia, aproximou-se dela, envolveu seu pescoço com o braço, sem dizer nada, beijou seu rosto e se retirou para o arco de uma das janelas, onde ficou brincando quietinho com o cachorro enquanto a Sra. Maxwell, muito grave, conversava comigo sobre assuntos interessantes como o clima, a estação e as estradas. Sua presença ali era de grande utilidade para reprimir meus impulsos naturais — um antídoto para aquelas emoções de excitação tumultuosa que, se não fosse por ela, teriam me arrastado apesar da razão e da vontade, mas, naquele momento, aquela restrição era quase intolerável, e eu tive enorme dificuldade em me forçar a prestar atenção em seus comentários e responder a eles com alguma educação; uma vez que sabia que Helen estava a apenas alguns metros de mim, diante da lareira. Não ousei olhar para ela, mas senti seu olhar em mim e, depois de uma espiada furtiva, achei que seu rosto estava um pouco corado e que os dedos, que brincavam com a corrente do relógio, estavam agitados e trêmulos, demonstrando grande excitação.

— Mas, conte-me — disse, aproveitando-se da primeira pausa na tentativa de conversa que acontecia entre mim e sua tia.

Falou rápido e baixo, com os olhos fixos na corrente de ouro, o que notei quando me aventurei a fitá-la mais uma vez.

— Conte-me, como estão todos em Lindenhope? Não aconteceu nada desde que os deixei?

— Acredito que não.

— Ninguém morreu? Ninguém se casou?

— Não.

— Nem... nem está prestes a se casar? Não se desataram velhos laços ou se formaram novos? Ninguém esqueceu ou suplantou velhos amigos?

Falou tão baixo essa última frase que ninguém além de mim teria conseguido ouvir a conclusão, ao mesmo tempo me fitando com um vestígio de sorriso, docemente melancólico, e com um olhar de indagação tímida, porém ansiosa, que fez minhas faces formigarem com emoções inexprimíveis.

— Acredito que não — respondi. — Certamente não, se os outros tiverem mudado tão pouco quanto eu.

Ela corou de satisfação ao ouvir isso.

— E é mesmo verdade que não pretendia nos visitar? — perguntou.

— Temi que fosse uma intromissão.

— Uma intromissão! — exclamou, com um gesto de impaciência. — O que...

Mas, como se de súbito se lembrasse da presença da tia, interrompeu-se e, voltando-se para esta, continuou:

— Tia, esse homem é um grande amigo de meu irmão, foi um amigo muito íntimo meu durante alguns meses e afirmava ter muita afeição pelo meu menino... e, ao passar por esta casa, a dezenas de quilômetros de distância da sua, não vem nos ver por medo de que fosse uma intromissão!

— O Sr. Markham tem um excesso de modéstia — observou a Sra. Maxwell.

— Um excesso de cerimônia, melhor dizendo — afirmou a sobrinha. — Excesso de... bem, não importa.

E, dando as costas para mim, ela se sentou numa cadeira diante da mesa, pegando um livro pela capa e começando a virar as páginas com vigor, sem, no entanto, parecer ler nada.

— Se eu soubesse — expliquei — que me daria a honra de me considerar um amigo íntimo, é provável que não houvesse me negado o prazer de visitá-la. Mas achei que tinha me esquecido há muito.

— Acha que os outros são como o senhor — murmurou ela, sem erguer os olhos do livro, mas corando ao falar e virando, depressa, meia dúzia de páginas ao mesmo tempo.

Fez-se uma pausa, durante a qual Arthur aproveitou para trazer seu belo e jovem setter inglês, mostrando como ele tinha ficado grande e forte e perguntando como estava seu pai, Sancho. A Sra. Maxwell então se retirou para tirar o chapéu e o casaco. Helen no mesmo instante afastou o livro e, depois de observar o filho, seu amigo e o cão silenciosamente por alguns momentos, mandou o primeiro para fora da sala, usando de pretexto um desejo de que fosse pegar seu mais novo livro para me mostrar. O menino obedeceu com entusiasmo, mas eu continuei a acariciar o cão. O silêncio poderia ter durado até a volta de seu dono se coubesse a mim quebrá-lo, mas em meio minuto ou menos, minha anfitriã se ergueu com impaciência e, retomando seu lugar sobre o tapete entre mim e o consolo da lareira, exclamou, nervosa:

— Gilbert, qual é o seu problema? Por que está tão mudado? É uma pergunta muito indiscreta, eu sei — acrescentou, depressa —, talvez muito rude. Não responda, se achar isso. Mas detesto mistérios e segredos.

— Não estou mudado, Helen. Infelizmente, estou tão apaixonado quanto sempre fui. Não fui eu, mas as circunstâncias que mudaram.

— Que circunstâncias? Diga-me!

Suas faces estavam lívidas de angústia — será que era de medo que eu, num gesto impensado, houvesse prometido minha mão para outra?

— Direi agora mesmo. Confesso que vim aqui com o propósito de vê-la, não sem sentir algum receio diante de minha própria presunção e temer que minha vinda fosse tão malrecebida quanto seria inesperada. Mas não sabia que toda essa propriedade lhe pertencia até ouvir falar que a herdara graças à conversa de dois outros passageiros na última etapa da minha jornada. Então, imediatamente compreendi que a esperança que acalentei foi uma tolice e que ficar aqui por mais um instante seria uma loucura, e, embora tenha saltado diante de seus portões, decidi não passar deles. Demorei-me alguns minutos para ver a casa, mas estava resolvido a voltar para M—— sem me encontrar com sua dona.

— E se minha tia e eu não estivéssemos voltando de nosso passeio matinal naquele momento, nunca mais o teria visto, nem tido notícias de você?

— Achei que seria melhor para nós dois se não nos encontrássemos — respondi, com toda a calma que pude, mas num sussurro, por saber que minha voz estava trêmula, e sem ousar encará-la para não perder por completo a firmeza. — Achei que um encontro só perturbaria a sua paz e me enlouqueceria. Mas estou feliz, agora, com esta oportunidade de vê-la mais uma vez e saber que não me esqueceu, e assegurar-lhe de que jamais deixarei de pensar em você.

Fez-se uma pausa por um momento. A Sra. Huntingdon se afastou, postando-se no arco da janela. Será que tinha encarado isso como uma indicação de que apenas a modéstia me impedira de pedir sua mão? E será que estava considerando qual seria a melhor maneira de me rejeitar de modo a me magoar o mínimo possível? Antes que eu pudesse dizer qualquer coisa para ajudá-la a se resolver, ela própria quebrou o silêncio, voltando-se de súbito para mim e observando:

— Poderia ter tido tal oportunidade antes... Digo, de me assegurar que pensava em mim, e saber que eu pensava em você, se houvesse me escrito.

— Teria feito isso, mas não sabia seu endereço e não queria pedi-lo a seu irmão, pois achei que ele poderia não concordar com meu gesto. De qualquer maneira, isso não teria me impedido de fazê-lo, se tivesse tido a ousadia de acreditar que esperava por notícias minhas, ou mesmo que desperdiçava um pensamento sequer em mim, mas seu silêncio naturalmente me levou a concluir que tinha me esquecido.

— Quer dizer que esperava que *eu* tivesse escrito para *você*?

— Não, Helen... digo, Sra. Huntingdon — respondi, corando diante da acusação. — Decerto que não. Mas, se houvesse me mandado uma mensagem por seu irmão, ou mesmo perguntado por mim de tempos em tempos...

— Eu perguntava por você, com frequência. Não me permiti fazer mais do que isso — continuou ela, sorrindo —, contanto que você continuasse a se restringir a perguntas de cortesia sobre a minha saúde.

— Seu irmão nunca me disse que você havia mencionado o meu nome.

— Você perguntou?

— Não, porque percebi que não queria responder a perguntas sobre você ou dar o menor incentivo ou assistência à minha obstinada afeição.

Helen não respondeu.

— E ele estava perfeitamente correto — acrescentei.

Mas ela continuou em silêncio, observando os campos nevados.

"Ah, eu vou livrá-la da minha presença!", pensei; e logo me levantei e me preparei para me retirar, com heroica resolução — que tinha como base o meu orgulho, ou não teria conseguido me arrastar para fora dali.

— Você já vai? — perguntou Helen, pegando a mão que eu estendera, sem soltá-la de imediato.

— Por que deveria ficar?

— Espere Arthur voltar, pelo menos.

Feliz em obedecer, me apoiei no lado oposto da janela.

— Você disse que não estava mudado — disse ela. — Mas está... e muito.

— Não, Sra. Huntingdon, eu *deveria* estar.

— Quer dizer que insiste em afirmar que sente por mim a mesma afeição que sentia da última vez em que nos encontramos?

— Sinto, mas seria errado falar nisso agora.

— Era errado falar nisso *naquela época*, Gilbert, *não* seria agora... a não ser que fazê-lo fosse faltar com a verdade.

Fiquei tão agitado que não consegui dizer nada, mas, sem esperar resposta, Helen virou seus olhos brilhantes e suas faces em brasa para o outro lado, abriu a janela num gesto largo e olhou para fora, talvez para acalmar sua agitação, talvez para aliviar seu constrangimento — ou apenas para colher aquele belo heléboro negro meio aberto do arbusto ali adiante, quase coberto de uma neve que, sem dúvida, abrigara a flor da geada até então, e agora derretia ao sol. Ela o colheu, de qualquer maneira e, após ter limpado gentilmente o pó brilhante de suas folhas, aproximou-o dos lábios e disse:

— Esse heléboro não é tão fragrante quanto uma flor de verão, mas suportou provações que nenhuma *delas* aguentaria: a chuva fria do inverno foi o suficiente para nutri-lo e seu sol fraco, para aquecê-lo; os ventos cruéis não o fizeram desbotar, nem quebraram seu caule, e a geada impiedosa não o destruiu. Olhe, Gilbert. Ele ainda está tão fresco e viçoso quanto qualquer flor pode ser, embora ainda carregue a neve nas pétalas. Posso oferecê-lo a você?

Estendi a mão: não ousei dizer nada, para que a emoção não me dominasse. Helen colocou a flor na minha palma, mas eu mal fechei os dedos, de tão absorto que estava em pensar no significado de suas palavras e no que responder: se deveria confessar o que sentia ou continuar a reprimi-lo. Interpretando minha hesitação como indiferença — ou mesmo relutância — diante do presente que ela ofertava, Helen de súbito arrancou o heléboro da minha mão, atirou-o na neve, fechou a janela com força e se afastou, indo para perto do fogo.

— Helen! O que significa isso? — exclamei, eletrificado com aquela mudança alarmante em seu comportamento.

— Você não entendeu meu presente — disse ela —, ou, pior, o desprezou. Lamento tê-lo dado, mas, já que cometi tal erro, a única solução que me ocorreu foi tomá-lo de volta.

— Cometeu um engano cruel — respondi.

E, em menos de um minuto, já voltara a abrir a janela, pulara para fora, pegara a flor, trouxera-a para dentro e a apresentara para Helen, implorando-lhe que me desse de novo, para que eu pudesse guardá-la para sempre, como uma lembrança dela, dando-lhe mais valor do que a qualquer coisa que havia no mundo.

— E isso o contentará? — perguntou Helen, pegando o heléboro.

— Sim — respondi.

— Então, tome.

Dei um beijo ardente na flor e coloquei-a no peito, enquanto a Sra. Huntingdon observava tudo com um sorriso sarcástico.

— E agora, vai embora? — indagou.

— Vou... se for necessário.

— Está *mesmo* mudado — insistiu ela. — Tornou-se muito orgulhoso ou muito indiferente.

— Nenhum dos dois, Helen... Sra. Huntingdon. Se pudesse ver meu coração...

— Deve ter se tornado uma das duas coisas... se não ambas. E por que Sra. Huntingdon? Por que não Helen, como antes?

— Helen, então... querida Helen! — murmurei, numa agonia que misturava amor, esperança, deleite, incerteza e suspense.

— A flor que lhe dei era um símbolo do meu coração — disse Helen. — Você a levaria e me deixaria aqui sozinha?

— Também me daria sua mão, se eu a pedisse?

— Será que já não disse o suficiente? — respondeu ela, com um sorriso encantador.

Agarrei sua mão e a teria beijado com ardor, mas me controlei e disse:

— Mas já pensou nas consequências?

— Pensei mal, ou não teria me oferecido para um homem orgulhoso demais para me aceitar, ou indiferente demais para considerar seu afeto mais importante que posses materiais.

Que idiota teimoso! Estava trêmulo de vontade de tomá-la nos braços, mas não ousei acreditar em tanta felicidade; ainda me reprimi e perguntei:

— Mas e se você se arrepender?

— Será culpa sua — disse ela. — Jamais me arrependerei, a não ser que me decepcione horrivelmente. Se não confia o suficiente em meu afeto para acreditar nisso, me deixe em paz.

— Meu doce anjo... Minha adorada Helen! — exclamei, beijando apaixonadamente a mão que ainda segurava e enlaçando-a com o braço esquerdo. — Você nunca se arrependerá se depender só de mim. Mas já pensou em sua tia?

Morri de medo da resposta e apertei-a mais contra o peito com o pavor instintivo de perder o tesouro que acabara de obter.

— Minha tia não pode saber disso ainda — disse Helen. — Ela consideraria esse um gesto impensado e insano, pois não poderia imaginar quão bem eu o conheço; ela própria precisa conhecê-lo e aprender a gostar de você. É necessário que nos deixe agora, depois do almoço, e volte na primavera, para uma estada mais demorada, durante a qual se tornará íntimo dela; sei que vão gostar um do outro.

— E, então, você será minha — eu disse.

E dei-lhe um beijo nos lábios e depois outro e mais outro — pois me sentia tão ousado e impetuoso naquele momento quanto me sentira tímido e constrangido antes.

— Não... depois de mais um ano — respondeu ela, se desvencilhando gentilmente do meu abraço, mas ainda segurando minha mão com carinho.

— Mais um ano! Oh, Helen, não vou conseguir esperar tanto tempo!

— Onde está sua fidelidade?

— Quis dizer que não vou suportar a tristeza de uma separação tão longa.

— Não seria uma separação: vamos nos escrever todos os dias; minha alma estará sempre com você, e, às vezes, você me verá com os olhos do corpo. Não serei hipócrita a ponto de fingir que desejo esperar tanto tempo assim, mas como meu casamento não seria apenas para minha satisfação, devo consultar meus entes queridos na hora de decidir a data.

— Seus entes queridos irão desaprovar.

— Não irão desaprovar tanto assim, meu amado Gilbert — disse Helen, beijando minha mão com fervor. — Não poderão fazê-lo depois de o conhecerem... se pudessem, não me amariam de verdade e eu não me importaria de me afastar deles. Com isso, você fica satisfeito?

Ela me encarou com um sorriso de ternura inefável.

— Posso não ficar, se tenho seu amor? E você me ama *mesmo*, Helen? — perguntei, sem duvidar do fato, mas querendo obter uma confirmação da boca dela.

— Se você me amasse como *eu* o amo — respondeu ela, enfática —, não teria chegado tão perto de me perder; esses escrúpulos de falsa delicadeza e orgulho jamais o teriam perturbado; teria visto que as maiores diferenças mundanas e discrepâncias de condição social, família e fortuna são como poeira na balança se comparadas com a união de pensamentos e sentimentos concordantes de corações e almas que realmente se amam e estão em harmonia uma com a outra.

— Mas isso é felicidade demais — eu disse, abraçando-a mais uma vez. — Não mereço isso, Helen... Não ouso acreditar em tamanho júbilo. E, quanto mais tempo tiver de esperar, maior será meu medo de que algo interfira e me arranque de você. Pense, mil coisas podem acontecer em um ano! Passarei este tempo todo febril de horror e impaciência. Além do mais, o inverno é uma estação tão enfadonha.

— Também acho — disse Helen, gravemente. — Não quero me casar no inverno... pelo menos, não em dezembro — Acrescentou, estremecendo, pois fora neste mês que ocorrera tanto o casamento infeliz que a unira a seu outro marido quanto a morte terrível que a libertara. — Por isso, digamos daqui a pouco mais de um ano, na primavera.

— Não, na *próxima* primavera.

— Não, não... No próximo outono, talvez.

— No verão, então?

— Bem, no fim do verão. Pronto! Fique satisfeito.

Quando disse isso, Arthur entrou na sala — e tinha sido um bom menino por ficar tanto tempo fora.

— Mamãe, não consegui encontrar o livro em nenhum dos lugares que você falou.

Algo no sorriso de mamãe parecia dizer: "Não, meu querido, sei que não o acharia lá."

— Mas Rachel achou para mim. Olhe, Sr. Markham, uma história natural com um monte de figuras de pássaros e feras, e é tão gostoso de ler quanto de ver!

De ótimo humor, sentei-me para examinar o livro e coloquei o rapazinho entre os meus joelhos. Se ele houvesse aparecido um minuto antes, eu o teria recebido com menos cortesia, mas naquele momento passei com carinho o dedo por seus cachos e até beijei sua testinha de mármore: era o filho de minha Helen e, portanto, meu; e é assim que o vejo desde então. Aquela bela criança transformou-se num bonito rapaz: realizou os maiores sonhos da mãe e atualmente reside em Grassdale Manor com sua jovem esposa, a alegre menina cujo nome de solteira era Helen Hattersley.

Eu ainda não estava nem na metade do livro quando a Sra. Maxwell apareceu para me convidar para almoçar na outra sala. O comportamento frio e distante desta senhora me deixou gelado a princípio, mas fiz de tudo para conquistá-la, e acho que tive algum sucesso mesmo naquela primeira visita, tão curta; pois, conforme fui conversando alegremente, ela, aos poucos, foi se tornando mais gentil e cordial e, quando fui embora, despediu-se de mim com muita educação, dizendo que esperava ter o prazer de me ver de novo em pouco tempo.

— Mas o senhor não pode ir sem ver a estufa, o jardim de inverno de minha tia — disse Helen quando me aproximei para despedir-me dela, com toda a resignação e o autocontrole que consegui reunir.

Aproveitei de bom grado tal adiamento e fui com ela até uma grande e bela estufa, bem provida de flores, considerando-se a estação — mas é claro que não dei muita atenção a *elas*. Não fora, no entanto, para trocar palavras de ternura que minha interlocutora me trouxera até ali.

— Minha tia adora flores — observou ela. — E adora Staningley também: trouxe você aqui para pedir, em seu nome, que este lugar possa ser seu lar enquanto ela viver e, se não for nosso lar também, que eu possa vê-la com frequência. Acredito que ela vá lamentar minha perda e, embora leve uma vida reclusa e contemplativa, tem tendência a ficar melancólica se passar muito tempo sozinha.

— É claro, minha amada Helen! Faça como quiser com seus parentes. Não sonharia em pedir que sua tia deixasse este lugar sob quaisquer circunstâncias; viveremos aqui, ou em outra casa, de acordo com o que ela e você determinarem, e você a verá sempre que quiser. Sei que deve ser difícil para ela se separar da sobrinha e estou disposto a compensá-la por isso da maneira que puder. Amo-a por você e sua felicidade será tão importante para mim quanto a da minha própria mãe.

— Obrigada, meu querido! Merece um beijo por isso. Adeus. Pronto... chega, Gilbert... me largue. Aí vem Arthur, não espante seu cérebro infantil com tanta insanidade.

Mas está na hora de terminar minha narrativa — qualquer pessoa, com exceção de você, diria que ela já está longa demais. Mas, para *sua* satisfação, vou acrescentar mais algumas palavras, pois sei que vai sentir simpatia pela velhinha e desejar saber o fim de sua história. Eu, de fato, fui visitá-las de novo na primavera e, seguindo a ordem de Helen, fiz tudo o que pude para conhecê-la melhor. Ela me recebeu com muita gentileza, tendo sido, sem dúvida, preparada para ter uma boa opinião de meu caráter pela descrição excessivamente favorável da sobrinha. Mostrei minhas melhores qualidades, é claro, e nosso relacionamento andou às mil maravilhas. Quando essa senhora ficou sabendo de minhas ambiciosas intenções, teve uma reação mais sensata do que eu esperava. O único comentário que fez sobre o assunto diante de mim foi:

— Quer dizer, Sr. Markham, que vai roubar minha sobrinha. Muito bem! Espero que Deus lhes dê prosperidade e faça minha querida menina feliz, finalmente. Se ela tivesse se contentado em continuar solteira, confesso que teria ficado mais satisfeita, mas, já que tem de se casar de novo, não há um homem vivo e de idade apropriada para quem gostaria mais de conceder sua mão, nem ninguém mais capaz de apreciar seu valor e fazê-la verdadeiramente feliz, até onde pude observar.

É claro que fiquei extasiado com esse elogio e esperei poder mostrar a ela que não havia errado em sua opinião favorável.

— Tenho um pedido a fazer, no entanto — continuou a Sra. Maxwell. — Parece que ainda poderei considerar Staningley o meu lar: gostaria que vocês fizessem o mesmo, pois Helen tem carinho pela casa, assim como por mim... e eu por ela. Grassdale traz lembranças dolorosas que ela não vai conseguir deixar para trás com facilidade, e não incomodarei vocês com minha presença ou minha interferência. Sou uma pessoa muito sossegada. Ficarei com uma ala da casa e cuidarei da minha vida, vendo vocês apenas de tempos em tempos.

É claro que consenti de bom grado, e vivemos em grande harmonia com nossa querida tia até o dia de sua morte, evento melancólico que ocorreu alguns anos depois — melancólico não para ela (pois a morte veio mansa, e a boa senhora ficou feliz de chegar ao fim da sua jornada), mas apenas para alguns entes queridos e dependentes gratos que deixou para trás.

Retornando, então, à minha própria história: casei-me no verão, numa manhã gloriosa de agosto. Foram precisos aqueles oito meses e mais toda a gentileza e bondade de Helen para vencer os preconceitos de minha mãe contra a noiva que eu escolhera e fazê-la aceitar a ideia de que ia deixar Linden-Car e viver tão longe. Mas ela acabou ficando feliz com a boa sorte do filho, atribuindo-a, orgulhosamente, a seus méritos e dotes superiores. Dei a fazenda para Fergus, mais otimista em relação a sua prosperidade do que teria ficado um ano antes nas mesmas circunstâncias; pois ele havia se apaixonado pela filha mais velha do vigário de L——, uma moça cuja superioridade despertara suas virtudes latentes e o estimulara a fazer os esforços mais surpreendentes, não apenas para ganhar seu afeto e obter fortuna suficiente para poder sonhar em pedir sua mão, mas também para se tornar digno dela a seus próprios olhos, assim como aos de seus pais; no fim das contas, foi bem-sucedido, como você já sabe. Quanto a mim, não preciso lhe contar que eu e minha querida Helen vivemos felizes juntos e que ainda nos sentimos abençoados na companhia um do outro e dos jovens e promissores herdeiros que crescem ao nosso redor. Estamos na expectativa de ver você e Rose, pois o momento de sua visita anual se aproxima, e terá de abandonar sua cidade poeirenta, fumarenta, barulhenta e agitada para passar algum tempo de relaxamento revigorante e reclusão social conosco.

Até lá, adeus,

GILBERT MARKHAM

Staningley, 10 de junho de 1847

Este livro foi composto na tipografia Minion Pro, em corpo 10,5/15, e impresso em papel off-white no Sistema Digital Instant Duplex da Divisão Gráfica da Distribuidora Record.